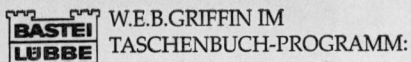 W.E.B.GRIFFIN IM
TASCHENBUCH-PROGRAMM:

W.E.B. GRIFFIN

SPIONE IN UNIFORM

Roman

Ins Deutsche übertragen
von Joachim Honnef

BASTEI
LÜBBE

BASTEI LÜBBE TASCHENBUCH
Band 14 308

1. Auflage: Februar 2000
2. Auflage: März 2000
3. Auflage: Mai 2000

Vollständige Taschenbuchausgabe

Bastei Lübbe Taschenbücher
ist ein Imprint der
Verlagsgruppe Lübbe

Deutsche Erstveröffentlichung
Titel der amerikanischen Originalausgabe: The Soldier Spies
© 1999 by W.E.B.Griffin
© für die deutschsprachige Ausgabe 2000 by
Verlagsgruppe Lübbe GmbH & Co. KG,
Bergisch Gladbach
Lektorat: Rainer Delfs
Titelfoto: Archiv
Umschlaggestaltung: QuadroGrafik, Bensberg
Satz: KCS GmbH, Buchholz / Hamburg
Druck und Verarbeitung:
Brodard & Taupin, La Flèche, Frankreich
Printed in France

ISBN 3–404–14308–6

Sie finden uns im Internet unter
http://www.luebbe.de

Der Preis dieses Bandes versteht sich einschließlich der gesetzlichen Mehrwertsteuer

I

I

Marburg an der Lahn

8. November 1942

In der Nacht des 7. November erhielt SS-Obersturmführer Wilhelm Peis, ein großer, blasser, blonder Acht-
undzwanzigjähriger, der ranghöchste Offizier des
Sicherheitsdienstes der Allgemeinen und der Waffen-
SS (SD) in Marburg an der Lahn, folgendes Fernschreiben aus Berlin:

UNTERNEHMEN SIE BITTE ALLE NOTWENDIGEN
SCHRITTE, UM DIE SICHERHEIT VON REICHSMI-
NISTER ALBERT SPEER UND EINEM PERSOEN-
LICHEN STAB VON VIER PERSONEN BEI EINEM
UNANGEMELDETEN BESUCH DER FULMAR
ELEKTRISCHEN WERKE AM 8. NOVEMBER IN
MARBURG ZU GEWAEHRLEISTEN. DER REICHS-
MINISTER WIRD UM 10:15 UHR MIT EINEM PRI-
VATZUG EINTREFFEN UND UM UNGEFAEHR 15:45
UHR AUF GLEICHE WEISE ABREISEN.

Die Botschaft aus Berlin war für Peis mehr oder weniger Routine, und er behandelte sie dementsprechend,
bis früh am Morgen des achten November Gauleiter
Karl-Heinz Schröder – in einer Verfassung zwischen
Ärger und Panik – in Peis' Schlafquartier stürzte (Peis
schlief nicht) und ihn eindringlich daran erinnerte, daß

Speer nicht nur die Stelle von Dr. Fritz Todt als Vorsitzender der Todt-Organisation – verantwortlich für die gesamte Industrieproduktion, militärische und zivile – eingenommen hatte, was ihn zu einem der mächtigsten Männer in Deutschland machte, sondern auch ein *persönlicher* und der vielleicht *engste* Freund des Führers war.

Schröders große Besorgnis bewirkte, daß Peis seine Bemühungen, den Reichsminister zu empfangen, verdoppelte und ein halbes Dutzend Mercedes, Horch und Opel Admiral auftrieb, um Speer vom Bahnhof zur Fulmar Elektrischen Gesellschaft zu bringen – oder wohin sonst er zu fahren wünschte. Peis verhängte eine Urlaubssperre für die Polizei und den SD. Und er zog eine nagelneue Uniform an.

Zu diesem Zeitpunkt war Peis weniger durch die Besorgnis des Gauleiters motiviert, sondern mehr durch drückende persönliche Sorgen:

Der Reichsminister würde gewiß von einem ranghohen SS-Führer begleitet werden – wenigstens von einem SS-Obersturmbannführer und vielleicht sogar von einem SS-Oberführer. Wenn dieser SS-Führer etwas an seinen Sicherheitsvorkehrungen für Reichsminister Speer auszusetzen hatte, mußte er, Peis, sich warm anziehen. Es gab immer einen Mangel an SS-Obersturmführern an der Ostfront, und viele SS-Führer, die dort waren, sehnten sich nach einem einträglichen Ruhepöstchen wie zum Beispiel bei der SD-Abteilung in Marburg an der Lahn. Peis hatte längst erkannt, daß es weitaus besser war, ein großer Fisch in einem kleinen Teich als ein kleiner in einem großen zu sein.

Peis traf seine Sicherheitsvorkehrungen gegen sieben am Morgen, gleich nachdem Schröder ihn verlassen hatte; er überprüfte die Maßnahmen zweimal persönlich, und er war eine Dreiviertelstunde vor der planmäßigen Ankunft des Privatzuges auf dem Haupt-bahnhof.

Der Zug rollte zwar pünktlich ein, war jedoch eine Enttäuschung. Zum einen war es gar kein richtiger Zug. Es war ein einziger Waggon mit Eigenantrieb – nicht viel mehr als ein Straßenbahnwagen. Und es gab keine ranghohen SS-Führer, die von Peis' Pflichterfül-lung beeindruckt hätten sein können. Nur Reichsmini-ster Speer und drei Personen – alle Zivilisten, eine weiblich – stiegen aus dem Waggon.

Und selbst Speer trug keine Uniform. Er hatte einen Straßenanzug an und wirkte wie jeder andere Zivilist.

Als der Reichsminister und seine Begleitung auf dem Bahnsteig standen, marschierte Karl-Heinz Schrö-der hin, entbot zackig den Nazigruß und begann mit der Begrüßungsansprache. Speer erwiderte mit einer vagen Geste den Gruß und schnitt Schröder nach unge-fähr fünf Sekunden das Wort ab.

»Sehr nett von Ihnen, das zu sagen, Herr Gauleiter«, sagte Speer und fuhr dann schnell fort: »Ich hatte ge-hofft, Professor Dyer würde sich mit uns treffen kön-nen.«

Nach Schröders Miene zu schließen, hatte er noch nie etwas von Professor Dyer gehört.

Peis war jedoch informiert.

Wenn es keine zwei Professor Dyer gab, was höchst unwahrscheinlich war, dann wünschte Reichsminister Speer die Gesellschaft eines Mannes, der einen Fuß in einem Konzentrationslager und den anderen auf einer Bananenschale hatte.

»Verzeihen Sie, Herr Reichsminister«, sagte Schrö-der. »Professor Dyer?«

Und dann schaltete Schröder endlich sein Gehirn ein, wie Peis fand. »Vielleicht kann Ihnen Obersturm-führer Peis helfen. Peis!«

Peis marschierte hin und grüßte.

Speer lächelte Peis an. »Es hatte eine Botschaft geschickt werden sollen ...«, begann er.

»Ich habe sie geschickt, Herr Speer«, sagte die Frau.

Speer nickte.

»... mit der Bitte um ein Treffen mit Professor Dyer.«

»Ich habe keine derartige Botschaft erhalten, Herr Reichsminister«, sagte Peis. »Aber ich glaube, ich weiß, wo er gefunden werden kann.«

»Und können Sie ihn herbestellen?« fragte Speer.

»Darf ich einen Vorschlag machen, Herr Reichsminister?« sagte Peis.

»Selbstverständlich«, erwiderte Speer.

»Während Sie und Ihr Gefolge den Gauleiter begleiten, werde ich versuchen, Professor Dyer zu finden und zur Fulmar-Fabrik zu bringen.«

»Guter Mann!« Speer lächelte und drückte kurz Peis' Arm. »Es ist ziemlich wichtig. Ich kann mir nicht vorstellen, was mit dem Telegramm passiert ist.«

»Ich werde mein Bestes tun, Herr Reichsminister«, sagte Peis.

Peis eilte in das Büro des Stationsvorstehers und griff zum Telefon. Er wählte eine Nummer aus dem Gedächtnis.

Gisela Dyer, die Tochter (und der einzige Grund, weshalb Professor Dyer nicht irgendwo in einem KZ aus Felsblöcken Kies machte), meldete sich nach dem dritten Klingeln.

»Wie geht es Ihnen, Gisela?« fragte Peis.

»Sehr gut, danke, Herr Obersturmführer«, sagte sie vorsichtig. Peis verstand ihren Mangel an Begeisterung. Aber sie war heute nicht der Grund für seinen Anruf.

»Wissen Sie, wo ich Ihren Vater finden kann?« fragte er.

Er hörte sie scharf einatmen, und es dauerte einen Moment, bevor sie wieder sprach. Sie überlegte ihre Antwort sorgfältig. Peis wußte, daß sie es vorgezogen hätte, wenn seine Aufmerksamkeit ihr gegolten hätte, nicht weil sie ihn mochte (sie verabscheute ihn), sondern weil ihr Vater vor dem KZ verschont blieb, solange Peis sie mochte.

»Er ist in der Universität«, sagte sie schließlich mit leicht bebender Stimme. »Ist etwas nicht in Ordnung, Herr Obersturmführer?«

»Wo genau in der Universität?«

Gisela Dyer überlegte wieder, bevor sie antwortete. »In seinem Büro, nehme ich an«, sagte sie. »Er hat bis sechzehn Uhr keine weitere Vorlesung.« Sie legte eine Pause ein und fragte dann wieder: »Ist etwas nicht in Ordnung?«

»Offizielle Geschäfte, Gisela«, sagte Peis und hängte ein.

Es konnte nützlich sein, Gisela ein wenig zu beunruhigen. Sie neigte dazu, arrogant zu sein und ihre Position zu vergessen. Von Zeit zu Zeit war es nötig, sie auf die richtige Größe zurechtzustutzen.

Peis fand Professor Friedrich Dyer dort, wo seine Tochter gesagt hatte: in seinem mit Büchern und Papieren vollgestopften Büro in einem der alten Gebäude im Zentrum des Campus. Der Professor war ein großer, dünner Mann mit scharfen Gesichtszügen; und er wirkte verfroren, obwohl er warm angezogen war. Er trug eine dicke, zugeknöpfte Strickjacke unter seinem mehrfach geflickten Tweedjackett und einen wollenen Schal über den Schultern. Die alten Gebäude waren unmöglich zu beheizen, selbst wenn es Heizmaterial gab.

Professor Dyer schaute Peis mit eisiger Verachtung an, sagte jedoch nichts und grüßte auch nicht.

»Heil Hitler!« sagte Peis, mehr weil er wußte, daß Dyer den Nazigruß haßte, als aus dem Eifer eines Nazis.

»Heil Hitler, Herr Peis«, sagte der Professor.

»Ich wußte nicht, daß Sie mit Reichsminister Albert Speer bekannt sind, Professor«, sagte Peis.

»Ich nehme an, er ist hier«, sagte Dyer.

Der Professor war nicht überrascht, und das erstaunte Peis.

»Sie sollten sich mit ihm auf dem Bahnhof treffen«, sagte Peis.

»Nein«, sagte der würdevolle Akademiker nur. »In dem Telegramm hieß es nur, daß der Reichsminister hier sein wird und mich sehen möchte.«

»Weshalb?«

»Ich habe wirklich keine Ahnung«, erwiderte Professor Dyer.

Stimmt das? fragte sich Peis. *Oder nutzt der Professor seine Beziehung zum Chef der Todt-Organisation und versucht, mich zu beeindrucken?*

»Er ist in der Fulmar Elektrischen Gesellschaft«, sagte Peis. »Ich bin hier, um Sie zu ihm zu bringen.«

Professor Dyer nickte, erhob sich und zwängte die mit Strickjacke und Jackett dick verhüllten Arme in die Ärmel eines alten Mantels mit Pelzkragen. Als er es geschafft hatte, ließen sich die beiden oberen Knöpfe nicht zuknöpfen. Er zuckte hilflos mit den Schultern, setzte eine alte und abgenutzte Pelzmütze auf und zeigte mit einer Geste an, daß er zum Gehen bereit war.

Die Universität befand sich inmitten Marburgs auf dem Hügel, und die Fulmar Elektrischen Werke lagen ungefähr zehn Fahrtminuten entfernt nördlich der Stadt. Der fast neue, fensterlose Gebäudekomplex war mit Tarnnetzen verhängt. Die Tarnnetze dienten dazu, die Fabrik mit den steilen Hügeln rings um Marburg farblich zu verschmelzen, damit sie aus der Luft nicht zu sehen war.

Die Fabrik wurde jetzt nicht von Posten bewacht, aber das würde sich ab dem ersten Dezember ändern, wie Peis wußte. (Die bevorstehende Veränderung weckte beträchtliche Neugier in Peis. Was würde dort stattfinden, das all diese Sicherheitsmaßnahmen erforderte?) Das örtliche SD-Büro (also Peis) hatte den Befehl erhalten, vor dem ersten Dezember genügend ›überprüfte und unbedenkliche‹ Zivilisten für den Sicherheitstrupp aufzutreiben. Wenn er nicht genug ›unbedenkliche‹ Zivilisten zur Verfügung stellen konnte, würde die Polizei die Wachmannschaft stellen müssen, auf Kosten ihrer sonstigen Aufgaben.

Unterdessen war ein solides Wachlokal erbaut worden. Und ein fast fertiger Zwei-Meter-Zaun, oben mit Stacheldraht versehen, umgab das Fabrikgelände. In Intervallen von hundert Metern standen Wachtürme mit Scheinwerfern, die den Zaun erhellten.

Peis fand Reichsminister Albert Speer und sein Gefolge, als er über das Gelände fuhr und den kleinen Konvoi von ›geliehenen‹ Autos entdeckte.

Speer hielt sich in einer Produktionsabteilung auf. Die Abteilung war voller Fräsmaschinen und Drehbänke, und es gab Vorrichtungen für weitere Maschinen. Als Speer Peis und Professor Dyer sah, ging er zu ihnen. Er lächelte und streckte die Hand aus.

»Professor Doktor Dyer?« fragte Speer.

»Herr Speer?« erwiderte Dyer, neigte den Kopf und reichte ihm die Hand.

»Es freut mich sehr, Sie kennenzulernen«, sagte Speer. »Ich habe mit großem Interesse Ihre Abhandlung über die Verformbarkeit von Wolframkarbid gelesen.«

»Welche Abhandlung?« fragte Dyer fast unwirsch. »Es gab mehrere.«

11

»Diejenige, die Sie in Dresden vorgetragen haben«, antwortete Speer und ignorierte anscheinend Dyers unhöflichen Tonfall.

»Das war die letzte«, sagte Dyer.

Speer blickte zu Peis, wie er einen Diener anschauen würde.

»Wir werden eine Stunde beschäftigt sein«, sagte Speer und entließ ihn. »Vielleicht ein wenig länger. Darf ich weiterhin auf Ihre Freundlichkeit zählen und Sie bitten, dafür zu sorgen, daß Professor Dyer danach zurückgebracht wird, wohin auch immer er das wünscht?«

»Es wird mir ein Vergnügen sein, Herr Reichsminister«, sagte Peis.

»Sehr freundlich von Ihnen«, sagte Speer.

»Ich stehe zu Ihrer Verfügung, Herr Reichsminister«, sagte Peis.

Weil ihm Zeit blieb, bevor er seinen Wagen holen mußte, ging Peis zu dem neuen Zaun, von dem das Fabrikgelände umgeben war. Dem Polizisten in ihm gefiel, was er sah. Nach seiner Einschätzung war derjenige, der den Zaun hatte errichten lassen, äußerst fähig. Es würde für jeden Unbefugten schwierig sein, auf das Fabrikgelände zu gelangen. Oder hinaus.

Peis bemerkte ebenfalls bei seiner Inspektion, daß der Zaun eine freie Fläche umgab, die groß genug war, um Arbeitsbaracken zu errichten. Er hatte gehört, daß die Todt-Organisation Arbeiter aus Frankreich, Belgien, den Niederlanden – und sogar aus dem Osten – für die deutsche Industrie rekrutierte. Sie durften sich natürlich nicht frei in Deutschland bewegen.

Nach der Besichtigung setzte sich Peis in seinen Mercedes Benz und ließ den Motor an. Es war Spritvergeudung, aber er wollte trotzdem den Motor laufen lassen, teils weil er den Funk und das Radio einschalten wollte (wenn der Motor nicht lief, erschöpften sich deren Batterien schnell) und teils, weil es kalt war. Der Dieselmotor des Mercedes mochte ja Vorzüge haben, aber er war bei Kälte schwer zu starten. Peis wollte nicht, daß Reichsminister Speer ihn als den SS-Führer in Erinnerung behielt, der seinen Wagen nicht anlassen konnte. Außerdem wußte Peis etwas Wärme zu schätzen.

Über Kurzwelle meldete sich Peis sowohl bei seinem Hauptquartier als auch bei der Abteilung, die den Waggon des Reichsministers auf dem Bahnhof bewachte. Dann schaltete er um auf das zivile Band und stellte Radio Frankfurt ein.

In den Nachrichten hieß es, daß die Wehrmacht in Rußland weiterhin vorrückte und dem Feind schwere Verluste zufügte. Aber dann gab es eine Überraschung:

Als eklatanten Verstoß internationalen Rechts hatten um vier Uhr an diesem Morgen See-, Luft- und Bodenstreitkräfte der Vereinigten Staaten Französisch-Nordafrika unter Artilleriebeschuß genommen und bombardiert. Später war eine amerikanische Invasionstruppe an Stränden des Atlantik und Mittelmeers an Land geschickt worden. Schreckliche Verluste waren unschuldigen, neutralen Zivilisten zugefügt worden, usw., usw., usw.

Die Invasion war offenbar erfolgreich gewesen, schloß Peis aus den Formulierungen. Andernfalls hätte der Sprecher schadenfroh verkündet, daß die Invasoren in die See zurückgeworfen worden wären.

Warum kümmern sich die Amerikaner nicht um ihre eigenen Angelegenheiten? fragte sich Peis. Und was wollen Sie überhaupt mit Französisch-Nordafrika? Da gibt es doch nichts außer Sand und Arabern, die auf Kamelen herumreiten.

Und dann fiel ihm ein, daß er jemanden in Französisch-Nordafrika kannte, einen Polizisten und SD-

Mann wie er selbst: SS-Obersturmbannführer Johann Müller, der keine fünf Kilometer entfernt auf einem Bauernhof in Kolbe aufgewachsen war, zählte zum Stab der französisch-deutschen Waffenstillstandskommission für Marokko.

Müller, der von Zeit zu Zeit heimkehrte, um seine Mutter zu besuchen, war einst ein einfacher Streifenbeamter der Polizei des Kreises Marburg gewesen. Aber er war schlau genug gewesen, früh in die NSDAP und in deren Schutzstaffel, die SS, einzutreten, und er war nach Berlin versetzt und in den SD übernommen worden. Und jetzt war er ein hohes Tier.

Das vielleicht den Rest des Krieges in einem amerikanischen Kriegsgefangenenlager verbringen wird, dachte Peis. *Aber besser das als die Ostfront.*

Anderthalb Stunden später sah er Professor Friedrich Dyer zum Wagen kommen.

»Es macht Ihnen doch nichts aus, Professor, wenn ich dafür sorge, daß der Reichsminister sicher in seinen Zug kommt?« sagte Peis, als Dyer in den Mercedes Benz eingestiegen war.

»Wir alle müssen unsere Pflicht tun«, erwiderte Dyer trocken.

Peis folgte dem Konvoi des Reichsministers diskret zum Hauptbahnhof.

Auf dem Weg vom Hauptbahnhof zur Universität fragte Peis so beiläufig wie er konnte: »Was hat Reichsminister Speer von Ihnen gewollt?«

Dyer überlegte erst, bevor er antwortete.

»Wir haben von der Molekularstruktur von Wolframkarbid-Legierungen gesprochen«, sagte Dyer schließlich. »Insbesondere über die Wirkungen hoher Temperaturen auf ihre Ausdehnungen und die Probleme bei ihrer maschinellen Herstellung.«

Peis hatte keine Ahnung, was das bedeutete, und er

argwöhnte, daß Dyer das genau wußte und ihm seine Unwissenheit unter die Nase rieb. Noch gestern hätte es der Professor nicht gewagt, ihn sich zum Feind zu machen. Aber sie wußten beide, daß sich die Dinge verändert hatten.

»Ich habe keine Ahnung, was das bedeutet«, gab Peis zu. Und dann wechselte er das Thema, bevor Dyer etwas erwidern konnte. »Radio Frankfurt hat soeben gemeldet, daß die Amerikaner in Nordafrika einmarschiert sind.«

»Tatsächlich?«

»Sie sind ein gebildeter Mann, Professor«, sagte Peis. »Warum wollen die Amerikaner Nordafrika haben?«

»Schwer zu sagen«, antwortete Dyer. Und dann fügte er hinzu: »Sie müssen bedenken, Obersturmführer, daß die Amerikaner verrückt sind.«

»Warum sagen Sie das?«

»Nun, zum einen glauben sie, sie können diesen Krieg gewinnen«, sagte Dyer. »Meinen Sie nicht, daß das verrückt ist?«

Peis preßte die Lippen aufeinander, als ihm klarwurde, daß der Professor ihn abermals verspottet hatte. Und sein Ärger wuchs, als er erkannte, daß er absolut nichts dagegen tun konnte.

Er konnte jedoch eine letzte boshafte Bemerkung beim Abschied machen. Als der Professor aus dem Wagen steigen wollte, hielt Peis ihn am Arm zurück und bedachte ihn mit einem wissenden, vertraulichen Blick. »Richten Sie bitte Fräulein Dyer meine besten Grüße aus«, sagte er mit seinem besten Lächeln.

Darauf hatte Professor Dyer nichts zu erwidern.

2

Ksar es Souk, Marokko

9. November 1942, 7 Uhr

Der Palast des Paschas von Ksar es Souk war fünfeckig. Er war ein halbes Jahrtausend älter als das fast fertiggestellte größte Bürogebäude der Welt, das Pentagon in Washington, D.C., und er hatte wenig Ähnlichkeit damit. Aber er war unbestritten fünfeckig, und es gefiel Eric Fulmar mit seinem komischen Sinn für Humor, ihn als ›Pentagon der Wüste‹ zu betrachten.

Es gab fünf Beobachtungstürme an jeder Ecke des Wüsten-Pentagons. Im Laufe der Jahrhunderte hatten Beobachtungsposten von diesen Türmen aus das Nahen von Kamelkarawanen, Nomadenstämmen und Heeren von feindlichen Scheichs und Paschas verkündet – und in jüngerer Zeit das Nahen von Patrouillen und Abteilungen der französischen Fremdenlegion und der deutschen Wehrmacht.

Heute war in der Wüste in allen Richtungen nichts in Sicht, und man konnte über zehn Kilometer weit sehen.

Eric Fulmar, groß, blond und ziemlich gutaussehend, saß im nordwestlichen Turm des Wüsten-Pentagons und hielt eine kleine Tasse mit Kaffee. Abgesehen von olivfarbener Hose und Fallschirmspringer-Stiefeln trug er die Kleidung der Berber, einen Burnus. Die Kordeln um seine Hüften und um die Kapuze des Burnus waren mit Gold bestickt, das Zeichen eines Edelmanns.

Je nachdem, ob man sein Dossier in Washington, D.C., oder in Berlin, Deutschland, las, war er Second Lieutenant FULMAR, Eric, Infanterie, Army der Vereinigten Staaten, oder Eric Baron von Fulmar.

Der Stuhl, auf dem er saß, war mindestens zweihundert Jahre alt. Er hatte ihn gekippt und balancierte auf seinen Hinterbeinen. Seine Füße ruhten auf dem Geländer des Turms. Neben ihm auf dem Steinboden stand eine silberne Kaffeekanne mit langem, gebogenem Schnabel. Daneben stand eine Flasche Courvoisier Cognac. Er hatte reichlich Cognac in seinen Kaffee gegeben.

Neben der Kaffeekanne lag ein Fernglas von Ernst Leitz, Wetzlar, auf einem Lederetui. Und daneben befand sich eine Thompson-Maschinenpistole Kaliber .45, versehen mit Griffen anstatt mit Vorderarm und Schaft. Die Thompson hatte ein Trommelmagazin mit fünfzig Patronen.

Fulmar neigte sich vor, nahm das Fernglas und suchte sorgfältig den Horizont in Richtung Ourzazate ab. Er hoffte, die Staubwolke zu sehen, die von einem Auto aufgewirbelt wurde.

Als er nichts sah, ließ er das Fernglas sinken und neigte sich zur anderen Seite des Stuhls, wo er ein tragbares, mit Batterie betriebenes Zenith-Radio abgestellt hatte. Er schaltete das Radio ein, und ein Wortschwall von Arabisch ertönte.

Fulmar hörte einen Moment zu, lächelte und begann zu lachen.

Es war ein amerikanischer Rundfunksender, vermutlich von Gibraltar, der eine Botschaft von Franklin Delano Roosevelt, Präsident der Vereinigten Staaten, an die Arabisch sprechende Bevölkerung von Marokko sendete.

»Sehet, die furchtlosen amerikanischen Krieger sind eingetroffen«, verkündete der Sprecher feierlich. »Sprecht mit unseren Kämpfern, und ihr werdet sie angenehm für das Auge und erfreulich für das Herz finden.«

»Na klar«, sagte Fulmar und lachte.

17

»Schaut in ihre Augen und ihre lächelnden Gesichter«, fuhr der Sprecher fort, »denn es sind heilige Krieger, glücklich bei ihrer heiligen Arbeit. Wenn ihr unsere deutschen oder italienischen Feinde seht, die gegen uns marschieren, tötet sie mit Feuerwaffen oder Messer oder Steinen – oder mit jeder anderen Waffe, die ihr griffbereit habt.«

»Wie zum Beispiel Kamelscheiße«, murmelte Fulmar.

»Der Tag der Freiheit ist gekommen!« schloß der Sprecher dramatisch.

»Nicht ganz«, erwiderte Fulmar, »fast, aber nicht ganz.«

Er dachte an seine eigene Freiheit. Second Lieutenant Fulmar war im Augenblick der Köder in einer Falle. Einige sehr verantwortungsbewußte Leute hielten es jedoch auch für möglich, daß der Köder – ob durch Feigheit, Egoismus oder einfach Unfähigkeit – sozusagen in der Falle aufstehen und die schnüffelnde Ratte verscheuchen würde. Dem Köder selbst gefiel dieser Gedanke.

So hatte man ihm den Job natürlich nicht erklärt. Bei mehreren kleinen, ermunternden Gesprächen hatte man ihm versichert, daß man *völliges* Vertrauen in ihn setze; daß er dieser ›Verantwortung‹ gerecht werde. Aber Fulmars lebenslängliche Erfahrung mit der Obrigkeit hatte ihn etwas anderes gelehrt.

Fulmar hatte seine gegenwärtige Lage ziemlich gut kapiert. Es war eine Art Schachpartie. Seit er sein erstes Schachspiel erhalten hatte, ein Geburtstagsgeschenk des Arbeitgebers seiner Mutter, als er zehn gewesen war, war er von dem Spiel fasziniert – und verblüfft über die Parallelen zum Leben. Im Leben wurden zum Beispiel wie beim Schach fröhlich Bauern geopfert, wenn es den wichtigeren Figuren diente.

In diesem Spiel war er ein weißer Bauer. Und er wurde als Köder bei der Gefangennahme zweier gegnerischer Figuren benutzt, die Fulmar als Läufer und Springer bezeichnete. Das Problem war, daß der schwarze Läufer und Springer von einer Reihe anderer Bauern von Schwarz und Weiß begleitet wurden.

Wenn das Spiel verlief wie geplant (hier unterschieden sich Leben und Schachspiel), würden Läufer und Springer die Seiten wechseln. Und der weiße Bauer mit dem goldenen Balken des Second-Lieutenant würde zum Läufer befördert werden. Wenn etwas schiefging, würden der Second-Lieutenant-Bauer und die schwarzen Bauern (die nicht einmal wußten, daß sie im Spiel waren) vom Schachbrett gefegt (oder nach den Regeln *dieser* Partie erschossen) werden, und die verbleibenden Spieler würden das Spiel fortsetzen.

Der Läufer war ein Mann namens Helmut von Hürten-Mitnitz, ein pommerscher Adliger, der zur Zeit als ranghoher Offizier der französisch-deutschen Waffenstillstandskommission für Marokko diente. Sein Springer war SS-Obersturmbannführer Johann Müller im SD, der gegenwärtig als Sicherheitsberater der französisch-deutschen Waffenstillstandskommission diente.

Helmut von Hürten-Mitnitz, der in Harvard studiert hatte und einst der deutsche Generalkonsul in New Orleans gewesen war, hatte vor kurzem einen Kontakt mit Robert Murphy, dem amerikanischen Generalkonsul für Marokko, hergestellt.

Von Hürten-Mitnitz hatte Murphy informiert, daß nach seiner Überzeugung Deutschland in den Händen eines Wahnsinnigen war und er die einzig mögliche Rettung Deutschlands in einem schnellen Sieg der westlichen Mächte sah. Deshalb sei er darauf vorbereitet, hatte er gesagt, zu tun, was immer nötig sei, um dafür zu sorgen, daß Deutschland den Krieg so schnell wie möglich verlor.

Der deutsche Diplomat hatte Murphy erklärt, Obersturmbannführer Müller sei aus eigenen Gründen zu dem gleichen Schluß gelangt und biete ebenfalls seine Dienste an. Durch seine ›offiziellen‹ Quellen sei Müller zu Wissen über die Greueltaten gelangt, die von den SS-›Spezialeinheiten‹ an der Ostfront begangen wurden, und er habe von Vernichtungslagern erfahren, die an mehreren Orten von der SS betrieben wurden. Müller war Berufspolizist, und er war von den Taten der SS schockiert (sie waren seiner Meinung nach nicht nur unmenschlich, sondern auch unprofessionell).

Ebenso war Müller klar, daß die Erfüllung seines einen großen Ziels im Leben – sich auf dem Bauernhof in Hessen zur Ruhe zu setzen, wo er geboren worden war – nicht möglich sein würde, wenn er als Kriegsverbrecher verurteilt und aufgehängt werden würde.

Da dies nicht nur die wahre Welt war, sondern auch die wahre Welt im Krieg, konnte man Helmut von Hürten-Mitnitz' noblesAngebot nicht für bare Münze nehmen. Seine Absichten mußten getestet werden. Man bot ihm eine Wahl: Er konnte einen Job für die Amerikaner erledigen, der mit echtem persönlichen Risiko für ihn verbunden war; oder er konnte sich dafür entscheiden, andere Bedürfnisse zu befriedigen.

So kamen die Bauern ins Spiel.

Es gab in Französisch Marokko eine Reihe französischer Offiziere bei Armee, Luftwaffe und Marine, die es nicht als ihre Pflicht betrachteten, die Bedingungen des französisch-deutschen Waffenstillstands zu befolgen. Statt dessen sahen sie es als ihre Offizierspflicht an, den Kampf gegen Deutschland fortzuführen. Diese Offiziere hatten neugierigen Amerikanern beträchtliche

Informationen gegeben und andere Hilfe gewährt. Und sie waren sich völlig im klaren darüber, daß ihr Handeln als Verrat betrachtet wurde.

Helmut von Hürten-Mitnitz' Kontrolleur hatte ihm gesagt, man erwarte von ihm, daß er zwanzig ›verräterische‹ französische Offiziere auftreibe, die von den Amerikanern vor den zu Vichy treuen französischen Kräften und vor den Deutschen geschützt werden und in den Palast des Paschas von Ksar es Souk gebracht werden sollten, wo sie einem amerikanischen Offizier übergeben werden würden.

Der amerikanische Offizier sollte kurz vor Beginn der Invasion per Fallschirm in Marokko abgesetzt werden. Sobald wie möglich *nach* dem Auftauchen der amerikanischen Schiffe vor der marokkanischen Küste würde er Kontakt mit Helmut von Hürten-Mitnitz aufnehmen, um ihm die Namen der zwanzig Offiziere mitzuteilen.

Schließlich wurde Helmut von Hürten-Mitnitz informiert, daß es sich bei dem amerikanischen Offizier um Second Lieutenant Eric Fulmar handelte. Das würde von Hürten-Mitnitz also bekannt sein. Ein Second Lieutenant der U.S. Army, sogar einer vom Office of Strategic Services, war ein kleiner Fisch. Aber Second Lieutenant Fulmar, Infanterie, U.S. Army, hatte eine doppelte Staatsbürgerschaft. Sein Vater, der Baron von Fulmar, war nicht nur ein hohes Tier bei der Nazipartei, sondern auch Generaldirektor der Fulmar Elektrischen Gesellschaft.

Seit Monaten war Eric Fulmar ein Dorn im Fleisch seines Vaters und vieler hoher Parteifunktionäre der NSDAP gewesen. Bei Kriegsausbruch war Eric Student der Elektrotechnik an der Universität von Marburg an der Lahn gewesen. Aber er war nicht in Deutschland geblieben, um seine Pflicht zu akzeptieren, eine Uniform anzuziehen und für das Vaterland zu kämpfen. Die Abreise des jungen Fulmar war natürlich als Verhöhnung des Tausendjährigen Reichs betrachtet worden. Mit anderen Worten, er war eine Peinlichkeit für seinen Vater und die Partei.

Schlimmer noch, er hatte seiner Fahnenflucht keine Würde verliehen und war nicht in die Vereinigten Staaten geflüchtet. Das hätte man ja noch mehr oder weniger verstehen können. Er war nach Marokko gegangen, ausgerechnet dorthin, und zwar als Gast seines Klassenkameraden Sidi Hassan el Ferruch, Pascha von Ksar es Souk.

Dort hatte er prompt die Dinge noch verschlimmert, indem er sich in das profitable Geschäft des Schmuggelns von Gold, Valuta und Edelsteinen aus Frankreich nach Marokko eingelassen hatte. Sein amerikanischer Paß und ein Diplomatenpaß, der ihm vom Pascha von Ksar es Souk ausgestellt worden war, hatten ihn vor einer Festnahme und Verurteilung gerettet.

Als Helmut von Hürten-Mitnitz zum Mitglied der französisch-deutschen Waffenstillstandskommission ernannt worden war, hatte eine seiner Missionen darin bestanden, dafür zu sorgen, daß der junge Fulmar nach Deutschland zurückgebracht wurde. Seine besten Bemühungen (in Wirklichkeit die von Obersturmbannführer Müller) waren vergebens gewesen. Und als die Amerikaner in den Krieg eingetreten waren – als er hätte festgenommen werden können, ohne daß gegen die amerikanische Neutralität verstoßen worden wäre –, war Eric Fulmar einfach verschwunden.

Jetzt bot man Helmut von Hürten-Mitnitz und Obersturmbannführer Müller die Wahl, mitzuspielen oder den Mund zu halten.

Das leichteste wäre für sie, die zwanzig französischen Offiziere und Eric Fulmar aufzutreiben und die

Glückwünsche ihrer Vorgesetzten entgegenzunehmen. Man hoffte natürlich, daß sie – als ihren Beitrag zur schnellen Beendigung des Krieges – die zwanzig Offiziere zu Second Lieutenant Fulmar und in die Sicherheit von Ksar es Souk bringen würden. Was natürlich Verrat war.

Noch wichtiger, sie würden sich bloßstellen. Danach konnten die Amerikaner andere Dienste von ihnen verlangen – unter der Drohung, die SS zu informieren, was sie in Marokko getan hatten.

Als Eric Fulmar vor drei Tagen per Fallschirm in der Wüste bei Ksar es Souk abgesetzt worden war, hätte es ihn nicht überrascht, wenn er sofort von Männern der Waffen-SS umzingelt gewesen wäre. Wie sich erwies, wurde er nicht von deutschen Soldaten empfangen; aber das war kein Beweis dafür, daß Helmut von Hürten-Mitnitz und Müller mitspielten, wie man es von ihnen erwartete. Es war gut möglich, daß sie mit seiner Festnahme abgewartet hatten, um erst die Namen der französischen Offiziere zu erfahren.

Als das Kodewort als Signal für den Beginn der Invasion über das tragbare Zenith-Radio mitgeteilt worden war, hatte Fulmar Rabat angerufen, um die Auslieferung der Liste der französischen Offiziere an Müller anzufordern. Dann hatte er Müller angerufen und ihm gesagt, daß er die Liste in seinem Briefkasten finden würde. Zu Fulmars Überraschung hatte Müller ihm die genaue Stunde mitgeteilt, in der er in Ksar es Souk sein würde.

Müller war so klar und vorsichtig mit der Ankunftszeit gewesen, daß Fulmar beim Auftauchen des Lastwagens sofort argwöhnte, er wäre voller Soldaten der Waffen-SS, nicht voller französischer Offiziere. Angesichts dessen hatte er sich entschlossen, seinen Plan zu ändern und die Berbertruppe nicht zu begleiten, die den Konvoi mit Müller abfangen würde, bevor er Ksar es Souk erreichte.

Er entschied sich, die Aktion vom Turm des Palastes aus zu beobachten.

Beim Schach werden Bauern in Gefahr gebracht, dachte er. *Das gehört zum Spiel. Aber nirgendwo steht geschrieben, daß sie sich selbst der Gefahr aussetzen müssen.*

Als der Radiosprecher die Erklärung des Präsidenten zu wiederholen begann, drehte Fulmar an der Sendereinstellung und hoffte etwas anderes zu finden. Es gab nichts.

Er schaltete das Radio aus und nahm wieder das Fernglas. Diesmal stieg eine Staubwolke aus dem Wüstensand auf. Genau planmäßig. Fulmar erhob sich von dem antiken Stuhl und kniete sich auf den Steinboden, so daß er die Ellbogen auf der Brüstung des Turms auflegen und das Fernglas ruhig halten konnte.

Es dauerte zwei Minuten, bis das erste der Fahrzeuge zu erkennen war. Es war ein kleines, offenes Fahrzeug – eine militärische Version des Volkswagens, Deutschlands Antwort auf den Jeep. Vier Soldaten in den feldgrauen Uniformen der Waffen-SS saßen in dem Volkswagen. Es folgte ein gepanzertes Auto, ein französischer Panhard.

Fulmar runzelte die Stirn. Der gepanzerte Wagen kam unerwartet. Das roch nach der Falle, die er befürchtete. Hinter dem Panhard fuhr eine Citroen-Limousine, und dahinter ein ziviler Lastwagen, der offenbar requiriert worden war. Der Lastwagen war groß genug, um zwanzig französische Offiziere zu befördern. Oder so viele Männer der Waffen-SS. Hinter dem Lastwagen fuhren zwei andere Volkswagen mit weiteren Soldaten der Waffen-SS.

Ungefähr einen halben Kilometer von Ksar es Souk entfernt verschwand der Konvoi in einer Vertiefung des Geländes. Und dann tauchte er wieder auf, fuhr in eine Kurve und stoppte. Dort war die Straße mit einem Stapel von Felsbrocken blockiert.

Vom Turm aus konnte Fulmar die Berber sehen, die den Konvoi erwarteten, doch für die Deutschen waren die Berber nicht zu sehen.

Die Soldaten der Waffen-SS sprangen vom Volkswagen und bildeten eine Verteidigungsformation um den Konvoi.

Der Panhard fuhr vor den Volkswagen an der Spitze, und der Fahrer versuchte, die Straßensperre zu überfahren. Keiner verließ den Lastwagen. Was nichts zu bedeuten hatte; vielleicht versuchte man die Anwesenheit weiterer deutscher Soldaten so lange wie möglich geheimzuhalten.

Fulmar sah die Mündungsblitze der MGs des Panhards, bevor er die Schüsse hörte. Und dann schlugen Flammen aus dem Panhard, und eine riesige schwarze Rauchwolke von brennendem Benzin stieg in den Himmel.

Weiteren Mündungsblitzen folgte das Krachen der Waffen. Zwei der Männer der Waffen-SS stürmten auf die Position der Berber zu, bevor sie niedergeschossen wurden.

Und dann hoben die anderen zögernd die Hände, um sich zu ergeben.

Ein deutscher und drei französische Offiziere, plus ein Fahrer der Waffen-SS stiegen mit erhobenen Händen aus dem Citroen. Dann spuckte der Lastwagen ein Dutzend weiterer Franzosen aus – Offiziere, Zivilisten und erstaunlicherweise zwei Frauen. Der deutsche Offizier war fast mit Sicherheit Obersturmbannführer Müller.

Ein Berber zu Pferde tauchte auf. Er ritt zu dem gepanzerten Panhard und blickte lange und nachdenklich auf zwei Insassen, die entkommen waren und auf dem Boden lagen. Er tötete beide mit einem Feuerstoß aus seiner Thompson-MPi. Dann ritt er zu der Stelle, an der die beiden Soldaten der Waffen-SS niedergeschossen worden waren, und feuerte kurze Feuerstöße in ihre Leichen ab.

Weitere Reiter tauchten auf. Den übrigen Deutschen, einschließlich des Offiziers, der im Citroen gewesen war, wurden die Hände auf den Rücken gefesselt. Ein Strick wurde um ihren Hals geschlungen, und sie wurden zu einer Kette gebunden. Und einer der Berber zu Pferde begann sie nach Ksar es Souk zu führen.

Die französischen Offiziere und die Frauen wurden nicht gefesselt, jedoch unsanft über die Straße zum Palast getrieben. Die Fahrzeuge blieben zurück, wo sie gestoppt worden waren.

Die Operation war nicht exakt verlaufen wie geplant, doch sie hatte geklappt, und der gepanzerte Wagen war nicht annähernd so problematisch gewesen, wie er hätte sein können. Offenbar hatte Müller getan, was man angeordnet hatte.

Fulmar hängte das Fernglas am Riemen um den Hals, nahm seine Thompson-MPi und stieg vorsichtig die enge Treppe vom Turm hinab.

An ihrem Fuß gelangte er in den Palasthof. Er entdeckte einen kleinen Jungen und befahl ihm in fließendem Arabisch, den Cognac, das Kaffeeservice und das Radio vom Turm zu holen.

Dann ging er zum Tor vom inneren zum äußeren Hof. Bevor er dort eintraf, verhüllte er sein Gesicht unterhalb der Augen mit einem Teil des blauen Stoffs seiner Kapuze. Die einst glänzenden Fallschirmspringerstiefel waren jetzt verschrammt von Felsen und Büschen der Wüste; sie sahen wie alle alten Stiefel aus. Er war nicht von einem echten Berber zu unterscheiden.

Im äußeren Hof hielten sich an die hundert Berber auf, ein Drittel davon Frauen in schwarzen Gewändern. Die Männer hatten die Gesichter blau angemalt, wie es bei ihnen Sitte war, und die meisten waren mit Thompson-Maschinenpistolen bewaffnet. Abseits standen etwa vierzig Pferde bereit.

Fulmar bahnte sich einen Weg durch die Männer zu einer Gruppe der Führer und berichtete ihnen, was geschehen war.

Dann berührte einer der Berber seine Schulter und nickte zum Tor hin. Der Reiter mit der Reihe der Gefangenen war jetzt zu sehen.

»Sobald er drinnen ist, holt ihr die Fahrzeuge«, befahl Fulmar. »Und ihr versteckt den gepanzerten Wagen.«

»Warum?« fragte der Berber.

»Tu es einfach!« sagte Fulmar.

Der Berber machte eine spöttische Geste der Unterwürfigkeit.

»Ich höre und gehorche, o Sohn des Himmels«, sagte er.

»Mögest du dir die französische Krankheit zuziehen und dein Pimmel grün werden und abfallen«, sagte Fulmar.

Sie lachten sich an, und der Berber ging zu den Pferden, die bereitgehalten wurden. Er schwang sich behende in einen Sattel und rief ein halbes Dutzend Namen von Männern auf, die zu den Pferden eilten und aufsaßen. Sie ritten vom Hof, als die deutschen Gefangenen hineingeführt wurden.

Die Deutschen wirkten verängstigt.

Na klar, dachte Fulmar, *ich hätte ebenfalls höllische Angst, wenn ich mit einem Strick um den Hals von einer Horde Typen mit blauen Gesichtern und MPis in einen Palast von König Artus und den Rittern der Tafelrunde geführt werden würde.*

Er wandte sich an einen anderen Berber.

»Der stämmige Mann«, sagte er. »Der ohne die Lederausrüstung. Bring ihn nach drinnen in den kleinen Salon oder in die Bibliothek. Laß jemanden bei ihm und sorge dafür, daß keiner sonst mit ihm in Kontakt kommt.«

»Und die anderen?«

»Bringe sie in den Hauptraum und lasse ihnen etwas zu essen und trinken servieren. Sie werden nicht behelligt.«

»Nicht einmal die Stiefel werden ihnen abgenommen?«

»Nicht einmal die Stiefel«, sagte Fulmar. »Sie haben gut gekämpft. Sie verdienen eine ehrenvolle Behandlung.«

Als die Franzosen eingetroffen und in den Hof geführt worden waren, ging Fulmar zu ihnen.

»Im Namen seiner Exzellenz Sidi Hassan el Ferruch, dem Pascha von Ksar es Souk, heiße ich Sie in seinem Heim willkommen. Sie werden verpflegt und versorgt und zu gegebener Zeit hinter die amerikanischen Linien gebracht werden.«

Er hatte Französisch gesprochen. Sie akzeptierten ihn anscheinend als Französisch sprechenden Berber. Jedenfalls sah er keine überraschten, mißtrauischen Blicke.

Er war ein wenig verdutzt wegen des Mangels an Aufregung. Keine Freude. Keine Jubelschreie. Dann wurde ihm klar, daß diese Leute erwartet hatten, irgendwo in die Wüste gebracht und von der SS erschossen zu werden. Sie standen unter Schock. Sie hatten noch nicht ganz begriffen, daß sie leben würden.

Einer von ihnen, ein drahtiger, kleiner Mann, riß sich genug zusammen und wollte Fulmar Fragen stellen.

Aber Fulmar wandte sich ab und schritt davon, ohne

ihn aussprechen zu lassen. Er ging in den kleinen Salon neben der Bibliothek.

Vor der Tür stand ein Berber, und ein anderer hielt sich im Salon auf. Der deutsche Offizier saß unbeholfen auf einem dreibeinigen Stuhl, die Hände immer noch hinter dem Rücken gefesselt.

Fulmar ging zu ihm, nahm einen Krummdolch aus dem mit Juwelen besetzten Etui an der goldenen Kordel um seine Hüfte und schnitt die Fesseln durch.

»Jemand soll meinen Cognac bringen«, befahl Fulmar. »Und Kaffee und Orangen und etwas Braten.«

»Sprechen Sie Deutsch?« fragte der deutsche Offizier und rieb sich die Handgelenke.

»Ganz recht!« erwiderte Fulmar in akzentfreiem Deutsch. »Ich bin ein Alt-Marburger, wissen Sie – ein Absolvent der Philipps-Universität in Marburg an der Lahn.«

»Sie sind Fulmar?« fragte der Deutsche überrascht.

»Zu Ihren Diensten, Herr Obersturmbannführer«, sagte Fulmar. »Woher, zum Teufel, kam dieser gepanzerte Wagen? Dies hätte diese ganze Operation versauen können!«

»Was hätte ich sagen sollen? … Danke, ich brauche keinen gepanzerten Wagen …?«

»Er hätte alles vermasseln können«, sagte Fulmar und unterdrückte ein Lächeln.

Sie schauten sich an.

»Dies ist ein wenig merkwürdig, nicht wahr?« fragte Fulmar.

Beide waren für einen Augenblick bewegt. Doch so schnell die Emotion gekommen war, so rasch bemühten sie sich, die Gefühle zu unterdrücken.

»Werden Sie Ihre Seite des Handels erfüllen?« fragte der Deutsche.

»Sobald wir jeden sicher außer Sicht haben, werde

ich Sie zu Ihrem Wagen zurückbringen«, sagte Fulmar.

»Und was passiert zwischen hier und Ourzazate?«

»Zwischen hier und dort sind Sie sicher«, sagte Fulmar. »An Ihrer Stelle würde ich mir Sorgen machen, wie ich von Ourzazate nach Rabat komme.«

Das Schachspiel ist vorüber, dachte Fulmar. *Und die Bauern sind nicht vom Schachbrett gefegt worden.*

Er fragte sich, warum ihm nicht zum Jubeln zumute war, und er fand die Antwort sofort: Ein neues Spiel hatte bereits begonnen.

3

Französisch-Deutsche Waffenstillstandskommission Rabat, Marokko

10. November 1942

Helmut von Hürten-Mitnitz befand sich nicht in seinem Büro, als SS-Obersturmbannführer Johann Müller vom SD ihn dort suchte. Aber Müller fand ihn beim Packen seines Gepäcks in seiner Wohnung, einer gut eingerichteten Suite mit hoher Decke und mit Ausblick auf den von Palmen gesäumten Boulevard in der Stadtmitte.

Von Hürten-Mitnitz war ein großer, scharfgesichtiger Aristokrat aus Pommern, der jüngere Bruder des Grafen von Hürten-Mitnitz. Er zählte zur sechsten Generation seiner Familie, die ihrem Land als Diplomat diente.

»Guten Tag, Obersturmbannführer«, sagte von Hürten-Mitnitz trocken, während er ein Hemd in seinen Koffer legte. »Sie sind zweifellos gekommen, um mir zu sagen, daß unsere tapferen französischen Alliierten die Amerikaner ins Meer geworfen haben?«

Obersturmbannführer Johann Müller schnaubte.

»Einen Scheiß haben sie«, sagte er.

»Wie ist die Lage?« fragte von Hürten-Mitnitz.

Müller erzählte ihm von den Ereignissen in Ksar es Souk und von seinem Treffen mit Fulmar.

»Endlich, von Angesicht zu Angesicht, wie?« sagte Helmut von Hürten-Mitnitz. »Wie ist er?«

»Ich hielt ihn zuerst für einen Araber«, sagte Müller.

Von Hürten-Mitnitz schaute ihn an und wartete darauf, daß er weitersprach.

»Und irgendwie hatte ich erwartet, daß er älter ist«, sagte Müller. »Gutaussehender Junge. Gescheit und patent. Selbstsicher.«

Von Hürten-Mitnitz nickte nachdenklich. Diese Beschreibung hatte er mehr oder weniger erwartet.

»Und was ist mit den anderen Amerikanern?« fragte von Hürten-Mitnitz.

»Ich nehme an, die Amerikaner werden in vierundzwanzig Stunden hier in Rabat sein«, sagte Müller.

»Werden sie von etwas aufgehalten?« fragte von Hürten-Mitnitz.

»Es gibt aus zuverlässiger Quelle Gerüchte, daß sie zwei Stunden mit dem Versenken der unbesiegbaren französischen Nordafrika-Flotte vergeuden mußten«, erwiderte Müller.

»Nun, anscheinend sollen Sie und ich vor den Amerikanern gerettet werden, damit wir unseren Beitrag zum zukünftigen Sieg des Vaterlands leisten. Eine Reise ist für Sie und mich arrangiert worden, und kiloweise offizielle Papiere und so weiter sind ausgestellt worden, damit wir um zwanzig Uhr dreißig an Bord einer Junkers gehen können. Wir dürfen fünfzig Kilo persönliches Gepäck mitnehmen.«

»Warum so spät?« fragte Müller.

»Die Amerikaner haben ebenfalls ein paar Stunden damit vergeudet, die unbesiegbare französische Luftwaffe vom Himmel zu fegen«, sagte von Hürten-Mitnitz. »Es blieb die Wahl zwischen einem U-Boot und der Junkers am Abend.«

Müller ging zum Tisch und nahm eine Flasche Steinhäger.

»Darf ich?« fragte er und schenkte bereits Schnaps in ein Glas ein.

»Selbstverständlich«, sagte von Hürten-Mitnitz. »Und wären Sie so nett, mir auch einen einzugießen?«

Als Müller von Hürten-Mitnitz das gefüllte Schnapsglas gab, fragte er: »Wußten Sie, was die Amerikaner vorhatten?«

Helmut von Hürten-Mitnitz blickte ihm in die Augen.

»Nicht so, wie Sie vermutlich meinen«, erwiderte er. »Ich wußte, daß sie kommen. Es war eine logische Entscheidung, und ich wußte, daß sie fähig sind, eine transatlantische Invasionstruppe zu entsenden. Aber sie haben mir nichts davon gesagt. Murphy ging sogar so weit, mir weiszumachen, daß die Amerikaner die Briten von Kairo aus verstärken wollen.«

»Dann haben sie Ihnen mißtraut«, sagte Müller. »Warum also ihnen vertrauen?«

Helmut von Hürten-Mitnitz trank einen Schluck Steinhäger, bevor er antwortete.

»Es gibt eine einfache Antwort darauf, Johann«, sagte er. »Mir – uns – bleibt nichts anderes übrig, als ihnen zu vertrauen. Verstehen Sie? Ich habe nicht erwartet, von ihnen Einzelheiten über ihre Invasion zu hören.«

»Wir könnten es arrangieren, hier gefangengenommen zu werden«, sagte Müller. »Haben Sie daran gedacht? Wir lassen uns einfach nicht auf dem Flugplatz blicken.«

»Das würde für Sie klappen«, sagte von Hürten-Mitnitz. »Wenn Sie es wollen, können Sie genau das tun.«

»Und für Sie würde es nicht klappen? Warum nicht?«

»Ich würde als Soldat behandelt und Kriegsgefangener werden«, sagte von Hürten-Mitnitz. »Und ich habe einen Diplomatenpaß. Ich bin mir ziemlich sicher, daß man mich in ein Flugzeug nach Lissabon setzen und nach Deutschland zurückbringen würde.«

»Nicht, wenn Sie sagen, daß Sie nicht dorthin wollen«, wandte Müller ein.

»Aber ich muß dorthin, Johann«, sagte von Hürten-Mitnitz. »Das werden Sie verstehen.«

Müller schnaubte, trank sein Schnapsglas leer und schenkte sich noch einen Steinhäger ein.

»Sie müssen die Dinge in der richtigen Perspektive sehen«, sagte von Hürten-Mitnitz. »Obwohl die Invasion Nordafrikas gerade erst begonnen hat, ist sie bereits Geschichte. Man will mich für die Zukunft.«

Müller schnaubte wieder.

»Man will *uns* dafür, meinen Sie.« Er schwieg kurz und runzelte die Stirn. »Und befürchten Sie nicht, daß Sie – und ich, was das anbetrifft – daß wir in Berlin schlecht aussehen, weil wir hier nicht mehr getan haben, als es der Fall war?«

»Man wird uns die Schuld geben, meinen Sie? Oder uns mit Mißtrauen betrachten?« fragte von Hürten-Mitnitz und fuhr fort, ohne auf eine Antwort zu warten: »Das bezweifle ich. Ich nehme an, die Ereignisse hier werden als weiteres Beispiel für die französische Falschheit und Unfähigkeit im Kampf betrachtet werden. Und weil die Amerikaner in Marokko sind, werden der Führer und sein Gefolge das unangenehme Thema verdrängen wollen. Bis der Führer natürlich bei guter Laune entscheidet, Marokko zurückzuholen.«

Müller schnaubte höhnisch.

»Und haben die Amerikaner gesagt, was sie von uns in Deutschland wollen?«

»Bis zu einem gewissen Grade«, sagte Helmut von Hürten-Mitnitz. »Aber ich glaube, je weniger Sie darüber wissen, desto besser.«

Er schloß seinen Koffer und schnallte die Lederriemen zu.

»Haben Sie gepackt?«

»Gleich nach Fulmars Anruf«, sagte Müller.

»Nun, dann sollten wir Ihr Gepäck holen und zum Flugplatz fahren.« Von Hürten-Mitnitz blickte Müller an. »Johann, wenn Sie bleiben und sich gefangennehmen lassen wollen, verstehe ich das. Ich kann auch eine glaubwürdige Geschichte erfinden, um es daheim zu erklären. Wissen Sie, aufopfernde Pflichterfüllung und so.«

»Mein Gott, Sie machen es mir nicht leicht«, sagte Müller. »Ich habe mir fast selbst eingeredet, zu bleiben. *Fast*, Scheiße. Als ich herkam, wollte ich Ihnen sagen, daß ich bleibe. Und dann fiel mir ein, was dieses Schwein in Rußland getan hat. Was sie in Deutschland sogar Deutschen antun …«

»Ja«, sagte von Hürten-Mitnitz verständnisvoll.

Er blickte sich im Zimmer um. »Ich gehe ziemlich ungern hier fort«, sagte er. »Es gibt vieles an Marokko, was ich wirklich mag.«

Müller schaute ihn an.

»Ich wünschte, wir könnten woanders hinreisen als nach Deutschland«, sagte er.

4

Washington, D.C.

12. November 1942

EILT!
SUPREME HEADQUARTERS ALLIED EXPEDITIO-
NARY FORCE
GIBRALTAR 1015 HOURS 12 NOV 42
JOINT CHIEFS OF STAFF PENTAGON WASH DC
FUER COL W J DONOVAN ALTE FREUNDE SICHER
STOP NEUE FREUNDE KEHREN HEIM STOP
UNTERZEICHNET MURPHY STOP ENDE

Die Funkbotschaft traf um Viertel nach fünf Washingtoner Zeit im Pentagon ein. Da sie unverschlüsselt war,
brauchte sie nicht entschlüsselt werden. Sie wurde um
05:17 Uhr in Box G gelegt.

Box G wurde um 05:28 Uhr geleert, und der Inhalt
wurde von einem bewaffneten Kurier zum National In-
stitutes of Health Building gebracht, wo er um 06:05
Uhr ins Eingangsbuch eingetragen wurde. Um 06:15
Uhr wurde die Botschaft in eine Box mit der Aufschrift
DIRECTOR gelegt. Zu diesem Zeitpunkt hatte sie einen
roten Aufkleber, der sie als Eilbotschaft markierte, die
sofortige Aufmerksamkeit des OSS-Direktors erforderte.

Um 06:19 Uhr wurden die Botschaften in der Box des
Direktors von Chief Boatswain's Mate J.R. Ellis, USN,
abgeholt. Ellis war ein stämmiger Achtunddreißigjäh-
riger, unter dessen nicht zugeknöpftem Uniformrock
eine Colt .45 Halbautomatik-Pistole hervorlugte, die er
hoch an der Hüfte in einem Holster trug.

Ellis las den Stapel Botschaften und steckte sie dann in eine Aktentasche. Er knöpfte seinen Uniformrock zu, ging zum Parkplatz, wo eine Weißmütze, ein Torpedoman Second Class, hinter dem Steuer eines Buick Roadmaster saß. Ellis stieg vorne ein und setzte sich auf den Beifahrersitz.

»Wie hängen die Eier, Chief?« fragte der Torpedoman und dann fragte er, ohne auf eine Antwort zu warten: »Nach Georgetown?«

»Georgetown«, bestätigte Ellis.

Als Ellis ins OSS eingetreten war – so früh, als es noch das ›Office of the Coordinator of Information‹ geheißen hatte –, war er Boatswain's Mate First Class gewesen und soeben von der Jangtse-Patrouille zurückgekehrt, und er war der Fahrer des Buick Roadmaster des Direktors geworden. Jetzt hatte er andere Pflichten, wenn sie auch etwas vage definiert waren. Neuankömmlingen beim OSS, besonders ranghohen Offizieren, die natürlich dazu neigten, anzunehmen, ein Chief Petty Officer stünde zu Ihrer Verfügung, erzählte man zweierlei über Chief Ellis: Nur der Colonel und der Captain (Colonel William J.Donovan, der Direktor des OSS, und Captain Peter Douglass, USN, sein Stellvertreter) erteilten Chief Ellis Befehle.

Und – noch wichtiger –, wenn der Chief um etwas bat, war es klug, anzunehmen, daß er es mindestens mit der Befugnis des Captains tat.

Als der Buick vor einem Reihenhaus in Georgetown stoppte, tauchte plötzlich ein stämmiger Mann in Zivilkleidung aus einer Gasse auf. Es gab keinen Zweifel daran, daß er jeden, der aus dem Wagen steigen würde, den Zutritt zu dem Haus verwehren wollte.

Und dann erkannte er Ellis und zog die Hand, mit der er seine Pistole hatte ziehen wollen, unter dem Jackett hervor und hob sie grüßend.

»Wie geht's, Chief?« fragte er, als Ellis aus dem Wagen stieg und auf die rot angestrichene Tür des Gebäudes zuging.

»Ich dachte, Sie werden um sechs abgelöst«, sagte Ellis.

»Dachte ich auch. Die Hurensöhne haben sich wieder verspätet«, erwiderte der stämmige Mann.

Colonel William J. Donovan öffnete seine Haustür. Er war untersetzt und grauhaarig, und er trug ein Unterhemd. Rasierschaum bedeckte noch sein Kinn.

»Der verdammte Wecker hat nicht geklingelt«, sagte er. »Wieviel Zeit haben wir noch?«

»Genug«, sagte Ellis.

»Sie brauchten nicht herzukommen, Chief«, sagte Donovan. »Ich wollte ohnehin beim Büro vorbeifahren.«

Er wandte sich um und forderte Ellis mit einer Geste auf, ihm ins Haus zu folgen.

»Ist was Wichtiges da drin?« fragte Donovan und wies auf die Aktentasche.

Ellis öffnete sie und überreichte Donovan den Stapel Botschaften mit roten Aufklebern.

»Hat Douglass sie schon gesehen?« fragte er.

»Nein, Sir, ich dachte mir, ich schicke sie mit dem Fahrer zurück«, sagte Ellis.

»Sie haben Murphys Funkbotschaft gelesen?«

»Jawohl, Sir.«

»Sie hatten nie irgendwelche Zweifel in dieser Sache, nicht wahr, Chief?«

»Ich hatte keine Zweifel hinsichtlich Fulmar«, sagte Ellis. »Bei den Krauts war ich mir nicht so sicher.«

Donovan lachte.

»Nun, es hat geklappt«, sagte er. »Und nur zwischen uns, es war mehr dran, als es den Anschein hat.«

»Das habe ich mir zusammengereimt«, sagte Ellis.

»Aber ich habe noch nicht herausgefunden, *was* daran ist.«

Es war eine unausgesprochene Bitte um Information. Donovan erfüllte sie nicht. »Haben Sie gefrühstückt?«

Ellis zögerte mit der Antwort.

»Es gibt einen Coffee Shop in Anacostia«, sagte er.

»Mit anderen Worten, Sie haben nicht gefrühstückt«, sagte Donovan. »Was bedeutet, daß Sie ebenfalls die ganze Nacht auf waren. Habe ich recht?«

»Ich hielt es für besser, dort zu bleiben.«

»Der Koch ist noch nicht aufgestanden«, sagte Donovan. »Aber ich habe die Kaffeemaschine angeworfen. Meinen Sie, Sie können uns ein paar Eier mit Schinken machen, ohne die Küche in Brand zu stecken?«

»Jawohl, Sir.«

»Ich ziehe ein Hemd an und hole mein Gepäck«, sagte Donovan. »Es wird nicht lange dauern.«

Er ging zur Treppe und wandte sich dort um.

»Ellis, vielleicht sollten Sie mit Anacostia sprechen. Ich fahre ungern den ganzen Weg dorthin, nur um festzustellen, daß wir heute nicht ausfliegen können.«

»Das habe ich überprüft, bevor ich hierherfuhr«, sagte Ellis.

»Ja, natürlich haben Sie das getan«, sagte Donovan. »Was würde ich nur ohne Sie machen, Ellis?«

»Ich weiß es nicht«, sagte Ellis ernst. »Ohne einen Mann, der weiß, was er tut, würde dieser Laden noch beschissener, als er bereits ist.«

Donovan brauchte einen Moment, bis ihm klarwurde, daß Ellis auf seine Weise gescherzt hatte.

Dann lachte er, ein herzliches, tiefes Lachen.

»Das Eidotter nach oben, bitte, Ellis«, sagte er, »Und versuchen Sie, den Toast nicht anzubrennen.« Dann ging er die Treppe hinauf.

Ellis ging zu einem Telefon auf einem kleinen Tisch an der Wand und wählte.

»Ellis«, sagte er, als sich jemand meldete. »Ich bin beim Boß. Wir sollten in einer halben Stunde hier abfahren. Wenn Sie in den nächsten zwei Stunden nichts mehr von mir hören, sagen Sie dem Captain, daß wir unterwegs sind.«

Er legte den Hörer auf, ging in die Küche, zog seinen Uniformrock aus, band sich eine Schürze um und machte Frühstück für Donovan und sich.

Ellis hatte das Kochen von einem chinesischen Jungen an Bord des USS *Panay* der Jangtse-Patrouille gelernt. Er dachte oftmals daran, wenn er zu Küchendienst gezwungen wurde. Das war vor langer Zeit gewesen. Vor siebzehn Jahren. Da war er ein einundzwanzigjähriger Seaman auf der Beförderungsliste zum Boatswain Third Class gewesen.

Aber er war nur für kurze Zeit von China zurückgekehrt. Kurz vor Ausbruch des Krieges war die Jangtse-Patrouille aufgelöst worden, und die verbliebenen Kanonenboote waren nach den Philippinen verlegt worden. Man hatte ihn auf den Philippinen halten wollen, doch seine Dienstverpflichtung war zu Ende, und er wollte nicht auf den Philippinen dienen. Er hatte erklärt, daß er aus der Navy ausscheiden wollte, und man hatte ihn nach Hause geschickt.

Natürlich war man sauer gewesen. Jeder wußte, daß der Krieg kommen würde, und man wollte ihn nicht aussteigen lassen. Aber man hatte nichts dagegen tun können (die Dauer der Dienstverpflichtung war noch nicht eingefroren worden). So hatte man ihn so unfreundlich wie möglich zurückgeschickt; er hatte als Frachtaufseher auf einem alten Küstenfrachter, der auf dem Weg zur Überholung in San Diego gewesen war, arbeiten müssen. Damals hatte er sich gesagt, da er

China niemals wiedersehen würde (er liebte China), war es das beste für ihn, sauber zu bleiben, damit er seine zwanzig Jahre Dienstzeit zu Ende bringen und sich mit seiner Abfindung und seinem gesparten Sold zur Ruhe setzen konnte.

Das war vor nicht ganz zwei Jahren gewesen.

Er war in Jauche gefallen und mit Rosenduft aufgestanden. Die Befehle, mit denen er bald nach China zurückgeschickt worden war (und nach Burma, Indien, Ägypten und England) beschrieben ihn als ›Verwaltungsassistent des Direktors des Office of Strategic Services‹. Was bedeutete, daß er mit dem Colonel an all diese Orte reisen und sich um alles kümmern mußte, was immer Donovan verlangte.

Das übertraf mit Sicherheit das, was in der meisten Zeit seines Lebens als Erwachsener sein größtes Ziel gewesen war: Chief auf einem Jangtse-Patrouillenboot zu sein.

Natürlich hatte es einen Preis, dem Colonel das Leben zu erleichtern, wenn es möglich war. Er mußte sich zwischen den Colonel und jeden stellen, der ihm schaden wollte. Aber er war bereit, diesen Preis zu zahlen.

Was genau dieser Preis sein würde, wußte Ellis nicht. Wenn ihm die Rechnung präsentiert wurde, würde er zahlen – und unterdessen würde er dem Colonel die Wünsche erfüllen. Wenn er die Eier mit dem Dotter nach oben gebraten haben wollte, sollte er sie so bekommen.

II

I

East Grinstead Air Corps Station
Sussex, England

3. Dezember 1942

Als Colonel William J. Donovan in Kairo war, schickte er einen Kurier mit Material, das er nicht dem normalen Dienstweg anvertrauen wollte, nach London voraus. Darunter befand sich eine persönliche Botschaft an David Bruce, den Leiter der Londoner OSS-Station, in der er ankündigte, daß er Kairo in den nächsten paar Tagen verlassen werde. Danach wollte er einen Tag in Algier und einen weiteren in Casablanca verbringen, ›um die Dinge persönlich in Augenschein zu nehmen‹. Anschließend würde er nach London weiterfliegen.

Außer dem Leiter der OSS-Station Casablanca warteten zwei bekannte Gesichter auf Donovan und Ellis auf dem Flughafen Casablanca.

Das waren Richard Canidy und James M.B. Whittaker. Beide Männer waren Mitte Zwanzig und fast gleich groß – ungefähr einsachtzig – und sahen gut genug aus, um die Blicke der meisten Mädchen anzuziehen. Ende der Ähnlichkeit. Canidy war breitschultrig und grobknochig, hatte dunkle Augen und fast schwarzes Haar, während Whittaker hellblond und schlank war und sich leopardenhaft bewegte.

Canidy und Whittaker waren seit der Schulzeit befreundet. Canidy war eine von Donovans jüngeren

Erwerbungen, er kannte jedoch Jimmy Whittaker, seit dieser Windeln getragen hatte. Whittakers Onkel, Chesley Haywood Whittaker, ein Harvard- und MIT-geschulter Ingenieur, der Eisenbahnlinien, Dämme und Elektrizitätssysteme in der ganzen Welt gebaut hatte, war sein ganzes Leben lang ein großer Freund Donovans gewesen. Vor dem Krieg hatte Donovan Chesty Whittaker zu seinem Stellvertreter ernennen wollen. Doch am Tag, an dem Pearl Harbor von den Japanern angegriffen worden war und Donovan in sei-nem Washingtoner Herrenhaus auf eine Aufforderung zu einem Besuch im Weißen Haus gewartet hatte, war Chesty Whittaker an einem Herzinfarkt gestorben.

Canidy und Whittaker waren leicht erkennbar als Piloten im Offiziersrang des United States Army Air Corps. Beide trugen Piloten-Sonnenbrillen und mit Leder besetzte Mützen, deren Versteifung an der Krone entfernt worden war, damit die Mützen und Kopfhörer gleichzeitig getragen werden konnten. Canidy trug das Hemd einer Tropenuniform, keine Krawatte und eine olivfarbene Hose. Ebenso hatte er das an, was offiziell als Jacke, Pferdefell, Flieger, A-2 beschrieben wurde. Das goldene Eichenblatt eines Majors zierte seine Schultern, und ein ledernes Abzeichen mit seinem Namen und den Schwingen des Chinese Air Corps war auf der Brust der Jacke aufgenäht.

Auf die gesamte Rückseite der Jacke war die Flagge der Republik China aufgemalt. Darunter informierte eine längere Botschaft in Chinesisch die Chinesen, daß der Träger am Kampf gegen die japanischen Invasoren beteiligt gewesen war und eine Belohnung, zahlbar in Gold, für seine sichere Übergabe in die Hände jedes Offiziellen der Kuomintang-Regierung von Generalis-simo Tschiang Kai-schek ausgesetzt war.

Vor Pearl Harbor war Canidy ein Flying Tiger gewesen, der für die amerikanische Freiwilligengruppe P40-Maschinen in Burma und China geflogen hatte. Er betrachtete diese Jacke als Talisman.

Whittaker trug ebenfalls eine A-2-Jacke, aber seine war so neu, daß sie noch nach Gerbsäure roch. Auf den Schultern waren lederne Abzeichen als Symbol der Balken eines Captains aufgenäht, und auf der Brust war ein Lederabzeichen mit den Schwingen des Army Air Corps und seinem Nachnamen zu sehen. Er trug eine pinkfarbene Hose und ein gleichfarbiges Hemd. Und er sah wie ein Jagdflieger auf einem Rekrutierungs-Plakat aus, wie Donovan fand.

Canidy trug eine .45er Colt Automatik-Pistole in einem Holster am Stoffkoppel um seine Hüften. Whittaker hatte einen Colt Revolver Modell 1917, Kaliber .45 ACP lässig in den Hosenbund unter die A-2-Jacke geschoben. Aus dem Schaft von Whittakers Wellington-Stiefeln ragte das Heft eines sonderbar aussehenden Messers. Donovan kannte das Messer. Die Klinge, zehn Zoll lang und fast schwarz oxydiert, war beidseitig geschliffen. Jimmy Whittaker hatte den Colt und den Kris von den Philippinen mitgebracht.

Die beiden Männer wirkten wie Piloten von einer Kampfstaffel irgendwo in Nordafrika, die zufällig auf dem Flughafen Casablanca waren. Sie arbeiteten in Wirklichkeit für das OSS, und sie hätten in England sein sollen. Donovan wußte nicht, was sie in Casablanca zu suchen hatten. Er fragte sie.

Canidy wies auf eine B25 Mitchell, einen zweimotorigen Bomber, der nicht weit entfernt vom Abfertigungsgebäude parkte.

»Ihr privates Taxi steht bereit, Colonel«, sagte Canidy. »Wir dachten, Sie und Chief Ellis möchten nicht mit der Herde fliegen, die das Pendelflugzeug benutzt.«

»Das war nicht meine Frage, Dick«, sagte Donovan.
»Stevens hat uns mit drei *sehr* schweren Kisten hergeschickt«, erklärte Whittaker. »Und als wir uns anmel-
deten, hat man uns von Ihrer Ankunft berichtet.«

Lieutenant Colonel Edmund T. Stevens war der stellvertretende Leiter der OSS-Station London.

»Es ist die Maschine, die wir benutzt haben, um Fulmar auf der anderen Seite von Ourzazate abzusetzen«,
sagte Canidy. »Sie hat zusätzliche Treibstofftanks und
sogar ein paar Sitze einer zivilen Fluggesellschaft. So
wie wir sie aufgemotzt haben, bringt sie über dreihundert Knoten.«

Donovan schaute sich das Flugzeug genauer an. Die
Kanzel war entfernt und die Öffnung verkleidet worden. Auch die MG-Stellungen in den Seiten des Rumpfs
waren durch eine Verkleidung ersetzt worden. Es war
kein Bomber mehr, sondern ein Hochgeschwindig-
keits-Langstrecken-Transportflugzeug. Donovan fand,
daß Canidy das Flugzeug anpries, als wolle er es ihm
verkaufen. Er überlegte, was das zu bedeuten hatte,
fragte jedoch nicht. Er mochte die beiden Männer, und
er vertraute ihrer unorthodoxen – manchmal sogar
ungeheuerlichen – Art.

»Ich werde zwei Tage hier sein«, sagte Donovan.
»Werden Sie nicht zurückerwartet?«

»Abwesenheit verstärkt die Sehnsucht«, sagte
Jimmy Whittaker feierlich.

Donovan grinste.

»Warum nicht?« sagte er.

Die B25 traf sechzig Stunden später in London ein.
Sie war auf kreisförmigem Kurs weit genug hinaus
über den Atlantik geflogen, um nicht von deutschen
Messerschmitt ME-109-E Jagdflugzeugen abgefangen
zu werden, die in Frankreich stationiert waren.

Lieutenant Colonel Stevens, ein weiterer alter

Freund, den Donovan für das OSS rekrutiert hatte, erwartete sie. Stevens, vierundvierzig, grau werdend, mit intelligent blickenden, haselnußbraunen Augen und sehr aufrechter Haltung, war ein West Pointer, der den Dienst als Offizier aufgegeben hatte, um im Lebensmittelgroßhandel seiner Frau zu arbeiten. Er hatte vor dem Krieg einige Jahre lang in England gelebt, und seine Fähigkeit, mit den Spitzen der englischen Gesellschaft zurechtzukommen, hatte sich als noch wertvoller erwiesen als seine militärische Erfahrung.

Stevens war sich nicht sicher, was er von Canidys und Whittakers Warten in Marokko halten sollte, damit sie Donovan mit der B25 nach England fliegen konnten. Canidy mißachtete wie gewöhnlich Befehle. Er wußte verdammt genau, daß er die Kisten ausladen, ein paar Stunden schlafen und nach England zurückfliegen sollte. Sowohl er als auch Whittaker hatten Wichtigeres zu tun, als in Flugzeugen herumzufliegen.

Canidy hatte die Leitung der OSS-Station in Kent übertragen bekommen. Whitbey House, der requirierte ›Familiensitz‹ der Herzöge von Stanfield, war sowohl ein ›Sicherheitshaus‹ des OSS als auch ein Ausbildungslager für Agenten. Und dort leitete Jimmy Whittaker das, was das OSS ›Schule für Einsatztechniken‹ oder was Canidy treffender ›Akademie für Halsabschneider und Bombenwerfer‹ nannte.

Aber getrennt und – noch wichtiger – gemeinsam waren die beiden ein *sehr* überzeugendes Paar. Als bei einer Stabsbesprechung in London das Problem des Transports von Kisten mit Funkgeräten und besonderen Sprengstoffen (für Casablanca bestimmt, jedoch irrtümlich nach England geschickt) zur Sprache gekommen war, hatten Canidy und Whittaker schnell überzeugend argumentiert, weshalb das Problem gelöst war, wenn sie die Kisten mit der B25 nach Casablanca fliegen würden. Es gab keinen Grund, weshalb sie nicht zweiundsiebzig Stunden von Whitbey House abwesend sein konnten; die Kisten würden nicht noch einmal fehlgeleitet; und man konnte auf all die bürokratische Arbeit verzichten, die ein Versand auf dem normalen Dienstweg mit sich brachte.

Stevens hatte eingewilligt, obwohl er gewettet hätte, daß sie nicht in 72 Stunden zurück sein würden – schließlich waren es Canidy und Whittaker. Er hatte jedoch nicht erwartet, daß sie mit Colonel Donovan an Bord zurückkommen würden. Aber schließlich waren es Canidy und Whittaker, und bei denen mußte man mit allem rechnen.

Und sie hatten etwas Gutes getan. Es war eine viel geheimere Reisemöglichkeit gewesen als einer der Kurierflüge von Casablanca. Für Colonel Stevens war es keine Frage, daß die deutsche Abwehr eine zu neunzig Prozent genaue Liste der Passagiere von VIP-Kurierflügen hatte. Und außerdem war Donovan menschlich, und es mußte ihm besondere Freude bereitet haben, an Bord ›seines eigenen‹ Flugzeugs zu reisen und von zweien ›seiner eigenen‹ Piloten geflogen zu werden.

Bei Erhalt der Botschaft des Air Corps, daß ›Colonel Williams‹ an Bord einer B25 sein würde, war Stevens überzeugt gewesen, daß es sich bei ›Williams‹ um Donovan handelte, und er hatte einen zweiten Wagen nach East Grinstead bestellt. Donovan würde in der langen, schwarzen Austin Princess Limousine, die dem Leiter der Station zugeteilt war, zum Whitbey House gefahren werden, während Canidy, Whittaker und Ellis in einem 1941er Ford Stabswagen transportiert wurden, der von Captain Stanley S. Fine gefahren wurde.

Stevens hatte einen dicken Stapel von Top Secret-

Botschaften bei sich, die Donovan sofort lesen wollte. Canidy und die anderen hatten ‹kein Recht auf Information‹. Deshalb getrennte Wagen.

Als die B25 landete, fuhr ihr ein kariert angestrichener ›Follow Me‹-Wagen vom Abfertigungsgebäude aus voran zu einer abgelegenen Ecke des Flughafens, wo die Princess Limousine und der Ford warteten.

Donovan stieg als erster aus dem Flugzeug. Er trug eine einfache olivfarbene Uniform mit dem Silberadler eines Colonels und den gekreuzten Steinschloßgewehren der Infanterie. Dazu eine weiche ›Übersee‹-Mütze.

Technisch gesehen war Donovan den Stabschefs der Streitkräfte zugeteilt und hätte das Abzeichen eines Offiziers des Generalstabs tragen sollen und nicht das der Infanterie. Es war eine interessante Frage, weshalb er das Abzeichen mit den Gewehren eines Infanteristen trug. Vielleicht wollte er es einfach so – und vertraute darauf, daß niemand ihm vorwarf, das falsche Abzeichen zu tragen. In Europa war er nur Eisenhower Rechenschaft schuldig, und Ike war viel zu beschäftigt, um zu bemerken, welches Abzeichen Donovan trug.

Aber Stevens wußte, daß Finesse dahintersteckte: Donovan war ein langjähriges hohes Tier im politischen Establishment und ein alter Kumpel von Franklin Roosevelt. Ohne diese Empfehlungen hätte ihm Roosevelt niemals den Auftrag gegeben, praktisch aus dem Nichts Amerikas erstes echtes Spionagenetz aufzubauen. Aber er tat es in einem Land, das im Krieg war, und er tat es offiziell als Soldat. Was bedeutete, daß er soviel mit dem militärischen Establishment zusammenarbeitete wie mit dem politischen.

Wenn gleiche Maßstäbe gegolten hätten, dann wäre Donovan vom militärischen Establishment als Amateur behandelt worden (ein Amateur war für das Militär jemand, der vor 1938 keinen aktiven Dienst

gehabt hatte). Folglich hätte Amerikas junge Spionage-
organisation ungefähr soviel Chancen gehabt, vom
Boden abzuheben, wie ein Luftballon in einer Nadel-
Fabrik. Deshalb die Infanterie-Gewehre. Jeder, der ein
Infanterieregiment im Kampf befehligt hat, ist kein
militärischer Amateur. Und Donovan hatte nicht nur
ein Regiment befehligt (im Ersten Weltkrieg das 69.
Infanterieregiment), sondern dafür auch die Tapfer-
keitsmedaille erhalten.

Die gekreuzten Steinschloßgewehre würden auf
subtile Art ranghohe Offiziere, mit denen er es zu tun
hatte (einschließlich Eisenhower, der den Ersten Weltkrieg in Camp Colt, New York, verbracht hatte) daran
erinnern, daß er mehr als seinen Anteil an Kampf-
einsätzen geleistet hatte und folglich nicht nur ein ziviler Politiker in Uniform war, den man ignorieren
konnte, »weil er einfach nicht versteht, worum es bei
der Army geht«.

Das Establishment der Army war nicht die Hälfte
der Mauer, die Donovan durchbrechen mußte, bevor er
auch nur beginnen konnte, sich Sorgen über den Feind
zu machen. Vor langer, langer Zeit (das heißt, vor ein
paar Wochen), während der hektischen zweiundsiebzig Stunden zwischen Colonel Stevens' Befehlen, sich
zu aktivem Dienst zu melden, und seiner Abreise per
Flugzeug nach London, hatte Donovan Stevens halb
scherzend, halb bitter angesehen und geseufzt. »Wissen Sie, Ed«, hatte er zu Stevens gesagt, »ich halte es für
einen guten Tag, wenn ich fünfzig Prozent meiner Zeit
dem bewaffneten Feind widmen kann.«

Es gab keinen Zweifel daran, wen er mit ›unbewaff-
netem‹ Feind meinte: eine Reihe von Leuten, angefangen mit J. Edgar Hoover, der William J. Donovan verabscheute. Die Befugnis, die Donovan vom Präsidenten
erhalten hatte (und die mit praktisch unbeschränktem

Zugang zu nicht rechenschaftspflichtigen Geldern verbunden war), machte ihn zu einer echten Bedrohung der Pfründe der lange etablierten Regierungsbehörden. Er war besonders ein Dorn im Fleisch des FBI, des ONI (Office of Naval Intelligence; Büro des Marine-Nachrichtendienstes), G 2 (Militärischer Nachrichtendienst) und der Nachrichtenabteilung des Außenministeriums. Und diese Behörden hatten sich schnell als Dorn im Fleisch von William J. Donovan erwiesen.

Lieutenant Colonel Stevens und Captain Fine grüßten schneidig, als Donovan zu ihnen ging. Donovan erwiderte den Gruß, lächelte und schüttelte ihnen die Hände. Dann ging er zum Heck des Flugzeugs und erleichterte seine Blase. Unterdessen waren Canidy und Whittaker aus der Maschine ausgestiegen und begannen das Gepäck auszuladen. Fulmar war nicht bei ihnen, wie Stevens sah.

Als sich Canidy und Whittaker der Austin Princess Limousine näherten, sagte Donovan: »Canidy möchte das Flugzeug behalten.«

»Darauf würde ich wetten«, sagte Stevens und lächelte.

»Er meint, er kann es vom Start- und Landestreifen beim Whitbey House ein- und ausfliegen«, sagte Donovan ernst. »Würde es Probleme geben, wenn er es behält?«

»Nein, Sir«, sagte Stevens.

Donovan nickte. Es war ein Befehl. Stevens würde jetzt den Transfer – oder zumindest das ›Ausleihen‹ auf unbestimmte Zeit – der B25 zur Londoner Station arrangieren müssen. Wieder ein Sieg der Überredungskünstler Canidy-Whittaker.

»Ich sehe, Sie haben Ihren Anwalt mitgebracht, Colonel«, sagte Canidy zu Stevens, als er ihm die Hand reichte. »Haben Sie sich manierlich benommen, Stanley?«

Vor seinem Eintritt in den Militärdienst war Captain Stanley S. Fine, ein großer, sehr schlanker Dreißigjähriger, der gelehrtenhaft wirkte, stellvertretender Chef der Rechtsabteilung der Continental Studios gewesen. Und bevor er für das OSS rekrutiert worden war, hatte er als Kommandant einer B17-Staffel gedient.

»Ich sehe, Sie haben den Vogel in einem Stück wiedergebracht«, sagte Fine und nickte zur B25.

»Wir versuchen, aus unseren kleinen Fehlern zu lernen«, sagte Whittaker, schlang liebevoll einen Arm um Fine und gab ihm einen feuchten Kuß auf die Stirn. Fine war zwischen Gelächter und Verärgerung hin und her gerissen.

Das Dumme mit Dick Canidy ist, daß ich den Hurensohn mag und bewundere, dachte Fine, als Canidy ihn umarmte. *Wenn ich ihn nicht so gut leiden könnte – die beiden, diese verdammtenDraufgänger –, dann wäre es sehr leicht für mich, sauer auf sie zu sein, weil sie herumfliegen, während ich herumsitze und das Papierkram-Chaos in Ordnung bringe, das sie hinterlassen.*

Fine hatte nicht nur gescherzt, als er gestichelt hatte, weil Whittaker und Canidy die B25 heil zurückgebracht hatten. Vor kurzem hatte das Paar eine R-5D Curtiss Commando der Navy beim Start vom Flugplatz Kolwezi in Belgisch-Kongo zu Bruch geflogen. Und Fine hatte das Problem meistern müssen, wie er den Verlust des Flugzeugs erklären sollte.

Fine hatte eine der R-5D Transportmaschinen geflogen, die an der Operation Kolwezi beteiligt gewesen waren. Nachdem diese Operation erfolgreich (wie durch ein Wunder, war treffender) beendet worden war, hatte Fine begonnen, sich in London ›nützlich zu machen, bis etwas anderes anfällt‹. Bald war er so etwas wie Stevens' Stellvertreter geworden. Er war sich nicht sicher, was er davon halten sollte: Es war eine wichtige Arbeit, aber er war Pilot, und Piloten sollten fliegen.

Kurz bevor Canidy und Whittaker Stevens überredet hatten, sie mit der B-125 nach Nordafrika fliegen zu lassen, hatte Captain Peter Douglass senior, USN, Donovans Stellvertreter, einen zweitägigen Ausflug nach London unternommen. Zehn Minuten nach seiner Ankunft am Berkeley Square hatte er einen dicken Aktenhefter, rot gestempelt mit SECRET, auf Fines Schreibtisch gelegt.

»Schlagen Sie vor, wie dies Ihrer Meinung nach gehandhabt werden sollte, Stan«, hatte er gesagt. Und dann lachend hinzugefügt: »Das ist ganz Ihr Fall.«

Es war eine dicke Akte vom BUAIR (Naval Bureau of Aeronautics) der Navy mit Zusätzen und Bemerkungen von Army Air Corps und dem Ausschuß für Produktion von Kriegsmaterial, worin der bürokratische Zorn der Navy zum Ausdruck kam. Ein R-5D Transportflugzeug, das man dem Army Air Corps ausgeliehen hatte, war nicht zurückgegeben worden, und obendrein hatte das Air Corps bekannt, daß es keine Ahnung hatte, wo es zu finden war. Des weiteren hatte sich die Navy beschwert, aus Mangel an einer Bescheinigung, daß der Verlust der Maschine auf feindliche Aktion zurückzuführen war, habe sich der Ausschuß zur Produktion von Kriegsmaterial geweigert, mehr als eine ›B‹-Priorität als Ersatz aus der Curtiss-Produktion zu bewilligen.

Dies war nicht so lustig, wie es auf den ersten Blick den Anschein hatte. Bürokratisch war es nötig, so schnell wie möglich ein Ersatzflugzeug für die Navy zu finden, was die Beschaffung einer ›AAA‹-Priorität für sie bedeutete. Anderenfalls würde die Navy bei der nächsten Bitte um Ausleihung eines Flugzeugs vom Air Corps ausreichend Gründe finden, die

Erfüllung unendlich zu verzögern, Priorität oder nicht.

Der ›Leih‹-Prozeß mußte schnell und glatt über die Bühne gehen, nicht nur aus einsatzbedingten Gründen, sondern auch – mindestens genauso wichtig – aus Sicherheitsgründen. Das OSS würde letztendlich bekommen, was es haben wollte, aber es würden Fragen gestellt werden, und wenn das einen persönlichen Anruf vom Büro der Stabschefs der Streitkräfte zum Direktor des BUAIR erforderlich machte, der ihm befahl, sofort ein Flugzeug zu liefern.

Der Schlamassel wurde nicht besser durch die Tatsache, daß die R-5D Curtiss Commando, die von Canidy und Whittaker in Kolwezi zu Schrott geflogen worden war, als VIP-Transportflugzeug diente und dem Air Corps nur für dreißig Tage ausgeliehen worden war, und zwar ›für den Transport von ranghohen Militärs der Vereinigten Staaten und alliierten und zivilen Offiziellen zu den Britischen Inseln und in deren Bereich‹.

Die Commando war auf einer Mission zerstört worden, die so geheim war, daß die Einzelheiten nur wenigen Personen bekannt waren: dem Präsidenten, General Marshall, Brigadier General Leslie R. Groves, USA, Colonel Donovan und Captain Peter Douglass senior, USN.

Fine hatte immer noch keine Ahnung, was die Säcke enthalten hatten, die er von Canidys Curtiss Commando zu seiner geholt hatte. Und die Operation war immer noch als Top Secret erklärt. Offenbar konnte der Navy nicht gesagt werden, daß das Flugzeug, unbeabsichtigt überladen, beim Start in Belgisch-Kongo abgestürzt und dann verbrannt worden war, um eine Identifikation zu verhindern.

Unterdessen wollte die Navy ihr VIP-Flugzeug oder

ein vergleichbares zurückhaben. Und zwar auf der Stelle.

Zum Glück fand Stanley Fine eine Lösung des Problems, die aus seiner Erfahrung geboren wurde, die er in Hollywood gesammelt hatte. Zuerst hatte er diese Lösung abgelehnt, was auf sein Jurastudium zurückzuführen war. Aber schließlich hatte die Zweckdienlichkeit über die Ethik gesiegt. Beim Jurastudium in Harvard hatte er gelernt, daß an der Spitze der Verbotsliste für Juristen stand, ›weder schriftlich noch mündlich etwas zu äußern oder von einem Mandanten äußern oder aussagen zu lassen, wenn er weiß, daß es falsch ist‹.

Fines Lösung des Problems bestand jedoch in einer Umdeutung dieser Verbotsliste. Wenn der Ausschuß für Produktion für Kriegsmaterial und die Navy eine Bescheinigung haben wollten, daß der Verlust auf feindliche Aktion zurückzuführen war, würde er eine schreiben.

Er fühlte sich ein wenig unbehaglich, als Captain Douglass – Annapolis-Absolvent und folglich der Inbegriff der Rechtschaffenheit – lächelte, ihm anerkennend auf die Schulter klopfte und ihn aufforderte, in diesem Sinne weiterzumachen.

Fine entwarf ein geändertes Szenario. Die R-5D der Navy wurde vermißt und war vermutlich nach einem Start mit Ziel Nordafrika verlorengegangen, wahrscheinlich von einem deutschen Jagdflieger, der in Frankreich stationiert war, abgefangen. Fine dachte über das wissende, wenn auch unabsichtliche Lächeln der Freude von Captain Douglass über die Lösung des R-5D-Problems nach.

Dies war genau die Vorgehensweise, zu der sich ein Anwalt aus den offenkundigen Gründen sofort entscheiden würde, während ein Berufsoffizier aus den

offenkundigen Gründen davor zurückschrecken würde. Als Fine zum letzten Absatz mit der Unterschrift
gelangte, tippte er: PETER DOUGLASS SENIOR, CAP-
TAIN, USN. Wenn die Navy angelogen werden mußte,
dann sollte das von einem Sailor geschehen.

Donovan stieg hinten in die Princess Limousine ein.
Stevens nahm neben ihm auf dem Rücksitz Platz, und
die Fahrerin, ein Sergeant vom WRAC (Women's Royal
Army Corps), schloß die Tür hinter ihnen und setzte
sich wieder ans Steuer.

Als sie den Flughafen verlassen hatten, legte Stevens
die Aktentasche auf seinen Schoß, stellte die Kombination des Schlosses ein und öffnete die Tasche. Sie war
voller gelber Fernschreib- und Entschlüsselungsblätter,
und jedes Blatt war mit SECRET oder TOP SECRET
gestempelt. Die Aktentasche enthielt ebenfalls einen
.38er ›Colt Banker's Special‹ Revolver.

Stevens gab Donovan die gelben Fernschreiben.
Einige waren an Donovan persönlich adressiert.
Andere Botschaften waren an den Stationsleiter adressiert, aber Stevens nahm an, daß Donovan sie lesen
wollte.

Donovan las sorgfältig, während die Princess
Limousine, gefolgt von dem Ford, über schmale Land-
straßen gen Kent und Whitbey House fuhr. Stevens
blickte über Donovans Schulter und las mit. Dann
nahm er die gelesenen Botschaften entgegen und no-
tierte oftmals Donovans Reaktion darauf.

»Die Neugier überwältigt mich bei diesem Fernschreiben«, sagte Stevens, als Donovan bei einer kurzen
Botschaft angelangt war. Sie war nur ›mit Vorrang‹
gekennzeichnet und anscheinend weniger wichtig,
denn die meisten der anderen Botschaften waren mit
›Eilt!‹ und ›Dringend!‹ versehen.

PRIORITY
SECRET
NAVAL COMMCENTER WASH DC 1800 HOURS 2
DEC 1942
STATION CHIEF LONDON FOR DONOVAN
  BEDAURE, SIE INFORMIEREN ZU MÜSSEN,
DASS KETTEN DES FOOTBALLSTADIONS ZERRIS-
SEN SIND STOP
  LT COMMANDER HUDSON USNR STOP
  ENDE

»Mein Gott!« sagte Donovan und atmete tief durch.

»Schlechte Nachrichten?« fragte Stevens, überrascht über Donovans heftige Reaktion.

Donovan blickte ihn an wie einen Fremden, und dann schüttelte er den Kopf. Er faltete die Botschaft und steckte sie in die Brusttasche.

»Sie wollen mir dies nicht zurückgeben?« fragte Stevens.

»Ich – äh – Ed, ich führe so etwas wie eine persönliche Kartei mit wichtigen Botschaften«, sagte Donovan. Dann neigte er sich vor und kurbelte die Trennscheibe herunter.

»Sergeant«, befahl er, »halten Sie bitte bei der nächstmöglichen Gelegenheit am Straßenrand.«

Dann setzte er sich zurück. Lieutenant Colonel Stevens wußte, daß dies nicht der Zeitpunkt war, um ihn mit Fragen zu behelligen.

Einen Augenblick später hielt die Princess Limousine am Straßenrand. Der WRAC-Sergeant drehte den Kopf und wartete auf weitere Befehle.

Donovan wandte sich an Stevens. »Spazieren wir ein Stückchen, Ed.« Er öffnete die Wagentür.

Als Stevens ausstieg, sah er, daß der Ford hinter ihnen stoppte.

»Bleiben Sie nur, wo Sie sind, bitte«, rief Donovan, als Canidy vorne ausstieg und Fine ihm einen Moment später folgte.

Er führte Stevens etwa dreißig Schritte straßenaufwärts und schien den jetzt stetig fallenden Regen gar nicht wahrzunehmen. Dann blieb er stehen und blickte zurück, um sich zu vergewissern, daß sie außer Hörweite waren.

»Lieutenant Commander Hudson ist die Kodebezeichnung für den Präsidenten«, begann Donovan. »Ich nehme an, der Name ist auf den Hudson River zurückzuführen.«

»Und?« fragte Stevens verwirrt.

»Ed«, sagte Donovan. »Es ist an der Zeit, daß ich Sie einweihe. Es ist – ich weiß nicht, wie ich es sonst bezeichnen soll – *das* große Geheimnis dieses Krieges. Ich werde Dave Bruce nicht darüber informieren. Ich will ihn nicht damit belasten. Aber eine Person hier muß es erfahren. Und ich habe entschieden – eigentlich hat es Präsident Roosevelt entschieden –, daß Sie diese Person sind.«

»Bill, wenn ich etwas erfahre, von dem Dave Bruce nichts weiß, bringt mich das verdammt in Verlegenheit«, wandte Stevens ein. »Er ist der Leiter der Station.«

»Das läßt sich nicht ändern«, sagte Donovan so scharf, daß Stevens ihn überrascht anblickte.

»Ich werde mich so kurz fassen wie möglich«, sagte Donovan. »Im Sommer 1939 schickte Albert Einstein durch einen Mann namens Alexander Sachs Roosevelt einen Brief. Darin stand, er und andere glauben, daß ein Atom eines Elements namens Uran unter den richtigen Bedingungen gespalten werden kann und daß die Spaltung dieses Atoms die Freisetzung von Teilchen bewirkt, was zu einer Kettenreaktion und zur Spaltung weiterer Atome führt. Können Sie mir folgen?«

»Ich habe nicht die geringste Ahnung, wovon Sie sprechen«, bekannte Stevens.

»Ertragen Sie mich«, sagte Donovan. »Das Entscheidende bei der Spaltung von Atomen ist, daß Energie freigesetzt wird. Wenn wir eine Kettenreaktion von Atomen erreichen, wird eine *ungeheure* Menge Energie freigesetzt. Kurz gesagt, eine Bombe von unvorstellbarer Kraft könnte gebaut werden. Eine Bombe mit der Sprengkraft von Tausenden Tonnen Sprengstoff.«

Stevens wußte nicht, was er dazu sagen sollte, und so schwieg er.

»Roosevelt riskierte es und erteilte die Genehmigung zu einem Programm, um festzustellen, ob das Atom tatsächlich gespalten werden kann. Das Programm wurde zuerst mit ein paar tausend Dollar finanziert, und Gott allein weiß mit wie vielen Millionen seither. Ein italienischer Wissenschaftler namens Enrico Fermi hat seither an dem Projekt gearbeitet. An der University of Chicago, in einem Labor unter den Tribünen des Footballstadions. Roosevelt ging ein noch größeres Risiko ein und beauftragte Leslie Groves – kennen Sie ihn?«

»Nur dem Namen nach«, sagte Stevens. »Ein Pionier-Colonel der Army?«

»Brigadier General«, sagte Donovan und nickte. »Groves erbaut eine Anlage im Hügelland von Tennessee, um genug Uran 235 für die Herstellung einer solchen Bombe zu raffinieren. Die Konstruktion begann, bevor man mit Sicherheit wußte, daß man eine Kettenreaktion auslösen kann.«

»Und jetzt weiß man es?«

»Das besagt diese Botschaft«, sagte Donovan.

»Was hat das OSS damit zu tun?« fragte Stevens und fügte hinzu: »Ich nehme an, ich frage mich, warum Sie mir das erzählen.«

»Das OSS hat bereits damit zu tun gehabt«, sagte Donovan.

Stevens hob die Augenbrauen, sagte jedoch nichts.

»In der Annahme, daß die Leute in der University of Chicago erfolgreich eine Kettenreaktion auslösen können, haben wir mit dem Bau der Bombe begonnen«, sagte Donovan. »Lassen Sie mich das klarmachen: wir sind *Jahre* davon entfernt, eine zu haben. Aber jetzt wissen wir, daß wir schließlich eine herstellen können. Um eine herzustellen, brauchen wir hundert hochraffinierte Pfund eines Uran-Isotops namens U 235. Im Augenblick beträgt das Gesamtvorkommen von U 235 auf der Welt, einschließlich dessen in den Händen der Deutschen – die selbst das Gebiet der Nuklearenergie erforschen – ein Millionstel Pfund.«

»Ich komme wieder nicht mit, Bill«, bekannte Stevens. »Nicht, daß Sie mich für schwer von Begriff halten, aber …«

»Uran 235 kann aus Uranmineralien gewonnen werden. Es gibt zirka hundertfünfzig davon, und das wichtigste ist die Pechblende«, sagte Donovan. »Es gibt zwei bekannte Quellen von Pechblende. Eine befindet sich in Pommern, das ist eine Provinz in Deutschland, und die andere in Kolwezi, in der Provinz Katanga von Belgisch-Kongo.«

»Oh«, sagte Stevens, der begriff.

Donovan nickte.

»Es war nicht bekannt, ob das Uranerz in Belgisch-Kongo (a) tatsächlich Uranpechblende war und ob es (b) zur Produktion von U 235 raffiniert werden kann. Aber wir mußten es versuchen.«

»Das also haben Canidy und Fine dort rausgeholt«, sagte Stevens. Es war eine Feststellung, keine Frage.

»Es war unmöglich, das Erz per Schiff übers Meer

oder per Truck nach Südafrika zu bringen. Es konnte nur auf dem Luftweg geholt werden.«

»Ich dachte, die Operation Kolwezi hätte etwas mit dem von Norden entwickelten Bombenzielgerät zu tun gehabt«, sagte Stevens.

»Das glaubt auch der Stabschef für Marineoperationen«, sagte Donovan. »Er hat kein Recht auf Information. Der Präsident allein trifft diese Entscheidung.«

»Und der Präsident will mich darin einweihen? Warum?«

»Es ist von höchster Wichtigkeit für die Nation, diese Bombe herzustellen, bevor die Deutschen das schaffen«, sagte Donovan. »Was man auch anders sehen kann: zu verhindern, daß die Deutschen vor Groves und seinen Leuten eine solche Bombe herstellen, ist von höchster Wichtigkeit für das OSS.«

»Ich bin wieder verwirrt, Bill«, sagte Stevens. »Was hat das mit meiner Kenntnis davon zu tun?«

Donovan antwortete zunächst nicht direkt: »Die zweite Priorität des OSS besteht darin, zu verhindern, daß die Deutschen auch nur argwöhnen, daß wir mit einer Atombombe experimentieren. Gott allein weiß, was sie tun würden, wenn sie herausfänden, daß Fermi tatsächlich eine Kettenreaktion ausgelöst hat.«

»Es ist unmöglich, ein Geheimnis zu bewahren«, dachte Stevens laut.

»Dies muß die Ausnahme von der Regel bleiben«, sagte Donovan.

»Wie viele Leute wissen davon?«

»Vielleicht ein Dutzend Physiker unter Groves. J. Edgar Hoover mußte eingeweiht werden. Viel von seinem Apparat mußte genutzt werden, um das Geheimnis zu bewahren. Marshall weiß natürlich davon. Pete Douglass weiß ebenfalls Bescheid. Und jetzt Sie.«

»Das bringt uns zurück zu der Frage ›Warum ich?‹«

»Sie werden eingeweiht in alles, was hier vorgeht«, sagte Donovan. »So werden Sie gewisse Dinge verstehen, die ich anordne oder erbitte. Und wenn Sie die Prioritäten kennen, werden Sie alles stoppen können, was nicht so wichtig ist.«

»Diese Befugnis hat der Leiter der Station«, wandte Stevens ein.

»Das habe ich auch dem Präsidenten gesagt«, erwiderte Donovan. »Er meinte, Dave hat genug um die Ohren.«

»Und was ist mit den hohen Tieren?« fragte Stevens. »Zum Beispiel mit Ike? Gewiß muß Ike informiert sein.«

»Drei Offiziere der Army wissen Bescheid. Groves, ich und Sie. Und dabei bleibt es bis auf weiteres. Ich werde Dave Bruce sagen, daß Sie in ein Projekt von höchster Priorität eingeweiht sind und daß aus Sicherheitsgründen entschieden worden ist, ihm keine Einzelheiten mitzuteilen.«

»Das bringt mich in höllische Verlegenheit, Bill«, sagte Stevens ohne zu überlegen.

»Ihre Verlegenheit«, erwiderte Donovan kühl, »ist nichts im Gegensatz zu meiner, so groß sie auch sein mag. Ich habe den Befehl, zu verhindern, daß die Deutschen etwas über unsere Bombe herausfinden oder eine eigene bauen.«

»Verzeihung«, sagte Stevens. »Ich bin ein bißchen durcheinander.«

Donovan lachte. Stevens blickte ihn überrascht an.

»Ihr WRAC-Sergeant schaut neugierig aus dem Heckfenster. Sie denkt offenbar, wir sind hier ausgestiegen, um zu pinkeln.«

Stevens schaute zum Wagen. In diesem Moment spähte der weibliche Sergeant verstohlen zu ihnen hin und drehte dann schnell den Kopf wieder weg.

»Sie muß annehmen, wir haben die Blasen von Walen«, sagte Stevens.

Donovan lachte herzlich. Dann ergriff er Lieutenant Colonel Stevens' Arm und zog ihn in Richtung Wagen.

2

Whitbey House, Kent

6. Dezember 1942

Whitbey House, der Erbsitz des Herzogtums von Stanfield, bestand aus ca. sechsundzwanzigtausend Morgen. Whitbey Haus selbst – vierundachtzig Räume und Nebengebäude; das Dorf Whitbey on Naer (sechshundertundsieben Einwohner); die Ruinen der Abtei St. William (römisch-katholisch); St. Timothy's Church (anglikanisch); eine hundertsechzig Meter lange Start- und Landebahn (1931 erbaut vom Vater des derzeitigen Herzogs); ein offener Hangar – und ebenso der andere Immobilienbesitz waren ungefähr 1213 in die Hände des ersten Duke of Stanfield gelangt.

Wie von jedem erwartet, war Whitbey House für die Dauer des Krieges von der Regierung Seiner Majestät requiriert worden. Nur wenige solcher Besitzungen entgingen einer Beschlagnahme. Die Regierung Seiner Majestät brauchte dringend Räumlichkeiten. Die Lage wurde noch schlimmer, als die Vereinigten Staaten in den Krieg eintraten und ihre Luft, Boden- und Seestreitkräfte (und ihre Versorgungsdepots) zu den Britischen Inseln transportierten. Man nahm allgemein an, daß der herzogliche Start- und Landestreifen zu einem

Flugplatz vergrößert werden würde, der vom Army Air Corps der Vereinigten Staaten benutzt werden würde.

Alle fünfzehn Meter um das Grundstück von Whitbey House standen Schilder mit dem Siegel der Krone und der Aufschrift: ›Regierungsbesitz – Zutritt verboten!‹

Einige der Schilder waren an Bäume genagelt oder an steinernen Zäunen befestigt, andere an Pfählen, die in den Boden gerammt worden waren. Die Schilder bestanden aus Karton. Nach vier Monaten an Ort und Stelle wurden sie bereits verwittert und unleserlich. Ein Gesuch um dauerhaftere Schilder war genehmigt worden, aber es war eine Frage der Priorität und niemand konnte sagen, wann sie zur Verfügung standen.

Um das Gebiet von zwölf Morgen, das Whitbey House umgab, außer Sicht der Straße, befand sich eine Barriere aus Stacheldrahtrollen. An der Barriere hingen in Abständen von zwanzig Metern Schilder aus Sperrholz. Darauf war ein Totenkopf mit gekreuzten Knochen gemalt, und darunter stand die Warnung, daß jeder bei unbefugtem Betreten erschossen würde.

Einmal requiriert, war Whitbey House von der Kontrolle des Kriegsministeriums Seiner Majestät der Organisation Special Operations Executive (SOE) übergeben worden und von der SOE der wenig bekannten amerikanischen Organisation Office of Strategic Services, kurz OSS.

Die Mission des OSS war nur einer Handvoll Leuten genau bekannt. Selbst Lieutenant General Walter Bedell Smith, der Stabschef des SHAEF-Kommandeurs General Dwight D. Eisenhower, war ebensowenig völlig vertraut mit der Mission des OSS wie Eisenhowers Chef des Nachrichtendienstes, obwohl sie glaubten, sie genau zu kennen.

Die meisten ranghohen Tiere nahmen an, daß sich

Colonel William J. Donovan gegenüber dem Präsidenten durch General George Catlett Marshall, dem Stabschef der U.S. Army, verantwortete, obwohl es manchmal überhaupt keinen Vermittler zwischen dem Präsidenten und Donovan gab. Das reichte, um sie zu überzeugen, daß Donovan der mächtigste Colonel war, den die Army jemals gehabt hatte. Aber es machte Donovan nicht beliebt bei ihnen.

Die Totenkopfschilder und die Stacheldrahtrollen stammten aus amerikanischem Bestand. Gleich außerhalb des Stacheldrahts befand sich ein Lager eines amerikanischen Infanteriebataillons. Eine der vier Kompanien stellte abwechselnd eine Wachmannschaft zwischen den Stacheldrahtrollen und einer dritten Barriere, die einen Gürtel von drei Morgen um Whitbey House umschloß.

Die anderen drei Kompanien des Bataillons führten Routine-Ausbildung durch, waren jedoch bei Bedarf sofort verfügbar.

Die dritte Barriere bestand aus einem fast zwei Meter hohen Maschendrahtzaun, zu dessen beiden Seiten Stacheldrahtrollen ausgelegt waren. Außerdem gab es alle dreißig Meter Scheinwerfer, die auf Pfosten installiert waren.

Ein Constable der Polizeitruppe von Kent war im Pförtnerhaus von Whitbey House stationiert. Seine Funktion bestand darin, zufällige Besucher des Geländes abzuwimmeln, aber er war ebenfalls mit einem EE-8 Feldtelefon der U.S. Army ausgerüstet. Als die Princess Limousine und der Ford auf das Grundstück fuhren, kurbelte er das Feldtelefon an und meldete dem Sergeant der Wache der U.S. Army an der ersten Barriere, daß ihn soeben zwei Fahrzeuge von Befugten passiert hatten, eines davon mit einem amerikanischen Colonel.

Die Princess Limousine und der Ford fuhren fast anderthalb Kilometer über eine vor Jahrhunderten angelegte Straße durch ein gepflegtes Waldstück. Die Straße war mehr als ebenster Kurs für die schweren Kutschen der Adligen angelegt worden, weniger als kürzeste Verbindung zwischen Tor und Haus.

Als sie aus dem Waldstück auftauchten, kam Whitbey House am Ende eines breiten, gewundenen Zufahrtswegs in Sicht. Das Haus war ein dreigeschossiges Ziegel- und Sandsteingebäude. Als sie sich näherten, wirkte es noch beeindruckender; und als sie den letzten Wachtposten der U.S. Army erreichten, war es überhaupt nicht mehr möglich, alles von diesem Prachtbau zu sehen, ohne sich den Kopf zu verrenken.

Der Sergeant der Wache ließ die beiden Wagen durch das Tor im Zaun passieren, und der Offizier der Wache wartete am inneren Tor, um die Ausweispapiere mit einer Liste von befugtem Personal zu vergleichen. Man hatte ihm wie den anderen Offizieren des Infanteriebataillons gesagt, daß Whitbey House eine streng geheime Organisation beherbergte, deren Mission darin bestand, Bombardierungs-Ziele für die Eighth Air Force auszuwählen. Er hatte keinen Grund, die Information anzuzweifeln, aber er fragte sich des öfteren, ob es notwendig war, diese Organisation so streng zu bewachen.

Als die beiden Wagen am Eingang von Whitbey House vorfuhren und stoppten, wurden sie von zwei Offizieren erwartet. Der eine Offizier war ein amerikanischer Lieutenant, ein sympathisch wirkender rothaariger Mann namens Jamison. Der andere Offizier war eine Sie, ein WRAC-Captain namens Elizabeth Alexandra Mary Stanfield.

Beide salutierten, als Donovan aus dem Wagen stieg, und Lieutenant Colonel Stevens stellte vor.

Donovan fand Captain Stanfield ziemlich interessant. Sie war Anfang 30, eine hellhäutige, grazile Frau mit sandfarbenem Haar, auf deren Uniformrock das Abzeichen des britischen Generalstabs prangte. Captain Stanfield war Verbindungsoffizier zwischen dem britischen Generalstab und der OSS-Station Whitbey House gewesen. Donovan wußte, daß sie geschickt worden war, um beim OSS zu spionieren – ein Job, für den sie ideal geeignet war. Zum Beispiel kannte sie Whitbey House genau. Auf ihrem Ausweis stand ›Captain Herzogin von Stanfield‹.

Donovan wußte ebenfalls, daß ihr Ehemann, Oberstleutnant der Luftwaffe, Duke of Stanfield, RAF, abgeschossen und in den Akten der Royal Air Force als im Kampf vermißt vermerkt war. Und er wußte, daß Captain Elizabeth Alexandra Mary Herzogin von Stanfield vom britischen Generalstab fast sofort die Klingen mit Richard Canidy vom OSS gekreuzt hatte, nachdem sie sich gemeldet hatte, um sich mit den neuen Bewohnern ihres ererbten Heims ›zu verbinden‹. Donovan war nicht mit allen Einzelheiten der Begegnung vertraut, er wußte nur, daß sie geendet hatte, als Canidy Ihrer Hoheit gesagt hatte, sie verhalte sich, als hätte sie einen Maiskolben im Arsch.

Wie zutreffend Canidys Beschreibung auch vielleicht gewesen sein mochte (und Donovan fand, daß er damit den Nagel auf den Kopf getroffen hatte, denn die Herzogin wirkte auf ihn sehr distanziert), es ging ein bißchen zu weit, es auszusprechen, selbst für Canidy.

Interessanterweise hatte Ihre Hoheit nach Canidys Bemerkung die andere Wange hingehalten, anstatt sich in herzoglichen Zorn hineinzusteigern. Wenn ein Beweis nötig war, diente dies als Bestätigung, daß Ihre Hoheit den Job hatte, dem britischen Generalstab und der SOE alles zu melden, was vielleicht von Interesse war. Es gab keine andere Erklärung dafür, weshalb die Konfrontation nicht dazu geführt hatte, daß die Regierung Seiner Majestät eine offizielle Entschuldigung für die Beleidigung eines Offiziers des britischen Generalstabs verlangt hatte, der nicht nur Mitglied des Oberhauses war, sondern dessen Patentante auch die Königinmutter war.

»Ich werde ein Bad nehmen«, sagte Donovan. »Und dann werde ich einen Brief an meine Frau schreiben. Den Colonel Stevens freundlicherweise nach London mitnehmen und mit der Post am Abend aufgeben wird.«

»Gewiß, Sir«, sagte Stevens.

»Am Morgen möchte ich eine große Besichtigungstour machen, aber nicht heute abend«, sagte Donovan. »Könnte ein Sandwich auf mein Zimmer geschickt werden?«

»Wie wäre es mit einem Steak à la New York?« fragte Canidy. »Lieutenant Jamison hat eines eigens für Sie geklaut.«

»Das wäre fein«, sagte Donovan und lächelte Jamison an.

Jamison führte Donovan die breite Haupttreppe hinauf zum zweiten Stock.

»Ich könnte was zu trinken gebrauchen«, sagte Canidy, als Donovan verschwunden war. »Auf Grund meiner Machtbefugnis, die mir als Commander dieses Etablissements gegeben wurde, erkläre ich die Bar für eröffnet.«

Stevens lachte.

»Ihren Whisky oder unseren?« fragte er. Er nahm richtig an, daß Canidy und Jamison vier Kisten Whisky von der Londoner Station gestohlen hatten.

»Aber Colonel«, sagte Canidy. »Ich dachte, Sie hätten mit den haltlosen Beschuldigungen aufgehört.«

»Ich werde einen Whisky trinken, Dick«, sagte Stevens. »Geklauten oder nicht.«

»Wie steht es mit Eurer Hoheit?« fragte Canidy die Herzogin. »Werden Sie einen Kleinen mit den Proleten nippen?«

Sie nahm ihm das nicht übel, wie Stevens sah.

»Danke, nein, Major«, sagte sie. »Es ist ein bißchen früh für mich.«

»Und ich werde, inspiriert vom Beispiel unseres Führers, ebenfalls ein heißes Bad nehmen«, kündigte Whittaker an.

»Machen Sie sich darauf gefaßt, daß er als nächstes seine Unterwäsche mehr als einmal pro Woche wechselt«, sagte Canidy.

Die Herzogin ging kopfschüttelnd über den Flur zu den Büroräumen. Canidy führte Stevens und Fine über den entgegengesetzten Korridor zum Offiziersklub, und Whittaker stieg die Treppe zum zweiten Stock hinauf.

Whittaker ging über einen breiten Flur mit Parkettboden zu einer getäfelten Tür, schloß sie auf, öffnete sie und trat ein. Bevor das OSS Whitbey House übernommen hatte, war diese Suite aus drei Räumen die Wohnung der Herzogin gewesen. Jetzt war sie sein Quartier. Canidy hatte der Herzogin weniger eindrucksvolle Zimmer zugeteilt.

Er warf seine Mütze und die Jacke aufs Bett und ging ins Badezimmer. Dort drehte er den Wasserhahn auf, und Wasser begann in eine große Badewanne aus schwarzem Marmor zu laufen. Als der Boden der Wanne mit ungefähr zwei Zentimetern Wasser gefüllt war, begann Whittaker vergnügt zu lächeln, das Lächeln von jemand, der »heureka!« denkt, weil ihm ein Geistesblitz gekommen ist. Er verließ das Badezimmer und kehrte ein paar Minuten später nackt zurück. Seine Haut war nicht so makellos, wie man nach seiner glatten Gesichtshaut annehmen konnte. Er war zweimal auf den Philippinen verwundet worden, und es gab über ein Dutzend Narben, wo er nach Insektenstichen und Bissen von Blutsaugern Infektionen gehabt hatte.

In der einen Hand hielt Whittaker ein Glas und den Hals der Scotchflasche, in der anderen eine Dose mit Pears' bestem Schaum-Badesalz. Er stellte das Glas und die Flasche behutsam auf dem Rand der Wanne ab und schüttelte Badesalz in die inzwischen halb mit Wasser gefüllte Wanne.

Es bildeten sich einige Schaumblasen, aber nicht genug, um ihn zufriedenzustellen. Er schüttete mehr Badesalz ins Wasser und leerte schließlich den ganzen restlichen Inhalt der Dose hinein. Dann überprüfte er vorsichtig die Wassertemperatur mit dem Zeh und zog den Fuß schnell zurück, weil das Wasser heißer als erwartet war. Er drehte den Kaltwasserhahn auf, und die Mischung aus kaltem und heißem Wasser reichte aus, um Schaumblasen zu bilden, die kein Ende mehr nehmen wollten.

Whittaker betrachtete den Schaum entzückt. Er prüfte die Wassertemperatur immer wieder, bis er sie genau richtig fand. Dann stieg er in die Badewanne. Die Schaumblasen hüllten alles von ihm außer dem Kopf ein. Eine Hand tauchte aus dem Schaum auf, packte die Flasche Scotch und schenkte Whisky in das Glas ein. Whittaker lehnte sich an das Kopfende der Wanne, und seine andere Hand tauchte aus dem Wasser auf, um diesmal Schaum vom Gesicht zu wischen.

Jemand kam ins Badezimmer.

»Komisch, du siehst gar nicht aus wie der Typ, der Schaumbäder nimmt.«

»Nichts ist zu gut für jemanden mit vornehmer Herkunft«, sagte Whittaker.

»Für jemand wie dich?« fragte die Person spöttisch.

»Freundlich, fröhlich, gehorsam, ehrerbietig et cetera«, erwiderte Whittaker feierlich. »Ich habe all die aristokratischen Tugenden, mir fallen sie nur im Moment einfach nicht ein.«

Die Person, die ins Badezimmer gekommen war, kicherte, und dann fiel ihr etwas ein.

»Wo hast du das Badesalz gefunden?«

»Rate mal«, erwiderte er.

»Du Bastard!« sagte Ihre Hoheit, die Herzogin von Stanfield, und dann ging sie zur Badewanne und nahm die Dose, die das Badesalz enthalten hatte. »Du dreifacher Bastard! Das war mein ganzer Vorrat!«

»Nun, ich nehme an, dann kann nur eines dagegen getan werden«, sagte Whittaker.

»Sag nur nicht, du läßt welches per Luftfracht aus den Staaten kommen!« sagte sie ärgerlich.

»Ich meinte, du solltest es nutzen, solange es noch schäumt.«

»Du meinst, ich soll zu dir in die Badewanne steigen? Du bist verrückt!«

»Mecker nicht, bevor du es probiert hast«, sagte Whittaker. »Bist du jemals in einem Schaumbad gepimpert worden?«

»Nein!« antwortete die Herzogin heftig.

Er lächelte sie lüstern an.

»Mein Gott, wenn jemand hereinkommt!« sagte sie leise.

»Vielleicht ist noch Platz für ein zweites Paar«, sagte Whittaker. »An wen hast du denn gedacht?«

»So habe ich das nicht gemeint, du …« Sie verstummte, als ihr klar wurde, daß er sie wieder aufgezogen hatte.

»Schließ die Tür ab«, sagte er.

Sie befeuchtete ihre Lippen mit der Zungenspitze, wandte sich um und schloß die Tür.

Sie drehte sich zu ihm um, ihre Blicke trafen sich, und dann zog sie sich sehr langsam aus. Sie wußte, daß es ihm gefiel, ihr beim Entkleiden zuzuschauen, und es bewirkte auch etwas bei ihr, ihn zusehen zu lassen. Sie fühlte sich leicht schwindlig und erregt, als sie schließlich über die Fliesen schritt, um zu ihm in die Wanne zu gleiten.

Sie wollte sich neben ihn schmiegen, doch er schob sein Knie zwischen ihre, und sie saß schließlich rittlings auf ihm.

»Ich sollte es dir vielleicht nicht erzählen«, sagte sie, »aber du hast mir gefehlt.«

Und dann stieß sie einen kleinen, spitzen Laut aus, als er in sie eindrang.

Sie bewegte sich auf ihm, und ihr Blick fiel zufällig an ihm vorbei. Dort hing ein Spiegel. Sie konnte nichts von Jim Whittaker sehen außer seinem Hinterkopf. Aber sie sah sich: geil, dachte sie, auf und ab wippend auf ihm.

Sie blickte auf ihn hinab. Seine Augen waren geschlossen. *Er ist sehr jung*, dachte sie. Sie empfand unglaubliche Zärtlichkeit für ihn. Er war vierundzwanzig oder fünfundzwanzig, und sie war sechsunddreißig und verheiratet, und nichts konnte jemals aus diesem Verhältnis werden.

Aber das ändert nichts, dachte sie. *Die absurde Wahrheit ist, daß ich ihn liebe. Auch wenn ich für ihn nur eine bequeme Möglichkeit zum Sex bin.*

»Ich liebe dich«, sagte sie.

Er hielt in den Bewegungen unter ihr inne, öffnete die Augen und sah sie an.

Für einen Moment glaubte sie, er werde etwas erwidern, aber er sagte nichts. Und dann begann er sich wieder sehr langsam in ihr zu bewegen.

III

I

Whitbey House, Kent

6.Dezember 1942

Canidy saß an einem alten Schreibtisch, den er museumsreif fand, und arbeitete sich durch einen hohen Stapel Papiere, der sich angesammelt hatte, während er nach Nordafrika geflogen war.

Mit dem Kommando über die OSS-Station Whitbey House war eine unglaubliche bürokratische Verantwortung verbunden: der Papierkram, der erledigt werden mußte, allein damit das dortige OSS-Personal untergebracht, gekleidet und verpflegt werden konnte, hätte in normaleren Zeiten die Arbeit von einem halben Dutzend Sekretären erfordert.

Als er zum fünfzehnten oder sechzehnten Mal seine Unterschrift auf ein Schriftstück schrieb (RICHARD M. CANIDY, Major, USAAC, Commanding), dachte er daran, wie ihm die Verantwortung für die OSS-Station Whitbey House aufgebürdet worden war. Die Ernennung war so unvermeidlich wie überraschend gewesen. Und frustrierend.

Canidy war als Agent für das OSS rekrutiert worden, als es noch das Office of the Coordinator of Information (COI) genannt worden war. Er war nicht rekrutiert worden, weil er Spionagefähigkeiten oder entsprechende Erfahrung hatte – er hatte keine –, sondern weil er ein alter Freund von Eric Fulmar war und das OSS

71

Fulmar rekrutieren wollte. Um das zu erreichen, suchte man einen alten Freund von Eric, der ›Auld Lang Syne‹ singen und die Nationalflagge vor Erics Gesicht schwingen konnte.

Canidy war so naiv gewesen, anzunehmen, daß seine Verbindung mit der internationalen Spionage nach Beendigung dieser Operation vorüber sein würde.

Doch dann hatte man ihm klargemacht, daß es unmöglich für ihn war, einfach auszusteigen, weil er Kenntnis von gewissen streng geheimen Informationen hatte – nicht nur von der Operation Fulmar, sondern auch von der Arbeit des COI. So hatte man eine nützliche Tätigkeit für ihn gesucht und gefunden.

Trotz der Uniform, die er trug, und dem tausendfachen Unterzeichnen mit »Major, USAAC‹ unter seinem Namen war er kein Major des Army Air Corps. Im Juni 1941 war er aus der Navy entlassen (als Lieutenant Junior Grade) und nach Burma geschickt worden, um P40-Flugzeuge für die amerikanische Freiwilligengruppe zu fliegen. Das bedeutete, daß er Zivilist gewesen war, als er als ›Technischer Berater‹ für den COI angeworben worden war.

Später sagte man sich, daß ein militärischer Status wichtig für die Operation Fulmar war. So überreichte ihm das Büro des Generaladjutanten einen Ausweis, der ihn zum Major machte. Und ›Major‹ war er geblieben. Er wurde jedoch immer noch als ›Technischer Berater‹ bezahlt und war offenbar befördert worden, denn seine monatlichen Schecks waren jetzt über 50 Dollar höher als ein Major mit Fliegerzulage und der Länge seiner Dienstzeit erhielt.

Er machte auf diese Eigentümlichkeit nicht aufmerksam, weil er argwöhnte, daß man ihn dann dem Sold entsprechend verwenden würde. Und daß er weiterhin tun mußte, was er bis vor einem Monat für weniger Geld getan hatte.

Whitbey House war nicht sein erstes ›Kommando‹. ›Major‹ Canidy hatte ebenfalls das COI-»Sicherheitshaus‹ in Deal, New Jersey, geleitet. Chesley Haywood Whittakers Besitz am Meer war Donovan und dem COI von Chestys Witwe übergeben worden. Und der COI hatte dort Vice-Amiral d'Escadre de Verbey der französischen Marine versteckt bis zu dem Zeitpunkt, an dem der Admiral gegen die Deutschen und/oder General Charles de Gaulle, dem schwierigen Kopf des Freien Frankreich, genutzt werden konnte.

Weil man sich sagte, daß sich der Admiral bei einem militärischen Gastgeber wohler fühlen würde als bei einem zivilen, war es ›Major‹ Canidy in Deal gewesen. Und Major Canidy hatte Captain und B17-Staffelkommandant Stanley S. Fine für die Operation Fulmar rekrutiert.

Fine hatte erwartet, zum Air Corps zurückzukehren, wenn der COI seine Dienste nicht mehr brauchte. Aber es widerstrebte dem COI, ihn zu verlieren – ebenso Canidy. Da Canidy und Fine bereits auf der Dienstliste des COI standen – *und* Piloten waren –, hatte man sie mit der Mission betraut, ›die Zaubererde für das Norden-Bombenzielgerät aus Belgisch-Kongo herauszufliegen‹ (in Wirklichkeit die erhoffte Uranpechblende).

Als diese Operation zu Ende war, wurde Fine sozusagen Colonel Stevens' Stellvertreter. Und Canidy erhielt das Kommando über die OSS-Station Whitbey House. Canidy war der Meinung, daß seiner und Fines Job weniger etwas mit ihren Qualifikationen zu tun hatten und mehr mit der Tatsache, daß sie mehr oder weniger die Löcher in der Personaldecke des OSS stopfen sollten. Es gab Dutzende unbesetzte Stellen; das OSS wuchs auf wundersame Weise.

Es amüsierte und beunruhigte Canidy ein wenig, daß ihn Rekruten des OSS jetzt als legendären Veteran betrachteten.

Das hatte natürlich auch sein Gutes. Er befehligte die OSS-Station Whitbey House, was bedeutete, daß er keinem befehlshabenden Offizier unterstellt war. Stevens ließ ihn ziemlich in Ruhe. Und er konnte über einen Wagen und einen Fahrer verfügen. Wenn er nach London fahren wollte, brauchte er nicht um Genehmigung zu fragen. Und er war der Gutsherr und hatte sich in der herzoglichen Wohnung von Whitbey House einquartiert; in drei großen Räumen mit Möbeln in Museumsqualität und einem enorm großen Badezimmer. Es gab sogar Zimmerservice, wenn er ihn wünschte.

Es klopfte an seiner Tür.

»Herein!« rief Canidy. Der Besucher war höchstwahrscheinlich Jamison, der kam, um ihm durch den bürokratischen Dschungel an Papierkram zu helfen. Jamison war der gescheite Lieutenant, der viel Verwaltungsarbeit für Canidy erledigte.

Der Besucher war nicht Jamison.

»Störe ich bei irgendwas, Dick?« fragte Colonel Wild Bill Donovan, als er eintrat.

Canidy stand schnell auf.

»Keineswegs«, sagte Canidy, »ich sitze nur herum und werde verrückt bei all diesem Papierkram.« Er wies auf den Schreibtisch, der mit Papieren übersät war.

Donovan lachte mitfühlend.

»Sie sollten sehen, was Pete Douglass für mich bereitgelegt hat, wenn ich ins Büro zurückkehre«, sagte Donovan.

»Jamison ist eine große Hilfe«, sagte Canidy. »Eigentlich ist er perfekt fähig, den Laden allein zu schmeißen.«

74

»Ist Jimmy da?« fragte Donovan.

»Jimmy verbreitet Blütenstaub«, sagte Canidy. »Soll ich ihn für Sie suchen?«

Donovan lachte.

»Wir werden ihn später holen lassen«, sagte er. »Und Stevens und Fine. Zuerst möchte ich mit Ihnen allein sprechen.«

Canidy nickte.

»Ich bin versucht, Sie nach Ann Chambers zu fragen«, sagte Donovan. »Habe ich da eine Spur von Neid gehört, weil Jim Blüten bestäubt?«

»Ann ist in Nordengland«, sagte Canidy. »Ich habe sie vor zwanzig Minuten endlich telefonisch erreicht.«

Ann Chambers war Kriegsberichterstatterin für die Chambers Nachrichtenagentur. Ihr Vater war Aufsichtsratsvorsitzender des Konzerns Chambers Publishing, dessen Tochtergesellschaft die Nachrichtenagentur war. Ann hielt sich in England auf, weil sich Dick Canidy dort befand und sie ihn liebte. Mit ihren journalistischen Fähigkeiten und dem Einfluß ihres Vaters bekam Ann vieles, was sie wollte.

» Richten Sie ihr meine besten Grüße aus, wenn Sie sie sehen«, sagte Donovan.

Canidy mußte lachen.

Ann Chambers stellte ein ständiges Problem für Donovan und das OSS dar. Mit anderen neugierigen Journalisten konnte man fertig werden, indem man ihren Vorgesetzten leise vorschlug, daß die nationale Sicherheit ihre Rückkehr in die Staaten erforderte. Hartnäckig neugierige Journalisten konnten auf Eis gelegt werden, indem man sie zu einer psychiatrischen Untersuchung einwies. Brandon Chambers wollte jedoch genau wissen, wie seine Tochter die nationale Sicherheit gefährdet hatte, und dann würde er ein eigenes Urteil fällen.

Und wenn Brandon Chambers' Tochter zu einer psychiatrischen Untersuchung eingewiesen werden würde – was die Lösung des Justizministers auf das Problem der Habeaskorpusakte war (dem englischen Staatsgrundgesetz zum Schutz der persönlichen Freiheit) –, würden Brandon Chambers' acht Zeitungen, fünf Rundfunksender und die Chambers Nachrichtenagentur die verfassungsrechtlich fragliche Praxis in der amerikanischen Öffentlichkeit anprangern, bis sich das Oberste Bundesgericht mit dem Fall befassen würde.

»Gewiß«, sagte Canidy und lächelte. »Ich werde ihr sogar sagen, daß Sie vielleicht ein exklusives, ausgedehntes Tête-à-tête bei Kerzenlicht mit ihr wünschen.«

Und dann war Donovan plötzlich ganz geschäftsmäßig.

»Ich bin neugierig auf Ihre Reaktion – aus dem Bauch heraus –, als wir Fulmar nach Marokko zurückschickten«, sagte er.

»Aus dem Bauch heraus?« wiederholte Canidy. »Okay. Als Fulmar aus der B25 sprang, hatte ich ein wenig Bauchschmerzen.«

»Aus Angst oder aus Empörung?« fragte Donovan im Plauderton.

»Ein wenig von beidem«, sagte Canidy. »War es wirklich nötig, ihn zum Köder zu machen?«

»Ja«, antwortete Donovan. »Und es hat sich ausgezahlt. Wir sind jetzt überzeugt, daß von Hürten-Mitnitz das ist, was er behauptet.«

»Nun, ich nehme an, das ist wichtig«, sagte Canidy.

»Es ist äußerst wichtig.« Und als Canidy schwieg, fügte Donovan hinzu: »Fragen Sie nicht, warum?«

»Ich nehme an, wenn Sie es mir sagen wollen, werden Sie das tun«, erwiderte Canidy lächelnd. »Andernfalls …«

»Sie lernen, Dick«, sagte Donovan und erwiderte das Lächeln.

»*Werden* Sie es mir sagen?« fragte Canidy.

»Wie viele Informationen über deutsche Düsenflugzeuge haben Sie und Ed Stevens vom Air Corps erhalten? Und wieviel hat man Ihnen speziell über den Antrieb von Düsenflugzeugen erzählt?«

»Nicht viel«, sagte Canidy. »Nur, daß die Deutschen Flugzeuge mit Düsenantrieb im Teststadium haben. Das Air Corps hält es für sehr unwahrscheinlich, daß diese Maschinen jemals einsatzbereit sein werden.«

»Und was meinen Sie dazu?«

»Ich bin Jagdflieger«, sagte Canidy. Und nach einer Pause: »Ex-Jagdflieger? Jedenfalls meine ich aus dieser Position der Unwissenheit heraus, daß ein Kampfflugzeug, das über fünfhundert Knoten fliegt und Zwanzig-Millimeter-Geschosse hat und diese gut außerhalb der Reichweite eines MGs Kaliber .50 einer B17 oder B24 abfeuern kann, eine Menge Bomber abschießen wird.«

»Bis zu dem Punkt«, sagte Donovan sehr ernst, »an dem das Air Corps seine ganze Strategie der Bombardierung der deutschen Industrie vergessen kann.«

»Die Führung des Air Corps scheint überhaupt nicht besorgt zu sein«, sagte Canidy.

»Wenn die Luftwaffe der Deutschen mit einem halben Dutzend Staffeln Düsenkampfflugzeugen aufwarten kann, werden unsere Verluste untragbar werden«, sagte Donovan. »Und es wäre nicht nur eine logistische Katastrophe, sondern auch eine für die Öffentlichkeitsarbeit. Mit anderen Worten, wenn die Deutschen diese Flugzeuge produzieren können, wird sich der Verlauf des Krieges in Europa drastisch ändern. Vielleicht heißt das nicht, daß wir den Krieg verlieren, aber es könnte zu einem für uns unbefriedigenden Waffenstillstand kommen.«

»Mein Gott!« sagte Canidy.

»Und da ist noch etwas, das man Ihnen nicht erzählt hat, Dick, weil es eine brandneue Information ist. Die Deutschen testen jetzt – wir wissen noch nicht, wo – mindestens eine mit Düsenantrieb fliegende Bombe. Oder ein Flugzeug ohne Pilot. Sie, Dick, sind Flugtechniker. Stellen Sie sich vor, Hunderte, vielleicht Tausende Flugzeuge ohne Piloten, schneller als jedes Jagdflugzeug, das wir haben, jedes mit fünfhundert Pfund hochexplosivem Sprengstoff, gezielt auf London oder Manchester. Oder, was das anbetrifft, von U-Booten abgeschossen und auf New York City gezielt.«

Canidy dachte laut. »Wie würden sie kontrolliert?«

»Ich bin kein Flugtechniker«, sagte Donovan. »Ich dachte, Sie können mir das vielleicht erzählen.«

»Ich habe einen akademischen Grad in Flugtechnik«, sagte Canidy. »Das ist alles.«

»Bescheidenheit paßt zu Ihnen, Richard«, scherzte Donovan. »Aber ich habe gehört, Sie sind ziemlich gut in Flugtechnik. Haben Sie wirklich keine Ahnung, wie solche Flugzeuge ohne Piloten kontrolliert werden können?«

»Die Navigation müßte nicht so genau sein«, sagte Canidy. »Man müßte nur Kurs auf ein bestimmtes Ziel einhalten. Über fünfhundert Flugmeilen könnte man so etwas bis auf, sagen wir mal, zehn Meilen Abweichung zum genauen Ziel schaffen. Und London ist viel größer als zehn Meilen. Wenn man die Reisegeschwindigkeit weiß, könnte ein einfacher Zeitschalter die Treibstoffzufuhr abschalten, wenn das Flugzeug über dem Zielgebiet ist.«

Er blickte zu Donovan, der nickte.

»Das ist ungefähr die gleiche Antwort, die ich von Professor Pritchard erhalten habe«, sagte Donovan. »Er läßt übrigens grüßen.«

Matthew Pritchard war einer von Canidys Professoren am MIT gewesen. Mehr als ein Lehrer, fast ein Mitarbeiter und Verfechter von Canidys Thesen.

»Es ist erschreckend«, sagte Canidy. »Je mehr man darüber nachdenkt, desto erschreckender wird es. Und ohne sich Sorgen um die Sicherheit der Piloten machen zu müssen, kann man die Dinger herstellen wie Plätzchen. Man braucht kein Fahrgestell, keine Kommunikations-Ausrüstung, nur ein einfaches Stabilisierungs-System – nur einen Antrieb und eine Sprengstoffladung.«

»Matt Pritchard sagte mir, der einzige schwache Punkt, den er sich bei dieser Sache denken kann, ist der Antrieb«, sagte Donovan. »Wie es bei den Düsenflugzeugen der Fall ist.«

»Das verstehe ich nicht«, sagte Canidy. »Ich stimme natürlich zu, daß der Antrieb die wichtigste Komponente ist, aber ich verstehe nicht, wie uns das hilft.«

»Wir verhindern, daß die Deutschen den Antrieb bauen«, sagte Donovan.

»Und wie wollen wir das schaffen?« fragte Canidy.

»Ich hätte sagen sollen, ›wir verzögern, wir stören‹ die Produktion der Maschinen«, präzisierte Donovan. »Ich glaube, das können wir. Wie wirkungsvoll es bleibt – wir werden es sehen.«

»Wie verzögern? Wie stören?« fragte Canidy.

»Das Wichtigste ist, zuerst die Herstellung der Düsenflugzeuge und als nächstes die der fliegenden Bomben zu verzögern. Wenn wir die Produktion der Jet-Antriebe verzögern können, dann können wir die Herstellung von Düsenflugzeugen verzögern und dann beten, daß die Achte Air Force die Zeit nutzt, um Deutschlands Industrie zu zerstören, bevor sie fliegende Bomben wie Plätzchen herstellen kann, wie Sie es bezeichnet haben.«

»Und dieser von Sowieso kann irgendwie helfen? Wie?«

»Besonders, indem er uns hilft, einen Experten aus Deutschland zu uns zu holen, der uns alles über den Antrieb von Düsenflugzeugen erzählt«, erklärte Donovan. »Nicht über die Konstruktion, sondern über die Metallurgie. Laut Pritchard und anderer Experten ist das eine ganz neue Technologie. Eine ganz neue Metallurgie. Wenn wir herausfinden können, welche Legierungen gebraucht werden, und den Nachschub für das Rohmaterial abschneiden, dann können wir die Produktion der Maschinen verzögern – oder zumindest stören.«

»Unsere eigenen Metallurgen können uns das nicht sagen?«

»Es gibt verschiedene Methoden der Herstellung; das hat man mir jedenfalls gesagt. Wir müssen wissen, welche Methode die Deutschen anwenden, bevor wir versuchen können, die Lieferung von Rohmaterial zur Produktion der Maschinen zu stören.«

»Und der Typ, den Sie aus Deutschland herausholen wollen, kann uns das sagen?« fragte Canidy.

Donovan nickte. Er fühlte sich ein wenig unbehaglich. Es stimmte zwar alles, was er Canidy gesagt hatte, aber es war nicht die ganze Wahrheit.

»Wer ist es?« fragte Canidy.

»Er heißt Friedrich Dyer, Professor Dr. Friedrich Dyer von der physikalischen Fakultät der Philipps Universität in Marburg an der Lahn in Hessen.«

»Dort hat Eric studiert«, sagte Canidy.

Donovan nickte abermals.

Canidy nahm das, was ihm erzählt worden war, fraglos hin. Es gab keinen Grund, mißtrauisch zu sein, und es war besser, es nicht zu sein.

Wenn Friedrich Dyer aus Deutschland herausgeholt

werden konnte, würde er vielleicht sehr nützlich sein. Aber das war nicht der Grund, viel Mühe und hohe Kosten aufzuwenden, um ihn aus Deutschland zu holen. Wenn es gelang, ihn herauszuholen, dann konnten auch andere, deren Namen auf einer Liste in Donovans Safe standen, in die Vereinigten Staaten geholt werden. Die deutschen Chemiker, Physiker und Mathematiker auf der Liste waren Experten in Mathematik, Physik und Chemie von Kernenergie.

Wenn sie aus Deutschland herausgeholt wurden, half das *vielleicht* Leslie Groves' Manhattan Projekt. Und es würde *bestimmt* ihren Verlust für Deutschland bedeuten. Aber sie mußten so aus Deutschland herausgeholt werden, daß die Deutschen nicht auf das Interesse der Amerikaner an Kernenergie aufmerksam wurden. Mit anderen Worten, sie mußten mit anderen Leuten vermischt werden, die keine Verbindung zur Atomenergie hatten.

Da Canidy nichts von der Atombombe erfahren durfte, konnte ihm nicht mehr über die Operation Dyer gesagt werden. Donovan verstand, daß es so sein mußte, aber es widerstrebte ihm, letzten Endes seine eigenen Leute zu täuschen.

»Der Prototyp der Produktion von diesen Düsenmaschinen wird in einer Fabrik in Marburg hergestellt«, sagte Donovan. »Bei der FEG, der Fulmar Elektrischen Gesellschaft.«

»Fulmar?« sagte Canidy. »Allmächtiger!« Und dann: »Bei der *Elektrischen* Gesellschaft?«

»Relativ kleine Schmelzöfen, die für große und präzise Hitze gebraucht werden«, sagte Donovan. »Die kritischen Teile sind klein.«

Canidy stieß einen Grunzlaut aus, als sei er beschämt, weil er nicht selbst daran gedacht hatte.

»Und wenn wir den ersten Mann aus Deutschland

herausbringen können, dann können wir auch andere herausholen«, sagte Donovan. »Doktor Conant von Harvard hat den Präsidenten darauf hingewiesen, daß Wissenschaftler keine erneuerbaren Ressourcen sind.«

»Es wäre leichter, sie zu töten«, sagte Canidy. »Und gewiß billiger.«

Donovan blickte Canidy überrascht an. Nicht, weil Canidy dieser Gedanke in den Sinn gekommen war – er hatte selbst oftmals genau das gedacht –, sondern weil er ihn so nüchtern aussprach.

Und dann trafen sich ihre Blicke, und Donovan sah Verlegenheit in Canidys Augen, vielleicht sogar Scham.

»Seien Sie nicht verlegen, Dick«, sagte Donovan, »es könnte gut möglich sein, daß einige Leute aus dem Verkehr gezogen werden müssen.«

»Scheiße«, sagte Canidy.

»Unsere Vernunft sagt, daß jede Zahl toter Deutscher besser ist als ein toter Amerikaner. Viele Unschuldige werden bei Bombardierungen ums Leben kommen.«

Canidy stieß wieder einen Grunzlaut aus.

»Darf ich was trinken, Colonel?« fragte Canidy.

»Ich hatte gehofft, Sie bieten mir was an«, erwiderte Donovan.

Das ist eine weitere Lüge, dachte Donovan. Ich mag nichts trinken. Aber ich werde jetzt mit dir trinken, denn ich weiß, es ist wichtig für dich, daß ich das tue.

Canidy ging zu einem Tisch, auf dem ein Sortiment von Scotch und Bourbon und Gin stand.

»Scotch?« fragte er.

»Bitte«, sagte Donovan.

Canidy schenkte großzügig Scotch in zwei Gläser ein und überreichte eines Donovan.

»Haben wir Kontakt mit von Hürten-Mitnitz?« fragte Canidy.

Er sagt ›von Hürten-Mitnitz‹, dachte Donovan, nicht

82

von Sowieso; er denkt jetzt zu angestrengt nach, um seiner Neigung zu Cleverneß nachzugeben.

»Wir haben begrenzten Zugang zu einem britischen Agenten in Berlin, der zu gegebener Zeit den ersten Kontakt mit ihm herstellen wird. Wann das sein wird, werde ich Ihnen überlassen.«

»Was genau ist meine Rolle bei alledem?«

»Ich dachte, das haben Sie sich zusammengereimt«, sagte Donovan. »Dies ist Ihre Operation, Dick.«

Das war ebenfalls nicht die reine Wahrheit. Donovan hatte geplant, mit Canidy zu reden, ihm auf den Zahn zu fühlen. Die Entscheidung, wer sich um von Hürten-Mitnitz kümmern sollte, würde später getroffen werden, nachdem er mit Stevens und Bruce gesprochen hatte. Bruce wollte den Auftrag Eldon Baker erteilen. Stevens war der Ansicht, daß Canidy ihn bekommen sollte.

»Soll ich Professor Sowieso rausholen?« fragte Canidy. »Oder mich um von Hürten-Mitnitz kümmern?«

»Sie sollen sich um von Hürten-Mitnitz kümmern«, sagte Donovan und traf die Entscheidung. Und dann folgte eine weitere. »Und die ganze geheime Verbindung halten, wenn wir soweit sind. Haben Sie Einwände?«

Canidy antwortete nicht sofort.

»Ich habe mit einem der SOE-Jungs geredet«, sagte er schließlich. »Er erzählte mir mit großem Stolz, daß die Engländer ihre Zeit zwischen Kriegen damit verbringen, ihre Geheimdienstleute auszubilden. So haben sie fähige Leute zur Verfügung, wenn sie gebraucht werden. Zu diesem Zeitpunkt war ich verdammt sauer auf ihn. Dieser Hurensohn verteilte einen Seitenhieb auf das OSS – darin sind unsere britischen Kollegen gut –, aber jetzt frage ich mich, warum wir das nicht tun. Wenn wir es täten, säße ich jetzt nicht hier, ohne ehrlich einen Namen nennen zu können, vielleicht abgesehen von Baker, der sich besser um von Sowieso kümmern könnte als ich.«

»Ich finde, Sie können das besser tun als Eldon Baker«, sagte Donovan, »deshalb habe ich Ihnen die Mission gegeben.«

»Was geschieht als nächstes?«

»Planen Sie, ein paar Stunden mit Ed Stevens zu verbringen, wenn ich fort bin. Er wird Ihnen all die Einzelheiten erklären.«

»Ich werde hierbleiben?«

»Bis die Mission beginnt«, sagte Donovan. »Sie haben hier gute Arbeit geleistet, Dick. Ich habe mich schon ein bißchen informiert.«

»Nennt man das ›dem Hund einen Knochen hinwerfen‹?« fragte Canidy.

Donovan lachte. »Eigentlich nennt man es ›die andere Seite einlullen‹, hoffen wir. Wir wissen, daß sie uns sehr genau beobachten, und so werden wir versuchen, sie ein wenig einzuschläfern. Fine wird bis auf weiteres als Stevens' Verwalter weitermachen. Und dann werden wir ihn in die Schweiz schicken, und wir hoffen, daß er als Verwalter dorthin reist.«

»In die Schweiz? Warum?«

»Kennen Sie Allen Dulles?«

Canidy schüttelte den Kopf. »Nein.«

»Ich dachte, Sie haben ihn vielleicht in Washington kennengelernt«, sagte Donovan. »Dulles ist der Leiter der OSS-Station in der Schweiz. Guter Mann. Wir wollen Stan Fines Kontakte mit den Zionisten nutzen – so unglaublich es auch scheint bei dem, was Hitler mit den Juden macht, es gibt ein feines jüdisches Nachrichtennetz innerhalb Deutschlands –, um zu sehen, was sie für uns herausfinden können. Und dann werden wir –

das heißt, Sie – Fulmar aus Marokko holen, wo er als Linguist arbeitet, und ihn hier für eine Weile als Linguist arbeiten lassen, bis wir ihn ebenfalls in die Schweiz schicken.«

»Von wo aus wir ihn nach Deutschland bringen?« fragte Canidy.

»Sie gelangen vielleicht zu dem Schluß, daß dies nötig ist«, sagte Donovan.

»Das ist bereits entschieden, nicht wahr?« fragte Canidy und schaute Donovan in die Augen.

»Sie gelangen vielleicht zu dem Schluß, daß dies nötig ist«, wiederholte Donovan.

»Und Whittaker?«

»Whittaker wird die Ausbildung der Agenten fortsetzen«, sagte Donovan.

»Oh«, sagte Canidy mit sarkastischer Unschuld, »ich dachte, vielleicht halten Sie es für nötig, ihn auf die Philippinen zurückzuschicken.«

Er erwartete eine Reaktion von Donovan, aber nicht diejenige, die er am Ausdruck seiner Augen sah.

»O Gott!« stieß er hervor. »Wann? Warum?«

»Ich finde, wir haben alles besprochen, was besprochen werden muß, Dick«, sagte Donovan mit kühler Stimme. »Das war's dann.«

2

Special Operations Executive (SOE) Station X

7. Dezember 1942

Das Treffen fand in einer kleinen, eichengetäfelten Kammer im zweiten Stock eines Herrenhauses aus der Zeit der Könige Georg I.-IV. statt, dem ehemaligen Landhaus einer herzoglichen Familie. Bevor das Haus dem Generalstab der Streitkräfte Seiner Majestät und dann dem SOE übergeben worden war, hatte es als »kleines Bridgezimmer« gedient.

Das war eine beschönigende Bezeichnung. In Wirklichkeit hatte Seine Hoheit, verdorben von den Amerikanern, das ›kleine Bridgezimmer‹ in einen Salon für viel weniger ehrbare Spiele verwandelt. Während eines Besuchs der hundertsechzigtausend Morgen großen Ranch seiner Familie, die sie seit 1884 in Montana besaß, hatte Seine Hoheit Las Vegas, Nevada, besucht und ein amerikanisches Glücksspiel namens Poker kennengelernt. Obwohl er ein wenig verlor (achtzehntausend Dollar), bevor er den Dreh herauskriegte, war Seine Hoheit von dem Spiel fasziniert. Und der Herzog verstand bald die Philosophie des Spiels. Er verstand, daß es wirklich ein Spiel war, bei dem es nicht so sehr auf das Glück beim Kartengeben ankam, sondern mehr auf die Aufgewecktheit und Fähigkeit der Spieler, die psychologische Verfassung ihrer Gegner einzuschätzen.

Seine Hoheit fand Poker weitaus interessanter, als abzuwarten, in welches Fach die Kugel beim Roulette fallen würde. Und als Seine Hoheit das Spiel begriffen hatte, war er ziemlich gut darin. Als der Herzog Las

Vegas verließ, war er zweiundzwanzigtausend Dollar reicher als bei seiner Ankunft.

Es war nicht das Geld, das ihn erfreute – Seine Hoheit besaß große Ländereien in Mayfair –, sondern das Gefühl, etwas geleistet zu haben. Und es fiel ihm nicht im Traum ein, bis zu seinem nächsten Besuch in Amerika, der vielleicht erst wieder in fünf Jahren stattfinden würde, auf dieses Vergnügen zu warten. Er wußte, daß nicht nur genügend Leute von dem Spiel fasziniert sein würden wie er selbst (nachdem er ihren anfänglichen Widerstand gebrochen hatte), sondern auch die intellektuelle Veranlagung und die finanziellen Mittel hatten (wenn *sie* erst den Dreh heraus hatten), um ernstzunehmende – und folglich würdige – Gegner zu sein.

Seine Hoheit sprach mit dem Besitzer/Leiter der Harrod's Gambling Hall in Las Vegas, der sich sehr entgegenkommend zeigte. Als Seine Hoheit Las Vegas verließ, nahm er einen schweren, sechseckigen Tisch aus Eiche mit, der mit grünem Filz bespannt war und an den Ecken praktische kleine Fächer enthielt, in denen man seine Chips und Gläser deponieren konnte; eine Lampe, die ausschließlich dazu diente, die Spielfläche zu beleuchten; sechs passende Stühle mit gepolsterten Armen und Kissen; eine Kiste Chips; zwei Dutzend grüne Schirmmützen aus Plastik; und eine Kiste Kartenspiele. Letztere beiden Dinge trugen die Aufschrift *Harrod's Gambling Hall, Las Vegas, Nevada*.

Seine Hoheit brachte das Spiel seinen Freunden bei, aber es gelang ihm nicht, seinen Butler – und folglich auch keinem vom anderen Personal – zu überzeugen, daß Poker ein Spiel war, das Seine Hoheit spielen sollte. Obendrein befürchtete der Butler, Seine Hoheit könne die Zielscheibe empörter Gerüchte werden, wenn bekannt wurde, daß er dem Poker frönte.

Deshalb wurde der Raum mit dem Pokertisch und den Stühlen und der besonderen Lampe als ›kleines Bridgezimmer‹ bezeichnet.

›C‹ (wie er damals und jetzt bekannt war), der mit Seiner Hoheit in Oxford studiert hatte und später von ihm das Pokerspiel gelernt hatte, war jetzt der Chef des MI-6 und de facto Chef aller britischen Nachrichtendienste. Er hatte diese Geschichte Lieutenant Colonel Edmund T. Stevens und Richard Canidy erzählt, als sie zum ersten Mal an dem sechseckigen, mit Filz bespannten Pokertisch Platz genommen hatten.

»In den Augen des Stabs«, schloß ›C‹, »war Poker so etwas wie die jungen Frauen, die der Herzog herbrachte, als er den Titel erhielt. Da waren wir noch in Oxford. Er ließ ein halbes Dutzend aus Paris kommen. Der Stab bezeichnete sie als seine ›besonderen Wochenend-Gäste‹.«

Canidy und Stevens lachten laut. ›C‹ kicherte, erfreut, weil er sie amüsiert hatte. Und weil er die Atmosphäre aufgelockert hatte.

›C‹ war ein Gentleman und feinsinnig. Die Geschichte sollte nicht nur Canidy und Stevens belustigen, sondern sie auch an die Unterschiede zwischen der britischen und amerikanischen Kultur erinnern. Und zu verstehen geben, daß sie alle Poker spielten: die Briten und Amerikaner gegen die Deutschen, und die Briten gegen die Amerikaner. Weder Major Canidy noch Colonel Stevens entging diese Anspielung.

Im Ersten Weltkrieg hatten die Briten und die Franzosen die Meinung geteilt, daß die Amerikaner nichts vom Krieg verstanden und ihr Eintritt in den Krieg nur eine Zufuhr – wenn auch eine gewaltige – von ›Kolonial‹-Truppen und Material war, das genutzt werden konnte, wenn es die Experten für richtig hielten.

Die Dinge verliefen nicht ganz so, wie die britischen

und französischen Experten geplant hatten, und der befehlshabende amerikanische General ›Black Jack‹ befolgte nur widerwillig ihre Befehle. Er kündigte an und blieb bei dieser Entscheidung, daß Amerikaner, die in den Kampf zogen, von amerikanischen Offizieren geführt werden würden und nicht als Kanonenfutter für englische oder französische Formationen dienen würden.

In diesem Krieg war die Lage anders. Ein amerikanischer General hatte das Oberkommando, was die Tatsache widerspiegelte, daß die Amerikaner andernfalls ihre Truppen und ihr Material in den Fernen Osten geschickt hätten. Japaner, nicht Deutsche, besetzten amerikanisches Gebiet. Amerikaner teilten die Ansicht, daß der Krieg zuerst in Europa gewonnen werden sollte, aber nur wenn ihr Mann, Eisenhower, der Befehlshaber war.

Da ein großer Teil der amerikanischen Gesellschaft immer noch der Meinung war, daß der Krieg in Europa Amerika nichts anging, wäre es für Roosevelt politisch unmöglich gewesen, eine Million amerikanischer Soldaten nach Europa zu schicken und von einem Engländer befehligen zu lassen.

Die Briten verstanden das, aber das änderte nichts an ihrer festen Überzeugung, daß der Kaiserliche Generalstab ebenso wie MI-6 und SOE weitaus besser ausgebildet und ausgerüstet für militärische und nachrichtendienstliche Operationen war als Eisenhower und sein amerikanischer Stab und das erst vor kurzem gebildete Office of Strategic Services.

Wenn es nach den Briten gegangen wäre, hätte man alle Mittel – Material, Personal und Finanzen – des OSS den verschiedenen britischen Nachrichtenoffizieren unterstellt, die alle ›C‹ unterstanden.

Colonel William J. Donovan war im Zweiten Weltkrieg auf dem Gebiet der Spionage und Sabotage – den ›strategic services – das Gegenstück zu General Black Jack Pershing und den AEF des Ersten Weltkriegs. Trotz ihrer Unerfahrenheit und irgendwelcher anderer Einwände des Kaiserlichen Generalstabs – oder Winston Churchills – bestand Donovan darauf – mit der Befugnis von Präsident Roosevelt –, daß die Amerikaner ihre eigenen geheimen Operationen durchführten.

Und die Amerikaner hatten das zur Überraschung einiger Briten im nachrichtendienstlichen Sinne bei der Invasion von Nordafrika gut gemacht. Wenn sie gescheitert wären, hätte es vielleicht eine Chance gegeben, wieder für eine britische Kontrolle einzutreten. Aber das war nicht geschehen; sie hatten Erfolg gehabt. Es gab keine Möglichkeit, den Amerikanern unabhängige Operationen auszureden. Es würde eine Zusammenarbeit geben, mehr nicht.

Und das war für Stevens der wahre Grund, weshalb ›C‹ ihm jetzt am Pokertisch gegenübersaß. Der angebliche Zweck dieses Treffens diente der Klärung gewisser Einzelheiten bezüglich Helmut von Hürten-Mitnitz und Johann Müller. Wenn die Briten diese Agenten führten, wäre die persönliche Aufmerksamkeit von ›C‹ nicht erforderlich. ›C‹ war hier, damit seine Leute verstanden, daß die Entscheidung gefällt worden war, mit den unabhängig operierenden Amerikanern zu kooperieren.

Zu dem Treffen in der Station X waren Kopien aller MI-6-Akten über Helmut von Hürten-Mitnitz und Johann Müller mitgebracht worden; über die Familie von Hürten-Mitnitz; über Eric Fulmar; über die deutsche Anlage zur Herstellung von Raketen in Peenemünde; über Tests des deutschen Düsenflugzeugs; über alles, was die Amerikaner erbeten hatten; und über Dinge, die von ihnen nicht verlangt worden waren, für die sie sich jedoch interessieren würden.

Es dauerte über vier Stunden, bis die Amerikaner die Kopien begutachtet hatten und keine Fragen mehr stellten; bis die Einzelheiten der Verbindung mit den britischen Agenten in Deutschland besprochen worden waren; und bis es zu einerVerständigung gekommen war, wo die britische Unterstützung enden würde und die Amerikaner für sich selbst sorgen mußten.

Und dann verabschiedeten sich die Amerikaner.

Der stellvertretende Chef von MI-6 blieb allein mit ›C‹ am Pokertisch sitzen, und seine Miene war nachdenklich.

»Wenn Sie mir etwas Geistreiches über unsere amerikanischen Freunde sagen wollen, Charles, ersparen Sie mir das bitte. Und sonst?«

»Ich hatte eigentlich einen ziemlich tiefschürfenden Gedanken«, sagte der stellvertretende Chef. »Ich bekenne, daß ich gedacht habe, es werden Jungfrauen losgeschickt, damit sie die Arbeit einer reifen Frau erledigen. Aber dann ist mir in den Sinn gekommen, daß sie alle als Jungfrauen angefangen haben, nicht wahr? Nur einmal und zack, da sind sie keine mehr.«

›C‹ lächelte.

»Ich wußte, daß ich von Ihnen etwas Romantisches erwarten kann, Charles.« Dann fügte er hinzu: »Aber ich bezweifle, daß Sie diesen Major Canidy oder diesen halb-deutschen Typ, den die Amis schicken werden, als Jungfrauen bezeichnen können. Sie wissen vielleicht nicht, wie man mit einem Profi wie von Hürten-Mitnitz umgeht, aber sie sind keine Jungfrauen. Sie haben Einsätze hinter sich.«

»*Jungfrauen*«, beharrte der stellvertretende MI-6-Chef. »*Tödliche* vielleicht. Aber *Jungfrauen*.«

3

Hotel d'Anfa
Anfa, Casablanca, Marokko

8. Dezember 1942

Obwohl das Hotel d'Anfa jetzt als Offiziersquartier für westliche gemischte Kampfverbände diente, hatte es nichts von seiner Eleganz und Atmosphäre verloren. Der Swimmingpool und der Tennisplatz waren geöffnet wie das einzige Dachrestaurant mit Bar und Nachtklub in Casablanca.

Eldon C. Baker, ein Zweiunddreißigjähriger mit einem Mondgesicht und schütterem, sandfarbenem Haar, saß in einer Ecke der Bar. Er trug die Uniform eines US-Offiziers, jedoch kein Abzeichen einer Truppengattung oder des Rangs. Auf der Schulter seines grünen Waffenrocks war ein blaues Viereck aufgestickt. Innerhalb des Vierecks war ein Dreieck mit den Buchstaben ›U.S.‹ zu sehen, das Abzeichen, das zivile Experten trugen, die bei der U.S. Army im Feld verwendet wurden.

Baker hatte Befehle und einen Ausweis mit dem Namen James B. Westerman bei sich. Die Befehle waren vom Kriegsministerium ausgestellt und berechtigten zu militärischen Flügen mit Priorität von den Vereinigten Staaten zur ›Western Task Force‹ im Feld, in Zusammenhang mit Aktivitäten des Büros des Rechnungsprüfers der Army. In der Spalte ›Rang‹ des Ausweises stand ›ASS Lt/Col.‹ Das bedeutete, daß Baker den Rang bekleidete, der dem eines Lieutenant Colonel entsprach, und er ein Anrecht auf die Privilegien dieses Ranges hatte, wenn es um Quartier, Transport und so weiter ging. Bis jetzt hatte noch niemand ›ASS Lt/Col‹ für lustig gehalten.

Baker hatte – an sicherer Stelle – einen zweiten Ausweis und einen zweiten Satz Befehle bei sich. Darauf stand sein richtiger Name. Der Ausweis, der ihn zusammen mit einer Dienstmarke als Special Agent des Counterintelligence Corps (CIC) der U.S. Army identifizierte, und die Befehle, ausgestellt im Namen des stellvertretenden Stabschefs des Nachrichtendienstes, bescheinigten, daß er eine vertrauliche Mission für den stellvertretenden Stabschef G2 durchführte und alle Fragen, die ihn und seine Mission betrafen, an dieses Büro gerichtet werden sollten.

Während die zweiten Urkunden echt waren – sie waren tatsächlich vom G2 ausgestellt worden –, war Eldon kein Agent des CIC. Er war in Wirklichkeit ein Angestellter des Außenministeriums und zählte zur Besoldungsstufe FSO-4. Seit über einem Jahr arbeitete er jedoch in vorübergehender Verwendung beim OSS, wo er in der Personalakte als ›Chief, Rekrutierung und Ausbildung‹ geführt wurde; und in Zusammenhang mit dieser Funktion war er nach Marokko gekommen. Seine hauptsächliche Mission bestand darin, Leute zu rekrutieren, vorzugsweise Offiziere, die fließend Französisch, Italienisch oder Deutsch sprachen und für geplante geheime Operationen gegen Deutschland und Italien eingesetzt werden konnten. Er arrangierte auch die Fallschirmspringer-Ausbildung von OSS-Agenten bei der U.S. Army. Und er hatte eine dritte Mission, die nur Colonel Donovan und Captain Douglass bekannt war: er würde eine Postkarte schicken.

Die dritte Mission hatte eine höhere Priorität als alles sonst, was Eldon C. Baker von Washington zur Bar des Hotel d'Anfa gebracht hatte.

Baker sah Eric Fulmar, bevor der ihn entdeckte. Wie

93

von Baker erwartet, kam Fulmar kurz nach siebzehn Uhr in die Bar. Die Andeutung eines Lächelns spielte um Bakers Lippen, als er Fulmar sah. Eric Fulmar war offenkundig ziemlich zufrieden mit sich und seiner Rolle in den Plänen.

Er trug eine olivfarbene Uniform: Hemd, Hose und Krawatte. Dazu auf Hochglanz polierte Fallschirm-springerstiefel und das silberne Pilotenabzeichen auf der Brusttasche oberhalb seiner zwei Ordensbänder. Er trug das ETO-Ordensband (European Theater of Operations; europäischer Kriegsschauplatz) mit einem Stern für Kampfeinsatz und das Ordensband, das den Silver Star symbolisierte. Von seiner Schulter hing eine Thompson-Maschinenpistole.

Er nahm Platz, legte die Waffe absichtlich auffällig auf den Stuhl neben seinem und bestellte auf Arabisch Scotch und Wasser bei dem marokkanischen Barkeeper.

Die anderen Offiziere in der Bar, junge Stabsoffiziere der verschiedenen rückwärtigen Unterstützungseinheiten in Casablanca, bedachten ihn mit sonderbaren Blicken. Fulmar erinnerte sie daran, daß sie zwar Uniform trugen, aber keine *richtigen* Soldaten waren. Fulmar mit seinem Silver Star, dem Fallschirmspringerabzeichen und der Thompson-MPi *war* ein Soldat.

Baker stand an seinem Tisch auf, ging zur Bar und setzte sich auf den Barhocker neben Fulmar.

»Wie geht's, Eric?« fragte er in einwandfreiem Deutsch. »Was ist los?«

Das machte die anderen Offiziere an der Bar ebenfalls aufmerksam. Es war vermutlich nicht das Klügste, Deutsch zu sprechen, dachte Baker; andererseits war er überzeugt, daß Fulmar die anderen bereits irgendwie hatte wissen lassen, daß er Deutsch sprach.

Fulmar wandte sich ihm zu. Sein Blick war kühl. Baker fühlte sich ein wenig unbehaglich, als er daran erinnert wurde, daß hinter der Fassade eines Fall-schirmspringer-»Helden« mit Imponiergehabe ein sehr harter und selbstbewußter junger Mann steckte.

»Was bringt Sie her, Baker?« fragte Fulmar. Sein Blick war geringschätzig und mißtrauisch.

»Westerman«, sagte Baker.

Fulmar dachte darüber nach.

»Also Westerman«, sagte er dann.

»Nun, ich mußte ohnehin hierhin, und da dachte ich mir, sag hallo«, erwiderte Baker. Er sah, daß Fulmars Blick noch kälter wurde, und fügte schnell hinzu: »Ich habe von der Beförderung und dem Silver Star gehört. Meinen Glückwunsch.«

»Scheiße«, sagte Fulmar gepreßt.

»Ich muß mit Ihnen sprechen«, sagte Baker und gab auf. Er fragte sich, warum er sich die Mühe gemacht hatte, es auf die freundliche Tour zu versuchen. Es war zweimal nötig gewesen, Eric Fulmar unangenehme Dinge anzutun. Und Eric Fulmar war nicht der Typ, der das vergaß.

Fulmar nippte an seinem Scotch und wandte sich dann wieder Baker zu, um ihn mit seinen kalten blauen Augen anzusehen. *Der würde einen SS-Offizier abgeben, über den sich Hitler freuen würde*, dachte Baker. *Blond, blauäugig, muskulös, aufrechte Haltung, der perfekte Arier.*

»Dann reden Sie«, sagte Fulmar.

»Nicht hier«, sagte Baker. »Können wir auf Ihr Zimmer gehen?«

Fulmar sagte etwas zum Barkeeper, der Fulmars Glas nahm und in eine Schale mit Eis hinter der Bar stellte. Dann nahm Fulmar seine Maschinenpistole und verließ die Bar. Baker folgte ihm.

Sie fuhren schweigend mit dem Lift zwei Etagen tiefer und gingen dann über einen Flur zu Fulmars Suite, die aus einem kleinen Wohnzimmer und einem viel größeren Schlafzimmer mit Balkon bestand. Der Balkon bot Ausblick auf den Atlantischen Ozean und einen tollen Strand.

»Ich weiß nicht, ob diese Suite sicher ist oder nicht«, sagte Fulmar.

»Es macht nichts«, sagte Baker. »Dies wird nicht lange dauern.«

Er nahm aus der Brusttasche seines Uniformrocks zwei etwa 6x10 Zentimeter große Pappdeckel, die mit Gummibändern zusammengehalten wurden, und zog dann einen Füllfederhalter aus der Tasche, ein großes, etwas unhandliches Gerät.

»Ist das deutsch?« fragte Fulmar, dessen Neugier geweckt war. Baker nickte bestätigend.

»Ich hatte mal so ein Ding«, sagte Fulmar.

»Setzen Sie sich, Eric«, sagte Baker und nickte zu einem kleinen Schreibtisch, während er die Gummibänder von den Pappdeckeln streifte.

Als Fulmar Platz genommen hatte, überreichte Baker ihm eine Postkarte und zwei Blatt Papier, die auf die gleiche Größe zugeschnitten waren. Fulmar betrachtete die Postkarte. Es war eine Fotografie des Kurhotels in Bad Ems.

»Was hat das alles zu bedeuten?« fragte Fulmar.

»Ich habe nur die eine Postkarte«, sagte Baker. »So können wir nicht das Risiko eingehen, sie zu versauen. Ich möchte, daß Sie die Botschaft von dem einen Blatt Papier auf das andere kopieren. Genauer gesagt, abschreiben, was darauf geschrieben ist.«

Fulmar blickte auf das Stück Papier. Die Postkarte war adressiert an Herrn Joachim Freienstall, Beerenstraße 74-76, Berlin/Zehlendorf. Die Botschaft (auf Deutsch) lautete: »Bedaure, daß ich Dich verpaßt habe. Bitte grüße meinen Vater und Prof. Dyer. Beste Grüße, Willi von K.‹

»Was zum Teufel, soll das?« fragte Fulmar. »Wer ist Freienstall? Und was das anbetrifft, wer ist ›Willi von K‹?«

»Das hat nichts mit Ihnen zu tun«, sagte Baker.

»Blödsinn«, sagte Fulmar. »Warum soll ich es dann schreiben?«

»Sagen wir es so«, erwiderte Baker kalt. »Sie haben kein Recht auf Information, Eric.«

»Dann schreiben Sie Ihre verdammte Postkarte selbst«, sagte Fulmar.

»Tun Sie einfach, was ich verlange, Eric«, befahl Baker. »Dies ist wichtig.«

Sie starrten sich einen Moment an.

»Ich möchte wissen, welcher fiese Trick dies ist«, sagte Fulmar. »Und wer damit reingelegt wird.«

»Das kann ich Ihnen im Augenblick unmöglich sagen«, erwiderte Baker.

Fulmar fluchte, nahm jedoch den Füllfederhalter und übertrug die Botschaft auf das Blatt Papier.

Als er damit fertig war, nahm Baker den Zettel, betrachtete ihn, nickte zufrieden und sagte: »Prima. Übertragen Sie es jetzt genau auf die Postkarte.«

Fulmar tat es, und Baker nahm ein Zippo-Feuerzeug aus der Tasche und verbrannte die erste Kopie. Als er die letzte Version genau betrachtet und zufriedenstellend gefunden hatte, verbrannte er das Original der Botschaft.

»Aufstehen«, befahl er. Fulmar erhob sich. Baker setzte sich an den Schreibtisch. Er legte die Pappdeckel und dann die Postkarte auf den Schreibtisch. Dann befeuchtete er seinen Zeigefinger mit der Zungenspitze und strich über ›Joachim Freienstall‹, bis der Name unlesbar war.

Fulmar hob die Augenbrauen, sagte jedoch nichts.

Baker wartete, bis die Spucke getrocknet war, und

wischte dann die Postkarte sorgfältig mit einem Taschentuch ab. Besondere Aufmerksamkeit widmete er der glänzenden Seite mit dem Foto des Kurhotels. Dann nahm er die Karte mit dem Taschentuch auf und hielt sie Fulmar hin, der keine Anstalten traf, sie zu übernehmen.

»Was jetzt?« fragte Fulmar.

»Nehmen Sie die Karte und legen Sie sie auf den Pappdeckel«, sagte Baker.

»Reichen die Fingerabdrücke von Daumen und Zeigefinger?« fragte Fulmar sarkastisch. »Oder soll ich die Karte mit allen Fingern begrapschen?«

»Drehen Sie sie ein paarmal zwischen den Händen hin und her«, sagte Baker.

Fulmar tat es. Baker legte den zweiten Pappdeckel auf die Postkarte, wickelte die Gummibänder darum und steckte alles in seine Brusttasche.

»Es ist Ihnen natürlich klar, daß Sie dies bei niemandem erwähnen dürfen?« sagte er.

»Sie sind ein so gerissener Bastard, daß ich wirklich keine Ahnung habe, was Sie im Schilde führen.«

»In unserem Geschäft, Eric, gibt es Leute, die das als großes Kompliment betrachten würden«, erwiderte Baker.

Er streckte ihm die Hand hin.

»Das war's«, sagte er. »Es sei denn, es gibt etwas, das ich in Washington für Sie tun könnte?« Er blickte Fulmar fragend an.

Fulmar ignorierte die dargebotene Hand.

»Sie können nichts für mich tun«, sagte er. »Sie haben bereits genug für mich getan. Oder mir angetan.«

»Es tut mir wirklich leid, wenn Sie es so empfinden, Eric«, sagte Baker.

»Ja, bestimmt tut Ihnen das leid.«

Baker zuckte mit den Schultern und verließ die Suite.

Fulmar blickte gedankenverloren eine volle Minute lang auf die geschlossene Tür. Dann spiegelte sein Gesicht Betroffenheit und echte Sorge wider.

»Verdammt!« sagte er und eilte aus der Suite.

Er hatte sich an das Mädchen vom Roten Kreuz erinnert, das unglaublich schöne Augen hatte und sich um 17 Uhr 45 mit ihm in der Bar treffen wollte.

4

Wardman Park Hotel
Washington, D.C.

16. Dezember 1942

Major Peter ›Doug‹ Douglass junior, der für einen Piloten ziemlich klein war und noch jünger wirkte, als er mit 25 war, wollte sich von seinem Vater verabschieden, bevor er nach Europa abflog. Das wäre am einfachsten gewesen, wenn er mit seiner P38 einfach in Washington gelandet wäre. Aber sein Vater, Peter Douglass senior, war Captain in der Navy der Vereinigten Staaten, und Doug Douglass wollte nicht, daß der Abschied zu einer väterlichen Lektion über die Gefährdung der Karriere eines Offiziers wurde, der gegen die Vorschriften verstieß, indem er Umwege auf dem Kurs zum Abreise-Flughafen in Kauf nahm. Die andere leichte Alternative, einen Maschinenschaden über Washington vorzutäuschen, kam für Doug ebenfalls nicht in Frage, denn sie war einfach ein zu durchsichtiger Zufall.

Zwischen Alabama und North Carolina fand Doug Douglass jedoch die Lösung des Problems. Er hatte einen guten Stellvertreter, der den Rest der Gruppe beim Flug nach Westover führen konnte. Und er bezweifelte, daß jemand Fragen stellen würde, wenn er in der Nähe von Baltimore »Vergaser-Probleme« hatte, die eine Landung als »Vorsichtsmaßnahme« dort erforderlich machten. So benutzte er das Kommunikationssystem während des Fluges, um eine Falschmeldung abzusetzen. »Ersatzteilpaket wird um 13 Uhr 30 in Baltimore eintreffen.« Er war überzeugt, daß sein Vater wissen würde, was das bedeutete.

Charity Hoche erwartete ihn mit einem Wagen der OSS-Station. Er kannte Charity ziemlich gut. Genauer gesagt, er hatte einmal mit ihr geschlafen, als er in Washington gewesen war. Charity arbeitete für das OSS – das heißt, für seinen Vater. Sie fungierte als Art Haushälterin in dem Herrenhaus aus der Jahrhundertwende, welches das OSS in der Q Street in der Nähe des Rock Creek Park betrieb.

Sie kam aus der gleichen Oberschicht wie Donovan, Jimmy Whittaker, Cynthia Chenowith und Ed Bitter und seine Frau. Das gescheite Mädchen hatte von Freunden (die meisten waren OSS-Typen) und auf Partys mehr über das OSS aufgeschnappt, als es wissen durfte. So war entschieden worden, daß man sie am besten im Auge behalten konnte, indem man ihr einen Job gab.

Und sie sah auch verdammt gut aus, als Doug sie wiedersah. Phantastische Brüste, langes blondes Haar und eine nasale Aussprache, die er so verführerisch sexy fand. Aber er war gekommen, um seinen Vater zu besuchen, nicht wegen einer Nummer.

»Mein Vater ist beschäftigt?« fragte er.

Charity bestätigte, daß sein Daddy tatsächlich ›beschäftigt‹ sei, jedoch hoffe, der Sohn könne bis zwanzig Uhr warten, weil er dann vielleicht Zeit habe.

Andererseits – wenn mein Vater beschäftigt ist – könnte eine Nummer meine Nerven für die anstrengende Pflicht beruhigen, die mich erwartet.

So kehrten sie auf ein Bier ein, das er jedoch nicht trank, weil er später fliegen mußte, und Charity trank ein Gebräu aus Fruchtsaft und Cherry und Gin. Von dieser Mixtur pflegte sie scharf zu werden. Um sechzehn Uhr sagte sich Doug, daß er bis morgen nicht nach Westover weiterfliegen würde.

Jede volle Stunde hatte Charity angerufen, um festzustellen, ob sein Vater eine Nachricht für sie hatte.

Sie aßen irgendwo zu Abend, aber er widmete dem Essen wenig Aufmerksamkeit. Sie hatten ziemlich bald nach ihrer Ankunft in dem Restaurant begonnen, ›Knie an Knie‹ unter dem Tisch zu spielen, und das war interessanter als das Essen. Beim Dessert oder Kaffee oder sonstwas neigte Charity sich vor, um etwas zu ihm zu sagen, und ruhte ihre phantastischen Brüste auf seiner Hand aus.

Schließlich wurde es offen ausgesprochen, obwohl einige phantasievolle Verhüllungen benutzt wurden: Sie konnten nicht auf ein ›Nickerchen‹ zu Charitys Wohnung gehen, denn sie wohnte im Haus in der Q Street, und die Leute konnten wer weiß was denken.

Ein Hotel irgendwo in Washington wäre das Richtige gewesen, aber es gab keine freien Hotelzimmer in der Stadt. (Sie telefonierten für anderthalb Dollar in Fünfcentstücken herum, um das bestätigt zu finden.)

Und dann fand Charity eine Möglichkeit. Sie würden Ed und Sarah Bitters Suite im Wardman Park Hotel benutzen. Dort konnten sie anrufen, um festzustellen, ob es eine Nachricht von Dougs Vater gab, und Charity erinnerte sich, von Ed Bitter (der in solchen Dingen etwas begriffsstutzig war) gehört zu haben, daß er sich dienstlich außerhalb der Stadt aufhielt.

Sarah Child Bitter war in der Tat erfreut, Major Peter ›Doug‹ Douglass junior, Army Air Corps, zu sehen. Denn Sarahs Mann, Lieutenant Commander Bitter, mochte Major Douglass aus einer Reihe von Gründen besonders.

Vor dem Krieg waren Ed Bitter und Doug Douglass zusammen ›Flying Tigers‹ gewesen. Gleich nach Kriegsausbruch hatte Doug Ed bei beträchtlichem eigenem Risiko das Leben gerettet. Als Ed einen japanischen Luftstützpunkt im Tiefflug mit Bordwaffen angegriffen hatte und vom Boden aus verwundet worden war, hatte er es geschafft, sein aktionsunfähiges Flugzeug in einem ausgetrockneten Flußbett notzulanden. Und dann, entgegen den Gesetzen der Aerodynamik, hatte Doug seine P40 gelandet, Ed an Bord genommen und war mit ihm auf dem Schoß wieder gestartet. Wenn Doug das nicht getan hätte, wäre Ed entweder verblutet oder den Japanern in die Hände gefallen, die jeden ›Flying Tiger‹ als Banditen betrachteten, dem sie den Kopf abschlugen, wenn sie ihn schnappten.

Doug Douglass war jederzeit im Zimmer von Eds kleinem Sohn Joe willkommen, wenn er das wünschte.

Aber nicht für den Zweck, den Charity offenbar im Sinn hatte. Sarah zog sie in den Anrichteraum und sagte ihr das.

»Ich will ja nichts Schmutziges denken, Charity«, sagte sie. »Aber wenn du darauf bestehst, dich wie eine Frau zu benehmen, die mit Männern in Hotels geht, dann geh in eines.«

»Wenn es freie Hotelzimmer in Washington gäbe, und es gibt keine, dann würde man sie keinem Piloten und seiner Blondine geben«, argumentierte Charity. »Sie verlangen Heiratsbescheinigungen.«

»Dann mußt du es dir eben verkneifen, bis du etwas arrangieren kannst«, sagte Sarah. Sie kicherte und fügte hinzu: »Entweder heiraten oder dir ein eigenes Apartment zulegen.«

»Leider bleibt keine Zeit dafür«, sagte Charity.

»Und wenn du es heute nacht nicht mit ihm tun kannst, wirst du erblinden oder graue Haare bekommen, richtig?«

»Morgen abend um diese Zeit wird er in seinem kleinen Flugzeug irgendwo über dem Atlantik sein«, sagte Charity.

»Hat er dir das erzählt?« fragte Sarah.

»Nein, und er soll nicht erfahren, daß ich es weiß«, erwiderte Charity.

»Warum erzählst du es mir, wenn es ein Geheimnis ist?«

»Was wirst du schon tun, Hitler anrufen? Ich erzähle es dir nur, weil ich will, daß du weißt, wie wichtig es für mich ist.«

»Charity, ich mag dich, aber ich kenne dich. Wenn ich jemals herausfinden sollte, daß du spionierst …«

»Ich weiß es, weil Captain Douglass mir erzählt hat, daß er von der Navy morgen nachmittag Berichte über die Positionen einer Formation P38er von Westover Field in Massachusetts erhält. Sie fliegen über Neufundland nach Schottland. Doug hat mir erzählt, er fliegt nach Westover. Ich brauchte kein Sherlock Holmes zu sein, um zwei und zwei zusammenzuzählen.«

»Mein Gott, wenn Ed das herausfindet, bringt er mich um«, sagte Sarah, deren Widerstand erlahmte.

»Er wird erst Dienstag zurückkehren«, argumentierte Charity. »Das hat du mir selbst erzählt. Und wenn du es Ed nicht sagst, wird er von mir gewiß nichts erfahren.«

»Ich werde mit Joe einen Spaziergang machen«, sagte Sarah schließlich und kam sich wie die weiseste Frau der Welt vor. »Tu, was du für richtig hältst.«

Und Sarah nahm Joe zu einem Spaziergang mit, obwohl er keinen brauchte. Was während ihrer Abwesenheit zwischen Doug und Charity geschah, ging sie nichts an.

Aber Sarah hatte nicht damit gerechnet, daß die beiden bei ihrer Rückkehr nicht fertig sein würden. Oder daß sie stundenlang weitermachen würden.

Sarah hielt es für das beste, die Situation zu meistern, indem sie einfach zu Bett ging und nichts sagte, bis Doug am Morgen fort sein würde. Dann würde sie Charity die Leviten lesen.

Es war Glück, daß Ed nicht daheim war. Ed hätte einen Anfall bekommen. Aber Ed hatte ihr erzählt, daß sein Dienst als Adjutant von Vice Admiral Enoch Hawley, USN, BUAIR, ihn – bestimmt – mindestens das Wochenende über und vermutlich bis Dienstag aus der Stadt fernhalten würde.

Lieutenant Commander Edwin Ward Bitter, USN, kehrte drei Stunden später heim, kurz vor Mitternacht.

Als er das Kinderbettchen im Schlafzimmer sah, war seine Neugier geweckt. »Wer ist hier?« fragte er und schlüpfte neben Sarah ins Bett.

Sarah, die sich weitaus müder gab, als sie war, erwiderte gespielt schläfrig: »Douglass.«

»Gut«, sagte Ed erfreut und schloß die Augen, um zu schlafen.

Das verschaffte Sarah einige Zeit, um zu überlegen, wie sie mit der peinlichen Situation fertig werden konnte, zu der es am Morgen so zwangsläufig kommen würde wie der Sonnenaufgang.

Da sie selbst mit einem solchen Mann verheiratet war, verstand Sarah, daß sich Absolventen der Militärakademie und Berufsoffiziere völlig von anderen Offizieren unterschieden. Sie sahen die Dinge in einem anderen Licht, hatten einen strengeren Ehrenkodex und andere Verhaltensnormen als Leute wie zum Beispiel Eds (und Sarahs und Dougs) Freund Dick Canidy.

Manchmal war diese unterschiedliche Einstellung offensichtlich. Zum Beispiel waren Doug – ein West Pointer – und Ed – Absolvent der Militärakademie Annapolis – nicht belustigt, wenn Canidy den Army-Navy Club als »Heimat der alten Furzer« bezeichnete. Und beide empfanden es als Beleidigung, wenn Dick oder Jim Whittaker über das militärische Establishment der Berufssoldaten spottete.

Und jetzt hatte Doug Douglass die Grenze zu den Berufssoldaten übertreten. Das war eine weitere der merkwürdigen Sitten, die Sarah so schwer verstehen konnte – Ed erwartete sicherlich nicht, daß Douglass, ein gesunder, junger lediger Mann, den Enthaltsamen spielte. Aber er erwartete von ihm eine völlige Einhaltung des heiligen ungeschriebenen Gesetzes, nach dem ein Offizier seine Sexaffären mindestens hundert Meilen vom Flaggenmast seiner Garnison entfernt halten mußte.

Ein Offizier brachte seine Gespielin nicht unter das Dach eines Offizierskollegen, und er schlief dort schon gar nicht mit ihr. Und indem sie überhaupt mit Doug schlief, würde Charity Hoche ihren Status für Ed verlieren. Sie konnte nicht länger eine ›Lady‹ sein; auch wenn sie und seine Frau Sarah gemeinsam auf Bryn Mawr studiert hatten.

Am Morgen, als Ed aus dem Bett stieg, stellte sich Sarah schlafend. Eine Viertelstunde später, nachdem Ed Joes Windeln gewechselt hatte, trug er das Baby ins Ehebett, mit der leicht durchschaubaren Absicht, sie zu wecken.

»Wann ist Doug gestern abend eingetroffen?«

»Sehr spät.«

»Ich habe Hunger aufs Frühstück. Meinst du, ich kann ihn wecken?«

»Ich meine, du solltest ihn schlafen lassen«, sagte Sarah und hoffte, das Unvermeidliche ein wenig hinauszuzögern.

»Zum Teufel damit«, sagte Ed nach kurzem Nachdenken. »Er und Canidy haben mich oft genug aus tiefem Schlaf gerissen. Jetzt ist mal er fällig.«

»Dann nur zu«, sagte Sarah. »Ich werde beim Zimmerservice ein Frühstücksbüffet bestellen.« *Und Bahren für den Abtransport der Leichen*, fügte sie in Gedanken hinzu.

Sie hörte, wie Ed über den Gang zu Joes Zimmer ging und fröhlich Dougs Namen rief.

Sie nahm den Telefonhörer ab und bestellte Frühstück für vier Personen.

Als Ed Bitter rief und an die Tür klopfte, erwachte Doug Douglass, der seinen Unterleib an Charity Hoches Po schmiegte und eine ihrer Brüste umfaßt hielt.

Er zog vorsichtig seine Hand von Charitys Brust und wälzte sich behutsam auf den Rücken.

O Gott, er ist heimgekehrt! Und er ist schlimmer als mein Vater! Wenn er uns beide hier findet, dreht er durch!

Doug schaute auf seine Armbanduhr. Viertel nach neun. Er blickte auf Charity.

Ein steifer Pimmel, besonders deiner, du Blödmann, hat kein Gewissen, dachte er.

Er schlich auf Zehenspitzen aus dem Zimmer, nahm seinen Matchbeutel und ging damit ins Badezimmer, wo er so leise wie möglich die Tür hinter sich schloß. Dann nahm er frische Unterwäsche aus dem Matchbeutel und legte sie auf das Waschbecken. Er stellte die Dusche so kalt an, wie er es ertragen konnte, zog den Vorhang vor und stellte sich unter den Wasserstrahl.

Sie wird das Rauschen der Dusche hören, dachte er. *Es klingt wie das Prasseln von Hagelkörnern in einer Trommel, und sie wird es höchstwahrscheinlich hören und aufwachen.*

Charity Hoche war in Wirklichkeit wach gewesen, als er sich im Bett bewegt hatte. Doch da hatte sie nicht richtig wachwerden wollen; es war zu schön gewesen. Es war nichts Neues für sie, daß ein Mann ihre nackte Brust umfaßt hielt und sie einen nackten Männerkörper warm an ihrer Haut spürte, und sie war bereit, zuzugeben, daß dies stets ein angenehmes Gefühl gewesen war. Aber dies hier war irgendwie anders. Sie konnte es nicht erklären, aber es war anders.

Sie erinnerte sich an das, was sie Sarah am vergangenen Abend gesagt hatte. War es möglich, daß sie – *in vino veritas* – die Wahrheit gesagt hatte, daß dies etwas Besonderes für sie war? Daß Doug Douglass nicht nur ein weiterer aufregender junger Mann im Bett war?

Charity zwang sich, langsam zu atmen, regelmäßig, wie noch im Schlaf, und dann spürte sie, wie sich die Matratze bewegte, als Doug aufstand. Sie wartete, bis sie das Rauschen der Dusche hörte. Dann drehte sie sich auf den Rücken, stand auf und schlich zum Spiegel auf dem Toilettentisch, um sich zu betrachten. Ihre Augen waren geschwollen, ihr Haar war zerzaust, und sie hielt eine Hand vor ihren Mund in dem vergeblichen Bemühen, nicht ihren Atem zu riechen.

Sie fuhr mit den Händen durch ihr Haar, um es so gut wie möglich zu ›kämmen‹, und massierte mit den Fingerspitzen die Augenpartie. Dann kehrte sie zum Bett zurück, strich die verknitterten Laken glatt, schüttelte die Kissen auf, legte sie ordentlich ans Kopfende und stieg wieder ins Bett. Sie lehnte sich gegen die Kissen und überlegte, ob sie die Bettdecke sittsam über ihre Blößen bis zum Kinn hochziehen sollte. Sie sagte sich, daß es keinen Sinn hatte, so zu tun, als wäre ihr

Körper noch eine Art Geheimnis für ihn. Er sah sie schließlich nicht zum ersten Mal nackt.

Und er weiß ebenfalls, daß ich meinen Körper herumreiche wie Kanapees, dachte sie bitter.

Als Doug in der Unterwäsche aus dem Badezimmer kam, wirkte er nicht erfreut, sie wach im Bett sitzen zu sehen. *Er wollte sich von hier fortschleichen,* dachte sie.

»Guten Morgen«, sagte sie und lächelte ihn an.

»Guten Morgen«, erwiderte er und lächelte gezwungen. Dann: »Ed ist in der Nacht heimgekehrt.«

»Ich weiß«, sagte Charity. »Ich habe einen Lippenstift dabei. Wir können blutrot ... schuldig ... auf unsere Stirn malen.«

»Das wird er nicht lustig finden«, sagte Douglass.

»Es tut mir leid, wenn du jetzt von der Reue am Morgen danach überwältigt bist«, sagte Charity. »Soll ich aus dem Fenster springen?«

»Ich dachte an Sarah«, sagte er.

Das stimmt. Er hat wirklich an Sarah gedacht. Er ist, zusätzlich zu allem sonst, ein netter Kerl.

»Sie sagte mir, er kommt nicht vor Dienstag zurück«, sagte Charity. Dann kam ihr ein wirklich wichtiger Gedanke. »Wirst du fliegen können?«

Er nickte, und dann erschrak er bei einem Gedanken. »O Gott, mein Vater!«

»Ich werde ihm nichts erzählen, wenn du es ihm nicht auf die Nase bindest«, hörte sich Charity sagen. Es tat ihr leid, aber die Bemerkung war ihr einfach herausgerutscht.

»Menschenskind!« sagte er ungehalten.

»Ich habe mit ihm vor einer Stunde gesprochen«, sagte Charity. »Er wird bis neun beschäftigt sein – er ist auf dem Stützpunkt in Fairfax. Er wollte wissen, ob du deinen Abflug bis Mittag verschieben kannst. Ich habe ihm gesagt, du kannst es.«

Er blickte sie überrascht an.

»Du wirst erst gegen achtzehn Uhr abfliegen«, sagte Charity. »Es zieht eine Schlechtwetterfront auf, und man wird dich zurückhalten, bis sie abgezogen ist.«

»Du weißt also Bescheid?«

»Warum soll man im OSS sein, wenn man keine Geheimnisse erfährt?«

»Ist deshalb passiert, was heute nacht passiert ist?«

»Was heute nacht passiert ist, zählt zum Standard-Service von V-Girls«, sagte Charity. »Nur der übliche patriotische Beitrag zur Hebung der Moral der Jungs in Uniform.«

Sie fragte sich, warum sie sich so verhielt und das gesagt hatte.

»Ich verstehe dich überhaupt nicht«, sagte er fast traurig.

Er wandte sich um und hielt nach seiner Uniform Ausschau. Er fand sie, wo Charity sie in den Schrank gehängt hatte, und mit dem Rücken zu ihr begann er sie anzuziehen. Er hatte einen sehr breiten Rücken und knackigen Po, wie Charity sah.

Als er die Hose angezogen hatte und das Hemd in den Bund stopfte, drehte er sich zu ihr um.

»Ich wäre dankbar, wenn du mit mir rausgehst, sofern du dein lockeres Mundwerk beherrschen kannst. Mach es nicht noch schlimmer für Sarah, als es schon sein wird.«

Dann zog er den Reißverschluß der Hose zu und verließ das Schlafzimmer.

Ed Bitter, stets der Gentleman, saß am Tisch und trank Kaffee. Der Tisch war gedeckt, aber Ed wartete mit dem Frühstücken.

»Guten Morgen«, sagte Douglass so jovial, wie er konnte.

Bitter erhob sich und schüttelte ihm die Hand.

»Schön, dich zu sehen, Buddy«, sagte er.

»Ich freue mich auch, dich zu sehen«, erwiderte Douglass.

»Was treibst du in Washington?« fragte Bitter. »Wenn du es mir erzählen kannst.«

»Ich fliege hier ab«, sagte Douglass. »Von hier aus fahre ich zum Flughafen.«

»Sarah war so aus dem Häuschen vor Freude, daß sie Frühstück für vier Personen bestellt hat«, sagte Bitter. »Hau rein.«

Sarah und Douglass schauten sich an und blickten dann fort.

»Eigentlich bin ich hier, Eddie, um die Theorie zu überprüfen, ob wir viel Geld und Mühe sparen können, indem wir P38er nach England überführen«, sagte Douglass und schenkte sich Kaffee ein.

»Du bist daran beteiligt?«

»Weißt du davon? Wie hast du davon erfahren?«

»Die Navy schickt Catalinas auf deiner Route entlang«, sagte Bitter. »Ich habe die Catalinas zugeteilt.«

»Was sind Catalinas?« fragte Sarah.

»Amphibische Patrouillenflugzeuge für Langstrecken«, erklärte Doug. »Wenn wir runterfallen, fischen sie uns auf.«

»Ich wünschte, ich könnte mit dir fliegen«, sagte Ed Bitter.

»Das solltest du dir besser nicht wünschen«, sagte Douglass.

»Darf ich Fragen stellen?« erkundigte sich Sarah.

»Nein«, sagte Ed Bitter nur.

Charity betrat das Zimmer vom Flur aus.

Bitter schaute sie an, blickte dann zu seiner Frau und zurück zu Charity.

»Guten Morgen, Edwin«, sagte Charity sachlich. »Ich dachte, du kommst erst Dienstag zurück.«

»Wir sind früher zurückgekehrt«, sagte Bitter.

»Oh, gut, Würstchen!« sagte Charity. »Ich bin hungrig wie ein Wolf!«

Sie setzte sich und bediente sich.

Bitter blickte zu Douglass, der es sorgfältig vermied, ihn anzusehen.

Charity aß ein Stück Würstchen, blickte zufrieden drein und sagte: »Captain Douglass wird Doug auf dem Flughafen in Baltimore treffen. Ich glaube, Doug würde es vorziehen, von euch gefahren zu werden. Läßt sich das machen?«

»Selbstverständlich«, sagte Sarah.

»Ich weiß nicht, wie ich an Benzin komme«, sagte Ed.

»Kauf etwas auf dem Schwarzen Markt«, schlug Douglass vor.

»Ich kaufe nichts auf dem Schwarzen Markt«, sagte Bitter.

»Ich dachte, jeder tut das«, meinte Douglass.

»Offiziere sollten das nicht tun«, sagte Bitter.

»Ach du meine Güte, sind wir heute morgen auf dem hohen Roß?« fragte Douglass.

»Es gibt einige Dinge, die Offiziere einfach nicht tun«, sagte Bitter.

»Was meinst du, abgesehen vom Benzinkauf auf dem Schwarzen Markt?« fragte Charity.

Bitter blickte sie finster an und stand auf.

»Entschuldigt ihr mich bitte?« sagte er steif und marschierte aus dem Zimmer.

Charity schaute Douglass an.

»Es tut mir leid«, sagte sie. »Ich habe versprochen, den Mund zu halten. Das wollte ich auch. Es kam einfach über mich.«

»Zum Teufel mit ihm«, sagte Douglass. »Dieser

selbstgerechte Hurensohn. Komm, laß uns von hier verschwinden.«

»Bitte, bleibt«, sagte Sarah.

»Tut mir leid, daß ich dich in Verlegenheit gebracht habe, Sarah«, sagte Douglass. »Du bist eine nette Frau. Ich kann nur nicht verstehen, warum du diesen selbstgerechten Hurensohn geheiratet hast.«

»Vielleicht solltet ihr besser gehen«, sagte Sarah.

»So ist es, wenn einem das Mundwerk durchgeht«, sagte Charity zu Douglass. Er ging um den Tisch herum, ergriff ihren Arm und zog sie mit sich.

Er knallte die Tür hinter sich zu und weckte damit das Baby auf. Sarah ging zu Joe, nahm ihn aus dem Kinderbettchen und trug ihn ins Schlafzimmer. Ed stand am Fenster und blickte auf die Straße hinab.

»Sind sie fort?« fragte er nach einer Weile.

»Ich habe sie gebeten, zu gehen«, sagte Sarah. »Ich habe Doug gesagt, daß ich es nicht hinnehme, wenn er dich in deiner Wohnung als selbstgerechten Hurensohn bezeichnet.«

Ed blickte sie an und lächelte gezwungen.

»Du selbstgerechter Hurensohn!« sagte Sarah. »Wie kannst du dich so benehmen? Dieser Mann ist dein bester Freund, er hat dir das Leben gerettet, er könnte morgen um diese Zeit tot sein und du hast die verdammte Frechheit, ihm eine Moralpredigt zu halten, du Bastard!«

Seit er seine Frau kannte, hatte er zum ersten Mal kräftigere Worte als ein »verdammt‹ gehört.

Als sie auf dem Flughafen in Baltimore eintrafen, ging Douglass zum Abfertigungsgebäude, überprüfte die Wetterdaten und erstellte seinen Flugplan. Danach wurde er von seinem Vater und Chief Ellis erwartet.

»Tut mir leid, daß ich gestern abend nicht abkömmlich war«, sagte sein Vater. »Ich hätte wirklich gern mit
dir zu Abend gegessen. Hat sich Charity gut um dich
gekümmert?«

»Einfach prima«, sagte Douglass.

»Und nach dieser cleveren kleinen Bemerkung wird
Charity jetzt ihr Zelt abbrechen und sich davonsteh-
len«, sagte sie.

»Mußt du gehen?« fragte Doug.

»Es war nett, Sie wiederzusehen, Major Douglass«,
sagte Charity förmlich und reichte ihm die Hand wie
ein Mann. »Passen Sie auf sich auf.«

»Es war auch schön, Sie zu sehen, Miss Hoche«,
sagte Douglass, und dann lachte er laut. »Wen willst du
damit täuschen?«

Lieutenant Commander Edwin W. Bitter, USN, näherte sich im Laufschritt über den Flur. Er hatte keine
Uniform an und trug weder Krawatte noch Mütze, sondern eine verschlissene lederne Pilotenjacke, auf deren
Rücken eine Kuomintang-Flagge gemalt war.

Er sah Captain Douglass.

»Ich wollte nicht stören«, sagte er.

»Mach ihn zur Schnecke, Dad«, sagte Douglass.
»Zum ersten Mal in seinem Leben trägt er nicht wie
vorgeschrieben die Uniform.«

»Ich bin gekommen, um dir viel Glück zu wünschen«, sagte Bitter.

»Danke«, erwiderte Douglass ein wenig verlegen.

»Und um dich daran zu erinnern, daß ich ein selbstgerechter Hurensohn gewesen bin, seit du mich kennst,
und deshalb nicht überrascht hättest sein sollen.«

»Du bist ein Arschloch«, sagte Douglass, »aber ich
mag dich.«

»Ich möchte mich auch bei dir entschuldigen, Charity«, sagte Bitter.

»Das ist in Ordnung, Edwin«, sagte Charity. »Ich habe ebenfalls seit langem gewußt, welch selbstgerechtes Arschloch du bist.«

»Ich bezweifle, daß ich wissen will, was dies alles zu bedeuten hat«, sagte Captain Douglass.

»Stimmt«, meinte Doug, »das willst du nicht wissen.« Und dann sagte er: »Ich muß gehen.«

Er hielt seinem Vater die Hand hin, der sie schüttelte.

»Mensch, Doug, umarme ihn!« sagte Charity im Befehlston.

Vater und Sohn blickten sie an und umarmten sich.

Doug boxte Bitter an den Arm und wandte sich dann zu Charity.

»Werde ich auch umarmt?« fragte sie.

»Du bekommst einen Kuß, aber nur damit du den Mund hältst«, sagte Doug.

»Wie können Sie es wagen, Sir?« sagte Charity, packte ihn an den Ohrläppchen und küßte ihn mit gespielter Leidenschaft auf die Lippen.

Es begann als Scherz, als Belustigung der Zuschauer, aber es endete anders. Als sie den Kuß schließlich beendeten, sah Charity aus, als würde sie in Tränen ausbrechen.

»Es ist kalt«, sagte Douglass. »Und zwei Propeller machen viel Wind. Ich finde, ihr solltet hier drinnen bleiben.«

Das Bodenpersonal befand sich bereits bei dem glänzenden, irgendwie bedrohlich wirkenden zweimotorigen Jagdflugzeug. Eine Leiter stand an der Nase des Rumpfes, und Doug Douglass stieg schnell hinauf. Als er im Cockpit war, kletterte ein Mann der Bodencrew die Leiter hinauf und vergewisserte sich, daß Doug richtig in den Fallschirm angeschnallt war. Dann kletterte er wieder hinunter und entfernte die Leiter.

Zehn ›Fleischklößchen‹, jedes ein Symbol für den

Abschuß eines japanischen Flugzeugs, waren auf der Nase des Rumpfes über der Aufschrift ›Major Doug Douglass‹ aufgemalt. Als Charity sie zum erstenmal gesehen hatte, waren sie ihr aufregend und sehr sexy vorgekommen. Jetzt mußte sie bei ihrem Anblick weinen, denn sie erinnerten sie daran, daß Doug Jagdflieger war. Und Jagdflieger – vorausgesetzt, sie konnten es tatsächlich über den Atlantik hinweg schaffen – flogen in den Kampf. Sie fragte sich, ob sie Doug zum letzten Mal sah.

»Clear!« rief Douglass vom Cockpit herab. Er betätigte den Anlasser, und der linke Motor sprang an. Das plötzliche laute Geräusch erschreckte Charity. Dann begann sich der rechte Propeller zu drehen, und bläulicher Rauch wehte davon. Sie sah, wie Douglass einen Helm aufsetzte und dann eine Schutzmaske befestigte.

Er hob die linke Hand und winkte lässig. Einer der Motoren röhrte auf, und die P38 rollte vom Parkplatz.

Die Sicht auf die P38 wurde im nächsten Augenblick von anderen parkenden Flugzeugen verdeckt, doch sie blieben hinter der Scheibe des Abfertigungsgebäudes stehen und warteten. Zwei oder drei Minuten später hörten sie das Motorengeräusch eines startenden Flugzeugs. Douglass' P38, bereits mit eingefahrenen Rädern, flog an ihnen vorbei. Das Flugzeug drehte nach rechts ab und war binnen einer halben Minute außer Sicht.

»Er wird es schaffen, Charity«, sagte Ed Bitter. »Es gibt keinen besseren Piloten als Doug.«

Charity lächelte ihn an. Für ihn war das wirklich eine Entschuldigung.

IV

1

Außenministerium Berlin

20. Dezember 1942

Die Rückkehr von Helmut von Hürten-Mitnitz, dem derzeitigen Repräsentanten Deutschlands bei der französisch-deutschen Waffenstillstandskommission für Marokko, stellte auf den höchsten Ebenen des Außenministeriums in ·Berlin ein Problem dar: niemand wußte, was mit ihm geschehen sollte.

Es gab die Andeutung in einigen Kreisen – wenn auch taktvoll formuliert, denn schließlich waren sie alle Diplomaten –, daß er vielleicht den Verlust von Marokko an die Amerikaner ein bißchen zu bereitwillig akzeptiert hatte. Er hätte wenigstens versuchen sollen, nach Tunesien durchzukommen. Von dort aus würde die Wehrmacht einen Gegenangriff für die Zurückeroberung Marokkos starten, wenn der Führer den Zeitpunkt für günstig hielt.

Seine Verteidiger, einschließlich seines Bruders, Graf von Hürten-Mitnitz, der nicht nur eine Parteigröße war, sondern auch einer der wenigen Aristokraten sein sollte, mit denen der Führer persönlich vertrauten Kontakt hatte, wiesen darauf hin, daß einerseits der Transport zwischen Marokko und Tunesien gegenwärtig sehr gefährlich war, und man andererseits Helmut *befohlen* hatte, mit dem Junkers-Transport nach Italien zu fliegen.

Von Hürten-Mitnitz wurde ebenfalls von den meisten Adligen im Außenministerium verteidigt. Er war Berufsdiplomat, wie es Mitglieder seiner Familie seit Jahrhunderten gewesen waren. Er hatte seine Pflicht erfüllt, wie er sie sah, und seine Pflicht bestand darin, sich für weiteren Dienst für Deutschland zur Verfügung zu halten, anstatt in amerikanische Gefangenschaft zu gehen. Man konnte ihm gewiß nicht die Schuld für die eklatante Verletzung der französischen Neutralität durch die Amerikaner geben oder dafür, daß die Franzosen sofort die weiße Fahne geschwenkt hatten, als sie unter Beschuß genommen worden waren.

Einige der weniger politisch Kundigen dieser Freunde im Außenministerium schlugen vor, daß er zur Reichskanzlei fahren und den Führer persönlich über die Ereignisse in Marokko informieren sollte. Sein Bruder redete ihm das aus. Der Graf von Hürten-Mitnitz wußte, daß Adolf Hitler manchmal dem Überbringer schlechter Nachrichten die Schuld gab.

In dem politisch schlecht durchdachten Gedanken steckte jedoch die Saat eines guten: da der Führer die erfolgreiche Invasion der Amerikaner auf die Falschheit der Franzosen zurückführte, war offenbar keiner besser qualifiziert als Helmut von Hürten-Mitnitz, um einen detaillierten Bericht für den Führer vorzubereiten. Er würde natürlich eng mit Obersturmbannführer Johann Müller zusammenarbeiten, und gemeinsam konnten sie eine detaillierte und ausgewogene Beurteilung abgeben, wer schuld war. Wenn Müller beteiligt war, konnte man den Bericht natürlich keineswegs als ein Reinwaschen von Fehlern des Außenministeriums oder als Verdammung von Unfähigkeit der SS betrachten.

Helmut von Hürten-Mitnitz erhielt ein Büro mit Blick

auf den Innengarten des Außenministeriums, einen kleinen Stab, einen Dienstwagen und andere Privilegien, die seinem Rang als Minister entsprachen. Das Gerede über seine zu hastige Abreise aus Marokko verstummte. Er war schließlich ein Mitglied des Klubs, und Gentlemen sprechen nicht schlecht über ihresgleichen.

Es blieb noch ein Problem, das gelöst werden mußte: sein militärischer Status.

Nachdem er auf dem Gymnasium in Königsberg in Ostpreußen sein Abitur gemacht hatte, war Helmut von Hürten-Mitnitz ein halbes Jahr lang Offizierskadett beim 127. Pommerschen Infanterieregiment gewesen. Dies hatte man von ihm erwartet. Das 127. Pommersche Infanterieregiment hatte eine Tradition bis zurück zu Graf von Hürtens Regiment der Fußsoldaten im Jahre 1582. Nach sechs Monaten Dienst als Kadett erhielt Helmut ein Offizierspatent als Leutnant der Reserve.

Zwei Jahre später immatrikulierte er an der Uni Harvard und beendete das Studium 1927. Von 1931 bis 1933 war er der deutschen Botschaft in Washington zugeteilt, zuerst als Kulturattaché und später als Konsulatsbeamter. Von 1936 bis 1938 war er der Konsul in New Orleans.

Bei seiner Rückkehr von New Orleans nach Berlin, zu dieser Zeit bereits diplomatischer Beamter auf mittlerer Ebene und für höhere Aufgaben im Außenministerium vorgesehen, wurde von Hürten-Mitnitz sowohl vom militärischen Nachrichtendienst als auch vom Sicherheitsdienst der SS umworben, die beide soviel Interesse an Kenntnissen über die internen Operationen des Außenministeriums hatten wie an Wissen über alle äußeren Bedrohungen für Deutschland.

Der militärische Nachrichtendienst bot ihm ein Offizierspatent als Major der Reserve an, mit der subtilen

Lockung, daß er wohl kaum jemals einberufen werden würde, weil er von mehr Wert für die Armee in seinem bisherigen Dienst sein würde. Er lehnte die Ehre höflich ab.

Und die SS bot ihm eine Ernennung als Sturmbannführer (Major) in dem ›SS Freundeskreis Heinrich Himmler‹ an. Er lehnte diese Ehre ebenfalls ab, hauptsächlich weil ihm klar war, daß der Freundeskreis aus nichts anderem bestand als denjenigen, die wesentliche finanzielle Beiträge für die SS leisteten.

Er hoffte, ganz aus dem Militär herauszubleiben und seinem Land als Diplomat zu dienen. Dies erforderte jedoch einige Lauferei und viel Schreibarbeit, besonders nach seiner Rückkehr aus Marokko; denn es gab neue Vorschriften, die viele Freistellungen vom Militärdienst ausschlossen, einschließlich die für Mitglieder des Außenministeriums. Dieses Problem wurde schließlich auf den höchsten Ebenen gelöst.

Dennoch konnte es nicht schaden, Mitglied des Klubs zu sein: es wurde ihm von der SS ein Patent als SS-Brigadeführer im SD angeboten, und er akzeptierte es. Man versprach ihm, daß er nicht zu aktivem Dienst eingezogen werden und im Außenministerium bleiben würde.

In der schwarzen SS-Uniform leistete er bei einer Zeremonie, die von Reichsführer-SS Heinrich Himmler persönlich durchgeführt wurde, den Treueid für Adolf Hitler. Danach war sein Bruder so freundlich, einen kleinen Empfang für den neuen SS-Brigadeführer in einem Haus zu geben, das die Familie in der Beerenstraße 44–46 in Zehlendorf besaß. Reichsführer-SS Himmler und dessen Gattin zeigten sich dort kurz auf dem Weg zur Symphonie, und der Graf von Hürten-Mitnitz bezeichnete das bei Helmut als ungewöhnliche Ehre.

Helmut von Hürten-Mitnitz spielte mit dem Gedanken, Müller zu bitten, entweder beim Treueid oder dem Empfang anwesend zu sein, doch er entschied sich dagegen. Wenn sie zu befreundet wirkten, konnte das Verdacht erregen. Nach dem Empfang zog Helmut von Hürten-Mitnitz die SS-Uniform aus und hoffte, daß er sie nie wieder tragen mußte.

Nachdem er sich bei seiner neuen Arbeit eingewöhnt hatte, beschäftigte er sich eifrig mit einem Bericht für den Führer, ohne ihn tatsächlich fertigzustellen. Er wollte die Sache auf kleiner Flamme schmoren lassen, bis sie vergessen war und man eine andere Tätigkeit für ihn fand.

Sein Name erschien fast sofort auf Gästelisten alliierter und neutraler Botschaften, und er aß fast jeden Abend außer Haus. Er war Junggeselle und deshalb ein gefragter Gast: Es gab viele Witwen in Deutschland. Das befriedigte, was er für körperliche Bedürfnisse hielt, aber er achtete sorgfältig darauf, daß sich keine gefühlsmäßige Beziehung entwickelte.

Und dann, am 19. Dezember, schickten ihm die Amerikaner eine Botschaft.

Am Morgen des 20., als seine Sekretärin, Fräulein Ingeborg Schermann in sein Büro kam, war sein Schreibtisch voller Dossiers, die vom französischen Deuxième Bureau (entsprechend dem FBI) ›ausgeliehen‹ worden waren. Diese Dossiers sollten ihm bei der Vorbereitung seines Berichts über die französische Falschheit helfen, den er für den Führer anfertigen sollte. In Wirklichkeit las er einen Roman des Wiener Schriftstellers Franz Schiller über eine Romanze zwischen einem österreichischen Adligen und einer tuberkulösen Witwe.

Die Sekretärin bereitete Helmut von Hürten-Mitnitz Unbehagen. Sie war übereifrig. Schlimmer noch, sie war fanatisch.

Ingeborg Schermann trug ihr blondes Haar in der Mitte gescheitelt, streng zurückgekämmt und im Nacken zu einem Dutt zusammengebunden. Die wenigen Worte, die ihr über die Lippen kamen, äußerte sie wie Befehle und in einem Dialekt, der noch barscher als der von Obersturmbannführer Johann Müller klang.

Von Hürten-Mitnitz hielt Müller für den typischen hessischen Bauern: ungehobelt, phlegmatisch, praktisch und schwer von Begriff. Wie viele Nord- und Ostdeutsche war von Hürten-Mitnitz überzeugt, daß er *Deutsch* sprach und in Hessen und im Ruhrgebiet und in Bayern und Schwaben ein Dialekt gesprochen wurde, der zwar auf dieser Sprache basierte, jedoch nur wenig damit zu tun hatte.

Fräulein Schermann, deren Alter er auf zweiunddreißig oder dreiunddreißig schätzte, war nicht unattraktiv. Ihre Waden und Fußknöchel waren ziemlich dick – ein weiteres Charakteristikum für hessische Bauern, dachte von Hürten-Mitnitz –, aber sie war nicht fett und brauchte wirklich nicht das Korsett, das ihren Körper von oberhalb der Knie bis fast unterhalb des Halses einzwängte.

Es war schwierig für von Hürten-Mitnitz, sich Fräulein Schermann in wollüstiger Ekstase vorzustellen, obwohl er sich schon mehrmals dabei ertappt hatte, an ihre Brüste zu denken. Als junger Mann hatte er es einmal bei einem Bauernmädchen probiert, mit einer Schlesierin, deren Brüste fast so fest wie ihre Pobacken gewesen waren.

Er nahm an, wenn das unwahrscheinliche Ereignis eintreten sollte und irgendein junger Mann Fräulein Schermanns Brüste in die Hände bekommen konnte, würde er ähnliches denken.

Von Hürten-Mitnitz hatte Fräulein Schermann nicht

als Sekretärin ausgewählt; sie war ihm aufgedrängt worden.

»Und ich habe genau das richtige Mädchen für Sie, Helmut«, hatte ihm der Chef der Personalabteilung gesagt. »Sehr tüchtig. Sehr pflichtbewußt.«

Es gab drei Gründe, weshalb Fräulein Schermann von Hürten-Mitnitz zugeteilt worden war. Der erste war ein unschuldiger Zufall: sie war verfügbar, als er eine Sekretärin brauchte. Zweitens hieß Fräulein Schermanns ›Pflichtbewußtsein‹ übersetzt, daß sie eine Informantin der Gestapo oder des SD war. Es gab keinen Grund zu der Annahme, daß er unter Verdacht stand, aber das schloß nicht aus, daß man ihn aus Prinzip unter Beobachtung halten wollte. Und als dritte Möglichkeit kam in Frage, daß Fräulein Schermann jemand anderem im Außenministerium soviel Unbehagen bereitet hatte wie ihm und er sie so taktvoll wie möglich loswerden wollte.

Von Hürten-Mitnitz blickte aus seinem sorgfältigen Versteck hinter Schreibarbeit auf, während Fräulein Schermann im Tonfall eines Feldwebels ankündigte, daß SS-Obersturmbannführer Johann Müller vom Sicherheitsdienst den Herrn Minister zu sprechen wünschte.

»Würden Sie den Obersturmbannführer bitte hereinbitten, Fräulein Schermann?«

Fräulein Schermann nickte knapp und fast mechanisch.

»Jawohl, Herr Minister.«

Müller marschierte in das Büro. Er trug einen schwarzen Mantel, der ihm fast bis zu den Knöcheln reichte. Um den Mantel war ein Lederkoppel geschlungen, an dem eine geschlossene Pistolentasche hing.

»Heil Hitler!« bellte Müller und grüßte mit erhobener Hand.

»Heil Hitler!« sagte von Hürten-Mitnitz. »Es freut mich, daß Sie Zeit in Ihrem Terminplan gefunden haben, Obersturmbannführer.«

»Es ist mir eine Ehre, Herr Minister«, sagte Müller.

»Ich habe mir erlaubt, einen Tisch im Adlon zu reservieren«, sagte von Hürten-Mitnitz. »Sind Sie damit einverstanden?«

»Der Herr Minister ist sehr freundlich«, sagte Müller.

»Es war freundlich von Ihnen, mich mit dem Wagen abzuholen«, sagte von Hürten-Mitnitz. »Ich hole nur Mantel und Hut.«

Er hatte noch nicht die Garderobe erreicht, als Fräulein Schermann auftauchte, den Mantel vom Haken riß und ihn für ihn hinhielt. Als er hineinschlüpfte, überreichte sie ihm seinen Hut.

»Obersturmbannführer Müller und ich werden im Adlon zu Mittag essen, Fräulein Schermann«, sagte von Hürten-Mitnitz. »Wenn es irgendwelche wichtigen Anrufe für den Obersturmbannführer oder mich geben sollte, seien Sie bitte so nett, uns das mitzuteilen.«

»Jawohl, Herr Minister.«

Müllers Wagen, ein neutraler Opel Kapitän, parkte vor dem Außenministerium. Dort waren sowohl uniformierte städtische Polizisten als auch SD-Männer in Zivil stationiert. Sie gingen langsam vor den Sandsäcken auf und ab, die an der Wand des Gebäudes gestapelt waren. Keiner der Männer war bereit, einen Obersturmbannführer daran zu erinnern, daß das Parken vor dem Außenministerium verboten war.

Müller setzte sich hinters Steuer, von Hürten-Mitnitz nahm auf dem Beifahrersitz Platz, und sie fuhren los.

»Fahren Sie bitte bei meinem Haus vorbei, Müller?« sagte von Hürten-Mitnitz. »Ich muß für einen Moment hineingehen.«

Müller nickte.

Die Fahrt nach Zehlendorf und dann zurück in die Innenstadt würde ihnen ein paar Minuten Zeit zu einem Gespräch unter vier Augen verschaffen. Es war nicht verdächtig, wenn jemand auf dem Weg zum Mittagessen zu Hause vorbeifuhr, um etwas zu holen, das er vergessen hatte.

Müller fuhr am Zoologischen Garten vorbei und dann über den Kurfürstendamm in die Brandenburgische Straße. Nach zwei Blocks war die Straße von einem Schuttwall und zwei völlig überflüssigen Polizisten blockiert, die mit Handzeichen anzeigten, daß Autofahrer eine Umleitungsstrecke fahren mußten. Von Hürten-Mitnitz sah die Ruine eines Kaufhauses, in dem er einst Unterwäsche gekauft hatte.

Eine Fahrspur, gerade breit genug für ein Auto, war am Rand der Nebenstraße geräumt worden, und Müllers Opel holperte über lose Ziegelsteine und Mörtel. Und dann ging das zerstörte Gebiet so plötzlich wie es begonnen hatte, in eine Gegend über, die abgesehen von geschwärzten Fenstern und Anzeichen auf Luftschutzbunker vom Krieg unberührt wirkte.

Sie werden wiederkommen, früher oder später, aber zwangsläufig, dachte von Hürten-Mitnitz. *Und dieses Viertel wird dann ebenfalls ein Haufen rauchender Trümmer werden.*

»Die Russen haben von Manstein gestoppt«, sagte von Hürten-Mitnitz.

Am 23. November hatte die deutsche Sechste Armee Stalingrad erreicht und war von der russischen Armee eingeschlossen worden. Nach Görings Versicherung, daß die Sechste Armee auf dem Luftweg versorgt werden könne, hatte Hitler jeden Versuch, aus der Einkesselung auszubrechen, verboten. Als offenkundig wurde, daß die Luftwaffe die Sechste Armee nicht versorgen konnte, hatte Hitler General Erich von Manstein befohlen, das Kommando über die Kampfgruppe Don bei Rostow zu übernehmen und die russischen Linien zu durchbrechen. Von Manstein hatte am 12. Dezember mit einem Panzerkorps von Kotelnikowo aus angegriffen. Nach schweren Verlusten war der deutsche Angriff etwa dreißig Kilometer vor Stalingrad gestoppt worden.

»Oh«, antwortete Müller wenig überrascht, »und was nun?«

»Nichts«, sagte von Hürten-Mitnitz. »Von Manstein kann keinen Einsatz mehr versuchen. Von Paulus ist verloren.«

Generalfeldmarschall von Paulus war der Oberbefehlshaber der Sechsten Armee.

»So geht eine weitere Viertelmillion Männer drauf«, sagte Müller.

»Ja, das stimmt«, pflichtete ihm von Hürten-Mitnitz bei. Dann schwieg er eine volle Minute, bis er wieder etwas sagte.

»Es gibt einige gute Nachrichten. Sie dürfen jetzt einen Diener vor mir machen. Ich bin zum Brigadeführer in der SS-Reserve ernannt worden.«

»Ich habe Ihr Bild im *Stürmer* gesehen«, sagte Müller trocken. »Wie haben Sie geschafft, dies durchzuziehen?«

»Nach den neuen Vorschriften zur allgemeinen Wehrpflicht hätte ich fast als Hauptmann von Hürten-Mitnitz zu meinem Regiment gehen müssen.«

»Sie wünschen sich vielleicht noch, Hauptmann im Pommerschen Infanterieregiment zu sein«, sagte Müller.

»Ich glaube, es ist jetzt ein Teil von Paulus' Sechster Armee in Stalingrad«, sagte von Hürten-Mitnitz, und dann wechselte er abrupt das Thema. »Ich glaube, ich habe von unserem Freund Eric gehört.«

»Was meinen Sie mit ... ich glaube ...?«

»Ich habe eine Postkarte aus Bad Ems erhalten«, sagte von Hürten-Mitnitz. »Ich möchte, daß Sie sich die Karte anschauen und mir sagen, was Sie davon halten.«

Müller nickte und schwieg, bis er vor der kleinen Villa in Zehlendorf stoppte. »Bad Ems?« fragte er dann. »Was, zum Teufel, ist dort in Bad Ems?«

»Einige Historiker behaupten, daß ein Telegramm aus Bad Ems den Französisch-Preußischen Krieg auslöste«, sagte von Hürten-Mitnitz. Er überreichte Müller die Postkarte. »Hier, schauen Sie sich die Karte an.«

»Warum ist sie in dieser Hülle?« fragte Müller und wies auf einen Umschlag aus Pergamin.

»Ich dachte, es sind vielleicht Fingerabdrücke darauf«, sagte von Hürten-Mitnitz. »Oder geht meine Phantasie mit mir durch?«

Müller zuckte mit den Schultern.

Helmut von Hürten-Mitnitz stieg aus dem Opel Kapitän auf die schneebedeckte Straße hinaus und ging zur Pforte im Zaun vor seinem Haus. Als er die Villa betrat, sagte er seiner Haushälterin, daß er in Schneematsch getreten sei und nasse Füße habe. Dann wechselte er die Schuhe und Socken und kehrte zum Wagen zurück.

»Willi von K?« sagte Müller, als sie weiterfuhren. »Und Sie wissen nicht mal, ob die Karte für Sie bestimmt ist! Der Name ist naß geworden; man kann nur noch die Hausnummer lesen.«

»Eric von Fulmar ist der Baron von Kolbe«, sagte von Hürten-Mitnitz.

»Das ist weit hergeholt«, meinte Müller.

»Nicht, wenn Sie seinen Fingerabdruck darauf finden«, sagte von Hürten-Mitnitz. »Der erwähnte Vater kann seiner sein. Professor Dyer? Gibt es einen Professor Dyer bei der Philipps Universität in Marburg? Kannte Fulmar ihn?«

»Ich bin mir ziemlich sicher, daß ein paar von Fulmars Fingerabdrücken in Berlin registriert sind«, sagte
Müller. »Aber ich weiß nicht, ob ich an sie herankom-
men kann, ohne Fragen aufzuwerfen.«

»Ich finde, wir müssen dieses Risiko eingehen«,
sagte von Hürten-Mitnitz.

»In Ordnung. Angenommen, ich finde einen Fingerabdruck auf dieser Postkarte und vergleiche ihn mit
Fulmars Abdrücken. Und es stellte sich heraus, daß es
einen Professor Dyer in Marburg gibt. Was dann?«

»Dann tun wir, was auf der Karte steht«, sagte von
Hürten-Mitnitz. »Wir richten seinem Vater und diesem
Professor Dyer – vorausgesetzt, wir können ihn fin-
den – seine Grüße aus.«

»Deutsche, Bekannte von mir, erfrieren im Augenblick im Rußland«, sagte Müller. »Und wir …«

»Wir können den Leuten in Rußland nicht helfen«,
unterbrach von Hürten-Mitnitz. »Es bleibt uns nur die
Hoffnung, daß wir diesen Wahnsinn beenden können.
Ich betrachte es als Amputieren einer brandigen Hand,
um den Arm zu retten.«

»Sie sind mir gegenüber im Vorteil«, sagte Müller.
»Sie können philosophisch darüber denken. Ich bin
nur einfacher Polizist. Ich sehe vor meinem geistigen
Auge, wie ich mit einer Drahtschlinge im Keller des
Gefängnisses in der Prinz Albrecht Straße aufgehängt
werde.«

Hinter ihnen ertönte eine Polizeisirene. Sie fuhren
jetzt wieder auf der Avus. Müller warf einen Blick auf
das Tachometer. Er fuhr weitaus schneller als erlaubt.

Er verlangsamte, damit der Motorradpolizist auf
seine Höhe gelangte. Der Polizist blickte gerade lange
genug in den Wagen, um die Uniformmütze mit dem
Totenkopf und das Abzeichen eines SS-Obersturm-
bannführers auf Müllers Mantel zu sehen. Dann ver-

stummte die Sirene plötzlich, und der Polizist blieb zurück.

Ihr Essen im Hotel Adlon war ausgezeichnet. Es gab markenfrei Wildschweinlende. An die Speisekarte war eine Karte geheftet, deren goldener Aufdruck verkündete, daß das Wildschwein vom Reichsjägermeister Hermann Göring zur Verfügung gestellt worden war.

Das war natürlich nicht kostenlos geschehen, aber Göring wollte die Oberklasse von Berlin wissen lassen, daß er die Beute seines ostpreußischen Jagdreviers nicht ganz für sich allein behielt.

2

Atcham U.S. Army Air Corps Base
Staffordshire, England

20. Dezember 1942

Es war Major Doug Douglass' Vorrecht als befehlshabender Offizier, die letzte Einsatzbesprechung zu leiten, bevor seine P38er die U-Boot-Bunker bei Saint-Nazaire angriffen, aber er verzichtete darauf. So wurde die Einsatzbesprechung von einem Lieutenant Colonel der Abteilung G3 (Planungen und Ausbildung) der Eighth Air Force geleitet, von dem Blödmann, der sich die Operation ausgedacht hatte. Der Idiot war so glücklich darüber, daß er tatsächlich den Nerv hatte, Douglass zu sagen, er würde am liebsten die Prüfung mit P38-E-Maschinen ablegen, um die Mission durchzuführen.

Der Lieutenant Colonel war Pilot, jedoch Bomberpi-

128

lot. Und jetzt hatte er eine Operation ausgeheckt, bei der Jagdflugzeuge schaffen sollten, was den Bombern nicht gelungen war: die deutschen U-Boot-Bunker bei Saint-Nazaire auszuschalten.

Es gab eine Reihe von Gründen für das Scheitern der Bomber, einschließlich des größten: Wo die U-Boot-Bunker nicht unter zehn Meter Granit lagen, befand sich eine genauso dicke verstärkte Betonschicht. Konventionelle 500-Pfund-Bomben aus der Luft konnten das Granit und den Beton aufschrammmen, aber nicht knacken, geschweige denn durchdringen.

Während der ersten Befehlsausgabe hatte Douglass erfahren, daß Superbomben – bis zu zehn Tonnen – »in Entwicklung« waren und gewiß die U-Boot-Bunker zerstören konnten. Aber die U-Boot-Bunker mußten *jetzt* ausgeschaltet werden; die U-Boote, die sie schützten, während sie betankt und versorgt wurden, versenkten eine »unerträgliche« Menge an Schiffstonnage.

Es gab andere Gründe für das Scheitern der B17er und B24er. Die U-Boot-Bunker waren umgeben von 8,8 Flakkanonen, von den besten Artilleristen bemannt, die den Deutschen zur Verfügung standen. Die Fliegerabwehrkanonen waren bei jeder von der B17 erreichbaren Höhe wirksam. Und es gab vier Flugplätze für Jagdflieger, von denen ebenso viele Staffeln von sehr fähigen Piloten mit Messerschmitts nach oben geschickt werden konnten.

All diese Faktoren waren abgewogen worden, und man hatte eine neue Taktik ersonnen.

Es wurde kein weiterer Versuch unternommen, die U-Boot-Bunker durch die Dächer zu zerstören. Die Bomben würden sozusagen durch die Vordertür geschickt werden. Was das bedeutete, erkannte Douglass schnell – und mit einem gewissen Maß an Ungläubigkeit: die Bomben würden von tief fliegenden Flugzeugen aus in die Bunkereingänge *geworfen* werden. Und die tief fliegenden Flugzeuge, die für diese Aufgabe ausgewählt wurden, waren die P38-E Maschinen der 311th Fighter Group, USAAC, deren Kommandant Major Peter Douglass junior war.

Nach den Gesetzen der Physik, nach denen eine Masse in Bewegung dazu neigt, in Bewegung zu bleiben, bis äußere Kräfte darauf einwirken, würde sich eine 500-Pfund-Bombe, abgeworfen von einer P38, eine Zeitlang mit der gleichen Geschwindigkeit wie das Flugzeug durch die Luft bewegen. Der Windwiderstand würde sie natürlich verlangsamen, und die Schwerkraft würde sie zur Erde ziehen, aber für eine gewisse kurze Zeitspanne würde sie ihren Weg parallel zum Boden fortsetzen.

Die Idee war, die Bombe genau in dem Moment abzuwerfen, in dem die Flugbahn sie in den Eingang der U-Boot-Bunker bringen würde.

Diese neue Taktik, kündigte der Bomberpilot an, der zum strategischen Experten geworden war, würde mehrere andere wünschenswerte charakteristische Merkmale haben. Die Deutschen verfügten ebenso wie die Engländer über ein neues Funkgerät, das Funksignale von Objekten am Himmel ableitete. Diese Signale kehrten zu raffinierten Empfängern zurück, die die Entfernung des Objekts am Himmel bestimmen konnten. Die Geräte waren jedoch nicht sehr wirksam bei Objekten, die sich knapp über der Wasseroberfläche befanden.

Wenn sich also die P38er den U-Boot-Bunkern in hundert Fuß Flughöhe über dem Wasser näherten – der erforderlichen Höhe, um ihre Bomben in die Bunker zu ›werfen‹ –, würden sie unentdeckt eintreffen. Sie würden nicht von deutschem Flakfeuer und von deutschen Jagdfliegern erwartet werden. Und wenn die P38er ihre

Bomben abgeworfen hatten, waren sie in aerodynamischem Sinn wieder ›saubere‹ Jagdflugzeuge und konnten im Tiefflug mit Bordwaffen deutsche Stützpunkte angreifen, bevor die Deutschen ihre Jagdflugzeuge in die Luft bringen konnten.

Während der letzten Einsatzbesprechung konnte Douglass dem Lieutenant Colonel nur in einem Punkt zustimmen: Es war für die Operation wirklich keine umfassende Ausbildung erforderlich, weil die 311th Fighter Group bereits in den Vereinigten Staaten in Bombenangriffen im Tiefflug ausgebildet worden war.

Die Ausbildung hatte zwar der Unterstützung von Bodentruppen gedient, aber Doug wußte, daß das Resultat fast das gleiche war: Seine Männer wußten, wie sich Bomben verhielten, wenn sie in niedriger Flughöhe abgeworfen wurden.

Weitere Ausbildung in England hätte fast mit Sicherheit die Luftwaffe der Deutschen auf eine bevorstehende Operation aufmerksam gemacht.

Der Lieutenant Colonel beendete die Einsatzbesprechung mit der Ankündigung, daß sie eine Stunde vor Sonnenuntergang von Atcham abfliegen würden. Das würde ihnen eine Landung bei Einbruch der Nacht in Ibsley erlauben, dem P38-Stützpunkt, der am nächsten bei Saint-Nazaire lag. Während der Nacht würden die Flugzeuge betankt und mit den Bomben bestückt werden. Beim ersten Tageslicht würden sie starten. Sie konnten vor neun Uhr in England zurück erwartet werden.

Abgesehen von seiner beruflichen Erfahrung, daß Planer unglücklich sind, wenn sie nicht das Einfachste so kompliziert wie möglich machen können, sah Douglass keinen Grund für den Übernachtungsstop in Ibsley. Aber es war ihm auch klar, daß er nichts daran ändern konnte. Die 311th Fighter Group hatte den Befehl, die deutschen U-Boot-Bunker auszuschalten.

Am Abend des 19. Dezember führte Douglass 29 P38er nach Ibsley und verlor die erste davon zehn Minuten nach dem Beginn der Mission. Der Pilot verlor bei seinem Start die Kontrolle über die Maschine, raste über die Startbahn hinaus, kippte auf eine Tragfläche und überschlug sich mehrmals. Die Bomben gingen nicht los, aber das Flugbenzin führte zu einer Explosion.

Messerschmitt ME109-Maschinen erwarteten sie etwa vierzig Kilometer von Saint-Nazaire entfernt. Wenn das deutsche Radar nicht funktioniert hatte, dann hatte sie sonst etwas vor dem gewarnt, was auf sie zukam.

Douglass gab über sein Mikrofon den Befehl, Vollgas zu geben und ihm zu folgen.

Die achtundzwanzig verbliebenen P38-Piloten gaben FULL EMERGENCY MILITARY POWER, was nicht nur die Motoren strapazierte, sondern auch zu einer unglaublichen Steigerung des Spritverbrauchs führte. Aber beladen mit Bomben, wie sie waren, hatten sie nur eine Verteidigungschance gegen die ME109-Maschinen, wenn sie so schnell wie möglich zum Ziel gelangten und die Bomben abwarfen. Bei etwa sechs Flugmeilen pro Minute würden sie ungefähr vier Minuten brauchen, um zur Abwurfstelle zu gelangen; die Motoren würden vermutlich bis dorthin durchhalten.

Drei seiner P38-Piloten, die die Befehle befolgten, die Douglass ihnen außer Hörweite des strategischen Genies gegeben hatte, warfen sofort ihre Bomben ab und flogen in Position, um die Messerschmitts anzugreifen. Die drei bildeten die Nachhut der Formation. Wenn es zu einem offiziellen Verhör kommen würde, dann würden die anderen der Wahrheit entsprechend beschwören, nicht gesehen zu haben, daß jemand Bomben abgeworfen und entgegen den Befehlen gehandelt hatte.

Dies erwies sich ohnehin als rein akademisch. Über vierzig deutsche Jagdflugzeuge griffen an, und keiner der drei P38-Piloten, die sich ihnen stellten, schafften es zurück nach England.

Die Deutschen hatten ihre 8,8-Flakkanonen so clever entwickelt, daß die Mündung gesenkt und sie gegen Panzer und andere Bodentruppen eingesetzt werden konnten. Als die U-Boot-Bunker in Sicht kamen, waren sie teilweise verhüllt vom Rauch der Salven aus Flakkanonen.

Sechs P38er wurden von Flakfeuer abgeschossen. Drei davon verschwanden einfach in Rauchwolken. Diese Maschinen waren offenbar von 8,8-Flakkanonen getroffen worden. Es war unmöglich, zu sagen, ob die anderen drei P38er von zwanzig Millimeter Oerlikon-Automatikgeschützen oder MG-Feuer abgeschossen wurden.

Zweiundzwanzig P38er beendeten erfolgreich den Bomben-Zielanflug. Es wurde geschätzt, daß von den vierundvierzig 500-Pfund-Bomben, die zu den Eingängen der U-Boot-Bunker ›geworfen‹ wurden, achtzehn oder zwanzig in die Bunker gelangten. Luftaufklärung ergab Anzeichen darauf, daß diese wenig oder keinen Schaden angerichtet hatten.

Zwei P38er gingen bei der Rückflug-Etappe verloren. Eine davon wurde von einem Messerschmitt ME109E-Jagdflugzeug abgeschossen, und die andere stürzte aus unbekannter Ursache ab. Vielleicht hatte ein verwundeter Pilot das Bewußtsein verloren. Ein tödlicher Unfall ereignete sich in Ibsley, als der Pilot eine P38 mit nicht ausgefahrenem Fahrgestell zu landen versuchte und beim Kontakt mit der Landebahn explodierte.

In den Offiziersmessen der Eighth Air Force kursierte eine Geschichte, daß der Kommandant der 311th Fighter Group – »diese armen Bastarde, die bei den U-Boot-Bunkern von Saint-Nazaire zur Sau gemacht wurden« – mit körperlicher Gewalt den G3-Offizier der Eighth Air Force angegriffen hatte, der die Idee mit der Mission gehabt hatte.

Laut Geschichte war der gewalttätige Angriff vertuscht worden. Der Kommandant der 311. war zum einen ein West Pointer und zum anderen ein Ex-Flying Tiger mit zehn Abschüssen von Japanern, und zum dritten war seine eigene P38 so schlimm zusammengeschossen, daß man eine Reparatur nicht einmal in Erwägung zog. Man schleppte sie einfach zur Verschrottung ab.

3

Frankfurt am Main

24. Dezember 1942

Als der Zug Berlin-Frankfurt in den Frankfurter Hauptbahnhof einlief, stand Obersturmbannführer Johann Müller im Gang des Waggons der Ersten Klasse und schaute aus dem Fenster. Über den Bahnsteigen wölbte sich eine Dachkonstruktion aus Stahl und Glas, als sei eine riesige Tube halb der Länge nach aufgeschlitzt und über die Gleise montiert worden. Die Stahlkonstruktion war intakt geblieben, aber viele, vielleicht die meisten der Glasfenster waren bei Bombardierungen herausgeblasen worden. Schnee war durch diese Öffnungen gerieselt und hatte eine rußgeschwärzte Schicht von Matsch auf dem größten Teil des Bahnsteigs hinterlassen.

Müller sah mit den Augen des Polizisten auch die Sicherheitsbeamten. Am fernen Ende des Bahnhofs, um sicherzustellen, daß niemand den Bahnsteig über die Gleise verließ, standen zwei grau uniformierte Mitglieder der Feldgendarmerie und ein Zivilist mit knöchellangem Ledermantel und grauem Schlapphut.

In der Theorie arbeitete der Mann in Zivil, um seine Bemühungen zur Verteidigung der Sicherheit des Reiches zu erleichtern. In der Praxis hätte er ebensogut ein Hutband mit der Aufschrift ›Gestapo‹ tragen können, da nur Personen mit besonderen Rationsscheinen Zugang zu langen Ledermänteln hatten.

Im allgemeinen hatte Obersturmbannführer Müller nicht viel Respekt vor der Gestapo. Es gab einige echte Detektive in ihren Reihen, aber das Gros bestand aus dem Typ Streifenbeamter, der über seine Fähigkeiten hinaus befördert worden war. Man brauchte keine großen detektivischen Fähigkeiten, wenn man die Macht hatte, Leute festzunehmen, ohne einen Grund nennen zu müssen, und dann ein ›Verhör‹ durchzuführen, das im allgemeinen damit begann, daß sich der Verdächtige ausziehen mußte und er dann bewußtlos geschlagen wurde, bevor ihm irgendwelche Fragen gestellt wurden.

Nahe dem Ende des Bahnsteigs befanden sich die Kontrollpunkte. Einer war von der Feldgendarmerie besetzt, der andere von der Bahnpolizei. Am ersten Kontrollpunkt wurden die Ausweise und Reisedokumente von Militärpersonal – Armee, Marine und Luftwaffe – überprüft, und am anderen jeder sonst. Zwei weitere Männer mit Ledermänteln und Schlapphüten standen etwas abseits und beobachteten die Prozedur.

Es überraschte Müller ein wenig, ebenso zwei Männer in SS-Uniformen zu sehen. Ein SS-Hauptsturmführer und ein SS-Scharführer standen abseits hinter dem Kontrollpunkt der Bahnpolizei. Der Sicherheitsdienst der SS verschwendete selten seine Zeit mit Herumstehen auf Bahnsteigen.

Als der Zug anhielt, nahm Müller seinen Lederkoffer aus seinem Abteil, stieg aus und ging die paar Schritte bis zu den Kontrollpunkten. Bevor er seine Ausweispapiere aus der Tasche ziehen konnte, kam der Hauptsturmführer lächelnd zu ihm, entbot den Hitlergruß und bellte: »Obersturmbannführer Müller?«

»Ja, ich bin Müller.«

»Heil Hitler!« sagte der Hauptsturmführer und bellte wieder los: »Scharführer, nehmen Sie das Gepäck des Obersturmbannführers!«

Der Scharführer nahm Müller den Koffer ab.

»Standartenführer Kramer hat uns geschickt, um Sie abzuholen, Obersturmbannführer«, sagte der Hauptsturmführer. »Er hofft, Ihr Terminplan erlaubt Ihnen, ihn zu besuchen, aber wenn Sie unter Zeitdruck sind, stehen wir zu Ihrer Verfügung, um Sie hinzubringen, wohin Sie es wünschen.«

»Sehr freundlich von dem Standartenführer«, sagte Müller. »Ich freue mich darauf, ihn zu sehen.«

Müller kannte Kramer flüchtig. Kramer war der befehlshabende Führer der hessischen Region des SD, ein jovialer Mann, dick, Politiker, ein Mann, der Standartenführer geworden war, weil er Beziehungen hatte, nicht wegen seiner Fähigkeiten. Müller fragte sich, was Kramer wollte.

Ein Opel Admiral, offenbar Kramers eigener Dienstwagen, parkte vor dem Bahnhof. Mit Hilfe des Polizisten, der dort Dienst hatte, wendete der Fahrer – was an dieser Stelle eigentlich verboten war – und fuhr Müller zum SD-Hauptquartier Hessen, einer Villa aus der Jahrhundertwende gegenüber einem Rasen vor der Firmenzentrale der I.G. Farben. Auf dem Weg dorthin passierten sie das Bürogebäude der FEG, der Fulmar Elektrische Gesellschaft.

»Mein lieber Johann«, sagte Kramer, als er Müller auf der Türschwelle seines Büros sah, und dann kam er mit ausgestreckter Hand um den Schreibtisch herum. »Es freut mich, daß Sie gefunden worden sind.«

Müller registrierte, daß Kramer nicht ›Heil Hitler!‹ gesagt hatte.

»Es war sehr freundlich von Ihnen, mich abholen zu lassen, Standartenführer«, sagte Müller.

»Sie wissen es noch nicht, nicht wahr?« fragte Kramer erfreut. »Das hatte ich gehofft.«

»Wie bitte?«

»Geehr«, sagte Kramer zu dem Hauptsturmführer, »geben Sie ihm bitte sein Weihnachtsgeschenk?«

Geehr schlug die Hacken zusammen und verneigte sich leicht, als er Müller ein kleines, in Geschenkpapier eingewickeltes Päckchen gab.

Als Müller es auswickelte, sagte Kramer: »Ich habe sofort mit Berlin telefoniert, als es über den Telegraphen kam, Johann, und man sagte mir, Sie seien in Urlaub. Ich habe es darauf ankommen lassen und darauf spekuliert, daß Sie heimkommen. So habe ich Geehr bei der Ankunft der Züge aus Berlin warten lassen. Sie waren im zweiten.«

Die Schachtel enthielt die Abzeichen eines SS-Standartenführers. Als Müller aufblickte, strahlte Kramer.

»Darf ich davon ausgehen, Standartenführer«, sagte Kramer, »daß ich die große Ehre habe, Ihnen als erster zu Ihrer wohlverdienten Beförderung zu gratulieren?«

»Ich hatte keine Ahnung«, sagte Müller ehrlich.

»Mit Wirkung vom ersten Dezember«, sagte Kramer

und schnippte mit den Fingern. Geehr überreichte ihm ein Telegramm, das Kramer an Müller weitergab.

Es gab keinen Zweifel mehr. Müller las es mit eigenen Augen:

SS-OBERGRUPPENFUEHRER REINHARD HEYDRICH KUENDIGT MIT VERGNUEGEN DIE BEFOERDERUNG MIT WIRKUNG VOM 1 DEZEMBER 1942 VON SS-OBERSTURMBANNFUEHRER JOHANN MUELLER ZUM SS-STANDARTENFUEHRER AN.

»Darf ich dies behalten?« fragte Müller, als Kramer ihm begeistert die Hand schüttelte. Dann befahl Kramer Geehr mit einem Fingerschnippen, ein Tablett mit einer Flasche Cognac und Gläsern zu bringen.

»Ja, selbstverständlich«, sagte Kramer und fügte hinzu: »Der Zeitpunkt ist ein wenig unglücklich.«

»Wie soll ich das verstehen, Standartenführer?«

»Wenn wir nicht Heiligabend hätten, Johann, würde ich darauf bestehen, mehr als ein Glas Cognac anzubieten«, sagte Kramer. »Aber ich nehme an, Sie sind begierig darauf, nach Hause zu kommen.«

»Mein Zug fährt um siebzehn Uhr dreißig«, sagte Müller.

»Unsinn. Wir haben natürlich einen Wagen für Sie, Standartenführer.«

»Das ist sehr freundlich«, sagte Müller.

»Selbstverständlich mit Fahrer«, fügte Kramer hinzu.

»Ich möchte nicht dafür verantwortlich sein, daß jemand an Weihnachten Dienst haben muß.«

»Nun, das ist sehr nett von Ihnen«, sagte Kramer. »Welchen Wagen haben wir, den der Standartenführer selbst fahren kann?« Er blickte Geehr fragend an.

»Wir haben den schönen kleinen Auto-Union-Sport-wagen, Standartenführer«, sagte Geehr.

»Prima!« sagte Kramer. »Sind Sie damit einverstan-den, Johann?«

»Das wäre fein«, erwiderte Müller.

»Und wenn Sie Ihren Uniformrock ausziehen, Johann, lasse ich von Frau Zern die richtigen Rangab-zeichen aufnähen.«

Als Müller Kramers Sekretärin seinen Waffenrock gab, sagte Kramer: »Ich weiß, es klingt etwas seltsam, aber ich hätte fast gesagt, daß wir etwas zusammen auf der Beerdigung trinken können.«

»Wie bitte?«

»Die sterblichen Überreste von Baron Steighofen sind von der Ostfront zurückgekehrt«, sagte Kramer. »Sie werden am achtundzwanzigsten Dezember im Schloß beigesetzt. Das wird eine ziemlich große Sache. Der Prinz von Hessen wird ihm im Namen des Führers posthum das Ritterkreuz verleihen. Schloß Steighofen ist nicht weit von Marburg entfernt. Ich bin überzeugt, die Baronin wäre erfreut, wenn Sie die Zeit finden, an der Zeremonie teilzunehmen.«

Übersetzt bedeutet das, es wäre politisch klug, wenn ich teilnehme, dachte Müller. *Heißt das, ich muß es tun?*

»Die Steighofens haben gute Beziehungen, Johann« fuhr Kramer fort und bestätigte sofort, was Müller ver-mutet hatte. »Zu Baron Fulmar von der FEG zum Bei-spiel.«

»Am achtundzwanzigsten Dezember, sagten Sie?«

»Ja.«

»Das kann ich sicherlich einrichten«, sagte Müller.

»Dann freue ich mich darauf, Sie dort zu sehen«, sagte Kramer. »Und noch einmal meine herzlichsten Glück-wünsche zu Ihrer Beförderung, mein lieber Johann.«

Ich bin dein ›lieber Johann‹, dachte Müller, *weil du*

denkst, daß ein hessischer bäuerlicher Polizist wie ich nur befördert werden kann, weil er mächtige Freunde hat. Bevor ich nach Marokko ging, war ich nicht dein ›lieber Johann‹.

»Darf ich vielleicht Ihr Telefon benutzen, bevor ich fahre?« fragte Müller.

»Selbstverständlich«, sagte Kramer.

»Könnten Sie mich mit Helmut von Hürten-Mitnitz im Außenministerium verbinden lassen?« fragte Müller. »Ich glaube, er möchte an der Beisetzung des Barons teilnehmen, und ich bin überzeugt, daß er ebenfalls nichts davon wußte.«

Kramer nickte Geehr zu, und der nahm den Telefonhörer ab und meldete das Gespräch an.

Müller sagte sich, daß ein Anruf bei von Hürten-Mitnitz aus Kramers Büro den Standartenführer in der Annahme bestärken würde, daß er Freunde an hohen Stellen hatte. Und – vielleicht noch wichtiger – bei der Beerdigung konnte von Hürten-Mitnitz unter unverdächtigen Umständen mit Fulmars Vater sprechen. Wenn Müller von woanders aus im Außenministerium anrief, führte das möglicherweise zu Fragen.

Aber es würde überhaupt keine Fragen geben, wenn der Anruf aus dem Büro des SD in Hessen kam.

4

Der Auto-Union-Sportwagen erwies sich als gelbes Kabrio. Müller fuhr damit bis Gießen über die Autobahn und dann an der Lahn vorbei zur alten Universitätsstadt Marburg.

Unter anderen Umständen wäre es ein Vergnügen für ihn gewesen, so heimzukehren, am Steuer eines schicken Wagens und mit den silbernen Epauletten eines Standartenführers.

Er war ein kleiner Wachtmeister gewesen, ein gewöhnlicher Streifenpolizist, als er den Kreis Marburg verlassen hatte und nach Preußen gegangen war. Damals hatte er davon geträumt, eines Tages vielleicht mit ein wenig Glück und harter Arbeit Kriminalinspektor zu werden.

Es wäre ihm nie in den Sinn gekommen, daß er in den SD eintreten würde oder daß er dann zum Obersturmbannführer aufsteigen würde. Es war genauso schwer für ihn zu glauben, daß er jetzt Standartenführer war, wie zu akzeptieren, daß er an verräterischen Aktivitäten gegen den deutschen Staat beteiligt war.

Gießen war bombardiert worden, vermutlich als Alternativziel, als Frankfurt am Main von Nebel verhüllt gewesen war. Aber als er Gießen passiert hatte, sah er kein Anzeichen auf Beschädigungen durch den Krieg oder den Krieg selbst. Alles war tatsächlich genau so, wie er es in Erinnerung hatte. Es gab weniger Weihnachtsdekorationen, als er erwartet hatte, und überall hingen Plakate für die *Winterhilfe*, auf denen um warme Kleidung sowohl für die ausgebombten Zivilisten als auch für die Soldaten in Rußland gebeten wurde. Aber sonst schien die Zeit stehengeblieben zu sein.

Als er von der Hauptstraße auf die Frankfurter Straße abbog, stellte er sich vor, daß Männer aus Marburg jetzt bei Stalingrad waren, verurteilt zur Kapitulation und vermutlich zum Tod.

Er fuhr an einem Kasernengelände vorbei und lenkte das gelbe Kabrio auf das Kopfsteinpflaster vor einem dreigeschossigen Gebäude aus der Jahrhundertwende, das sowohl das Präsidium der Polizei des Kreises Marburg als auch das regionale Büro des SD beherbergte. Er stieg aus dem Wagen aus und betrat das Gebäude.

Ein kleiner Weihnachtsbaum stand auf einem Tisch in der Halle.

Der Scharführer vom Dienst, sichtlich überrascht über den Besuch eines so ranghohen Führers an Heiligabend, sprang auf und stand still. Zuerst erkannte er Müller nicht, aber Müller wußte, wer der Mann war. Er hieß Otto Ziemann. Als Müller bei der Polizei angefangen hatte, war Ziemann wie er kleiner Polizist gewesen. Auch er war zum SD gegangen, und er war zum Scharführer aufgestiegen.

»Heil Hitler!« sagte Ziemann. »Kann ich dem Standartenführer vielleicht helfen?«

»Wie geht es dir, Otto?« fragte Müller und gab dem nur etwas älteren Mann die Hand. »Es ist schön, dich wiederzusehen.«

»Es ist freundlich von dem Standartenführer, sich an mich zu erinnern«, sagte Ziemann und strahlte ihn erfreut an.

»Wenn keiner in der Nähe ist, Otto, dann bin ich Johann für dich, wie es immer war.«

Ziemann war die Freude anzusehen. Müller wußte, daß der Mann ihn nie mit etwas anderem als dem Rang anreden würde, aber die Geste kostete nichts, und es war für einen Mann wie Ziemann stets wertvoll, sich als besonderen Freund von ihm zu betrachten.

»Hauptsturmführer Peis ist der Führer vom Dienst«, sagte Ziemann. »Soll ich ihm sagen, daß der Standartenführer hier ist?«

Peis, der leitende SD-Führer in Marburg und ebenfalls ein alter Bekannter, war wie Ziemann von Beruf Polizist, nicht politisch ernannt, doch Müller hatte in Berlin vor der Abreise Peis' Dossier überprüft und erfahren, daß seine Verehrung der Nationalsozialisten vor kurzem fast leidenschaftlich geworden war. Das war etwas, das er sich merken mußte.

»Der Chef arbeitet an Heiligabend?« fragte Müller und fügte hinzu, bevor Ziemann antworten konnte: »Bitte informiere ihn, Otto.«

Einen Augenblick später kam Wilhelm Peis, in einer Uniform, die nagelneu aussah, in die Halle, streckte den Arm zum Gruß aus, sagte »Heil Hitler!« und fragte, womit er dem Standartenführer dienen konnte.

Peis war überrascht, Müller zu sehen, und noch überraschter darüber, daß er jetzt Standartenführer war. Er entschloß sich zu förmlichem Verhalten. Als Standartenführer nahm Müller vielleicht Vertraulichkeiten übel.

»Heil Hitler!« sagte Müller. »Ich hatte gehofft, daß wir vielleicht einen Schluck auf Weihnachten trinken, wenn es dich nicht bei deinem Dienst stört.«

»Ich bedaure, daß ich dem Standartenführer nichts anbieten kann«, sagte Peis.

»Warum gehen wir dann nicht ins Café Weitz?« fragte Müller.

»Wenn der Standartenführer so freundlich ist zu warten, werde ich meinen Mantel holen«, sagte Peis.

Als sie im Wagen saßen, sagte Peis: »Das ist ein sehr schönes Auto. Standartenführer Kramer hat ein ähnliches.«

»Das ist Kramers Wagen«, sagte Müller. »Er war so nett, ihn mir zu leihen.«

»Darf ich fragen, ob der Standartenführer offiziell hier ist?« fragte Peis.

»Offiziell bin ich im Urlaub, Peis«, sagte Müller.

»Ich verstehe, Standartenführer.«

»Es ist Heiligabend, Wilhelm«, sagte Müller. »Und wir kennen uns lange. Meinst du nicht, du könntest mich Johann nennen?«

»Ja, natürlich«, sagte Peis erfreut.

Der Besitzer des Café Weitz, ein blasser Mann Anfang sechzig, der einen am Kragen ausgefransten Smoking trug, begrüßte sie begeistert, und Peis genoß es offensichtlich, Müller als seinen ›Freund‹ vorzustellen.

Der Besitzer sagte, er fühle sich geehrt, und er fragte, ob Müller schon jemals in Marburg gewesen war.

»Ich bin hier aufgewachsen«, sagte Müller und bereute es sofort. Der Cafébesitzer blickte ihn an, als hätte er einen schrecklichen Fehler begangen, weil er ihn nicht wiedererkannt hatte. »Ich bin jahrelang fort gewesen«, sagte Müller. »Aber ich bin jetzt hier, um meine Mutter zu Weihnachten zu besuchen.«

Sofort wurden zwei Flaschen, eine mit Steinhäger und eine mit Cognac, an ihren Tisch gebracht.

»Während ich hier bin, wie gesagt inoffiziell«, begann Müller, als sich der Cafébesitzer zurückgezogen hatte, »möchte ich einige diskrete Fragen stellen.«

»Zu Ihren Diensten, Standartenführer«, sagte Peis.

»Johann«, sagte Müller mit einem Lächeln.

»Johann«, wiederholte Peis verlegen.

»Erzähl mir etwas über Professor Dyer«, sagte Müller.

Peis stieß einen Grunzlaut aus, als sei die Frage keine Überraschung für ihn.

»Was willst du wissen?« fragte er. »Wir haben eine ziemlich umfangreiche Akte über ihn. Wenn du im Präsidium danach gefragt hättest, dann hätte ich sie dir zeigen können.«

»Erzähl einfach, Wilhelm«, bat Müller.

»Nun, er ist sehr gut mit Albert Speer bekannt«, sagte Peis.

Müller war erstaunt, das zu hören, aber er war Polizist und ließ sich seine Überraschung weder an der Miene noch an der Stimme anmerken.

»Das weiß ich«, sagte er ungeduldig. »Was gibt es sonst noch?«

»Er ist Professor an der Uni und weiß alles über Metall.«

»Was weißt du über ihn *persönlich*?«

»Nun, wir haben ihn bei illegaler Geldausfuhr erwischt«, sagte Peis. »Geht es um diese Sache?«

Müller ignorierte die Frage. »Erzähl mir darüber. Weshalb wurde er nicht angeklagt?«

Müller sah, daß sich Peis unbehaglich fühlte. Er würde den Grund herausfinden müssen.

»Du weißt, wie das ist, Johann«, sagte Peis nervös. »Manche Leute hält man sich warm.«

»Was kann er für dich tun?«

Bei dieser Frage fühlte sich Peis noch unbehaglicher.

»Hat er Familie?« fragte Müller.

»Ein Kind«, sagte Peis. »Seine Frau ist verstorben.«

»Und das eine Kind ist weiblich, richtig? Und du vögelst sie?«

Peis' Erschrecken bestätigte, daß es stimmte.

»Wir sind alle menschlich, Wilhelm«, sagte Müller.

»Ich – äh – es war vor dem Krieg, Johann. Wir erwischten ihn bei der Ausfuhr von Geld in die Schweiz und bei staatsfeindlichen Äußerungen.«

»Sie muß eine wirklich tolle Frau sein«, sagte Müller mit einem Lächeln. »Jetzt haben wir fast 1943.«

»Wir hatten zwei Studenten, besondere zwei, an der Uni, die von offiziellem Interesse waren«, sagte Peis.

»Wen?« fragte Müller.

»Da war ein Araber, der Sohn von einem hohen arabischen Tier …«

»Wie hieß er?« unterbrach Müller. Er hatte eine sehr gute Vorstellung, aber er wollte den Namen von Peis hören.

»El Ferruch«, sagte Peis triumphierend, als ihm der Name nach angestrengtem Überlegen einfiel.

»Sidi Hassan el Ferruch«, sagte Müller. »Der Sohn des Paschas von Ksar es Souk. Was war mit dem?«

Peis fühlte sich offensichtlich unbehaglich, aber er wirkte nicht sonderlich überrascht darüber, daß Müller über el Ferruch Bescheid wußte.

»Wir wurden ersucht, ein Dossier über ihn zu erstellen«, sagte Peis.

»Und – habt ihr das getan?«

»Er teilte sich eine Studentenbude mit ...«

»Eric Fulmar, Baron von Kolbe«, unterbrach Müller. »Ich habe gefragt, ob du ein Dossier über el Ferruch erstellt hast.«

»Ja, natürlich habe ich das getan«, sagte Peis. »Ich habe es nach Frankfurt geschickt, und ich nehme an, es wurde nach Berlin weitergeleitet, nachdem er von hier abreiste.«

»Und was hat das mit Professor Friedrich Dyer zu tun?« fragte Müller.

»Sein Geldgeschäft fiel zur gleichen Zeit auf«, sagte Peis. »Ich bestellte seine Tochter für ein kleines Gespräch und benutzte sie, um ein Auge auf die beiden Studenten zu halten.«

»Und dann, als die beiden fort waren, hast du sie für ›mögliche Benutzung in der Zukunft‹ behalten, richtig?« fragte Müller. »Wilhelm, du bist ein Schlawiner!«

»Nun, du weißt, wie das ist«, sagte Peis, sichtlich erleichtert, weil Müller anscheinend Verständnis hatte.

»Wilhelm«, sagte Müller, »ich werde ungefähr eine Woche lang hier sein. Eine Woche bei meiner Mutter. Nun, ich liebe meine Mutter, aber ein Mann hat manchmal ein wenig Langeweile. Er braucht ein wenig Aufregung, wenn du verstehst, was ich meine.«

»Sag nur, wann und wo, Johann«, erwiderte Peis.

»Ich werde dir sagen, wann«, sagte Müller. »Und du wirst mir sagen, wo.«

V

I

Fahrbereitschaft, Marine-Truppenteil, SHAEF London

24. Dezember 1942, 16 Uhr

Zwei Weißmützen hatten Dienst in der Wellblechbaracke, die als Abfertigung der Fahrbereitschaft diente, als der große, schwarzhaarige Lieutenant Junior Grade die Tür aufstieß und eintrat. Er trug Mantel und Schal. Seine Schirmmütze saß in keckem Winkel auf dem Kopf.

Die Weißmützen erhoben sich.

»Weitermachen«, sagte der Lieutenant schnell und fügte hinzu:»Fröhliche Weihnachten.«

»Fröhliche Weihnachten, Sir«, erwiderten die Weißmützen wie aus einem Mund.

»Mein Name ist Kennedy«, sagte der Junior Grade. »Man wollte mich ankündigen. «

»Jawohl, Sir«, sagte der ältere – vielleicht einundzwanzig – der Weißmützen. »Sie brauchen ein Fahrzeug?«

»So ist es«, sagte Kennedy.

»Ich tue Ihnen dies nicht gern an, besonders nicht an Heiligabend«, sagte die ältere der Weißmützen. »Aber sehen Sie sich um, wir haben nichts sonst zur Verfügung.«

Es standen drei Fahrzeuge in der Fahrbereitschaft, ein Dreivierteltonner-Abschleppwagen, eine Buick-

Limousine und ein Jeep mit Segeltuchdach, jedoch ohne Seitenschutz. Kennedy verstand, daß der Jeep für ihn gedacht war. Lieutenants Junior Grade erhalten keine Buick-Stabswagen, besonders nicht beim Supreme Headquarters Allied Expeditionary Force (SHAEF), bei dem es unzählige hohe Tiere gab.

»Ich stehe zu Ihrer Verfügung, wann immer Sie bereit sind, Lieutenant«, sagte die andere Weißmütze. »Wohin geht die Fahrt?«

»Atcham Air Corps Base«, sagte Kennedy. »In Staffordshire. Wissen Sie, wo das ist?«

»Ich weiß nur, daß es höllisch weit entfernt ist«, sagte die Weißmütze.

Kennedy kam plötzlich ein Gedanke, und er setzte ihn in die Tat um.

»Es gibt keinen Grund, daß wir beide frieren müssen«, sagte er. »Ich werde selbst fahren.«

»Oh, ich weiß nicht, Lieutenant«, sagte die ältere Weißmütze.»Es steht Ihnen ein Fahrer zu.«

»Wenn jemand Fragen stellt, sagen Sie, ich wollte unbedingt allein fahren«, sagte Kennedy. »Ich nehme an, der Wagen ist betankt?«

»Jawohl, Sir, und ein Benzingutschein befindet sich bei den Papieren.«

»Okay, dann war's das«, sagte Kennedy.

»Lieutenant, würde es Ihnen etwas ausmachen, schriftlich zu bestätigen, daß Sie allein fahren wollten?«

»Haben Sie ein Blatt Papier?«

Es war 16 Uhr 30, als Kennedy mit dem Jeep auf die Great North Road einbog. Er hatte vor dem Krieg ein paar Jahre in London gewohnt und wußte in den ersten Stunden auf der Great North Road, wo er sich befand. Aber um 19 Uhr 30 – als es dunkel geworden war und der Regen durch die offenen Seiten des Jeeps fiel und seinen Mantel näßte – befand er sich auf ihm unbekanntem Gebiet und mußte ärgerlich zugeben, daß er sich verirrt hatte.

Er verfügte über eine Landkarte, die er selbst angefertigt und in die er sogar sorgfältig die Entfernung zwischen Abbiegungen eingetragen hatte, aber sie erwies sich als nutzlos. Es gab so gut wie keine Straßenschilder. Sie waren 1940 entfernt worden, weil man mit einer deutschen Invasion gerechnet hatte, und nur wenige waren ersetzt worden.

Um 21 Uhr gab er widerstrebend auf und übernachtete in einem schmalen und unbequemen Bett in einem kleinen Landgasthof. Eine ziemlich miese Art, Heiligabend zu verbringen, fand er.

Beim ersten Tageslicht fuhr er weiter, unrasiert und in feuchter Uniform. Es hatte einen Ofen in dem Zimmer gegeben, und er hatte seinen Mantel, den Uniformrock und seine Hose über zwei Stühle und einen Nachttisch dicht neben den Ofen gehängt, doch es hatte nicht viel geholfen.

Bis Atcham brauchte er zwei Stunden. Der Militärpolizist am Tor des Stützpunkts war bereit, seinen Ausweis und die Wagenpapiere als Beweis zu akzeptieren, daß er den Jeep nicht gestohlen hatte, aber er warnte ihn, daß die Atcham Air Force Station über Weihnachten geschlossen sein würde. Wenn er erst darin war, konnte er erst am 26. Dezember ab sechs Uhr heraus.

Das ließ darauf schließen, daß eine Operation im Gange war und er den weiten Weg zurückgelegt hatte, nur um festzustellen, daß der Mann, den er sprechen wollte, irgendwo über Frankreich oder Deutschland war. Dann sah er einen schwachen Hoffnungsfunken. Es regnete wieder. Die Sicht betrug höchstens 500 Meter. Es gab eine dichte Wolkendecke in 300 Metern

Höhe. Wahrscheinlich konnte wegen des Wetters nicht zu einer Operation gestartet werden.

Er wollte unbedingt mit Major Peter Douglass sprechen, und so sagte er sich, daß er sich die Sorge, wie er wieder vom Stützpunkt wegkommen würde, später immer noch machen konnte.

Er fuhr mit dem Jeep an einer scheinbar endlosen Reihe nasser P38-Maschinen in Splitterschutzwänden aus Sandsäcken vorbei, als eine B25 über ihn hinweg donnerte, so tief, daß er das Feuer der Auspuffgase sehen konnte. Die Maschine schwebte nieder und verschwand sofort in einer Regenwolke, die sie selbst verursachte, als sie über die nasse Landebahn rollte.

Eines von beiden war für den Marineflieger Kennedy klar: entweder schätzte der Pilot der B25 die Flugbedingungen völlig falsch ein, oder er war ein Vollidiot, wenn er bei diesem Wetter flog.

Das Hauptquartier der 311th Fighter Group des U.S. Army Air Corps war eine Nissenhütte, die von Baracken und einem Fachwerkgebäude umgeben war, das als Messe, Kino und Raum für die Befehlsausgabe benutzt wurde.

Als er an die Tür klopfte, antwortete niemand, und so schob er die Tür auf. Drinnen schnarchte ein kahlköpfiger Mann unter einer olivfarbenen Wolldecke auf einem Feldbett. Der Uniformrock mit den Winkeln eines Staff Sergeant hing über einem Stuhl und identifizierte ihn als Quartiermacher.

Als er den Sergeant an der Schulter rüttelte und weckte, nahm Kennedy an, der Mann erschrecke, weil ihn ein Offizier beim Schlafen erwischt hatte. Aber die Reaktion war Ärger statt Verlegenheit.

»Ich möchte zu Major Douglass«, sagte Lieutenant Kennedy.

»Der schläft«, erwiderte der Sergeant, während er

sich widerstrebend vom Feldbett erhob und seine Hose anzog. »Er traf heute nacht ziemlich spät ein.«

»Es ist wichtig, Sergeant«, sagte Lieutenant Kennedy. »Würden Sie ihn bitte wecken?«

»Er ist da drin«, sagte der Sergeant, wies auf eine geschlossene Tür und ließ unausgesprochen, was er sonst noch meinte: *Wenn du ihn wecken willst, dann weck du ihn.*

Kennedy ging zu der Tür, klopfte an, erhielt keine Antwort und schob die Tür auf. Major Peter Douglass junior, Army Air Corps, befand sich in einem Alkoven des Büros, der mit einem Vorhang abgeteilt war. Der Major lag mit dem Rücken auf einem Bett, die Beine gespreizt, den Mund offen. Eine Uniform hing schief über einem Stuhl. Die Abzeichen auf dem Uniformrock waren ein wenig ungewöhnlich: ein Standard-Pilotenabzeichen des U.S. Army Air Corps befand sich dort, wo es sein sollte. Aber es gab noch ein anderes, das der junge Marineflieger schließlich als chinesisch erkannte, über der anderen Brusttasche. Und unter dem Pilotenabzeichen des Army Air Corps prangten zwei Ordensbänder als Symbol des Distinguished Flying Cross. Eines war das gestreifte Ordensband des britischen DFC. Das andere war amerikanisch.

Kennedy ging zu dem Bett und schaute auf Douglass hinab. Er fragte sich, wieviel von der Geschichte stimmte, nach der Douglass in die Abteilung Planungen und Ausbildung des Hauptquartiers der Eighth Air Force marschiert war, den Lieutenant Colonel, der den katastrophalen P38-Angriff auf Saint-Nazaire geplant hatte, höflich gebeten hatte, aufzustehen, und ihm dann die Faust ans Kinn geknallt hatte.

Kennedy neigte sich über Douglass und rüttelte ihn an der Schulter. Douglass schnaubte ärgerlich und wälzte sich auf die Seite.

»Major Douglass«, sagte Kennedy.

Keine Antwort.

Kennedy wollte ihn wieder rütteln, als er Stimmen im Büro nebenan hörte.

»Fröhliche Weihnachten, Sergeant, wir sind die Tripper-Abteilung der Eighth Air Force«, sagte jemand. »Wo finden wir einen Typen namens Douglass? Er hat ein Schaf angesteckt.«

Der Sergeant lachte.

»Er ist da drinnen, Sir. Und auch Ihnen fröhliche Weihnachten.«

Zwei Offiziere, ein Major und ein Captain, betraten das Büro. Sie blickten auf den schlafenden Douglass, schauten dann Kennedy an und tauschten Blicke. Sie lächelten, gingen zum Bett, hoben es an einer Seite an und warfen Major Douglass auf den Boden.

Kennedy war plötzlich überzeugt, daß diese beiden diejenigen waren, die soeben die B25 durch die Suppe geflogen hatten.

Major Douglass, jetzt hellwach, war wütend.

»Ihr Hurensöhne!« rief er ärgerlich.

»Hört, hört!« sagte Captain James M.B. Whittaker. »Ein Englein singt das Hohelied!«

»Ihr Bastarde!« sagte Major Douglass, aber jetzt grinste er.

»Zieh dich an«, sagte Canidy. »Wir werden dich aus dem Knast herausholen.«

»Ist euch klar, daß Ihr vor sechs Uhr morgens am Sechsundzwanzigsten nicht mehr vom Stützpunkt wegkommt?« fragte Douglass, als er aufstand und sich schnell auszog, um die Unterwäsche zu wechseln.

»Nur das Tor ist geschlossen«, sagte Canidy.

»Ihr habt ein Flugzeug? Ihr wollt doch nicht bei diesem Scheißwetter fliegen?«

»Oh, du ungläubiger Thomas!« sagte Whittaker.

»Aber beeil dich mit dem Anziehen, Doug, das Scheißwetter wird noch beschissener«, sagte Canidy.

Douglass zog Shorts an und blickte zu Kennedy.

»Es ist Ihnen natürlich klar, Lieutenant, daß Sie Ihre Karriere bei der Marine versauen, wenn Sie sich mit diesen beiden Typen herumtreiben?«

»Ich kenne diese Gentlemen nicht«, sagte Kennedy etwas steif, aber lächelnd.

»Wir hielten ihn für einen Kumpel von dir«, sagte Whittaker.

»Mein Name ist Kennedy«, sagte der Junior Grade. »Ich bin von London gekommen, um mit Ihnen zu sprechen, Major Douglass.«

»Mit mir? Worüber?«

»Saint-Nazaire«, sagte Kennedy.

»Sie sind im Regen mit diesem Jeep von London hergefahren?« fragte Whittaker ungläubig.

»Stimmt«, sagte Kennedy. »Es ist wirklich wichtig.«

»Ich will nicht über Saint-Nazaire reden«, sagte Douglass kalt, während er ein Hemd anzog.

»Sie sind Joseph P. Kennedy junior«, sagte Canidy. »Richtig?«

»Jawohl, Sir.« Kennedy war sichtlich überrascht, weil der Major seinen vollen Namen kannte.

»Sagtest du nicht, du kennst ihn nicht?« fragte Douglass.

»Ich habe einiges über ihn gehört«, sagte Canidy.

»Darf ich fragen, woher?« sagte Kennedy.

»Ich bin mir nicht sicher, ob Sie ein Recht auf Information haben«, erwiderte Canidy.

»Ich kenne ihn«, sagte Whittaker. »Sie haben in Cambridge studiert, richtig?«

»Wenn Sie Harvard meinen, ja, das habe ich.«

»Jim Whittaker«, sagte Whittaker und hielt ihm die

Hand hin. »Abschlußexamen neununddreißig. Sie kamen mir gleich irgendwie vertraut vor.«

Kennedy ergriff die dargebotene Hand und schüttelte sie.

»Ich erinnere mich nicht an Sie«, sagte er. »Tut mir leid.«

»Sie haben mich beim Lacrosse oft genug gefoult«, sagte Whittaker.

Kennedy konnte sich immer noch nicht erinnern. Er zuckte mit den Schultern und schüttelte den Kopf.

»Nun, ich störe nur ungern das Schwelgen in Erinnerungen«, sagte Canidy, »aber wir müssen innerhalb der nächsten zehn Minuten in der Luft sein, denn sonst hängen wir bis morgen hier fest.«

»Mit Verlaub, Sir, ich bin den weiten Weg von London gefahren, um mit Major Douglass zu sprechen«, sagte Kennedy. »Ich muß unbedingt mit ihm reden.«

»Bedaure«, sagte Douglass. »Über Saint-Nazaire habe ich nichts mehr zu sagen.«

»Du solltest wissen, Joe Louis«, sagte Canidy, »daß Lieutenant Kennedy und einige andere Freidenker bei der Navy die sonderbare Vorstellung haben, daß man Saint-Nazaire nur mit einer fliegenden Bombe ohne Pilot ausschalten kann.«

»Major«, sagte Kennedy scharf und ärgerlich, »das ist als Top Secret erklärt!«

»Ja, ich weiß«, sagte Canidy. »Wissen Sie was, Kennedy? Kommen Sie mit uns, und Sie können unterwegs mit Doug reden.«

»Dick, ist das klug?« fragte Whittaker.

»Lieutenant Kennedys Vater war hier der Botschafter«, sagte Canidy. »Ich finde, man kann ihm vertrauen.«

»Dick, ich kann hier wirklich nicht abhauen. Ich bin der Gruppenkommandant«, sagte Douglass.

»Der Stützpunktkommandant glaubt felsenfest, daß

du geholt wirst, um gewisse ungenannte hohe Tiere über Saint-Nazaire zu informieren«, sagte Canidy.

»Wohin geholt?« fragte Kennedy.

Canidy ignorierte die Frage.

»Wir werden Sie zurückbringen wie Douglass«, sagte Canidy.

»Ich möchte wirklich nur eine Stunde von Major Douglass' Zeit, und zwar hier und jetzt«, sagte Kennedy.

»Diese Wahl haben Sie nicht«, sagte Canidy. »Kommen Sie mit oder lassen Sie's bleiben, wie Sie wollen.«

»Dies ist offiziell«, bluffte Kennedy.

»Nein, das ist es nicht«, sagte Canidy. »Doug soll euch Leute am Freitag einweisen. Sie sind zu früh dran, Kennedy.«

Kennedys Miene spiegelte wieder Überraschung über Canidys detailliertes Wissen über das Projekt wider. Canidy sah es.

»Lügen Sie nie Canidy den Allwissenden an«, sagte er. »Kommen Sie mit oder nicht?«

»Ich komme mit«, sagte Kennedy nach kurzem Zögern.

2

Whitbey House, Kent, England
10 Uhr 15

25. Dezember 1942

Als Lieutenant Colonel Edmund T. Stevens und Captain Stanley S. Fine vor dem Eingang von Whitbey House aus einem 1942er Ford ausstiegen, hörten sie das

Röhren von Flugzeugmotoren. Sie hielten nach der Quelle des Geräuschs Ausschau und entdeckten eine B25 Mitchell, einen zweimotorigen Bomber, der in ungefähr 300 Metern Höhe aus der Wolkendecke auftauchte.

Lieutenant Colonel Stevens war alles andere als erfreut. Die B25 versuchte auf der unbefestigten Landebahn zu landen, die vor dem Krieg von Seiner Hoheit, dem Duke of Stanfield für sein persönliches Flugzeug – eine viersitzige, einmotorige Cessna – angelegt worden war. Pionieroffiziere der Eighth United States Air Force hatten vor kurzem den Flugplatz inspiziert. Ihrer Einschätzung nach war die einzige Start- und Landebahn zu kurz und zu nahe am Haus, um für etwas Größeres als einmotorige Aufklärungsflugzeuge benutzt werden zu können. Darüber hinaus waren die Experten der Meinung, daß eine Verbesserung des Flugplatzes wegen der Topographie des Geländes nicht machbar war. Der Start- und Landestreifen konnte im Nord-Nordosten wegen Whitbey House nicht verlängert werden und ebensowenig im Süd-Südwesten wegen des Flusses Naer, dessen steile Ufer nur hundertzwanzig Meter vom Ende der Start- und Landebahn entfernt waren.

Die Experten waren zu dem Schluß gelangt, daß der Flugplatz nicht einmal die minimalen Sicherheitsanforderungen für einen Behelfslandeplatz für Notlandungen erfüllte und deshalb an beiden Enden mit mindestens fünfzehn Meter großen X (es wurden weiß angestrichene Steine empfohlen) gekennzeichnet werden sollte, um Piloten vor der Gefahr zu warnen.

Es gab keinen Zweifel für Lieutenant Colonel Stevens, daß der Versuch, auf der zu kurzen und gefährlichen Landebahn aufzusetzen, mit der B25 durchgeführt wurde, die Dick Canidy (nicht ohne Schwierigkeiten) vor kurzem auf unbestimmte Zeit von der Eighth United States Air Force ausgeliehen hatte. Und daß die Maschine von ihm geflogen wurde.

Warum? Es waren keine Flüge der B25 geplant oder genehmigt. Die B25 sollte hinter einer Splitterschutzwand auf dem Stützpunkt des U.S. Army Air Corps in East Grinstead parken, rund fünfzig Kilometer entfernt.

Ein Blick zu Captain Fine sagte Colonel Stevens, daß Fine ähnliche Gedanken durch den Kopf gingen und er besorgt war.

Nicht nur besorgt, weil Canidy eine gefährliche Landung versuchte, sondern noch schlimmer, weil er (sollte er überleben) im Begriff war, vom stellvertretenden Leiter der OSS-Station London mit heruntergelassener Hose erwischt zu werden.

Colonel Stevens entschied sich, nicht den empörten ranghohen Offizier zu spielen. Er tat so, als hätte er die B25 nie gehört, betete um Canidys Sicherheit, ging ins Haus und wartete.

An der Tür wurde er von Lieutenant Jamie Jamison und der Herzogin von Stanfield, WRAC, begrüßt, die wohl in diesem Moment beträchtlich weniger erfreut über sein Auftauchen waren, als sie taten. Lieutenant Colonel Stevens fragte nicht nach dem derzeitigen Aufenthaltsort von Major Canidy, und weder Lieutenant Jamison noch Captain Stanfield gaben freiwillig irgendeine diesbezügliche Information.

Lieutenant Colonel Stevens und Captain Fine wurden in den Speiseraum des Herrenhauses geführt, wo dreißig Offiziere und Unteroffiziere, die als OSS-Agenten ausgebildet wurden, zu einem vorweihnachtlichen Abendumtrunk versammelt waren. Eine große, silberne Punschschüssel stand auf dem Tisch, und jeder der Anwesenden hielt einen silbernen Becher in der Hand.

Es war bei der Army Tradition, daß der befehlshabende Offizier einer Einheit und sein Stab ein Weihnachtsabendessen mit den Soldaten einnahmen. Die OSS-Station Whitbey House war natürlich keine Frontkompanie, und Stevens war nicht der Kompaniechef. Aber er war der ranghöchste Berufsoffizier des OSS in England (Stationsleiter David Bruce war Zivilist), und Stevens hatte das Gefühl, hier anwesend sein zu müssen.

Als sofort ersichtlich wurde, daß die Rekruten erfreut waren, ihn zu sehen, wußte er, daß er die richtige Entscheidung getroffen hatte.

Man bot Lieutenant Colonel Stevens und Captain Fine einen Becher Punsch an, und sie nahmen ihn. Der Geschmack war Stevens vertraut. Es war Artilleriepunsch. Einer der OSS-Rekruten hatte vor dem Krieg in der Artillerie gedient und das Rezept geliefert. Stevens wußte, daß es binnen kurzer Zeit einige sehr betrunkene Leute in diesem Raum und morgen einige mit gewaltigem Kater geben würde. Artilleriepunsch wurde danach bewertet, wie glatt er die Kehle hinunter lief und welche Wirkung man ein paar Minuten später spürte. Dies war seiner Expertenmeinung nach sehr guter Artilleriepunsch.

Er entschied sich dagegen, Captain Fine vor der starken Wirkung des Punsches zu warnen. Es war vielleicht ganz gut für Captain Fine, ein bißchen betrunken zu werden – weil es Weihnachten war und es gut zu wissen war, wie sich Leute benahmen, wenn sie betrunken waren. *In vino veritas* hatte eine besondere Bedeutung für Geheimdienstler.

Captain Fine trank den dritten Punsch – sein Gesicht war ein wenig rot, und er grinste albern –, und Lieutenant Colonel Stevens nippte noch genüßlich an seinem ersten, als Major Canidy in den Speiseraum kam. In seiner Begleitung befanden sich Captain James M.B.

Whittaker, was keine Überraschung war, und Major Peter Douglass junior, was überraschend war. Das erklärte, was Canidy mit der B25 unternommen hatte. Er hatte damit Major Douglass abgeholt.

Aber wirklich überraschend war die Anwesenheit von Lieutenant Joseph P. Kennedy junior, USNR. Stevens fragte sich, wo Canidy ihn gefunden und warum er ihn nach Whitbey House gebracht hatte.

Vor zwei Tagen hatte Canidy entschieden, daß es nett wäre, Major Douglass beim Weihnachtsumtrunk in Whitbey House zu haben. Douglass war nahe daran, durchzudrehen (der Vorfall im Hauptquartier der Eighth Air Force war Beweis genug). Und wegen seines Vaters war Douglass eine der beiden Ausnahmen (Ann Chambers war die andere) von der Regel, daß Besucher in Whitbey House absolut verboten waren.

Als Canidy den jungen Douglass in Atcham angerufen und ihm einen Flug angeboten hatte, war ihm von Douglass erklärt worden, daß der Stützpunktkommandant für jeden das Verlassen des Stützpunktes über Weihnachten verboten hatte. Die Eighth Air Force war entschlossen, kürzlich zutage getretenen britischen Unmut gegenüber ihren amerikanischen Cousins im Keim zu ersticken. Wie zum Beispiel die Meinung: Die Amerikaner sind ›überbezahlt, sexbesessen und machen sich hier breit‹.

Der Stützpunktkommandant hatte sich gesagt, es würde nicht den Interessen des guten Rufs der Alliierten dienen, diese Tausende überbezahlten und sexbesessenen Offiziere und Unteroffiziere losziehen zu lassen, damit sie an Weihnachten in englischen Pubs ihr Heimweh ertränkten.

»Wenn ich nicht der Gruppenkommandant wäre«, hatte Douglass freimütig zu Canidy gesagt, »würde ich über den Zaun abhauen. Aber ich sitze leider fest.«

Canidy erschrak tatsächlich, als er Lieutenant Commander Stevens sah. Dann zuckte Canidy mit den Schultern und ging zum Tisch.

Es paßte überhaupt nicht zu Captain Fine, aber er schlang liebevoll einen Arm um Canidys Schulter und fragte: »Wie, zum Teufel, geht's, Kumpel?«

Canidy und Stevens lächelten.

»Sie haben Punsch geschluckt, nicht wahr, Stanley?« fragte Canidy.

»Kling Glöckchen, klingelingeling«, sagte Fine glücklich.

»Es freut mich, Sie zu sehen, Major Douglass, wenn es mich auch ein wenig überrascht«, sagte Lieutenant Colonel Stevens.

»Da lag ich nichtsahnend in meinem Bettchen«, sagte Douglass. »Und aus heiterem Himmel – eigentlich war es aus einer grauen Wolkendecke heraus – kam Canidy mit seinem Flugzeug. Er erzählte dem Stützpunktkommandanten, daß ich geholt werde, um vor VIPs einen Vortrag über Saint-Nazaire zu halten. Der Kommandant war sehr beeindruckt.«

»Ich glaube, Sie kennen Lieutenant Kennedy, Colonel«, sagte Canidy unschuldig.

»Hallo, Joe«, sagte Stevens. »Es erübrigt sich wohl, zu sagen, daß ich ebenfalls äußerst überrascht bin, Sie hier zu sehen.«

»Major Canidy stellte mich vor die Wahl, mit Major Douglass hier oder gar nicht mit ihm zu reden«, sagte Kennedy.

»Wie Sie anscheinend bereits selbst festgestellt haben, macht Canidy oftmals ärgerliche Dinge«, sagte Stevens. Er wandte sich Canidy zu. »War es klug, das Flugzeug herzufliegen, Dick?« fragte er ruhig.

»Ich hatte keine Wahl«, erwiderte Canidy. »Man sagte mir, wenn ich erst in Atcham bin, komme ich bis zum sechsundzwanzigsten Dezember nicht mehr raus. Man will an Weihnachten die Barbaren von den Eingeborenen fernhalten.«

»Ich dachte, dieser Start- und Landestreifen ist unsicher«, sagte Stevens.

»Ich möchte nicht versuchen, mit einer Ladung Bomben darauf zu starten oder zu landen«, sagte Canidy, »aber leer geht es.«

Stevens rief sich in Erinnerung, daß Canidy kein Dummkopf war. Er war nicht nur Flugtechniker, der das Flugverhalten einer B25 genau kannte. Bevor er sich entschieden hatte, mit der B25 auf der Landebahn Whitbey House zu landen, war er zu der Überzeugung gelangt, daß er das sicher schaffen konnte. Flugsicherheits-Vorschriften basierten auf dem schlimmsten vorstellbaren Szenario, auf einem vollgeladenen Flugzeug, das von einem Piloten mit nur normalen Fähigkeiten und geringer Erfahrung geflogen wurde.

Genaugenommen hatte Canidy einen ungenehmigten Flug aus persönlichen Gründen unternommen (was einschloß und es verschlimmerte, daß er einem Offizier geholfen hatte, sich unerlaubt von der Truppe zu entfernen). Während dieses Flugs war er auf einer Landebahn gelandet, die offiziell als unsicher erklärt worden war, wie er wußte. Und er hatte einen Offizier mitgebracht, der nicht (wenigstens noch nicht) für unbedenklich als Besucher von Whitbey House erklärt worden war.

Wenn man es genau nahm, hätte er von einem Kriegsgericht verurteilt werden müssen, allein schon weil er ein schlechtes Beispiel für andere gewesen war.

Man konnte es auch anders sehen: Ein hocherfahrener Pilot hatte einen kurzen Abstecher gemacht, um einen Kameraden abzuholen, einen Kameraden, der dreizehn der achtundzwanzig jungen Piloten verloren hatte, die er bei einem selbstmörderischen Angriff auf die deutschen U-Boot-Bunker bei Saint-Nazaire geführt hatte. Stevens entschied sich deshalb, die ganze Sache zu vergessen.

Und was den jungen Joe Kennedy anbetraf, so würde er am Freitag ohnehin erfahren, daß die Gesamtverantwortung über das Projekt fliegende Bombe dem OSS übertragen worden war.

»Ich brenne darauf, zu erfahren, was hier geplant wird, Colonel«, sagte Kennedy, »aber ich wage nicht, zu fragen.«

»Wir wollten Sie am Freitag ohnehin herholen«, sagte Stevens. »Canidy hat den Zeitplan nur ein wenig vorgezogen.«

»Darf ich fragen, was ›hierher‹ ist?«

»Whitbey House untersteht dem Office of Strategic Services«, sagte Stevens. »Und der Chef des OSS ist Colonel Bill Donovan, der alte Freund Ihres Vaters.«

»Und ich sollte hergebracht werden, sagten Sie?«

»Das OSS hat das Projekt ›Ausschaltung der U-Boot-Bunker von Saint-Nazaire‹ übernommen, um die Zankerei zwischen dem Air Corps und der Navy, wer es durchführen sollte und wie, zu beenden. Canidy ist der Einsatzoffizier.«

Das war die offizielle Version, aber nicht die ganze Wahrheit. Canidy war zu Stevens gegangen und hatte ihm gesagt, er habe von dem Projekt ›fliegende Bombe‹ gehört. Für ihn bestehe kein Zweifel, daß die Deutschen für den Beginn einer Produktion von Düsenflugzeugen Fabriken nutzen würden, die so gut geschützt sein würden wie die U-Boot-Bunker. Deshalb wolle er schon beim ersten Stadium an dem Projekt teilnehmen.

Stevens hatte zugestimmt und den Vorschlag David Bruce unterbreitet. Bruce war am selben Nachmittag damit zu Eisenhower gegangen, und Ike hatte, entgegen der Einwände von Navy und Air Corps, dem OSS das Projekt ›fliegende Bombe‹ übertragen.

»Deshalb wußten Sie soviel über mich«, sagte Kennedy zu Canidy.

»Es gefiel mir besser, als Sie überlegten, ob ich tatsächlich allwissend sein könnte«, sagte Canidy. Er blickte auf seine Armbanduhr. »Wir haben noch ungefähr eine Stunde bis zum Abendessen. Wollen Sie jetzt mit Doug reden, oder möchten Sie lieber warten, bis wir ein wenig blau und vollgestopft mit dem Roastbeef von Merry Old England sind?«

»Jetzt«, sagte Kennedy.

Douglass zuckte mit den Schultern und schickte sich in das Unvermeidliche.

Einer der Rekruten hatte ein Klavier entdeckt. Über dem Stimmengewirr war leise »O Little Town of Bethlehem‹ zu hören.

»Kennedy«, sagte Canidy, »wenn Doug Ihnen erzählt, was Sie in Saint-Nazaire erwartet, und wenn Sie Doug von Ihren B17er voller Torpex (ein neuer, sehr starker Sprengstoff, von den Briten entwickelt) erzählen, dann wünschen Sie vielleicht beide, besoffen zu sein.«

»Mein Gott!« sagte Kennedy leise.

»Stimmt etwas nicht, Joe?« erkundigte sich Stevens.

»Ich nehme an, es überrascht mich einfach, hier so offen zu hören, was ich für ein Geheimnis gehalten habe«, sagte Kennedy.

»Es freut mich, daß Sie diesen Punkt zur Sprache gebracht haben«, sagte Stevens.

»Sir?«

»Obwohl Canidy Ihnen sicherlich Anlaß gegeben hat, etwas anderes zu denken«, sagte Stevens, »ist er weder ein Vollidiot, noch geht er nachlässig mit den Sicherheitsvorschriften um. Jeder in Hörweite ist an diesem Projekt beteiligt und hat eine entsprechende Unbedenklichkeitsbescheinigung. Aber keiner sonst. Haben Sie verstanden?«

»Jawohl, Sir«, sagte Kennedy.

»Und Sie verstehen natürlich, Kennedy, das dies ein nicht sehr versteckter Tadel ist?« sagte Canidy.

»Fordern Sie Ihr Glück nicht heraus, Dick!« fuhr Stevens ihn an. »Verdammt, manchmal gehen Sie zu weit!«

Stevens starrte Canidy eisig an, bis Canidy sagte: »Es tut mir leid, Colonel. Ich nehme an, Sie haben recht.«

»Sie nehmen an?« schnauzte Stevens ihn an.

Es folgte eine weitere eisige Pause. Dann sagte Stevens: »Ich finde, der beste Ort für ein Gespräch ist Ihre Wohnung, Dick. Sollen wir dorthin gehen?«

»Jawohl, Sir«, sagte Canidy. Es klang echt zerknirscht.

Als sie den Raum verließen, bemerkte Stevens, daß die Unterhaltungen verstummt waren und die Rekruten jetzt zum Klavierspiel sangen. Blicke waren auf Stevens und die anderen gerichtet, und dann glaubte er, Enttäuschung – und vielleicht Mißfallen – in den Augen zu sehen, weil die Ranghohen bei den Weihnachtsliedern hinausgingen. Er legte eine Hand auf Canidys Arm.

»Sagen Sie nichts Klugscheißerisches, Dick«, raunte er. »Drehen Sie sich nur um, und singen Sie mit.«

Canidy blickte ihm einen Moment in die Augen und nickte dann. Sie sangen ›O Little Town of Bethlehem‹ und ›Good King Wenceslaus‹, und als sie ›Away in a Manger« begannen, kam Ann Chambers in ihrer Uniform der Kriegsberichterstatterin in den Speiseraum, ging zu Canidy, küßte ihn auf den Mund (was zu Applaus beim Gesang führte), schlang einen Arm um ihn und sang mit.

164

Sie sangen, bis es Zeit zum Abendessen war.

Nach dem Essen gingen sie in Canidys Wohnung und besprachen die Ausschaltung des Feindes.

3

Schloß Steighofen Hessen

28. Dezember 1942

Beatrice, Gräfin Batthyany und Baronin von Steighofen, erwachte frierend, die Arme um ihre großen Brüste mit den dunkelroten Spitzen geschlungen, um sich zu wärmen. Im Schlaf hatte sie die Laken und Decken von sich getreten. Sie griff danach, zog sie über sich und blickte zur anderen Seite des Betts. Sie war leer.

Sie hatte folglich nicht den Hauptmann der Ehrenwache in ihr Bett geholt. Beatrice rekonstruierte das Ende des Abends. Der Hauptmann war der perfekte deutsche Offizier und Ehrenmann gewesen. Seine Ausbildung und seine Wertmaßstäbe hatten eine sexuelle Vereinigung zwischen ihm und der Witwe seines verstorbenen vorgesetzten Offiziers, Oberstleutnant Baron Manfred von Steighofen, im Familienschloß und am Vorabend eines Gedenkgottesdienstes nicht erlaubt.

Beatrice war jetzt erfreut darüber, daß es nicht geschehen war. Gegen Mitternacht war Sex mit dem Hauptmann scheinbar eine ausgezeichnete Idee gewesen, doch im kalten Licht des Morgens war sie froh, daß ihr die anschließende Peinlichkeit erspart geblieben war.

Sie wälzte sich auf die Seite und blickte zum Wecker auf dem Nachttisch.

Es war nicht das kalte Licht des Morgens. Es war das kalte Licht von fast vierzehn Uhr. Sie warf die Bettdecke von sich und schwang die Beine aus dem Bett. Eine Zeitlang tastete sie mit den Füßen nach ihren Pantoffeln. Als sie sie nicht sofort fand, stand sie auf und ging zum Fenster.

Die Wohnung, die Manfred im Schloß eingerichtet hatte (mit ihrem Geld), bot Ausblick hinab auf die schneebedeckten Felder außerhalb der Schloßmauer. Es war ein schöner Tag, klar und hell. Sie liebte kalte, klare, helle Tage. Sie würde einen Ausritt unternehmen, vielleicht sogar einen schnellen im Galopp, wenn die Wege nicht vereist waren. Dadurch würde sie den Cognac ausschwitzen, und dann würde sie zurückkehren und ein ausgedehntes Bad nehmen.

Sie ging zu ihrer Kommode und nahm eine ziemlich unattraktive Unterhose heraus. Es würde sie ohnehin niemand in dem Liebestöter sehen, also würde es nichts ausmachen, daß die dicke Baumwolle die Kurven ihres Körpers reizlos wirken ließ und fast bis zu den Knien reichte. Die Baumwolle würde den Schweiß des Ritts aufsaugen. Sie zog eine Reithose an und setzte sich auf den Boden, um die englischen, bis zum Knie reichenden Reitstiefel anzuziehen.

Als sie danach zu einer anderen Kommode ging, um eine Bluse zu holen, warf sie einen Blick in einen Spiegel. Mit Reithose und Stiefeln und nacktem Oberkörper wirkte sie wie in einem Pornofilm, den sie in Budapest gesehen hatte. Es fehlten nur noch Peitsche und schwarze Gesichtsmaske.

Sie zog eine weiße Bluse an und steckte den Saum in die Reithose. Ihre Brustspitzen stießen gegen den dünnen Stoff der Bluse und waren deutlich zu sehen. Sie würde entweder einen Büstenhalter oder einen Pullover tragen müssen oder die mißbilligenden Blicke der Bediensteten und des Hauptmanns (an dessen Name sie sich nicht erinnern konnte, wie ihr klar wurde) ertragen müssen, wenn sie die Reitjacke auszog.

Sie entschied sich für den Pullover, nahm ihn aus einem Schrank und streifte ihn über.

Dann wurde ihr klar, daß sie es nicht ohne flüssige Hilfe bis zum Reitstall, geschweige denn auf ein Pferd schaffen würde.

Sie ging zum Nachttisch, schenkte sich einen doppelten Rémy Martin ein (fast der letzte Cognac im Schloß; sie hatte vergessen, welchen aus dem Haus in Wien mitzubringen) und trank ihn auf einen Zug. Sie hielt den Atem an, als der Cognac ihre Kehle hinabrann, und sie atmete aus, als sich die Wärme in ihrem Körper ausbreitete.

Dann verließ sie die Wohnung, und es war, als trete sie von der Gegenwart in die Vergangenheit. Vor ein paar Jahren hatte sie einen Berliner Architekten engagiert, um einen Teil des Schlosses renovieren zu lassen. Das Bauhaus, die deutsche Hochschule für Gestaltung, runzelte jetzt die Stirn über Adolf Hitler und seine Speichellecker, doch der Architekt hatte dort studiert und das manifestierte sich in der Gestaltung dieses Flügels des Schlosses.

Beatrice hatte das Gefühl, ins Mittelalter zurückversetzt zu sein. Nein, korrigierte sie sich, die Eiszeit wäre passender. Die Wände waren aus Stein, die Böden aus Eichenplanken. Es war nur möglich gewesen, Elektrizität zu installieren, indem man dieLeitungen innen an den Wänden verlegt hatte. Gekreuzte Lanzen und Schwerter, alte Schlachtwimpel und dunkle Porträts der Barone von Steighofen und ihrer Gattinnen hingen an den Wänden über den elektrischen Leitungen. Ein schmaler Teppich bedeckte die Mitte des Flurs, milderte jedoch nicht die Kälte der Örtlichkeiten, weder temperaturmäßig noch ästhetisch.

Es gab auch keine große Treppe. Man gelangte im Schloß über fünf Wendeltreppen von Geschoß zu Geschoß. Ein Geländer an der Wand war die jüngste Verbesserung – seit ungefähr 1820.

Beatrice stieg drei Etagen zum Schloßhof hinab, betrat ihn und ging über das Kopfsteinpflaster zum Stall. Die Ställe waren ebenfalls eine jüngere Verbesserung für das Schloß. Irgendwann Anfang 1800 waren sie an die Schloßmauer angebaut worden, und ein Durchbruch hatte Zugang gewährt.

Der Geruch der Pferde war für Beatrice angenehm und beruhigend. Ein Stallbursche arbeitete an einem Sattel, den er auf ein Gestell gelegt hatte. Beatrice erkannte, daß es sich um Manfreds Sattel handelte. Sie erinnerte sich, daß Hauptmann Sowieso ihr davon erzählt hatte. Manfreds mit Schabracke herausgeputzter Hengst würde ein Teil der Gedenkzeremonie sein und mit Manfreds umgedrehten Stiefeln des Kavalleristen in den Steigbügeln dastehen, während vollzogen wurde, was auch immer geplant war, um Manfreds Einzug in Walhalla zu symbolisieren.

Der Stallbursche richtete sich auf und nickte ihr zu. Es überraschte ihn offensichtlich, sie in Reitkleidung zu sehen.

»Bring mir den Araber, ja? Wie heißt er noch – Voltan?«

»Wollen Sie wirklich Voltan reiten, Baronin?« fragte der Stallbursche mißbilligend.

»Ich hole ihn«, sagte sie. »Du suchst mir einen Sattel und eine Decke.«

»Selbstverständlich, Baronin.«

Sie entschied sich, ihn nicht bezüglich ihres Titels zu

korrigieren. Für ihn würde sie immer und ewig die Frau des Barons und folglich die Baronin bleiben. Es würde ihn wenig interessieren, daß sie als Witwe des Barons nicht mehr dessen Frau war und der Titel unter diesen Umständen an Manfreds nächsten lebenden männlichen Verwandten übergehen würde. Was bedeutete, daß sie nur aus Höflichkeit ›Baronin‹ genannt wurde. Und noch weniger würde ihn interessieren, daß sie aus eigenem Recht die Gräfin Batthyany gewesen war, bevor sie Manfred geheiratet hatte.

Sie zog die schwere Holztür zu Voltans Box auf, holte ihn heraus und führte ihn aus dem Stall. Der Stallbursche kam einen Augenblick später mit Sattel und Decke heraus. Sie nahm die Decke entgegen und warf sie auf Voltan. Der Stallbursche sattelte und zog die Sattelgurte an, und Beatrice saß auf und wies ihn an, die Steigbügel auszurichten.

Zufrieden ritt sie dann an und ließ Voltan zum Aufwärmen lange genug im Schritt gehen. Dann drückte sie ihm die Hacken in die Seiten und trieb ihn zu kurzem Galopp an. Sie hätte ihn gern in gestrecktem Galopp geritten, doch sie hielt dies für unklug. Es konnte Eis unter der Schneeschicht sein.

Sie zwang sich, an nichts anderes zu denken als an den kühlen Reitwind und das Trommeln der Hufe, bis sie merkte, daß Voltans Kräfte nachließen. Dann parierte sie ihn, zog ihn um die Hand und kehrte im Schritt zum Schloß zurück.

Erst jetzt beschäftigten sich ihre Gedanken mit dem, was an diesem Tag vor ihr lag. Sie wäre lieber überhaupt nicht zum Schloß gekommen. Sie hatte geweint, als sie in Budapest erfahren hatte, daß Manfred gefallen war. Manfred war ein guter Mann gewesen, und er war zu jung gestorben. Er war dreißig gewesen. Sie war neunundzwanzig. Sie waren nicht ganz sieben Jahre verheiratet gewesen, und sie hatte ihn gemocht, sogar bewundert. Und er hatte sie geliebt, was sehr süß gewesen war. Sie trauerte um ihn auf ihre eigene Art, und das hätte reichen sollen.

Aber natürlich war es nicht genug. Manfred war der Oberstleutnant Baron von Steighofen gewesen, und es würde einen öffentlichen Gedenkgottesdienst für die Leute auf seinen Ländereien geben, für die Soldaten seines Regiments und für das, was der Führer ›das Volk‹ des ›Tausendjährigen Reichs‹ nannte.

Und sie war die Gräfin Batthyany und kannte die Verpflichtungen ihres Erbes. In der Öffentlichkeit würde sie die trauernde Aristokratin sein, deren Ehemann das höchste Opfer für sein Vaterland und seinen Führer gebracht hatte, et cetera, et cetera.

Eine Auswahl von Manfreds Verwandten (keine von ihr; sie hatte keine lebenden engen Verwandten), an der Spitze sein Cousin, der Baron von Fulmar, würde im Schloß sein. Außerdem eine Auswahl von Würdenträgern, örtliche und aus Berlin. Sie schlossen Helmut von Hürten-Mitnitz, der das Außenministerium repräsentierte, und zwei SS-Standartenführer des SD ein. Einer der beiden, Kramer, war SD-Mann für Hessen, und der andere, der den Reichsführer-SS repräsentierte, war ein Bauer namens Müller.

Müller war mit von Hürten-Mitnitz eingetroffen, was die Gräfin ein wenig merkwürdig gefunden hatte, bis Kramer bei den Cocktails verkündet hatte, daß die beiden zusammen in Marokko gewesen waren und kaum die Flucht geschafft hatten, als die Amerikaner in Nordafrika eingefallen waren.

Der Krieg – und die Politik – führt zu seltsamen Bettgenossen, dachte die Gräfin sarkastisch. Sie fand von Hürten-Mitnitz ziemlich sympathisch nach dem wenigen, das sie von ihm gesehen hatte. Es gab zwei Typen

Pommern, die häßliche Art und die andere – schlank, geschmeidig, leopardenhaft. Von Hürten-Mitnitz zählte zum zweiten Typ. Schade, daß es unter den gegebenen Umständen keine Gelegenheit geben würde, ihn besser kennenzulernen.

Andererseits, wenn er sich einen Posten in Budapest beschaffen konnte, wie es jetzt gut möglich war ...

Als es Anzeichen in Berlin gegeben hatte, daß solch ein Posten vielleicht zur Verfügung stand, hatte er klargemacht, daß er auf jedes Opfer vorbereitet war, das von ihm verlangt werden würde.

»Ich habe ziemlich befürchtet, meine liebe Gräfin, wenn ich irgendwie zu verstehen geben würde, wie sehr ich mich über eine Rückkehr nach Budapest freuen würde, könnte man mich nach Helsinki schicken. Oder nach Tokio.«

Sie hatte gelacht, nicht pflichtschuldig, sondern weil ihr sein Humor gefiel. Sie hoffte, er würde nach Budapest geschickt werden.

»Wenn mir das Glück hold ist«, hatte von Hürten-Mitnitz gesagt, »darf ich Sie dann anrufen?«

»Es wäre mir eine Freude, Sie zu empfangen«, hatte sie erwidert.

Sie hatte ein sonderbares Gefühl. Hatte sein Wunsch, sie anzurufen, etwas mit ihr als Frau zu tun? Oder war irgend etwas Offizielles an seinem Interesse?

Als sie zum Schloß zurückkehrte – müde, verschwitzt, mit dringendem Bedürfnis nach etwas Starkem zu trinken und einem Bad –, sah sie von Hürten-Mitnitz im Salon bei einem Gespräch mit Baron von Fulmar. Der Baron fühlte sich sichtlich unbehaglich, was die Gräfin veranlaßte, wieder darüber nachzudenken, ob hinter von Hürten-Mitnitz' Freundschaft mit Standartenführer Müller mehr steckte als die Verbundenheit durch die gemeinsame Flucht aus Nordafrika.

Vor zwei Tagen hatte Helmut von Hürten-Mitnitz Baron Karl von Fulmar in seinem Büro in Hoechst am Main angerufen.

Von Hürten-Mitnitz sprach sein Beileid wegen des Todes von Oberstleutnant Baron von Steighofen aus und erklärte, der Druck anderer Pflichten mache es dem Außenminister unmöglich, persönlich am Gedenkgottesdienst für den Baron teilzunehmen. Deshalb sei er als persönlicher Repräsentant des Außenministers bestimmt worden.

»Die Familie wird sich geehrt fühlen, Herr von Hürten-Mitnitz«, erwiderte Baron von Fulmar.

»Ich bedaure zutiefst, Sie in Ihrer Trauer zu stören, Baron«, fuhr von Hürten-Mitnitz fort, »aber könnten Sie mir eine Stunde Ihrer Zeit widmen, wenn ich in Hessen bin?«

Baron von Fulmar zögerte.

»Entweder in Ihrem Büro, Baron«, fuhr von Hürten-Mitnitz fort, »oder im Schloß. Was Ihnen passender wäre.«

»Handelt es sich um etwas Offizielles?« fragte der Baron.

»Sagen wir, ich möchte etwas mit Ihnen persönlich besprechen«, sagte von Hürten-Mitnitz. »Gewiß nicht am Telefon.«

»Das läßt sich sicherlich arrangieren, Herr von Hürten-Mitnitz«, sagte der Baron. »Und ich halte es für das Bequemste, das Gespräch in Schloß Steighofen zu führen.«

»Dann freue ich mich darauf, Sie im Schloß zu treffen, Baron«, sagte von Hürten-Mitnitz. »Und noch einmal mein aufrichtiges Beileid.«

Baron von Fulmar war besorgt, weil ihn ein hoher Offizieller des Außenministeriums unter vier Augen sprechen wollte. Seine Sorge wuchs, als von Hürten-

Mitnitz in Begleitung eines SS-Standartenführers des SD auf Schloß Steighofen eintraf.

Und am nächsten Morgen brach ihm Schweiß aus, als ein Diener von Hürten-Mitnitz' Visitenkarte überbrachte.

HELMUT VON HÜRTEN-MITNITZ
SS-BRIGADEFÜHRER, SD
Außenministerium
Berlin

Auf der Rückseite der Karte stand: »Darf ich ein Treffen um 9 Uhr 30 im Salon vorschlagen? Von Hürten-Mitnitz.«

Der Baron, ein grobknochiger Mann mit frischer Gesichtsfarbe, dessen schütteres Haar so kurz geschnitten war, daß die Adern in der Kopfhaut sichtbar waren, mußte bis 9 Uhr 40 warten, bis von Hürten-Mitnitz auftauchte.

Der Salon bot keine angenehme Atmosphäre. Die Möbel waren alt (jedoch schlecht), schwer und unbequem. Es gab einen verschlissenen und fast farblosen Perserteppich. Und dunkle Porträts von verblichenen Baronen. Der Baron zog es vor, zu stehen, anstatt sich in einen der unbequemen Sessel oder auf die Couches zu setzen.

»Wie nett von Ihnen, sich Zeit für mich zu nehmen, Baron«, sagte von Hürten-Mitnitz und reichte ihm die Hand.

»Womit kann ich Ihnen dienen, Herr Brigadeführer?« fragte der Baron und legte die Visitenkarte, die von Hürten-Mitnitz ihm hatte bringen lassen, auf einen Tisch. Es sollte beiläufig wirken.

»O Gott, habe ich Ihnen eine davon geschickt?« sagte von Hürten-Mitnitz ärgerlich. »Das war nicht meine

Absicht. Für gewöhnlich schicke ich sie Leuten, die von so etwas beeindruckt sind. Ich würde es vorziehen, wenn Sie den Titel Brigadeführer vergessen. Meine Beziehung zum SD ist kaum mehr als eine offizielle Erfindung.«

»Wie Sie wünschen«, sagte der Baron. »Wie soll ich Sie nennen?«

»Wenn der Vorschlag nicht zu vermessen ist, mein Vorname ist Helmut. Und lassen Sie mich betonen, daß dies keineswegs ein offizielles Gespräch ist.«

»Was, wenn ich fragen darf, haben Sie im Sinn, Herr von Hürten-Mitnitz?«

Auf den ersten Blick hatte sich von Hürten-Mitnitz gesagt, daß Arroganz der Kern der Persönlichkeit des Barons war (mit anderen Worten, er war eine Vogelscheuche in feinem Tuch). Die einzige Möglichkeit, mit einer solchen Arroganz fertig zu werden, bestand darin, sich noch blasierter zu zeigen. Wenn er versuchte, sich abwartend oder neutral zu verhalten, würde von Fulmar dies als Schwäche auslegen. Er mußte ihn von Anfang an aus dem Gleichgewicht bringen. Und er glaubte zu wissen, wie er das leicht erreichen konnte. »Ich habe mich gefragt, ob Sie zufällig Kontakt mit Ihrem Sohn gehabt haben«, sagte von Hürten-Mitnitz.

Das Gesicht des Barons verriet Anspannung. »Nein, ich habe keinen gehabt«, sagte er entschieden.

»Ich meinte Ihren ältesten Sohn, Baron«, sagte von Hürten-Mitnitz, als wolle er absolut sicher sein, daß sie über dieselbe Person sprachen.

»Das habe ich auch angenommen«, sagte der Baron.

»Er war ein kleines Problem für Sie, nicht wahr?« sagte von Hürten-Mitnitz und ließ es mehr nach einem Vorwurf als nach Anteilnahme klingen.

»Bis jetzt, Herr von Hürten-Mitnitz«, sagte der Baron, »hatte ich den Eindruck, daß dieser Fall auf den höchsten Ebenen geprüft wurde und man zu der Erkenntnis gelangt ist, daß es unfair wäre, mich für die Aktionen meines Sohnes verantwortlich zu machen.«

Von Fulmar bezweifelte von Hürten-Mitnitz' Berechtigung, sich auf hohe Stellen zu berufen. Aber das war ein Bluff. Ein Parteimitglied mit guten Beziehungen konnte zwar einen Funktionär des Außenministeriums daran erinnern, daß er Zugang zu ›höchsten Ebenen‹ hatte, aber es konnte keinen SS-Brigadeführer vom SD damit einschüchtern.

»Das Thema ist bedauerlicherweise wieder zur Sprache gekommen«, sagte von Hürten-Mitnitz kühl. Er ließ das einen Moment einwirken und fügte dann etwas freundlicher hinzu: »Und man hat mich gebeten, mich darum zu kümmern. Vertraulich und inoffiziell, wie schon gesagt.«

»Gott, was hat er denn jetzt wieder angestellt?« fragte der Baron. »Ich nehme an, Sie kennen die wesentlichen Fakten?«

Jetzt klang er längst nicht mehr so arrogant.

»Ich halte es für das beste, Sie wiederholen sie mit Ihren eigenen Worten, wenn es Ihnen nichts ausmacht«, sagte von Hürten-Mitnitz.

»Sie haben meine Frage, was er jetzt angestellt hat, nicht beantwortet«, sagte der Baron.

»Das tut hier nichts zur Sache«, erwiderte von Hürten-Mitnitz.

»Mein Vater schickte mich nach Amerika«, sagte der Baron. »Um an der University of Southern California in Los Angeles Elektrotechnik zu studieren.«

»Warum hat er das Ihrer Meinung nach getan?« fragte von Hürten-Mitnitz.

»Zu meiner Zeit besuchte ein Sohn die Schule, auf die er von seinem Vater geschickt wurde. Ich war zuerst vier Jahre in Marburg. Und dann schickte mich mein

Vater nach Los Angeles. Er hielt es für das beste für mich, und ich stellte seine Entscheidung nicht in Frage.«

»Ich wurde nach Harvard geschickt«, sagte von Hürten-Mitnitz mit Mitleid im Tonfall. »Ich fand es ziemlich schwierig, mich damit abzufinden.«

Der Baron reagierte darauf mit einem Nicken.

»Und während ich dort war, machte ich mich wirklich zum Narren«, fuhr er fort. »Ich ließ mich von einer jungen Frau betören.«

»Von Mary Elizabeth Chernick?« fragte von Hürten-Mitnitz.

»Sie hatte den Künstlernamen ›Monica Carlisle‹ angenommen«, sagte der Baron. »Sie wollte Schauspielerin werden.«

»Ist das die Monica Carlisle, die wir in amerikanischen Filmen gesehen haben? Verzeihen Sie mir, Baron, aber war sie nicht ein bißchen zu jung für Sie?«

»Meine frühere Frau ist ein halbes Jahr jünger als ich«, sagte der Baron eisig.

»Ich verstehe. Und darf ich fragen, warum Sie sie geheiratet haben?«

»Ich war ein verdammter Dummkopf«, sagte der Baron. »Wir waren – zusammen gewesen – und sie war in anderen Umständen.«

»Ich verstehe«, wiederholte von Hürten-Mitnitz. »Und Sie haben das Vornehme getan.«

»Ich hatte nie die Absicht, mit ihr verheiratet zu bleiben«, sagte der Baron. »Offensichtlich wäre es unmöglich gewesen, sie nach Deutschland zu bringen.«

»Offensichtlich«, pflichtete von Hürten-Mitnitz ihm bei.

»Nach amerikanischem Gesetz gilt ein Kind, das binnen zehn Monaten vor einer Scheidung geboren wird, als legaler Nachkömmling des früheren Ehemanns der

Frau. Und da meine frühere Frau im sechsten Monat schwanger war – Sie verstehen die Rechnung?«

Helmut von Hürten-Mitnitz nickte.

»Ich erhielt ein vorläufiges Scheidungsurteil. Mein Vater schoß mir eine genügend große Geldsumme vor, mit der ich meine frühere Frau abfinden und den Unterhalt für das Kind bis zu seinem achtzehnten Lebensjahr bezahlen konnte. Ich kehrte sofort nach Deutschland zurück und war drei Monate dort, als das Scheidungsurteil rechtskräftig und das Kind geboren wurde. Mit anderen Worten, ich sah meinen Sohn niemals in den Vereinigten Staaten, und jahrelang ...«

»Wann haben Sie ihn tatsächlich gesehen?« unterbrach von Hürten-Mitnitz.

»Zum erstenmal habe ich ihn 1934 gesehen«, sagte der Baron.»Als er in die Schweiz geschickt wurde.«

»Erzählen Sie mir davon«, sagte von Hürten-Mitnitz.

»Die Karriere meiner früheren Frau basierte auf der gleichen Filmrolle, die sie immer wieder spielt. Sie verkörpert die unbefleckte Unschuld – unglaublich genug –, und dieses Image verträgt keine Scheidung oder Nachkommenschaft. Sie verkauft Jungfräulichkeit wie Huren das Gegenteil feilbieten. Max Liebermann von den Continental Studios schlug *Miss* Carlisle vor – und sie hatte nichts dagegen –, daß der Junge nach Iowa geschickt und von ihrer Mutter aufgezogen wurde.«

»Sie gab so bereitwillig ihr Kind auf?« fragte von Hürten-Mitnitz.

»Ich glaube sagen zu können, daß die Großmutter keine schlimmere Mutter als meine frühere Frau gewesen ist«, sagte der Baron. »In den Berichten unseres Rechtsanwalts wurde sie als einfache, anständige Frau bezeichnet.«

»Ich verstehe«, sagte von Hürten-Mitnitz.

»Und dann starb sie, und es wurden andere Vorkehrungen erforderlich«, sagte der Baron.

»Andere Vorkehrungen?«

»Ein Repräsentant der Continental Studios nahm Kontakt mit mir auf, nicht direkt, sondern durch unsere Anwälte in Amerika, und erklärte mir, meine frühere Frau sei nach dem Tod ihrer Mutter bereit, mir das volle Sorgerecht über das Kind zu geben. Ich schäme mich, zugeben zu müssen, daß ich das Angebot abgelehnt habe. Ich hatte vor kurzem wieder geheiratet, und mein Sohn Fritz war gerade erst geboren worden. Ich wollte keine Störung meines Familienlebens …«

»Ich verstehe«, sagte von Hürten-Mitnitz, und sein Tonfall ließ auf Verständnis und Mißbilligung gleichermaßen schließen.

»Unser Rechtsanwalt berichtete mir von der Absicht meiner früheren Frau, den Jungen auf eine Privatschule, St. Paul's, betrieben von der Episkopalkirche, in Cedar Rapids, Iowa, zu schicken. Die Filmgesellschaft war bereit, das hohe Schulgeld zu bezahlen, und ich sagte mir, daß der Junge dort besser dran wäre als er es bei seiner Mutter gewesen wäre – was auf keinen Fall in Frage kam – oder hier bei mir.«

»Sie hatten sicherlich recht, Baron«, sagte von Hürten-Mitnitz.

Von Hürten-Mitnitz war von der Erzählung des Barons ziemlich gelangweilt. Aber auf der Bad Emser Postkarte war der Baron erwähnt, und dafür gab es bestimmt einen Grund. Er konnte nur hoffen, daß er ihn sich aus der Schilderung von Fulmars zusammenreimen konnte.

»Nein, ich habe mich geirrt, Herr von Hürten-Mitnitz«, sagte der Baron. »Völlig geirrt. Ich hätte den Jungen nach Deutschland holen sollen, ungeachtet der Schwierigkeiten, ihn aufziehen und für seine Ausbildung sorgen sollen. Wenn ich das getan hätte, wäre mir dieses peinliche Gespräch erspart geblieben.«

»Ich bedaure, daß Sie es peinlich finden, Baron«, sagte von Hürten-Mitnitz. »Das ist nicht beabsichtigt.«

»Offenbar hat er etwas Schändliches getan, denn sonst wären Sie wohl nicht hier«, sagte der Baron.

»Sie waren bei Ihrer Schilderung, wie er in die Schweiz kam«, sagte von Hürten-Mitnitz.

»Die Schule in Iowa ist eine Grundschule«, sagte der Baron. »Aber mein Sohn freundete sich mit einem Klassenkameraden an, genauer gesagt mit dem Sohn des Direktors. Als wir erfuhren, daß dieser Klassenkamerad eine Schule für Jungen im Gymnasialalter in Massachusetts besuchen sollte, entschieden wir, meinen Sohn mit ihm dorthin zu schicken.«

»Erinnern Sie sich zufällig an den Namen des Direktors?« fragte von Hürten-Mitnitz auf gut Glück.

»Ja, ich erinnere mich genau. Er schickte mir Kopien der Zeugnisse des Jungen. Und eine Einladung zu seiner Abiturfeier. Seine Name war Canidy. Reverend Dr. Canidy.«

»Ich verstehe«, sagte von Hürten-Mitnitz.

Es war nicht viel, und er hatte keine Ahnung, was es bedeutete, aber der OSS-Agent, der sich in Marokko mit Fulmar befaßt hatte, hieß Canidy.

»Ist das wichtig?« fragte der Baron, der spürte, daß es bei der Erwähnung des Namens bei von Hürten-Mitnitz ›geklingelt‹ hatte.

»Nein. Aber merkwürdige Einzelheiten sind manchmal von Bedeutung.«

»Wie schon gesagt, mein Sohn wurde als nächstes auf eine Schule, St. Mark's, in Massachusetts geschickt. Dort war er zwei Jahre. Wiederum nahm ein Repräsentant der Continental Studios Kontakt mit mir auf, diesmal direkt. Ein sehr junger und sehr forscher Jude. Er hatte an der Uni Harvard studiert, muß ich Ihnen sagen.«

»Dann muß er nicht nur ein sehr forscher, junger Jude gewesen sein, sondern auch ein sehr gescheiter, Baron«, sagte von Hürten-Mitnitz.

»Er erklärte mir, um den Ruf meiner Ex-Frau zu retten, sei entschieden worden, den Jungen aus den Vereinigten Staaten fortzuschicken.«

»Zu Ihnen?«

»Nein. Er sagte, Max Liebermann, der Besitzer der Continental Studios, wünsche die bestmögliche Bildung für den Jungen. Es stellte sich übrigens heraus, daß der junge jüdische Anwalt Liebermanns Neffe war.«

»Hieß er Liebermann?«

»Nein, Fine«, sagte der Baron. »Stanley S. Fine.«

»Erzählen Sie weiter.«

»Man erklärte mir, die Schule am Rosenberg in der Schweiz …«

Er blickte von Hürten-Mitnitz an, der nickte, um anzuzeigen, daß ihm ›Rosey‹ ein Begriff war.

»… sei die Art Schule, auf die Eric gehöre«, fuhr von Fulmar fort. »Fine bat mich dringend, meinen Einfluß geltend zu machen, damit Eric dort aufgenommen wurde.«

»Und haben Sie Ihren Einfluß dafür genutzt, Baron?«

»Ja, das habe ich. Nachdem ich mich mit einigen Parteifreunden und natürlich der Baronin beraten habe.«

»Offiziell oder inoffiziell?«

»Zuerst inoffiziell und dann offiziell. Es war nötig, die Frage zu klären, ob der Junge Arier war oder nicht.«

»Und?«

»Meine frühere Frau stammte von guten, soliden schlesischen bäuerlichen Eltern ab. Mein Sohn ist zweifelsfrei Arier.«

»Und wie wirkt sich sein Stand im Almanach von Gotha aus?«

Der Almanach von Gotha war eine quasi offizielle Liste königlicher und adliger Stammbäume.

Der Baron sah ihn eisig an.

»Er ist noch nicht dort aufgeführt«, sagte er. »Wenn er darin stünde und wenn er Deutscher wäre, würde er als Baron von Kolbe bezeichnet sein. Und natürlich als Erbe meines Titels, weil er mein ältestes männliches Kind ist.«

»Nach deutschem Gesetz ist er Deutscher«, sagte von Hürten-Mitnitz.

»Wie schon gesagt, Herr von Hürten-Mitnitz, soweit ich weiß, ist die Sache noch nicht zur Sprache gekommen.«

»Ja«, sagte von Hürten-Mitnitz. »Sie haben ihn also auf die Schule Rosey geschickt?«

»Nicht nur das, ich habe auch dafür bezahlt. Ich konnte ja schlecht sagen, daß ein Jude die Ausbildung meines Sohns finanziert, nicht wahr? Ich habe gezahlt, und ich habe es gern getan.«

»Hatten Sie vor, den Jungen schließlich nach Deutschland zu holen?« fragte von Hürten-Mitnitz.

»Genau das hatte ich vor«, sagte der Baron.

Von Hürten-Mitnitz musterte ihn und wartete auf eine nähere Erläuterung.

»Nach dem Abitur arrangierte ich seine Immatrikulation bei der Philipps-Universität in Marburg an der Lahn. Ich hatte dort studiert und ebenso mein Vater. Irgendwann während seiner Studienzeit, wenn er meiner Meinung nach reif genug sein würde, um die Umstände zu verstehen, wollte ich mit ihm über seine Zukunft sprechen. Ich war zu der Überzeugung gelangt, daß das beste für ihn ein Eintritt in den Militärdienst war, entweder bei meinem Regiment oder vielleicht sogar in der Waffen-SS.«

»Und Ihre Pläne mit ihm gingen irgendwie schief«, sagte von Hürten-Mitnitz trocken.

»Da ich ihn natürlich nicht treffen konnte, als er zur Universität kam, bat ich den Direktor unserer Fabrik in Marburg – wir stellen dort ›besondere‹ Flugzeugmotoren her – ihm den Weg zu ebnen«, sagte der Baron. »Der Direktor ist ebenfalls ein alter Marburger. Er setzte sich bei der Uni dafür ein, daß der Junge ein gutes Zimmer im Studentenwohnheim bekam, und arrangierte dergleichen Dinge, und er versprach, sich auch weiterhin um sein Wohlergehen zu kümmern.«

»Ich verstehe«, murmelte von Hürten-Mitnitz.

»Mein Sohn wollte nichts mit meinen Freunden zu tun haben«, sagte der Baron.

»Wie soll ich das verstehen?«

»Mein Sohn tauchte in Marburg in Begleitung eines jungen Marokkaners namens Sidi el Ferruch auf, des Sohns des Paschas von Marrakesch. Sie waren im Internat in der Schweiz Stubenkameraden gewesen. Sie trafen in einem Tourenwagen mit Diplomatenkennzeichen ein. Der Wagen wurde von el Ferruchs persönlichem Leibwächter gefahren. Der Leibwächter und el Ferruchs Diener reisten ebenso wie el Ferruch selbst mit Diplomatenpässen. Sie waren außerdem bewaffnet.«

»Erstaunlich«, sagte von Hürten-Mitnitz.

»Sie quartierten sich in drei nebeneinander liegenden Suiten im Kurhotel ein«, sagte der Baron. »Und als mein Fabrikdirektor sie dort schließlich fand und meinem Sohn sagte, was wir für ihn arrangiert hatten, erklärte mein Sohn, daß er sich perfekt wohl fühlte, wo er war. Er wollte nicht in ein Studentenwohnheim umziehen oder irgendeiner Studentenverbindung beitreten.«

»Das war nicht ganz das, was Ihr Direktor erwartet hatte, wie?« Von Hürten-Mitnitz lachte.

»Als ich erfuhr, was geschehen war«, fuhr der Baron fort, ohne auf die Bemerkung einzugehen, »nahm ich mir die Zeit und fuhr nach Marburg, um mit meinem Sohn zu reden. Ich versuchte, ihm zu erklären, daß jemand wie el Ferruch vielleicht von den normalen studentischen Sitten und Vorschriften ausgenommen war, daß er jedoch mein Sohn war, ein von Fulmar, und von ihm erwartet wurde, daß er sich als solcher benahm.«

»Ich nehme an, er war nicht empfänglich dafür?« sagte von Hürten-Mitnitz.

»Er sagte mir unverblümt, er sei Amerikaner und es jucke ihn nicht, welches Benehmen von Deutschen erwartet wurde. Und was das Benehmen eines folgsamen Sohns anbetreffe, so sei es lächerlich von mir, plötzlich aus dem Nichts aufzutauchen und sich wie ein fürsorglicher Vater aufzuführen.«

Von Hürten-Mitnitz nickte verständnisvoll.

»Ich weigerte mich, für seine Unterbringung in einem Kurhotel zu zahlen, und stellte ihn vor die Alternative, entweder ins Studentenwohnheim umzuziehen oder die Universität zu verlassen. Er lachte mich nur aus. Fast hätte ich ihm ins Gesicht geschlagen.«

»Er lachte Sie aus?«

Der Baron nickte.

»An seinem achtzehnten Geburtstag hatte eine vertragliche Vereinbarung mit den Continental Studios für ihn begonnen. Solange er außerhalb der Vereinigten Staaten blieb und absolutes Schweigen über seine Beziehung zu Monica Carlisle bewahrte, würden ihm monatlich auf sein Konto bei Cook & Sons fünfhundert Dollar überwiesen werden, mehr als genug, um seine persönlichen Ausgaben zu bestreiten.«

»Wie schwierig für Sie«, sagte von Hürten-Mitnitz.

»Er verweigerte jedwede Hilfe von mir. Er sagte, er wolle weder finanzielle Unterstützung von mir noch etwas von seiner deutschen Erbschaft. An diesem Punkt, Herr von Hürten-Mitnitz, ich schäme mich, es zu sagen, verlor ich die Beherrschung.«

»Sie schlugen ihn?«

»Nein – aber ich bezeichnete ihn als ›arroganten, undankbaren Dreckskerl‹ und sagte ihm, daß ich nichts mehr mit ihm zu tun haben will.«

»Und seine Antwort?«

»Leck mich am Arsch! Das war seine Antwort.«

»Es überrascht mich, daß Sie ihn nicht geschlagen haben«, sagte von Hürten-Mitnitz.

»Während des gesamten Gesprächs stand El Ferruchs Leibwächter hinter dem Sessel, in dem mein Sohn saß. Der Leibwächter war ein hünenhafter Neger mit einer Pistole im Hosenbund. Ehrlich gesagt, ich hatte Angst. Nicht so sehr um mich, wissen Sie, Herr von Hürten-Mitnitz, sondern wegen der politischen und diplomatischen Verwicklungen durch eine Konfrontation mit ihm. Wegen seines diplomatischen Status.«

Helmut von Hürten-Mitnitz unterdrückte ein Lächeln. Vor seinem geistigen Auge sah er den Baron nervös zu N'Jibba, el Ferruchs gewaltigem, schwarzen senegalesischen Leibwächter, schielen. Nicht die Sorge vor politischen und diplomatischen Verwicklungen hatten den Baron von einer Dummheit abgehalten, sondern ein bedrohlicher Typ, der zwei Meter groß war und drei Zentner wog.

»Ich nehme an, das Gespräch endete bald?« fragte von Hürten-Mitnitz. »Und das war's dann?«

»Es war noch nicht alles, aber ja, das Gespräch endete, denn ich ging«, sagte der Baron. »Dann besprach ich die Lage sofort mit meinem Rechtsanwalt. Er bestätigte meine Ansicht, daß ich nach deutschem Gesetz das Recht habe, von meinem Sohn Gehorsam zu verlangen. Aber er wies darauf hin, daß die Sache nicht ganz so einfach war. Er holte deshalb diskret Erkundigungen bei hohen Personen im Außenministerium und der Partei ein.«

»Und?«

»Der Außenminister persönlich bekam Kenntnis von der Sache. Er hielt es für ›unklug zum gegenwärtigen Zeitpunkt‹, auf meine elterlichen Rechte zu pochen oder zu beantragen, daß mein Sohn als Deutscher erklärt wird. Nach amerikanischem Recht ist er Amerikaner, weil er in Amerika geboren wurde. Die Amerikaner hätten vermutlich empört reagiert, wenn ein deutsches Gericht anders entschieden hätte.«

»Und ich könnte mir denken«, fügte von Hürten-Mitnitz hinzu, »daß andere an den möglichen Nutzen von El Ferruch gedacht haben, wenn der Krieg ausbrechen und wir im Besitz von Französisch-Marokko sein würden.«

»Ich dachte mir so etwas in dieser Art«, sagte der Baron.

»Ich war der deutsche Repräsentant der französisch-deutschen Waffenstillstandskommission für Marokko«, sagte von Hürten-Mitnitz. »In dieser Eigenschaft habe ich Ihren Sohn kennengelernt, Baron.«

»Tatsächlich?« Der Baron schaute ihn überrascht an.

»Bevor wir uns näher mit diesem Punkt beschäftigen, lassen Sie mich bitte fragen, wie oft Sie Ihren Sohn nach der ersten Begegnung gesehen haben. Oder sollte ich sagen, nach der … Konfrontation …?«

»Ich habe ihn nie wieder gesehen«, sagte der Baron.

»Und Sie hatten keine Ahnung, daß er beim letzten Verlassen von Deutschland keine Rückkehr vorhatte? Es gab kein Telefonat? Nicht mal eine Postkarte?«

»Nach diesem Treffen hatte ich keinerlei Kontakt mit ihm.«

»Aber Sie haben sein Studium in Marburg finanziert?«

»Man hat mir nahegelegt, das zu tun«, sagte der Baron.

»Und mit welcher Summe haben Sie ihn unterstützt?«

»Fünftausend Reichsmark monatlich«, antwortete der Baron. »Aber das, Herr von Hürten-Mitnitz, war ebenfalls eine Empfehlung von Personen an hohen Stellen.«

»Das sagte man mir.« Von Hürten-Mitnitz blickte den Baron streng an.

»Baron, was ich Ihnen jetzt erzähle, ist geheim. Sie werden darüber schweigen.«

»Ich verstehe«, sagte der Baron.

»Es gibt Grund zu der Annahme, daß Ihr Sohn jetzt in Verbindung mit dem amerikanischen militärischen Nachrichtendienst steht.«

Der Baron erbleichte. »Ich kann Ihnen nicht sagen, wie ich mich deswegen schäme.«

Helmut von Hürten-Mitnitz ließ ihn einen Moment schwitzen.

»Unsere Informationsquelle gilt als äußerst zuverlässig«, sagte er.

»Gewiß nimmt niemand an, daß ich ...«, begann der Baron und verstummte.

»Gewiß nicht«, sagte von Hürten-Mitnitz. »Es besteht kein Zweifel an Ihrer eigenen Loyalität zu Deutschland.«

»Dann – aber?«

»Man hält es für möglich, daß er versuchen wird, mit Ihnen Kontakt aufzunehmen, höchstwahrscheinlich durch eine dritte Partei, aber vielleicht auch persönlich«, sagte von Hürten-Mitnitz. »Die FEG ist mit vielem befaßt, was für die Amerikaner von Interesse ist.«

»Ich muß entschieden protestieren, wenn Sie unterstellen ...«

»Baron, auch ich zweifle nicht an Ihrer Loyalität gegenüber Deutschland. Aber Eric Fulmar ist Ihr Fleisch und Blut!«

»Wenn er Beziehungen zum amerikanischen militärischen Nachrichtendienst hat, ist er ein Feind des deutschen Reichs. Das übertrifft alles sonst.«

»Ich gebe Ihnen meine private Telefonnummer«, sagte von Hürten-Mitnitz. »Und die private Telefonnummer von Standartenführer Müller, der sich für den Sicherheitsdienst mit dieser Sache befaßt. Wenn Ihr Sohn irgendwie versucht, Kontakt mit Ihnen aufzunehmen, oder wenn Ihnen irgend etwas in diesem Zusammenhang verdächtig vorkommt, möchte ich, daß Sie einen von uns sofort anrufen.«

»Ja, selbstverständlich«, sagte der Baron.

Helmut von Hürten-Mitnitz schrieb die Telefonnummern auf die Rückseite einer anderen der Visitenkarten, die ihn als SS-Brigadeführer auswiesen, und überreichte sie dem Baron.

»Vielen Dank dafür, daß Sie mir Ihre Zeit gewidmet haben«, sagte von Hürten-Mitnitz.

»Ich danke Ihnen für Ihr Verständnis«, erwiderte der Baron.

Der Kerl ist bereit, seinen Sohn bei den Behörden zu denunzieren, wenn er die Möglichkeit dazu erhält, dachte von Hürten-Mitnitz. *Und Eric Fulmar und Colonel William B. Donovan vom OSS haben bestimmt damit gerechnet. Was bedeutet dann die Postkarte von Eric Fulmar, in der er seinen Vater grüßen läßt?*

»Eine letzte Frage, Baron«, sagte von Hürten-Mitnitz. »Kennen Sie Professor Dr. Friedrich Dyer?«

Er sah Fulmar am Gesicht an, daß die Frage Wirkung erzielt hatte.

»Ich kenne ihn nicht persönlich«, sagte der Baron. »Aber er arbeitet, auf Bitte von Reichsminister Speer, als Berater für unsere Marburger Werke.«

»Wie ich hörte«, sagte von Hürten-Mitnitz glatt. »Aber Sie kennen ihn nicht persönlich?«

»So ist es«, sagte der Baron.

Für von Hürten-Mitnitz gab es jetzt keinen Zweifel daran, daß die Antworten auf die Fragen, die durch die Postkarte aus Bad Ems aufgeworfen worden waren, bei Professor Dyer von der Universität von Marburg zu finden waren, bei seiner Beziehung zu der FEG und – am wichtigsten – bei seinem Kontakt zu Albert Speer. Müller würde nach Marburg reisen müssen, während er, von Hürten-Mitnitz, recherchieren würde, warum Reichsminister Speer an einem Professor an der dortigen Uni interessiert war.

VI

1

U. S. Navy Bureau of Aeronautics
Washington, D.C.

31. Dezember 1942

Der zweitranghöchste Offizier der Navy der Vereinigten Staaten war offiziell bekannt als der Deputy Chief of Naval Operations (DCNO). Der DCNO war ein vielbeschäftigter Mann.

Wenn er zum Beispiel dienstlich mit dem Direktor des Navy Bureau of Aeronautics (BUAIR) zu tun hatte, rief sein Adjutant den Adjutanten des Direktors BUAIR an und sagte ihm, der DCNO wünsche den Direktor BUAIR zu sehen, wenn es ihm passe, von 14 Uhr 20 bis 14 Uhr 45 an diesem Tag oder vielleicht am nächsten. Dem Adjutanten des DCNO wurde sehr selten geantwortet, daß die ›vorgeschlagene‹ Zeit unpassend war.

Die Einhaltung des Befehlsweges wurde als sehr wichtig für die reibungslose Verwaltung des Navy Department in Washington betrachtet. Wenn der DCNO dienstlich mit einem Untergebenen des Direktors BUAIR zu tun haben wollte (was selten der Fall war), dann wurde der betreffende Untergebene durch den Adjutanten des Direktors darüber informiert.

Lieutenant Commander Edwin Ward Bitter, USN, war der Adjutant von Vice Admiral Enoch Hawley, USN, dem Leiter der Abteilung ›Aviation Assets Allocation Division‹ (AAAD) des Bureau of Aeronautics, die für die Zuweisung von Material für das Flugwesen zuständig war. Es überraschte ihn sehr, daß der Adjutant des DCNO sein Büro überhaupt anrief, und sogar noch mehr erstaunte ihn das folgende Gespräch:

Der DCNO wünschte den Leiter der AAAD zu sehen, und zwar so bald wie möglich. Wann würde es ihm passen?

»Ich bin überzeugt, der Admiral kann in dreißig Minuten in Ihrem Büro sein, Commander«, sagte Lieutenant Commander Bitter. »Können Sie mir irgend etwas sagen, das dem Admiral helfen wird, sich vorzubereiten?«

Mit anderen Worten: was will der DCNO wissen?

»Der Admiral wird zu *Ihrem* Büro kommen, Commander«, sagte derAdjutant des DCNO. Dann warf er anscheinend einen Blick auf seine Armbanduhr. »Es ist jetzt vierzehn Uhr fünfundfünfzig. Der Admiral erwartet, von Admiral Hawley um fünfzehn Uhr fünfundzwanzig empfangen zu werden. Vielen Dank, Commander.«

Dann war die Leitung tot.

Bitter dachte kurz neugierig über das Gehörte nach, stand dann an seinem Schreibtisch auf und ging zu Admiral Hawleys offenstehender Bürotür. Das Büro war weder groß noch schön eingerichtet. Der Schreibtisch war zwar nicht wie der im Vorzimmer aus Metall, sondern aus Holz, jedoch verschrammt und eher zweckmäßig als eine Zierde. Die amerikanische Flagge und eine blaue Flagge mit den drei silbernen Sternen eines Vice Admirals hingen schlaff von Fahnenstangen an der Wand. Auf dem Schreibtisch standen Ein- und Ausgangskörbchen für die Post und drei Telefone, und eine Underwood Schreibmaschine hatte Platz in einem herausziehbaren Regal. Bitter klopfte an die Tür.

Admiral Hawley, ein grauhaariger Mann Ende vierzig, blickte auf und forderte Bitter mit einer Geste zum Eintreten auf. Als Bitter das Büro betrat, widmete Hawley seine Aufmerksamkeit wieder dem Stapel von Papieren auf seinem Schreibtisch, drückte dabei mehrmals auf Knöpfe seiner Monroe-Rechenmaschine und wartete ungeduldig, während der automatische Rechner klickte und die eingegebenen Zahlen verarbeitete.

Schließlich blickte der Admiral zu Lieutenant Commander Bitter auf.

»Admiral, der DCNO wird um fünfzehn Uhr fünfundzwanzig hier sein. Sein Adjutant hat soeben angerufen.«

»Hier?« fragte Admiral Hawley zweifelnd.

»Jawohl, Sir«, bestätigte Bitter. »Ich sagte ihm, Sie könnten bestimmt in einer halben Stunde in seinem Büro sein, und der Adjutant sagte, der DCNO würde hierherkommen.«

Admiral Hawley stieß einen sonderbaren Laut aus, halb Grunzen, halb Schnauben.

»Ist der Chief noch hier?« fragte er.

»Nein, Sir. Ich habe ihm freigegeben«, sagte Bitter.

»Dann sollten *Sie* eine frische Kanne Kaffee kochen«, sagte der Admiral.

»Jawohl, Sir.«

»Ist irgendwas Stärkeres da?«

»Da ist der Notvorrat, Admiral«, sagte Bitter.

»Dies ist vielleicht ein Notfall. Ich nehme an, Ed, wenn Sie wüßten, was er will, hätten Sie mir das gesagt.«

»Ich habe gefragt«, sagte Bitter. »Er hat nicht darauf geantwortet.«

Admiral Hawley nickte.

»Sorgen Sie dafür, daß der Notvorrat, Eis, Gläser und Soda zur Verfügung stehen, aber bringen Sie das erst, wenn ich es Ihnen sage. Ich kann mir nur denken, daß der DCNO herkommt, weil er mich so zusammenstauchen will, daß er nicht warten kann, bis ich bei ihm bin.«

»Ich bin überzeugt, daß es sich um etwas anderes handelt«, sagte Bitter.

»Dann klären Sie mich auf, Ed«, sagte Admiral Hawley.

Bitter dachte darüber nach und zuckte schließlich mit den Schultern. Dann verließ er das Büro des Admirals, um für den Kaffee zu sorgen und um sich zu vergewissern, daß der Chief nicht um Mitternacht die Flasche Scotch und die Flasche Bourbon requiriert hatte, die Notfallrationen, die im Aktenschrank hinter seinem Schreibtisch standen.

Admiral Hawley erhob sich, zog einen dicken Wollpullover mit V-Ausschnitt aus, stopfte ihn in einen Aktenschrank und zog seinen Uniformrock an. Danach versuchte er, das Durcheinander auf seinem Schreibtisch in Ordnung zu bringen, damit er manierlicher aussah.

Doch dann hielt er inne.

Zum Teufel damit, dachte er. *Wenn ich etwas falsch gemacht habe, dann war es ein ehrbarer Fehler, und ich werde eine Standpauke hinnehmen. Ich bin kein dienstgeiler Ensign mehr. Und auch kein dienstgeiler Captain mehr. Wenn der DCNO kein Verständnis dafür hat, daß mein Schreibtisch voller Papiere ist und eine Rechenmaschine darauf steht, weil ich arbeite, dann kann er mich mal.*

Um 15 Uhr 23 wurde die Tür zum Vorzimmer vom Adjutanten des DCNO geöffnet. Der DCNO marschierte herein.

»Guten Tag, Commander«, sagte er und wies sich völlig überflüssig aus. Er war groß und sonnengebräunt und sah wie ein Footballspieler aus (was er tatsächlich früher gewesen war).

»Guten Tag, Admiral«, sagte Bitter. »Admiral Hawley erwartet Sie, Sir, und hat mir befohlen, Sie sofort zu ihm zu führen.«

Der Adjutant des DCNO, ein Commander, der wie eine jüngere Version seines Chefs wirkte, nickte Bitter zu. Bitter nickte zurück.

Bitter ging schnell vor dem DCNO zu Admiral Hawleys Büro und schob die Tür auf.

»Der Deputy Chief of Naval Operations, Sir!« kündigte er an.

»Guten Tag, Sir«, sagte Admiral Hawley und erhob sich hinter seinem Schreibtisch.

»Hallo, Enoch«, sagte der DCNO und ging mit ausgestreckter Hand zu ihm. »Wie geht es Ihnen?«

»Sehr gut, Sir. Und Ihnen?«

»Überarbeitet und unterbezahlt. Und ich wünschte, überall sonst, nur nicht hier zu sein«, sagte der DCNO. Es klang aufrichtig und resigniert.

»Darf ich Ihnen Kaffee anbieten, Admiral?«

»Nur wenn Sie etwas außer Milch und Zucker haben, um ihn zu veredeln«, sagte der DCNO.

»Ich bin überzeugt, dafür können wir sorgen, nicht wahr, Ed?« sagte Admiral Hawley.

»Aye, aye, Sir«, sagte Bitter.

Als Bitter das Büro verlassen hatte, sagte der DCNO: »Er humpelt leicht.«

Es war eine Frage.

»Er wurde von einem japanischen Geschoß Kaliber .50 oder Teilen davon am Knie verletzt«, sagte Admiral Hawley.

»Und was für ein Abzeichen hat er an der Brust?«

»Das ist das AVG-Abzeichen, Admiral. Commander Bitter war ein Flying Tiger.«

(AVG ist die Abkürzung für American Volunteer Group; Amerikanische Freiwilligen Gruppe.)

»Das finde ich absolut faszinierend«, sagte der DCNO.

Admiral Hawley hatte keine Ahnung, was der DCNO damit meinte.

»Bitter ist ein sehr guter Mann«, sagte Hawley loyal. »Absolvent des Jahrgangs achtunddreißig, und er war fast ein doppeltes As – er hatte neun Japaner abgeschossen –, als er getroffen wurde. Von Bodenfeuer, sollte ich hinzufügen.«

»Hm«, murmelte der DCNO.

Bitter kehrte mit einem Coca-Cola Tablett, das mit einer Serviette bedeckt war und auf dem zwei Tassen Kaffee standen, ins Büro zurück. Als er das Tablett abstellte, sprach ihn der DCNO an. »Sagt Ihnen der Name ›Canidy‹ etwas, Commander?«

»Jawohl, Sir«, antwortete Bitter, überrascht über die Frage.

»Sie waren zusammen mit ihm bei den Flying Tigers?«

»Jawohl, Sir.«

»Ist das alles?«

»Wir waren zusammen in Pensacola stationiert, Sir, als Fluglehrer, bevor wir nach China flogen.«

»Ist das alles?«

»Ich verstehe nicht, was der Admiral wissen möchte, Sir«, sagte Bitter.

»Ist er ein guter Mann?«

»Jawohl, Sir.«

»Ein Freund von Ihnen, würden Sie das sagen, Commander?«

»Jawohl, Sir.«

Der DCNO blickte zu seinem Adjutanten.

»Charley, ich glaube, wir haben soeben ein verspätetes Weihnachtsgeschenk bekommen«, sagte der DCNO. »Würden Sie mir da zustimmen?«

»Jawohl, Sir, Admiral, so sieht es gewiß aus.«

»Commander, holen Sie etwas von diesem Kaffee für Charley und sich selbst, und dann nehmen Sie Platz.«

Bitter verließ das Büro und kehrte rasch mit zwei Bechern Kaffee zurück. Er gab dem Adjutanten einen der Becher und setzte sich – ein wenig steif – neben ihn.

»Wir sind mehr oder weniger direkt von einer Konferenz der Stabschefs der Streitkräfte hergekommen, Enoch«, sagte der DCNO. »Der CNO war nicht abkömmlich, und ebenfalls konnte Colonel William B. Donovan nicht an der Konferenz teilnehmen – ein Navy-Captain namens Douglass war als Donovans Repräsentant anwesend.«

Der DCNO trank einen Schluck Kaffee und schaute dann Bitter an.

»Kennen Sie einen der Gentlemen, die ich soeben erwähnt habe, Commander?«

»Jawohl, Sir.«

»Woher?«

»Captain Douglass' Sohn war in der AVG, Sir«, sagte Bitter. »Ich hatte Gelegenheit, den Captain hier in Washington kennenzulernen. Und ich lernte Colonel Donovan kennen, bevor ich nach China flog.«

»Sie wissen über ihre jetzige Tätigkeit Bescheid?« fragte der DCNO.

»Jawohl, Sir.«

»Charley«, sagte der DCNO, »ich finde, wir sind soeben aus der stinkenden Sie-wissen-schon-was gestiegen und duften nach Rosen.«

»So sieht es wirklich aus, Sir«, pflichtete der Adjutant ihm bei.

»Eines der Themen, Enoch, eigentlich mehrere der Themen auf der Tagesordnung, waren die deutschen U-Boot-Bunker von Saint-Nazaire. Zuerst gab es einen sehr beunruhigenden Bericht über das, was die deutschen U-Boote bei unseren Schiffen anrichten – sie versenken sie fast schneller, als wir sie bauen können – und bei Material, das nicht bis England gelangt. Dann kam zur Sprache, was getan worden ist, um die deutschen U-Boote auszuschalten. Das war kein bißchen ermunternder, eher noch deprimierender. An diesem Punkt beging ich einen fast verhängnisvollen Fehler, indem ich die Klappe aufriß.«

»Sir?«

»Ein weiterer Beweis, daß man den Mund halten soll, wenn man nicht weiß, worüber man redet«, sagte der DCNO. »Ich riß die Klappe auf und erklärte vor Gott und den Versammelten, daß die letzte Information, die ich über das Projekt der Navy zur Ausschaltung der deutschen U-Boot-Bunker mit in England stationierten Torpedobombern habe, sehr vielversprechend ist und daß ich sie telegraphisch zu noch größeren Anstrengungen anspornen würde.«

Der DCNO blickte in die Runde und zuckte dann mit den Schultern.

»An diesem Punkt sagte mir Captain Douglass – ziemlich taktvoll, das muß ich zugeben –, daß die Idee mit der Bombardierung durch Torpedobomber nicht geklappt hatte – man kann nicht genug Sprengstoff in einen Torpedo packen, um soviel Beton zu durchdringen. Und dann ließ mich Captain Douglass wissen, daß das OSS die Verantwortung für die Ausschaltung der U-Boot-Bunker erhalten hat. Ich hatte das deutliche Gefühl, daß ranghohe Offiziere am Konferenztisch saßen, die der Ansicht waren, daß der DCNO davon hätte wissen müssen. Und natürlich hätte ich informiert werden müssen.«

»Sir«, sagte Hawley, »da war eine Botschaft wegen dieser ...«

»Ich bin überzeugt, daß es eine Botschaft gab, und

ich bin mir sicher, daß ich sie hätte sehen sollen, aber das war nicht der Fall, und so saß ich da mit heruntergelassener Hose. Aber ich habe vor langer Zeit gelernt, daß es kaum schlimmer werden kann, wenn man mit nacktem Arsch dasitzt, und man ihn folglich genausogut nackt lassen kann. So fragte ich, wie es kommt, daß das Projekt der Navy fortgenommen wurde, und warum man glaubt, das OSS könnte etwas schaffen, was die Navy und das Air Corps nicht schaffen.«

»Admiral«, sagte Admiral Hawley, »es war meine Entscheidung, die Torpedobomber zurückzurufen. Wir brauchten sie im Pazifik. Sie befanden sich nur wegen der hohen Priorität des Projekts U-Boot-Bunker in Europa und ...«

Der DCNO unterbrach ihn, indem er die Hand hob.

»Das sollte keine Kritik sein. Mich störte, daß wir genausogut ein Banner mit der Aufschrift ... Die Navy ist unfähig, ihre eigenen Probleme zu bewältigen ... hätten aufhängen können.«

»Sir«, sagte Admiral Hawley, »wenn ich das sagen darf, die Sache wurde nicht als Problem der Navy betrachtet, sondern als Problem eines Kriegsschauplatzes. Und ich bin zu der Überzeugung gelangt, daß deshalb dem OSS die Verantwortung übertragen wurde.«

»Erzählen Sie mir nicht diesen Scheiß, Enoch«, sagte der DCNO. »Der Schutz der Seewege ist Sache der Navy. Die Bombardierung feindlicher Küstenstützpunkte, entweder von der See oder aus der Luft, ist Sache der Navy.«

»Jawohl, Sir«, sagte Hawley.

»Das Air Corps will eine eigene Truppengattung sein, Enoch«, sagte der DCNO. »Und früher oder später wird es so sein. Dann möchte ich nicht dem Air Corps sagen: ... Ihr könnt uns ebenfalls ein Marineflugwesen zur Bombardierung geben. Ihr habt bewiesen, daß ihr es nicht handhaben könnt. Erinnert ihr euch daran, wie wir für euch einspringen mußten und die deutschen U-Boot-Bunker ausschalten sollten? ...«

»Ich verstehe, was Sie meinen, Sir«, sagte Hawley.

»Man kann keinem verübeln, daß er ehrlich seine Meinung sagt, aber ich fühlte mich ziemlich mulmig, als ich mir da von einem Mann mit der Uniform eines Navy-Captains anhören mußte, daß jetzt, da das OSS die Verantwortung hat, eine Handvoll Zivilisten in Uniform etwas schaffen, was die Navy nicht bewältigen kann.«

Er legte eine Pause ein und schüttelte den Kopf, als sei die Erinnerung schmerzlich.

»Ich sagte noch etwas, was ich nicht hätte sagen sollen«, fuhr er dann fort. »Eine klugscheißerische Äußerung. Eine unfaire und klugscheißerische Äußerung. Ich sagte, es fällt mir einfach schwer, zu glauben, daß Donovans Dilettanten in der Lage sind, etwas zu schaffen, was die Navy nicht kann. Woraufhin der Commander der Marines, dieser unloyale Hurensohn, sich meiner Opposition anschloß.«

»Sir?«

»Er sagte: ... Mensch, Jake, sie haben ein Schlachtschiff gekapert. Wenn alles sonst scheitert, können sie die U-Boote der Krauts klauen. ... Was natürlich großes Gelächter hervorrief. Und dann fragte der Vorsitzende, ob wir zum nächsten Punkt der Tagesordnung übergehen könnten. Endlich hatte ich mein loses Mundwerk unter Kontrolle. Ich sagte, ich hätte nur versucht, dem OSS jede mögliche Kooperation der Navy bei der Lösung des Problems anzubieten. Dann war der Vorsitzende gnädig zu mir. Er sagte, er wisse das Angebot der Zusammenarbeit zu schätzen, und er schlug mir vor, mich nach der Konferenz mit Captain Douglass zusammenzusetzen. Douglass sagte mir natürlich, daß er jedeHilfe der Navy bei dem Projekt begrüßen würde. Und er erzählte, daß immer noch ein Navy-Offizier an dem Projekt beteiligt ist, ein Lieutenant namens Kennedy. Sein ›Einsatzoffizier‹, dieser Canidy, ist ebenfalls ein ehemaliger Marineoffizier. Er ist kein Dummkopf – Douglass, meine ich –, und ich nehme an, er versteht meine Besorgnis. Er sagte, er werde mit Canidy sprechen und es gebe keine Einwände, wenn wir den Verbindungsstab bei dem Projekt vergrößern.«

»Ich verstehe«, sagte Admiral Hawley.

»So kam ich mit zwei Fragen im Sinn her, Enoch«, sagte der DCNO. »Erstens wollte ich den Namen eines Offiziers mit geeignetem Rang und Erfahrung hören, den wir rüberschicken können, damit er die Interessen der Navy vertritt, und zweitens hatte ich die große Hoffnung, daß Sie mich von der Vorstellung befreien können, es gibt keine Flugzeuge im Inventar der Navy, mit denen erledigt werden kann, was getan werden muß.«

»Zuerst die schlechten Nachrichten, Admiral«, sagte Admiral Hawley. »Das Problem ist das Gewicht der eingesetzten Bomben. Die U-Boot-Bunker sind aus Fels gesprengt und mit Beton verstärkt. Es werden Tonnen von Sprengstoff nötig sein, die sehr genau plaziert werden müssen, um irgendwelchen echten Schaden zu verursachen. Bombardierungen von Schiffen aus sind gescheitert. Daß es nicht mit den Torpedos geklappt hat, wissen Sie. Wenn die U-Boot-Bunker mit Bomben ausgeschaltet werden können, dann müssen es schwerere Bomben mit größerer Sprengkraft als alles jetzt Verfügbare sein. Bomben, die viel zu groß und schwer sind, um von irgendeinem Navy-Flugzeug transportiert werden zu können. Meiner Ansicht nach ist dieses Konzept einer fliegenden Bombe, die Umänderung einer B17 in ein ferngesteuertes Flugzeug, die einzige Lösung des Problems.«

»Jemand muß die Drohne von dem Kontrollflugzeug aus fernlenken«, sagte der DCNO nachdenklich. »Es gibt keinen Grund, weshalb das kein Marineoffizier machen kann.« Er blickte Bitter an. »Haben Sie derzeit Fliegerstatus, Commander?«

»Nein, Sir«, sagte Bitter.

»Ärztlich begründet? Wegen Ihres Knies?« fragte der DCNO.

»Jawohl, Sir.«

»Es gibt ärztliche Ausnahmegenehmigungen«, sagte der DCNO. »Sehen Sie einen Grund, Commander, weshalb Sie keine Drohne von einem Flugzeug aus fernlenken können, das von diesem Lieutenant Kennedy geflogen wird?«

»Nein, Sir«, sagte Ed Bitter.

»Habe ich da ein kurzes Zögern bemerkt, Commander?« fragte der DCNO.

»Sir«, sagte Bitter, »es wäre fraglich, ob mir das erlaubt wird.«

»Captain Douglass hat gesagt, er wird mit Ihrem Freund Canidy sprechen«, sagte der DCNO.

»Major Canidy ist manchmal schwierig, Sir«, wandte Bitter ein.

»Menschenskind, Commander, er ist Major. Und ein Major, sogar im Army Air Corps, befolgt, was man ihm befiehlt.«

»Sir«, sagte Bitter, »er ist kein richtiger Major. Er ist eigentlich beim OSS und trägt die Uniform eines Majors, weil er damit gewisse Befugnisse eines Offiziers hat. Ich bezweifle, daß Captain Douglass ihm befehlen wird, mich die Drohne fliegen zu lassen. Oder falls er es befiehlt, daß Canidy den Befehl befolgen würde, wenn er anderer Meinung ist.«

Der DCNO schnaubte. »Nun, lassen Sie es mich so formulieren, Commander. Wenn diese U-Boot-Bunker ausgeschaltet werden, will ich, daß dies durch Marine-offiziere geschieht. Vorzugsweise durch Marineoffi-ziere in einem Flugzeug der Navy. Aber auf jeden Fall durch Offiziere der Navy. Wie Sie das erreichen, bleibt Ihnen überlassen. Wenn nötig, singen Sie die Hymne der Navy oder Lieder, bei denen es Matrosen warm ums Herz und sonstwo wird. Haben Sie mich verstan-den?«

»Jawohl, Sir«, sagte Bitter. »Ich werde mein Bestes tun, Sir. Ich bin dankbar für die Chance.«

»Wann können Sie nach England aufbrechen?« fragte der DCNO.

»Sofort, Sir«, sagte Bitter.

Der DCNO überlegte einen Moment.

»Ich glaube, wir teilen den Commander zu vorüber-gehender Verwendung ein, Enoch«, sagte er dann. »So kann er, wenn nötig, Ihre Flagge schwenken. Und Sie können sein Gesuch zur Überprüfung der körperlichen Verfassung billigen und dafür sorgen, daß er wieder Fliegerstatus erhält.«

»Aye, aye, Sir«, sagte Admiral Hawley.

»Verbringen Sie noch ein paar Tage zu Hause, Com-mander«, sagte der DCNO. »Und dann fliegen Sie nach England. Sie wissen, was von Ihnen erwartet wird.«

»Aye, aye, Sir«, sagte Bitter.

2

Marburg an der Lahn

31. Dezember 1942

Hauptsturmführer Wilhelm Peis hatte die Möglichkeit erwägen müssen, daß Standartenführer Johann Müller keinen Gefallen an Fräulein Gisela Dyer fand, wenn er sie tatsächlich kennenlernte. Oder daß er von ihrem negativen Verhalten abgeschreckt werden würde. Oftmals hatte Gisela Dyer vergessen, in welcher Lage sie sich befand. In diesen Momenten wurde sie nicht offen feindselig. Aber nach etwas Alkoholgenuß neigte sie dazu, ihre Liebenswürdigkeit und ihr unschuldiges Verhalten zu verlieren und zu einer schnippischen und sarkastischen Hexe zu werden.

Offenbar mußte Standartenführer Müller mit dem Abend völlig zufriedengestellt werden. Peis hoffte, daß er danach Gelegenheit haben würde, über seine berufliche Zukunft mit Müller zu sprechen. Peis wollte nichts Bestimmtes von dem Standartenführer; er wünschte einfach nur, daß Standartenführer Müller ihn in gutem Licht sah. Der Einfluß eines Standartenführers beim Stab des Reichsführers-SS in Berlin konnte nicht überschätzt werden. Ein günstiges Wort – oder ein ungünstiges – von einem solchen Mann in den richtigen Ohren würde großen Einfluß auf seine Karriere haben. Ein paar kleine Worte konnten entscheidend dafür sein, ob er hierbleiben konnte – vielleicht sogar mit einer schönen Beförderung –, oder ob er an die Ostfront geschickt wurde.

Peis mußte sich in Erinnerung rufen, daß Müller im Grunde vieles mit ihm gemein hatte und einst nur einfacher Wachtmann bei der Kreispolizei Marburg gewesen war. Ein Mann legte seine Gewohnheiten und Schwächen nicht ab, auch wenn er die silbernen Epauletten eines Standartenführers trug.

Da er ein Mann war, wollte er ein paar angenehme Stunden an Silvester bei guten Getränken und einem Abendessen mit einer attraktiven jungen Frau verbringen. Und danach wollte er sich mit ihr ins Bett kuscheln. Das war wenig genug, was er von ihm, Peis, erwartete, und er würde wahrscheinlich verärgert sein, wenn die Dinge nicht nach seinen Vorstellungen verliefen.

Weil es durchaus möglich war, daß Fräulein Dyer in zickiger Stimmung zu dem ›Rendezvous‹ kam, hielt Peis es für das beste, wenn sie überhaupt nicht auftauchte und er statt dessen die Hilfe von Frau Gumbach in Anspruch nahm.

Frau Gumbach betrieb ein Bordell in der Nähe des Bahnhofs, ein registriertes Etablissement mit dort wohnenden Huren. Sie hatte auch ein Dutzend Frauen zur Verfügung, die außerhalb des Gesetzes arbeiteten – das heißt, die nicht den gelben Prostituierten-Ausweis hatten. Diese Mädchen waren verfügbar für Verabredungen mit Männern, die es sich nicht leisten konnten, in einem Bordell oder beim Aufgabeln von Huren in Bars oder am Straßenrand gesehen zu werden.

Das Problem war, daß Standartenführer Müller ein besonderes Interesse an Fräulein Dyer ausgedrückt hatte. Wenn Gisela Dyer nicht zum Abendessen im Kurhotel auftauchte, konnte Standartenführer Müller annehmen, daß er, Peis, sie für sich selbst aufsparte. Es würde nicht wünschenswert sein, daß Müller einen solchen Verdacht hegte.

Als er mit Frau Gumbach telefonierte, versicherte sie ihm, daß sie sein Dilemma perfekt verstehe und es ihr ein Vergnügen sei, ihm zu helfen. Sie hatte genau das richtige Mädchen zur Verfügung. Sie war zu Hause ausgebombt worden und hatte ihre Arbeitsstelle in Kassel verloren, und der hessische Arbeitsoffizier hatte sie zur Arbeit in die Flugzeugfabrik inMarburg geschickt. Sie würde nicht nur erfreut sein, sich ein wenig Taschengeld zu verdienen, sondern auch über die Gelegenheit, mit wichtigen Leuten zu verkehren.

»Sie wollen damit doch nicht sagen, daß ich sie bezahlen muß?« fragte Peis ungläubig.

»Natürlich nicht, Herr Hauptsturmführer«, sagte Frau Gumbach. Es war ihr völlig bewußt, daß dank Peis' Freundschaft ihr Haus offenbleiben durfte und ihre Mädchen sich nicht ›freiwillig‹ als Arbeiterinnen für die Todt-Organisation melden mußten. »Ich werde ihr natürlich ein wenig Geld geben, aber Sie sollten dies als einfache Geste zwischen Freunden betrachten.«

»Ich werde um achtzehn Uhr fünfundvierzig auf dem Parkplatz hinter dem Café Weitz sein«, sagte Peis.

Frau Gumbach war für gewöhnlich zuverlässig, doch er wollte das Mädchen aus Kassel sehen, bevor er es zum Kurhotel und zu Standartenführer Müller bringen würde.

Dann rief er Gisela Dyer an und lud sie ein, Silvester mit ihm und Standartenführer Müller zu verbringen. Müller, betonte er, sei ein sehr wichtiger Offizier aus Berlin. Er forderte sie auf, um 19 Uhr beim Kurhotel zu sein. Wenn er noch nicht dort sei, solle sie in der Bar auf ihn warten.

Er bot Gisela Dyer nicht an, sie abzuholen. Die Fahrt mit der Straßenbahn und dann fast einen Kilometer Fußweg durch den Schnee würden ihr Zeit geben, über ihre Lage nachzudenken.

Gisela Dyer war neunundzwanzig, groß und ziemlich grobknochig, der Typ Frau, der von denjenigen als ›statuenhaft‹bezeichnet wurde, deren Vorstellung von Statuen auf der Schule des Barock basierten. Das heißt, sie hatte breite Schultern und kräftige Oberschenkel, große, feste Brüste und ein strammes Hinterteil, aber wenig Fett.

Gisela Dyer und ihr verwitweter Vater wohnten in einem großen und komfortablen Haus nahe der alten Burg und späteren Abtei, die von den Papisten beschlagnahmt und von Philipp, Landgraf von Hessen-Kassel, nach seiner Konvertierung zum Protestantismus durch Martin Luther zur Philipps-Universität umgewandelt worden war.

Das Haus hatte ihrem Großvater gehört, und er hatte es Giselas Eltern vermacht, aber es gehörte ihnen nicht mehr ganz. Gisela und ihr Vater (ihre Mutter war gestorben, als Gisela vierzehn gewesen war) bewohnten im Obergeschoß vier große Zimmer mit privatem Bad – ein Viertel der Wohnfläche des Hauses. Der Rest war requiriert worden (vorübergehend, bis zum Sieg) und wurde jetzt von drei Familien und einem Junggesellen bewohnt, der Techniker bei der Fulmar Elektrischen Gesellschaft war.

Ihr Großvater war Mathematikprofessor in Marburg gewesen. Ihr Vater war Dozent für Metallurgie an der physikalischen Hochschule. Wenn es den Krieg / Nationalsozialismus (nach Giselas Ansicht austauschbar) nicht gegeben hätte, wäre ihr Vater Professor für Metallurgie. Und vor drei Jahren wäre Gisela Doktor der Medizin geworden.

Aber mit dem Nationalsozialismus waren ›Partei-Erwägungen‹ gekommen. Zusätzlich zu seinen akademischen Zeugnissen brauchte man den Segen der Partei, um zu einer gehobenen Position aufzusteigen. Professor Dr. Friedrich Dyers akademische Zeugnisse waren tadellos, aber er genoß kein gutes Ansehen bei den Nationalsozialisten von Stadt und Kreis Marburg. Ganz im Gegenteil.

Professor Dyer hatte sich der Nazipartei schon widersetzt, als sie nur eine weitere extremistische Randgruppe gewesen war. Damals hatte er gedacht – und Schlimmeres gesagt –, daß diese Partei gefährlicher war als andere verrückte Parteien, hauptsächlich wegen ihrer intellektuellen Verlogenheit. Besonders der Glaube der Nationalsozialisten an ›Ariertum‹ und ›arische Reinheit‹ hatte seinen Abscheu erregt.

Im Herbst 1938 hatte er wenig schmeichelhafte Bemerkungen über Professor Julius Streicher gemacht, den bösartigen antisemitischen Intellektuellen der Partei, und das in Anwesenheit einiger Leute, die er naiverweise für Freunde gehalten hatte. Sie hatten ihn prompt dem Sicherheitsdienst gemeldet. Im Laufe der folgenden Ermittlung hatte sich herausgestellt, daß er illegal Gelder in die Schweiz transferiert hatte und plante, nach einem Seminar in Budapest nicht mehr nach Deutschland zurückzukehren.

Der Offizier des Sicherheitsdienstes, der die Ermittlung durchführte, war SS-Obersturmführer Wilhelm Peis, ein früherer Polizist des Kreises Marburg, dessen Parteizugehörigkeit zum Dienst als stellvertretender Leiter des SD-Büros für die Stadt und den Kreis Marburg geführt hatte.

Peis bestellte Gisela in sein Büro, bot ihr ein Glas Steinhäger an und schilderte ihr dann die schweren Strafen, die ihr Vater erwarten konnte. Eine Bestrafung nach dem Strafgesetzbuch war noch das geringste davon. Wahrscheinlicher war, daß er von einem ›Volksgericht‹ nach den Gesetzen ›zur Bekämpfung von Feinden des Reiches‹ bestraft werden würde. In diesem Fall würde er sicherlich – und höchstwahrscheinlich auch sie – in ein Konzentrationslager geschickt werden. Nach Abbüßung der Strafe würde er dann seinen Beitrag zum Neuen Deutschland mit der Axt eines Försters oder der Schaufel eines Arbeiters leisten dürfen.

Dann ließ Peis Gisela sachlich wissen, daß es einen Ausweg aus der mißlichen Lage gab. Sie würde sich verpflichten, ihren Vater auf dem wahren nationalsozialistischen Pfad zu halten, sie würde regelmäßig ihm, Peis, verräterische oder defätistische Äußerungen ihrer Freunde und Bekannten melden, und sie würde in sein Bett kommen, wenn er das wünschte.

Gisela dachte nur flüchtig daran, ihn abzuweisen.

Wenn Peis sie wollte, hätte er sie sofort an Ort und Stelle nehmen, ihr die Kleidung vom Körper fetzen und sie auf seiner Couch im Büro vergewaltigen können. Bei wem hätte sie ihn anzeigen können? Der SD war das höchste Gesetzesorgan in Stadt und Kreis Marburg an der Lahn, und Peis war der zweithöchste Mann des dortigen SD. Die Frage, mit der sie sich beschäftigte, war nicht, ob Peis ihren Körper bekommen würde, sondern wie sie die Umstände zum größten Vorteil für sich und ihren Vater nutzen konnte.

An diesem Nachmittag ging sie in Peis' Wohnung, ließ sich von ihm betrunken machen und fiel in sein Bett.

Obersturmführer Peis war auf seine Weise ein ehrbarer Mann und hielt seinen Teil der Abmachung. Die Anschuldigungen gegen ihren Vater blieben ›unbestätigt, unter weiterer Ermittlung‹. Solange Gisela mitspielte, war das Wohlergehen ihres Vaters gesichert.

Nachdem der Reiz des Neuen verflogen war, verlangte Peis nur noch unregelmäßig Sex von ihr. Er hatte

andere junge Frauen auf ähnliche Weise zu Dank verpflichtet, und es gab zusätzlich einen kleinen Harem
von anderen, die es als Ehre betrachteten, das Bett mit
einem SS-Obersturmführer zu teilen. Wann immer er
Gisela zu sich bestellte, geschah es weniger aus Verlangen nach ihrem Körper, sondern mehr aus dem
Wunsch, sie zu demütigen. Er stellte sicher, daß ihr das
bewußt war.

Gisela erkannte jetzt, daß er ihrer höchstwahrscheinlich völlig überdrüssig geworden wäre, wenn sie clever
genug gewesen wäre, vorzutäuschen, daß sie ihn als
Liebhaber mochte. Aber das hatte sie nicht geschafft,
und Peis spürte ihre Verachtung. Dafür zahlte er mit
Demütigung zurück.

Sechs Monate nach Abschluß des ›Handels‹ in seinem Büro wurde sie so etwas wie ein gelegentliches
Geschenk von Peis an seine Freunde oder an jemanden,
den er beobachten wollte. Unterdessen war er der Leiter des Marburger SD geworden.

Eines Abends ›lud er sie ein‹, mit ihm im Kurhotel
auf dem Berghang südlich von Marburg zu Abend zu
essen.

Das Kurhotel, ein kleines, neu erbautes Gebäude im
Bauhaus-Stil, war das schönste Hotel der Gegend, und
Peis ließ sich gern dort in Gesellschaft ›respektabler‹
junger Frauen sehen. Er hatte Gisela schon mehrmals
dorthin eingeladen. Nach dem Abendessen würde sie
von Peis in einem Zimmer, das von der Hotelleitung für
ihn zur Verfügung gestellt wurde, benutzt werden.

Bei ihrer Ankunft war er nicht da, und so setzte sie
sich allein an einen der Tische in der Bar, um auf ihn zu
warten. Als der Kellner zu ihr kam, bestellte sie ein Glas
Weißwein. Der Kellner brachte statt dessen eine Flasche
Gumpoldskirchener Jahrgang 32, eingewickelt in eine
Stoffserviette und in einem Korb.

»Mit den besten Wünschen von Seiner Exzellenz, Fräulein Dyer«, sagte der Kellner mit einfältigem Grinsen.

»Wie bitte?«

Er nickte zu einem Tisch an der anderen Seite der Bar. Dort saßen drei Männer, ein Araber, ein blonder nordischer Typ und ein riesiger Neger. Gisela hatte sie schon hier und auf der Universität gesehen, wo sie etwas spöttisch als ›Prinz von Arabien und sein Freund‹, bezeichnet worden waren. Der Freund, ein ziemlich gutaussehender junger Mann – ein *sehr* junger Mann – bemerkte ihren Blick und hob sein Glas. Sie blickte schnell fort.

»Danke, nein«, sagte sie erzürnt zu dem Kellner. »Nehmen Sie das weg!«

Sie mochte gezwungen sein, sich bei Peis zu prostituieren, aber sie ließ sich nicht in einer Hotelbar kaufen.

»Seine Exzellenz könnte das als Beleidigung auffassen, Fräulein«, sagte der Kellner.

»Nicht annähernd so beleidigend, wie es Hauptsturmführer Peis auffassen wird«, entgegnete sie heftig.

Sie war immer noch ärgerlich und fühlte sich gedemütigt, als Peis in die Bar kam. Als er Platz genommen hatte, erzählte sie ihm, was geschehen war. Aber er war wider Erwarten nicht wütend darüber, daß sich jemand an eine seiner Frauen hatte heranmachen wollen.

»Wer ist scharf auf dich?« fragte er. »Der Araber oder der Baron?«

»Baron?«

»Der Jüngere ist der Baron von Kolbe«, sagte Peis.

»Ich hielt ihn für den kleinen Freund des Arabers«, erwiderte sie.

»Das dachte ich zuerst auch«, sagte Peis. »Aber sie sind offensichtlich nicht schwul.«

»Du bist dir in diesem Punkt anscheinend ziemlich sicher«, sagte sie, jetzt auch seinetwegen verärgert.

»Meine liebe Gisela«, sagte Peis. »Selbstverständlich bin ich mir sicher. Das ist meine Aufgabe.«

»Wie meinst du das?«

»Zu meinen Aufgaben zählt unter anderem die Überwachung von Personen, die für das Hauptquartier des SD in Berlin von Interesse sind«, sagte Peis, offensichtlich erfreut über die Gelegenheit, sich wichtig zu machen. »Eine dieser Personen ist der Araber, genauer gesagt Marokkaner. Er heißt Sidi Hassan el Ferruch. Der andere ist Eric von Fulmar, der Sohn des Baron von Fulmar von der Fulmar Elektrischen Gesellschaft.«

»Und sie werden beobachtet? Warum?«

»Natürlich aus politischen Gründen«, sagte Peis. »Das kann ich natürlich nicht näher erklären …«

»Natürlich nicht«, sagte sie und hoffte, es klang sehr beeindruckt.

»Aber ich kann dir etwas ziemlich Interessantes über sie erzählen«, sagte er.

Es würde natürlich irgendeine sexuelle Beziehung haben, das wußte sie. Er brachte sie gern mit schlüpfrigen Äußerungen in Verlegenheit.

»Tatsächlich?«

»Sie lieben ihre Frauen rasiert«, flüsterte Peis.

»Was?« fragte Gisela, und dann verstand sie. »Wilhelm«, sagte sie, und es überraschte sie, daß sie tatsächlich neugierig war, »wie kannst du das wissen?«

»Frau Gumbach hat mir das erzählt. Wenn Seine Exzellenz von seinem Leibwächter ein-, zweimal pro Woche Mädchen holen läßt, zahlt er großzügig und im voraus, aber bevor die Mädchen zum Fick – äh – Spielen gehen dürfen, müssen sie N'Jibba, dem Leibwächter, zeigen, das sie ihre – äh – intimsten Stellen rasiert haben.«

»Das glaube ich nicht«, sagte Gisela. »Warum sollte das stimmen?«

»Ich habe keine Ahnung«, bekannte Peis. »Aber ich werde es herausfinden.«

»Wie? Willst du zu ihm gehen und fragen?«

»Nein«, sagte er. »Ich gehe weg. Du wirst es für mich herausfinden.«

»Das ist nicht lustig, Wilhelm«, sagte Gisela.

»Ich ziehe dich nicht auf, wenn du das meinst«, erwiderte er. »Ich habe nach einer Möglichkeit gesucht, sowohl den Araber als auch den Baron kennenzulernen. Gesellschaftlich, meine ich. Und jetzt weiß ich eine. Ich werde zu ihnen gehen und mich entschuldigen, weil du ihren Wein abgelehnt hast. Ich werde Ihnen sagen, du bist eine anständige Frau, die nicht wußte, wer sie sind. Und dann ziehe ich mich zurück.«

»Ich habe dir gesagt, daß ich dies nicht lustig finde.«

»Und ich habe dir gesagt, daß es mir ernst ist«, sagte Peis. »Laß mich das anders formulieren. Ich will, daß du einen von beiden oder beide – äh – intim kennenlernst. Vorzugsweise den Marokkaner. Und ich hoffe, du kannst das diskret machen. Wenn du es nicht schaffst, Gisela, wirst du das nächste Mal eine der Huren sein, die N'Jibba von Frau Gumbach holt.«

Gisela kämpfte gegen Tränen an. Er meinte es zweifellos ernst, und außerdem bereitete es ihm ein sadistisches Vergnügen, sie weinen zu sehen.

»Sagst du mir, warum du das von mir verlangst?«

»Ich erwarte einen genauen Bericht von dir«, sagte er.

»Worüber?«

»Über alles Interessante, was sie tun.«

Sie beobachtete dann in ihrem Taschenspiegel, wie sich Peis am Tisch vor dem Marokkaner und dem Baron verneigte und die Hacken zusammenschlug. Als sie sah, daß sie in ihre Richtung blickten, klappte sie schnell den Taschenspiegel zu und blickte fort. Dann verließ Peis die Bar, blieb jedoch kurz vor der Tür stehen und signalisierte Gisela mit einem kurzen Nicken, daß er die Dinge arrangiert hatte.

Drei Minuten später brachte der Kellner mit einem triumphierenden Grinsen die Flasche Gumpoldskirchener wieder an ihren Tisch.

»Mit den besten Wünschen vom Baron, Fräulein Dyer«, sagte er.

»Danke«, erwiderte sie.

Dann stand von Fulmar plötzlich neben ihr.

»Ich dachte, Sie sind allein und ich dürfte mich zu Ihnen setzen«, sagte er. Sein Tonfall klang sarkastisch.

Er war sehr selbstsicher, was Gisela sonderbar und sogar ein wenig lustig fand. Er war gerade erst zwanzig, wenn überhaupt. Sie war fünfundzwanzig. Für sie ein ziemlicher Altersunterschied, doch er schien ihn nicht zu bemerken.

»Bitte«, sagte sie und wies auf einen Stuhl.

Der Kellner brachte sofort ein Glas. Fulmar lehnte es ab.

»Ich trinke den Cognac«, sagte er. »Würden Sie bitte mein Glas herholen?«

»Jawohl, Herr Baron«, sagte der Kellner.

Eine sonderbare Kombination von Reife und Jungenhaftigkeit bei diesem Baron, dachte Gisela.

»Wo sind Ihre Freunde?« fragte sie.

»Sie haben bereits Verpflichtungen«, sagte Fulmar. Gisela war überzeugt, daß dieser Junge und der Araber abgesprochen hatten, wer an ihren Tisch ging. Vielleicht hatten sie sogar eine Münze geworfen, und dieser Junge hatte gewonnen.

»Und Hauptsturmführer Peis wurde zum Dienst gerufen«, sagte Gisela.

»Was ist los, Fräulein?« fragte Fulmar.

»Ich weiß nicht, was Sie meinen, Herr Baron«, sagte sie.

»Warum nennen Sie mich so?« fragte er, jetzt unfreundlich. Aber nach einer Weile wurde ihr ebenfalls klar, daß er sich nicht verhielt wie ein junger Mann, der sich an eine Frau heranmachen wollte, die älter war als er.

»Ich hörte, Ihr Vater ist der Baron von Fulmar.«

»Stimmt. Aber ich bin Amerikaner, und ein Amerikaner kann kein Baron sein.«

»Ihr Deutsch ist perfekt«, sagte Gisela. »Sie könnten leicht für einen Deutschen durchgehen.«

Das Kompliment zeigte wenig Wirkung bei ihm. »Sprachen fallen mir leicht«, sagte er sachlich. »Ich spreche sogar ziemlich gut Arabisch. Aber meine Frage lautete: ›Was ist los, Fräulein?‹«

Der Kellner brachte den Cognacschwenker. Von Fulmar nippte an dem Cognac und stellte das Glas ab. Dann schaute er Gisela an und wartete auf eine Antwort.

»Ich weiß wirklich nicht, was Sie meinen«, sagte sie beklommen.

»Ich weiß, wer Peis ist«, sagte er fast ungeduldig und mit offenkundiger Verachtung, »und ich weiß, wer Sie sind. Warum bietet mir der hiesige Gangster vom Sicherheitsdienst seine Freundin an?«

Gisela spürte, daß ihr das Blut in die Wangen schoß.

Sie sagte, was ihr in den Sinn kam. »Sie können Probleme bekommen, wenn Sie ihn Gangster nennen.«

Fulmar winkte ab.

»Arbeiten Sie für ihn?« fragte er.

Sie hielt seinem Blick stand, sagte jedoch nichts.

Er schüttelte den Kopf. »Was will er wissen?« fragte er.

Sie hatte jetzt Angst. Dies verlief überhaupt nicht, wie sie erwartet hatte.

»Sie angeln nur ein bißchen, wie?« sagte Fulmar.

»Ich bin nicht seine Freundin.«

»Ich dachte, Sie wären es«, sagte er sachlich, und sie glaubte ihm. Das hieß, daß er wirklich keine Angst vor Peis hatte. Er hatte ihr den Wein geschickt, ohne sich darum zu scheren, ob es Obersturmführer Wilhelm Peis gefiel oder nicht.

»Ich glaube, ich verstehe«, sagte Fulmar nachdenklich. »Er hat etwas gegen Sie in der Hand.«

Sie leckte sich nervös über die Lippen, bevor sie sprach.

»Ich glaube, er will sich mit Ihnen und Ihrem Freund anfreunden.«

Fulmar lachte freudlos.

»Ich wette, daß er das will. Dieser Dreckskerl!« Dann schaute er Gisela ernst an. »Welches Druckmittel hat er gegen Sie?«

Als sie nicht antwortete, zuckte er mit den Schultern. »Entschuldigung, es geht mich nichts an. Ich hätte nicht fragen sollen.«

»Bitte«, sagte Sie leise, »machen Sie mir keine Schwierigkeiten.«

Er blickte sie wieder an, und sie erkannte, daß ihr seine Augen gefielen.

»Nein«, sagte er, »natürlich mache ich Ihnen keine. Wir werden hier beisammensitzen und trinken und ein paarmal tanzen. Wenn er uns von jemand beobachten läßt – dieser verdammte Kellner wirkt sehr neugierig –, wird ihm berichtet werden, daß wir prima miteinander auskommen.«

Sie lächelte.

»Sie haben ein sehr nettes Lächeln«, sagte er.

»Danke«, sagte sie und spürte, daß sie errötete.

»Woher wissen Sie, wer ich bin?« fragte sie nach einer Weile.

»Man hat mich an der Uni auf Sie hingewiesen«, sagte er. »Ich habe ein paar Vorlesungen von Ihrem Vater über Wolfram besucht. Ich studiere Elektrotechnik.«

Dann stand er auf.

»Darf ich Sie um diesen Tanz bitten, Fräulein Dyer?« fragte er mit übertriebener Höflichkeit.

Während sie tanzten, schien er entschlossen zu sein, Distanz zwischen sich und ihr zu wahren, und schließlich erkannte sie den Grund: Er hatte eine Erektion. Es war nicht ihre Art, so etwas zu tun, doch sie schob sich absichtlich näher auf ihn zu, um es bestätigt zu finden.

Als sie wieder am Tisch waren, berührte er sie mit dem Knie und zog es schnell fort. Einen Augenblick später berührte sie ihn mit dem Knie. Diesmal zog er sich nicht zurück.

»Geschieht das auf Befehl oder nicht?« fragte er und schaute ihr in die Augen.

Beschämt zog sie das Knie zurück.

»Das heißt nicht, daß es mir mißfallen hat«, sagte Fulmar.

Sie blickte fort, schob ihr Knie jedoch wieder an seines.

»Möchten Sie meine Briefmarkensammlung betrachten, Fräulein Dyer?« fragte Fulmar. Sie lächelte. »Dann hätte der Kellner etwas Interessantes zu berichten.«

»Wo sind Ihre Briefmarken?« fragte sie.

»Hier. Oben. Wo ich wohne.«

Sie nahm ihr Weinglas, trank es leer und erhob sich.

»Sollen wir gehen, Herr Baron?« fragte sie.

Als sie auf den Aufzug warteten, kam der Kellner zur Tür der Bar, um zu sehen, wohin sie gingen ...

Gisela fand mehr Vergnügen beim Sex mit Eric von Fulmar, als sie erwartet hatte. Vielleicht weil Eric liebevoll und aufrichtig und begeistert war. Peis gab sich betont gelangweilt, wenn er in sie hineinpumpte.

Als Peis am nächsten Tag anrief und fragte, wie die Dinge verlaufen waren, antwortete sie: »Ich hatte das Gefühl, eine von Frau Gumbachs Huren zu sein.«

»Ich habe gefragt«, sagte er, offenbar mit hämischer Freude über Ihre Antwort, »wie die Dinge verlaufen sind, nicht, ob du es geil gefunden hast oder nicht. Zum Beispiel: Mußtest du dich rasieren?« Er ließ das einen Moment einwirken und fügte hinzu: »Du bist um neunzehn Uhr dreißig mit auf Fulmars Zimmer gegangen. Von dort bist du um einundzwanzig Uhr fünfzehnzurückgekehrt und hast im Restaurant zu Abend gegessen. Dann bist du um zweiundzwanzig Uhr dreißig wieder auf sein Zimmer gegangen und dort bis drei Uhr geblieben. Er hat dich im Wagen des Arabers nach Hause gefahren.«

Sie war wie betäubt.

»Es freut mich für dich, Gisela, daß du diese neue Beziehung aufgebaut hast. Und ich wäre sehr unglücklich, wenn sie abgebrochen werden würde.«

»Wilhelm, er ist gerade zwanzig Jahre alt!«

»Es würde mich nicht jucken, wenn er vierzehn wäre«, sagte Peis.

»Hol dich der Teufel!«

Er lachte und hängte ein. Aber wirklich lustig war, daß sie ihn ausgetrickst hatte. Solange von Fulmar auf der Universität blieb, würde sie nicht mehr mit Peis oder sonst jemandem, an den er sie weitergab, zu schlafen brauchen. Sie tauschte diese Kerle gegen einen wirklich anständigen Jungen mit schönen Augen ein, der sie nicht wie eine Hure behandelte.

Das einzige, was schließlich mit Gisela Dyers Verhältnis mit Eric Fulmar schiefgehen würde, war die zwangsläufige Beendigung.

Und dann würde sie natürlich wieder ihre Rolle als Hure auf Abruf spielen müssen.

4

Gisela Dyer war beunruhigt.

Es war schlimm genug, daß sie an Silvester mit einem völlig Fremden flirten und dann schlafen mußte, mit einem Standartenführer, der sicherlich um die fünfzig war. Aber was es wirklich schlimm machte, war die Tatsache, daß sie sich gerade erst eingebildet hatte, keine von Peis' Huren auf Abruf mehr zu sein.

Sie hatte sich nicht grundlos an diese Hoffnung geklammert. Wegen des Wissens ihres Vaters über Titan und andere Metalle hatte Reichsminister Speer ihn *persönlich* aufgesucht, als er mit seinem Privatzug vor einem Monat zu den Fulmar-Werken gekommen war, und hatte ihn dann zu einem großzügigen Honorar als »Berater« der Fulmar-Werke ernannt.

Ihr Vater war jetzt offenbar in den Augen der Regierung rehabilitiert. Und das hätte Peis klar sein sollen.

Trotz seiner praktisch uneingeschränkten Macht, die Peis als örtlicher SD-Mann hatte, war er ein Bauer, dem sehr bewußt war, vor wem er zu kuschen hatte. In Anwesenheit Höherer war er ein Kriecher. Nach der Abreise des Reichsministers hatte Gisela von ihrem Vater gehört, daß Peis jedesmal, wenn Speer mit ihm sprach, aussah, als mache er sich in die Hosen.

Es war anscheinend nur logisch, daß Peis sie jetzt in Ruhe ließ, ihr vielleicht sogar aus dem Weg ging, weil er befürchtete, ihr Vater könnte ihn bei Speer anschwärzen.

Es war eine schöne Vorstellung gewesen. Und als Tage und Wochen vergingen, ohne daß Peis anrief, hielt Gisela es für möglich, daß sie für immer von ihm befreit war. Sie war zu keiner der vorweihnachtlichen Feiern ›eingeladen‹ worden, die er für enge Freunde organisierte. Und auch zu keiner Silvesterfeier – bis heute.

Alles begann wieder von vorne. Nichts hatte sich geändert. Und sie fühlte sich dumm, weil sie falsche Hoffnungen gehegt hatte.

Sie frisierte und kleidete sich sorgfältig (als Hure muß man das, dachte sie bitter), und sie legte auch Wert auf die beste Unterwäsche, die keinen Schutz vor der Kälte bot, aber einem Mann gefallen würde.

Als es an der Zeit war, verließ sie die Wohnung und machte sich auf den Weg zur Haltestelle der Straßenbahn, die sie zum Südbahnhof bringen würde.

Es schneite, als sie am Südbahnhof ausstieg. Sie schob die Hände in die Taschen ihres Mantels und ging die vom Eis glatte Kopfsteinpflasterstraße zum Kurhotel hinauf. Plötzlich mußte sie an Eric Fulmar denken. Vielleicht, weil sie zum Kurhotel ging. Sie hatte viel Zeit mit ihm im Kurhotel verbracht.

Sie fragte sich, ob er jemals an sie gedacht hatte, wo auch immer er sein mochte. Vielleicht war er in Berlin oder in Paris oder Budapest, sicher, warm und mit irgendeiner Frau im Bett. Es hätte ihr gefallen, diese Frau zu sein.

Dann dachte sie an den Standartenführer, den sie heute nacht unterhalten würde. Würde sie ein bißchen Glück haben? Würde er jung und angenehm sein? Vermutlich nicht. Weihnachten war vorüber. Es gab keine Geschenke mehr.

Als sie die Eingangshalle des Kurhotels betrat, in der es bereits von angetrunkenen und ausgelassenen Silvestergästen wimmelte, erinnerte Gisela sich daran, wie wütend Peis gewesen war – und was er ihr angetan hatte –, als Eric von Fulmar eines Tages im Frühjahr 1940 nach seiner Rückkehr auf die Universität zu seinem vierten Semester einfach verschwunden war.

Peis hatte nicht akzeptieren können, daß Fulmar ihr nichts zu diesem Punkt gesagt hatte. Sie glaubte noch, Peis' Worte zwischen den Schlägen zu hören: »Zwei Jahre lang hast du mit ihm gevögelt, ihm einen geblasen, und er verpißt sich einfach grußlos? Du erwartest doch nicht ernsthaft, daß ich das glaube, du blöde Fotze!«

Gisela Dyer gab ihren Mantel dem Pagen und betrat den Speiseraum. Der Saal war voller Leute, und man hatte zusätzliche Tische für die Silvestergäste aufgestellt.

Was gibt es für jeden zu feiern? dachte Gisela.

Sie sah Peis an einem Tisch auf der anderen Seite des Speiseraums sitzen. Eine dünne, langhaarige Blondine war bei ihm, zweifellos eine von Frau Gumbachs Huren. Und ein stämmiger Mann in der Uniform der SS.

Sie setzte ein Lächeln auf und bahnte sich einen Weg zwischen den Tischreihen.

»Heil Hitler!« sagte sie am Tisch und hob den Arm. »Guten Abend. Glückliches neues Jahr!«

»Meine liebe Gisela«, sagte Hauptsturmführer Wilhelm Peis, erhob sich und küßte ihr die Hand. »Du siehst heute abend sehr schön aus.«

»Danke«, sagte sie.

»Standartenführer Müller, darf ich Ihnen Fräulein Gisela Dyer vorstellen?«

Müller schüttelte ihre Hand und rückte ihr galant den Stuhl zurecht.

Der Standartenführer war weder so alt noch so unattraktiv, wie sie befürchtet hatte. Und seine Augen verrieten Intelligenz und spiegelten weder sexuelles Interesse noch Geringschätzung für ein leichtes Mädchen wider. Die Blondine von Frau Gumbach lächelte Gisela herzlich an, als wären sie alte Freundinnen.

Kurz nach ein Uhr befand sich Gisela in der Suite des Kurhotels, die für Standartenführer Müller zur Verfügung gestellt worden war. Sie hatte gewußt, daß dies geschehen würde, aber die Art und Weise, wie es sich abspielte, ergab keinen Sinn. Während des Abends war der Standartenführer förmlich und korrekt gewesen, was Gisela darauf zurückführte, daß er sich in der Öffentlichkeit nicht unkorrekt bei einer Frau verhalten wollte, deren Moral zweifelhaft war.

Aber als er die Schlafzimmertür schloß, behielt er sein korrektes Verhalten bei.

Sie hatte sich seelisch darauf vorbereitet, gierig betatscht zu werden, doch er traf keine Anstalten, sie zu berühren. Er verhielt sich, als wäre sie nicht anwesend.

Er zog seinen Uniformrock aus und hängte ihn auf. Dann setzte er sich aufs Bett und zog seine Stiefel aus. Als nächstes legte er seine Hose ordentlich, Bügelfalte an Bügelfalte, auf die Couch.

»Wieviel haben Sie getrunken?« fragte er plötzlich. »Sind Sie nüchtern?«

»Ich bin ein bißchen beschwipst«, sagte Gisela.

»Ich frage, ob Sie betrunken sind«, sagte er und musterte sie.

»Nein, das bin ich nicht.«

»Ich habe eine Botschaft für Sie«, sagte er.

Sie schaute ihn an, eine unausgesprochene Frage im Blick.

»Von Eric von Fulmar. Er läßt Ihren Vater grüßen.«

Ihr stockte der Atem.

»Ich verstehe nicht ganz«, sagte sie mit schwacher Stimme.

»Aber Sie haben gehört, was ich gesagt habe?« fragte Müller etwas ungeduldig.

»Ja, aber ich verstehe die Botschaft nicht«, sagte sie.

»Es ist eine sehr einfache Botschaft. Wenn Sie heute morgen nach Hause gehen – ich halte es für das beste, Sie bleiben die Nacht über hier –, werden Sie diese Botschaft Ihrem Vater übermitteln, und um vierzehn Uhr werden Sie ins Café Weitz gehen. Ich werde Sie dort treffen, und Sie werden mir seine Antwort übermitteln.«

Sie spürte, wie sich ihre Augen mit Tränen füllten.

»Herr Standartenführer, ich schwöre beim Grab meiner Mutter, daß mein Vater nicht weiß, wo Eric von Fulmar ist!«

»Aber Sie kennen ihn?«

»Ja, ich kenne ihn.«

»Ist das alles?«

»Er war mein Geliebter, als er auf der Universität studierte«, sagte sie.

»Sie waren in ihn verliebt?«

»Ich – ich habe einen Dienst für das Reich geleistet, weil Hauptsturmführer Peis das gewünscht hat«, sagte sie.

Müller ging zu ihr, packte sie an den Schultern und neigte sich zu ihr, bis sein Gesicht sie fast berührte.

»Es wäre sehr gefährlich für Sie, mein Mädchen, wenn Sie über Fulmars Beziehung zu Ihrem Vater lügen.« Gisela zitterte jetzt.

»Ich schwöre bei Gott, daß mein Vater ihn nie kennengelernt hat!« sagte sie.

»Fulmar war Ihr Geliebter, und er hat Ihren Vater nie kennengelernt? Warum nicht?«

»Weil ich meinen Vater nicht mit hineinziehen wollte«, sagte sie.

»Wann haben Sie zum letzten Mal etwas von Fulmar gehört?«

»Das bin ich doch immer wieder gefragt worden. Ich weiß nicht, wohin er gegangen ist, und er hat mir nie erzählt, daß er weggehen wird.«

»Und Sie hatten seit Mai 1940 keinerlei Kontakt mit ihm?«

»Nein. Ich schwöre, daß ich nichts über ihn weiß. Mein Gott, wann wird man mir endlich glauben?«

Müller ließ sie los, ging zu seinem Uniformrock und nahm eine Schachtel Zigaretten heraus. Er bot ihr eine an, gab ihr Feuer und zündete sich dann ebenfalls eine Zigarette an.

»Gisela«, sagte er in fast väterlichem Tonfall, »ich möchte, daß Sie sorgfältig überlegen, bevor Sie auf meine Frage antworten. Sollte Eric von Fulmar in irgendeiner Weise mit Ihnen Kontakt aufnehmen, würden Sie das dann sofort Hauptsturmführer Peis melden?«

Sie holte tief Luft.

»Ja, natürlich würde ich das«, sagte sie, »wenn er das von mir wünscht.«

»Ich glaube Ihnen nicht«, sagte Müller sachlich.

Sie schaute ihn entsetzt an.

»Peis würde es melden«, sagte er. »Ich nicht. Was gut für Sie ist.«

»Ich weiß nicht, was Sie meinen«, sagte sie hilflos.

»Eric von Fulmar ist jetzt ein Offizier der Army der Vereinigten Staaten«, sagte Müller. »Er hat eine Postkarte mit dem Poststempel von Bad Ems an einen gemeinsamen Freund geschickt und gebeten, Ihrem Vater Grüße auszurichten …«

»Ich habe es Ihnen doch gesagt, er kennt meinen Vater nicht!«

Und dann wurde ihr die eigentliche Bedeutung seiner Worte klar. Das hatte nicht nach einem Sicherheitsoffizier geklungen, der einen Spion oder Komplizen eines Spions suchte. Gisela starrte Müller völlig verwirrt an.

»… und ich will wissen, was er damit meinte«, sprach Müller zu Ende.

»Er kannte meinen Vater nicht«, schluchzte Gisela. »Er kennt meinen Vater nicht.«

»Fulmar läßt ihn grüßen«, sagte Müller kategorisch. »Wir müssen herausfinden, was damit gemeint ist. Mein Leben, und jetzt Ihres, Gisela, kann verdammt davon abhängen.«

»Ich verstehe nicht …«, begann sie, und er fiel ihr ins Wort.

»Doch, Sie verstehen. Sie sind eine intelligente junge Frau.«

»Hat das irgendwas mit Reichsminister Speer zu tun?« fragte Gisela. Sie sah ihm sofort an den Augen an, daß ihn die Frage verwirrte.

»Ich weiß es nicht«, sagte er. »Wenn Sie damit fragen wollen, ob ich Verhöre im Auftrag von Speer durchführe, nein. Ganz im Gegenteil, Gisela.«

Sie blickte ihn neugierig an, und er nickte, um Ihre Vermutung zu bestätigen.

»Ich möchte, daß Sie Ihren Vater rundweg fragen, ob er sich irgendeinen Grund denken kann, warum Fulmar ihn grüßen läßt«, sagte Müller. »Verstehen Sie das? Wenn ihm nichts einfällt, lassen Sie ihn raten. Was auch immer er Ihnen sagt, erzählen Sie mir. Ich werde entscheiden, ob es wichtig ist oder nicht.«

Er schaute sie an, bis sie schließlich nickte und sehr leise sagte: »In Ordnung, in Ordnung.«

Er nickte, wandte sich ab, zog sich bis auf die Unterwäsche aus und legte sich ins Bett.

Verblüfft legte sie sich neben ihn ins Bett und achtete sorgfältig darauf, ihn nicht zu berühren.

Hatte Müller etwas mit Peis vor? Oder führte er

etwas anderes im Schilde, etwas Größeres, zu dem Peis nie fähig wäre?

Sie hatte einen Alptraum. Peis schlug sie ins Gesicht, und diesmal schaute Müller zu. Als Peis ihr die Bluse und den BH vom Körper fetzte und die glühende Zigarette an ihre Brustspitze hielt, erwachte sie schwer atmend und schweißgebadet.

»Was ist los?« fragte Müller.

»Ich hatte einen schlimmen Traum«, sagte sie.

Er lachte leise und glucksend. Aber es klang nicht unfreundlich ...

»Kam ich darin vor?«

»Sie und Peis«, sagte Gisela. »Er verbrannte meine Brust mit einer Zigarette.«

»Hat er Ihnen das angetan?«

»Ja, als Eric verschwand und ich keine Ahnung hatte, wo er war oder daß er überhaupt verschwinden würde.«

»Das kann wieder passieren«, sagte Müller. »Tut mir leid, das sagen zu müssen.«

Sie erschauerte.

Er drehte sich auf die Seite und legte einen Arm um sie.

Er hielt sie, bis ihr Zittern aufhörte. Dann wollte er sich von ihr abwenden.

»Halt mich fest«, bat Gisela.

»Ich bin verdammt kein Heiliger«, sagte Müller.

»Ich auch nicht, Herr Standartenführer«, hörte sie sich sagen, leise, jedoch sehr deutlich.

VII

I

Washington, D.C.

5. Januar 1943

Obwohl Ed Bitter im Begriff war, Frau und Kind zu verlassen und – *endlich* – in den Kampf zu ziehen, waren er
und sie in viel besserer Verfassung als andere Familien,
deren Oberhaupt nach Übersee befohlen worden war.

Zum einen brauchte er sich keine Sorgen zu machen,
wo Sarah und Joe wohnen würden. Kurz nach Eds
Ankündigung, daß er nach Europa fliegen würde,
begannen seine Eltern und Sarahs Vater einen sehr höflichen, aber ziemlich ernsten Wettstreit um das Privileg, Sarah und Joe bis zu Eds Rückkehr bei sich aufzunehmen.

Eds Mutter argumentierte, daß mehr als genug Platz
im Apartment am Lake Shore Drive vorhanden war.
Und außerdem würde sie schrecklich gern ihren Enkel
besser kennenlernen.

Joseph Child hingegen argumentierte, die Entscheidung liege natürlich bei Sarah, aber seiner Meinung
nach wäre es komfortabler in New York, weil sie nur
wenig Freunde und Bekannte in Chicago hatte. Außerdem sei gerade ein sehr schönes Apartment in einem
Gebäude frei geworden, das der Bank gehöre und nicht
weit von seiner eigenen Wohnung entfernt sei.

Sarah traf eine salomonische Entscheidung. Sie
erklärte, wenn es keine Einwände gebe, würde sie gern

nach Palm Beach ziehen. Das dortige Haus ihres Vaters war natürlich geschlossen. Aber es gab ein Gästehaus, gleich am Strand, das leicht geöffnet werden konnte. Sechs Zimmer waren mehr als ausreichend für sie und Joe. Sogar ausreichend für ihren Vater oder die Bitters, wenn sie für eine Woche oder zehn Tage zu Besuch kommen würden. »Außerdem wird Florida gut für Joe sein«, sagte Sarah.

Mit ausgesuchter Höflichkeit teilten sich die Großeltern die Bewältigung des Transports von Sarah und Joe nach Palm Beach. Joseph Child kam nach Washington und leistete Sarah Gesellschaft, bis das Gästehaus in Palm Beach bereitgemacht werden konnte. Pat Grogarty, seit mehr Jahren Chauffeur der Childs' als Sarah alt war, fuhr Sarah und Joe dann nach Florida, wo Eds Mutter (die sich jetzt gern ›Mutter Bitter‹ nennen ließ) wartete, ›um Sarah beim Eingewöhnen zu helfen‹.

Unterdessen hatte es Ed geschafft, sowohl Sarah als auch die Großeltern zu überzeugen, daß er nur einen Schreibtischjob gegen einen anderen tauschte. Mit anderen Worten, er fuhr nicht zur See, geschweige denn in den Krieg. Obwohl ihn ihre Besorgnis um seine Sicherheit nervte, war er ein wenig gerührt. Er war schließlich Marineoffizier, und die Nation befand sich im Krieg. Er hatte Pflichten zu erfüllen.

Andererseits hatte es keinen Sinn, ihre Meinung zu korrigieren, daß er wegen seiner Verwundung nicht mehr in Gefahr geschickt wurde. So verschwieg er Sarah, daß er jetzt wieder Fliegerstatus hatte, trotz des immer noch steifen Knies.

Die Trennung von Sarah und Joe erwies sich – für Ed überraschend – schwierig und problematischer als von ihm erwartet.

Er war zwar nicht rasend leidenschaftlich in Sarah verliebt, aber er respektierte und bewunderte sie mehr als jede andere Frau, die er jemals kennengelernt hatte. Sie war mit dem Schock ihrer Schwangerschaft wirklich anständig fertig geworden. Sie hatte ihren Teil der Verantwortung übernommen und ihm offen gesagt – und er war sicher, daß es stimmte –, daß er nicht verpflichtet sei, sie zu heiraten.

Er hatte natürlich seine Pflicht akzeptiert, sein Kind zu einem ehelichen zu machen, und er würde sich an sein Eheversprechen halten, ihr treu zu sein und alle anderen aufzugeben. Sarah hatte ihrerseits nicht nur einer Hochzeitszeremonie der Episkopalkirche zugestimmt, sondern sich auch bereit erklärt, Joe in christlichem Glauben zu erziehen. Sie war eine wunderbare Frau und gute Mutter, und er liebte sie.

Alles in allem war ihre Ehe eine gute Sache für sie beide, auch wenn man Joe außer acht ließ.

Ed hatte erkannt, daß er seinen Sohn wirklich liebte, und das war ziemlich unerwartet für ihn.

Diese Erfahrung war einer der Gründe, weshalb er überzeugt war, Sarah nicht zu lieben. Er hatte nie soviel für sie empfunden wie das Glücksgefühl, das ihn erfüllte, wenn sein Sohn ihn anlächelte oder ihm einen schmatzenden Kuß gab. Bei solchen Dingen schmolz Ed förmlich dahin. Bei Sarah schmolz er nie. Doch die Ehe war anscheinend ein sehr billiger Preis für einen Sohn wie Joe.

Ed hielt seine neue Verwendung für ein unglaubliches Glück. Er wurde wieder in Gefahr geschickt, und das war zuvor undenkbar gewesen. Bis jetzt hatte er nur erwarten können, den Krieg als Stabsoffizier auszusitzen, ein Stabsoffizier an Land, fern von der Aktion. Er fühlte sich als verkrüppelter Pilot, der praktisch keine Chance mehr hatte, eine Flugtauglichkeitsprüfung zu bestehen. Und leider war er ein sehr guter Stabsoffizier. Sehr gute Stabsoffiziere sind für gewöhnlich zu wichtig, um sie zur See zu schicken. Ein sehr guter behinderter Stabsoffizier kommt so gut wie nie mehr von seinem Schreibtischjob weg.

Als seine Arbeit für Admiral Hawley zunehmend unwichtiger wurde, wuchs sein Frust. Zu Beginn der Arbeit für den Admiral war die Katastrophe von Pearl Harbor noch eine blutende Wunde gewesen, und die Verteilung von Nachschub für das Marineflugwesen war von entscheidender Bedeutung gewesen. Es hatte weder viele Flugzeuge noch Ersatzteile und Ausrüstung für die Unterstützungseinheiten gegeben. So hatte die Verteilung dieser Dinge in der ganzen Welt sehr einem intensiven, ja tödlichen Schachspiel geähnelt.

Als Flugzeuge und Ausrüstung spärlich aus den Fabriken gekommen waren, hatten täglich Entscheidungen zu Gesuchen getroffen werden müssen – basierend auf Verlusten und genauen Schätzungen, oftmals nur auf Grund nicht völlig verständlicher Kriegspläne. Eine falsche Schätzung war zu dieser Zeit eine echte Gefährdung der Kriegführung gewesen. Wenn mehr Flugzeuge oder weniger geschickt wurden, als es die taktische Situation erforderte, konnte mehr als ein Kampf verloren werden.

Aber diese Lage hatte sich geändert. Jeder schrie immer noch nach Flugzeugen, aber das Hauptproblem in den vergangenen Monaten war mehr die Beschaffung von Transportraum und weniger der Mangel an Ausrüstung. Das spärliche Rinnsal aus der Produktion war zu einer Flut geworden. Flugzeugfabriken, die zuvor vier Maschinen pro Tag geliefert hatten, fertigten jetzt zwanzig oder vierzig. Das Flugausbildungsprogramm der Marine, stark ausgeweitet, führte zu einem stetigen und wachsenden Strom von Piloten.

Bitter wußte, daß seine Arbeit ebenso leicht – und vielleicht sogar besser – von einem der direkt zum Offizier ernannten Zivilisten hätte erledigt werden können, die in großer Zahl in die Navy eingetreten waren, Männer von Auto- und Möbelfabriken, vom Lebensmittelgroßhandel, von Eisenbahngesellschaften, sogar von Supermärkten. Diese Leute waren erfahren und geübt, auf effektivste Weise ›Dinge der Versorgung‹ von Punkt A nach Punkt B zu transportieren.

Der Bedarf an jemandem, der qualifiziert war, um die Nachschub-Entscheidungen nach taktischen Erwägungen zu treffen, hatte nachgelassen, als die amerikanische Industrie begonnen hatte, mit der gleichen Leistungsfähigkeit Flugzeuge zu produzieren, wie sie Autos und Kühlschränke herstellte.

Oftmals hatte Ed Admiral Hawley gebeten, ihn in Flugdienst oder auf ein Schiff zurückzuschicken. Er war erstens Marineoffizier und zweitens Pilot, und er konnte sich mit etwas Glück auf einem Schiff behaupten, als stellvertretender Kommandant oder sogar als Kapitän.

Admiral Hawley hatte immer höflich, aber entschieden abgelehnt. Die Navy brauchte ihn am meisten dort, wo sie ihn einsetzte, hatte der Admiral ihm stets erklärt.

Wie sich herausstellte, hatte Hawley recht gehabt. Bitter wurde nach Europa abkommandiert, in Gefahr, wieder mit Fliegerstatus, weil die Navy ihn brauchte.

Vier Tage nach dem Gespräch des DCNO mit Admiral Hawley in dessen Büro fuhr Sarah Ed mit dem Cadillac zur Anacostia Naval Air Station, wie sie es dutzendmal zuvor getan hatte. Der einzige Unterschied bestand diesmal darin, daß er nicht in ein paar Tagen zurückkehren würde. Ansonsten war es die gleiche Routine. Er reiste in blauer Uniform und hatte als Gepäck zwei Koffer und eine Aktentasche (seine Befehle mit Priorität hoben die Gewichtsbeschränkungen auf).

Sarah klammerte sich an ihn, als die Passagiere der C54 der Air Force aufgefordert wurden, an Bord zu gehen, und der Druck ihrer Brüste gegen seinen Oberkörper erinnerte Ed daran, daß ihm dieser Teil ihrer Ehe fehlen würde. Joe heulte, und Ed Bitter hatte Tränen in den Augen, als er seinen Sohn küßte.

Das Flugzeug wurde in Gander, Neufundland, wieder aufgetankt, und nachdem es eine große Strecke über dem Atlantik Gegenwind gehabt hatte, gab es noch einen Tankstop in Prestwick, Schottland. Dann startete es wieder und nahm Kurs auf Croydon Field bei London, wo es planmäßig um halb elf Londoner Zeit landen sollte.

2

U.S. Army Air Corps Station
Horsham St. Faith

6. Januar 1943, 1 Uhr 35

Major William H. Emmons, der befehlshabende Offizier der 474. Foto-Luftaufklärungs-Staffel der 8. U.S. Air Force, war äußerst neugierig auf Major Richard Canidy.

Canidy war von Brigadier General Kenneth Lorimer vom Hauptquartier der Eighth Air Force telefonisch in Horsham St. Faith angekündigt worden.

Mission 43-Special-124 war eine fotografische Luftaufklärung über die deutschen U-Boot-Bunker von Saint-Nazaire. Special-124 war laut General Lorimer eine Mission mit hoher Priorität. Das bedeutete, daß es keine Verzögerung oder Absage geben durfte, abgesehen vielleicht bei einer gewaltigen Katastrophe (wie zum Beispiel der Weltuntergang). Wenn Major Emmons also Probleme bei der Durchführung hatte – zum Beispiel Probleme mit der Ausrüstung –, würde ein Flugzeug von einer anderen geplanten Mission abgezogen werden müssen, damit Special-124 durchgeführt werden konnte.

Major Canidy würde selbst nach Horsham St. Faith kommen und die Flugbesatzung persönlich einweisen (Major Emmons war stets sauer, wenn irgendein Sesselfurzer auftauchte, um seinen Leuten zu sagen, wie sie ihre Befehle auszuführen hatten). Dann würde Major Canidy in Horsham St. Faith bleiben, während die Mission geflogen werden würde. Nach Durchführung der Mission würden die Filmrollen Major Canidy übergeben werden, der die nötige Entwicklung und Auswertung arrangieren würde.

»Es ist Major Canidy unter keinen Umständen erlaubt, mitzufliegen, Bill«, sagte General Lorimer abschließend. »Haben Sie mich verstanden?«

»Jawohl, Sir.«

Später sagte Major Emmons seinem Freund, Captain Ross, unverblümt, daß Canidy ein weiterer der ruhmsüchtigen Hurensöhne aus dem Hauptquartier sein mußte, die sich Missionen herauspickten (25 Missionen, und man bekam eine Medaille und konnte heimkehren) und sich selbst als ›Beobachter‹ dazu einluden. Sie waren im Weg, sie bedeuteten zusätzliches Gewicht von rund 200 Pfund, und sie wählten im allgemeinen diejenigen Missionen aus, die kurz und sicher waren.

Emmons bedauerte ein wenig, daß General Lorimer verboten hatte, diesen Canidy mitfliegen zu lassen. Special-124 würde kurz, jedoch nicht sicher sein. Ein

P38-Geschwader hatte bei dem Versuch, die U-Boot-Bunker von Saint-Nazaire zu bombardieren, sechzehn von zwanzig angreifenden Flugzeugen verloren. Major Emmons hätte liebend gern irgendeinen Hurensohn und Sesselfurzer mitgeschickt, der versuchte, sich eine vermeintlich sichere Mission herauszupicken.

Major Canidy traf um drei Uhr morgens in Horsham St. Faith ein. Er schlief auf dem Rücksitz eines Packard, der von einem englischen weiblichen Sergeant gefahren wurde. Major Emmons stellte überrascht fest, daß der Hurensohn ein Pilotenabzeichen trug. Aber das war auch alles. Nur die Schwingen. Keine Ordensbänder. Der Hurensohn war offenbar keine dreißig Tage hier. Sonst hätte er das ETO (European Theater of Operations) gehabt, das Ordensband, das die Anwesenheit am europäischen Kriegsschauplatz symbolisierte.

Als erstes bat Canidy um Kaffee und dann um etwas zu essen. Danach begann er sofort, der Crew zu erzählen, wie sie diese Mission zu fliegen hatte. Und auch noch vor dem WRAC-Sergeant! *Dies* war zuviel für Emmons.

»Verzeihen Sie, Major«, sagte er. »Diese Mission ist geheim.«

»Ich weiß«, erwiderte Canidy. »Ich selbst habe sie als geheim erklärt.« Und dann verstand er. »Sieht Agnes für Sie wie eine deutsche Spionin aus, Major?«

»Wie viele Flugstunden können Sie mit der B26 vorweisen, Major?« fragte Emmons. »Wenn Ihnen meine Frage nichts ausmacht. Es interessiert mich, weshalb Sie sich erdreisten, meinen Männern zu sagen, wie sie diese Mission fliegen sollen.«

»Eigentlich habe ich keine Flugstunden mit der B26«, sagte Canidy.

»Aber er hat ein paar tausend Flugstunden als Pilot«,

sagte der WRAC-Sergeant süß. »Und sowohl das amerikanische als auch das englische Distinguished Flying Cross.«

»Halten Sie den Mund, Agnes«, sagte Canidy.

»Und bevor wir herfuhren, waren wir mit Major Douglass zusammen, der den Angriff der P38er auf die U-Boot-Bunker führte. Er und Major Canidy waren Flying Tigers in China.«

»Sie sollen die Klappe halten!« sagte Canidy.

»Richard«, sagte der weibliche Sergeant unerschrocken, »der Major glaubt offenbar – und schlimmer noch, er überträgt seine Überzeugung auf diese Gentlemen –, daß Sie ein – wie sagt Jimmy? – ein Klugscheißer sind.«

Das Wort aus dem Mund des weiblichen Sergeants in würdevollem, präzisem Englisch klang komisch. Das taute das Eis ein wenig auf, und sowohl Emmons als auch Canidy mußten lachen. Der B26-Pilot, ein Lieutenant, der aussah, als hätte er gerade erst die High School verlassen, lachte lauthals wie ein übermütiger Junge.

»Ich glaube, ich muß mich entschuldigen, Major Canidy ...«, begann Emmons.

»Nicht der Rede wert«, unterbrach Canidy.

»... aber als General Lorimer sagte, Sie dürfen auf keinen Fall bei dieser Mission mitfliegen, dachte ich, Sie sind einer dieser Typen, die Missionen sammeln, indem sie sich die leichten aussuchen.«

»Was hat Lorimer gesagt?«

»Daß Sie auf keinen Fall bei dieser Mission mitfliegen dürfen«, erklärte Emmons.

»Dieser Bastard!« sagte Canidy.

»Und es war sein Ernst«, sagte Emmons. »Es tut mir leid.«

»Er hat Sie ausgetrickst, Richard«, sagte der WRAC-

Sergeant, offensichtlich erfreut, das zu erfahren. »Er wußte genau, daß Sie geplant haben, mitzufliegen.«

Canidy blickte zu dem jungenhaften B26-Piloten und zuckte mit den Schultern.

»Sagen Sie nur, was Sie wünschen, Major, und wie es Ihrer Meinung nach am besten zu bekommen ist«, sagte der junge Pilot. »Wir werden dann unser Bestes versuchen.«

Saint-Nazaire lag auf der England zugewandten Seite der Halbinsel Brest, dreihundertfünfundsiebzig Flugmeilen von Horsham St. Faith entfernt. Die B26, ausgerüstet für Luftaufnahmen, flog mit einer Reisegeschwindigkeit von dreihundertfünfundzwanzig Knoten. Der Flug würde insgesamt etwas über zwei Stunden dauern. Der jungenhafte B26-Pilot startete um 5 Uhr 38, und ein paar Minuten nach acht kehrte die B26 nach Horsham St. Faith zurück. Der Rückflug hatte länger gedauert als der Hinflug. Der linke Motor war von Flak getroffen worden.

Eine Leuchtkugel »Verwundeter an Bord« stieg von der B26 auf, als sie über der Landebahn war.

Als die Räder ausgefahren wurden, konnten Emmons und Canidy selbst von ihrem fernen Beobachtungspunkt aus sehen, daß das linke Fahrwerk beschädigt worden war und nicht richtig einrastete.

Ein Versuch, den Piloten über Funk zu warnen, damit er das Fahrwerk einfuhr, durchstartete und dann eine Notlandung versuchte, scheiterte. Die Zeit war zu knapp. Die Maschine setzte auf, rutschte mit dem defekten Fahrgestell von der Landebahn und drehte sich immer wieder im Gras.

Als Canidy und Emmons in einem Jeep an der Spitze des Rettungswagens und der Sanitätsfahrzeuge sechzig Sekunden später bei dem Flugzeug eintrafen, war die Luft von Flugbenzin erfüllt. Dreißig Sekunden nachdem der bewußtlose jungenhafte Pilot durch das Kanzeldach geborgen worden war, entzündete sich der Treibstoff.

Aber die Fotografen hatten die Filmrollen sofort, als das Flugzeug zum Stehen gekommen war, aus den Waffen- und Kamera-Schießscharten im Rumpf geworfen, und so konnte in den Akten nachher vermerkt werden, daß Mission 43-Special-124 erfolgreich vollendet worden war.

3

Croydon Airfield
London

6. Januar 1943, 10 Uhr 35

Als die C54 zum Abfertigungsgebäude rollte, sah Ed zwei wartende Busse der U.S. Army und eine Limousine. Es gab drei oder vier Colonels an Bord der C54, und einer davon war offenbar wichtig genug, um mit einer Limousine abgeholt zu werden. Mit leichtem Schaudern sah Ed an der Limousine ein paar Anzeichen darauf, daß er sich jetzt in Kriegsgebiet befand. Bis auf einen schmalen Schlitz waren die Scheinwerfer schwarz angestrichen, und die Kotflügel waren weiß umrandet, damit der Wagen in einer vor dem Feind verdunkelten Stadt sichtbarer war.

Ed wartete ungeduldig, bis auf dem Mittelgang

Platz genug war und er aufstehen, seine Uniformmütze aufsetzen, seinen Mantel anziehen und sein Gepäck nehmen konnte. Dann stieg er die Gangway hinab und folgte einer Schlange von Leuten in Richtung der Busse.

Plötzlich wurde sein Name gerufen.

»Commander Edwin Bitter!«

Er schaute sich um.

Fünf Personen in Uniform (keine zwei davon waren gleich) waren bei der Limousine angetreten. Vier standen still, und die fünfte salutierte. Drei der Personen, einschließlich derjenigen, die grüßte, waren weiblich. Ed brauchte einen Moment, um sie zu erkennen. Er hatte seine Kusine Ann Chambers nie zuvor in der Uniform der Kriegsberichterstatterin gesehen.

Aber er hatte sofort die beiden breit grinsenden amerikanischen Offiziere bei ihr erkannt. Der mit grüner Uniform war Dick Canidy. Der andere in einer ziemlich ins Auge stechenden, ganz pinkfarbenen Uniform (Hose, Hemd und Rock) und der völlig unerlaubten Variation von ›pink und grün‹ eines Captains des Air Corps war Captain James M.B. Whittaker. Ed hatte keine Ahnung, wer die beiden Engländerinnen, ein Captain und ein Sergeant, waren.

Die anderen von Bord gehenden Passagiere waren fasziniert vom Anblick des sonderbaren kleinen Empfangskomitees. Die meisten waren belustigt, doch zwei der Colonels fanden nichts Amüsantes daran.

Bitter war äußerst verlegen, als er die Schlange in Richtung Busse verließ und zu dem Empfangskomitee ging.

»Der König war beim Kacken«, sagte Canidy. »So hat er die Herzogin geschickt, um dich willkommen zu heißen.«

»Mensch, Dick!« sagte der britische weibliche Captain.

»Commander Bitter«, sagte Canidy, »darf ich dir Ihre Hoheit, die Herzogin von Stanfield, vorstellen? Und Sergeant Agnes Draper? Ich glaube, die anderen kennst du.«

»Der Commander ist anscheinend ein bißchen überwältigt, Sie zu sehen, Dick«, sagte die britische Lady Captain, als amüsiere sie das.

Sie sieht gut aus, dachte Ed. Irgendwie aristokratisch. Es würde mich nicht überraschen, wenn sie tatsächlich eine Herzogin ist.

»Das liegt daran, daß er noch kein Küßchen bekommen hat, Eure Hoheit«, sagte Canidy.

»Hören Sie auf, mich so zu nennen!« Sie lachte.

Canidy ging schnell zu Bitter, packte ihn an den Armen und drückte ihm einen feuchten Kuß auf die Stirn.

»Willkommen in England, Edwin«, sagte Canidy laut. »Wir, die wir dir vorausgeeilt sind, plus natürlich diejenigen, die die ganze Zeit über hier waren, werden jetzt tief und fest schlafen können, weil der Stolz der U.S. Navy eingetroffen ist.«

»Was machst du hier?« fragte Bitter.

»Wir sind hier, um dich abzuholen«, sagte Jimmy Whittaker. »Um dir die zweistündige Predigt ›Wie Sie sich in England benehmen müssen‹ zu ersparen, die man dir halten würde, wenn du in einen dieser Busse steigst.«

»Wie geht's Sarah und Joe, Eddie?« fragte Ann Chambers.

»Sie sind nach Palm Beach gezogen«, sagte Ed Bitter.

»Der Krieg ist die Hölle, nicht wahr?« bemerkte Canidy trocken.

»Du hast dich anscheinend amüsiert«, sagte Bitter. »Woher wußtest du, wann ich eintreffe?«

»Ich bin allwissend«, sagte Canidy.

»Du bist – was?«

»Allwissend«, wiederholte Canidy. »Sagen Sie es ihm, Eure Hoheit, daß ich allwissend bin.«

Lady Captain gab Bitter die Hand.

»Guten Tag, Commander«, sagte sie. »Mein Name ist Stanfield.«

»Guten Tag«, erwiderte Bitter.

»Auf die Knie, du ungehobelter Deckschrubber«, sagte Canidy. »Du sprichst mit einer Herzogin.«

Bitter blickte verwirrt zu dem weiblichen Captain und sah an ihrer Miene und dann an ihrem Nicken, daß sie tatsächlich eine Herzogin war. Er schaute den weiblichen Sergeant an und war überzeugt, in ihren Augen Mitgefühl für sein Unbehagen zu sehen.

Das war typisch Canidy, ihn vor einem Unteroffizier in Verlegenheit zu bringen. Auch noch vor einem weiblichen.

Er wandte den Blick von Lady Sergeant ab, aber erst nachdem er registriert hatte, daß sie trotz der schlecht passenden Uniform so attraktiv war wie Lady Captain. Er schaute zu den Bussen. Ein Offizier der Army mit einem Klemmbrett blickte ungeduldig zu ihm.

»Ich muß in meinen Bus steigen«, sagte Bitter.

»Du hast Captain Whittaker nicht zugehört, Commander«, sagte Canidy. »Wenn du in den Bus steigst, wirst du stundenlang hinter Schloß und Riegel gesperrt oder so. Danach folgt eine Kurzwaffen-Inspektion, und man wird dir blöde Predigten halten, wie du die Eingeborenen behandeln sollst. Sag dem Offizier bei den Bussen, daß du mit uns fährst.«

»Eingeborene!« sagte Captain Herzogin Stanfield empört.

»Was ist eine Kurzwaffen-Inspektion?« fragte Ann Chambers.

»Das werde ich dir später zeigen«, sagte Canidy und blickte grinsend zu Whittaker.

»Ich halte mich besser an die Vorschriften«, sagte Bitter. »Wo werdet ihr später sein?«

»Du brauchst nicht mit dem Bus zu fahren, Eddie«, sagte Canidy.

»Ich kann mich nicht einfach unerlaubt von der Truppe entfernen«, wandte Bitter ein.

»Was kann man schon tun – dich nach Europa schicken?« sagte Canidy.

»Wo werdet ihr später sein?«

»Gott, du bist ein Sturkopf«, sagte Ann Chambers.

»Wir werden unser Mittagessen im Savoy Grill trinken«, sagte Jimmy Whittaker. »Dann werden wir von ungefähr siebzehn Uhr an in der Bar im Dorchester sein. Kannst du dir das merken, oder soll ich es dir aufschreiben?«

»Ich werde mein Möglichstes tun, um dort zu sein«, sagte Bitter. Er wandte sich an Captain Stanfield. »Es hat mich gefreut, Sie kennenzulernen, Eure Hoheit.«

»Danke«, sagte sie.

»Dick!« protestierte Ann Chambers, als Bitter sein Gepäck nahm und sich anschickte, zu den Bussen zu gehen.

»Ich habe ihm gesagt, daß er nicht mit dem Bus zu fahren braucht«, sagte Canidy. »Aber er ist in einer seiner Commander Don Winslow-Stimmungen der Navy. Man kann nicht vernünftig mit ihm reden, wenn er in dieser Verfassung ist.«

Als Ed zu den Bussen eilte, hörte er Whittaker lachen. Dann fragte die Herzogin: »Commander Winslow?«

Canidy erzählte ihr von Commander Winslow, dem unerschrockenen, perfekten Helden eines täglichen Radioprogramms für Kinder. Kurz bevor Ed in den Bus stieg, hörte er die Herzogin lachen.

Der Bus brachte die Passagiere der C54 zu einem

Hotel, das als Quartier für neu eingetroffene Offiziere requiriert worden war. Er erhielt ein kleines Zimmer, dessen Möbel aus einem Feldbett und einem Stuhl bestanden. Bald hielt ein gelangweilter Major eine einstündige Predigt, in der er die alten Tugenden der Briten und ihre Kultur pries. Der Major machte klar, daß es als ein großes Privileg betrachtet werden mußte, Gelegenheit zu erhalten, sich tatsächlich mit diesem Volk zu verbinden. Dem Major folgte ein gelangweilter Captain der Sanitätstruppe, der wiederum eine Predigt von einer Stunde hielt, die er mit farbigen Dias über typische krankhafte Veränderungen der Genitalien auflockerte, mit denen man rechnen mußte, wenn man zu intim mit englischen Damen wurde.

Als die Predigten vorüber waren, suchte ihn ein Sergeant auf und schickte ihn zur Marineabteilung des SHAEF. Ein Bus pendelte jede halbe Stunde zwischen dem Hotel für durchreisende Offiziere und dem Supreme Headquarters, Allied Expeditionary Force. Der Sergeant riet Ed, sein Gepäck mitzunehmen, denn die Navy verfügte über ihre eigenen Offiziersquartiere.

Das erneute Packen und Abholen des Gepäcks führte dazu, daß Ed den ersten Bus zum Grosvenor Square verpaßte. Und es war 14 Uhr 10 – und er hatte nicht zu Mittag gegessen –, als er schließlich die Marineabteilung des SHAEF fand. Dort erklärte ihm ein Captain, daß er für weitere vorübergehende Verwendung beim Office of Strategic Services eingeteilt sei, einer supergeheimen Einheit am Berkeley Square. Er könne auf einen Wagen warten, wenn er das wünsche, aber es sei nur ein paar Blocks entfernt.

Ein Londoner Bus spritzte Matsch über Eds Mantel, als Ed zum Berkeley Square ging, und er mußte minutenlang vor einer geschlossenen Tür warten, bis er endlich eingelassen wurde.

Aber die Dinge wurden sofort und wesentlich besser.

Ein Lieutenant Colonel Stevens begrüßte ihn, ein gutaussehender, älterer Offizier. Er trug einen West-Point-Ring. Ed war unter seinesgleichen.

»Wir haben Sie erwartet, Commander Bitter«, sagte Stevens. »Ich möchte Sie willkommen heißen.«

»Danke, Sir.«

»Ich frage mich, was mit Canidy passiert ist«, sagte Lieutenant Colonel Stevens.

»Sir?«

»Er hat sich unsere Limousine geliehen, um Sie auf Croydon abzuholen und Ihnen die Predigten ›Seien Sie freundlich zu unseren britischen Cousins‹ zu ersparen«, sagte Colonel Stevens. Und bevor Bitter etwas erwidern konnte, hob Stevens die Stimme und fragte: »Hat sich Major Canidy gemeldet?«

»Sir«, rief eine Männerstimme, die für Ed irgendwie vertraut klang, »er bittet Sie, Commander Bitter rüber zum Dorchester zu schicken, wenn Sie mit ihm fertig sind.«

»Er muß beim SHAEF aufgehalten worden sein«, erklärte Colonel Stevens. Und dann fügte er hinzu: »Die Eighth Air Force führte gestern eine Fotoaufklärung über die U-Boot-Bunker von Saint-Nazaire durch. Canidy wollte sehen, was sie ergeben hat, wenn überhaupt etwas.«

»Jawohl, Sir«, sagte Bitter.

»Commander, ich nehme an, ich soll Sie ins Bild setzen, aber ich könnte mir denken, daß Sie bereits ziemlich gut über das Problem an sich informiert sind. Ebenso wie über die Konsequenzen. Aber ich glaube, ich sollte Ihnen dies sagen: Trotz der gegenteiligen Annahme des DCNO – er hatte ein Gespräch mit Colonel Donovan –, erhielt das OSS die Verantwortung über diese Mission, weil Ike das für das Vernünftigste hält. Es ist keine Verschwörung, um die Navy schlecht aussehen zu lassen.«

»Jawohl, Sir.«

»Dick schlug vor, Sie zu Ihrem Freund Douglass zu schicken, der leider zum Experten des Ziels und seiner Verteidigung geworden ist. Und dann werden Sie sich in Fersfield informieren, welche Fortschritte das Projekt Aphrodite macht. Was halten Sie davon?«

»Projekt Aphrodite?«

Stevens lachte. »Das Flugzeug ohne Pilot«, erklärte er. »Dick Canidy ist offenbar gut belesen in Mythologie. Aphrodite, so informierte er uns, ist nicht nur die Göttin der Liebe, sondern auch die Beschützerin der Seeleute. Canidy meinte, wenn die Deutschen den Namen hören, was sicherlich der Fall sein wird, werden sie Aphrodite in Zusammenhang mit dem WAC (Women's Army Corps) bringen, das sie als Abzeichen am Rockaufschlag trägt. Wir waren alle so beeindruckt, daß uns kein Einwand einfiel. Folglich heißt es Projekt Aphrodite.«

»Canidy ist voller Überraschungen«, sagte Bitter.

»Dick hält sehr große Stücke auf Sie, Commander«, sagte Colonel Stevens. »Trotz des Motivs hinter Ihrer Verwendung bei uns werden Sie seiner Meinung nach sehr nützlich für uns sein.«

Stevens beobachtete Bitters Gesicht, um eine Reaktion zu sehen. Als er keine entdecken konnte, fuhr er fort, als erledige er widerstrebend etwas Notwendiges. »Commander, ich glaube, ich sollte Ihnen sagen, daß Canidy den Befehl hat, Sie genau im Auge zu behalten. Wenn er den Verdacht hat, daß Ihre hauptsächliche Loyalität nicht dem Projekt Aphrodite gilt – um es ganz offen zu sagen, daß Sie sich mehr der Navy verpflichtet fühlen –, muß er Sie mit dem nächsten verfügbaren

Flugzeug in die Vereinigten Staaten zurückschicken. Haben Sie das verstanden?«

»Jawohl, Sir«, sagte Bitter.

»Captain Fine hat einen Ausweis für Sie, Commander, und Befehle, die es Ihnen erlauben werden, sich frei zu bewegen, ohne viele Fragen beantworten zu müssen. Wenn Sie diese Dinge haben, ist hier nichts sonst für Sie zu tun. Sie werden in Whitbey House arbeiten.«

»Jawohl, Sir«, sagte Bitter.

»Können Sie hereinkommen, Stan?« rief Stevens. Einen Augenblick später betrat Captain Stanley S. Fine das Büro.

»Sie kennen Commander Bitter, Stan?« fragte Stevens.

»Jawohl, Sir«, antwortete Fine. »Schön, Sie zu sehen, Commander. Willkommen im Irrenhaus.«

»Kümmern Sie sich um den Papierkram, ja, Stan? Und dann bringen Sie den Commander rüber zum Dorchester.«

»Jawohl, Sir.«

»Und, Stan, ich will die Princess wiederhaben.«

»Ich verstehe, Sir.«

Auf der Fahrt zum Dorchester Hotel erhielt Bitter die Antwort auf die Frage, die er nicht zu stellen gewagt hatte. Princess war die Austin Princess Limousine, mit der Canidy ihn auf dem Flugplatz erwartet hatte.

Der Eingang des Dorchester Hotel war mit Sandsäcken geschützt, die hoch vor der Drehtür gestapelt waren, und die Scheiben der Fenster, die zur Park Lane und dem Hyde Park hinausschickten, waren schwarz angestrichen und mit gekreuztem Klebeband gesichert, damit keine Glassplitter herumflogen, wenn eine Bombe in der Nähe einschlagen sollte.

Aber drinnen war das Hotel so, wie Bitter es in Erinnerung hatte. Der einzige Unterschied bestand anscheinend darin, daß die meisten der Männer und viele der Frauen in der Halle und der Bar Uniform trugen.

Bitter sah überrascht, daß der britische weibliche Sergeant mit den anderen an einem Tisch bei der Wand saß. Ein weiterer Beweis für Canidys Verachtung von militärischen Sitten. Unteroffiziere sollten nicht gesellschaftlich mit Offizieren verkehren.

Und Offiziere sollten keine Zuneigung in der Öffentlichkeit zeigen, dachte Bitter, als er sah, daß sich Ann Chambers liebevoll an Dick Canidy schmiegte.

»Commander Don Winslow von der Navy und sein Winkeladvokat«, sagte Canidy.

»Der Winkeladvokat hat den Befehl, die Princess zurückzufordern«, sagte Fine.

»O verdammt!« stieß der britische weibliche Sergeant hervor. »Es machte soviel Spaß, damit zu fahren!«

»Außerdem ist das Lenkrad da, wo es sein sollte, richtig?« sagte Whittaker.

Bitter sah, daß Whittaker die linke Hand der Herzogin hielt, an der sie einen Ehering trug.

»Nachdem du nun deine Predigten gehört hast, Edwin, zeig uns, wie du deinen Charme bei den Eingeborenen spielen lassen kannst«, sagte Canidy.

»Richard«, sagte der britische weibliche Sergeant, »Lassen Sie ihn um Himmels willen in Ruhe.«

Das war ein erstaunliches Verhalten für einen weiblichen Unteroffizier, fand Bitter, genau der Grund, weshalb es Sitte beim Militär war, Unteroffiziere und Mannschaften gesellschaftlich von Offizieren zu trennen.

»Commander«, sagte die Herzogin, »es ist anscheinend nur fair, Ihnen zu sagen, daß wir in den vergangenen vier Tagen von Richard nur begeisterte Berichte über Sie gehört haben. Ich kann mir nicht vorstellen, warum er jetzt, da Sie tatsächlich hier sind, so eklig zu Ihnen ist.«

Ein Kellner brachte einen Sessel zum Tisch.

»Es tut mir schrecklich leid, Eure Hoheit«, sagte er, »aber dies ist der einzige verfügbare Sessel.«

Bitter sah, daß sie schnell die Hand fortzog, die von Whittaker gehalten worden war.

»Wir werden schon zurechtkommen«, sagte die Herzogin. »Vielen Dank.«

Bitter saß dann neben dem englischen weiblichen Sergeant. Das bereitete ihm Unbehagen, aber er konnte anscheinend nichts dagegen tun.

Whittaker griff unter den Tisch und zog zwei graue Papiertüten hervor.

»Scotch und Apfelschnaps, Eddie«, sagte er. »Wir haben keinen Bourbon mehr.«

»Ich gebe es ungern zu«, sagte Fine, »aber ich finde zunehmend Geschmack an Apfelschnaps.«

Bitter entschied sich, unter den gegebenen Umständen keinen Drink abzulehnen, obwohl er eigentlich nichts trinken wollte.

»Scotch, bitte«, sagte er.

Lady Sergeant schob sich auf der Bank zur Seite, damit sie an den Eiskübel gelangen konnte. Mit langen, zarten Fingern gab sie Eis in ein Glas und hielt es Whittaker hin, damit er Scotch einschenkte.

Bitter erinnerte sich an ihren Namen: Agnes Draper.

Als sie ihm das Glas überreichte, berührten sich ihre Hände, und Bitter fragte sich, ob Canidy tatsächlich fähig war, zu versuchen, ihn mit einem weiblichen Sergeant zu verkuppeln.

Er sagte sich, daß es Canidy durchaus zuzutrauen war.

Eine Viertelstunde später kam Lieutenant Colonel Stevens in die Bar.

»Ich störe nur ungern diese fröhliche kleine Versammlung«, sagte Stevens, »aber ich muß mit Ihnen sprechen, Dick. Und auch mit Ihnen, Stan.«

Fine und Canidy standen sofort auf. Ann rutschte über die Bank auf den freien Platz, und Agnes Draper folgte ihr, woraufhin ihre Hüfte nicht mehr gegen Ed drückte.

Bitter beobachtete Canidy, Stevens und Fine, die sich ihren Weg durch die überfüllte Bar zur Halle bahnten.

»Das tun sie ständig, Eddie«, sagte Whittaker. »Ihren privaten kleinen Plausch halten, meine ich. Ich bin mir nicht sicher, ob sie tatsächlich irgend etwas Geheimes zu besprechen haben oder nur eine Schau abziehen.«

»Na, na, Jimmy«, sagte die Herzogin. »Das ist unfair!«

»Hey«, sagte Whittaker, »du sollst mein Mädchen sein. Wenn du weiterhin auf seiner Seite stehst, wird Ann mit einer Axt auf dich losgehen.«

»Nein, das werde ich nicht«, sagte Ann. »Jeder, der auf Dicks Seite ist, der ist auf meiner.«

»Paß auf, was du sagst!« sagte die Herzogin zu Whittaker. Aber sie streichelte über seinen Handrücken.

Es gab für Bitter keinen Zweifel: Whittaker hatte etwas mit der Herzogin, und sie war eine verheiratete Frau! Und es machte ihr wirklich nicht viel aus, wer von dem Verhältnis wußte. Bitter sagte sich, daß es ihn nichts anging, doch er fragte sich, was Colonel Stevens, der darüber Bescheid wissen mußte, davon hielt. Und dann überlegte er, was Colonel Stevens mit Canidy und Fine zu besprechen hatte.

Stevens, Canidy und Fine fuhren mit dem Aufzug in die vierte Etage des Hotels und gingen in eine Suite, die von einem uniformierten Amerikaner mit den Abzeichen eines zivilen Technikers bewacht wurde. In der Suite führte Stevens seine beiden Begleiter in ein kleines Arbeitszimmer.

Er nahm ein Kuvert aus seiner Aktentasche und entnahm ihm einen Zeitungsausschnitt, den er auf den Tisch legte.

»Das kam vor ungefähr einer Stunde aus Schweden«, sagte er.

»Sie fragen nicht, wie die Dinge in Horsham St. Faith gelaufen sind?« fragte Canidy.

»Die Eighth Air Force rief an und meldete die Mission als vollendet«, sagte Stevens. »Gibt es sonst noch etwas, das ich nicht weiß?«

»Ich war in Horsham St. Faith, als das Flugzeug der Fotoaufklärung zurückkehrte«, sagte Canidy eisig.

»Davon wußte ich nichts«, erwiderte Stevens ruhig.

»Es war ziemlich schlimm beschossen worden. Der Kopilot flog es zurück, aber er machte eine Bruchlandung. Der Pilot starb im Sanitätswagen. Vermutlich war es das beste. Der Pilot hatte ein großes Stück Stahl im Kopf. Sein Leben wäre ohnehin nur noch ein Dahinvegetieren gewesen.«

»Mein Gott, Dick!« sagte Fine.

»Dick, Sie meinen doch nicht, daß Sie in irgendeiner Weise verantwortlich sind?« fragte Stevens.

»Nein, natürlich nicht. Die gute Fee hat diese Aufklärungsmission befohlen. Nicht ich.«

»Sie war nötig«, sagte Stevens.

»Ich hätte fliegen sollen«, sagte Canidy. »Kein Junge, der erst vor einem Jahr von der High School abgegangen ist. Kein Junge mit vielleicht fünfhundert Flugstunden.«

»Sie wissen, warum das nicht in Frage gekommen ist«, sagte Stevens.

»Sagen Sie das der Mutter des Jungen«, erwiderte Canidy. »Ich sage ›Mutter‹, weil er nicht alt genug aussah, um eine Frau zu haben.«

»Er war Freiwilliger wie Sie, Dick«, sagte Stevens.

Canidy schaute ihn lange an.

»War es Lorimers Idee, mich nicht fliegen zu lassen, Colonel, oder Ihre?« fragte er.

»Meine«, sagte Stevens. »Wenn Sie das ärgert, tut es mir leid.«

Canidy nickte. Sichtlich um das Thema zu wechseln, ging er zu dem Zeitungsausschnitt, den Stevens aus dem Umschlag genommen hatte, und überflog ihn. Dann wies er auf eine Stelle.

»Das ist ein Ding!« sagte er. »Unser alter Kumpel Helmut Shitfitz.«

Stevens lachte. Er war erleichtert, weil Canidy nicht mehr zeigte, wie unglücklich er über das Schicksal des B26-Piloten war.

»Was steht in dem Artikel, Stan?« fragte Canidy und gab Fine den Zeitungsausschnitt.

»Es ist ein Artikel der *Frankfurter Rundschau* vom dreißigsten Dezember«, übersetzte Fine. »Darin heißt es: ›Honoratioren versammelten sich beim Gedenkgottesdienst für Oberstleutnant Baron von Steighofen.‹ Sie sind aufgezählt. Einer davon ist von Hürten-Mitnitz. Und Erics Vater ist dabei. Und unser Freund Müller, der jetzt anscheinend Standartenführer ist.«

»Was ist ein Standartenführer?« fragte Canidy.

»So was wie Colonel«, sagte Fine. »Die Organisation der SS, vergleichbar mit einem Regiment, ist eine Standarte. Also ist ein Standartenführer so etwas wie ein Regimentskommandeur.«

»Meinen Sie, sie wollten dort Erics Vater treffen?«

fragte Canidy. »Daß sie, mit anderen Worten, die Postkarte erhalten haben und noch auf unserer Seite sind?«

»Müller verbrachte die Silvesternacht – die ganze
Nacht – im Kurhotel mit Gisela Dyer.«

»Mit der Frau des Professors?« fragte Canidy ungläubig.

»Mit seiner Tochter«, korrigierte Stevens.

»Woher wissen Sie das?«

»Die Briten haben einen Agenten in Marburg. Es gibt
außerhalb der Stadt einen Stützpunkt für Kampfflug-
zeuge. Wir baten den Agenten, ein Auge auf den Professor zu halten. Er hielt diese Information für interessant und schickte sie uns.«

»Die Briten beobachten Dyer für uns?« fragte Canidy
überrascht.

»Nein. Nicht so, wie Sie meinen. Wenn sie auf etwas
stoßen, geben sie es an uns mit weiter, wenn sie können.
Der Agent muß in dem Hotel gewesen sein und
gedacht haben, die Beziehung zwischen Dyers Tochter
mit einem hohen Mann vom Sicherheitsdienst könnte
uns interessieren. Aber unsere englischen Brüder
haben klargemacht, daß wir keine weiteren Informationen bekommen. Mit anderen Worten, keine Hilfe mehr
von ihrem Mann in Marburg.«

Canidy dachte darüber nach. »Okay«, sagte er dann,
»und was machen wir jetzt?«

»Als erstes holen wir Fulmar aus Marokko zurück«,
sagte Stevens. »Ich hoffe, Gisela erinnert sich an seine
Handschrift.«

»Und wir können die Tommys nicht dazu bewegen,
uns zu helfen? Halten sie das für unter ihrer Würde
oder was?«

»Es gibt andere Prioritäten, Dick«, sagte Stevens.

»Haben Ihnen die Luftaufnahmen etwas gezeigt,
Dick?« fragte Fine.

»Ja«, sagte Canidy. »Die Mission von Douglass war vergeudete Mühe. Es stimmt, daß Dougs Jungs es geschafft haben, ein paar Fünfhundert-Pfünder ins Ziel zu bringen. Aber die Annahme des Air Corps, daß einiger Schaden angerichtet wurde, ist Wunschdenken. Ich nehme an, sie werden das bald zugeben, obwohl sie ihre ›Experten‹ immer noch nach Erfolgen suchen lassen.«

»Sie klingen ziemlich überzeugt«, meinte Stevens.

»Ich bin selbst mal bei der Marine gewesen, Colonel«, erwiderte Canidy trocken. »Wenn ich das Foto eines U-Boots sehe, das betankt wird, während ein Kran Torpedos lädt, bin ich Experte genug, um daraus zu schließen, daß die Wartungsanlage intakt ist.«

Er wartete, bis Stevens nickte, und fuhr dann fort: »Es werden einige dieser fliegenden Bomben nötig sein, um die Bunker auszuschalten, und das kleine Problem ist mein Zweifel daran, daß Aphrodite funktionieren wird.«

»Warum sollte es nicht funktionieren?« fragte Fine.

»Diese Flugzeuge per Funk zu steuern ist viel leichter gesagt als getan«, antwortete Canidy. »Besonders wenn sie alt und verschlissen sind.«

»Gibt es einen Grund dafür?« fragte Stevens.

»Ja, wenn Sie einen aeronautischen oder aerodynamischen Grund meinen«, sagte Canidy. »Steuerungsoberflächen werden durch Kabel aktiviert. Selbst bei einem nagelneuen Flugzeug muß man mehr Druck anwenden, um zum Beispiel das linke Ruder anders zu betätigen als das rechte. Die B17-Maschinen, mit denen Kennedy arbeitet, sind alte Flugzeuge, die eigentlich auf den Schrottplatz gehören. In vielen Fällen sind sie aus Teilen zusammengebaut, die aus drei, vier oder sogar fünf ausgeschlachteten Flugzeugen stammen. Das Fliegen damit ist für einen Piloten höllisch schwierig. Und sie per Funk fernzusteuern ist nahezu unmöglich. Man muß Energie genug haben, um den Kurs zu korrigieren, rauf, runter, zur Seite und so. Mit anderen Worten, es erfordert jede Menge Energie, die Kabel zu bewegen, damit die gewünschten Effekte bei der Fernsteuerung eintreten. Habe ich das einigermaßen verständlich formuliert?«

Stevens nickte.

»Und das bezieht sich auf leere Flugzeuge«, fuhr Canidy fort. »Wir haben noch nicht mal versucht, sie mit einer Ladung, sprich Bombe, zu fliegen.«

»Wäre es leichter – möglicher –, wenn Kennedy neue Flugzeuge hätte?« fragte Stevens.

»Etwas leichter, nicht viel, aber etwas«, sagte Canidy.

»Ich werde die Sache überprüfen«, sagte Stevens. »Und, Dick, Sie sagten soeben, ›wir‹ haben nicht versucht, mit Ladung zu fliegen. Sie werden kein Flugzeug des Projekts Aphrodite fliegen. Wenn das wie ein Befehl klingt, so ist es einer.«

»Ich weiß«, sagte Canidy sarkastisch. »Ich werde wie eine keusche Jungfrau für etwas Wichtiges aufgespart, richtig?«

»Ja«, sagte Stevens, »das ist richtig.«

Stevens nahm den Ausschnitt der *Frankfurter Rundschau* vom Tisch und steckte ihn in das Kuvert.

»Das war's«, sagte er. »Sie können zu Ihrer Party zurückkehren.«

4

Rundfunkstation London

Der Regisseur in der Kabine wies mit dem Zeigefinger auf den linken der beiden Männer, die im Studio saßen. Der Mann, auf den er gezeigt hatte, neigte sich ein wenig vor.

»Dies ist der Überseedienst der British Broadcasting Corporation«, sagte der Mann.

Der Regisseur wies mit dem Zeigefinger auf den Techniker, der neben ihm in der Kabine saß. Der Techniker spielte die Schallplatte ein, die er aufgelegt hatte.

Die Glocken von Big Ben läuteten über den Äther.

Der Regisseur wies auf den Mann, der am rechten Tisch im Studio saß.

»Und nun einige Nachrichten für unsere Freunde in Germany«, sprach der Mann in sein Mikrofon. Er las eine sorgfältig getippte Liste kurzer, verschlüsselter Botschaften ab, bis er zu Nummer acht gelangte.

»Der Kurfürstendamm ist eisglatt«, las er. Dann wiederholte er langsam und betont: »Der Kurfürstendamm ist eisglatt.«

Die Nachricht klang bedeutungslos. Aber sie würde sorgfältig in Berlin von Funktechnikern der verschiedenen deutschen Nachrichtendienste, einschließlich des SD und des Informationsministeriums, aufgezeichnet werden, die versuchen würden, eine Bedeutung darin zu erkennen. Man würde sie mit allen anderen Nachrichten vergleichen, in denen der Kurfürstendamm oder Berlin oder ›glatt‹ oder ›Eis‹ erwähnt wurde. Alle möglichen Bedeutungen – wie weit hergeholt auch immer – würden notiert werden, und Kopien würden angefertigt und verteilt werden, so daß *diese* Information verfügbar war, wenn in der nächsten ›Nachricht für unsere Freunde in Germany‹ irgendeiner dieser Begriffe genannt wurde. All die Bemühungen würden zwecklos sein, dann diese Nachricht war tatsächlich bedeutungslos.

Der BBC-Sprecher las nicht die Nachricht Nummer 9. Denn zwischen Nummer 8 und 9 wurde ein Insert eingespielt. Die Botschaft, die er als nächstes ablas, war ihm erst vor einer knappen halben Stunde gegeben worden. Und ein Vermerk am Fuß des Blatt Papiers wies ihn an, die Botschaft zehn Nächte lang jede Nacht zu verlesen.

»Gisela dankt Eric für das Radio«, las er sehr sorgfältig und wiederholte: »Gisela dankt Eric für das Radio.«

Dann kehrte er zu seinem Originaltext zurück.

»Bruno grüßt Onkel Hans. Bruno grüßt Onkel Hans.«

5

Whitbey House
Kent, England

8. Januar 1943

Etwas verärgert, weil er von einem Sergeant mit der Aufforderung geweckt wurde, er solle seinen Arsch aus dem Bett schwingen, wenn er Frühstück haben wolle, zog sich Lieutenant Commander Edwin W. Bitter schnell an und machte sich auf die Suche nach der Messe. Bei der Ankunft am vergangenen Abend war er von einem anderen Sergeant in ein Zimmer geführt worden, und er war müde und ein wenig betrunken gewesen. Als er jetzt in den Flur ging, konnte er sich nicht an den Rückweg zur Haupthalle erinnern.

Er fand, daß Whitbey House einem Museum ähnelte. Es hätte ihn nicht erstaunt, wenn uniformierte Museumswächter herumgestanden hätten oder eine Gruppe Schulkinder zu einer Besichtigung über die breiten Flure geführt worden wäre.

Er ging in die falsche Richtung und mußte umkehren, als er in einer Sackgasse landete. Als er die Haupthalle schließlich fand, fühlte er sich wie ein Dummkopf. Dort gab es einen Wegweiser. Beschriftete Pfeile waren an einen Pfosten genagelt. Zwei davon wiesen auf ›Washington‹ und ›Berlin‹. Und fast am Fuße befand sich ein Pfeil mit der Aufschrift ›Messe‹.

Als er sich näherte, hörte er das Murmeln von Stimmen und nahm den Geruch von Kaffee und gebratenem Speck wahr. Am Eingang zu einem langen Raum mit hoher Decke saß ein Private First Class an einem Tisch und kassierte fünfunddreißig Cents für das Frühstück.

Er sah, daß die Messe im Whitbey House sowohl für Unteroffiziere als auch für Offiziere diente und von wesentlich mehr Personal besucht wurde, als er erwartet hatte. Er schätzte auf die schnelle, daß sich hundertfünfzig Personen in der Messe aufhielten, einschließlich fünfundzwanzig oder dreißig uniformierte Frauen. Zuerst fragte er sich, ob dies ein weiterer Beweis für Canidys Geringschätzung der Sitten beim Militärdienst war, die vorschrieben, daß die Ränge getrennt waren.

Aber dann erkannte er den feinen Unterschied.

Obwohl Offiziere und Unteroffiziere (beiderlei Geschlechts) zusammen an den Tischen mit acht Plätzen saßen, mußten sich die Unteroffiziere bei der Essenausgabe anstellen, während die Offiziere von Kellnern bedient wurden. Es gab separate Tische für Ausbilder im Unteroffiziers- und Offiziersrang. Und ein Tisch am fernen Ende des Raums war von all den anderen getrennt. Er war reserviert für den befehlshabenden Offizier und seinen Stab, also für Canidy, Whittaker, Jamison und Captain Herzogin von Stanfield, WRAC.

Canidy sah Bitter an der Tür stehen und winkte ihn zu sich. Als Bitter den Raum durchquerte, begrüßte ihn jemand.

»Guten Morgen, Commander«, sagte Sergeant Agnes Draper.

Sie saß an einem Tisch mit mehreren anderen weiblichen Unteroffizieren, amerikanischen WACs und britischen WRACs.

»Guten Morgen, Sergeant«, sagte Bitter.

Er bemerkte, daß Sergeant Draper keinen Uniformrock trug, nur ein Uniformhemd aus Khaki und eine khakifarbene Krawatte. Ihre Brüste sprengten fast das Khakihemd, so kam es ihm jedenfalls vor.

»Ich habe Commander Don Winslow gekannt, seit Christus Kadett war, und jetzt sehe ich ihn zum ersten Mal unrasiert«, wurde Ed von Canidy begrüßt.

»Nehmen Sie Platz, Commander«, sagte die Herzogin. »Ignorieren Sie ihn. Er hat mal wieder miese Laune.«

»Verschlafen, wie?« fragte Canidy.

»Ich nehme es an«, sagte Bitter, als ein GI-Kellner ihm eine abgelichtete Speisenkarte reichte. Ed war beeindruckt von der großen Auswahl an Gerichten. »Sehr eindrucksvolle Karte«, sagte er.

»Ein gutgenährter Sailor ist ein glücklicher Sailor«,

sagte Canidy feierlich. »Bedanke dich bei Jamison für das Essen. Er ist ein As im Klauen.«

»Wie ich sehe«, sagte Bitter. Er bestellte pochierte Eier und Roastbeef und schenkte sich dann eine Tasse Kaffee aus einer silbernen Kanne ein.

»Wir haben hier einen Ruf aufrechtzuerhalten, Commander«, sagte Canidy. »Dein befehlshabender Offizier erwartet von dir, daß du rasiert und poliert bist und in jeder Weise unseren wohlbekannten eleganten Maßstäben entsprichst.«

Bitter schaute ihn an. Canidy trug ein Khakihemd mit offenem Kragen und ohne Rangabzeichen und einen olivfarbenen, ärmellosen Pullover, der am Hals und den Ärmellöchern mit Leder eingefaßt war. Bitter sagte sich, daß es kein amerikanisches Kleidungsstück war, sondern eher ein britisches.

»Jawohl, Sir«, sagte Bitter. »Ich werde versuchen, Sie nicht zu enttäuschen, Sir.«

»Das ist die richtige Gesinnung!« sagte Canidy. »Wenn du zum Admiral gehst, will ich, daß er dein frischrasiertes Kinn und die scharfen Bügelfalten deiner Hose betrachtet und sich sagt: ... *Dieser* junge Offizier ist zweifellos einer unser eigenen. ...«

»Welcher Admiral?« fragte Bitter.

»Wir fragten uns so besorgt, was der Admiral von dir halten wird, daß wir dich den Packard benutzen lassen«, sagte Canidy.

»Welcher Admiral?« wiederholte Bitter.

»Der Deputy Commander for Air, Naval Element, SHAEF rief Colonel Stevens gleich heute morgen an«, sagte Canidy. »Er sagte dem Colonel, er bedaure zutiefst, daß er dich noch nicht angemessen auf dem europäischen Kriegsschauplatz willkommen geheißen hat. Übersetzt heißt das, er will dich an dein Marineerbe erinnern und warum du hergeschickt worden bist.«

»Wenn ich das sagen muß, Dick, ich gehe davon aus, daß ich für dich arbeite«, sagte Bitter. »Basta.«

Canidy nickte.

»Er fragte Colonel Stevens, ob du vielleicht in deinem überfüllten Terminkalender Zeit finden könntest, um ihm ein paar Minuten zu widmen. Als Stevens ihm sagte, daß das schwierig sein könnte, versüßte der Admiral sein Angebot. Er erklärte, daß er ein alter Freund von General Lorimer ist und euch beide gern miteinander bekannt machen möchte.«

»Du hast wohl nicht mitgekriegt, was ich gesagt habe, Dick«, sagte Bitter.

»Ertrage mich, Commander«, sagte Canidy. »Nun, Colonel Stevens ist ebenfalls ein Absolvent der Gewerbeschule und kennt das weise militärische Sprichwort: ›Hüte dich vor einem Admiral, der Geschenke macht!‹ So verschwieg er dem Admiral, daß wir bereits mit General Lorimer über dich gesprochen und tatsächlich vorgehabt haben, dich heute morgen für einen kleinen Plausch dort rüberzuschicken. Er sagte sich, daß es vielleicht für uns von Interesse ist, festzustellen, was der Admiral im Schilde führt. Also dankte Stevens dem Admiral überschwenglich für sein Interesse und schlug vor, daß du ihn dort um zwölf Uhr triffst.«

»Wo ist ›dort‹? Und zum dritten Mal, wer ist General Lorimer?«

»›Dort‹ ist London. Brigadier General Kenneth Lorimer vom Headquarters der Eight Air Force in High Wycombe ist das, was die Eight Air Force ›unterrichteter Offizier‹ für das Projekt Aphrodite nennt.«

»Okay«, sagte Bitter.

»Die Besorgnis des Admirals um dein Wohlergehen ist rührend«, sagte Canidy. »Er bot an, dir einen Wagen mit Fahrer zur Verfügung zu stellen. Nun, das machte Colonel Stevens wirklich mißtrauisch, denn Wagen und Fahrer sind ungefähr so rar wie fünfzehnjährige englische Jungfrauen.«

»Vielen Dank, Dick«, sagte die Herzogin von Stanfield.

»Nichts für ungut, Eure Hoheit«, sagte Canidy. »Aber bitte unterbrechen Sie nicht Ihren befehlshabenden Offizier, wenn er spricht.«

»Ich verstehe nicht«, sagte Bitter.

»Dick argwöhnt, Commander, daß der Wagen mit einem Fahrer kommen wird«, sagte die Herzogin.

»Und wir brauchen hier keinen Spion der Navy«, sagte Jimmy Whittaker. »Wir haben alle Hände voll zu tun mit französischen und deutschen Spionen. Und mit englischen.«

»Ihr beide könnt zum Teufel gehen!« sagte die Herzogin.

»Anwesende natürlich ausgenommen«, sagte Whittaker.

»Ich habe das Gefühl, aufgezogen zu werden, und ich kann mir nicht vorstellen, wie«, sagte Bitter.

»Nein, du wirst nicht aufgezogen«, sagte Canidy. »Wir verplempern soviel Zeit damit, uns gegenseitig zu bespitzeln, daß es ein verdammtes Wunder ist, wenn wir noch Zeit finden, um die Deutschen auszuspionieren.«

»Es ist leider wahr, Commander«, sagte die Herzogin.

»Damit du dich nicht gegenüber dem Admiral oder der Navy im allgemeinen in der Schuld fühlst, hat die Herzogin vorgeschlagen – und ich habe zugestimmt –, dich in meinem persönlichen Packard nach London und dann nach High Wycombe und Fersfield zu schicken. Natürlich mit der treuen Agnes am Steuer, um der Sache den letzten Schliff zu geben.«

»Dein ›persönlicher Packard‹?«

»Darüber wollen Sie gewiß nichts hören«, sagte die Herzogin.

»Doch, das will ich.«

»Es ist eine heikle Sache«, sagte Canidy. »Aber was soll's, Eure Hoheit, entweder vertrauen wir ihm oder nicht.«

Die Herzogin zuckte mit den Schultern.

»Lieutenant Jamison schnüffelte auf dem Gelände herum, Commander, und fand eine Tür in den Ställen, versteckt hinter Heuballen. Neugierig, wie er ist, entfernte er die Heuballen und öffnete die Tür, und ob du's glaubst oder nicht, da stand ein Packard aufgebockt und konserviert für die Dauer des Krieges plus sechs Monate. Irgendwie hatte Ihre Hoheit den Wagen einfach vergessen, als die Regierung Seiner Majestät vorbeischaute und Autos requirierte.«

Die Herzogin war verlegen, wie Bitter sah.

»Als der Wagen erst einmal aufgetaucht war«, sagte Canidy, »war sie natürlich begierig darauf, ihn für die Kriegsanstrengungen zur Verfügung zu stellen. Und wer war die verdienstvollste Person, die uns einfiel?«

Bitter lachte.

»So malten wir ›U.S. Army‹ auf die Türen und die Nummer von Whittakers Hundemarke auf die Haube.«

»Die Nummer von Whittakers Hundemarke?«

»Wir haben noch nicht spitzgekriegt, wie wir die richtigen Papiere dafür bekommen können«, sagte Whittaker. »Wir vertrauen darauf, daß nur sehr wenige MPs die Fahrzeugpapiere von einem Packard der U.S. Army verlangen, der von einer englischen Lady Sergeant gefahren wird.«

»Stevens hat sich entschieden, wegzusehen«, sagte Canidy. »Aber ich nehme an, es gibt einige Leute, die meinen persönlichen Packard als Verletzung der einen oder anderen Vorschrift betrachten würden.«

»Sei also vorsichtig, Ed«, sagte Whittaker.

»Es gibt eine Moral von der Geschichte, Edwin«, sagte Canidy.

»Die möchte ich gern hören.«

»Wenn du nicht neugierig gewesen wärst und keine Fragen gestellt hättest, dann hättest du keine möglicherweise schädlichen Informationen erhalten. Wenn du jetzt auf einen übereifrigen Polizisten stößt, kannst du nicht mehr ehrlich behaupten, unschuldig zu sein.«

»Was soll ich sagen, wenn ich gestoppt werde?« fragte Bitter.

»Laß dich nicht stoppen«, sagte Canidy. »Das wäre leichter.«

»Mein Gott!« sagte Bitter.

»Als Jamison und ich den Ford klauten und Colonel Stevens uns erwischte«, sagte Whittaker, »machte ihm Dick weis, das sei ein Teil des Ausbildungsprogramms für Agenten. Ich bezweifle, daß wir wieder damit durchkommen.«

»Normalerweise würde ich dir eine Predigt halten, Commander, und dich daran erinnern, dem Admiral nichts zu sagen, was nicht absolut nötig ist«, sagte Canidy. »Ich verzichte nur darauf, weil du noch nicht lange genug hier bist, um irgend etwas Wichtiges über das OSS zu wissen.«

Bitter blickte zu Whittaker.

»Willkommen auf der anderen Seite des Spiegels, Ed«, sagte Whittaker.

»Nicht zu glauben!« murmelte Bitter.

»Wirst du ihm von unserem Agenten vor Ort in Fersfield erzählen?« fragte Whittaker.

Canidy lächelte. »Das bezweifle ich«, sagte er. »Warten wir mal ab, ob er raten kann.«

Rasiert und in frisch gebügelter Uniform stand Bitter eine Stunde später in der Eingangshalle von Whitbey

House. Er war sich immer noch nicht ganz sicher, ob er aufgezogen worden war, was illegale Packards oder geklaute Fords anbetraf, oder ob Canidy und die anderen ein wenig Verfolgungswahn hatten, indem sie sich von den Franzosen und den Engländern ebenso bespitzelt fühlten wie von den Deutschen.

Aber da stand zweifellos ein 1939er Packard, nach Kundenangaben gefertigt, mit Rechtssteuerung und Ersatzreifen auf jedem vorderen Kotflügel. Es war der Typ Wagen, der zu einem Herrenhaus wie Whitbey House gehörte, und jetzt schien es glaubwürdig zu sein, daß er von der Herzogin versteckt und von Jamison gefunden worden war und Canidy ihn für seinen eigenen Gebrauch beschlagnahmt hatte.

Auf der Beifahrertür stand U.S. ARMY, und Zahlen, vermutlich tatsächlich Whittakers Kennziffern, waren ordentlich auf die Haube gemalt. Ein weißer Streifen umrandete die Kotflügel, und die Scheinwerfer waren bis auf einen Schlitz geschwärzt. Neider mußten Whittaker recht geben, wenn er behauptete, daß wahrscheinlich weder ein britischer Polizist noch ein amerikanischer MP diesen Wagen stoppen und die Fahrzeugpapiere verlangen würde.

Sergeant Agnes Draper stieg auf der Fahrerseite aus und schritt die kurze Treppe zur Tür hinauf.

»Guten Morgen, Commander«, sagte sie. »Geben Sie mir Ihr Gepäck, Sir.«

»Ich kann das Gepäck selbst tragen, danke«, sagte Bitter.

Sie ging vor ihm zum Wagen und öffnete ihm die Tür. Er fragte sich, ob sie wußte, daß der Packard illegal war. Er legte seine Reisetasche im Wagen auf den dicken Teppichboden und stieg ein. Sie schloß die Tür und setzte sich hinters Steuer.

Auf der Fahrt nach London erzählte Sergeant Draper, daß High Wycombe vor der Requirierung eine Mädchenschule gewesen war. Dann gab sie eine Art Reisebericht über die Ortschaften, durch die sie fuhren.

Bitter hatte Probleme im Umgang mit Sergeant Draper. Er hatte stets Schwierigkeiten gehabt, mit Unteroffizieren auf persönlicher Basis zu verkehren, und es war noch schlimmer, wenn der Unteroffizier eine Frau war. Er erinnerte sich an die weiche Wärme ihrer Hüfte an seiner in der Bar des Dorchester Hotels. Und Canidys Weigerung, sie distanziert zu behandeln, wie ein Offizier einen Unteroffizier behandeln sollte, machte die Dinge nach Ed Bitters Meinung noch schwieriger.

Um die Atmosphäre zu entspannen, stellte er die üblichen banalen Fragen. Woher stammte sie? Und mochte sie den Militärdienst?

Sie erzählte ihm, sie komme vom Land – ›eigentlich nicht weit entfernt von Whitbey House‹ – und finde ›den Militärdienst jetzt ziemlich gut‹, aber ›bevor Elizabeth meine Versetzung arrangierte, war er verdammt mies.‹

Nach einer Weile wurde Bitter klar, daß Sergeant Draper mit ›Elizabeth‹ Captain Herzogin von Stanfield meinte.

»Sprechen Sie aus Gewohnheit über den Captain mit ihrem Vornamen?« fragte er, ohne zu denken.

Sie blickte zu ihm und lächelte ihn an.

»Nur unter Freunden, natürlich«, sagte sie.

Ihr Lächeln war sehr nett. Und sie hatte wirklich eine tolle Oberweite.

Gottverdammt, dachte er, *wäre sie doch nur ein männlicher Unteroffizier. Einem männlichen könnte ich verdammt gut sagen, daß es Unteroffizieren nicht zusteht, von Offizieren mit Vornamen zu reden und daß Freundschaft – die Art, die sie meint – zwischen Offizieren und Unteroffizieren und Mannschaften gegen die Sitten des Militärdienstes verstößt.*

VIII

I

Supreme Headquarters
Allied Expeditionary Force
Grosvenor Square, London

9. Januar 1943, 11 Uhr 15

Der Packard rollte erhaben über den Grosvenor Square,
und Sergeant Draper betätigte den Blinker, um anzuzeigen, daß sie zum Haupteingang des roten Backstein-
gebäudes wollte. Ein englischer Polizist, der seine Gas-
maske über die Schulter geschlungen hatte, warf einen
schnellen Blick hin und sagte sich, daß ein Packard mit
einem WRAC-Sergeant am Steuer berechtigt war, zum
vorderen Eingang zu fahren. Er signalisierte ihr, abzu-
biegen.

Es gab nicht viel Platz vor dem Gebäude. Die Leute
mußten schnell in ihre Stabswagen ein- und aussteigen,
damit es keinen Verkehrskollaps gab. Nur für Eisenhowers Packard Clipper war ein Parkplatz vor dem
Gebäude reserviert (auf dem Bürgersteig). Alle anderen
Wagen mußten entweder auf der anderen Straßenseite
oder in einer Tiefgarage geparkt werden.

Ein amerikanischer Militärpolizist, groß und
schmuck, mit weißen Handschuhen und Gamaschen
und weißem Bezug auf seiner Schirmmütze, ging
schnell und militärisch zackig über den Bürgersteig,
um die Tür zu öffnen. Dann grüßte er schneidig, als Bitter ausstieg.

Bitter erwiderte den Gruß und ging zur Tür. Sein zweiter Besuch beim SHAEF in weniger als 24 Stunden unterschied sich sehr von seinem ersten. Beim ersten Mal war er mit einem Bus an der Hintertür eingetroffen und hatte unter dem Gewicht seines Gepäcks gewankt.

Im Gebäude rief eine WAC-Rezeptionistin Admiral Fosters Büro an und meldete dann Ed Bitter, daß er vom Adjutanten des Admirals abgeholt werden würde.

Der Adjutant, ein Lieutenant, überraschte ihn, indem er ihn mit dem Vornamen anredete. Bitter brauchte einen Moment, bis er sich erinnerte, daß er zusammen mit ihm auf der Militärakademie Annapolis gewesen war.

»Ich weiß nicht, was schiefgelaufen ist«, sagte der Adjutant, als er ihn über lange Korridore zu Admiral Fosters Büro führte. »Ich wollte dich in Croydon abholen und dich ohne die üblichen Predigten durch die erste Prozedur bringen. Aber ich erhielt nie eine Bestätigung deiner voraussichtlichen Ankunftszeit.«

»Kein Problem«, sagte Bitter. Und er dachte: *Canidy wußte, mit welchem Flugzeug und wann ich eintreffen würde.*

Admiral Foster, dessen Büro Ausblick auf den verschneiten Park bot, begrüßte ihn herzlich, und ein Matrose servierte schnell Kaffee.

»Bis jetzt klappt der Terminplan prima«, sagte der Admiral. »Ken Lorimer kann uns erst um fünfzehn Uhr dreißig oder sechzehn Uhr empfangen, und so werden wir Zeit für eine schnelle Besichtigung hier, ein kleines Mittagessen und für den Ausflug nach High Wycombe haben.«

»Jawohl, Sir«, sagte Bitter. »Admiral, ich kenne mich hier nicht aus. Ich mache mir Sorgen, wie mein Fahrer ihr Mittagessen bekommt.«

»*Ihr* Mittagessen?«

»Jawohl, Sir. Es ist ein weiblicher Sergeant der britischen Armee.«

»Sie und Eisenhower«, sagte Admiral Foster.

»Sir?«

»General Eisenhower hat ebenfalls einen englischen weiblichen Sergeant als Fahrer«, sagte Foster. »Verdammt gutaussehende Frau.«

»Wie mein WRAC-Sergeant«, sagte Bitter.

»Sorgen Sie dafür, daß Commander Bitters Fahrer ihr Mittagessen erhält«, befahl Foster seinem Adjutanten, und dann führte er Bitter auf einen Besichtigungsrundgang durch die Marineabteilung des SHAEF und stellte ihn ranghohen Offizieren vor als ›der Mann, den der DCNO geschickt hat, um die Navy bei diesem ›heiklen Projekt‹ zu vertreten.

Es war klar, daß für ihn Bitter der richtige Mann am richtigen Platz war, nicht nur jemand, ›der sich im Kampf ausgezeichnet‹ hatte, sondern auch ein Berufsoffizier der Navy, der ›die Lage‹ besser verstand als ein Außenstehender. Bitter war nicht dumm: Er erkannte, daß man ihn in die Mangel nahm.

Nach dem Mittagessen, als Sergeant Agnes Draper mit dem Packard vor dem Gebäude vorfuhr, schlug Admiral Foster vor, nach High Wycombe zu fahren. Sein Adjutant folgte ihnen in seinem Wagen.

Als sie aus London hinaus waren, bat Foster, die Trennscheibe herunterzulassen, und kam dann gleich zur Sache.

»Verdammtes Glück, daß Sie und dieser Canidy alte Freunde sind, Bitter«, sagte er.

»Admiral«, erwiderte Bitter, »als ich mich am Berkeley Square meldete, informierte mich Colonel Stevens, daß Canidy den Befehl hat, mich sofort heimzuschicken, wenn er den Verdacht hat, daß ich der Navy Bericht erstatte.«

»Sie meinen doch nicht, Ihr Freund Canidy würde das wirklich tun, oder?«

»Doch, Sir, ich meine – ich weiß es –, daß er es tun würde.«

»Die Navy erwartet von Ihnen, Commander, daß Sie Ihr Bestes tun, um dafür zu sorgen, daß die Navy am Ende weder dumm noch ärmlich in dieser Sache dasteht. Und mit dieser Sache meine ich alle Operationen auf dem europäischen Kriegsschauplatz, nicht nur das Projekt U-Boot-Bunker. Sie sollen mir sagen, was die Army vorhat, das sie der Navy nicht erzählt. Nach allem, was ich gehört habe, schnüffelt das OSS überall herum.«

Das ist die Höhe! dachte Bitter. *Canidy hatte recht.*

»Admiral«, sagte Bitter, »wissen Sie, was das OSS mit Leuten macht, die es verdächtigt, geheime Informationen weiterzugeben?«

»Nein, das weiß ich nicht«, sagte der Admiral. »Und um Himmels willen, Commander, wir sprechen von der United States Navy, nicht vom Feind.«

»In den Staaten schickt man diese Leute zum St. Elizabeth's Hospital zur psychiatrischen Untersuchung.«

»Wie bitte?«

»Und hier gibt es eine ähnliche Einrichtung in Richodan, Schottland.«

Admiral Foster starrte ihn ungläubig an.

»Offenbar gilt das Prinzip der Habeaskorpusakte, also das englische Staatsgrundgesetz von 1679 zum Schutz der persönlichen Freiheit, nicht für Personen, die psychiatrisch untersucht werden«, sagte Bitter.

»Commander, ich weiß nicht, wo Sie das gehört haben, aber ich würde es an Ihrer Stelle nicht beachten. Es ist illegal. Ich will es anders formulieren. Sollten Sie in einer psychiatrischen Klinik landen, voll zurechnungsfähig, dann wird die Navy Sie dort herausholen. Haben wir uns verstanden?«

»Jawohl, Sir«, sagte Bitter. »Es ist ermunternd, das zu hören, Sir.«

Canidy hatte Bitter vom St. Elizabeth's Hospital und der Einrichtung in Richodan, Schottland, erzählt. Und Bitter wußte, daß Canidy ihn damit nicht auf den Arm genommen hatte.

All sein gutes Gefühl über die Verwendung war jetzt dahin. Aus politischen Gründen, die nichts mit der Kriegführung zu tun hatten, wurde er von einem Zwei-Sterne-Admiral aufgefordert, beim OSS zu spionieren. Er wußte, daß er das nicht tun konnte, auch wenn die Navy ihn dann für unloyal halten würde.

Er verstand plötzlich, daß nur jemand mit außergewöhnlicher Macht in der Regierung dem OSS die außerordentliche Befugnis gegeben haben konnte. Und das wäre nicht geschehen, wenn es keinen triftigen Grund dafür gäbe. Ein Grund, der wichtiger war als so unwichtige Dinge, ob die Navy dumm oder ärmlich dastand.

Als Stanley Fine ihm den OSS-Ausweis gegeben hatte, war es Bitter ein bißchen lustig vorgekommen, wie ein Schuljungen-Melodrama. Jetzt sah er es anders. Die Wahrheit war, daß er soeben ungewollt die Navy wieder verlassen hatte, genau wie damals, als er zu den Flying Tigers gegangen war.

Nun, es ist nicht ganz so, dachte er. *Für die Flying Tigers habe ich mich freiwillig gemeldet. Und für diese Sache hier verdammt nicht.*

Beim Hauptquartier der Eighth Air Force in High
Wycombe machten sie den rituellen Höflichkeits-
besuch beim ranghöchsten anwesenden Offizier. Der
Lieutenant General war förmlich korrekt und schaffte
es, den Eindruck zu vermitteln – ohne es natürlich
offen auszusprechen –, daß es eine miese Idee war,
die Ausschaltung der U-Boot-Bunker dem OSS zu
übertragen, daß er jedoch als pflichtbewußter Soldat seine Befehle erfüllen und voll kooperativ sein
würde.

Dann suchten sie Admiral Fosters Freund auf, den
Offizier der Eighth Air Force, der das Projekt besonders
unterstützen sollte. Kenneth Lorimer erwies sich als
sehr junger Brigadier General, der die gleiche ins Auge
stechende, ganz pinkfarbene Uniform trug, wie Whittaker eine auf Croydon angehabt hatte.

Foster stellte Bitter als den Mann der Navy vor, der
sich tagtäglich mit dem Projekt Aphrodite befassen
würde. Er versäumte nicht, zu erwähnen, daß Bitter
Annapolis-Absolvent war.

Es war ziemlich klar, was Foster bei Lorimer damit
ausdrücken wollte: die Absolventen der Militärakademie sollten zusammenhalten, um die Angriffe der pro-
visorischen Krieger zurückzuschlagen, die beim wahren Geschäft der Kriegführung störten.

General Lorimer blickte ihn ein wenig unangenehm
berührt an.

»G. G.«, sagte er, »ich bin da ein bißchen in der
Klemme.«

»Ich verstehe nicht«, sagte Admiral Foster.

»Ich sage nur ungern, daß ich unter Zeitdruck stehe,
aber so ist es«, sagte Lorimer. »Und, so peinlich es auch

für mich ist, dir das zu sagen, G. G., du hast kein Recht auf Information über das, was Commander Bitter und ich zu besprechen haben.«

»Um Himmels willen, Ken, ich bin der Chef der Abteilung Naval Aviation SHAEF.«

»Aber du stehst nicht auf Canidys Liste. Es tut mir leid, dies sagen zu müssen.«

»Was, zum Teufel, soll das heißen?«

»Es gibt eine Liste derjenigen Leute, die Zugang zu Informationen über die Abwicklung des Projekts Aphrodite haben dürfen«, erklärte General Lorimer. »Canidys Liste, weil Canidy sie erstellt hat.«

»Wir sind in ziemlich beschissener Verfassung, wenn ein Major einen Admiral abservieren darf«, sagte der Admiral zornig.

General Lorimer zuckte bedauernd mit den Schultern.

Admiral Foster brachte seine Wut unter Kontrolle.

»Die Navy wird alles tun, um zu helfen, Ken«, sagte er. »Merken auch Sie sich das, Commander. Alles, was überhaupt möglich ist. Wir bleiben in Verbindung.«

»Ich bringe dich zu deinem Wagen, G.G.«, sagte General Lorimer.

»Ich werde ihn finden, danke«, sagte Admiral Foster, gab ihnen die Hand und ging.

Als die Tür hinter ihm geschlossen war, wandte sich Lorimer an Bitter und forderte ihn mit einer Geste auf, in einem Sessel Platz zu nehmen.

»Was kann ich für das OSS tun, Commander?«

»General«, sagte Bitter. »Es ist mir ein wenig peinlich, zu bekennen, daß ich glaube, soeben zu einem Bauern in einer Art Schachspiel zwischen Major Canidy und der Navy gemacht worden zu sein. Ich bin gerade erst eingetroffen. Es war Admiral Fosters Idee, mich Ihnen vorzustellen. Ich habe keine Ahnung, was ich hier tun soll.«

Lorimer schaute ihn lange an und lächelte dann.

»Klären wir die Atmosphäre zwischen uns, Commander«, sagte General Lorimer. »Es juckt mich wirklich nicht, wer diese Operation zur Ausschaltung der U-Boot-Bunker durchführt. Ich will aus egoistischen Gründen, daß sie richtig durchgeführt wird. Die Eighth Air Force hat viele Flugzeuge und Männer verloren, ohne ersichtliche Erfolge zu erzielen. Wir spüren bereits den Mangel an Nachschub, weil diese U Boote unsere Schiffe versenken. Ich will, daß die U-Boote verschwinden, und wenn es dazu der Hilfe des OSS bedarf, dann sagen Sie mir einfach, was das OSS wünscht.«

Er legte eine Pause ein, bevor er hinzufügte: »Und da Canidy dies leitet, bin ich wenigstens zufrieden, daß er handelt, wie es meiner Meinung nach ein Offizier tun sollte.«

»Sir?«

»Ich habe als Second Lieutenant gelernt, daß ein Offizier von niemandem verlangen sollte, etwas zu tun, zu dem er nicht selbst bereit ist. Canidy tauchte gestern in Horsham St. Faith auf, vor Tagesanbruch und bereit, eine Foto-Aufklärungsmission zu den U-Boot-Bunkern zu fliegen. Wir waren bereit für ihn. Colonel Stevens hatte angerufen und mir erzählt, daß er wahrscheinlich versuchen würde, selbst zu fliegen. Doch auf meine Befehle hin wurde ihm das verweigert.«

»Darüber war ich nicht informiert und …«, sagte Bitter.

General Lorimer hob eine Hand und unterbrach ihn.

»Canidy rief mich heute morgen an und sagte, ich schulde ihm einen Gefallen und könnte ihn einlösen, indem ich Ihnen den Admiral vom Hals halte und Sie weiter nach Fersfield schicke. Dort sind die Drohnen. Ich habe getan, was ich tun konnte.«

»Darf ich fragen, weshalb Canidy glaubte, Sie schulden ihm einen Gefallen?«

»Als Colonel Stevens sagte, Canidy plane wahrscheinlich, die Mission zu fliegen und er halte es für keine gute Idee, sorgte ich dafür, daß Canidy nicht fliegen durfte«, sagte General Lorimer. »Aber als die B26 nach Horsham St. Faith zurückkehrte, eine Bruchlandung machte und explodierte, war Canidy verdammt nahe dran, selbst draufzugehen, weil er die Crew barg.«

»Davon hat er mir nichts erzählt, Sir«, sagte Bitter.

»Mir auch nicht«, sagte Lorimer. »Er hat Sie jedoch ziemlich begeistert geschildert. Er bezeichnete Sie als hervorragenden Jagdflieger. Und er sagte, Sie könnten fähig sein, das Projekt U-Boot-Bunker durchzuführen.«

»Ich weiß nicht, was ich sagen soll, Sir.«

»Nun, ich nahm ihn beim Wort, Commander. Ich kenne Canidy nicht gut, aber gut genug, um zu wissen, daß er nur wenige Leute schätzt. Und ich glaube, wir wissen beide, daß er in einem Geschäft ist, indem wir kein Gesülze von alter Freundschaft als Auswahlkriterium für Personal gebrauchen können.«

Bitter blickte Lorimer schweigend an.

»Man ließ Sie einen Schreibtisch fliegen, wie ich hörte?« sagte General Lorimer.

»Ich kam vom BUAIR her, General.«

»Wollen Sie wieder fliegen?«

»Jawohl, Sir.«

»Nun, eine verschlissene B17 ist natürlich keine P38«, sagte General Lorimer. »Aber sie ist besser, als einen Schreibtisch zu fliegen. Haben Sie mehrmotorige Maschinen geflogen?«

»Ich habe ein paar Flugstunden mit einer zweimotorigen Beechcraft«, antwortete Bitter. Es wurde ihm klar, daß General Lorimer zu dem Schluß gelangt war, daß er, Bitter, bei dieser Operation fliegen würde. Daran hatte er zuvor wirklich nicht gedacht, aber jetzt war er aufgeregt.

»Ich habe mir noch heute morgen gedacht, daß der gefährlichste Teil der ganzen Sache das Aussteigen aus dem Flugzeug ist. Sind Sie jemals mit einem Fallschirm abgesprungen?«

»Nein, Sir«, sagte Bitter.

»Sie waren bei der glücklichen Hälfte, wie?«

»Sir?«

»Ich habe mit einem meiner Staffelkommandanten gesprochen, Sie kennen ihn vermutlich, es ist Doug Douglass. Und er erzählte mir, daß jeder zweite AVG-Pilot entweder abgeschossen wurde oder notlanden mußte.«

»Ich bin mit Douglass geflogen, Sir«, sagte Bitter. Und dann platzte er heraus: »Als ich getroffen wurde, mußte ich notlanden. Doug landete neben mir, lud mich in sein Flugzeug und startete. Ohne ihn hätte ich nicht überlebt.«

Lorimer blickte ihn nachdenklich an.

»Das war also Douglass«, sagte er. »Ich habe diese Geschichte gehört, hielt sie jedoch bis jetzt für ein Märchen von der Abteilung Öffentlichkeitsarbeit. Wie, zum Teufel, kamen Sie beide ins Cockpit einer P40?«

»Er lud mich zuerst ein und setzte sich dann auf meinen Schoß. Ich weiß nicht, wie er es schaffte, die Ruderpedale zu betätigen.«

»Nicht zu glauben!« sagte General Lorimer nachdenklich. Und dann beschäftigte er sich wieder mit der Gegenwart.

»Hat Canidy Ihnen erzählt, daß Douglass' Gruppe schwere Verluste erlitt, als sie versuchte, diese gottverdammten U-Boot-Bunker zu bombardieren?«

»Ich habe davon gehört«, sagte Bitter, »jedoch nicht von Canidy.«

»Was uns zu den Drohnen zurückbringt«, sagte Lorimer. »Ich hatte Gelegenheit, in Fersfield vorbeizuschauen und ein paar Minuten mit zwei Offizieren zu reden – übrigens sind es Offiziere der Navy –, mit einem Commander Dolan und einem Lieutenant Kennedy.«

Lorimer schwieg und musterte Bitter, um zu sehen, ob ihm die Namen etwas sagten, und als Bitter mit einem Kopfschütteln verneinte, fuhr Lorimer fort: »Im Grunde haben wir zwei Probleme. Erstens die Fernsteuerung der Drohnen, und daran arbeiten wir. Man hat bereits erkannt, daß es unmöglich sein wird, sie ohne Piloten in die Luft zu bekommen. Es ist unmöglich, durch Funk kontrollierte Mechanismen zu installieren, die erlauben, das Flugzeug zu fliegen. Also wird ein Pilot damit starten, es auf die richtige Höhe bringen, es trimmen, die Motoren aufeinander abstimmen, den Kurs festlegen und die Maschine dann dem Drohnen-Piloten im Kontrollflugzeug übergeben. Dann beginnt die Steuerung per Funk.«

»Der Pilot würde dann per Fallschirm von der Drohne abspringen?« fragte Bitter.

»Das ist das zweite Problem, den Piloten herauszubekommen«, sagte General Lorimer. »Wie vertraut sind Sie mit der B17?«

»Ich habe niemals in einer gesessen«, sagte Bitter.

»Nun, das kann leicht arrangiert werden«, sagte General Lorimer. »Ich kann veranlassen, daß Sie an Ausbildungsübungen einer Crew teilnehmen. Und ich kann Sie als Beobachter auf eine Mission schicken.«

»Das wüßte ich zu schätzen, Sir«, sagte Bitter.

»Nun, Sie werden dies besser verstehen, wenn Sie mit einer B17 geflogen sind. Aber das Problem des Aus-

273

stiegs besteht kurz gesagt darin, daß der Rumpf mit soviel Sprengstoff vollgepackt wird, wie für die Sprengung der U-Boot-Bunker nötig ist – und man kann eine Menge darin unterbringen, denn ohne das Bombengehäuse wiegt Torpex nicht sehr viel –, und normalerweise die Ausstiegsluken von der Ladung blockiert werden. Dieses Problem werden Sie ebenfalls lösen müssen.«

Es wurde Bitter plötzlich bewußt, daß General Lorimer verstummt war und ihn anschaute, entweder neugierig oder ungeduldig. Bitter war in Gedanken versunken gewesen. Er hatte nicht an Lösungen der Probleme gedacht, die General Lorimer geschildert hatte, sondern an seine eigene Unfähigkeit, sie zu lösen. Er wußte nichts über Sprengstoffe oder Fallschirme, und er war nie in einer B17 gewesen.

»Ich werde keine weitere Ihrer Zeit beanspruchen, General«, sagte Bitter. »Ich halte es für das beste, nach Fersfield zu fahren und mich dort selbst umzusehen.«

Lorimer nickte, erhob sich und reichte Bitter die Hand.

»Lassen Sie mich wissen, was ich für Sie tun kann«, sagte er.

Als Ed das Gebäude verließ, lehnte Agnes Draper auf der anderen Straßenseite am Kotflügel des Packard. Sie sah ihn und wollte einsteigen. Aber er forderte sie mit einer Geste auf, zu warten, und ging zu ihr.

Als er heran war, hielt Agnes Draper die hintere Tür für ihn auf.

»Fersfield, Commander?« fragte sie.

»Ja«, antwortete er und fügte hinzu: »Ich glaube, ich werde fahren, wenn es Ihnen nichts ausmacht.«

»Ich bezweifle, daß Sie das tun sollten«, sagte Sergeant Draper.

»Trotzdem werde ich fahren«, sagte er.

»Jawohl, Sir.«

Er setzte sich hinters Lenkrad und ließ den Motor an.

»Wenn ich so kühn sein darf, Commander«, sagte Agnes Draper. Bitter schaute sie an.

»Ja?«

»Darf ich den Commander daran erinnern, daß wir uns in England befinden? Wo ›die Eingeborenen auf der falschen Straßenseite fahren‹, wie Major Canidy sagt?«

»Danke, Sergeant«, sagte Bitter. »Ich werde mich bemühen, mir das zu merken.«

Ein paar Minuten später kam ihm in den Sinn, daß er vermutlich einen europäischen Führerschein haben mußte und keinen hatte.

Was ändert das? Wenn wir mit diesem illegalen Wagen erwischt werden, juckt es ohnehin nicht mehr, daß ich keinen richtigen Führerschein habe.

Er fragte sich, warum er plötzlich unbedingt fahren wollte, und – ebenso wichtig – weshalb er diesem Drang nachgegeben hatte. Vermutlich, weil er anscheinend beim Fahren stets klar denken konnte, sagte er sich nach einer Weile, und er mußte über vieles nachdenken.

Und dann wurde ihm klar, daß dies nicht stimmte. Er fuhr, weil er vorne sitzen wollte. Bei Sergeant Draper. Und ihm fiel keine andere Möglichkeit ein, um das zu erreichen, ohne selbst zu fahren.

»Möchten Sie eine Zigarette, Commander?« fragte Sergeant Draper. »Ich habe Players und Camels.«

»Eine Camel, bitte«, sagte Bitter.

Als Agnes Draper anscheinend übermäßig Zeit brauchte, um die Zigaretten zu finden, blickte er zu ihr.

Sie hatte zwei Zigaretten in den Mund gesteckt und zündete beide an.

Dann reichte sie ihm eine der beiden Zigaretten. Er nickte dankend und paffte daran.

Einen Augenblick später blickte er auf die Zigarette, die er in der Hand am Steuer hielt. Am Mundstück befand sich eine schwache, aber unverkennbare Spur von Lippenstift.

Als er wieder an der Zigarette sog, hatte er das Gefühl, den Lippenstift zu schmecken.

3

Fersfield Army Air Corps Station
Bedfordshire, England

9. Januar 1943

Das geschwärzte Wrack einer B17 lag auf dem Feld einer Farm außerhalb des Flugplatzes Fersfield. Die Maschine war offenbar bei einem Landeversuch abgestürzt, und höchstwahrscheinlich nicht durch einen Pilotenfehler. Der Rumpf war an verschiedenen Stellen zerfetzt und wies zahlreiche Kugellöcher auf.

Der Militärpolizist am Tor war sowohl von dem Packard als auch von dem Marineoffizier hinter dem Steuer beeindruckt, aber noch mehr von dem weiblichen Passagier; er nahm sich lange Zeit, um Agnes Drapers Ausweispapiere zu überprüfen.

Bitter war ärgerlich. Im Vergleich zu den schneidigen und disziplinierten Marineinfanteristen auf Stützpunkten der Navy fand er Wachen der Army schlampig und anmaßend. Wachen der Navy würden sich nie verhalten, als versuchten sie einen weiblichen Sergeant vor den Augen eines Offiziers anzumachen.

Der Gruß des MP, den er entbot, nachdem er absolut

sicher war, daß Sergeant Draper keine deutsche Spionin war – und nachdem er ihr versichert hatte, daß sie im Unteroffiziersklub des Stützpunkts sehr willkommen sei, wenn sie ein wenig Zeit habe –, war mehr ein lässiges Winken als ein richtiges Grüßen.

Es gab viele B17-Maschinen auf dem Stützpunkt, einige glänzend und neu, andere im Kampf verschlissen. Und einige Wracks lagen in einer Ecke des Flugplatzes, und hier und da schlachteten Mechaniker noch brauchbare Teile aus.

Am fernen Ende des Flugplatzes stoppte Bitter den Packard vor einem großen Schild, auf dem sechs Baracken und ein Hangar der 503rd Composite Squadron angekündigt wurden.

»Hier muß es ein«, sagte er.

»Wenn man uns nicht in die Irre geschickt hat«, sagte Agnes Draper.

Er blickte sie überrascht an. Sie lächelte ihn an.

»Sergeant«, sagte er, »ich werde herausfinden, was ich tun kann, um ein Quartier für Sie zu finden.«

»Danke«, sagte sie.

»Man hat Ihnen gesagt, daß Sie vielleicht einen Tag oder zwei Tage hier sein werden?«

»Jawohl, Sir.«

»Sind Sie vorbereitet? Ich meine bezüglich – äh – Kleidung und so?«

»Captain Stanfield hat mir gesagt, ich soll auf alles vorbereitet sein, Commander«, erwiderte sie.

Bitter sagte sich, daß es nicht zweideutig gemeint war. Und außerdem hatte sie diesmal Captain Herzogin von Stanfield mit ›Captain Stanfield‹ bezeichnet, nicht mit ›Elizabeth‹.

»Gut«, sagte Bitter. Dann stieg er aus dem Wagen und marschierte zu der Baracke, die am nächsten bei dem Schild stand.

Auf dem Weg dachte er daran, daß es zwar Bedarf an Frauen in Uniform gab – Sergeant Draper ersetzte offenbar einen wehrfähigen Mann, damit er aktiven Dienst leisten konnte –, ihr Geschlecht jedoch zu Problemen führte. Es war zum Beispiel viel leichter, die Übernachtung für einen männlichen Fahrer zu arrangieren als für einen weiblichen.

Als er die Tür der Baracke aufstieß, entdeckte ein Seaman den goldenen Besatz eines Offiziers auf Bitters Schirmmütze und rief: »Achtung!«

»Weitermachen«, sagte Bitter automatisch. Er hatte gerade eine Tür entdeckt, an die ein Schild mit der Aufschrift LT CMDR J.B. DOLAN genagelt war, als Lieutenant Commander Dolan persönlich auftauchte, anscheinend um zu sehen, wer das Vorzimmer betreten hatte.

»Das ist ein Hammer!« sagte Lieutenant Commander Dolan. »Sieh mal, was die Flut an Land gespült hat!«

Er ging schnell und mit ausgestreckter Hand auf Bitter zu. Dolan war ein schwergewichtiger, kahl werdender Mittvierziger. Er lächelte breit. Bitter hatte Dolan zum letztenmal in China gesehen. John Dolan hatte am Fußende der Trage gestanden, mit der Bitter an Bord eines Transportflugzeugs gebracht worden war, das ihn zum Lazarett der Army in Indien geflogen hatte. Dolan war einer der legendären Navy-Piloten im Unteroffiziersrang gewesen, ein Chief Aviation Pilot. In China war er der Wartungsoffizier der ersten Jagdstaffel der Amerikanischen Freiwilligengruppe gewesen.

Jetzt ergab Canidys rätselhafte Bemerkung über den ›Agent vor Ort‹ in Fersfield Sinn.

»Chief, es freut mich, Sie zu sehen«, sagte Bitter herzlich.

»Chief? Ich bin Commander, Commander«, sagte

Dolan mit breitem Grinsen und wies auf sein goldenes Eichenblatt. »Wie geht's Ihnen, Mr. Bitter?«

Alte Angewohnheiten sind nicht totzukriegen, dachte Bitter. Dolan konnte sich nicht abgewöhnen, rangniedrigere Marineoffiziere mit ›Mister‹ anzureden. Und dann gestand er sich ein: *Und ich konnte nicht sofort oder leicht akzeptieren, daß er jetzt Berufsoffizier ist, der denselben Rang hat wie ich.*

»Mir geht's ziemlich gut, John«, sagte Bitter. »Ich habe wieder Fliegerstatus.«

»Ich sah Sie humpeln, als Sie zur Tür kamen«, sagte Dolan, und es klang vorwurfsvoll.

»Das liegt an dem feuchten Wetter«, sagte Bitter.

»Dieses verdammte Schlitzohr!« Dolan lachte. »Canidy sagte mir, der neue Skipper sei ein Klugscheißer vom Pentagon.«

»Nun, das mit dem Pentagon stimmt«, sagte Bitter.

»Er hat mich verdammt reingelegt«, sagte Dolan. »Es freut mich, Sie zu sehen. Diese Operation ist schon komisch genug, ohne daß sie von einem Sesselfurzer geleitet wird.«

»Es freut mich auch, Sie zu sehen, Dolan«, sagte Bitter.

»Und vielleicht sind Sie ein wenig überrascht, mich in Uniform zu sehen?«

»Ja«, bekannte Bitter. Bei ihrer letzten Begegnung hatte Dolan einen vergeblichen Kampf geführt, um wieder Fliegerstatus zu erhalten. Er hatte einen Herzfehler.

»Als ich von China zurückkehrte, versuchte ich aus dem Ruhestand wieder einberufen zu werden. Die Personalabteilung sagte ›kommt nicht in Frage‹. So ging ich zu Boeing. Ich kannte dort ein paar Jungs von der alten F4-B. Dann taucht dieser zum Offizier ernannte Zivilist von der Personalabteilung auf und sagt, die

Navy hätte es sich anders überlegt. Ich sagte ihm, er kann mich mal. Zwei Tage später kam er wieder. Wenn ich unter der Voraussetzung wiederkomme, daß ich sofort nach Übersee gehe, wird die Navy mich zum Lieutenant machen. So sagte ich mir, was soll's, wenn sie mich so dringend brauchen, dann können sie mich auch zum Lieutenant Commander machen. Ich kenne die Vorschrift, die besagt, das man mit dem höchsten Dienstgrad in den Ruhestand geht, den man dreißig Tage lang in Kriegszeit hatte. Ich sagte mir, ich kann so zu dreißig Tagen kommen, bevor meine Krankenakte auftaucht und man mich wieder rausschmeißt. Aber diesmal als Lieutenant Commander, was viel mehr Kohle bringt, als ich als Chief bekam. So sage ich dem Knaben ›Abgemacht, wenn man mich zum Lieutenant Commander macht‹.

»Zwei Tage später ist er mit dem Patent da und ver-eidigt mich. Und er hat meine Befehle dabei. Ich muß mich in Norfolk für den Weitertransport melden. In Seattle ist es schwierig, eine Wohnung zu bekommen, und so gab ich meine nicht einmal auf. Ich kaufte mir zwei blaue Uniformen und ein paar Hemden, ließ mei-nen Wagen bei der Tankstelle zurück und stieg in ein Flugzeug nach Norfolk. Ich sagte mir, meine Kranken-akte wird mich zwar einholen, aber ich kann dreißig Tage herausschinden, so daß ich in fünf, allenfalls sechs Wochen in Seattle zurück sein kann. Als ich in Norfolk aus dem Flugzeug steige, werde ich von einer gutaus-sehenden Blondine erwartet, deren blondes Haar bis zum Hintern hinab reicht und die wie Katherine Hep-burn spricht. Sie fährt mich zur Andrews Air Corps Base außerhalb von D.C., und eine halbe Stunde später bin ich auf dem Weg hierhin. Canidy erwartet mich auf Croydon und grinst von einem Ohr bis zum anderen.«

»Und Sie wurden hierhin geschickt?«

»Richtig.«

»Wie laufen die Dinge?«

»Nicht so toll«, sagte Dolan. »Sie würden nicht glauben, welche Armleuchter bei meiner Ankunft hier waren. Ich nehme jedoch an, wir bringen den Laden tipptopp in Schuß, wenn wir die sogenannten Experten weggeschickt haben.«

»Und was ist mit Ihrer Krankenakte?« fragte Bitter.

»Wie Sie sicherlich selbst erfahren haben, Commander«, sagte Dolan, »hängt das Ergebnis der Flugtauglichkeitsuntersuchung davon ab, wer sie durchführt.«

»Flugtauglichkeitsuntersuchung? Fliegen Sie?«

»Sie hätten wohl nie gedacht, daß Sie und ich mal mit der B17 fliegen?« fragte Dolan unschuldig.

Es war eine Frage und eine Herausforderung, und Bitter erkannte es.

»Nichts, was Sie tun, überrascht mich, Commander Dolan«, sagte er.

»Gut«, sagte Dolan. »Sie waren mal ein ziemlich steifer Typ, wenn ich das sagen darf.«

Bitter sagte sich, daß er sich mit dem Problem von Dolans körperlicher Verfassung später befassen würde. Und dann wurde ihm klar, daß er sich selbst belog.

Ich werde Dolan brauchen und kann ihn nur zu seinen Bedingungen haben. Wenn Dolan nicht fliegen kann, wird er sich einfach wieder in den Ruhestand versetzen lassen. Oder Canidy um eine andere Verwendung bitten.

»Ich bin älter und weiser geworden, Dolan«, sagte Bitter.

»Erzählen Sie mir etwas von der Tommy-Puppe mit den prächtigen Titten«, sagte Dolan. »Wird sie bleiben? Wie haben Sie Canidy seinen Packard abgeluchst?«

»Canidy wollte einen SHAEF-Admiral mit dem Wagen beeindrucken«, sagte Bitter.

»G.G. Foster«, sagte Dolan. »Er war schon ein Arschloch, als ich ein Junior Grade war. Nehmen Sie sich vor diesem Scheißkerl in acht.«

»Sie kennen ihn?«

»Er schnüffelte herum«, sagte Dolan. »Behandelte mich wie einen lange vermißten Freund. Er meint, dieser Krieg wird zwischen der Army und der Navy geführt. Er wollte, daß ich für die guten Jungs spioniere. Ich sagte ihm, wenn ich ihn jemals wieder hier sehe, melde ich ihn.«

»Ich habe heute mit ihm zu Mittag gegessen«, sagte Bitter.

»Hat Canidy Ihnen etwas über eine Einrichtung namens Richodan gesagt?«

»Er hat beiläufig etwas davon erwähnt«, sagte Bitter.

»Passen Sie auf, Commander Bitter«, sagte Dolan. »Seien Sie sehr vorsichtig.«

»Ich habe Sie klar und deutlich verstanden, Commander Dolan«, sagte Bitter.

Dolan boxte ihm freundschaftlich gegen den Arm.

»Sie wollten mir von der Tommy-Puppe mit den prächtigen Titten erzählen.«

»Canidy hat sie mitgeschickt, damit sie den Wagen fährt«, sagte Bitter, »und vermutlich, damit sie ihm berichtet, was ich zu Admiral Foster gesagt habe und er zu mir. Können wir sie irgendwo zum Übernachten einquartieren, vielleicht für zwei Nächte?«

»Es wird ein bißchen eng für zwei auf einem Feldbett, aber klar läßt sich das machen«, sagte Dolan.

»Dolan«, blaffte Bitter, »ich schlafe nicht mit ihr.«

»Ich dachte, Sie sind am Knie verwundet worden, nicht am Gehirn«, sagte Dolan. »Was, zum Teufel, ist mit Ihnen los? Das ist die hübscheste Tommy-Puppe, die ich gesehen habe, seit ich hier bin.«

»Erstens, Dolan, bin ich verheiratet«, sagte Bitter. »Und zweitens ist sie ein Unteroffizier.«

»Oh, ich verstehe«, sagte Dolan und lächelte, und Bitter wußte, daß Dolan ihn für einen Blödmann hielt.

Man kann einen Unteroffizier in die Uniform eines Offiziers stecken, aber das macht ihn nicht zu einem Offizier, dachte Bitter selbstgerecht.

»Kommen Sie in Ihr Büro«, sagte Dolan. »Ich habe guten Bourbon da.«

»Ich betrachte es nicht als mein Büro, Dolan«, sagte Bitter. »Ich bin nur hier, um mich umzusehen.«

»Candidy sagte, Sie bleiben eine Zeitlang hier«, sagte Dolan. »Und Sie sind mein Vorgesetzter.«

Nach Bitters Meinung lohnte es sich nicht, darüber zu streiten, und er wollte auch nicht den Bourbon ablehnen, den Dolan ihm anbot, nachdem er ihn in das kleine Büro geführt hatte. Dolan schenkte großzügig Bourbon in Wassergläser und reichte eines Bitter.

»Willkommen an Bord, Sir«, sagte er. Er trank seinen Bourbon auf einen Zug und rief dann mit erhobener Stimme: »Treiben Sie Mr. Kennedy auf. Bitten Sie ihn her, damit er den neuen Skipper kennenlernt.«

»Wer ist Kennedy?« fragte Bitter.

»Das einzige Arschloch, das ich behalten habe«, sagte Dolan. Dann korrigierte er sich. »Er war der einzige der ursprünglichen Leute hier, der kein Arschloch war, meine ich. Deshalb habe ich ihn behalten. Er ist Reservist und hat nicht lange gedient, aber er ist ein guter Mann. Und angesichts seiner wenigen Flugstunden ist er ein ziemlich guter Pilot.«

Ein paar Minuten später sah Commander Bitter, der Lieutenant Joseph P. Kennedy junior, USNR, durch das Fenster der Baracke beobachtete, daß Kennedy zuallererst ein Gentleman war. Kennedy blieb bei Sergeant Draper stehen und erkundigte sich lange und ausführlich, ob er ihr helfen könne. Aber schließlich kam er in die Baracke.

»Joe«, sagte Dolan, »dies ist der Klugscheißer vom Pentagon, den Canidy uns geschickt hat. Er ist mit Canidy und Douglass in der AVG geflogen. Er hat neun Abschüsse geschafft, bevor er verwundet wurde.«

»Ich glaube, ich sollte rausgehen und noch einmal reinkommen und mich richtig melden«, sagte Kennedy. »Ich dachte, ich muß antanzen, um einen weiteren von Dolans alten Seebären zu treffen und mir Geschichten von der alten Navy anzuhören.«

»Für Sie, Lieutenant Kennedy, ist Commander Bitter ein alter Seebär«, sagte Dolan.

Kennedy zeigte keine Reue.

»In diesem Fall schlage ich vor, eine Extraration Rum an die Mannschaft zu verteilen, bevor wir essen gehen«, sagte er. »Na, ist das Gerede von Seebären?«

»Erinnert er Sie an jemanden, den wir kennen, Commander?« fragte Dolan.

Bitter sah, daß die beiden sich offensichtlich mochten. Das sprach für Kennedy. Dolan mochte nur wenige Leute – wie es bei Canidy der Fall war.

»MIT, Mr. Kennedy?« fragte Bitter. Kennedy sprach wie Canidy mit leichtem Akzent von Massachusetts. Vielleicht hatte er am Massachusetts Institute of Technology studiert.

»Auf der gegenüberliegenden Straßenseite«, sagte Kennedy. »Harvard.«

»Commander Dolan und ich werden versuchen, es Ihnen nicht vorzuwerfen«, sagte Bitter und gab ihm die Hand.

»Mir gefällt Ihre Fahrerin, Commander«, sagte Kennedy.

»Mir auch«, sagte Bitter, und dann wurde ihm klar, daß es nach Besitzerstolz klang. Er wechselte schnell das Thema. »Wie ist das nun mit der Extraportion Rum vor dem Essen?«

Die 503. Composite Squadron – der Name war aus bürokratischen Gründen für das Aphrodite Projekt ersonnen worden – hatte zuwenig Offiziere und Unteroffiziere und Mannschaften, um eine eigene Messe zu rechtfertigen. Deshalb wurde das Personal in den Messen der B17-Heavy Bombardement Group beköstigt, die in Fersfield stationiert war.

Dolan hatte mit seinem Rang ein Anrecht auf einen Platz am Tisch der ranghohen Offiziere in der Messe. Aber weil Kennedy am Tisch der ranghohen Offiziere nicht willkommen sein würde, führte Dolan sie zu einem Tisch in der Ecke.

Fast sofort setzten sich ein sehr jung aussehender Major und ein sogar noch jünger wirkender Lieutenant Colonel, beide mit Schaffelljacken für Flüge in großer Höhe, uneingeladen zu ihnen. Der Colonel drehte seinen Stuhl herum und legte die Arme auf die Lehne.

»Dolan«, sagte der Colonel, »ich habe Ihnen immer und immer wieder gesagt, daß jeder denkt, Sie wären wütend auf mich, wenn Sie nicht mit mir essen.«

Dolan stand auf.

»Colonel D'Angelo, dies ist Commander Bitter«, sagte Dolan. »Colonel D'Angelo ist der Kommandant der Gruppe.«

»Und der Stützpunktkommandant, Dolan«, sagte D'Angelo. »Vergessen Sie das nicht.«

»Guten Tag, Sir«, sagte Bitter. »Ich hatte vor, Sie morgen früh anzurufen.«

Das stimmte nicht genau, aber Bitter rechtfertigte es vor sich selbst, indem er sich sagte, daß er vielleicht morgen an einen Höflichkeitsanruf gedacht hätte.

»Danny Ester«, sagte der Major und reichte Bitter

die Hand. »Ich bin der stellvertretende Kommandant.«

»Eigentlich wußten wir von Ihrem Kommen, Commander«, sagte D'Angelo. »General Lorimer rief vor
kurzem an. Er sagte drei faszinierende Dinge über Sie.
Daß Sie mit einem Packard fahren. Daß der Packard
von einem tollen Sergeant gefahren wird. Und daß Sie
ein Flying Tiger waren.«

Bitter war verlegen.

»Schuldig in allen drei Punkten, Sir«, sagte er.

»Er sagte ebenfalls, daß ich mit Ihnen kooperieren
soll«, sagte D'Angelo. »Hat er das tatsächlich so gesagt,
oder haben Sie Märchen erzählt, Dolan?«

»Nein, Sir, ich habe keine Märchen erzählt«, sagte
Dolan.

»Danny«, sagte D'Angelo, »ich finde, es wäre leichter, wenn Sie das Schild ›Stabsoffiziere‹ herüberholten,
anstatt den Tisch zu wechseln.«

»Jawohl, Sir«, sagte der Major. Er durchquerte den
Raum, nahm das Schild und ging damit zurück. Als die
anderen Offiziere sahen, was er tat, gab es Gelächter
und Applaus. Major Ester drehte sich um und verneigte
sich tief aus der Hüfte.

»Ich bin immer für Sie da«, sagte Colonel D'Angelo,
»und was das anbetrifft, trinke ich gern etwas mit
Ihnen. Aber das kommt heute nicht in Frage. Wir haben
morgen einen Flug. Oder haben Sie etwas wirklich
Wichtiges, das eilig ist?«

»Das ist sehr freundlich von Ihnen, Colonel, aber mir
fällt nichts Eiliges ein. Morgen werden mich Commander Dolan und Lieutenant Kennedy einweisen. Aber
wenn Sie zurückkehren, möchte ich Sie um einen Gefallen bitten.«

»Heraus damit«, sagte D'Angelo.

»Ich möchte an einer Ausbildungsmission teilnehmen«, sagte Bitter. »Ich habe fast keine Erfahrung mit Bombern. Ich bin sogar nie mit einer B17 geflogen.«

»Wissen Sie, wie ein Browning Kaliber .50 abgefeuert wird, Commander?« fragte Major Ester.

»Selbstverständlich«, sagte Bitter.

»Wenn Sie sich nicht auf eine Ausbildungsmission versteift haben, Commander, dann gibt es eine Möglichkeit, viel Erfahrung auf die schnelle zu bekommen«, sagte Ester. »Kommen Sie am Morgen mit uns.«

»Wäre ich nicht im Weg?«

»Sie würden einen der Bordschützen ersetzen«, sagte Ester.

Bitter war sich bewußt, daß jeder am Tisch auf seine Antwort wartete.

»Das würde mir sehr gefallen«, sagte er.

Eigentlich wollte er am Morgen nicht bei einer B17-Mission mitfliegen. Und das beunruhigte ihn sehr. Er hatte bereits das mulmige Gefühl, daß sich sein Magen zusammenkrampfte. Er hatte Angst vor diesem Flug.

»Ich werde Ihnen eine Kopie des Handbuchs besorgen«, sagte Colonel D'Angelo. »Vielleicht möchten Sie es heute abend durchblättern.«

»Danke«, sagte Bitter und lächelte ihn an, und er fragte sich, ob D'Angelo ihm die Furcht ansehen konnte.

Das Handbuch, *TM-B17F-1 Operating Manual B17F Aircraft* wurde ihm überreicht, bevor er die Messe verließ.

Auf dem Rückweg in ihren Bereich sagte Dolan: »Es war beschissen von diesem kleinen Scheißer, Ihnen das anzutun. An Ihrer Stelle hätte ich …leck mich am Arsch … zu ihm gesagt.«

»Warum?«

»Sie haben Ihre Schuldigkeit getan«, sagte Dolan. »Sie wissen bereits, wie es ist, beschossen zu werden.

Sie brauchen sich nicht beschießen zu lassen, während Sie an einem Flug teilnehmen, um sich mit einer B17 vertraut zu machen.«

»Sie wissen genau, Dolan, was dieser kleine Scheißer sagen würde, wenn ich nicht mitfliege.«

»Ah, zur Hölle mit ihm. Was juckt es Sie, was er denkt?«

»Ich werde mitfliegen«, sagte Bitter. »Und damit basta.«

»Aye, aye, Sir«, sagte Dolan.

Etwas an Dolans Tonfall ärgerte Bitter. Und dann fiel ihm ein, was General Lorimer ihm über Colonel Stevens' Befehl, Canidy nicht bei der Fotoaufklärungs-Mission mitfliegen zu lassen, erzählt hatte.

»Dolan, Sie bleiben heute abend vom Telefon weg«, sagte Bitter.

»Was?«

»Sie wissen, was ich meine«, sagte Bitter.

»Scheiße«, sagte Dolan.

»Scheiße, *Sir*, Commander.«

»Canidy wird mir den Arsch aufreißen, wenn Sie weggeblasen werden«, sagte Dolan.

»Und ich werde Ihnen den Arsch aufreißen, wenn ich morgen nicht an diesem Flug teilnehmen kann«, sagte Bitter.

Als er zu der Baracke gelangte, konnte er Sergeant Agnes Draper durch ein Fenster sehen. Drinnen fand er ihr Quartier und klopfte an die Tür. Sie öffnete ihm. Sie hatte ihr Haar gelöst und trug einen dicken, alten, unattraktiven Bademantel, offenbar wegen der Wärme ausgewählt, nicht wegen der Eleganz.

»Sie werden sich morgen allein beschäftigen müssen«, sagte Bitter. »Ich werde den Tag mit dem Stützpunktkommandanten verbringen. Fehlt es Ihnen an nichts? Haben Sie genügend Geld dabei?«

»Ja, danke, ich habe an alles Nötige gedacht.«

»Dann gute Nacht, Sergeant.«

»Gute Nacht, Commander.«

Er ging in sein Quartier, stellte die Leselampe über dem Feldbett so gut wie möglich ein und begann das Handbuch zu lesen. Im Vergleich zu dem Handbuch, an das er bei der Navy und der AVG gewöhnt gewesen war, war es erstaunlich simpel, wie ein Kinderbuch. Die Handbücher, die Bitter benutzt hatte, setzten voraus, daß der Leser ein qualifizierter Pilot mit ziemlich fortgeschrittener Kenntnis von Aerodynamik, Physik, Meteorologie und Mathematik war. Das Handbuch für die B17 setzte das Gegenteil voraus.

Dies war mehr eine Bedienungsanleitung im Handschuhfach für den Besitzer eines neuen Autos als sonst etwas. Er langweilte sich bald und schaltete das Licht aus. Aber er fand keinen Schlaf. Und er sagte sich, daß er nicht einfach im Dunkeln liegen und sich Sorgen machen konnte. Das verschlimmerte alles nur. So schaltete er das Licht wieder an und las in dem Handbuch, bis seine Augen tränten.

Um drei Uhr am Morgen wurde er von einem Sergeant geweckt, der sich als Colonel D'Angelos Fahrer meldete und erklärte, er habe den Befehl, ihn zum Briefing abzuholen. Der Sergeant hatte Kleidung für große Höhen dabei, eine Hose und Jacke aus Schaffell, Stiefel und Helm.

Als Bitter über den schmalen Gang der Baracke ging, etwas unbeholfen wegen der ungewohnten Stiefel, öffnete Sergeant Draper die Tür ihres Quartiers und schaute heraus. Ihr dicker Bademantel war nicht geschlossen, und Bitter konnte die steif aufgerichteten Knospen ihrer Brüste unter dem Nachthemd aus Baumwolle sehen.

»Ich bezweifle, daß Dick für Sie eine Beteiligung an

einer Mission im Sinn hatte, Commander«, sagte Sergeant Draper.

»Ist das Ihr Bier, Sergeant?« blaffte Bitter.

»Nein, wohl nicht«, sagte sie und deutete seine Worte als Frage, nicht als Tadel.

Er nickte ihr knapp zu und ging zu dem Jeep hinaus.

Die Einsatzbesprechung war bereits im Gange, als D'Angelos Sergeant ihn in den Briefing-Raum führte. Bitter erkannte sofort, daß er kaum etwas kapieren konnte, wenn er sich die Ausführungen des Offiziers anhörte, und so betrachtete er die Karte an der Wand. Er konnte weder das Ziel noch das Ausweichziel auf der Karte lesen, aber sie lagen weit in Deutschland. Der Kurs des Bombers war mehr gezackt als eine gerade Linie. Er nahm an, das lag daran, daß bekannte schwere Luftabwehr-Stellungen umflogen werden mußten.

Und dann hielt der Lieutenant Colonel auf dem kleinen Podium seinen Zeigestock mit beiden Händen vor sich – wie ein Kavallerieoffizier seine Reitpeitsche, dachte Bitter – und sagte: »Das war's, Gentlemen. Viel Glück.«

D'Angelo kam zu ihm.

»Guten Morgen, Commander«, sagte er.

»Guten Morgen, Sir«, erwiderte Bitter.

»Sie werden mit Danny Ester fliegen«, sagte D'Angelo. »Kommen Sie, ich werde Sie zur Startbahn fahren.«

D'Angelo setzte ihn wortlos unter der Nase einer B17F ab, die gerade außerhalb ihrer Splitterschutzwand aus Sandsäcken stand. Bitter sah, daß die B17 ›Danny's Darling‹ hieß.

Die Unteroffiziere der Crew waren bereits neben einem Stapel von Fallschirmen angetreten. Sie trugen noch nicht zugeknöpfte Schaffell-Ausrüstung für große Höhen.

»Guten Morgen«, sagte Bitter.

Die einzige Antwort der Männer bestand aus einem Nicken.

Bitter schaute sich ›Danny's Darling‹ genauer an. Die Maschine war fast neu. Aber auf den Rumpf und gerade unterhalb der Windschutzscheibe des Cockpits waren sieben Bomben (jede ein Symbol für eine Mission) und vier Hakenkreuze (jedes ein Symbol für den bestätigten Abschuß eines deutschen Flugzeugs) aufgemalt. Darunter sah Bitter das Bild einer schwarzhaarigen, langbeinigen Frau mit riesigem Busen. Es gab drei große Ausbesserungen auf dem Rumpf. Das Flugzeug war getroffen worden, und zwar durch etwas Größeres als MG-Feuer.

Zum erstenmal erinnerte sich Bitter daran, daß er nicht wie versprochen Sarah nach seiner Ankunft in England geschrieben hatte. Und es wurde ihm klar, daß er im Augenblick zwischen zweierlei Verpflichtungen hin und her gerissen wurde. Es wäre keine Frage gewesen, eine Mission zu fliegen, die ihm befohlen worden war. Er war Offizier. Aber man hatte ihn nicht an Bord dieser B17 befohlen. Wie Sergeant Draper gesagt hatte, dies war nicht das, was Canidy mit ihm im Sinn hatte. Und wenn er ums Leben kam, würde Joe seinen Vater verlieren und Sarah ihren Ehemann. Hatte er das Recht, sein Leben zu gefährden, wenn sich das auf das Leben anderer auswirkte? Mußte er wirklich an dieser Mission teilnehmen, um besser seine Pflicht bei dem Projekt fliegende Bomben erfüllen zu können, oder war er einfach ein romantischer Idiot?

Es fiel Ed Bitter sehr leicht, zu dem Schluß zu gelangen, daß er Berufssoldat war und Berufssoldaten in den Krieg zogen. Er verbannte Joe und Sarah aus seinen Gedanken.

Major Danny Ester und die Offiziere der Besatzung

trafen ein paar Minuten später mit einem Waffentrans-
porter ein. Ester stellte ihn vor, dann inspizierte er die
Ausrüstung der Crew und befahl alle an Bord.

IX

I

Fersfield Army Air Corps Station

10. Januar 1943, 4 Uhr 15

Eines der Besatzungsmitglieder half Bitter, das Browning-MG Kaliber .50 in Stellung zu bringen, und fragte ihn dann, ob er jemals damit geschossen hatte.

»Ja«, sagte Bitter.

Das war nicht die reine Wahrheit. Aber auf der Marineakademie Annapolis hatte er mit einem luftgekühlten Browning-MG Kaliber .30 geschossen. In funktioneller Hinsicht waren sie gleich. Und er hatte genug mit den beiden in der Nase seiner Curtiss P40 Warhawk montierten Brownings Kaliber .50 in Burma und China gefeuert, um einige Erfahrung über die Flugbahn und Geschwindigkeit des Geschosses zu sammeln. Der einzige Unterschied bestand darin, daß er diesmal mit der Waffe selbst zielen mußte, anstatt mit dem ganzen Flugzeug. Das würde vermutlich viel leichter sein.

Der Mann der Crew nahm ihn beim Wort.

»Major Ester sagte, wenn Sie eingewiesen sind, können Sie nach vorne gehen«, sagte der Mann der Besatzung.

Bitter nickte und lächelte. Dann hörte er das Röhren einer startenden B17. Er blickte aus dem länglichen Fenster und sah eine grell bemalte B17 aufsteigen. Der Rumpf und die Tragflächen waren leuchtend gelb angestrichen, und auf den gelben Hintergrund waren schwarze Dreiecke gemalt. Der Anstrich diente offenbar dazu, das Flugzeug auffallend sichtbar zu machen, aber abgesehen von der Vermutung, daß es zu Ausbildungszwecken benutzt wurde, hatte Bitter keine Ahnung, was es sein konnte oder warum ein Ausbildungsflugzeug die Genehmigung hatte, zur gleichen Zeit wie eine Bombergruppe zu starten.

Er ging nach vorne, blieb hinter den Sitzen des Piloten und Kopiloten stehen und schaute auf die Kontrollen und Instrumentenanzeigen. Es gab eine beeindruckende Ansammlung von Instrumenten und Hebeln, aber das lag daran, daß dies eine viermotorige Maschine war; für jeden Motor gab es eigene Anzeigen und Kontrollen. Das Instrumentenbrett war in Wirklichkeit gar nicht so kompliziert. Er sagte sich, daß er sich ohne große Probleme an die B17 umgewöhnen konnte. Flugzeug war Flugzeug. Fünf oder sechs Stunden in der Luft mit einem fähigen Ausbilder, und er würde eine dieser Maschinen fliegen können.

Er beobachtete, wie Major Danny Ester die Checkliste durchging und die Motoren anließ. Als Bitter sich sagte, daß er nicht stören würde, fragte er, was es mit dem gelben Flugzeug auf sich hatte.

»Einige Leute nennen es das Judas-Schaf«, sagte Ester. »Denn es bringt die Lämmer zur Schlachtbank.«

»Das verstehe ich nicht«, bekannte Bitter.

»Wir benutzen es, um uns zu formieren«, sagte Ester, und dann erklärte er es. Die meisten dieser B17 Piloten waren ziemlich unerfahren. Nur wenige davon hatten dreihundert Flugstunden absolviert. Viele von ihnen hatten nur hundertfünfzig Flugstunden insgesamt, einschließlich der Grundflugausbildung. Und es gab wenig erfahrene Navigatoren. So diente das grell bemalte Flugzeug als Anhaltspunkt zum Formieren, wenn die anderen Maschinen in der Luft waren. Das

Judas-Schaf startete als erstes und flog dann in flachem Steigflug weite Kreise um den Stützpunkt. Die Bomber der Mission stiegen nacheinander auf und formierten sich hinter ihm. Wenn alle Flugzeuge in der Formation und auf richtiger Höhe flogen, ging das Judas-Schaf auf den Kurs, den die Bomber nach Frankreich oder Deutschland oder wohin auch immer fliegen würden, und drehte dann von der Formation ab. Dieses System, erklärte Major Ester, hatte Kollisionen im Flug stark reduziert, wodurch zuvor fast so viele Ausfälle zu beklagen gewesen waren wie durch feindliche Jagdflugzeuge und Fliegerabwehr.

Ester stellte alle Motoren bis auf einen aus – um Sprit zu sparen, nahm Bitter an –, und es gab eine fünfminütige Wartezeit, bis vom Kontrollturm aus eine Leuchtkugel in den Morgenhimmel stieg. Dann ließ Ester einen zweiten Motor an und begann zu rollen. Als er das Ende der Reihe von wartenden Flugzeugen erreicht hatte, um zu starten, liefen alle vier Motoren.

Er stoppte hinter einer anderen B17 und überprüfte die Magnetzünder der Motoren. Als Ester schließlich an der Reihe war, auf die Startbahn zu fahren, verlangsamte er nicht an der Schwelle, sondern bog auf die Startbahn ab und schob den Gashebel auf TAKE OFF. Die Maschine stieg sofort auf. Bitter hatte nicht das Gefühl, hart gegen den Sitz gepreßt zu werden, das er in einem Jagdflugzeug hatte, aber die verfügbare Kraft war immer noch beeindruckend.

Bitter erinnerte sich von seinem Studium des Handbuchs, daß die vier Wright Cyclone Motoren jeweils 1200 PS beim Start leisteten, 150 PS mehr als die 1040 PS Allison einer P40.

Am Boden wirkte die B17 schwerfällig und plump, aber als Ester sie erst in der Luft hatte, wurde sie sofort überraschend wendig. Ester ging in steilen Steigflug nach rechts, und Bitter konnte die mit Dreiecken markierte gelbe B17 oberhalb von ihnen sehen. Ester nahm eine Position gleich dahinter ein und arbeitete dann einige Zeit mit dem Bordingenieur. Sie stimmten die Motoren aufeinander ab und stellten das Treibstoff-Luft-Gemisch auf die sparsamste Stufe ein.

Sie umkreisten den Flugplatz während des Steigflugs zur Höhe der Mission, stießen bei ungefähr neuntausend Fuß durch die Wolkendecke und gelangten in das Licht des frühen Morgens. Als Bitter aus dem Fenster blickte und die Aluminiumflotte sah, die den Himmel ausfüllte, war er weitaus weniger beeindruckt, als er angenommen hatte. Da war kein Hochgefühl, wie er es in Burma und China empfunden hatte, wenn er aus der Wolkendecke aufgestiegen war und den Himmel nach Japanern abgesucht hatte. Er fühlte sich statt dessen sehr unbehaglich.

Unbehaglich, weil er hilflos war. Dies war mehr ein Abtransport zu einem Operationsgebiet als das Fliegen eines Flugzeugs.

Kurz bevor sie die Mündung der Themse erreichten, verschwanden ihre Begleitjäger. Glänzende kleine Punkte, die aus der Wolkendecke aufstiegen, wurden als P38er und P51er erkennbar, als sie an der Formation der Bomber vorbei höher stiegen, und dann wurden sie wieder kleine Punkte, als sie Schutzpositionen oberhalb der Formation einnahmen, einige vor den Bombern, einige dahinter.

»Sie sollten zurückgehen und die Sauerstoffmaske aufsetzen, Commander«, sagte Ester. »Wir sind jetzt über elftausend Fuß.«

Bitter kehrte zu seiner MG-Stellung zurück und setzte eine Sauerstoffmaske und Kopfhörer auf.

Eine V-Formation von fünf P51 Maschinen tauchte zu ihrer Linken auf, offenbar verlangsamt, um im

Tempo der viel langsameren B17 zu fliegen. Der Pilot an der Spitze der Formation hob die Hand und winkte.

Dahin gehöre ich, ins Cockpit eines Jagdflugzeugs, nicht als Ballast in eine B17, dachte Bitter.

Unter ihnen waren nur Wolken zu sehen. Bitter fragte sich, in welcher Position die Maschine war. Nach dem, was er von dem Briefing und dem schnellen Blick auf die Karte verstanden hatte, bevor D'Angelo ihn zum Start gefahren hatte, mußten sie auf einem Nordost-Kurs fliegen, die Mündung der Themse zwanzig Meilen südöstlich von Southend-on-Sea überqueren und nach fünfundsiebzig Meilen auf einem östlicheren Kurs zu einer Stelle in der Nordsee fliegen, wo ein Zerstörer der Royal Navy stationiert war. Von dort bog die Route nach rechts ab, fast genau nach Osten gen Dortmund.

Sie würden wahrscheinlich von deutschen Jagdflugzeugen von zwei Stützpunkten in Holland angegriffen werden (Zwijndrecht und Hertogenbosch) und dreien in Deutschland (Duisburg, Essen und Recklinghausen). Die große Karte hatte bekannte und vermutete Fliegerabwehrstellungen und deutsche Jägerstützpunkte gezeigt; und sie war mit Pfeilen markiert, wo der Nachrichtendienst mit ersten Angriffen rechnete, dann mit späteren, wenn sich die Deutschen auf das Ziel eingestellt hatten, und noch später auf dem Heimflug.

Nach dem Abwurf ihrer Bomben auf Dortmund würden sie ostwärts abbiegen und auf geradem Kurs nach England zurückfliegen, eine Route südlich des Angriffskurses, der fast über Eindhoven und den Norden Antwerpens führte und die europäische Küste bei Knokke an der deutsch-belgischen Grenze verließ.

Esters Stimme klang aus dem Kopfhörer. »Wir nähern uns der Küste. Überprüfen Sie Ihre Waffen.«

Bitter hebelte eine Patrone in die Kammer des

Browning-MG, zielte über die B17 zu ihrer Linken und drückte ab. Das Krachen und der Rückschlag waren erschreckend.

Ester und seine Crew waren anscheinend sehr gelassen. Bitter fragte sich, ob das ihren Mut widerspiegelte oder ob sie sich an das gewöhnt hatten, was er tat. Oder ob ihre Lässigkeit nur Schau war.

Fünf Minuten später riß die Wolkendecke auf. Bitter versuchte, durch eine der Lücken zu spähen, als er schwarze Rauchwölkchen am Himmel sah. Sie stammten von der Fliegerabwehr. Als er den Himmel absuchte, um zu sehen, wie groß der Beschuß war, streifte ein Geschoß der Fliegerabwehr die linke Tragfläche einer B17, die hinter und unterhalb von ›Danny's Darling‹ flog.

Es explodierte im Rumpf zwischen den Motoren, riß einen Teil der Tragfläche und den Außenbordmotor auf und sprengte die Treibstofftanks. Die B17 fiel nach rechts ab, geriet ins Trudeln und verschwand außer Sicht.

Bitter wurde es übel.

Fünf Minuten später tauchten die deutschen Jagdflugzeuge auf, lange bevor der Nachrichtendienst des Air Corps damit gerechnet hatte. Es begann ein Luftkampf, zuerst zwischen den P51-Maschinen und den Messerschmitts, dann zwischen den B17 und den Messerschmitts, die durch die Formation der P51 stießen.

Bitter begann auf ein deutsches Jagdflugzeug zu feuern, das sich näherte, und dann beobachtete er eine Doppellinie Leuchtspurgeschosse von einer Fliegerabwehrkanone, die den Weg der P51 kennzeichnete, die die Messerschmitt durch die Bomberformation verfolgte.

Die P51 geriet ins Trudeln und explodierte.

Bitter konzentrierte sich auf eine andere Messerschmitt, die im Sturzflug von hinten angriff. Er sah seine Leuchtspurgeschosse, wo er sie haben wollte, aber das feindliche Flugzeug verschwand außer Sicht, bevor er irgendwelche Anzeichen auf Treffer entdecken konnte.

Und dann war das Geplänkel so schnell vorüber, wie es begonnen hatte. ›Danny's Darling‹ dröhnte gerade und ruhig dahin und wartete darauf, daß etwas anderes – Fliegerabwehr oder Jagdflugzeug – versuchte, sie vom Himmel zu fegen. Das Gefühl von hilflosem Entsetzen kehrte zurück. Und trotz der Kälte in dieser Höhe schwitzte Bitter.

Als sie sich dem Stadtrand von Dortmund näherten, wo ihr Ziel die Stahlwerke von Krupp waren, setzte das Fliegerabwehrfeuer wieder ein. Der Beschuß war anscheinend viel stärker als beim erstenmal. Bitter konnte die vielen schwarzen Rauchwölkchen nicht mehr zählen.

Der dreiminütige Bombenangriff war die längste Zeitspanne in Ed Bitters Leben. Er kämpfte verzweifelt gegen Brechreiz an und befürchtete, sich in die Hosen zu machen. Er hatte oftmals schreckliche Angst gehabt, als er gegen die Japaner geflogen war, aber so groß war die Furcht nie gewesen. Hier hatte er das Gefühl, Zielscheibe auf einem Schießstand zu sein und weder ausweichen noch sich verteidigen zu können.

Seine Erleichterung war gewaltig, als er spürte, daß die B17 erbebte, weil sie von der Last der Bombenladung befreit wurde, und der Bombenschütze über Kopfhörer den Abwurf meldete.

»Bombenschächte schließen«, befahl Ester und drehte mit der B17 in Steigflug nach Osten ab.

Inmitten der Kurve blickte Bitter zurück zu dem immer noch nahenden Strom der Bomber. Sie schienen auf den schwarzen Rauchwölkchen der Fliegerabwehrgeschosse zu schweben. Während Bitter beobachtete, fielen zwei Flugzeuge aus der Formation. Eines explodierte eine Sekunde später. Das andere geriet ins Trudeln.

Fünf Minuten später verlor Ester die Gelassenheit. Seine Stimme verriet nicht nur Aufregung, sondern unverkennbar Furcht, als er über die Bordsprechanlage schrie: »Banditen voraus! O Gott, es sind vier!«

Bitter beobachtete entsetzt, wie vier Messerschmitt-Jagdflugzeuge an der B17 vorbeirasten. In ihrem unglaublichen Tempo flogen sie viel zu schnell, um einen Schuß auf sie zu ermöglichen.

Er hörte das Hämmern der MGs der Bordschützen, aber er wußte, daß es zwecklos war.

Dann ertönte ein sonderbar pfeifendes Geräusch, Bitter nahm einen Schwall eisiger Luft wahr, und die B17 legte sich in steilem Sturzflug nach rechts. Bitter hielt es für höchste Zeit, daß Ester ein Ausweichmanöver flog, doch dann fiel ihm ein, daß Bomberpiloten bei der Ausbildung lernten, keine Ausweichmanöver zu machen, sondern ihre Formation zu halten.

Und dann ertönte die entsetzte Stimme des Bordingenieurs über die Bordsprechanlage.

»Navy-Mann, können Sie zum Cockpit kommen?«

Bitter stützte sich gegen die Fliehkraft des steilen Kurvenflugs ab und bahnte sich einen Weg nach vorn.

Ester war vornübergesunken. Die Schädeldecke war fort, aber seine Kopfhörer hafteten makaber auf dem, was von seinem Kopf übriggeblieben war. Bitter sah graue Gehirnmasse im Cockpit verspritzt.

Der Kopilot, mit blutüberströmtem Gesicht, stemmte sich gegen seinen Sicherheitsgurt, während er versuchte, den Steuerknüppel gegen das Gewicht von Esters Leiche und die aerodynamischen Kräfte des Sturzflugs zurückzuziehen.

Bitter zog Esters Leiche zurück in den Sitz und löste die blutbeschmierten Gurte. Als er sich zum Bordingenieur wandte, um ihm zu helfen, Esters Leiche aus dem Sitz zu zerren, sah er, daß der Kopilot, der es kaum schaffte, das Flugzeug annähernd gerade zu halten, ihn mit glasigem Blick entsetzt anstarrte. Seine gelbe ›Mae West‹-Schwimmweste war voller Blut.

Der Bordingenieur schaute auf Esters offenen Schädel und übergab sich.

»Helfen Sie mir, ihn hier rauszuschaffen!« befahl Bitter.

Als er keine Antwort erhielt, entschied sich Bitter, die Leiche selbst zu entfernen. Ester war viel schwerer, als er wirkte. Und als sein Kopf zurücksackte, ergoß sich eine dicke, klebrige Masse über Bitter.

Aber er schaffte es, ihn auf den Gang zwischen den Sitzen zu zerren und sich auf den Pilotensitz zu setzen. Der Kopilot war jetzt bewußtlos zusammengesunken.

Und die B17 begann zu trudeln.

Wenn er sie nicht abfangen konnte, würden sie alle sterben. Die Zentrifugalkraft würde sie festnageln, wo sie waren. Sie konnten nicht einmal mehr mit dem Fallschirm abspringen.

2

Lieutenant Commander John B. Dolan, USNR, in einer Pferdefelljacke des Marinefliegers, stand auf der Beobachtungsplattform des Towers der Fersfield Army Air Base. Er hielt eine Porzellantasse mit Kaffee, der mit Old Overholt Whisky angereichert war, in einer Hand und ein Fernglas in der anderen. Von Zeit zu Zeit setzte er das Fernglas mit der Routine eines alten Matrosen an die Augen und suchte den bewölkten Himmel im Osten ab.

Die Pilotenjacke und das Fernglas stammten aus der Zeit vor dem Krieg. Das lederne Abzeichen, das auf die Brust der Jacke genäht war, zeigte aufgeprägte Schwingen des Marinefliegers und die Aufschrift CAP DOLAN J.B. ›Cap‹ stand für Chief Aviation Pilot. Dolan hatte sich gesagt, daß er das Abzeichen ruinieren würde, wenn er den Rang zu seinem gegenwärtigen Status korrigierte, und außerdem nahm er an, daß nur wenige Leute hier eine Ahnung hatten, was ›Cap‹ bedeutete. Seine Annahme war richtig. Viele der Jungs vom Air Corps hielten ›Cap‹ für die Abkürzung von ›Captain‹ und sprachen ihn so an.

Das Fernglas enthielt zwei Aufkleber zur Kennzeichnung. Auf einem stand ›Carl Zeiss GmbH Jena‹, und der andere wies es als ›Besitz der Flugabteilung der USS Arizona‹ aus. Chief Aviation Pilot John B. Dolan hatte einst Vought OS2U ›Kingfishers‹ geflogen, die von den Katapulten des Kriegsschiffs Arizona abgeschossen worden waren.

Die Flugzeuge der zwei Staffeln, die auf Fersfield stationiert waren, hatten eine halbe Stunde Verspätung, doch Dolan machte sich deswegen noch keine Sorgen. Seiner Meinung nach war das Können der Piloten des Army Air Corps nur mäßig. Das war keine chauvinistische Meinung – Navy gegen Army –, sondern eine berufliche Einschätzung. Es überraschte Dolan nicht, daß sie so schlecht flogen, sondern mit so wenig Ausbildung und Erfahrung so gut flogen, wie es der Fall war.

Es war eine hervorragende Leistung von ihnen, über 700 Meilen nach Europa zu fliegen, ein Ziel zu finden und zu bombardieren und dann den Weg nach Hause zurück zu finden. Ohne irgendwelche Schwierigkeiten unterwegs gerechnet, erwartete er ihr Eintreffen etwa eine Stunde nach der voraussichtlichen Ankunftszeit.

Vierzig Minuten nach der voraussichtlichen Ankunftszeit tauchte eine schlampige Formation von B17-Maschinen im Südosten auf. Als Dolan durch das Fernglas sah, daß das Flugzeug an der Spitze den Kurs korrigierte und gen Fersfield flog, war er überzeugt, daß es sich um ihre Staffel handelte. Er trat zum Fenster, tippte mit der Kaffeetasse gegen die Scheibe, um den Flugoffizier aufmerksam zu machen, und deutete mit der Tasse in Richtung Formation.

Drei der über zwanzig Flugzeuge lösten sich von der Formation und begannen den Landeanflug auf den Stützpunkt. Von der ersten und letzten Maschine des Trios stiegen Leuchtkugeln auf, das Signal für ›Verwundete an Bord‹.

Dolan hörte das sonderbare Heulen der in England gebauten Feuerwehr- und Rettungswagen, die starteten, und dann das vertrautere Geräusch von Dodge-Sanitätswagen.

Die Flugzeuge mit Verwundeten an Bord landeten. Dolan betrachtete ihre Kennzahlen durch das Fernglas. Commander Bitter flog mit K5, ›Danny's Darling‹. Diese Maschine war nicht bei den dreien mit Verwundeten an Bord.

Die ersten beiden Flugzeuge landeten ordentlich, aber bei der Landung des dritten ging das rechte Fahrgestell zu Bruch. Die B17 rutschte zur Seite, blieb jedoch auf der Landebahn, während sie kreischend zum Halten kam. Die Maschine blockierte die Landebahn, und es gab eine zehnminütige Verzögerung – während der die übrigen B17 langsam und laut über dem Stützpunkt kreisten –, bis ein Traktor die B17 nach ihrer Bruchlandung von der Landebahn schieben konnte.

Dann wurden die Landungen in etwa einminütigen Intervallen fortgesetzt. Dolan war nicht beeindruckt von den Leistungen der Piloten bei ihrer Landung. Bei äußerst mäßigem Gegenwind mußten einige der Piloten hektische Manöver machen, um die Flugzeuge zur Landebahn auszurichten.

Dolan hielt nach ›Danny's Darling‹ unter den kreisenden und landenden B17 Ausschau, konnte die Maschine jedoch nicht entdecken. Dolan nahm an, daß der Staffelkommandant wahrscheinlich oben blieb, bis das letzte seiner Küken ins Nest heimgekehrt war, und er machte sich keine Sorgen. So überraschte es ihn, als er am Ärmel gezupft wurde und Major Dumbrowski sah, den jüngeren der beiden Staffelkommandanten, dessen Blick schmerzlich war.

»Danny's Darling hat es nicht geschafft«, sagte Major Dumbrowski. »Es tut mir leid, Commander.«

Dolan nickte. »Was ist passiert?« fragte er. Weder der Klang seiner Stimme noch seine Miene verrieten irgendwelche Gefühle.

»Vier Messerschmitts stießen durch die Formation und griffen an. Danny's Darling flog an der Spitze. Ich nehme an, sie wurde von Artillerie getroffen. Von einem Augenblick zum anderen geriet sie ins Trudeln.«

»Haben Sie irgendwelche Fallschirmabsprünge gesehen?« fragte Dolan.

»Nein«, sagte Dumbrowski. Er hob die linke Hand und zeigte das Verhalten der Unglücksmaschine an. »Wenn eine Maschine so ins Trudeln gerät, kommt fast nie mehr jemand raus.«

»Ja«, sagte Dolan. »Keine Chance, daß sie sich retten konnten?«

»Eines von zwei Dingen muß passiert sein, vielleicht beides«, sagte Dumbrowski. »Ein Treffer legte die Kontrollen lahm, sonst wären sie nicht ins Trudeln geraten.

Oder die Piloten wurden getroffen. Das haben diese Kampfpiloten gelernt – einen Frontalangriff zu fliegen und die feindlichen Piloten oder die Kontrollen auszuschalten. Beides, wenn möglich.«

»Wie weit konnten Sie ihnen nach unten folgen?« fragte Dolan.

»Es gab vereinzelte Wolken bei dreitausend Fuß«, sagte Major Dumbrowski. »Meine Bordschützen meldeten, daß sie sie aus den Augen verloren, als sie in eine Wolkenbank flogen.«

Dolan nickte schweigend. Das war's. Wenn sie bis auf dreitausend Fuß hinab getrudelt waren, war es aus gewesen. Es war überraschend, daß die Tragflächen nicht längst abgerissen waren, bevor sie in die Wolken getaucht waren. Und ein so großes Flugzeug wie eine B17 aus dem Trudeln abzufangen ging über Ed Bitters Fähigkeiten hinaus, selbst wenn er es bis ins Cockpit geschafft hatte und die Kontrollen intakt gewesen waren. Er war ein verdammt guter Pilot, aber er war kein Bomberpilot. Und er hatte nie eine B17 geflogen.

»Commander«, sagte Major Dumbrowski, »ich weiß nicht, was ich tun soll. Wie ich die richtigen Leute benachrichtige, meine ich. Darüber, daß Commander Bitter an Bord war.«

»Ich werde mich darum kümmern«, sagte Dolan mit ruhiger Stimme.

Major Dumbrowski klopfte mitfühlend auf Dolans Schulter.

Als Dolan vom Tower herunterkam, stieß sich Ed Bitters weiblicher Sergeant vom Kotflügel von Canidys Packard ab.

»Gibt es eine Nachricht?« fragte sie.

»Sergeant«, sagte Dolan, »Sie können Ihre und Commander Bitters Ausrüstung zusammenpacken. Er wird nicht zurückkommen.«

Sie wurde leichenblaß.

»Was ist passiert?« fragte sie mit schwacher Stimme.

»Sie wurden getroffen, *das* ist passiert«, sagte Dolan ärgerlich. »Als sie zum letzten Mal gesehen wurden, trudelten sie.«

»O Gott!« stieß sie hervor.

»Ich hätte nie zulassen sollen, daß dieser kleine Scheißer ihn überredet, mitzufliegen«, sagte Dolan, immer noch zornig.

»Keine Fallschirmabsprünge?« fragte Sergeant Draper.

»Wenn ein Flugzeug so ins Trudeln gerät«, erklärte Dolan, »dann nagelt es einen darin fest wie Wasser in einem Eimer, den man um seinen Kopf schwenkt. Man kann nicht aussteigen.«

»Mein Gott«, sagte sie. »Ist die Maschine explodiert, als sie getroffen wurde?«

»Wahrscheinlich«, sagte Dolan, und dann sah er die Frage in ihrem Blick und fügte hinzu: »Eigentlich hat keiner gesehen, daß sie getroffen wurde.«

Sie dachte einen Moment darüber nach.

»Dann wissen wir nicht, ob sie tatsächlich abstürzte?«

»Genau das ist passiert«, sagte er.

»Wieviel Sprit hatten sie? Ich meine, wann ist der späteste Zeitpunkt für eine mögliche Rückkehr?«

Er blickte auf seine Armbanduhr und rechnete.

»Noch zweieinhalb Stunden«, sagte er. »Vielleicht zwei Stunden und vierzig, fünfundvierzig Minuten.«

»Dann werde ich noch zwei Stunden und fünfundvierzig Minuten warten, wenn Sie nichts dagegen haben, Commander«, sagte Sergeant Draper. »Ich habe anscheinend mehr Vertrauen in Commander Bitters Fähigkeiten als Sie. Und wenn ich bei seiner Rückkehr weg bin, wird er wütend sein.«

Starrköpfiges Tommy-Weib, dachte er als erstes und dann: *Allmächtiger, sie liebt ihn!*

Was soll's, ich bin hier der ranghöchste Offizier. Ich entscheide, wann ich die Verluste melde.

3

Bitter kannte die Technik, wie ein Jagdflugzeug aus dem Trudeln abgefangen werden kann, aber bezweifelte, daß ein Bomber den erforderlichen Kräften standhielt. Man senkte die Nase der Maschine und gab ihr alle verfügbare Kraft in der Hoffnung, daß die Geschwindigkeit die aerodynamischen Kräfte des Trudelns überwand.

Es blieb ihm nichts anderes übrig, als es zu versuchen. Nach einer scheinbar sehr langen Zeit, in der die Nadel weit über der roten Linie der äußersten Grenze der Eigengeschwindigkeit stand, spürte er eine Abnahme der Zentrifugalkraft, die ihn in seinen Sitz preßte, und dann sah er, daß sich die Maschine nicht mehr drehte. Sie flog in steilem Sturzflug.

Und er spürte schreckliche Schmerzen in seinem versehrten Knie und Unterschenkel. Der Schmerz war stark, doch noch schlimmer war die Furcht vor der Möglichkeit, daß sein immer noch steifes Knie brechen könnte.

Er erinnerte sich nicht an Schmerzen, als er Druck auf die Ruderpedale ausgeübt hatte, aber dafür gab es einen Grund: der Adrenalinstoß durch die Angst war stärker als der Schmerz gewesen.

Aber jetzt war die Angst nicht mehr ganz so schrecklich, und der Schmerz meldete sich. Es war ein sonderbarer Schmerz, dumpf, Zahnschmerzen ähnlich, und zugleich hatte Bitter ein Gefühl des Unbehagens, das er nicht ganz beschreiben konnte. Als ob die Knochen seines Beins und Knies brechen würden. Wenn er auf das Ruderpedal drückte, schien sich der Oberschenkel ins Knie und den Unterschenkel zu bohren.

Vielleicht war es nur ein Gefühl. Als ihn das japanische Geschoß ins Knie getroffen hatte, waren Nerven beschädigt worden, und die Ärzte hatten ihm gesagt, daß er mit Phantomschmerzen rechnen müsse, während sich Nerven regenerierten, die nicht völlig zerstört waren. Vielleicht schickten defekte Nerven falsche Signale ans Gehirn.

Er hoffte, daß es so war. Wenn sein Knie brach, waren sie in großen Schwierigkeiten. Er konnte dieses Flugzeug unmöglich mit nur einem funktionierenden Bein fliegen.

Er nahm Gas weg und zwang sich, das bockende Flugzeug sehr langsam aus fast senkrechtem Sturzflug in einen weniger steilen Winkel und dann in eine annähernd horizontale Lage zu bringen.

Aber die Anzeige gab an, daß die Eigengeschwindigkeit kritisch wurde und die Maschine zu überziehen drohte. Und als er aus dem Fenster schaute, sah er, daß er schrecklich nahe am Boden war. Er gab mehr Gas und spürte fast sofort den Kraftschub und dann ein Ziehen nach rechts. Sein Blick glitt zum Instrumentenbrett und zum Fenster hinaus. Der linke äußere Motor war nicht mehr in Betrieb, und der innere rauchte.

Verzweifelt suchte er auf dem Instrumentenbrett nach den Hebeln ENGINE FIRE und betätigte die für die linken Motoren. Dann schaltete er den rauchenden Motor aus.

Er flog mit zwei Motoren fünfhundert Fuß über dem Boden, aber die Maschine lag gerade und ruhig. Seine

Hände zitterten am Steuerknüppel, und er spürte eine sonderbare Kühle in seinem Schoß. Er hatte sich in die Hose gepinkelt.

Er überprüfte das Instrumentenbrett. Der künstliche Horizont befand sich in einem verrückten Winkel. Er blickte hinüber zum künstlichen Horizont auf der Seite des Kopiloten und sah, daß das MG-Feuer – oder war es ein Kanonengeschoß gewesen? –, das Ester getötet hatte, das Instrumentenbrett des Kopiloten ebenfalls ausgeschaltet hatte.

Bitter blickte sich nach dem Bordingenieur um. *Ich brauche Hilfe, um diese Scheißkiste zu fliegen!*

Der Bordingenieur war nirgendwo zu sehen. Aber Ester war da. Als Bitter hinschaute, sah er einen faustgroßen Klumpen von Gehirnmasse aus dem zerschmetterten Kopf rutschen und heraushängen, gehalten von einem Blutgefäß oder Gewebe.

Bitter erbrach sich, bevor ihm übel wurde, und das Erbrochene landete in seinem Schoß.

Er packte das Mikrofon der Bordsprechanlage.

»Jemand zum Cockpit!« befahl er.

Er blickte auf den Kompaß, der mit einem Magnet oben auf der Windschutzscheibe befestigt war. Das Plexiglas war nur Zentimeter vom Kompaß entfernt zersprungen, aber der Kompaß funktionierte anscheinend. Er überprüfte ihn, indem er nach rechts und links lenkte.

Der Kompaß schlug aus. Da er arbeitete, bedeutete das, daß die B17 auf Nordost-Kurs flog – mit anderen Worten nach Deutschland, in Richtung Berlin.

Der Bordingenieur tauchte auf. Er sah benommen aus.

»Navigator und Bombenschütze sind tot, Sir«, meldete er.

»Entfernen Sie den Kopiloten von seinem Sitz«,

befahl Bitter. »Und dann schaffen Sie Major Ester aus dem Weg.«

Bitter flog die B17 in eine langsame und ebene hundertachtzig-Grad-Kurve. Das erforderte seine ganze Konzentration. Seine Unerfahrenheit im Fliegen von B17-Maschinen wurde noch unglaublich verschlimmert, als all die Kraft auf eine Tragfläche einwirkte. Und wenn er viel Druck auf das Ruderpedal ausübte, schoß ein brennender Schmerz vom Knöchel bis zum Unterleib durch sein Bein hinauf.

Als er das nächste Mal Zeit hatte, um aufzublicken, sah er, daß der Bordingenieur Ester über den schmalen Gang gezogen und den Kopf und Oberkörper mit seiner Schaffelljacke bedeckt hatte. Einen Augenblick später tauchte ein anderes Besatzungsmitglied auf, und zusammen zogen sie den Kopiloten von seinem Sitz.

Die Chancen, wieder alle Motoren dieser Kiste in Gang zu bringen, sind äußerst gering, dachte Bitter sonderbar ruhig. *Und selbst wenn ich sie auf eine anständige Reisehöhe bringen kann, werden uns jede Menge Jagdflieger erwarten, um uns abzuschießen. Wir haben nur eine Chance, wenn ich weiterhin fünfhundert Fuß über dem Boden und in die allgemeine Richtung von England fliege.*

Der Bordingenieur neigte sich zu ihm.

»Alle hinten sind okay«, meldete er.

»Was ist mit dem Kopiloten?« fragte Bitter.

»Er blutet schlimm«, sagte der Bordingenieur, und dann stellte er die Frage, die ihn beschäftigte: »Versuchen Sie eine Notlandung, Sir?«

»Wenn einer der beiden Motoren ausfällt, die wir noch haben, brauchen wir keine Notlandung mehr zu versuchen. Dann stürzen wir ab«, erwiderte Bitter ohne zu denken.

Er blickte zum inneren linken Motor. Der ausgeschaltete Propeller drehte sich leicht. Es war kein Rauch mehr zu sehen.

Er überlegte einen Moment und sagte sich dann, daß er es nur versuchen konnte. Wenn der Motor wieder in Brand geriet, gab es kein Kohlendioxyd mehr, um ihn zu löschen. Aber vielleicht geriet er nicht in Brand; vielleicht arbeitete er sogar.

Bitter schaltete die Segelstellung aus, und der Propeller begann sich zu drehen. Er fand die Anzeige und sah, daß einiger Öldruck bestand. Er gab etwas Gas und schaltete den Propeller wieder auf Segelstellung. Die Blätter stellten sich um und begannen sich durch den Wind zu drehen.

Er blickte auf die Anzeige für den Motor und hatte keine Ahnung, ob sie funktionsfähig war oder nicht.

Und dann, bevor er das Anspringen des Motors hörte, schlug die Anzeigennadel aus. Jetzt liefen drei Motoren. Das reichte vielleicht.

Er schaute auf die Anzeige der Eigengeschwindigkeit. Er flog zweihundertdreißig Stundenmeilen. Die Treibstoffanzeigen – sofern sie funktionierten – zeigten an, daß die Tanks etwas mehr als halbvoll waren. Es gab keinen Grund, den Rückflug nach England nicht zu versuchen, auch wenn er nicht wußte, wo England war. Er kannte nur die allgemeine Richtung: *irgendwo westlich von meiner Position.*

Er sah ein Jagdflugzeug oberhalb und voraus. Ohne zu denken, senkte er die Nase der B17. Es war die Reaktion eines Jagdfliegers, der Reflex eines benommenen Jagdfliegers: Wenn man keine Chance hat, über einen Feind zu gelangen, soll man sich nach unten verpissen und beten, daß er einen nicht sieht.

Er flog jetzt zweihundert Fuß über dem Boden.

Gott hilft den Blöden und Besoffenen, dachte er. *Wenn ich versuche, diese Kiste hier irgendwo auf den Boden zu set-*

zen, bringe ich mich höchstwahrscheinlich um. *Und wenn ich mich und die anderen nicht umbringe, enden wir alle als Gefangene. Ich werde versuchen, diesen Vogel heim zu fliegen. Wenn ich nach England gelange, können wir alle mit dem Fallschirm aussteigen.*

Eine Stunde später passierte er eine Küstenlinie, und wiederum eine Stunde später, als die Treibstoffanzeigen sich der Null näherten, sah er voraus eine weitere Küstenlinie. Inzwischen war er ruhiger geworden. Wenn er es geschafft hatte, das Flugzeug dreihundert oder vierhundert Meilen in nur zweihundert Fuß Höhe zu fliegen – manchmal war er tatsächlich zwischen Hügeln und um Kirchtürme geflogen –, dann gab es keinen Grund, weshalb er sie nicht auf dem ersten Flugplatz landen konnte.

Er betätigte vorsichtig das Steuer. Er mußte jetzt etwas Höhe gewinnen, damit er einen Flugplatz sehen konnte. Er nahm das Mikrofon und rief einen Mann der Crew ins Cockpit.

»Ich habe noch nie eine dieser Kisten geflogen«, sagte er. »Und es besteht die Möglichkeit, daß das Fahrgestell beschädigt ist. Ich schlage vor, daß ihr mit dem Fallschirm aussteigt, wenn ich einen Flugplatz finde. Sagen Sie das den anderen.«

Das Besatzungsmitglied kehrte fünf Minuten später zurück, kurz bevor Bitter eine Gruppe von B17-Maschinen entdeckte, die über einem Flugplatz kreisten und offenbar landen wollten.

»Wir werden es überstehen, Sir«, sagte er.

»Dann setzen Sie sich dorthin und lesen Sie mir die Checkliste für die Landung vor«, befahl Bitter. Der Mann der Crew starrte angewidert auf den blutbespritzten Sitz des Kopiloten, doch dann setzte er sich vorsichtig und suchte nach der Checkliste.

Bitter probierte den Funk, erhielt jedoch keine Antwort. Er konnte nur in den Kreis der landenden Flugzeuge einbrechen und hoffen, daß es zu keiner Kollision kam. Dann wurde ihm klar, daß es nicht gefährlicher war, sich zwischen die landenden Flugzeuge zu mogeln als am Ende der Reihe zu warten.

»Skipper«, ertönte eine Stimme aus dem Kopfhörer und erschreckte ihn. »Das ist Horsham. Wenn Sie meinen, Sie können es bis Fersfield schaffen, das ist ungefähr zwanzig Meilen entfernt. Steuern Sie auf zweihundertsiebzig.«

Bitter sagte sich, daß es weniger riskant war, zu versuchen, noch zwanzig Meilen zu schaffen, als in den Flugverkehr hier einzudringen, und so stellte er die vertikale Markierung auf dem Kompaß auf zweihundertsiebzig ein.

Über Fersfield waren keine Flugzeuge in der Luft, wie Bitter erleichtert feststellte. Seine Erleichterung ging in Entsetzen über, als es rechts neben ihm im Cockpit knallte. Er schaute hin und sah, daß der Bordingenieur aus dem Seitenfenster des Kopiloten eine Leuchtkugel abgefeuert hatte.

»Wozu soll das gut sein?« fragte Bitter.

Der Bordingenieur sah ihn merkwürdig an.

»Verwundete an Bord«, sagte er. »Wir feuern eine Leuchtkugel ab, wenn wir Verwundete an Bord haben.«

Bitter ignorierte den Schmerz, der durch sein Knie und Bein schoß, als er die Ruderpedale betätigte und die B17 zum Landeanflug ausrichtete. Als er Gas wegnahm, gingen ihm in Sekundenschnelle schreckliche Gedanken durch den Kopf.

Landeklappen! Verdammt, welche Landeklappen benutze ich? Funktionieren sie?

Das Fahrgestell! Wie wird sich diese Scheißkiste verhalten, wenn ich das Fahrgestell in den Luftschraubenstrahl ausfahre?

Die Klappen und das Fahrgestell.

Fliege ich die Kiste jetzt zu Schrott, nachdem ich sie so weit gebracht habe?

Wie kann ich landen, wenn mein Knie kaputtgeht?

Oder wenn ich ohnmächtig werde?

Sollte ich die Kiste wieder hochziehen und die anderen mit dem Fallschirm aussteigen lassen?

Eine der Fragen wurde sofort beantwortet. »Fahrgestell ausgefahren und verriegelt.«

»Landeklappen auf zwanzig Grad«, befahl Bitter.

Die Eigengeschwindigkeit sank sofort.

»Landeklappen auf zwanzig Grad«, meldete der Bordingenieur.

Bitter näherte sich jetzt dem Beginn der Landebahn.

Er scheute sich, Gas wegzunehmen, weil er befürchtete, die B17 könnte ohne Gas wie ein Stein nach unten sacken. Er war entschlossen, sie einzusetzen wie ein Jagdflugzeug an Deck eines Flugzeugträgers und zu hoffen, daß er sie stoppen konnte, wenn er unten war.

Aber fast sofort wurde ihm klar, daß er sich falsch entschieden hatte. Die B17 war hoch über der Landebahn. Er zog den Gashebel zu sich. Und immer noch wollte die B17 fliegen. Er schob den Steuerknüppel nach vorn, und die Räder setzten auf und quietschten, und dann hüpfte die B17 wieder in die Luft. Seine Hände am Steuerknüppel zitterten.

Er setzte wieder auf und hob die Nase der Maschine, und sie hüpfte wieder in die Luft, und dann setzte er ein drittes Mal auf und blieb unten. Er bremste, wieder und wieder, und jedesmal stieß er einen tierischen Laut aus – eine Mischung zwischen Stöhnen und gellendem Schrei – wenn Schmerzen durch sein Knie stachen.

Aber schließlich kam die B17 hundert Meter vor dem Ende der Landebahn mit einem Ruck zum Stehen.

Bitter rollte von der Landebahn und stellte dann den Hauptschalter aus.

Er atmete tief aus. Als er wieder einatmete, roch er das Erbrochene auf seinem Schoß und noch etwas Fauliges. Und er spürte einen brennenden Schmerz in Knie und Bein. Sein Gesicht und der Rücken waren feucht und klebrig vom Schweiß, und er war überzeugt, ohnmächtig zu werden.

Statt dessen mußte er sich ohne Warnung übergeben. Er nahm nur verschwommen wahr, daß Rettungs- und Sanitätswagen und eine Kolonne anderer Fahrzeuge zum Flugzeug fuhren. Er blickte auf seine Armbanduhr. Sein Arm zitterte so sehr, daß er nicht sehen konnte, wo die Zeiger auf dem Zifferblatt standen.

4

Als Lieutenant Commander Edwin H. Bitter, USN, aus dem Flugzeug stieg, wurde er von Lieutenant Commander John B. Dolan, USNR, erwartet. Aber seine Begrüßung war nicht ganz so, wie Bitter gedacht hatte.

Bitter klammerte sich um Dolans Schulter, weil sein Knie nachgab und er es entlasten wollte. Dolan schaute ihn besorgt und mitfühlend an. Aber er sagte: »Sie Idiot! Ich habe Ihnen gesagt, daß Sie dem kleinen Scheißer hätten sagen sollen, er kann Sie am Arsch lecken!«

»Der kleine Scheißer ist tot, Dolan«, sagte Bitter und machte eine vage Geste zum Flugzeug hin.

»Wir dachten, ihr seid alle tot«, sagte Dolan zornig. »Als man euch zum letzten Mal sah, brannten zwei Motoren, und ihr wart am Trudeln. Das Air Corps ist nicht gerade auf Zack beim Trudeln. Ich sammelte soeben Mut, um Canidy anzurufen.«

»Und – haben Sie ihn angerufen?« fragte Bitter. Über Dolans Schulter hinweg sah er Sergeant Agnes Draper neben dem Packard stehen.

»Ich wollte es, gottverdammt!« sagte Dolan.

Bitter sah, daß Sanitäter einen mit Decken verhüllten Körper zu einem Sanitätswagen trugen.

Er blickte zu Sergeant Draper. Sie nagte an ihrer Unterlippe. Und dann kam sie zu ihm.

Und plötzlich war Lieutenant Colonel D'Angelo da.

»Ist alles in Ordnung, Commander?« fragte er. »Ist etwas mit Ihrem Bein passiert?«

»Eine Verwundung in Asien«, sagte Bitter. »Ich muß es überlastet haben. Getroffen wurde ich nicht. Alles in Ordnung. Ich hatte Glück.«

D'Angelo stieg ins Flugzeug und kehrte zurück, als Sergeant Draper zu Bitter ging und sagte: »Ich bin so froh, Sie zu sehen, Commander. Ist alles in Ordnung?«

»Sergeant Haskell hat mir soeben erzählt, daß Sie die B17 zurückgebracht haben«, sagte D'Angelo.

»Es blieb mir wohl nichts anderes übrig, oder?« erwiderte Bitter.

D'Angelo überreichte ihm eine Miniaturflasche mit Jack Daniels Bourbon. Bitter schraubte den Verschluß auf und trank das Fläschchen leer. Er spürte die Wärme in seinem Magen. D'Angelo gab ihm ein zweites Fläschchen, und Bitter trank es leer, und das war eine schlechte Idee, denn er mußte sich ohne Vorwarnung übergeben.

Die Erniedrigung war schlimm genug, aber er sah Mitleid in Sergeant Drapers Augen, und das verschlimmerte sie noch.

»Besorgen Sie einen Jeep, Dolan«, befahl Bitter.

»Einen Jeep?«

»Schauen Sie mich an, Menschenskind!« Bitter wies auf seine blutbefleckte Flugausrüstung. »Ich möchte nicht Canidys gottverdammten Packard versauen!«

»Wir ziehen Ihnen einfach die Höhenausrüstung aus, Commander«, sagte Dolan und begann ihn sehr behutsam zu entkleiden.

»Wenn der Offizier mit der Besprechung nach dem Einsatz mit der Crew fertig ist«, sagte D'Angelo, »werde ich ihn rüberschicken.«

»Ich weiß verdammt nicht, was ich ihm erzählen soll«, sagte Bitter.

»Ich werde ihm sagen, daß er sich kurzfassen soll«, sagte D'Angelo. »Ich möchte wissen, wie Sie das Trudeln gemeistert haben.«

Bitter schaute ihn an.

»Als letztes sah man Sie beim Trudeln«, sagte D'Angelo.

Bitter war echt erstaunt über seine Erwiderung, die er ohne zu denken gab.

»Ich bin Marineflieger, Colonel«, sagte er. »Man lehrt uns, wie man das Trudeln meistert.«

D'Angelos Miene spiegelte Überraschung und sogar Ärger wider. Dolan lachte herzlich, und D'Angelo blickte ihn böse an, doch dann lächelte er.

»Dumme Frage, dumme Antwort«, sagte er.

»Tut mir leid, Sir«, sagte Bitter. »Ich weiß nicht, warum ich das gesagt habe.«

»Heben Sie bitte Ihr Bein, Commander«, sagte Sergeant Draper, und Bitter spürte ein Zupfen an seinem Bein. Sergeant Draper kniete im schmutzigen Gras. Seine Schaffellhose hing bis zu seinen Knöcheln herab.

Colonel D'Angelo legte den Arm um Bitters Schultern, um ihn zu stützen.

»Im Augenblick, Commander, haben Sie jedes Recht, alles zu sagen, was Sie wollen«, sagte D'Angelo.

Sergeant Draper zog die Schaffellhose von Bitters Füßen, richtete sich auf und lächelte ihn an.

»Sie haben Schmerzen, nicht wahr?« fragte Agnes Draper leise und leicht vorwurfsvoll.

»Wenn Dolan etwas Eis und eine Gummimatte auftreiben kann, wird es schon gehen«, sagte Bitter.

»Nun, bringen wir Sie heim, Commander«, sagte Dolan und schlang den Arm um ihn. Agnes ergriff Bitters anderen Arm und legte ihn um ihre Schulter. Und zwischen ihnen humpelte Bitter zu Canidys Packard.

5

Als sie im Quartier für ledige Offiziere eintrafen, befahl Dolan einer Weißmütze, Eis zu holen. »Ich will keine Ausreden hören, kommen Sie nur mit Eis zurück.«

Dann setzten sie Bitter vorsichtig auf sein Bett.

Dolan gab ihm einen dreifachen Bourbon mit einem fast väterlichen Rat: »Trinken Sie alles. Es wird Ihnen guttun.«

Das Eis traf in einem Mülleimer ein, der von einer der Weißmützen und Lieutenant Kennedy getragen wurde. Einen Augenblick später traf die andere Weißmütze mit einer Wachstuchdecke ein.

»Ich wußte nicht, wo ich eine Gummimatte bekommen kann«, sagte die Weißmütze.

Bitter erhob sich etwas, damit das Wachstuch unter ihn gelegt werden konnte, und Dolan machte mit einem zerrissenen Laken eine Eispackung. Dann befahl Sergeant Draper Commander Bitter sehr sachlich, seinen Hosengürtel und den Hosenschlitz zu öffnen.

Sie zog ihm die Schuhe aus und streifte seine Hose hinunter.

Im nächsten Augenblick traf ein Major zur Einsatzbesprechung nach dem Flug ein. Er überreichte Bitter eine Miniaturflasche Bourbon. Bitter überraschte sich selbst, drehte den Verschluß ab und trank das Fläschchen leer.

Agnes Draper nahm die Eispackung von Dolan entgegen und legte sie behutsam auf Bitters Bein.

Der Major, der die Einsatzbesprechung nach dem Flug durchführte, war gut in seinem Metier. Geschickt entlockte er Bitter die Geschichte der Ereignisse in ›Danny's Darling‹. Zweimal hielt ihm Agnes Draper Bitters Glas hin und ließ sich für ihn Bourbon nachschenken.

Und beide Male schaute er ihr in die Augen.

Und dann ertappte er sich dabei, daß er sie anstarrte, als sie an der Wand lehnte und ihre Brüste fast die Knöpfe von ihrem Hemd absprengten. Und er spürte, daß sie wußte, was er anstarrte, und es machte ihm nichts aus.

Aber sie zog sich mit den anderen zurück, als der Major mit der Einsatzbesprechung nach dem Flug fertig war.

»Wenn Ihnen das Bein am Morgen noch immer Probleme macht, sollten Sie den Flugarzt kommen lassen«, sagte sie beim Hinausgehen. »Im Augenblick brauchen Sie noch einen Schluck Bourbon und dann etwas Schlaf.«

Bitter schlief mit dem Gedanken ein, wie Sergeant Agnes Draper ohne Uniformhemd aussehen mochte.

Als er erwachte, saß Sergeant Agnes Draper auf seinem Bett und drückte seine Schultern hinab.

»Sie hatten einen Alptraum«, sagte sie.

»Ja«, sagte er.

»Er wird schnell vorbeigehen, nehme ich an«, sagte sie.

Er stemmte sich im Bett auf, so daß sein Rücken an der Wand lehnte.

»Er handelte nicht von heute«, sagte er.

»So?«

»Vor Jahren, als ich mit Dick flog, drehte ich mit einem Schulflugzeug eine Rolle. Als ich im Rückenflug war, streikte der Motor. Davon habe ich geträumt.«

»Ich verstehe.«

»Tut mir leid, daß ich Sie geweckt habe, Sergeant«, sagte er. »Jetzt ist wieder alles in Ordnung.«

»Eigentlich haben Sie mich nicht geweckt«, sagte sie mit ruhiger Stimme. »Erst als ich hier reinkam, sah ich Sie um sich schlagen.«

»Ich weiß Ihre Fürsorge zu schätzen, Sergeant«, sagte er.

»Meinen Sie, Sie könnten sich dazu durchringen, mich mit dem Vornamen anzusprechen? Oder möchten Sie lieber, daß ich gehe?«

»Ich verstehe nicht ganz«, sagte Bitter.

»Doch, Sie verstehen«, sagte sie.

Ihre Blicke trafen sich, doch er fand keine Worte. Nach einem langen Augenblick nickte sie, stand auf und ging zur Tür.

»Agnes!« rief Bitter.

Sie blieb stehen und verharrte einen Moment reglos, und dann drehte sie sich zu ihm um und rannte zum Bett.

6

Um 21 Uhr 15 wurde das Büro für Öffentlichkeitsarbeit der Marineabteilung SHAEF auf Lieutenant Commander Edwin H. Bitter, USN, aufmerksam.

Commander Richard C. Korman hatte Dienst. Vor einem halben Jahr war er noch stellvertretender Leiter der PR-Abteilung der Public Service Company von New Jersey gewesen. Korman tippte mit der Schreibmaschine einen Brief an seine Frau, als er einen Anruf vom Public Information Officer (PIO) des Hauptquartiers der Eighth Air Force erhielt.

»Commander«, sagte der Anrufer, »hier ist Colonel Jerry Whitney. Ich bin in der PIO-Abteilung bei der Eighth Air Force.«

»Was kann die Navy für die Eighth Air Force tun?«

»Wir sind im Begriff, einen Ihrer Offiziere auszuzeichnen, und der Stabschef hält es für eine gute Idee, wenn wir uns mit Ihnen in Verbindung setzen.«

»Erzählen Sie mir davon.«

»Sind Sie vertraut mit unseren Ordensverleihungen?«

»Das kann ich nicht behaupten«, bekannte Korman.

»Kurz gesagt, wenn einer unserer Leute etwas tut, das eindeutig Anerkennung verdient – wenn es keinen Zweifel an seiner Tat gibt und vertrauenswürdige Zeugen vorhanden sind –, verleihen wir die Auszeichnung, so schnell uns das möglich ist; am selben oder am nächsten Tag, und wir liefern den Papierkram später.«

»Und Sie sagen, einer unserer Leute kommt dafür in Frage? Was hat er getan?«

»Er flog als Beobachter mit einer B17 bei einem Angriff, der heute auf Dortmund stattfand. Jagdflieger der Krauts trafen die Nase seines Flugzeugs, töteten den Piloten, Bombenschützen und Navigator. Als das

Flugzeug zum letzten Mal gesehen wurde, trudelte es, und zwei Motoren brannten. Wir vermerkten es als bestätigten Verlust. Aber dann traf es heute nachmittag um siebzehn Uhr in Fersfield ein, mit Ihrem Mann im Cockpit. Ganz allein flog er es und navigierte den ganzen Weg von Deutschland, und das mit einem ausgefallenen Motor und dem Rumpf voller Einschußlöcher.«

»Es überrascht mich, daß die Krauts ihn nicht als Versprengten abgeschossen haben«, sagte Commander Korman.

»Er wich den Jagdflugzeugen aus, indem er zweihundert Fuß über dem Boden flog.«

»Unglaublich!«

»Es wird noch besser«, sagte Colonel Jerry Whitney. »Er ist natürlich Pilot, aber kein B17-Pilot. Der Kommandant, der ihn für das Distinguished Flying Cross meldete, sagte, der Mann hat zum ersten Mal in einer B17 gesessen; er sollte bei der Mission damit vertraut werden. Als ich davon erfuhr, erkannte ich sofort das Potential für die Öffentlichkeitsarbeit. So rief ich den Kommandanten an und bat ihn, von der Verleihung der Medaille abzusehen. Ich sagte ihm, *wir* kümmern uns um die Verleihungszeremonie.«

»Und wie wollen Sie das handhaben?« fragte Commander Korman.

»Nach unserem Gespräch werde ich Fersfield anrufen und diesen Knaben nach London bestellen. Und als erstes am Morgen werde ich beim SHAEF sein und versuchen, jemand Ranghohen aufzutreiben, der die Verleihung durchführt. Vielleicht eine besondere Pressekonferenz einberufen. Die Wochenschau-Kameraleute des Fernmeldekorps einbeziehen. Von GI-Fotografen Aufnahmen machen lassen, damit wir die Fotos Pathé, March of Time, den Wochenschauen und Agenturen zur Verfügung stellen.«

»Klingt prima«, sagte Commander Korman.

»Ich werde der Navy natürlich auch einen Abzug schicken – Kooperation zwischen den Diensten, richtig? –, und ich dachte, vielleicht hätte die Navy gern einen ranghohen Offizier als ihren Repräsentanten dabei.«

»Bestimmt hätten wir das gern«, sagte Commander Korman. »Wer, sagten Sie, wird die Präsentation durchführen?«

»Das steht noch nicht fest«, sagte Colonel Whitney. »Aber ich werde es als erstes am Morgen erfahren. Dann nehme ich wieder Kontakt mit Ihnen auf.«

»Ich weiß Ihre Aufmerksamkeit wirklich zu schätzen«, sagte Commander Korman. »Bis zu Ihrem Anruf werde ich die Repräsentation der Navy bestätigt haben. Wie heißt dieser Mann?«

»Bitter, wie man es spricht. Edwin H. Lieutenant Commander.«

»Wo wird er verwendet?«

»Marineabteilung SHAEF.«

»Verstanden«, sagte Commander Korman. »Wissen Sie, was ich tun werde, Colonel? Ich werde seine Personalakte beschaffen, und wenn Sie ihn am Morgen hier haben, werde ich eine Biographie vervielfältigt haben – mit Angabe der nächsten Verwandten, Heimatstadt, Tätigkeit als Zivilist und so weiter –, und mit etwas Glück befindet sich ein Negativ von seinem Foto in der Akte. So sollte es sein, aber manchmal fehlt es. Wenn eines da ist, lasse ich von unserer fotografischen Abteilung ein paar Dutzend Abzüge machen.«

»Wir hätten dies gern alles unter unserer Kontrolle, Commander«, sagte Colonel Jerry Whitney.

»Mißverstehen Sie mich nicht, Colonel«, sagte Commander Korman hastig. »Ich möchte nur kooperativ sein. Dies ist offensichtlich Ihre Show. Ich verstehe, daß wir nur mitfahren dürfen.«

»Nur solange wir uns verstehen«, sagte Colonel Whitney, nicht besänftigt.

»Absolut«, sagte Commander Korman. »Ich werde alles, was ich beibringen kann, bis morgen um acht Uhr zur Verfügung haben. Kommen Sie nur herein, und ich werde es Ihnen übergeben. Ich bin wirklich dankbar für Ihre Kooperation.«

»Nun, was soll's, wir sind alle im selben Krieg, richtig, Commander?«

Als Colonel Whitney aufgelegt hatte, zog Commander Korman den Brief an seine Frau aus der Schreibmaschine, zerknüllte ihn und warf ihn in einen Papierkorb. Der Brief an seine Frau mußte einfach warten. Jetzt gab es Wichtigeres zu erledigen.

Als nächstes rief Commander Korman den Offizier vom Dienst bei der Marineabteilung SHAEF an, stellte sich vor und sagte, er käme gleich hinüber und wäre dankbar, wenn bis dahin die Personalakte von Lieutenant Commander Bitter, Edwin H., herausgesucht werden könnte.

Bei seiner Ankunft wurde er informiert, daß man über Commander Bitter, Edwin H., nur folgendes herausgefunden hatte: daß er erst vor ein paar Tagen in Europa eingetroffen sei; daß seine Personalakte nicht auffindbar sei; daß er an irgendeinem streng geheimen Projekt beteiligt sei; und daß die einzige Person, die etwas darüber wisse, Rear Admiral G.G. Foster sei.

Eine halbe Stunde später ließ Admiral Foster in seiner Suite im Connaught Hotel Commander Korman stillstehen. Nachdem er Kormans Aufzählung der Fakten gehört hatte, war er bleich geworden. Einen Augenblick später hatte er ihn informiert, daß er zwar nichts von Öffentlichkeitsarbeit verstehe, aber wenigstens ein halbes Dutzend Punkte sehe, in denen Commander Korman Scheiße gebaut habe.

»Gottverdammt, Korman, Bitter ist ein Offizier der *Marine*! Seine Großtaten sollten der *Navy* zugerechnet werden, nicht dem verdammten Army Air Corps! Dieser PR-Offizier vom Air Corps hat auf Ihnen gespielt wie auf einer verdammten Arschgeige!«

»Sir ...«, begann Commander Korman.

»Stillgestanden und Schnauze halten, Commander!« blaffte der Vizeadmiral. »Und reißen Sie die Ohren auf, während ich versuche, zu retten, was zu retten ist, nachdem Sie diese Scheiße angerichtet haben!«

Der Vizeadmiral führte einige Telefonate, einschließlich eines mit General Walter Bedell Smith, den er mit ›Beetle‹ ansprach, und schließlich wandte er sich an Commander Korman.

»Sie werden jetzt folgendes tun, Commander. Und hören Sie genau zu, denn ich will mich nicht wiederholen. Sie steigen in einen Wagen, fahren nach Fersfield und suchen leise, still und heimlich nach Commander Fine. Sie sagen ihm, daß ich Sie persönlich zu ihm geschickt habe. Und *nichts* sonst. Haben Sie das verstanden?«

»Jawohl, Sir«, sagte Korman.

»Wenn in der Navy ein Untergebener ausdrücken will, daß er einen Befehl verstanden hat und bereit ist, ihn auszuführen, sagt er ...Aye, aye, Sir. ...«

»Jawohl, Sir. Aye, aye, Sir.«

»Sie werden Commander Bitter nach London bringen. Sie werden dafür sorgen, daß er eine blaue Uniform und all seine Auszeichnungen trägt, einschließlich und insbesondere sein Abzeichen des Flying Tiger.«

»Sir?«

»Was?«

»Welches Abzeichen, Sir?«

»Flying Tiger«, sagte Admiral Foster ungeduldig.

»Wußten Sie nicht, Commander, daß Commander Bitter ein Flying Tiger war?«

»Nein, Sir, das war mir nicht bekannt«, gestand Commander Korman.

»Nun, ich kann nicht behaupten, daß mich Ihre Unwissenheit überrascht«, sagte der Admiral in kaltem Sarkasmus, »aber aus der Sicht des Laien, Commander – korrigieren Sie mich, wenn ich mich irren sollte –, halte ich die Tatsache, daß er ein Flying Tiger war, für ›menschlich interessant‹. Ein Hinweis für die Öffentlichkeit, daß ein Marineflieger wirklich etwas Besonderes ist. Daß ein Marineflieger, der als Flying Tiger neun Japaner abgeschossen hat, leicht schalten und die Kontrolle über eine schlimm beschädigte B17 des Army Air Corps übernehmen kann.«

»Ich habe verstanden, was der Admiral meint, Sir«, erwiderte Commander Korman. Er fragte sich, woher der Admiral wußte, daß Commander Bitter neun Japaner abgeschossen hatte. Das hatte der PIO des Air Corps nicht erwähnt. Hatte der PIO es gewußt? Hatte er geplant, diese faszinierende Information zu nutzen, um die Navy auszutricksen?

»General Smith versucht zu arrangieren, die Verleihung des DFC an Commander Bitter in General Eisenhowers morgigen Terminplan einzuschieben. Wenn ihm das nicht gelingt, wird er dafür sorgen, daß Bitter die Medaille von General Eaker erhält, oder sie ihm selbst verleihen. Ich werde natürlich dort sein. Nun, werden Sie dies schaffen, Commander, oder möchten Sie, daß ich einen meiner Adjutanten mit Ihnen schicke?«

»Ich werde mich sofort bei Ihnen melden, wenn ich mit Commander Bitter in London eingetroffen bin, Admiral.«

7

Station London
Office of Strategic Services

11. Januar 1943, 8 Uhr

»Ich wage fast nicht zu fragen, warum Sie so angezogen sind, Dick«, sagte Stationsleiter David Bruce zu Richard Canidy.

Bruce war ein großer und gutaussehender Mann mit graumeliertem Haar und teurem Maßanzug. Whittaker hatte Canidy von einer Bemerkung erzählt, die Chesley Haywood Whittaker einst über Bruce gemacht hatte: »Ich fühle mich in seiner Anwesenheit stets wie ein Bauer gegenüber einem König.« Die Bemerkung war in Canidys Erinnerung haften geblieben, weil Bruce tatsächlich ein wenig königlich auftrat.

Lieutenant Colonel Edmund T. Stevens lachte.

Canidy sah aus wie auf einem Bild aus den Vorschriften der Army, in denen das richtige Äußere für Berufsoffiziere beschrieben wurde. Er trug einen grünen Uniformrock und eine pinkfarbene Hose. Die braunen Oxford-Schuhe waren auf Hochglanz poliert, und die Mütze, die er auf den Konferenztisch im Büro des Stationsleiters gelegt hatte, war eine Übersee-Dienstmütze. Und die richtigen Rang- und Qualifikationsabzeichen waren an den richtigen Stellen auf dem Uniformrock angebracht.

Bei der letzten Konferenz der Abteilungsleiter hatte Canidy ein Khakihemd, eine Pilotenjacke aus Schaffell, olivfarbene Hose, Fliegerstiefel aus Schaffell und eine lederbesetzte Feldmütze getragen, die laut Colonel Stevens ausgesehen hatte, als wäre sie gerettet worden, nachdem sie fünf Stunden lang vom Verkehr auf dem Picadilly Circus überrollt worden war.

»Ich bin von Captain Fine beschämt worden«, sagte Canidy, »der psychologisch nicht in der Lage ist, einen unpolierten Knopf zu ignorieren.« Er legte eine Pause ein und fuhr dann fort: »Eigentlich haben wir ein kleines Publicity-Problem, und ich dachte mir, ich sollte versuchen, mich den Geschniegelten beim SHAEF anzupassen, wenn ich dort rübergehe.«

»Da wir keine Publicity suchen, ganz im Gegenteil, wie können wir da ein Problem haben?« fragte David Bruce trocken mit seiner weichen und kultiviert klingenden Stimme.

»Diese Publicity sucht uns heim«, sagte Canidy. »Um Viertel nach elf wird ein noch ungenanntes hohes Tier Ed Bitter das DFC anheften. Und nach dem, was ich bis jetzt herausfinden konnte, wird es vor laufenden Kameras der Wochenschauen und fünfzig oder sechzig Reportern geschehen.«

»Wovon, zum Teufel, reden Sie?« fragte Colonel Stevens ein wenig unwirsch.

»Bitter flog gestern nach Dortmund«, sagte Canidy. »Als Bordschütze in einer B17.«

Bruce starrte ihn entgeistert an. »Höre ich richtig?«

»Er wurde laut Dolan, der meine Informationsquelle ist, sozusagen dazu überredet. Jedenfalls flog er. Sie wurden getroffen. Der Pilot, der Bombenschütze und der Navigator wurden getötet, der Kopilot wurde verwundet. Bitter, der nie zuvor in einer B17 gewesen war, übernahm die Maschine – zu diesem Zeitpunkt trudelte sie – und flog sie heim. Der Kommandant der Bomberstaffel, ein Colonel namens D'Angelo, entschied, ihm ein DFC zu verleihen. Das Bitter übrigens für wirklich hervorragendes Fliegen verdient hat. Dann geriet die Sache außer Kontrolle.«

»Wie außer Kontrolle, Dick?« fragte Bruce leise. Candidy spürte, daß Bruce ärgerlich war.

»Ich sprach heute morgen gegen vier Uhr mit D'Angelo«, erklärte Candidy. »Er schickte ein Routinefernschreiben nach High Wycombe und ersuchte um Genehmigung für die Verleihung der Medaille. Irgendein eifriger PIO – und auch mit ihm habe ich gesprochen – bekam den Vorgang in die Hände. Und er sagte sich, daß ein Marineflieger, der einen Bomber des Air Corps fliegt, von größerem Interesse für die Öffentlichkeit ist als die meisten DFCs, und er entschied sich, eine große Sache daraus zu machen. Er telefonierte mit dem PIO der Navy, und der sprach mit Colonel Stevens' gutem Kumpel Admiral G.G. Foster, und Foster schickte einen Voll-Commander in den frühen Morgenstunden nach Fersfield. Er belaberte Bitter und Dolan und brachte Bitter nach London.«

»Wo ist er jetzt?« fragte Stevens.

»Keine Ahnung«, sagte Candidy trocken. »Admiral Foster ist in einer Konferenz, und das war er seit acht Uhr. Zwischen Viertel vor vier, als ich ihn zum ersten Mal anrief, bis acht Uhr war er unerreichbar. Wenn ich ein Zyniker wäre, würde ich zu der Annahme neigen, daß der Admiral nicht daran denkt, uns die heroische Saga von Commander Bitter unter dem Teppich halten zu lassen.«

»Ich werde ihm den Arsch aufreißen!« sagte der Stationsleiter. Candidy hob die Augenbrauen. Er war es nicht gewohnt, sichtlichen Ärger von Bruce zu sehen oder irgendeine vulgäre Formulierung zu hören. »Haben Sie den Chef-Zensor angerufen?«

»Das war mein erster Gedanke«, sagte Candidy, »dem Admiral den Arsch aufzureißen, meine ich. Aber irgendwann in den frühen Morgenstunden kam mir in den Sinn, daß dies eine nette Desinformation ist. Bitter braucht vor der Presse nur zu sagen, daß er hierher geschickt wurde, um – sagen wir mal, ›die Bombardierungs-Mission der Navy mit dem Air Corps zu koordinieren‹. Das klingt glaubwürdig, und es würde die Aufmerksamkeit von Fersfield ablenken.«

Der Stationsleiter schaute ihn lange schweigend an und forderte ihn dann mit einer Geste auf, fortzufahren.

»Der Grund für all die Geheimhaltung des Projekts U-Boot-Bunker hat nichts mit den U-Boot-Bunkern zu tun«, führte Canidy weiter aus. »Es geht um die Benutzung der Drohnen, um die Bunker auszuschalten und vielleicht die deutschen Raketenstellungen und möglicherweise die Anlagen für Schweres Wasser in Norwegen und die Düsenflugzeug-Fabriken in Deutschland. Das ist das Geheimnis, das wir bewahren wollen.«

»Ich kann Ihnen nicht folgen, Dick«, sagte Bruce ungeduldig.

»So verraten wir ihnen ein Geheimnis, das sie ruhig wissen können. Wir können davon ausgehen, daß die Deutschen sehr neugierig bezüglich Bitters Tätigkeit auf Fersfield werden und mindestens einen der freundlichen Söhne von Saint Patrick herschicken, damit er herausfindet, was er kann.«

Bruce schüttelte den Kopf und lächelte über Canidys Bezeichnung der IRA-Agenten als ›freundliche Söhne von Saint Patrick‹.

»Ich werde einige Sicherheitsvorkehrungen rings um Fersfield treffen«, sagte Canidy. »Nicht zuviel, aber genug, damit die IRA ein bißchen arbeiten muß, um herauszufinden, daß wir planen, die U-Boot-Bunker mit Drohnen in die Luft zu jagen. Sie werden sich für höllisch clever halten, wenn sie das herausfinden, und die Schnüffelei einstellen.«

Der Stationsleiter dachte eine Zeitlang darüber nach und wandte sich dann an Colonel Stevens.

»Ed?«

»Wir haben einen umgedrehten Agenten in diesem Gebiet«, sagte Stevens. »Einen Mann, der übrigens beim Prospect Park in Brooklyn wohnte. Durch ihn könnten wir die deutsche Abwehr damit füttern. Mit Gerüchten über eine großangelegte, sehr geheime Operation zur Ausschaltung der U-Boot-Bunker.«

»Ich bezweifle, daß wir den Public-Relations-Rummel stoppen können«, sagte Fine. »Wenn so etwas erst angefangen hat …«

»Ich wollte das gleiche sagen, Captain Fine, danke«, sagte der Stationsleiter ein wenig steif. »Und was unternehmen wir in puncto Admiral G.G. Foster?«

»Wir lassen ihn gewähren«, sagte Canidy. »Er meint, er hat gewonnen, und Dolan sagte mir, Bitter hat sich entschieden, wem seine Loyalität gilt.«

»Sie vertrauen Dolan in diesem Punkt?« fragte Bruce.

»Absolut«, sagte Canidy.

»Okay, dann machen wir es, wie Sie vorschlagen«, sagte der Stationsleiter. »Was kommt als nächstes?«

»Wir haben vier Teams für Griechenland, die in Whitbey House herumgammeln und fast durchdrehen«, sagte Canidy. »Worauf, zum Teufel, warten wir?«

»Wir warten, um sicherzustellen, daß wir sie nicht mit dem Fallschirm in die Hände der Deutschen absetzen«, sagte Bruce ungehalten. »Die gleiche Antwort gilt für die jugoslawischen Teams, um ihrer nächsten Frage vorzugreifen.«

»Eigentlich wollte ich nach Fulmar fragen«, sagte Canidy unschuldig.

»Er trifft heute am frühen Nachmittag aus Casablanca ein«, sagte der Stationsleiter. »Fine will ihn in London behalten, bis wir die Botschaften bereit haben, und dann sollte er nach Richodan geschickt werden. Sind Sie da meiner Meinung, Canidy?«

»Nein«, sagte Canidy entschieden.

»Eldon Baker meint, die Beziehung zwischen Ihnen und Fulmar und Fulmar und Whittaker und Fulmar und Stanley ist viel zu gefühlsbetont.«

»Eldon Baker ist ein Arschloch«, sagte Canidy.

»Mensch, Dick!« protestierte Stanley Fine.

Colonel Stevens sagte sich, daß Canidy genau wußte, wie der Stationsleiter auf ›Arschloch‹ reagieren würde. Er fragte sich, ob Canidy die Bezeichnung absichtlich benutzt hatte, gelangte zu einem Ja und überlegte dann, warum Canidy das getan hatte.

»Vermutlich gibt es einen beruflichen – im Gegensatz zu einem persönlichen – Grund hinter dieser kleinen Entgleisung?« sagte Bruce eisig.

»Wenn Sie Fulmar nach Richodan schicken«, sagte Canidy, »dann veranlassen Sie Eldon Baker, ihn zu dem zu überreden, was Sie meiner Meinung nach vorhaben. Ich werde mich nicht um von Shitfitz kümmern, wenn Baker weiterhin seinen Senf dazugibt.«

»Manchmal, Canidy, kommt mir der Gedanke, daß *Sie* vielleicht in Richodan sein sollten«, brauste der Stationsleiter auf.

»Ich wünschte manchmal, ich wäre dort«, sagte Canidy sachlich. »Ich habe nicht um die Jobs gebeten, die Sie mir gegeben haben, und je mehr ich davon erledige, desto weniger gefallen sie mir. Ich werde sie ausführen, aber nicht, wenn ich von Baker im nachhinein kritisiert werde.«

»Hört auf, ihr beide«, sagte Stevens.

Beide sahen ihn überrascht an.

»Oder wir bekommen keine Plätzchen und Milch, richtig?« fragte Canidy nach einer Weile.

Der Stationsleiter blickte zwischen ihnen hin und her und lachte dann.

Aber David Bruce wirkte nicht wirklich belustigt.

»Nun, machen wir weiter mit anderen Dingen, wenn Dick um Viertel nach elf am Grosvenor Square sein muß«, sagte Bruce, als hätte der Wortwechsel nicht stattgefunden.

Stevens fragte sich, warum der Stationsleiter bei der Konfrontation klein beigegeben hatte. Und dann wurde es ihm klar. Eine Reihe von Konsequenzen würde folgen, wenn der Stationsleiter Canidy ablöste, und das würde automatisch bedeuten, daß Canidy nach Richodan geschickt werden würde.

Donovan würde eine Erklärung verlangen. Er würde sich die Version des Stationsleiters anhören, dann die von Canidy, und anschließend würde er Stevens um seine Meinung fragen.

Stevens würde Canidy Rückendeckung geben, und der Stationsleiter wußte das. Es würde nicht unloyal von Stevens ihm gegenüber sein, sondern eher Loyalität gegenüber der OSS-Mission, die die traditionelle Loyalität gegenüber einem unmittelbaren Vorgesetzten übertraf.

Canidy war das geworden, was keiner sein sollte – nahezu unersetzlich.

Es würde bei Whittaker und Dolan Verärgerung geben, die an Meuterei grenzen würde, wenn Canidy abgelöst und nach Richodan geschickt werden würde.

Und es war nicht abzusehen, welcher Schaden für die Moral der Agenten in Ausbildung angerichtet werden würde, wenn Canidy abgelöst werden würde. Sie hatten hauptsächlich wegen Canidy Vertrauen in das OSS und in das, was von ihnen verlangt wurde. Er war ›im Einsatz‹ gewesen, und sie glaubten fest, daß er nichts von ihnen verlangte, das er für unnötig hielt oder nicht selbst tun würde. Und Sie hielten ihn für ihren Fürsprecher.

Das stimmte natürlich. Und die andere Wahrheit

war, daß Canidy soeben seine Trumpfkarte ausgespielt hatte, die ein As war.

Es gab für Stevens und offenbar auch für den Stationsleiter keinen Zweifel an der Notwendigkeit, Eric Fulmar nach Deutschland zu schicken. Wenn Canidy abgelöst wurde, war es durchaus möglich, daß sich Fulmar weigern würde, nach Deutschland zu gehen. Sie konnten ihm das nicht befehlen; er mußte es wirklich als Freiwilliger tun. Und er konnte nicht von einem anderen Deutsch sprechenden Agenten ersetzt werden.

Stevens fragte sich, ob Canidy all dies bedacht hatte. Es war durchaus möglich, daß er es ins Kalkül gezogen hatte.

Oder war der Ausbruch so spontan gewesen, wie er gewirkt hatte?

Wie auch immer, Canidy hatte David Bruce soeben vor die Wahl gestellt: Der Stationsleiter konnte entweder über die ganze Sache lachen. Oder er konnte den Preis dafür zahlen, daß er höflichen, bedingungslosen Gehorsam verlangte. Er hatte sich dafür entschieden, zu lachen, und damit hatte er sich Stevens' Respekt verdient.

X

I

Beerenstraße 44-46
Berlin-Zehlendorf

12. Januar 1943, 9 Uhr 15

Die dreigeschossige Stuckvilla der Familie von Hürten-
Mitnitz war 1938 im noblen Vorort Zehlendorf erbaut
worden und nie als ständiges Wohnhaus beabsichtigt
gewesen. Sie diente als Unterkunft, wenn sich der Graf
und seine Frau – oder die Brüder und ihre Frauen –
zufällig in Berlin aufhielten. Ansonsten bevorzugten
sie ihre Güter in Pommern und reisten nur selten nach
Berlin.

Das Erdgeschoß, einschließlich Küche, war zur
Bewirtung vieler Gäste in einem Stil vorgesehen, der
das Format der Familie widerspiegelte. Jeder konnte
einen Ballsaal im Adlon oder im Hotel am Zoo für eine
Dinnerparty mieten. Nur wenige konnten fünfzig Personen ein festliches Abendessen in ihrem Privathaus
bieten.

Die Eingangshalle, die Platz für hundert Personen
zum Cocktail bot, war von österreichischen Kristallü-
stern erhellt, die von einem Dachbalken hingen. Links
und rechts neben der Doppeltür zum Speisesaal führten
geschwungene Treppen zu den oberen Zimmern. Der
Gastgeber und seine Gattin hatten einen beeindrucken-
den Auftritt, wenn sie die Treppe herunterkamen.

Helmut von Hürten-Mitnitz mochte das Haus nicht.

Die Wohnung, die er darin bewohnte, erinnerte ihn an eine mittelmäßige Suite in einem zweitklassigen Hotel. Aber es gab nur wenig anständige Wohnungen in Berlin zu mieten; und außerdem hatte er eine größere Bewegungsfreiheit, als es in einer Mietwohnung oder einer Hotelsuite der Fall gewesen wäre.

Er betrachtete sich im Spiegel seines Badezimmers. Er trug einen maßgeschneiderten grauen Anzug, einen der letzten drei, die er aus London erhalten hatte, bevor der Krieg ausgebrochen war. Er klopfte auf seine Tasche, um sich zu vergewissern, daß er sein Zigarettenetui und die Brieftasche dabeihatte. Dann ging er die Treppe hinunter zur Eingangshalle.

Auf halbem Weg rief er: »Wie freundlich von Ihnen, Standartenführer!«

Johann Müller stand in seinem Mantel neben von Hürten-Mitnitz' Haushälterin in der Halle bei der Eingangstür.

»Es ist mir ein Vergnügen, Herr Minister«, erwiderte Müller.

»Trotzdem bin ich dankbar für Ihren Besuch«, sagte von Hürten-Mitnitz. »Ich hätte sonst wirklich nicht gewußt, wie ich vor dem Mittag ins Büro kommen würde.«

»Es ist mir ein Vergnügen«, wiederholte Müller.

Die Haushälterin ging zum Garderobenschrank in der Halle und entnahm ihm einen Mantel mit Pelzkragen und einen Homburg. Sie überreichte von Hürten-Mitnitz zuerst den Homburg, und er legte ihn vor einen Spiegel über einem Heizkörper und ließ sich von ihr in den Mantel helfen.

»Danke, Frau Carr«, sagte er.

Er forderte Müller mit einer höflichen Geste auf, vor ihm das Haus zu verlassen. Ein Opel Admiral stand am Straßenrand.

»Neuer Wagen, Johann?« fragte er, als er einstieg.

»Neu für mich«, sagte Müller. »Er hat neuntausend Kilometer auf dem Tacho. Und ich weiß nicht, wie praktisch er ist«, fügte er hinzu, als er sich hinters Steuer setzte und den Motor anließ. »Er ist auffallend. Jemand mit meiner Tätigkeit sollte nicht zu sehr auffallen.«

»Sie sehen gut damit aus«, sagte von Hürten-Mitnitz. »Fahren wir über die Avus?«

Müller nickte.

»Frau Carr hat Sie gemeldet, weil Sie BBC hören«, sagte Müller nach einer Weile. »Ich habe es im Wochenbericht des SD Zehlendorf gesehen.«

»Ich habe mir schon gedacht, daß sie mich meldet«, sagte von Hürten-Mitnitz trocken. »Ihre Wachsamkeit und Hingabe für das Reich sind lobenswert. Was sagt man ihr übrigens, wenn sie solche Meldungen macht?«

»In diesem Fall wurde sie gefragt, ob jemand bei Ihnen war«, sagte Müller. »Und man erklärte ihr, weil Sie eine Genehmigung vom Propagandaministerium haben, sind weitere Meldungen unnötig. Es sei denn, jemand ist bei Ihnen, wenn Sie BBC hören.«

»Ich frage mich, ob Sie deswegen erleichtert oder enttäuscht war«, murmelte von Hürten-Mitnitz. »Ich nehme an, Sie wollen auf die Botschaft ›Gisela dankt Eric‹ hinaus?«

»Sind Sie sicher, daß es sich um unsere Gisela und unseren Eric handelt?«

»Davon bin ich überzeugt«, sagte von Hürten-Mitnitz.

»Was, zum Teufel, bedeutet das?« fragte Müller. »Daß wir ihr ein Radio besorgen, damit sie BBC hören kann?«

»Wie könnte das gehandhabt werden?« erkundigte sich von Hürten-Mitnitz.

»Ich dachte, Sie sagen mir das«, erwiderte Müller.

»Ich habe eine Idee«, sagte von Hürten-Mitnitz, »aber ich bin mir nicht sicher, wie Sie reagieren werden.«

»Lassen Sie hören.«

»Ein ranghoher SS-Führer vom SD hat ein Auge auf Fräulein Dyer geworfen«, sagte von Hürten-Mitnitz. »Sie trafen sich, während er im Weihnachtsurlaub daheim war. Sie wurden von einem SS-Führer vorgestellt. Besagter ranghoher SS-Führer vom SD ist Junggeselle, etwas älter als die Lady und ziemlich verknallt in sie. Er möchte ihr ein kleines Geschenk machen.«

Müller lachte, und dann schwieg er eine Weile.

»Ich war in Peis' Wohnung«, sagte er schließlich. »Peis hat ein sehr schönes, reich verziertes Radio von Siemens. Ich bezweifle, daß er es in einem Geschäft gekauft hat. Es wurde vermutlich ›sichergestellt‹. Er hat vielleicht noch mehr davon.«

»Vielleicht können Sie ein paar Stunden Ihrer kostbaren Zeit entbehren, um einer kleinen Mai- und Dezemberromanze nachzugehen«, sagte von Hürten-Mitnitz.

»Verdammt, Helmut«, sagte Müller, »es besteht kein so großer Altersunterschied zwischen uns.«

»Und Sie wissen natürlich, was Oscar Wilde gesagt hat«, sagte von Hürten-Mitnitz.

»Ich weiß nicht mal, wer das ist, geschweige denn was er gesagt hat.«

»Er war Engländer«, sagte von Hürten-Mitnitz. »Ein englischer Dichter irischer Herkunft, der einige interessante Dinge gesagt hat, unter anderem, daß Enthaltsamkeit die ungewöhnlichste aller Perversionen ist.«

Müller schnaubte anerkennend.

»Jetzt weiß ich, wer das ist«, sagte er. »Er wanderte ins Kittchen, weil er schwul war, richtig?«

»Ja, das stimmt.«

»Man kann Schwierigkeiten bekommen, Herr Minister, wenn man die Philosophie eines englischen Schwulen bei einem SS-Standartenführer zitiert«, sagte Müller.

»Ja, das glaube ich«, pflichtete ihm von Hürten-Mitnitz bei.

»Was, zum Teufel, wollen Sie, Helmut?«

»Ich habe lange darüber nachgedacht«, sagte von Hürten-Mitnitz.

»Und?«

»Es hat vielleicht etwas mit dem Professor zu tun«, sagte von Hürten-Mitnitz. »Oder mit den Fulmar-Werken in Marburg. Ich kann mir nicht vorstellen, was es sonst sein könnte.«

»Und indem wir ihr ein Radio zukommen lassen, lassen wir unsere Freunde wissen, daß wir bereit sind, unseren Kopf auf den Richtblock zu legen?«

»Ja«, sagte von Hürten-Mitnitz. »Sie müssen jemanden in Marburg haben. Oder die Dyers stehen bereits in Kontakt mit einem Agenten …«

»Gisela nicht«, unterbrach Müller. »Und ihr Vater auch nicht, davon bin ich überzeugt.«

»Dann werden sie von einem Agenten in Marburg beobachtet«, beharrte von Hürten-Mitnitz, »der melden wird, daß wir getan haben, was von uns verlangt worden ist.«

»Es macht mich krank«, sagte Müller. »Vielleicht ist es nur die Angst. Aber es kann auch sein, daß ich Verrat hasse.«

Es dauerte eine Weile, bis von Hürten-Mitnitz wieder sprach.

»Während ich auf Sie gewartet habe, Johann, habe ich Radio gehört. Die Amerikaner haben gestern Dortmund bombardiert. Laut Propagandaministerium gab es nur leichte Beschädigungen …«

Müller schnaubte.

»… und wenn wir Reichsmarschall Göring glauben wollen, wie wir es natürlich alle tun, hat die Luftwaffe neunundzwanzig der zweihundert feindlichen Bomber abgeschossen.«

»Dann will ich Meyer heißen«, sagte Müller.

In den ersten Tages des Krieges hatte Göring dem deutschen Volk versichert, daß man ihn Meyer nennen dürfe, wenn Flugzeuge der Alliierten jemals deutschen Boden bombardieren würden.

»Ich wurde um einen Kommentar über einen Bericht der Abwehr gebeten, in dem ein Agent in New Jersey schätzt, daß die Amerikaner pro Tag über fünfzig Flugzeuge nach England fliegen«, sagte von Hürten-Mitnitz.

»New Jersey?« fragte Müller.

»Ein US-Staat. Gleich neben New York City«, sagte von Hürten-Mitnitz. »Mit anderen Worten schicken die Amerikaner über den Daumen gepeilt ungefähr zweimal so viele Flugzeuge nach England wie die Luftwaffe abschießen kann.«

»Was haben Sie über den Bericht der Abwehr gesagt?« fragte Müller.

»Das war ziemlich heikel«, sagte von Hürten-Mitnitz. »Wenn ich die Wahrheit gesagt hätte, dann hätte ich in einigen Kreisen als sehr schlau gegolten. Und in anderen als ein Defätist.«

»Ich habe gefragt, was Sie gesagt haben.«

»Ich habe gesagt, ich neige dazu, die Zahl der Flugzeuge zu glauben«, antwortete von Hürten-Mitnitz. »Aber ich habe hinzugefügt, daß die Amerikaner höchstwahrscheinlich verzweifelte Anstrengungen unternehmen, um die schrecklichen Verluste zu ersetzen, die ihnen von der Luftwaffe zugefügt werden, und daß diese Bemühungen auf Kosten anderer Kriegsproduktion gehen.«

Müller stieß einen Grunzlaut aus und schüttelte den Kopf.

»Ich nehme an, bei der nächsten Bombardierung von Dortmund werden es angeblich fünfhundert B17 gewesen sein. Und wenn wir beim nächsten Mal etwas von unserem Agenten in New Jersey hören, wird er schätzen, daß pro Tag hundert B17 nach England fliegen.«

»Scheiße«, sagte Müller.

»Wir versuchen diesen ungewinnbaren Krieg zu beenden, Johann, bevor den Amerikanern die Städte ausgehen, die sie in Trümmer bombardieren können.«

»Das nennt man immer noch Verrat«, sagte Müller.

»Können Sie ein Radio besorgen, mit dem Fräulein Dyer BBC empfangen kann?« fragte von Hürten-Mitnitz.

»Sie sagten oder deuteten es zumindest an, daß Sie es für eine gute Idee halten, wenn es den Anschein hätte, ich wäre irgendwie mit Gisela Dyer liiert«, sagte Müller.

»So ist es«, bekräftigte von Hürten-Mitnitz.

»Ich könnte an diesem Wochenende einfach wieder meine Familie besuchen«, sagte Müller.

»Es sollte eine angenehme Fahrt mit Ihrem neuen Wagen sein«, sagte von Hürten-Mitnitz.

2

Supreme Headquarters
Allied Expeditionary Force
Grosvenor Square, London

12. Januar 1943, 11 Uhr 45

»Das ist gut gelaufen, finde ich, Korman«, sagte Rear Admiral G.G. Foster zu Commander Korman nach der Verleihungszeremonie. »Sogar Meachum Hope von Carlson Broadcasting sendet das.«

»Danke, Sir«, sagte Korman. Er hielt es für überflüssig, den Admiral zu informieren, daß Bitter der Neffe des Besitzers von Carlson Broadcasting war, wie er erfahren hatte. Er bezweifelte sehr, daß Meachum Hope sonst zum SHAEF gekommen wäre, um sich anzuschauen, wie ein weiterer Offizier eine weitere Medaille erhielt. Aber als der Nachrichtendienst von Carlson Broadcasting vom Londoner Büroleiter zur Verleihung geschickt wurde und Meachum Hope eine Aufzeichnung für seine nächtliche Rundfunksendung in den Vereinigten Staaten machte, hatten sich andere Nachrichtenagenturen und Rundfunksender gesagt, daß ihnen etwas entgehen könnte, und waren selbst aufgetaucht.

Und alle waren zufrieden, denn Eisenhower persönlich hatte die Verleihung durchgeführt, eine kleine Rede gehalten und – mit einem Arm um Lieutenant Commander Edwin H. Bitter – sein berühmtes Lächeln gezeigt. Ike war stets gut für die Medien.

Der Admiral entfernte sich von Commander Korman und wechselte ein paar private Worte mit General Eisenhower. Dann kehrte er zu Korman zurück.

»Arrangieren Sie, daß Commander Bitter um siebzehn Uhr dreißig in meinem Quartier ist«, befahl er. »General Eisenhower sagte, er könne vielleicht für eine Minute vorbeischauen. Fragen Sie Mr. Meachum Hope und diese Reporterin – wie heißt sie noch?«

»Chambers, Admiral.«

»Fragen Sie Mr. Hope und Miss Chambers, ob sie einen Cocktail mit mir trinken möchten. Und versuchen Sie, Lieutenant Kennedy herzubekommen.«

»Wen, Sir?«

»Lieutenant Joseph P. Kennedy junior«, blaffte der Admiral. »Sagen Sie Commander Bitter, ich würde mich freuen, wenn er es arrangieren könnte.«

»Aye, aye, Sir«, sagte Korman. Es würde sich gewiß gut in der Öffentlichkeit machen, wenn Meachum Hope und das Chambers-Mädchen mit dem Admiral zusammen etwas tranken. Wenn er nicht so argwöhnisch gegenüber dem Admiral gewesen wäre, hätte er genau diesen Vorschlag selbst gemacht. Er fragte sich, wer dieser Lieutenant Kennedy war.

Aber es blieb ihm nichts anderes übrig, als das herauszufinden und ihn bis 17 Uhr 30 ins Connaught Hotel zu schaffen. Es war kein Vorschlag von Admiral Foster gewesen, sondern ein Befehl.

3

Station London, Office of Strategic Services
Berkeley Square

»Colonel Stevens möchte Sie sofort sehen, Major«, sagte der Sergeant Major bei Canidys Eintreten.

»Hat er gesagt, warum?« fragte Canidy. Als der Sergeant Major den Kopf schüttelte, fragte Canidy: »Ist Fulmar eingetroffen?«

»Er ist bei Captain Fine«, sagte der Sergeant Major.

Canidy eilte die Treppe hinauf und nahm zwei Stufen auf einmal. Dann rannte er durch den Flur des Hauses zu Colonel Stevens' Büro. Die Treppenstufen knarrten, und der Teppich war verschlissen. Die Station London war im Vergleich zu Whitbey House eng, schmutzig und heruntergekommen. Stevens' Privatbüro war dunkel und klein.

»Sie wollten mich sprechen, Sir?«

»Wie lief es beim SHAEF?« fragte Stevens.

»Prima«, sagte Canidy. »Ich habe mit Bitter sprechen können – ich hatte recht, er wurde vom PIO der Navy versteckt –, und er hielt eine nette kleine Rede über die Zusammenarbeit zwischen den Diensten. Er trinkt Cocktails mit Eisenhower. Oder wenigstens mit Admiral Foster, und Ike hat versprochen, vorbeizuschauen. Der Admiral wollte ebenfalls Kennedy dabeihaben, und so habe ich ihn angerufen und ihn dorthin geschickt.«

»Ich beginne wie Sie zu denken«, sagte Stevens, »das heißt, ich beschäftige mich mit dem Obszönen. Als ich dies sah, dachte ich ›mein Gott, Publicity ist wie Tripper. Wie eine Epidemie.‹«

Er überreichte Canidy die Kopie einer Titelseite von *Stars & Stripes*.

Canidy sah zwei Fotos darauf. Eines zeigte den Präsidenten der Vereinigten Staaten, der breit lächelte und seine Zigarettenspitze in der Hand hielt. Auf dem zweiten Foto war eine gutaussehende Frau zu sehen, die einem Flugzeug entstiegen war und auf der untersten Stufe einer Gangway stand und winkte. Die Bildunterschrift lautete:

»Konnte das nicht gestoppt werden?« fragte Canidy kopfschüttelnd. »Das gefällt mir nicht. Aus Gründen, die vielleicht ein bißchen weit hergeholt erscheinen – zum Beispiel könnte ein Zusammenhang zwischen ihr und Eric gefunden werden. Ich habe das miese Gefühl, daß dies eine schlechte Nachricht ist, und normalerweise kann ich mich auf meine Gefühle verlassen.«

»Ich habe das gleiche schlechte Gefühl«, sagte Stevens. »Wenn wir von der Sache gewußt hätten, dann hätten wir sie gestoppt. Aber bis jetzt ist mir nie in den Sinn gekommen, daß ich einen Verbindungsoffizier bei den Special Services habe. Was sollten wir Ihrer Meinung nach mit ihr tun, wenn überhaupt etwas?«

»Wie wäre es mit Ihrer Ermordung?« erwiderte Canidy.

Stevens lachte. »Ich bezweifle, daß wir die aus *Stars & Stripes* heraushalten könnten. Und wie handhaben wir die Sache, ohne sie zu ermorden?«

»Ich dachte, *Sie* sagen mir das«, entgegnete Canidy. »Weiß Fulmar davon?«

»Noch nicht«, sagte Stevens. Als Canidy ihn fragend ansah, fügte Stevens hinzu: »Unser Sergeant Major sagt, er hat niemals eine solch versaute Personalakte gesehen. Er und Fine kämpfen sich jetzt durch all den Papierkram. Unter anderem ist Fulmar nie bezahlt worden, und es gibt keine Lebensversicherung für seinen Militärdienst – Dinge dieser Art.«

»Nun, jetzt kann er seine Mami als Begünstigte einsetzen«, bemerkte Canidy.

»Was tun wir, Dick?« fragte Stevens.

»Ich weiß es nicht«, bekannte Canidy.

»Kennen Sie Monica Carlisle?«

»Nein. Aber ich glaube, Eric hat sie mal getroffen.«

»Vielleicht will er sie gar nicht sehen«, sagte Stevens. »Oder umgekehrt.«

»Nun, bevor er *Stars & Stripes* selbst sieht, wird ihm gesagt werden müssen, daß sie hier ist. Unterdessen können Sie und ich beten, daß er sie nicht sehen will.«

Stevens nickte.

»Sonst noch etwas?« fragte Canidy.

Stevens schüttelte den Kopf. »Viel Glück, Dick«, sagte er.

Canidy nahm die Titelseite von *Stars & Stripes*, faltete sie und verließ Stevens' Büro.

Er fand Fulmar in Fines Büro. Fulmar saß mit Fine und Master Sergeant Ed Davis an einem Tisch.

»Ali Baba und die beiden Räuber, nehme ich an«, sagte Canidy.

Master Sergeant Davis, ein stämmiger, pausbäckiger Enddreißiger, war Berufssoldat. Er hatte einst in einer Batterie der Küstenartillerie gedient, die von dem damaligen Lieutenant Edmund T. Stevens befehligt worden war. Stevens war ihm im PX wiederbegegnet, als er in dem Verkaufsladen für Angehörige der amerikanischen Streitkräfte etwas gekauft hatte. Zwei Tage später hatte sich Davis zum Dienst am Berkeley Square gemeldet.

Eric Fulmar, mit aufgeknöpftem Uniformrock und gelockerter Krawatte, stand auf, lächelte Canidy herzlich an und ging dann mit ausgestreckter Hand auf ihn zu, doch der beabsichtigte Handschlag wurde zu einer Umarmung.

»Ist er auf Tripper und andere Geschlechtskrankheiten untersucht worden, Davis?« fragte Canidy.

»Sie hätten ihn ohne diese Überprüfung nicht aus Marokko herausgelassen, Major«, sagte Davis. Davis wußte – er war unter anderem der Finanzunteroffizier der Londoner Station –, daß Canidy kein Major war, sondern als Angestellter der US-Regierung als ›Technischer Berater, Besoldungsstufe 14‹ geführt wurde.

Dennoch behandelte er Canidy mit dem Respekt eines langgedienten Berufssoldaten gegenüber einem Offizier, den er achtete.

»Dann kann nichts passieren, wenn ich ihn küsse?« fragte Canidy unschuldig.

»So weit würde ich nicht gehen, Major«, sagte Davis.

»Wie läuft der Papierkram?« fragte Canidy.

»Geben Sie mir noch zehn Minuten, dann werden wir fertig sein«, sagte Davis.

Canidy nickte und nahm am Tisch Platz.

Er blickte auf den Stapel von Formularen, der anscheinend komplett war, und nahm den Antrag für die Lebensversicherung. Als Begünstigter, der die Versicherungssumme von zehntausend Dollar erhalten würde, die von der Regierung bei seinem Tod gezahlt werden würde, hatte er ›Reverend George Carter Canidy, Doktor der Theologie, St.Paul's School, Cedar Rapids, Iowa‹ eingetragen. In die Spalte ›Beziehung zu dem Versicherten‹ hatte er ›Freund‹ geschrieben.

Reverend Dr. Canidy war Canidys Vater. Canidy mußte an Eldon Bakers Überzeugung denken, daß er und Eric gefühlsmäßig zu eng verbunden waren.

Was war zu eng?

Schließlich war Davis mit der Schreibarbeit fertig.

»Er wird eine Menge Moos bekommen, Major«, sagte Davis. »Sowohl den Sold der Army als auch das Geld vom OSS. Colonel Stevens hat mir befohlen, ihn als technischen Berater, Besoldungsstufe 10, von der Zeit des ersten Kontakts an zu bezahlen.«

Das ist eine nette Geste von Stevens, dachte Canidy.

»Und du wußtest nicht einmal, daß dir der Sold zusteht?« sagte Canidy.

»Mehr als ich im Safe habe«, sagte Davis, bevor Fulmar antworten konnte. »Ich muß zum SHAEF rübergehen und das Geld holen.«

»Nun, Captain Fine ist ein reicher Mann«, sagte Canidy. »Wir werden ihn einfach anpumpen, bis Sie das Geld haben.«

»Ich habe Geld«, sagte Fulmar.

»Dann werde ich bei dir schnorren«, sagte Canidy. »Ist dieser Raum vor kurzem nach Wanzen abgesucht worden, Davis? Wir müssen finstere Geheimnisse mit dem Scheich von Arabien besprechen.«

»Jawohl, Sir«, sagte Davis. »Jemand vom Fernmeldekorps war gestern hier.«

»Welche Geheimnisse?« fragte Fulmar, als Davis die Formulare und andere Papiere vom Tisch räumte.

»Wir dachten, wir beginnen mit deinem Sexleben«, sagte Canidy, »und machen dann weiter mit anderen, interessanteren Dingen.«

»Was, zur Hölle, soll das heißen?« fragte Fulmar wütend.

Canidy zuckte mit den Schultern, eine Geste, die anzeigen sollte, daß sie erst weitersprechen konnten, wenn sich Davis zurückgezogen hatte.

Als Davis alle Papiere zusammengesammelt hatte, sagte er: »Kommen Sie morgen nach dem Mittagessen vorbei, Lieutenant, und dann werde ich Ihr Geld da haben.«

»Danke«, sagte Fulmar. Er wartete, bis Davis fort war. Dann wandte er sich an Canidy. »Apropos Geld, ist mein Bankkonto immer noch gesperrt?«

»Keine Ahnung«, sagte Canidy. »Aber das werde ich herausfinden.«

Er ging zu Fines Schreibtisch, nahm den Hörer des Telefons ab und rief Colonel Stevens an.

»Eric möchte wissen, ob sein New Yorker Bankkonto immer noch gesperrt ist, und wenn ja, warum. Können Sie das mit einem Fernschreiben klären lassen?«

»Danke«, sagte Fulmar.

»Was hat das zu bedeuten?« fragte Fine. »Oder darf ich nicht fragen?«

»Eric war zwar bereit, alles für Mamas Apfelkuchen und die amerikanische Lebensart et cetera zu tun«, sagte Canidy, »aber Donovan hat ihm versprochen, wenn er zum OSS kommt und seine Sache gut macht, lassen das Finanzamt und die Leute, die zu Kriegszeiten Besitz im Ausland beschlagnahmen, die Finger von dem Geld, das Eric auf einem Konto der National City Bank hat.«

»Welches Geld?« fragte Fine.

»Ich habe ein bißchen im ›Export-Import‹-Geschäft verdient, Stan«, sagte Fulmar ein wenig selbstgefällig.

»Richtig, so an die hundertzwanzig Riesen«, sagte Canidy. »Das ist einer der Gründe, weshalb er in Deutschland nicht sehr beliebt ist. Das erwähnte Export-Geschäft war das Schmuggeln von Devisen und Juwelen aus dem besetzten Frankreich unter der Nase der Deutschen. Für einen Prozentsatz.«

»Davon wußte ich nichts«, sagte Fine. »Daß Sie soviel Geld verdient haben, meine ich.«

»Und jetzt werden Sie einige erstaunliche Dinge über sein Sexleben erfahren, Stan«, sagte Canidy.

»Wovon, zum Teufel, laberst du?« fragte Fulmar.

»Gisela Dyer«, sagte Canidy.

Fulmar schaute ihn an, und sein Blick wurde plötzlich eisig.

»Diese verdammte Postkarte!« stieß er hervor. »Ich habe mich gefragt, was das zu bedeuten hat. Machst du wieder für Baker die Drecksarbeit, Dick?«

»Ich mache meinen Job«, sagte Canidy. »Im Augenblick halte ich Eldon Baker heraus. Wie lange ich das schaffen kann, hängt von dir ab.«

»Hör auf, um den heißen Brei herumzureden«, sagte Fulmar. »Laß hören.«

»Wir stellten durch deine Freunde Shitfitz und Müller Kontakt mit Gisela Dyer her.«

Fulmar dachte darüber nach, bevor er sich äußerte.

»Du meinst mit Ihrem Vater«, sagte er. »Das stand auf Bakers Postkarte.«

Canidy nickte.

»Du Hundesohn!« sagte Fulmar. »Dick, wenn ich gewußt hätte, daß du sie in diese OSS-Scheiße hineinziehst, hätte ich dir nie von ihr erzählt.«

»Okay, laß mich das zuerst klären«, sagte Canidy. »Erstens: in der Liebe und im Krieg ist alles erlaubt.«

»Leck mich am Arsch! Ich habe dir als Freund von ihr erzählt!«

»Und zweitens: es wäre ohnehin herausgekommen.«

»Wie?« Fulmar schnaubte höhnisch.

»Es besteht ein Interesse an Professor Dyer«, sagte Canidy.

»Welches Interesse?«

»Das weiß ich nicht«, sagte Canidy. »Wir haben ein Dossier über ihn, die Engländer ebenfalls. Sie – und damit meine ich die Leute, die mir nicht trauen – wollen ihn und seine Tochter aus Deutschland herausholen.«

Fulmar blickte ihn mißtrauisch an.

Canidy hob die Hand wie zum Schwur.

»Pfadfinder-Ehrenwort, okay?«

Fulmar mußte über Canidys gespielt feierliche Miene lachen.

»Okay«, sagte er.

»Man hätte die Verbindung herausgefunden«, fuhr Canidy fort. »Der Professor lehrt an der Universität von

Marburg. Du warst in Marburg auf der Uni. Diese Verbindung wäre durch die Lochkarten herausgekommen.«

»Durch die was?«

»Die IBM-Lochkarten«, erklärte Fine. »Kleine Kärtchen. Dort hinein werden Löcher gestanzt, um Informationen zu speichern. Jede Lochkombination enthält eine Information, die von Maschinen gelesen und ausgewertet werden kann. Ist das verständlich?«

»Ich nehme Sie beim Wort, Stan«, sagte Fulmar.

»Es wäre also herausgekommen«, fuhr Canidy fort. »Du wärst gefragt worden, ob du Professor Dyer kennst.«

»Und ich hätte ...nein ... geantwortet«, sagte Fulmar.

»Verdammt, das hättest du nicht!«

»Doch, das hätte ich, Dick.«

»Okay«, sagte Canidy. »So wäre ich gefragt worden, ob du jemals etwas von den Dyers erwähnt hast, und ich hätte gesagt: ›Ja, Fulmar hat mir erzählt, daß er Professor Dyers Tochter vögelt.‹«

»Das habe ich gemeint, als ich ›leck mich am Arsch!‹ gesagt habe«, erwiderte Fulmar heftig.

»Wir reden am Thema vorbei«, sagte Canidy. »Wir wissen von deiner Beziehung zu Gisela Dyer. Und es ist entschieden worden, diese Beziehung zu nutzen.«

»Scheiße!« stieß Fulmar hervor.

»Ich weiß, was du denkst«, sagte Canidy.

»So? Wann warst du zum letzten Mal in Deutschland?«

Canidy sah zufällig zu Fine, als Fulmar das sagte. Ihre Blicke trafen sich.

»Ich möchte nicht von eitel Sonnenschein sprechen«, sagte Canidy. »Aber da geplant ist, den Professor und seine Tochter aus Deutschland herauszuholen, schlage ich vor, daß wir die guten Jungs sind.«

»Wie kommst du auf die Idee, daß du sie heraus-holen kannst?«

»Es gibt Möglichkeiten.«

»Ich sehe schon Gisela dem Flugzeug oder dem Boot oder was immer zum Abschied hinterherwinken, wie wir es beim U-Boot bei Safi getan haben, das uns angeb-lich abholen sollte«, sagte Fulmar.

»Solange ich dies leite, wird das nicht geschehen«, sagte Canidy.

»Aber du kannst oder willst mir nicht sagen, warum sie herausgeholt werden sollen?« fragte Fulmar.

»Ich kann es nicht sagen«, antwortete Canidy. »Und wenn ich das sagen muß, Eric, wir beide kamen schließ-lich aus Marokko raus.«

»Was würde deiner Meinung nach mit ihr passieren, wenn ihr Vater plötzlich verschwunden ist?« fragte Fulmar. »Und wie kommst du auf den Gedanken, daß sie überhaupt mitspielen wird? Was springt für sie dabei heraus? Und schwenke nur ja nicht die Flagge. Das zieht nicht.«

»Daß sie aus Deutschland herauskommen, springt für sie heraus«, sagte Canidy. »Der Professor wird immer noch als gefährlich betrachtet, davon bin ich überzeugt. Früher oder später wird er in Deutschland festgenommen werden. Und seine Tochter mit. Das wissen sie.«

»Solange sie ›nett‹ zu Peis ist – oder zu seinem Nach-folger –, sind sie vermutlich ziemlich sicher«, sagte Ful-mar.

»Peis?« fragte Fine.

»Der dortige Cop«, sagte Canidy. »Gestapo.«

»Nein«, widersprach Fulmar. »Sicherheitsdienst von der SS, kurz SD. Das ist ein Unterschied.«

»Was ist mit Peis?« setzte Fine nach.

»Was ich für meinen unwiderstehlichen Charme

beim Werben um die liebe Gisela hielt, erwies sich als Illusion«, sagte Fulmar. »Dieser Peis hatte von ihr verlangt, nett zu mir zu sein.«

»Ich bezweifle, daß er noch dort ist, aber das sollte überprüft werden«, sagte Fine. »Kennen Sie seinen Vornamen, Eric?«

»Nein«, sagte Fulmar. »Er war Hauptsturmführer. Nicht sehr helle, aber ein echtes Arschloch. Stellen Sie sich einen blöden Eldon Baker in SS-Uniform vor.«

Canidy lachte.

»Du hast mir nicht gesagt, was du von mir verlangst, Dick«, sagte Fulmar. »Es wäre nett von dir, mich in diesem Punkt aufzuklären, bevor ich dir sage, daß du mich mal kannst.«

»Wir wollen, daß du Gisela beweist, daß du (a) in England und (b) in der Lage bist, ihr Botschaften über die BBC zu schicken.«

»›Tauben pissen in die Seine‹, diese Art Botschaften?«

Canidy nickte.

»Und etwas, das nur ich wissen kann, richtig?« fragte Fulmar, und als Canidy abermals nickte, sagte er: »Und wie kommst du auf die Idee, daß sie BBC hört? Das ist ein sicherer Weg, um in ein Konzentrationslager geschickt zu werden.«

»Wir sorgen dafür, daß sie BBC hört«, sagte Fine.

Fulmar blickte ihn neugierig an.

»Müller beschafft ihr ein Radio«, sagte Canidy.

Fulmars Blick wurde ungläubig. Canidy nickte.

»Mein Gott!« sagte Fulmar beeindruckt.

»Denk dir etwas aus, Eric«, sagte Canidy freundlich. »Etwas Intimes, an das sie sich erinnern wird, natürlich etwas, das die Deutschen nicht mit ihr in Verbindung bringen.«

»Mit anderen Worten etwas, das im Bett geschah, richtig?« sagte Fulmar ärgerlich.

»Irgend etwas, das seinen Zweck erfüllt«, sagte Canidy. »Sex ist intim und privat. Deshalb habe ich mich für diesen Weg entschieden. Und aus offenkundigen Gründen werden wir mehr als eine Botschaft senden müssen. Aber eine brauchen wir jetzt.«

Fulmar zuckte mit den Schultern.

»Ich weiß wirklich nicht, ob ich überhaupt bei diesem Scheiß mitspiele«, sagte er.

Es war ihm etwas eingefallen. Kurz vor seiner Abreise aus Marburg hatte er mit Gisela ein Picknick an der Lahn gehabt. Sie hatten ein Boot gemietet, waren mit der Strömung flußabwärts getrieben und hatten an einem Ufer gerastet. Während des Picknicks hatte er hin und her überlegt, ob er ihr von seiner Abreise erzählen sollte. Am Ende hatte er es für besser gehalten, es ihr nicht zu sagen.

Er schloß die Augen und atmete tief durch.

»Eric möchte wieder Giselas Kanu paddeln«, sagte er.

»Was?«

»Eric möchte wieder Giselas Kanu paddeln«, wiederholte Fulmar. »Du kannst dir mit deiner schmutzigen Phantasie ausmalen, was es bedeutet. Sie wird es wissen.«

»Sei nicht zu clever. Bist du sicher, daß sie damit etwas anfangen kann?«

»Ich sagte, sie wird wissen, was damit gemeint ist.«

»Und was ist gemeint?«

»Das geht dich verdammt nichts an, Richard«, sagte Fulmar.

»Wie wäre es mit einem Kosenamen?« fragte Fine. »Etwas, das dich noch weiter identifiziert, ohne daß dein richtiger Name benutzt wird. Oder ihrer.«

Fulmar blickte ihn vernichtend an.

»Bübchen«, sagte er schließlich.

»Büb-chen?« wiederholte Canidy und es klang wie ›Bub-schin‹. »Was, zum Teufel, ist das?«

»Kleiner Junge«, übersetzte Fine. »Mit einem Unterton von Zuneigung, der im Englischen nicht üblich ist.«

»Und wie hast du sie genannt?«

»Leck mich, Dick!« sagte Fulmar. Und dann fügte er hinzu: »›Bübchen möchte wieder Giselas Kanu paddeln.‹ Damit hat sich's, Dick. Und wenn du damit nicht zufrieden bist, kannst du mich …«

»Das hast du mir jetzt schon ein paarmal angeboten«, unterbrach Canidy und stand auf.

»Laß uns jetzt von hier verschwinden«, sagte er. »Gehen wir etwas trinken.«

»Sind Sie sicher, daß dies alles ist, Dick?« fragte Fine.

Sein Blick glitt zu der zusammengefalteten Titelseite von *Stars & Stripes*, die Canidy auf den Tisch gelegt hatte.

»Verdammt, das hatte ich vergessen«, sagte Canidy.

Fulmar mißverstand ihn.

»Was immer es ist, es muß warten«, sagte er. »Ich brauche ein Bad und was zu trinken. Mir reicht dieser Scheiß für heute.«

Canidy entfaltete die Zeitungsseite und gab sie Fulmar.

Fulmar las die Nachricht über die Ankunft von Amerikas Sweetheart in England.

»Was möchtest du in dieser Sache unternehmen, Eric?« fragte Canidy freundlich.

»Du hast nicht zugehört, Dick«, sagte Fulmar.

»Wie?«

»Ich habe soeben gesagt, ich brauche ein Bad und was zu trinken. Mir reicht dieser Scheiß für heute.«

»Captain Fine«, sagte Canidy, »wenn jemand fragen sollte, Lieutenant Fulmar und ich werden in der Bar im

Dorchester sein. Wenn Ihr Dienst es erlaubt, können Sie uns Gesellschaft leisten.«

»Geben Sie mir drei Minuten, und ich komme mit«, sagte Fine.

4

Als Canidy, Fulmar und Fine aus Richtung Tilney Street beim Dorchester eintrafen, sahen sie ein halbes Dutzend Dienstlimousinen und Stabswagen auf dem kleinen Parkplatz zwischen Park Lane und dem Eingang des Hotels. Ihre Fahrer standen rauchend in einer Gruppe bei einem Rolls Royce.

»Entschuldigt mich«, sagte Canidy zu seinen Begleitern und ging zu den Fahrern.

Sie alle standen still, und einer der Fahrer – eine Sie – stampfte mit dem Fuß auf, salutierte und bellte: »Sir!«

»Würden Sie bitte mitkommen, Sergeant?« sagte Canidy, nachdem er den Gruß schneidig erwidert hatte.

»Sir!« bellte Sergeant Agnes Draper von neuem und stampfte wieder mit dem Fuß auf. Als Canidy auf militärische Art zu den Sandsäcken am Eingang des Dorchester marschierte, folgte sie ihm im Gleichschritt.

Sergeant Draper nahm dann Lieutenant Fulmar das Gepäck ab, was ihn äußerst verlegen machte. Sergeant Draper schwankte ein wenig unter der Last und folgte den drei Offizieren durch die Halle zum Aufzug.

Sie fuhren zum vierten Stock. Am Beginn des Gangs dort ließ ein Mann mit amerikanischer Uniform und dem Abzeichen eines zivilen Technikers sein Exemplar von *Stars & Stripes* neben seinen gepolsterten Stuhl fallen und stand auf, als sie sich näherten.

»Dies ist Lieutenant Fulmar«, sagte Fine. »Er wird ab und zu hier wohnen.«

»Jawohl, Sir«, sagte der Mann und zog seinen olivfarbenen Uniformrock über den stupsnasigen Colt Detective Special in seinem Gürtel.

»Und Sie kennen Major Canidy und den Sergeant?« fragte Fine.

»O ja, Sir«, sagte der Amerikaner.

»Auch diejenigen dienen, die in Hotelkorridoren sitzen und die *Stripes* lesen«, sagte Canidy.

»Besser das, Major, als im Schnee herumzustehen und das Schloß zu bewachen«, sagte der CIC-Agent.

»Tugendhaftigkeit hat zweifellos ihre eigene Belohnung«, bemerkte Canidy.

Fine schloß eine Tür auf. Als er sie aufschob, rief der CIC-Agent: »Das Fernmeldekorps hat heute morgen nach Wanzen gesucht und nichts gefunden, Captain.«

»Danke«, sagte Fine und forderte die anderen mit einer Geste auf, vor ihm die Suite zu betreten.

»Ich habe mich schon gefragt, wo Sie sind«, sagte Canidy zu Agnes.

»Commander Sowieso hat mich entlassen«, sagte Agnes. »Ich nehme an, er hatte den Verdacht, ich fahre Commander Bitter fort, bevor er Cocktails mit Ike trinken kann. Und Sie haben mir befohlen, mit dem Packard nicht zum Berkeley Square zu fahren. Ich wußte, daß Sie schließlich hier auftauchen, und so bin ich hierhin gefahren.«

»Gut gedacht, Sergeant«, sagte Canidy. »Sie machen dem Unteroffizierskorps Ehre.«

»Oh, es freut mich, daß Sie so denken«, sagte Agnes. »Meinen Sie, ich habe mir einen Schluck von Ihrem Whisky verdient?«

»Schenken Sie uns allen einen ein, während der Scheich von Arabien sein Bad nimmt«, sagte Canidy.

»Keiner denkt daran, uns miteinander bekannt zu machen«, sagte Fulmar und strahlte Agnes an. »Mein Name ist Fulmar.«

»Zieh das Lasso ein, Lone Ranger«, sagte Canidy. »Die Lady ist versprochen.«

Agnes Draper errötete. Fine und Fulmar schauten Canidy überrascht an.

»Ich dachte, Ann wäre hier«, platzte Fulmar heraus.

»Das ist sie in der Tat«, sagte Canidy. »Sie wird gegen siebzehn Uhr dreißig oder achtzehn Uhr hier sein. Das ist einer der Gründe, weshalb ich so – taktlos bin.«

»Hat Dolan es Ihnen erzählt?« fragte Agnes. Und als Canidy nickte, fügte sie hinzu: »Zum Teufel mit ihm!«

»Sie sind ein erwachsenes Mädchen, Agnes«, sagte Canidy. »Bei Bitter bin ich mir nicht so sicher, ob er erwachsen ist.«

»Sie sagen das so, als wäre ich – eine Ehebrecherin, Dick«, sagte Agnes.

»So meinte ich es nicht, Agnes«, sagte Canidy freundlich. »Ich denke das auch nicht. Ich wollte nur, daß Sie verstehen, worauf Sie sich eingelassen haben. Eddie könnte leicht Anfälle von Reue bekommen. Er ist Annapolis-Absolvent, wissen Sie. Und Offiziere und Unteroffiziere …«

»Besonders verheiratete Offiziere und Gentlemen«, unterbrach Agnes. »Soll dies ein indirekter Tadel sein, Dick?«

»Ann ist Eddies Kusine«, fuhr Canidy fort, »sie ist zusammen mit Mrs. Bitter auf dem College gewesen.«

»Das wußte ich nicht«, sagte Agnes.

»Gewarnt sein heißt gewappnet sein«, sagte Canidy. »Da ich nun meine väterliche Pflicht als Ihr befehlshabender Offizier erfüllt habe, mein liebes Kind, betrachte ich die Sache als erledigt.«

»Nachdem jetzt durch Sie Captain Fine davon erfahren hat? Und Lieutenant Fulmar?«

»Werden Sie nicht unverschämt, Agnes!« fuhr Canidy sie an. »Fine hat das Recht auf Information. Ich wollte nicht, daß sich Eric und Eddie wegen Ihres Charmes in die Haare geraten.« Er blickte sie finster an und erwärmte sich für das Thema. »Ich habe genug am Hals, ohne mir Sorgen zu machen, welche Auswirkungen es hat, daß Sie einen meiner Offiziere heiß machen.«

Sie starrte ihn an und preßte die Lippen aufeinander.

»Wenn ich's mir richtig überlege, Agnes, und da wir jetzt das Thema erschöpfend behandelt haben, kann sich Lawrence von Arabien ohne Aufsicht hinter den Ohren waschen. Verstauen Sie ein paar Flaschen in Tüten, und wir gehen runter in die Bar.«

Agnes zögerte einen Moment, bevor sie lächelte.

Die Bar neben der Halle des Dorchester war überfüllt. Als sie an der Tür standen und nach einem Platz suchten, schnippte jemand mit den Fingern, und eine Männerstimme rief: »Hier drüben!«

Canidy sah zwei Engländer an einem der Tische mit sechs Plätzen. Einer der Männer war ein Private First Class in einer verknitterten und schlecht passenden Uniform, und der andere war ein sehr adretter, vage vertrauter Major mit gepflegtem Schnurrbart. Britische Majore, besonders solche wie dieser, der aussah, als wäre er soeben von Sandhurst eingetroffen, tranken einfach nicht mit gewöhnlichen Soldaten.

Es sei denn natürlich, sie sind im SOE, wo die Sitten des Dienstes ignoriert werden, wann immer sie stören, dachte Canidy. *Diese beiden sind offenbar vom SOE, und ich habe den Major vermutlich kennengelernt, als ich »Verbindungsmann« für die »Station X« gewesen bin.*

Nun, sie haben einen Tisch. Einen Tisch zu ergattern ist wert, was immer sie trinken werden. Und ich befinde mich bereits auf dünnem Eis, weil man meint, ich sei nicht freundlich wie verlangt zu meinen britischen Kollegen.

Canidy setzte ein Lächeln auf, ergriff Agnes am Arm und führte sie zu dem Tisch.

»Schön, Sie wiederzusehen«, sagte er. »Haben Sie Platz für uns?«

»Auf alle Fälle«, sagte der Major.

»Erinnern Sie sich an Sergeant Draper?« fragte Canidy.

»Nein, leider nicht«, sagte der Major. Er reichte Agnes die Hand. »Mein Name ist Niven«, sagte er. »Und dies ist Private Ustinov.«

Fine holte sie ein.

»Stan, ich möchte Ihnen Major Niven vorstellen«, sagte Canidy.

Fine lächelte sonderbar.

»Ich habe das Privileg, den Major zu kennen«, sagte er. »Aber wo, zum Teufel, haben Sie ihn kennengelernt?«

»Bei – äh – diesem Ort auf dem Land«, sagte Canidy.

»Welcher Ort auf dem Land könnte das sein?« fragte Major Niven.

»Natürlich *dieser* Ort auf dem Land«, sagte Private Ustinov.

»Oh, natürlich«, sagte der Major. Er lächelte Canidy freundlich an. »*Dieser* Ort auf dem Land.«

»Warum habe ich das Gefühl, mich zum Narren zu machen?« fragte Canidy.

»David und ich sind Freunde aus Los Angeles«, sagte Fine. »Peter ebenfalls.«

»Mit Los Angeles meinen Sie Hollywood?« fragte Canidy. Er wandte sich an den Major. »Sie sind im Filmgeschäft?«

»Nicht mehr«, erwiderte der Major. »Aber ja, ich war es.«

»Er lehrte Sprechtechnik«, sagte Private Ustinov. »Ich war Choreograph.«

»Oh«, murmelte Canidy.

»Ich brachte ihnen praktisch das Gehen vor der Kamera bei, und dann übernahm David und bildete sie im Sprechen aus«, sagte Private Ustinov.

»Nun, da habe ich mich offenbar geirrt«, sagte Canidy. »Sie sehen wie ein britischer Offizier aus, den ich kennengelernt habe. Ein Sandhurst-Typ.«

»Nun, da bin ich schuldig«, sagte der Major. »Ich war in Sandhurst.«

»Oh«, sagte Canidy, »war nicht böse gemeint.«

»Das habe ich gewiß auch nicht so aufgefaßt«, sagte der Major.

»Sie haben Major Niven schon gesehen, Dick«, sagte Fine.

»Ich wußte es doch!« sagte Canidy.

»Auf der großen Leinwand«, sagte Fine. »Dies ist der Schauspieler.«

»Schauspieler, Mehrzahl, bitte«, sagte Private Ustinov. »Gegenwärtig natürlich nicht auf der Bühne, aber trotzdem Schauspieler, Mehrzahl.«

Erst in diesem Augenblick erkannte Canidy David Niven.

»Ich weiß, was ich tun werde«, sagte Canidy. »Ich werde zurück in die Halle gehen, wieder hereinkommen und um ein Autogramm bitten.«

»Ich würde einen Schluck dessen vorziehen, was Lady Agnes vermutlich in den Tüten hat«, sagte Niven.

»Hier in der Bar gibt es keinen Schnaps mehr«, sagte Private Ustinov. »David und ich sind in der Hoffnung hergekommen, daß Stanley, der eine geheimnisvolle, aber stetig sprudelnde Quelle von berauschenden Getränken hat, früher oder später auftauchen würde.«

»Schnaps, Sergeant!« befahl Canidy.

»Sir!« erwiderte Agnes und zog eine Flasche Scotch aus einer der Tüten.

»Haben wir uns kennengelernt, Major?« fragte Agnes, als sie für alle eingeschenkt hatte.

»Ihr Vater ist der Earl of Hayme, nicht wahr?« fragte Niven, und als Agnes nickte: »Das dachte ich mir. Ich hatte die Ehre, ein paarmal auf Ihrem Besitz in Schottland zu jagen. Als ich Sie zum letzten Mal sah, waren Sie ein kleines Mädchen. Offenbar ein aufsehenerregendes kleines Mädchen. Sie sind mir in Erinnerung geblieben.«

»Ich wußte nicht, daß Sie blaublütig sind, Agnes«, sagte Canidy.

Agnes lächelte ihn strahlend an.

»Mit Verlaub, Major, Sir, es gibt vieles, was Sie über mich nicht wissen«, sagte sie süß.

5

Es war eher 19 als 18 Uhr, als Commander Edwin W. Bitter und Miss Ann Chambers in der Bar im Dorchester eintrafen. Nach dem Verlassen von Admiral Fosters Suite im Connaught Hotel hatten sie Mr. Meachum Hope, Lieutenant Commander Dolan und Lieutenant Kennedy zum Dorchester vorausgeschickt. Dann waren sie zum Londoner Büro des Chambers News Service gefahren.

Dort hatte Bitter einen kurzen, verlegenen Brief an seine Frau geschrieben. Das Wesentliche darin war, daß Sarah sich keine Sorgen machen sollte, ganz gleich was sie morgen in den Zeitungen lesen oder in Meachum Hopes ›Bericht aus London‹ im Radio hören würde.

Was er getan hatte, sei weder heldenhaft noch so schwierig gewesen, wie es aufgebauscht wurde.

Sie sollte es als einen Autounfall betrachten, schrieb er. Er war sozusagen Passagier in einem defekten Auto gewesen, und als der Fahrer nicht mehr selbst hatte fahren können, hatte er einfach das Steuer übernommen und den Wagen für ihn in die Garage gefahren. Er nahm nicht an Bombardierungs-Missionen teil. Er hatte jedoch gedacht, daß er auf einer Mission als Passagier mitfliegen sollte, damit er verstehen konnte, wie sie durchgeführt wurden. Und er würde seines Wissens nie mehr an einer weiteren solchen Mission teilnehmen.

Er gab den Brief Ann, die sich an den Telegrafen setzte und ihn durchgab. Sie schickte ihn zur Zensur ins SHAEF-Pressezentrum und übermittelte ihn dann per Funk an Brandon Chambers, Chefredakteur von Chambers News Service, als Agenturnachricht. Er würde dafür sorgen, daß der Text zu Sarah in Palm Beach gelangte.

»Ich bezweifele, daß sie das glauben wird, Eddie«, sagte Ann. »Aber ich werde ihr schreiben und ihr mitteilen, daß Canidy dir Startverbot erteilt hat.«

»Wo hast du das gehört?« fragte er.

»Ich habe es nicht gehört, sondern einfach erfunden«, sagte Ann. »Aber wenn ich darüber nachdenke, halte ich es für eine gute Idee.«

»Kümmere dich bitte um deine eigenen Angelegenheiten, Ann.«

»Wie lange glaubst du, dich Gefahr aussetzen zu können, ohne gefährdet zu werden?«

»Ist diese Frage nicht rein akademisch? Wir haben Krieg, und ich bin Marineoffizier.«

»Du bist ein Idiot«, sagte Ann. »Schlimmer noch, ein Idiot mit Mut. Das kann dich umbringen. Es *wird* dich umbringen.«

Sie schauten sich einen Moment lang in die Augen, und dann brach Ann das Schweigen. »Komm, laß uns zum Dorchester fahren, bevor jemand Dick schöne Augen macht.«

»Passiert das oft?« fragte Ed. »Wie läuft die große Romanze?«

»Ich weiß nicht, ob du es glauben wirst oder nicht«, sagte Ann, »aber wenn ich ihn jemals aus diesem Krieg heraus und vor einen Altar holen könnte, glaube ich wirklich, daß er ein perfekter Ehemann sein würde. Er hält nicht nach einer anderen Ausschau, wenn ich bei ihm bin.«

»Warum heiratest du ihn dann nicht jetzt?« fragte Bitter.

»Das funktioniert so, daß der Junge um die Hand des Mädchens anhält, Eddie«, sagte Ann, »und Dick haßt es, mir immer wieder seine Liebe zu beteuern.«

»Hast du keine Sorge ...«

»Weswegen?«

»Schwanger zu werden?«

»Eddie, das geht dich verdammt nichts an!« fuhr Ann ihn an. »Gott, ich kann nicht glauben, daß ausgerechnet du mich das gefragt hast!«

Sie wies ungeduldig zur Tür.

Als Ed Canidys Packard vor dem Dorchester Hotel sah, wußte er, daß er Agnes gegenübertreten mußte. Und das vor den anderen. Er hatte keine Gelegenheit gehabt, mit ihr zu sprechen, nachdem Dolan in sein Quartier in Fersfield gekommen war und ihm gesagt hatte, daß Commander Korman aus London eingetroffen war.

Dolan wußte natürlich, daß Agnes bei ihm im Bett gewesen war. Ed fragte sich, ob Dolan sich sagte, daß sich Canidy für diese kleine Information interessieren würde. Und er fragte sich, wie Canidy reagieren würde, wenn er die Wahrheit erfahren würde. Canidy erzählte es vielleicht Ann – bestimmt erzählte er ihr davon –, wenn er nicht zu ihm ging und ihn ausdrücklich bat, darüber zu schweigen.

Ed sagte sich, daß er mit Canidy sprechen mußte. Wenn Ann von der Sache erfuhr, würde sie es Sarah weitererzählen.

Er mußte die Lage in den Griff bekommen, indem er Canidy und Agnes die Wahrheit sagte. Er würde Agnes sagen, daß er zutiefst beschämt war, daß er unter extremem Streß gewesen war, wie sie wußte. Er würde ihr sagen, daß es keine Entschuldigung für sein Handeln gab, es jedoch nie wieder passieren würde.

Und Canidy würde er das gleiche sagen. Daß er sich zutiefst schämte, nicht einmal besonders, weil er es mit Agnes getrieben hatte, sondern vor allem, weil er die Gunst eines weiblichen Unteroffiziers ausgenutzt hatte. Es war eine Verletzung des Ehrenkodex eines Offiziers, und er hätte selbst nicht gedacht, zu so etwas fähig zu sein.

Die Bar war jetzt gerammelt voll mit Gästen, die Schulter an Schulter standen und tranken, und es dauerte ein paar Minuten, bis Ed und Ann Canidy und die anderen entdeckten.

Canidy war halb blau. Er hatte einen Arm um Agnes' Schulter geschlungen und den anderen um einen rundlichen Private, den er Ed Bitter als einen Ballettmeister aus Hollywood mit einem russischen Namen vorstellte.

Mit am Tisch saß ein englischer Major, dem ebenfalls nichts mehr weh tat. Und Fulmar, prächtig in seiner pinkfarbenen und grünen Uniform, glänzenden Fallschirmspringerstiefeln und mit dem Silver Star. Und Fine, ebenfalls ein bißchen blau, was Bitter überraschte.

»Agnes«, sagte Ann, »dieser Mann mit dem Arm um Ihre Schultern gehört mir.«

»Ich kann auf genügend andere zurückgreifen«, sagte Canidy.

»Das war vor mir«, schnurrte Ann. »Trollen Sie sich, Agnes. Sie können bei meinem Cousin, dem Helden, sitzen.«

Agnes schaute Ed Bitter nicht an, als sie um den Tisch herumging und ein Stuhl für sie gesucht wurde.

»Verzeihen Sie, Major«, sagte Bitter, »haben wir uns nicht kennengelernt?«

»Möglich«, sagte Major Niven. »Glückwunsch zu Ihrem DFC. Dick hat uns davon erzählt.«

»Hast du jemals eine Bar in New York besucht, die Club 21 heißt, Eddie?« fragte Canidy. »Dave erzählte uns gerade, daß er dort gekellnert hat.«

»Ja«, sagte Bitter. »Da war ich tatsächlich. Mein Vater ist dort Stammgast. Du meinst doch die Flüsterkneipe?«

»Richtig«, sagte Major Niven. »In der West Fifty-second Street.«

»Das muß sie sein«, sagte Bitter.

»Ed«, sagte Ann, »du kannst ein solches Arschloch sein. Dies ist David Niven, der Schauspieler.«

Ed spürte, wie ihm das Blut in die Wangen schoß, und er sah an Canidys entzücktem Grinsen, daß er hereingelegt worden war.

»Dick war nicht besser«, sagte Agnes loyal. »Er hat gedacht, David Niven sei vom SOE, und ging hin und begrüßte ihn wie einen verlorenen Bruder.«

»Dafür werde ich mich rächen, Lady Agnes«, sagte Canidy.

»Was hat das zu bedeuten?« fragte Ed Bitter. »Was meint er damit?«

Sie zuckte stumm mit den Schultern. Und dann

berührten sich ihre Knie. Und einen Moment später die Hände. Als Agnes Eds Hand umfaßte, schlug sein Herz schneller.

»Und was bringt Sie nach London, Major Niven?« fragte Ed Bitter.

Canidy lachte laut und hart auf.

»Er gibt Sprechunterricht«, sagte der englische Private.

Gegen zwanzig Uhr zwängten sich alle in den Packard, und Agnes fuhr sie zu einem Schwarzmarkt-Restaurant, von dem ihr die anderen Fahrer erzählt hatten. Canidy und Niven sorgten dafür, daß sie eingelassen wurden.

Das Essen war weder gut noch reichlich, aber teuer. Unterdessen zog Agnes unter dem Tisch den Fuß aus ihrem Schuh und streichelte mit den Zehen über Bitters Wade.

Zu dem Zeitpunkt, an dem sie die vierte Flasche Wein zum Stilton-Käse tranken, wurde im Rundfunksender ein Mikrofon eingeschaltet. Bei der dritten von dreißig Botschaften sagte ein Sprecher mit tadelloser Aussprache feierlich:

»Bübchen möchte wieder mit Giselas Kanu paddeln. Bübchen möchte wieder mit Giselas Kanu paddeln.«

XI

I

Marburg an der Lahn

15. Januar 1943

Hauptsturmführer Wilhelm Peis stand still und streckte seinen rechten Arm im 45-Gradwinkel von der Schulter aus.

»Heil Hitler!« bellte er.

SS-Standartenführer Johann Müller hob lässig den rechten Arm ein wenig an und ließ ihn gleich wieder sinken.

»Wie geht's, Wilhelm?« fragte er.

Müllers betont lässige Erwiderung des jetzt vorgeschriebenen Nazigrußes war beabsichtigt, eine Verhaltensweise, die er von Helmut von Hürten-Mitnitz gelernt hatte.

Sie hatten im Adlon zu Mittag gegessen, wie sie es jetzt mindestens zweimal pro Woche taten, und sie hatten wegen eines offiziellen Empfangs auf einen Tisch warten müssen. Eine Prozession von Militär, Sicherheitspersonal und Würdenträgern der Partei war in die Halle gekommen und hatte Grüße ausgetauscht.

Helmut von Hürten-Mitnitz hatte sich zu Müller geneigt und geflüstert: »Sie werden bemerkt haben, Johann, daß – mit wenigen Ausnahmen – die schneidige Ausführung des Nazigrußes im umgekehrten Verhältnis zur Wichtigkeit des Grüßenden steht.«

Müller hatte gelacht. Von Hürten-Mitnitz hatte ausgesprochen, was ihm selbst aufgefallen war, besonders nachdem das ganze Grüßen und ›Heil‹-Getue vorgeschrieben war. Junge Offiziere – und besonders junge SS-Führer – und eifrige Parteifunktionäre standen stramm und grüßten so zackig, daß sie dabei fast zitterten.

Ältere Offiziere als auch ältere Hoheitsträger von der Partei waren fast durchweg nachlässiger. Und oftmals ›vergaßen‹ sie das ›Heil, Hitler!‹ oder murmelten es nur.

Es war, als wollten sie sagen, ›dieses Getue ist natürlich nötig für dich kleinen Lakaien, aber gewiß nicht für jemanden wie mich von unbestrittener Loyalität und Bedeutung.‹

Müller hatte sich später am Tisch erhoben. »Ich gehe pinkeln«, hatte er gesagt und von Hürten-Mitnitz einen sehr lässigen Nazigruß entboten. »Heil Hitler, Herr Minister.«

»Heil Hitler, Standartenführer«, hatte von Hürten-Mitnitz erwidert und noch lässiger gegrüßt.

Als Müller durch die Marmorhalle des Adlon zur Toilette gegangen war, hatten ihn zwei Gestapo-Agenten und ein SS-Sturmbannführer vom SD erkannt, die sich bei einer der Marmorsäulen unterhalten hatten, und sie hatten den Nazigruß so perfekt und schneidig entboten, daß sie selbst Adolf Hitler erfreut hätten.

Und sie hatten genickt und vergnügt gelächelt, als er den Gruß mit einer lässigen Armbewegung erwidert und ›alles klar?‹ statt ›Heil Hitler‹ gesagt hatte.

Als Wilhelm Peis jetzt schneidig grüßte, erinnerte sich Müller an die Szene im Adlon. Und er dachte wieder einmal, daß er viel von Helmut von Hürten-Mitnitz gelernt hatte, seit er den pommerschen Adligen kennengelernt hatte. Helmut von Hürten-Mitnitz war ein sehr gescheiter und raffinierter Mann. Müller hoffte, daß er gescheit und raffiniert genug war, um zu verhindern, daß sie geschnappt wurden.

»Danke, es geht mir gut, Standartenführer«, sagte Peis. »Und darf ich sagen, daß es mir eine Freude ist, Sie so bald wiederzusehen?«

»Ich habe mich sehr gut an Silvester amüsiert, Wilhelm«, sagte Müller. »Sehr gut.«

»Das freut mich«, sagte Peis. Dann fügte er hinzu: »Ich dachte mir, daß sie Ihnen vielleicht gefällt.«

»Und man hat mir einen neuen Wagen gegeben, und ich wollte eine Probefahrt machen, und hier bin ich, Wilhelm.«

»Einen neuen Wagen, Standartenführer?«

Müller winkte ihn zum Fenster und wies auf den Opel Admiral.

»Sehr schön«, sagte Peis. »Sie müssen einen Freund in der Transportabteilung haben, Standartenführer. Einen guten Freund.«

»Sie wissen, wie das läuft, Wilhelm«, sagte Müller. »Eine Hand wäscht die andere.«

Peis nickte verständnisvoll.

»Das Wichtigste zuerst«, sagte Müller. »Ich habe vergessen, einen Antrag für Benzingutscheine zu stellen. Sie wissen, wie das ist.«

»Das ist überhaupt kein Problem, Standartenführer«, sagte Peis. »Wir füllen den Antrag hier aus, und dann gebe ich Ihnen soviel Benzinmarken, wie Sie brauchen.«

»Das ist sehr nett von Ihnen, Peis«, sagte Müller. »Ich werde in Ihrer Schuld stehen.«

»Überhaupt nicht, Standartenführer. Es ist mir ein Vergnügen.«

»Und, da ich nun einmal hier bin, dachte ich mir, ich könnte Fräulein Dyer anrufen und fragen, ob sie frei ist. Wenn das der Fall ist, essen Sie und Ihre Freundin –

irgendeine Ihrer vielen außergewöhnlich hübschen Freundinnen – vielleicht mit mir zu Abend?«

»Mit dem größten Vergnügen«, sagte Peis. »Wenn Sie erlauben, Standartenführer, würde ich gern die Dame anrufen und die Verabredung treffen. Und ich nehme an, Sie möchten wieder im Kurhotel wohnen?«

»Ich hatte vor, heute nachmittag meine Mutter zu besuchen, Wilhelm«, sagte Müller. »Können wir uns dann um achtzehn Uhr dreißig im Kurhotel treffen und etwas trinken?«

»Abgemacht, Standartenführer«, sagte Peis. »Und darf ich vorschlagen, Ihnen heute nachmittag meinen Wagen zu überlassen? Dann könnte ich den Opel Admiral warten und betanken und zum Kurhotel fahren lassen, damit er dort zu Ihrer Verfügung steht.«

»Ich stehe wirklich tief in Ihrer Schuld, Wilhelm«, sagte Müller.

»Überhaupt nicht, Standartenführer.«

»Ich dachte daran, der Dame ein kleines Geschenk zu machen«, sagte Müller. »Meinen Sie, da wäre etwas, vielleicht eine kleine Porzellanfigur oder ein Gemälde oder so etwas, in Verwahrung bei uns?«

»Ich werde es persönlich auswählen«, sagte Peis, »und es mir bis zum Nachmittag liefern lassen.«

»Wenn es Ihnen nichts ausmacht, würde ich es lieber selbst auswählen«, sagte Müller. »Läßt sich das machen?«

»Selbstverständlich, Standartenführer«, erwiderte Peis. »Wir können gleich zum Lagerhaus fahren, wenn Sie das wünschen.«

»Es war eine lange Fahrt von Berlin, Wilhelm«, sagte Müller. »Ich schlage vor, wir trinken etwas zusammen, damit ich mich ein wenig erfrische und Mut sammle, um meiner Mutter gegenüberzutreten, und wir fahren anschließend zum Lagerhaus. Was halten Sie davon, Wilhelm?«

»Das ist eine ausgezeichnete Idee, Standartenführer«, sagte Peis.

2

Burgweg 21. Marburg an der Lahn

15. Januar 1943, 17 Uhr 15

»Guten Tag, Wilhelm«, sagte Gisela Dyer, als sie die Tür öffnete, nachdem Peis ein paarmal ungeduldig geklopft hatte. »Was kann ich für dich tun?«

Es war eine Arroganz in ihrem Tonfall, über die sich Peis ärgerte. Er fragte sich, ob es wirklich eine gute Idee gewesen war, sie Müller zur Verfügung zu stellen. Müller war offenbar entzückt von ihr. Das konnte peinlich und sogar gefährlich werden.

»Du solltest dir merken, mich zu siezen und mit dem Rang anzusprechen, wenn andere in der Nähe sind«, sagte er kalt.

»Entschuldigung«, sagte sie, doch es klang eher belustigt als reuevoll. Sie blickte über seine Schulter zur Treppe und hob neugierig die Augenbrauen.

Zwei Polizisten des Kreises Marburg, einer davon ein älterer Mann, schnauften unter dem Gewicht eines großen Gegenstands, den sie die Treppe hinauftrugen.

»Was ist das, Herr Hauptsturmführer?« fragte Gisela.

Er ignorierte die Frage.

»Ich habe dich stundenlang gesucht«, sagte er.

»Ich war in der Uni«, sagte sie.

»Nicht in der Bücherei.«

»Ich bin im Büro von Professor Schmitter gewesen und habe katalogisiert.«

»Du hättest eine Nachricht hinterlassen sollen, wo du bist«, sagte Peis vorwurfsvoll.

Die beiden Polizisten hatten jetzt das in eine Decke gehüllte Objekt bis zum Treppenabsatz hinaufgetragen. Der ältere Polizist stützte sich schwer atmend darauf.

»Darf ich reinkommen?« fragte Peis.

Gisela trat zur Seite. Peis marschierte in die Wohnung und blickte in jedes Zimmer, als wolle er eine Entscheidung treffen. Er gelangte zu dem Schluß, daß es die Diskretion verlangte, das Radio nicht im Wohnzimmer aufzustellen, obwohl es sich dafür anbot, sondern in Giselas Schlafzimmer.

Im Lagerhaus hatte sich Standartenführer Müller wie eine alte Jungfer aufgeführt. Er hatte eine halbe Stunde lang eine Sache nach der anderen als ›nicht ganz das Richtige für Gisela‹ abgelehnt. Peis hatte keine Ahnung, was Gisela mit dem alten Knacker angestellt hatte, aber was auch immer es gewesen sein mochte, es mußte ihm gefallen haben. Müller verhielt sich wie ein verliebter Schuljunge.

Müller hatte sich schließlich für ein großes Standgerät der Fulmar Elektrischen Gesellschaft entschieden, eine Kombination aus Radio, Grammophon und Hausbar.

Der Besitzer der FEG-Musiktruhe war der Jude gewesen, der vor seinem Umzug der FEG-Händler in Marburg gewesen war. Zur Musiktruhe gehörten zwei Kartons mit Schallplatten und ein kleinerer Karton mit Gläsern und Flaschen – echt böhmisches Kristall – für die ausklappbare Bar.

Peis war alles andere als erfreut über Müllers Wahl.

Zum einen hatte er Probleme gehabt, einen Lieferwagen und zwei Polizisten vom Polizeirevier des Kreises aufzutreiben, von denen die Musiktruhe zum Burgweg transportiert wurde. Zum anderen war etwas am Grammophon defekt, und er hatte Müller versichern müssen, daß es ihm ein Vergnügen wäre, es reparieren zu lassen. Und mit dem Radio konnte man BBC hören.

Wenn Gisela erst wußte, daß das Radio ein Geschenk von Müller war, würde sie sich erdreisten, BBC zu hören, was bedeutete, daß dies gemeldet werden mußte. Und das wiederum bedeutete, daß er mit Hauptscharführer Ullberg sprechen mußte, der solche Fälle bearbeitete, damit er die Sache nicht weiterverfolgte.

In Giselas Schlafzimmer standen ein Stuhl mit hoher Rückenlehne und ein kleiner Tisch an der Wand.

»Such einen anderen Platz für den Stuhl und den Tisch«, befahl Peis. »Stell sie in ein anderes Zimmer.«

»Sagst du mir, warum?« fragte Gisela.

»Tu schon, was ich dir sage«, fuhr er sie an, doch er milderte die Schroffheit mit einem Lächeln. Ihm war soeben in den Sinn gekommen, daß Gisela Müller vielleicht erzählte, wie er sie behandelte. Müller war verknallt in die Nutte und konnte ihm Schwierigkeiten machen, wenn sich Gisela bei ihm ausweinte.

Als sie den Stuhl aus ihrem Schlafzimmer trug, nahm Peis den kleinen Tisch und folgte ihr.

»Stell ihn einfach irgendwo ab«, sagte Gisela. »Ich werde mich später entscheiden, wo ich ihn hinstelle.«

Er stellte den Tisch ab, ging zur Tür und forderte die beiden Polizisten auf, die FEG-Musiktruhe zu bringen. Sie paßte so gerade durch die Tür, und Giselas Bett mußte aus dem Weg geschoben werden, bevor die Truhe an der Wand aufgestellt werden konnte.

»Das ist alles, danke«, sagte Peis zu den Polizisten. »Vergessen Sie nicht, die Decke mitzunehmen.«

»Und die Kartons im Lieferwagen, Hauptsturmführer? Was machen wir damit?«

»Die bringt ihr natürlich hier rauf!« blaffte Peis.

Als die Polizisten fort waren, sagte Gisela: »Sehr schön. Von wem ist das?«

»Ein kleines Geschenk, eine Achtungsbezeigung von Standartenführer Müller«, sagte Peis. »Er hofft, du bist frei, um den Abend mit ihm zu verbringen.«

»Nur den Abend? Oder auch das Abendessen?« fragte Gisela gespielt unschuldig.

»Hör mir zu, du blöde Kuh!« fuhr Peis sie an. »Der Standartenführer ist ein sehr wichtiger Mann. Es kann sehr nützlich sein, ihn als Freund zu haben.«

»Für uns beide«, sagte sie.

»Und es kann sehr gefährlich sein, ihn zu verärgern. Und wenn er verärgert ist, dann bin ich verärgert.«

»Um wieviel Uhr?«

»Ich werde um achtzehn Uhr fünfzehn wieder hier sein«, sagte er. »Wir werden uns um achtzehn Uhr dreißig mit dem Standartenführer treffen.«

»Wir?«

»Es wird eine kleine Feier sein«, sagte Peis. Und er fügte hinzu: »Ich will, daß du darüber nachdenkst und dir einprägst, warum es wichtig ist, daß sich der Standartenführer gut amüsiert.«

»Das werde ich«, sagte sie.

»Warte um achtzehn Uhr fünfzehn draußen«, sagte Peis. »Ich werde den Dienstwagen des Standartenführers fahren.« Er legte eine Pause ein und fügte dann hinzu, um zu betonen, wie bedeutend der Standartenführer war: »Einen Opel Admiral.«

»Einen Admiral?« fragte Gisela. »Der Standartenführer muß ein wichtiger Mann sein. Den einzigen anderen Opel Admiral, den ich in Marburg gesehen habe, ist der des Gauleiters.«

»Du solltest dich glücklich preisen, Liebchen, weil du einen solch wichtigen Mann aufgeilen kannst.«

»Ich habe dich aufgegeilt«, sagte sie und lächelte süß. »Warum dann keinen Standartenführer?«

3

Headquarters, Eighth United States Air Force High Wycombe

15. Januar 1943

Lieutenant Colonel Edmund T. Stevens erwartete Candy an der Eingangstür der ehemaligen Mädchenschule.

»Uns beiden wird eine Ehre zuteil«, sagte Stevens trocken. »Wir teilen eine VIP-Suite.«

»Ich hatte keine Übernachtung geplant«, sagte Candy. »Ich kann nicht übernachten. Ich muß was erledigen.«

»Ich wollte auch nicht übernachten«, sagte Stevens. »Aber das wurde einfach entschieden. Ich muß Unterwäsche und ein Hemd und Toilettensachen im PX kaufen.«

Candy fluchte. »Behaupten wir einfach, wir hätten ›dringende andere Aufgaben‹.«

»Das können wir nicht tun, Dick«, sagte Stevens. »Wir können sie nicht gewinnen lassen, indem wir nicht antreten. Sie wissen, Dick, wie das System funktioniert.«

»Das verdammte Air Corps!« zürnte Candy. Das brachte ihm einen merkwürdigen Blick von einem Major des Air Corps in Hörweite ein.

Canidy hatte gedacht, die Konferenz würde höchstens drei oder vier Stunden dauern. Statt dessen hatten sie einen vollen Tag (zwölf Stunden) plus fünf Stunden am folgenden Morgen auf harten, unbequemen Stühlen verbringen und sich das Gerede anhören müssen.

Unterdessen hatte Canidy von all dem Kaffee einen miesen Geschmack im Mund, und sein Hintern war wund, nicht nur von all dem Sitzen, sondern auch von Ausschlag an der Innenseite seiner Oberschenkel. Offenbar reagierte seine Haut auf die neuen Shorts aus dem PX allergisch. Er hatte das Gefühl, daß seine Oberschenkel in Flammen standen. Und wenn das Brennen nachließ, juckten sie.

Er hatte überhaupt nicht an der Konferenz teilnehmen wollen, weil er – richtig – das Schlimmste befürchtet hatte, doch seine Einwände waren vergebens gewesen, als Stevens ihn ›gebeten‹ hatte, ihn um acht Uhr in High Wycombe zu treffen.

»Bedell Smith hat David Bruce gesagt, daß es wichtig für uns ist, ›jemand Ranghohen‹ – womit er David meinte – und ›unser bestes technisches Personal‹ zu der Konferenz zu schicken.«

»Schließt mich das nicht aus?« hatte Canidy erwidert.

»Richard«, hatte Stevens geduldig gesagt, »es gibt immer einen Punkt, an dem Widerstand zwecklos ist. Acht Uhr dreißig in High Wycombe. Sie wissen doch, am festgesetzten Ort zur vorgeschriebenen Zeit in der richtigen Uniform. Tragen Sie übrigens Ihre Ordensbänder.«

Wie von Canidy befürchtet, war der Zweck der Konferenz, das OSS und den Marinenachrichtendienst nach der Auswertung neuer nachrichtendienstlicher Daten zu ›überzeugen‹, daß die strategische Bombardierung der europäischen Landmasse nicht durch die deutschen Düsenflugzeuge gefährdet war.

Wenn die vorherige Besorgnis ›übertrieben‹ war und nur wenig Bedrohung von den deutschen Düsenflugzeugen oder fliegenden Bomben ausging, war es unsinnig, sie so scharf im Auge zu behalten. Die Aufklärungsflugzeuge des Air Corps – die für Luftaufnahmen ausgerüsteten P38er und B26er – waren gegenwärtig unzählige Stunden auf der Suche nach Düsenjets und/oder fliegenden Bomben oder Anlagen zum Bau oder Lagerung dafür und konnten deshalb nicht »für produktivere« Aktivitäten eingesetzt werden.

Die Eighth Air Force konnte ihre Aufklärungsflugzeuge nicht einfach verwenden, wo sie wollte. Sie – und SHAEF – operierten unter einem Mandat der Stabschefs der Streitkräfte, das dem Ersuchen des OSS nach dem Sammeln von nachrichtendienstlichen Informationen höchste Priorität einräumte.

Wenn die Eighth Air Force die Stabschefs der Streitkräfte nicht veranlassen konnte, das Mandat aufzuheben, blieb ihr nur die Möglichkeit, die Londoner Station des OSS auf ihre Seite zu ziehen, damit sie ebenfalls die Aufklärungsflüge für nicht mehr erforderlich hielt. Sie hatte alle Register gezogen, um genau das zu erreichen.

Die Führung des Air Corps hatte eine klare Position: Die Deutschen waren noch längst nicht in der Lage, funktionsfähige Düsenkampfflugzeuge einzusetzen. Selbst wenn sie es irgendwann demnächst schafften, ›eine Handvoll einsatzfähiger Düsenflugzeuge‹ in den Kampf zu schicken, wären die kaum wirkungsvoll gegen die Wand von MG-Feuer, die von einer Bomberformation errichtet werden konnte.

Das Air Corps hatte in einer konzertierten Aktion und mit enormem Materialaufwand versucht, deutsche Düsenflugzeuge und/oder fliegende Bomben zu orten. Die Bemühungen waren erfolglos geblieben. Folglich konnte man logischerweise davon ausgehen, daß es noch lange dauern würde, bis die Deutschen solche Waffen in die Luft bringen und einsetzen konnten.

Daraus folgte, daß es nicht länger nötig war, den Aufwand und die Ausgaben für Aufklärungsflüge wie bisher zu leisten. Die Aufklärung konnte natürlich nicht eingestellt werden. Sie würde fortgesetzt werden, wenn Personal und Material von anderer, dringenderer Verwendung abgezogen werden konnten.

Das Air Corps ließ seine Experten aufmarschieren, sowohl Berufsflieger als auch zum Offizier ernannte Zivilisten. Alle davon gaben den Zwei-Sterne-Generälen recht – entweder aus beruflichen Gründen oder weil sie wußten, auf welcher Seite das Brot gebuttert war.

Die Navy scherte sich einen Dreck darum. Weder die Düsenjagdflugzeuge – wegen ihrer begrenzten Reichweite – noch die fliegenden Bomben – weil sie nicht präzise gezielt werden konnten –, stellten ihrer Ansicht nach eine Drohung dar. Die Navy gab schnell klein bei.

So standen einem klugen und hocherfahrenen Major General und seinen Experten ein unbeholfen argumentierender Colonel und ein Ex-Jagdflieger gegenüber, der noch feucht hinter den Ohren war.

Canidy glaubte – und Stevens teilte die Einschätzung –, daß die gegenwärtigen nachrichtendienstlichen Erkenntnisse (genauer gesagt, der Mangel daran) bewiesen, daß das Air Corps nicht hatte herausfinden können, wo die Deutschen ihre Düsenjets und ihre fliegenden Bomben bauten oder testeten. Das bewies nicht, daß es keine Jets gab.

Keine Erkenntnisse des Air Corps hatten Donovans (und jetzt Canidys) Überzeugung widerlegt, daß es tatsächlich die deutschen Düsenjets und fliegenden Bomben gab. Wenn nichts dagegen unternommen wurde, dann würden die Jets B17- und B24-Maschinen zu Hunderten abschießen. Und die fliegenden Bomben würden vermutlich gen London oder vielleicht sogar New York geschickt werden. In diesem Fall war Aufklärung notwendig.

»General«, sagte Stevens schließlich, »ich befürchte, das OSS muß den Schlüssen in Ihrem Bericht widersprechen.«

»Mit anderen Worten, Colonel, Sie stellen Ihre Einschätzung und die Ihres Majors über alles, was wir Ihnen hier dargelegt haben?«

»General, mit Verlaub, das OSS hat Informationen, die die Existenz einsatzfähiger deutscher Düsenflugzeuge weitaus wahrscheinlicher machen, als Ihre Leute glauben.«

»Aber aus Sicherheitsgründen ist es Ihnen unmöglich, diese Informationen mit uns zu teilen, richtig?« fragte der General eisig.

»Jawohl, Sir. Ich befürchte, so ist die Lage«, erwiderte Stevens.

»Dann hat es wohl nicht viel Sinn, diese Konferenz fortzusetzen, oder?«

»Sir, ich meine, daß alle Punkte erschöpfend behandelt worden sind«, sagte Stevens.

Der General nickte, erhob sich und ging einfach aus dem Konferenzraum.

Wenn man die Konferenz als eine Schlacht betrachtete, hatte das Air Corps nach Canidys Ansicht verloren. Aber der Sieg des OSS – sofern es einer war –, hatte keinen Wert. Viele Männer, Piloten wie er, Männer wie Doug Douglass, würden sterben, weil das OSS – sprich Canidy, Richard – darauf bestand, jeden Fleck in Deutschland zu fotografieren, weil darauf vielleicht etwas Interessantes über Düsenflugzeuge und fliegende Bomben zu sehen war.

Auf der Rückfahrt nach London schliefen sowohl Stevens als auch Canidy auf dem Rücksitz der Princess-Limousine ein. Es gab anscheinend nichts zu sagen, und sie waren erschöpft, nachdem sie sich so lange die Meinungen all dieser sogenannten Experten hatten anhören müssen.

Bei ihrer Ankunft am Berkeley Square wußten Stevens und Canidy, daß ihnen die Kunde über ihre Unnachgiebigkeit gegenüber dem Air Corps vorausgeeilt war und sie sich vor David Bruce rechtfertigen mußten.

Zwei weitere Ärgernisse warteten auf Canidy. Das erste wurde ihm von Sergeant Major Davis mitgeteilt: Ann Chambers hatte angerufen und erklärt, daß sie mit Meachum Hope nach Nottingham reisen müsse und drei Tage lang fortbleiben werde; einen Grund für die Reise hatte sie nicht genannt. Das zweite Ärgernis teilte Bruce selbst mit: Die CID (die Criminal Investigation Divison des Kommandeurs der Militärpolizei) hatte einen der Köche von Whitbey House erwischt, als er Essenrationen auf dem Schwarzen Markt verkauft hatte. Er würde natürlich vors Kriegsgericht gestellt werden.

Da Canidy kein rechtmäßiger Offizier war und nach dem Gesetz selbst keinen Kriegsgerichtsprozeß durchführen konnte, lautete der ›Vorschlag‹ des Stationsleiters, den Koch nach Richodan zu versetzen, wo Major Berry, der Kommandant von Richodan ›ausgerüstet ist, um diese Dinge zu handhaben‹.

Aus Gründen, die Canidy nie verstanden hatte, war Major Berry ins OSS aufgenommen worden, nachdem er sich bei der Arbeit für Bob Murphy in Casablanca als unfähig erwiesen hatte. Canidy kannte Berry gut genug, um zu wissen, daß Berry der Typ war, der den Koch mit Freuden zur Höchststrafe verdonnern würde.

Und Canidy war sich nur zu klar darüber, daß er selbst von den ›Kriegsanstrengungen‹ einen Packard, einen Ford, eine B25 und einige Tonnen Lebensmittel und Schnaps abgezweigt hatte. Nachdem er dieses negative Beispiel gegeben hatte, konnte er nicht guten Gewissens einen Corporal ins Militärgefängnis schicken, weil er ein paar Schinken oder Braten verkauft hatte, um sich Geld für Bier zu beschaffen.

»Ich kümmere mich um den Fall«, sagte er. »Ich werde ihm Gottesfurcht einbleuen. Er wird so etwas nie wieder tun.«

»Einmal ist mehr als genug, Canidy«, sagte Bruce.

»Ich will nicht, daß er während einer Pause bei der Arbeit im Steinbruch von Litchfield den anderen Häftlingen all die interessanten Dinge erzählt, die er in Whitbey House gesehen hat.«

Bei diesen Worten nagte der Stationsleiter an der Unterlippe und blickte nachdenklich vor sich hin. Bisher hatte er nicht weiter gedacht als ›Diebe müssen bestraft werden‹.

»Dann überlasse ich das Ihnen«, sagte er nach einer Weile und widmete sich dann ernsteren Dingen. »Was diese Konferenz in High Wycombe anbetrifft, wenn Sie und Ed Stevens der gleichen Meinung sind, werde ich Ihnen volle Rückendeckung geben.«

»Das Air Corps hat von sich hören lassen?«

»In den vergangenen achtundvierzig Stunden hat mein Telefon dauernd geklingelt«, sagte Bruce mit einem freudlosen Lächeln. »Wie ich schon sagte, da Sie und Colonel Stevens anscheinend der gleichen Meinung sind, werde ich natürlich hinter Ihnen stehen. Aber Sie sollten wissen, daß Sie meiner Ansicht nach Ihre Sache mit wesentlich mehr Takt hätten vertreten können. Sie haben Ihre Position zwar durchgesetzt, jedoch zu einem schrecklich hohen Preis, weil gute

Beziehungen zwischen OSS, Eighth Air Force und SHAEF gelitten haben.«

In Wahrheit war Canidy so taktvoll wie möglich gewesen, und die Beschwerden des Air Corps waren ein Versuch, sich rücksichtslos über seine Einwände hinwegzusetzen. Aber wenn er das sagte, würde der Stationsleiter das bestimmt wieder als weiteren Beweis für ›Canidys schlechtes Benehmen‹ werten.

»Es tut mir leid, wenn sich das Air Corps durch mich beleidigt fühlt«, sagte er.

»Ich wünschte, ich könnte das glauben, Dick«, sagte der Stationsleiter traurig. Bruce erinnerte Canidy an einen Lehrer auf der St. Mark's School. Jedesmal, wenn die Jungen etwas angestellt hatten, war der Lehrer betrübt statt ärgerlich gewesen.

»Es ist die Wahrheit«, sagte Canidy mit soviel Ernsthaftigkeit, wie er aufbringen konnte.

»Nun, das ist vermutlich geflunkert«, sagte David Bruce. »Aber ich wollte diesen Punkt vor der Konferenz klären.«

»O Gott, keine weitere Konferenz! Ich habe Konferenzen satt!«

»Vielleicht finden Sie diese interessant«, sagte Bruce und forderte Canidy mit einer Geste auf, vor ihm das Büro zu verlassen.

Draußen übernahm Bruce die Führung und ging die schmale, knarrende Treppe hinauf, die zu den ehemaligen Quartieren der Bediensteten führte. Unter dem Dach befanden sich jetzt Lagerräume und kleine Konferenzzimmer.

Bruce blieb vor einem der Konferenzzimmer stehen und klopfte an die Tür.

Sie wurde von Colonel Wild Bill Donovan geöffnet.

»Hallo, Dick«, sagte Donovan. »Ich habe soeben einen ausführlichen Bericht über Ihren Krieg mit dem Air Corps gehört.«

Colonel Stevens, der mit Stanley Fine an einem kleinen Tisch saß, lachte laut.

»Das stimmt nicht«, sagte Stevens. »Ich habe ihm soeben erzählt, daß Sie zu meinem großen Erstaunen ein Musterbeispiel für Takt und ruhige Vernunft waren.«

»Wir hätten Sie dort gebrauchen können, Colonel«, sagte Canidy und schüttelte Donovan die Hand. »Wir waren in der Minderheit.«

»Ed hat mir erzählt, daß es hart war«, sagte Donovan. »Ich hätte nicht helfen können. Ich nehme an, Sie wissen, daß die Konferenz eigentlich nicht den Aufklärungs-Missionen galt, um die Sie gebeten haben.«

»Das wußte ich nicht«, bekannte Canidy.

»Das war ein Teil davon, aber nicht alles. Solange wir behaupten, daß von deutschen Düsenflugzeugen eine große Bedrohung ausgeht, wird die gesamte Strategie des Air Corps für Europa in Frage gestellt. Der Druck auf die Leute, mit denen Sie und Ed es zu tun hatten, kam von ganz oben. Es tut mir leid, daß Sie das über sich ergehen lassen mußten, aber die Alternative war für mich, David hinzuschicken, und das wollte ich nicht.«

»Oder Sie hätten hingehen können«, sagte Canidy ein wenig vorwurfsvoll.

»Das kam nicht in Frage.« Donovan lachte. »Ich sagte, ich wollte David nicht hinschicken. Was Sie und Ed zu Opferlämmern machte. Ich wollte Ihnen nur sagen, daß ich weiß, wie hart es gewesen sein muß, das Flämmchen der Vernunft am Brennen zu halten et cetera, et cetera.«

»Ich befürchte, ich habe mir Feinde gemacht, Sir«, sagte Canidy.

»Sie werden uns als Feinde betrachten, bis wir verkünden, daß wir uns die ganze Zeit über geirrt haben«, sagte Donovan. »Und da wir uns nicht irren ...«

»Nun, es freut mich, das zu hören, Sir«, sagte Canidy. »Ich dachte schon, ich stehe jetzt auf der schwarzen Liste.«

»Unsinn«, sagte Donovan. Und dann wechselte er das Thema. »Bevor wir uns mit einem anderen Punkt beschäftigen, Canidy – wie wichtig ist Jimmy Whittaker für Sie?«

»Sir? Ich glaube, ich verstehe die Frage nicht.«

»Im Pazifik steht eine Operation bevor, und ich bin der Ansicht, er könnte dort sehr nützlich sein. Wenn Sie keine sehr starken Einwände haben – wenn er zum Beispiel absolut wichtig für Ihre Pläne ist, Professor Dyer aus Deutschland herauszuholen –, möchte ich ihn dort einsetzen.«

Canidy zögerte mit einer Antwort. »Ich habe im Moment nichts Besonderes mit ihm vor, Sir. Ich betrachte ihn als meine Reserve. Er hat Erfahrung hinter den Linien. Ich hätte ihn wirklich gern zur Verfügung, falls ich ihn brauche.«

»Ich brauche seine Erfahrung hinter den Linien für mich selbst«, sagte Donovan. »Oder ich möchte es anders formulieren, damit ich nicht so majestätisch klinge: Whittakers Erfahrung auf den Philippinen ist genau das, was ich gerade jetzt brauche.«

»Sir, ich kann Ihnen nicht folgen.«

»Ich will Ihnen erzählen, was ich vorhabe«, sagte Donovan. »Da ist ein Offizier auf den Philippinen, ein Mann namens Wendell Fertig. Vor dem Krieg war er ziviler Ingenieur, ein Freund von Chesty Whittaker. Kurz vor Kriegsbeginn erhielt er ein Offizierspatent, und dann weigerte er sich beim Fall von Bataan zu kapitulieren und schlug sich ins Hügelland. Er schaffte es bis Mindanao und begann mit Guerilla-Operationen. Er beförderte sich selbst zum Brigadier General – in Wirklichkeit war er Major – wahrscheinlich in der Annahme, daß die Filipinos unbeeindruckt von jemandem sein würden, der einen niedrigen Rang als Colonel hatte. Er ernannte sich ebenfalls als ›Oberbefehlshaber der US-Streitkräfte auf den Philippinen‹. Das erlaubte ihm, Guerillas zu rekrutieren. Aber wie Sie sich vorstellen können, machte ihn das unbeliebt bei Douglas MacArthur und seinem Stab, die alles ganz korrekt lieben …«

»Ich wußte nicht, daß wir irgendwelche Guerillas haben«, sagte Canidy.

»Wie ich gerade ausführen wollte«, sagte Donovan scharf, ärgerlich über die Unterbrechung, »wurden General Fertig und seine Guerillas von Douglas MacArthur geflissentlich ignoriert. MacArthur antwortete nicht einmal auf Fertigs Funkbotschaften. Er bezeichnete Fertig und seine Guerillas als Schwindel, als einen Trick der Japaner. MacArthur hat einen G2 namens Willoughby, der es für unmöglich hält, eine nützliche Guerilla-Streitmacht zu organisieren oder zu versorgen.

»Aber Fertig stellte Funkkontakt mit der Navy in San Diego her, der Marineminister Frank Knox erfuhr davon – und der Präsident. Knox hat seine eigene Geheimorganisation des Marine-Corps mit dem fiktiven Namen ›Office of Management Analysis‹, und er schickte ein Team von Marines nach Mindanao, damit es Fertig ausfindig machte.«

»Und was sollte geschehen, wenn er gefunden wurde?«

»MacArthurs Hauptquartier behauptete, daß Fertig nicht mit offenen Karten spielte. Knox' Leute sollten erstens herausfinden – sofern sie Fertig finden konnten –, ob er geisteskrank ist, und zweitens, wie seine Chancen stehen, eine nützliche Guerilla-Organisation aufzubauen.«

»Die Marines haben ihn noch nicht gefunden?« fragte Canidy.

Donovan schüttelte den Kopf. »Nein.«

»Bis jetzt kein Wort von ihnen«, sagte er. »Ich schätze die Chancen, daß ihre Mission erfolgreich sein wird, auf fünfzig-fünfzig. Und wenn sie es nicht schaffen, schätze ich die Chancen, daß der Präsident – der von der Idee amerikanischer Guerillas auf den Philippinen fasziniert ist – die Mission zu einem zweiten Versuch dem OSS übergibt, auf hundert zu eins.«

Er legte eine Pause ein und wartete, bis er sich sagte, daß Canidy genügend Zeit gehabt hatte, um das zu verarbeiten. Dann fragte er: »Bekommen Sie allmählich eine Vorstellung, worum es geht?«

»Ja«, erwiderte Canidy nachdenklich.

»Wenn ich den Befehl erhalte, jemanden auf die Philippinen zu schicken, möchte ich jemanden haben, der sich MacArthur nicht zum Feind machen wird«, fuhr Donovan fort. »Und Jimmy verließ die Philippinen auf dem Patrouillenboot mit MacArthur zusammen. Selbst Willoughby kann das nicht bestreiten.«

»Und Jimmy kennt natürlich die Philippinen«, sagte Canidy. »Und er spricht Spanisch.«

»Möglicherweise kennt er sogar Fertig«, sagte Donovan. »Bevor die Inseln fielen, sprengten beide Dinge in die Luft. So halte ich Jimmy für den geeigneten Mann für die Mission. Aber es ist Ihre Entscheidung. Die Mission Dyer und das folgende haben eine höhere Priorität. Wenn Sie meinen, Sie brauchen Whittaker wirklich …«

Es dauerte lange, bis Canidy antwortete.

»Die unangenehme Wahrheit ist anscheinend, daß Jimmy unter die Kategorie ›Nett, ihn zu haben‹, anstatt ›Ich muß ihn unbedingt haben‹ fällt.«

»Die Mission auf den Philippinen ist wichtig, Dick«, sagte Donovan.

»Die Sache wird sein ganzes Liebesleben ruinieren, aber was soll's, der Krieg soll ohnehin die Hölle sein, nicht wahr?«

»Es wäre eine Freiwilligen-Mission. Meinen Sie, er würde sich freiwillig melden?« Donovan sah Canidy fragend an.

Canidy nickte.

»Und nun zu der nahen Zukunft«, sagte Donovan. »Wie ich hörte, ist Kontakt mit Helmut von Hürten-Mitnitz hergestellt worden.«

»Vor drei Tagen«, sagte Canidy.

»Durch wen?« fragte Donovan. »Was wurde gesagt?«

»Die Briten haben uns geholfen«, sagte Canidy. »Wir haben niemanden in Berlin, den wir für diese Sache einsetzen könnten. Die Briten haben ein wenig widerwillig geholfen.«

»Das ist klar«, sagte Donovan.

»Sie behaupten, daß ihre Leute mit etwas Wichtigerem befaßt sind, wissen Sie«, sagte Canidy mit glaubwürdigem britischen Akzent der Oberklasse. »Sie haben uns gesagt, wir sollen unsere Arbeit allein erledigen und aufhören, ihre Agenten in Berlin und Frankfurt zu benutzen. Ausnahmsweise werden sie uns noch einen Kontaktmann zur Verfügung stellen. Wenn wir uns darauf verlassen können, sind wir vielleicht in der Lage, die beiden Kontakte herzustellen. Aber nach zwei Kontakten mit von Hürten-Mitnitz sind wir auf uns allein gestellt.«

Donovan nickte.

»Da ist noch etwas, Dick«, sagte er. »Bis jetzt brauchten Sie es nicht zu wissen, und die Briten brauchten es bisher nicht zu erfahren. Wir haben, meinen wir, eine geheime Verbindung vor Ort. Von Budapest aus, meine ich.«

»Kann ich sie nutzen?« fragte Canidy. »Ich habe mich mit der Idee beschäftigt, Dyer und seine Tochter mit einem Fischerboot via Holland aus Deutschland herauszuholen. Warum der lange Umweg?«

»Die Deutschen wissen, daß wir ebenso wie die Briten Leute durch Holland und Belgien herausholen. Und sie werden immer besser im Aufspüren solcher Verbindungen. Wir werden diese Wege natürlich weiterhin nutzen. Und wir werden andere Agenten einsetzen, wenn einer enttarnt wird. Aber wir haben eine andere Möglichkeit aufgetan, um Leute in der anderen Richtung herauszuholen, von Deutschland nach Ungarn und dann durch Jugoslawien. Dieser Weg wird selten benutzt, gerade oft genug, um ihn offenzuhalten. Und er wird nur für diejenigen genutzt werden, die wir aus Deutschland hinausbringen *müssen*. Verstehen Sie, was ich meine?«

Canidy nickte. »Diese Verbindung ist sozusagen in Reserve.«

»Nein«, sagte Donovan. »Nicht so, wie Sie anscheinend meinen. Dieser Weg wird nicht benutzt werden, wenn eine der holländischen oder belgischen Routen versperrt sind. Er wird nur benutzt, wenn die Leute, die aus Deutschland herausgeholt werden *müssen*, zu wertvoll sind, um sie auf den anderen Wegen herauszuholen.«

»Dyer ist so wichtig für uns?«

»Dyer kann uns etwas über die Metallurgie für die Triebwerke der Düsenflugzeuge erzählen«, sagte Donovan. »Muß ich ausgerechnet Ihnen – dem Stachel im Fleisch des Air Corps – sagen, wie wichtig das für uns ist?«

Es war kein beabsichtigter Scherz, aber alle lachten.

»Warum Jugoslawien?« fragte Canidy.

»Ihre Verantwortlichkeit endet, wenn Fulmar die Dyers in Budapest abliefert«, sagte Donovan. »Es geht Sie also wirklich nichts an, Dick.«

»Die einzige Möglichkeit, eine geheime Verbindung zu testen, besteht darin, sie für etwas zu nutzen«, sagte Canidy. »Ist es das, ein weiterer verdammter Test? Ich schicke Fulmar dorthin, er liefert die Dyers ab und dann warten wir ab, ob die Verbindung funktioniert? Gottverdammt!«

»Mäßigen Sie sich!« fuhr David Bruce ihn an.

Donovan hob die Hand und gebot ihm Schweigen.

»Fulmar wird geschickt, Dick, weil Dyer so wichtig für uns ist, daß Ed Stevens und ich das Risiko für gerechtfertigt halten. Glauben Sie mir, wenn ich nicht davon überzeugt wäre, daß diese geheime Verbindung funktioniert, würde ich Dyer oder Fulmar nicht auf diesen Weg schicken.«

Canidy schaute Donovan an und sagte schließlich fast förmlich: »Ich danke Ihnen.«

»Wir sind der Ansicht, Fulmars Anwesenheit wird erforderlich sein, seine persönliche Anwesenheit, um Dyer zu überzeugen, daß der Weg aus Deutschland heraus sicher sein wird«, sagte Stevens. »Ich meine dies nicht als Tadel, aber ich dachte, ich hätte Ihnen diesen Punkt bereits klargemacht.«

Canidy nickte. »Das war, bevor ich von der geheimen Verbindung über Jugoslawien erfuhr«, sagte Canidy. »Jugoslawien macht mir Sorgen.«

»Warum?« fragte Bruce.

»Meines Wissens gibt es zwei größere Guerilla-Operationen in Jugoslawien. Eine wird von einem ehemaligen Oberst der Königlichen Jugoslawischen Armee namens Mihajlovic geleitet, und die andere von einem Kommunisten, der sich Josef Tito nennt. Vermutlich haben wir vor, den Oberst für die geheime Verbindung zu nutzen, und zwar aus offenkundigen Gründen. Aber er und Tito bekämpfen sich. Tito hat natürlich Rückendeckung von den Russen. Was passiert also, wenn die Dyers und Fulmar von Tito geschnappt werden? Oder ist das wirklich der Zweck der Sache? Festzustellen, was passieren wird? Ein weiterer verdammter machiavellistischer Test?«

»Ich bin so interessiert daran, zu erfahren, weshalb Sie so viel über die Vorgänge in Jugoslawien wissen, Canidy, daß ich so tue, als hätte ich den Rest Ihrer Worte überhört.«

»Man hat mir hier schon Desinformationen gegeben«, sagte Canidy, »oder Dinge verschwiegen, die ich hätte wissen sollen.«

»Hören Sie, Canidy …«, ereiferte sich David Bruce.

»Das war leider in der Vergangenheit nötig«, sagte Donovan. »Aber nicht ich habe das getan, und es geschieht nicht jetzt.«

»Jawohl Sir, nicht Sie haben das getan. Das Mundwerk ist mit mir durchgegangen, und es tut mir leid. Ich entschuldige mich.«

»Das will ich auch hoffen«, sagte Bruce.

Donovan gebot ihm mit einer Handbewegung wie zuvor Schweigen.

»Meine Frage galt der Quelle Ihres Wissens über Jugoslawien, Canidy«, sagte Donovan.

»Ich habe mit den Leuten geredet, die hereinschneien«, sagte Canidy. »Sie gingen natürlich davon aus, daß ich als Kommandant von Whitbey House ein Recht auf Information habe.«

»Und Sie haben sie ausgehorcht!« Bruce sah ihn anklagend an.

»Sehr kühn von Ihnen«, sagte Donovan. »Ich hätte mir das denken sollen.«

Canidy wußte nicht, ob dies ein sarkastischer Tadel oder nur eine Feststellung war.

Donovan blickte zu Stevens und schaute dann Canidy an.

»Offenbar, Dick, werden wir Mihajlovics Kräfte nutzen, um die ungarisch-jugoslawische Verbindung zu nutzen«, sagte Donovan. »Jedenfalls im Augenblick bin ich zuversichtlich, daß er unsere Leute sicher herausbringen kann. Aber abgesehen davon müssen Sie die Frage als beantwortet betrachten. Weitere Einzelheiten werden Sie nicht erfahren.«

»Fulmar wird mich fragen, was passieren wird, wenn er die Dyers nach Budapest bringt«, sagte Canidy. »Die Antwort ›vertraue mir‹ wird ihn nicht zufriedenstellen.«

Donovan überlegte kurz. Dann sagte er: »Sagen Sie ihm, sie werden über die Grenze nach Kroatien gebracht und Mihajlovics Partisanen übergeben, die sie durch Bosnien-Herzegowina zur Küste bringen werden, wo sie per Schiff zu der Insel Vis gebracht werden. Von dort werden sie mit einem Flugzeug abgeholt werden.«

»Wessen Flugzeug?«

»Die Briten haben über hundert Mann auf Vis«, sagte Donovan. »Zwei von unseren Leuten sind bei ihnen. Sie haben uns mit den Ausmaßen des Flugplatzes vertraut gemacht. Schauen Sie sich das an und sagen Sie Stevens, ob Ihre B25 die nötige Reichweite hat und den Flugplatz auf Vis benutzen kann. Wenn nicht, hat man uns Platz in einem britischen U-Boot angeboten.«

Canidys Miene spiegelte Überraschung wider.

»Wir haben ebenfalls Leute bei Mihajlovic und Tito«, sagte Donovan. »Man hielt es nicht für nötig, daß Sie das wissen, Dick.«

»Ich brauche noch eine Information«, sagte Canidy. »Nachdem sich Fulmar jetzt eine Landkarte von Leeuwarden, Holland, eingeprägt hat, wird er nach Budapest reisen. Wohin in Budapest?«

Donovan lachte.

»Stevens hat diese Angaben ebenfalls«, sagte er. »Wird es irgendwelche Probleme geben, sie an von Hürten-Mitnitz zu übermitteln?«

»Es dauert fünf Tage, um ihm eine schriftliche Nachricht zu übermitteln«, sagte Canidy. »Über Nacht nach Schweden und dann vier Tage von Stockholm nach Berlin.«

»Wir dürfen die Zeit nicht zu knapp bemessen«, sagte Donovan. »Sie sollten das in Gang setzen, Ed.«

»Jawohl, Sir«, sagte Stevens.

»Das war's«, sagte Donovan und erhob sich. »Ich muß zum Flugzeug. Ich kann mir vorstellen, daß Chief Ellis dort unten immer nervöser wird.«

Er gab jedem der Männer die Hand und verließ das Konferenzzimmer. Der Stationsleiter und Colonel Stevens folgten ihm.

»Ich hatte soeben eine Eingebung«, sagte Canidy. »Man sollte Jimmy und Fulmar suchen, in irgendeine Kneipe voller Soldaten gehen und sich besaufen. Und vielleicht – mit einem bißchen Glück – in eine Schlägerei geraten.«

»Ich werde Sie überraschen«, sagte Fine. »Ich komme mit.«

5

Bar des Dorchester Hotels
London

15. Januar 1943, 20 Uhr 10

Captain James M.B. Whittaker, Lieutenant Eric Fulmar und Captain Herzogin von Stanfield, WRAC, saßen in der Bar des Dorchester, wie Canidy angenommen hatte.

»Wir haben uns gefragt, wo du bleibst«, sagte Whittaker, als sich Canidy an den Tisch bei der Wand setzte und die Flaschen in den Tüten begutachtete. Er suchte nach Scotch.

»Wir waren beim Boß«, sagte Canidy.

»Ich dachte, du warst mit ihm in High Wycombe«, sagte Whittaker.

»Beim *großen* Boß«, sagte Canidy.

»Es gab Gerüchte, daß Donovan in der Stadt ist«, sagte Whittaker. »Hast du irgendwas Wichtiges erfahren?«

Und ob, mein Freund, du wirst auf die Philippinen zurückkehren.

»Nichts Wichtiges«, sagte Canidy.

»Und wie war es in High Wycombe?« fragte die Herzogin.

»Je weniger darüber gesagt wird, desto besser, Eure Hoheit«, sagte Canidy. »Selbst der Boß hatte Mitleid mit uns.«

»Wir haben schon gegessen«, sagte Whittaker. »Wir wußten nicht, wann oder ob du kommen wirst.«

»Kein Problem«, sagte Canidy. »Stan und ich sind ohnehin hier, um den dritten Mann abzuholen, um mit dem Air Corps zu saufen. Joe Kennedy ist dort drüben, um den Jungs Flugzeugteile abzuschwatzen. Dort im Offiziersklub gibt es ziemlich gutes Essen.«

»Der dritte Mann?« fragte die Herzogin.

»Ein weiterer wunderlicher Amerikanismus, Eure Hoheit«, sagte Canidy. »Zwei sind ein Paar, und mit dem dritten Mann kann die Orgie beginnen.«

Sie errötete und sagte dann hastig: »Wir kehren heute abend nicht nach Whitbey House zurück?«

»Nein«, sagte Canidy. »Jimmy und ich müssen am Morgen zu Stevens.«

Und Stevens wird ihm befehlen, seine Sachen zu packen; seine Dienste werden auf den Philippinen gebraucht. Die große Romanze wird gestoppt.

Canidy trank einen Schluck Scotch. Er wünschte, Ann wäre dabei. Es wäre nett, diesen Abend, der sicherlich Jimmys letzter in der Stadt war, gemeinsam zu verbringen.

Und dann ruckten seine Augenbrauen hoch, und er grinste.

»Stanley«, sagte er, »dort drüben versucht eine Maid verzweifelt, Sie auf sich aufmerksam zu machen.«

»Ich weiß«, sagte Fine. »Ich tue mein Bestes, um vorzugeben, sie nicht zu sehen.«

»Sie möchten nicht nett zu der Maid sein, Stan?« fragte Canidy.

»Um Gottes willen, ignorieren Sie sie«, sagte Fine.

Canidy hob die Hand und winkte.

Die Frau schräg gegenüber war groß und schlank. Platinblondes Haar lugte unter ihrer Uniformmütze vom Roten Kreuz hervor. Sie wies zu Canidys Tisch hin und zeigte an, daß sie Fine auf sich aufmerksam machen wollte. Canidy nickte, strahlte sie erfreut an und tippte Fine gegen die Schulter.

»Ich glaube, die Lady will Sie begrüßen, Stan«, sagte Canidy unschuldig.

»Sie Bastard«, sagte Fine und blickte zu der Frau. »Mein Gott, sie kommt her!«

Fulmar und Canidy lachten.

»Sie werden nicht mehr lachen, Eric, wenn Sie ihr in die Fänge geraten«, sagte Fine.

Stanley S. Fine war zwangsläufig Stammgast in der Bar des Dorchester geworden. Bei seiner Ankunft in London hatte er vorübergehend in dem Hotel gewohnt, und als ein Quartier für ihn gefunden worden war, hatte es sich als schäbig erwiesen und eine lange Fahrt mit der U-Bahn durch London dorthin erfordert. Mit wesentlich weniger Verlegenheit, als er gedacht hatte, war er in das Apartment eingezogen, das die Continental Filmstudios in London für durchreisende Stars und leitende Angestellte zur Verfügung hielten. Das Haus mit dem Apartment befand sich Ecke Park Lane und Aldford Street, zwei Blocks vom Dorchester Hotel entfernt.

Fine stellte fest, daß ihm seine Bekannten aus der Filmindustrie fehlten, und solche Leute wurden im Dorchester einquartiert, wenn sie nach London kamen.

Ebenfalls Stammgast in der Bar des Dorchester war die Frau, die jetzt die Bar durchquerte. Fine nannte Eleanor Redmon in Gedanken ›Skorpion‹. Sie war ein Mädchen vom Roten Kreuz, obwohl diese Bezeichnung nicht ganz stimmte. Eleanor Redmon war irgendeine leitende Angestellte in der Organisation Rotes Kreuz. Sie hatte eine zu hohe Position, um persönlich Kaffee und Doughnuts an die Jungs auszugeben. Außerdem war der Skorpion kein Mädchen mehr.

Sie war in Wirklichkeit vierzig. Sie stammte aus Duluth, Minnesota, wo sie kurz nach Ausbruch des Krieges verwitwet, kinderlos und wohlhabend gewesen war. Sich freiwillig beim Roten Kreuz zu melden war ihrer Meinung nach genau das Richtige gewesen.

Auf Grund Ihrer Position hatte sie ein Anrecht auf ein Zimmer im Dorchester, und sie ließ genügend Geld springen, um eine Suite zu bekommen. Bald gewöhnte sie sich an, zur Cocktailstunde oder nach dem Abendessen die Bar mit einer oder mehreren hübschen jungen Mädchen vom Roten Kreuz zu besuchen. Sie zogen natürlich die Aufmerksamkeit der gutaussehenden und forschen Piloten an.

Eleanor Redmon hatte sich entschieden, sich Stanley S. Fine warmzuhalten, als sie bemerkt hatte, welch herzliche Zuneigung Leute für ihn hatten – Leute, die sie zuvor nur auf der Kinoleinwand gesehen hatte.

Es war nicht schwierig. Sie brauchte nur einen Platz für ihn an ihrem Tisch freizuhalten. Und die Bemühungen hatten sich mehr als gelohnt. Bald hatte der Skorpion nach Hause schreiben können, daß David Niven und Private Peter Ustinov an ›ihrem‹ Tisch in der Bar des Dorchester gesessen hatten und daß ihr neuer Freund, Captain Stanley S. Fine, ein Ex-Vizepräsident der Continental Studios, ihnen Geld hatte leihen müssen, damit sie die Rechnung bezahlen konnten.

Stanley S. Fine seinerseits beobachtete mit morbider Faszination das abendliche Ränkespiel des Skorpions in der Bar. Junge Offiziere, die an den Tisch des Skorpions kamen und sich fragten, wie sie die hübsche junge Blondine von dem älteren Weib trennen konnten, wachten am nächsten Morgen neben dem alten Weib in dessen Bett auf.

Fine gegenüber, den sie als einen dekadenten (und deshalb verständnisvollen) ›Mann vom Film‹ betrachtete, gab sie offen zu, daß sie Jungen mit Offiziersuniform und Pilotenabzeichen – Jungen, die nicht alt genug waren, um zu wählen – ungemein sexy und unwiderstehlich fand.

Er sah ebenfalls, wie geschickt sie mit den ranghohen Offizieren in mittlerem Alter flirtete, welche die Bar des Dorchester besuchten. Alle verteidigten sie entschieden, wenn jemand andeutete, daß ihr Interesse an blutjungen Offizieren mehr als mütterlich war.

Als Eleanor, der Skorpion, mit strahlendem Lächeln zum Tisch kam, sah Fine, daß sie den fünften oder sechsten Scotch getrunken haben mußte und wahrscheinlich geil und auf Männersuche war, wie er es von ihr kannte.

Mit etwas Glück krallt sie sich vielleicht Canidy, dachte Fine.

»Hallo, Stanley«, rief sie. »Stellen Sie mich Ihren Freunden vor?«

Mit ›Freunden‹ meinte sie Fulmar, wie Fine begriff. Whittaker war offensichtlich in festen Händen, und Canidy, in der Uniform eines Stabsoffiziers, der dem SHAEF zugeteilt war und sehr müde aussah, wirkte nicht wie ein unerfahrener Junge. Fulmar hingegen, mit seinem Fallschirmspringerabzeichen, den auf Hochglanz polierten Stiefeln und dem Silver Star war genau der Typ, auf den Eleanor flog.

»Miss Redmon, darf ich Ihnen Captain Stanfield, Major Canidy, Captain Whittaker und Lieutenant Fulmar vorstellen?«

»Es freut mich, Sie alle kennenzulernen«, sagte der Skorpion.

»Werden Sie wirklich Ihre Fänge in ihn hineinschlagen?« fragte Canidy.

»Allmächtiger!« stieß Fine hervor.

»Wie bitte?« fragte sie.

»Stanley sagte, Sie würden Ihre Fänge in Eric hineinschlagen«, sagte Canidy. »Ich habe mich gefragt, was er damit meinte.«

»Ich kann nicht glauben, daß Stanley so etwas sagen würde«, erwiderte Eleanor.

»Aber genau das hat er gesagt.«

In den Augen des Skorpions blitzte Zorn, doch sie entschied sich, zu bleiben und alles als Scherz abzutun.

Sie nahm Platz.

»Sind Sie in London stationiert, Major?« fragte sie Canidy, als sie eine Zigarette aus ihrer Handtasche nahm und anzeigte, daß sie von Fulmar Feuer wünschte.

»Nein«, sagte Canidy.

»Und Sie müssen Fallschirmjäger sein«, wandte sie sich an Eric.

»Nein«, sagte Eric.

»Dann müssen Sie etwas mit Stanleys Arbeit zu tun haben«, sagte sie. »Etwas, über das niemand reden darf«, fügte sie bedeutungsschwer hinzu.

»Ich dachte, Stan sei bei der Filmabteilung vom SHAEF«, sagte Canidy.

»Das bin ich«, beteuerte Fine hastig.

»Also gut, dann werden wir nicht darüber reden«, sagte der Skorpion.

Ihr Appetit wurde angeregt durch ihre Überzeugung, daß der für sie so geile junge Held etwas mit dem Nachrichtendienst zu tun hatte.

»Wir sind beim zweiunddreißigsten Bombergeschwader«, sagte Canidy. »Ich bin Pionieroffizier, und Eric leitet die Abteilung für die Wartung der Fallschirme.«

»Oh«, sagte sie äußerst enttäuscht. »Dann haben Sie Stanley eben erst kennengelernt?«

»O nein«, sagte Canidy, »wir sind alte Freunde. Von Hollywood her.«

Die Miene des Skorpions hellte sich sichtlich auf.

»Sie waren in der Filmindustrie?« fragte sie.

Canidy nickte.

Sie lächelte Fulmar an. »Ich hätte es erraten sollen. Sie wirken wie ein Schauspieler.«

»Ich bin kein Schauspieler, tut mir leid«, sagte Fulmar scharf.

»Aber Sie waren beim Film?« hakte sie nach.

»Stuntman«, sagte Canidy. »Er hat all die kitzligen Szenen für Errol Flynn gedreht. Auch die Stunts für Alan Ladd.«

»Tatsächlich?« fragte sie. »Wie faszinierend!«

Sie strahlte Fulmar an und setzte sich neben ihn.

Fulmar zeigte sich der Lage gewachsen. Er erzählte ihr, daß Errol Flynn eine krankhafte Furcht vor Pferden hatte und Alan Ladd nur etwas über einssechzig war und neben den Hauptdarstellerinnen auf einer Plattform stehen mußte, damit sie ihn nicht überragten.

Und dann kam ein Colonel mit dem SHAEF-Tuchabzeichen und dem Abzeichen des Chemischen Korps an den Tisch und forderte den Skorpion zum Tanzen auf. Eleanor zögerte und erhob sich dann.

»Laßt uns von hier verschwinden, während sie weg ist«, sagte Canidy und stand auf.

»Du brauchst nicht mitzukommen, Eric«, sagte Canidy. »Du kannst dich an die Lady vom Roten Kreuz heranmachen. Sie war anscheinend fasziniert von dir.«

»Lach nicht«, sagte Fulmar. »Als sie zum Tanzen mit dem Colonel aufstand, packte mir diese freundliche alte Tante an den Pimmel.«

»Nun, du kannst nicht sagen, Stanley hätte dich nicht gewarnt«, sagte Canidy lachend.

»Ich habe ihm nicht geglaubt«, sagte Fulmar.

Der Packard stand draußen, aber der Fahrer war ein großer, dünner Corporal vom WRAC. Agnes war vermutlich irgendwo mit Bitter.

»Wir nehmen den Wagen«, sagte Canidy. »Ich bezweifle, daß Jimmy und Ihre Hoheit irgendwohin fahren wollen.«

Auf dem Weg, um Joe Kennedy und John Dolan im

Offiziersklub des Air Corps zu treffen, sagte Eric: »Bevor wir blau werden, was sollte ich bezüglich meiner Mutter unternehmen? Sie besuchen oder nicht?«

»Das liegt an dir, Junge«, sagte Canidy. »Sie ist nicht meine Mutter.«

»Ich habe darüber nachgedacht«, sagte Eric. »Was soll's, sie ist schließlich meine Mutter.«

»Wenn du mich fragst, ob es irgendeinen Grund gibt, aus der Sicht des OSS, meine ich, daß du sie nicht besuchst, lautet die Antwort, das OSS juckt es nicht, wie auch immer du dich entscheidest.«

»Ich frage mich, wo sie ist und wie ich sie finden könnte.«

»Kümmern Sie sich um diese Kleinigkeit für den Lieutenant, Stanley, ja?« sagte Canidy.

»Selbstverständlich«, erwiderte Fine.

»Danke«, sagte Eric Fulmar bewegt.

XII

I

Kurhotel
Marburg an der Lahn

17. Januar 1943

Als Peis Gisela und irgendein Flittchen ins Restaurant gebracht hatte, wurde es ein wenig peinlich für Müller und Gisela. Steif und förmlich. Was verständlich war. Gisela war verlegen. Jeder würde annehmen, daß auch sie eine Hure war, mit der Peis Müller versorgte.

Gisela ist keine Hure, dachte Müller. *Sie ist zu Ihrem Verhalten gezwungen worden. Eine Hure tut es freiwillig, weil sie ihren Vorteil sucht. Gisela mußte mit anderen Männern schlafen, weil Peis ein Arschloch ist.*

Aber was die Leute heute abend über Gisela denken, läßt sich nicht ändern. Eigentlich ist es nützlich. Es wird sicherer für uns beide sein, wenn jeder sie für eine junge Frau hält, die nett zu einem älteren Mann ist, weil er Standartenführer ist und ihr schöne Dinge verschaffen kann, was jüngeren, unbedeutenderen Männern nicht möglich ist.

Selbst als Müller und Gisela tanzten – trotz der gemeinsamen Silvesternacht –, war es peinlich. Sie tanzten wie Vater und Tochter. Was ebenfalls verständlich war, obwohl er nicht ganz alt genug war, um ihr Vater sein zu können.

Aber als sie von der Tanzfläche zurückkehrten, ergriff Gisela seine Hand. Sie drückte sie, und er erwiderte den Händedruck. Als sie zum Tisch gelangten und sich trennen mußten, wußte Müller, daß Gisela gern weiter seine Hand gehalten hätte.

Gleich nach dem Abendessen ließ Müller Peis wissen, daß er gehen und seine Hure mitnehmen sollte. Peis zeigte Verständnis dafür, daß Müller scharf darauf war, mit Gisela ins Bett zu gehen. Als er sich zum Gehen erhob, gab seine Hure Gisela einen Kuß auf die Wange.

»Liebling«, sagte sie lächelnd, »ich weiß, daß wir uns noch oft sehen werden.«

Das ärgerte Müller mehr, als er zugeben wollte.

Peis knallte dann die Hacken zusammen, hob schneidig die Hand zum Nazigruß und bellte laut genug, damit jeder im Restaurant ihn hören konnte (was zweifellos seine Absicht war) »Guten Abend, Standartenführer. Heil Hitler!«

Müller erwiderte den Gruß mit einer lässigen Armbewegung.

Als Peis und seine Hure fort waren, begann Gisela zu lächeln. Müller blickte sie fragend an.

»Ich habe schon förmlicheres Grüßen gesehen«, sagte Gisela.

Sie sah ihn an. Schaute in sein Gesicht – in seine Augen. Das geschah zum ersten Mal.

»Ich glaube, ich brauche einen Weinbrand«, sagte Müller. »Kann ich etwas für dich bestellen?«

»Ich werde ebenfalls einen Weinbrand trinken, bitte«, sagte Gisela.

Der Restaurantbesitzer persönlich servierte dann Cognac, als wäre es ein Schatz. Es war eine seiner letzten beiden Flaschen, erklärte er, als er die gefüllten Cognacschwenker vor Gisela und dann Müller hinstellte.

»Vor dem Krieg trank mein Vater mit Vorliebe Cognac«, sagte Gisela, als sich der Besitzer zurückgezogen hatte.

»Dann werden wir ihm eine Flasche kaufen«, sagte Müller.

Sie strahlte vor Freude.

»Kannst du das?«

»Selbstverständlich«, sagte er. »Du hast es gehört, er hat zwei.«

Das behagte ihr nicht. Sie wirkte bestürzt.

»Wenn du ausgetrunken hast«, sagte er, »werde ich dich nach Hause bringen. Sofern du das möchtest.«

»Ich glaube, ich möchte tanzen.«

Diesmal tanzten sie nicht wie Vater und Tochter. Er spürte ihre Brüste an seinem Körper, und als Gisela ihren Kopf an seine Brust schmiegte, nahm er den Duft ihres Haars wahr.

»Ich muß mit dir reden«, sagte sie.

»In Ordnung.«

Hat sie irgendwelche Probleme? Wenn dieses Schwein Peis …

»Schickst du mich heim, Johann?« fragte Gisela.

»Ich dachte, du willst es …«

Als Antwort drückte sie wieder seine Hand.

Es ist durchaus möglich, daß Gisela lieber die Freundin eines Standartenführers ist – selbst eines alten, fett und kahl werdenden, bäuerlichen Standartenführers – als nach Peis' Pfeife zu tanzen.

Na und? Warum macht mir das was aus? Entscheidend ist doch nur, daß sie mich ranläßt.

Er tat es als Spinnerei ab, daß sie ihn vielleicht um seiner selbst willen mochte.

»Warum nehmen wir den Cognac nicht mit auf dein Zimmer?« fragte sie leise.

Sie weiß, was dort geschehen wird; das ist keine Reitgerte, die gegen ihren Schoß drückt.

Als sie in seinem Zimmer waren, ging Gisela geradewegs ins Badezimmer. Sie kam in ihrem Höschen heraus, das aus Baumwolle, praktisch und schlecht sitzend war.

Ich hätte ihr schöne Unterwäsche kaufen sollen.

Müller duschte schnell und tupfte dann etwas befangen Kölnisch Wasser auf seine Brust, unter die Arme und auf die unteren Regionen. Er wickelte ein Handtuch um die Hüften und kehrte ins Schlafzimmer zurück.

Gisela lag auf dem Bett und hatte ihr schäbiges Höschen auf eine Stuhllehne gelegt. *Sie ist nackt unter der Decke!* Sie hob Laken und Decke für ihn an.

Als er neben ihr ins Bett schlüpfte, wälzte sie sich halb auf ihn, legte ein Bein über seines und schmiegte das Gesicht an seine Brust. Er staunte über die Weichheit ihrer Haut.

»Johann«, sagte Gisela mit gedämpfter Stimme. »Ich habe BBC gehört.«

»Dafür kannst du ins Gefängnis kommen«, sagte er scherzhaft.

»Ich war nicht überrascht, als Peis mir das Radio brachte«, sagte sie.

»Was meinst du damit?«

»Gisela dankt Eric für das Radio«, zitierte sie.

»Hast du keine Angst, daß deine Nachbarn dich melden?« fragte er.

»Doch, die habe ich natürlich«, erwiderte sie. »Ich bin vorsichtig.«

»Ich glaube, du wirst nicht behelligt werden«, sagte er. »Peis hat Angst vor mir.«

»Ich sollte Angst vor dir haben«, sagte Gisela. »Aber ich habe keine. Ganz im Gegenteil.«

Er legte den Arm um sie.

»Das war eine Botschaft für dich, nicht wahr?« fragte Gisela.

»Ja, das nehmen wir an«, sagte Müller.

»Wir?«

»Je weniger du weißt, desto sicherer bist du«, sagte er. Und er wußte sofort, daß das Blödsinn war. Wenn sie geschnappt wurden, war es gleichgültig, wieviel oder wie wenig Gisela wußte. Sie würden beide sterben. Sie würden sehr langsam und sehr grausam von jemandem wie Peis getötet werden.

»Ich weiß, daß die andere Botschaft so etwas wie eine Bestätigung der ersten war.«

»Welche andere Botschaft?« fragte er.

»Es gab zwei Botschaften.«

Er schaute auf sie hinab, sah ihre Kopfhaut unter dem Scheitel und wie eine ihrer Brüste auf ihn drückte.

Er wollte nicht über Botschaften sprechen. Er wollte nur sein, wo er war, sie nackt an sich fühlen und ihren Herzschlag spüren.

Er seufzte. »Ich weiß nichts über eine zweite Botschaft«, sagte er dann. »Und ich muß davon erfahren.«

»Bübchen möchte wieder Giselas Kanu paddeln«, zitierte sie so ernst, daß er lachen mußte.

»Was heißt das?« fragte er. »Woher weißt du, daß dies für dich bestimmt ist? Was soll das mit dem Kanu bedeuten? Und *Bübchen*?«

Sie schwieg eine Weile.

»Warum hast du gelacht?« fragte sie schließlich.

»Manchmal bin ich ein Idiot«, sagte er.

»Ich war älter als Eric«, sagte sie.

»Und du hast ihn ›Bübchen‹ genannt?«

Sie nickte an seiner Brust.

»Und das Kanu? Was ist damit gemeint?«

Sie erzählte ihm vom Picknick am Ufer der Lahn am Tag vor Eric Fulmars Verschwinden aus Marburg.

Zu seiner eigenen Überraschung küßte er sie aufs Haar.

»Es ist demütigend, es dir erzählen zu müssen«, sagte Gisela.

»Warum?« sagte er. »Du bist gezwungen worden, mit ihm zusammenzusein.«

»Nicht so sehr«, sagte Gisela.

»Du hast dich in ihn verliebt?«

»So etwas war unmöglich.«

»Liebst du ihn immer noch?« fragte er und bemühte sich vergebens, es leidenschaftslos klingen zu lassen.

Gisela stemmte sich auf und schaute auf ihn hinab.

»Würdest du mir glauben, wenn ich ›nein‹ sagte?«

»Ja«, sagte er.

»Dann nein.«

»Das freut mich.«

Sie warf sich wieder in seine Arme.

»Was, zum Teufel, hat die Botschaft zu bedeuten?« fragte sie.

»Ich nehme an, eine von zwei Möglichkeiten«, sagte er. »Er – man – will entweder etwas von deinem Vater oder man will ihn, vielleicht auch euch beide, aus Deutschland herausholen.«

»Ich habe Vater gefragt, welchen Zusammenhang es mit Eric geben könnte«, sagte Gisela. »Aber er erinnert sich einfach nicht an ihn.«

»Ich werde das klären müssen«, sagte er.

»Mit meinem Vater?«

»Ja.«

»Er tut so, als wüßte er nichts über Peis«, sagte Gisela. »Ich weiß nicht, wie er reagieren wird, wenn du im Haus auftauchst.«

»Das werden wir herausfinden müssen«, sagte er.

Sie verfielen in Schweigen.

Zwei Minuten später sagte Müller: »Du bist die schönste Frau, die ich jemals kennengelernt habe.«

»Das ist ein großes Kompliment«, sagte Gisela.

»Wenn Männer große Komplimente machen, wollen sie für gewöhnlich etwas.«

Er spürte, wie Hitze in seine Wangen stieg.

»Heißt das, daß du es mit mir tun willst?« fragte Gisela.

»Deswegen habe ich das nicht gesagt«, erwiderte er gekränkt. »Aber ja, ich will es«, fügte er fast trotzig hinzu.

»Gut«, sagte sie, richtete sich auf und schaute wieder auf ihn hinab. »Ich habe schon befürchtet, du würdest mir einschlafen.« Sie sah seine Miene. »Warum bist du so überrascht?«

»Ich weiß es nicht«, sagte er. »Aber ich bin es. Ich hatte nie – Erfolg – bei Frauen.«

»Bei dieser hast du welchen«, sagte Gisela und ergriff seine Hand. »Siehst du es? Spürst du es?«

2

Burgweg 12
Marburg an der Lahn

18. Januar 1943, 10 Uhr

Niemand wußte genau, wie alt der Burgweg war. Vermutlich war er schon dagewesen, bevor die Burg errichtet worden war. In den Reiseführern stand, daß die Burg ›ungefähr Anno Domini 900 um einen früheren Wachtturm herum‹ erbaut worden war.

Die Kopfsteinpflasterstraße war steil. Und glatt, weil sie jetzt mit einer dünnen Schneeschicht bedeckt war. Müllers Opel Admiral rutschte mit dem Heck hin und

her, und oftmals streiften die Reifen auf der Gefäll-
strecke hügelabwärts gegen den Bordstein.

Die Häuser waren von der Hügelkuppe an nach
unten numeriert. Fast am Burgtor fuhr Müller vorsichtig mit den rechten Rädern über den Bordstein und
hielt an. Der große Wagen stand nun zur Hälfte auf der
Straße, und die Schnauze berührte fast ein Verkehrs-
schild, das absolutes Halteverbot anzeigte.

Müller war unbesorgt. Nur wenige Polizisten würden auch nur mit dem Gedanken spielen, dem Fahrer
eines Opel Admiral einen Strafzettel auszustellen. Keiner würde kühn genug sein, um sich diesen Wagen
zweimal anzuschauen. Müllers Opel Admiral hatte
nicht nur ein Berliner Kennzeichen, sondern auch einen
kleinen Aufkleber auf dem Nummernschild, der anzeigte, daß dieses Fahrzeug ein Dienstwagen des
Sicherheitsdienstes der Schutzstaffel war.

Müller nahm den Zündschlüssel aus dem Schloß,
zog die Handbremse an, stieg aus und ging schnell
um das Wagenheck herum, um Gisela die Beifahrertür
zu öffnen. Als er dort eintraf, hatte sie die Tür bereits
geöffnet und schwang ihre Beine aus dem Wagen, vorsichtig, weil der Wagen so nahe an der Hauswand
stand. Ihr Mantel war aufgeklafft, ihr Rock war hoch-
gerutscht und oberhalb der Seidenstrümpfe, die er ihr
von Berlin mitgebracht hatte, war weiße Haut zu
sehen.

Sie ist verdammt schön! dachte er.

»Danke, es geht«, sagte Gisela. Sie richtete sich auf,
stützte sich am Wagen und schob sich zwischen Auto
und Hauswand hindurch zu ihm. In der Hand hielt sie
eine Flasche, die mit Papier umwickelt war. Der Besitzer des Kurhotels hatte dem Herrn Standartenführer
eine seiner beiden Flaschen Courvoisier geschenkt.

»Warte«, sagte Müller. »Da ist noch mehr.«

Gisela hob fragend die Augenbrauen und sah ihn neugierig an.

Er öffnete den Kofferraum und nahm einen großen Karton heraus.

»Was ist das?« fragte Gisela.

»Es sind ein paar kleine Dinge, die ich in Berlin für dich eingepackt habe«, sagte er.

Sie blickte ihn mit einem herzlichen Funkeln in den Augen an. »Danke«, sagte sie bewegt. »Vielen Dank.«

Sie mag mich!

Als sie die Halle des alten Hauses betraten, wurde eine Tür einen Spaltbreit geöffnet, und ein Auge spähte hinaus.

Peis' Schnüfflerin im Haus, sagte sich Müller.

Er folgte Gisela die Treppe hinauf und wartete auf die Antwort auf ihr Klopfen.

Obwohl Müller Friedrich Dyers Dossier sorgfältig gelesen hatte, war der Professor anders, als er gedacht hatte. Er hatte einen Gelehrtentyp erwartet, einen geistesabwesenden Professor in verknitterter und ausgebeulter Kleidung. Dyer war groß, hielt sich sehr aufrecht und hatte volles, leicht gelocktes Haar. Müller sagte sich, daß es irgendwann einen Ungarn unter Dyers Ahnen gegeben hatte. Vielleicht erklärte das seine Rebellion …

»Heil Hitler!« sagte Professor Dyer und hob den Arm.

»Heil Hitler«, murmelte Müller. Er betrat die Wohnung, und Gisela schloß die Tür hinter ihnen.

»Vater«, sagte Gisela, »dies ist Standartenführer Müller.«

»Guten Tag, Herr Standartenführer«, sagte Dyer förmlich, weder kühl noch herzlich. Aber seine Augen zeigten Verachtung und Scham zugleich, wie Müller sah.

Weil seine Tochter mit einem SS-Führer des Sicherheits-

dienstes zusammen ist? Oder weil er den Mann kennenlernt,
in dessen Bett seine Tochter die Nacht verbracht hat?

»Es freut mich, Ihre Bekanntschaft zu machen, Professor«, sagte Müller. »Sobald mich Ihre charmante Tochter von dieser Last befreit, werde ich Ihnen die Hand geben.«

Gisela lachte leise. Ihr Vater nickte kaum wahrnehmbar, lächelte jedoch nicht.

»Was ist in dem Karton, Johann?« fragte Gisela.

»Ich glaube, es sollte in den Kühlschrank gelegt werden«, sagte er.

Gisela öffnete den Karton.

»Mein Gott!« stieß sie dann hervor. »Wo hast du all das gefunden?«

»Gibt es einen Kühlschrank?«

»Wir haben einen Eisschrank«, sagte sie.

»Ich werde veranlassen, daß Peis dir einen Kühlschrank bringt«, sagte Müller, ohne zu denken.

»Nein«, lehnte Gisela schnell ab.

»Wir kommen ganz gut mit unserem alten Eisschrank zurecht«, sagte Dyer. »Trotzdem dankeschön«, fügte er hinzu, aber es bestand kein Zweifel, daß es nicht ehrlich gemeint war.

»Professor, ich bin als Freund hier«, sagte Müller.

»Davon bin ich überzeugt«, sagte Dyer sehr vorsichtig. Er lächelte. Aber es war ein gekünsteltes Lächeln, und sein Blick war mißtrauisch. Und verächtlich.

Müller hatte eine plötzliche Erkenntnis: *Ich könnte zwölf Stunden lang auf Dyer einreden, und er würde immer noch feindselig sein.*

»Würden Sie einen Moment herkommen, Professor?« sagte Müller, ergriff Dyer am Arm und führte ihn in die Küche. Er ging zum FEG-Volksradio, schaltete es ein und stellte den Ton laut. Dann drehte er den Wasserhahn über dem Spülbecken an.

Gisela blickte ihn besorgt und neugierig zugleich an. Er legte die Hände auf ihre Arme und zog sie an sich, um ihr ins Ohr zu flüstern.

»Peis hat hier vielleicht Wanzen angebracht«, raunte er. »Wenn du hier reden mußt, solltest du sicherstellen, daß das Radio an ist und Wasser läuft. Es wäre besser, wenn ihr im Wald oder einem Park redet. Nicht in der Nähe eines Sees.«

Sie nickte.

Er winkte Professor Dyer zu sich und neigte den Mund dicht zu seinem Ohr.

»Ihre Tochter wird Ihnen sagen, was los ist«, flüsterte er. »Hören Sie ihr gut zu. Und schweigen Sie über alles, was Sie erfahren, oder wir werden alle hingerichtet werden.«

Der Professor blickte ihn verwirrt an. Müller ging zu Gisela zurück.

»Erzähle ihm, was du weißt. Und mach ihm klar, wie gefährlich dies ist. Finde heraus, was du kannst. Alles ist wichtig. Auch bloße Vermutungen, einfach alles.«

Gisela nickte, und als sie ihm ins Ohr flüsterte, spürte er ihren warmen Atem.

»Gehst du? Jetzt? Warum?«

»Er hat sich entschieden, mich nicht zu mögen«, erwiderte er. »So würde er mir nicht glauben. Du mußt ihn dazu bringen.« Er schaute ihr in die Augen, bis sie verständnisvoll und zustimmend nickte. Dann fügte er hinzu: »Und ich muß nach Berlin zurückfahren.«

Er widerstand der Versuchung, sie zu küssen, und zog sich zurück.

Dann drehte er den Wasserhahn zu und stellte das Radio leiser.

»Es war mir ein Vergnügen, Sie kennenzulernen, Professor «, sagte er. »Ich freue mich darauf, Sie bald wiederzusehen. Und ich werde mit dir Kontakt aufnehmen, meine liebe Gisela, sobald es mein Dienst erlaubt.« Er schwieg kurz und rief dann laut: »Heil Hitler und auf Wiedersehen!«

Er schaute Gisela noch einmal in die Augen, bevor er sich abwandte und die Wohnung verließ.

Als er fast an der Haustür war, holte Gisela ihn ein.

»Johann!«

Sie schlang die Arme um ihn.

Die Zimmertür wurde einen Spaltbreit geöffnet, und Peis' Schnüfflerin spähte heraus.

Müller erlag der Versuchung, ihr etwas zum Melden zu geben. Er küßte Gisela auf den Mund, legte eine Hand auf ihren Po und preßte sie an sich.

Er küßte sie länger als beabsichtigt und zärtlicher. Dann ging er zu seinem Wagen hinaus.

Als er am Haus vorbeifuhr, dachte er: *Ich benehme mich bei dieser Frau wie ein Schuljunge. Ich muß aufpassen. Die Liebe bilde ich mir vermutlich nur ein, und Gefühle sind immer gefährlich.*

Doch dann dachte er: *Morgen nach dem Mittagessen mit von Hürten-Mitnitz werde ich ihr schwarze französische Unterwäsche aus Seide kaufen. Und auch französisches Parfum.*

3

Außenministerium
Berlin

Die Situation hatte etwas Unwirkliches, und Helmut von Hürten-Mitnitz fühlte sich wie in einem Traum.

Doch es war die Realität.

Als er am Morgen sein Büro betreten hatte, war er informiert worden, daß sich Reichsminister für auswärtige Angelegenheiten Joachim von Ribbentrop freuen würde, wenn er, von Hürten-Mitnitz, ihm beim Mittagessen in seinem privaten Eßzimmer Gesellschaft leisten würde.

»Ich habe mir erlaubt, Herr Minister, dem Adjutanten des Herrn Reichsministers zu sagen, daß meines Wissens nichts in Ihrem Terminplan Sie daran hindert, die Einladung anzunehmen«, sagte Fräulein Ingeborg Schermann.

»Da haben Sie genau das Richtige gesagt, Fräulein Schermann«, lobte von Hürten-Mitnitz. »Danke. Um welche Uhrzeit?«

»Dreizehn Uhr dreißig, Herr Minister.«

Er hatte noch etwas über vier Stunden Zeit gehabt, um sich zu überlegen, wie er das Treffen mit von Ribbentrop abwickeln sollte.

Er und von Ribbentrop hatten viele Gemeinsamkeiten, diesen Anschein hatte es jedenfalls oberflächlich betrachtet. Sie waren beide Aristokraten und Berufsoffiziere im diplomatischen Dienst. Von Ribbentrop war einst Handelsattaché an der deutschen Botschaft in

Ottawa gewesen, während Helmut von Hürten-Mitnitz als Attaché in New Orleans fungiert hatte. Und von Ribbentrop hatte sich wie der Graf von Hürten-Mitnitz früh innerlich vom Nationalsozialismus und dem Führer abgewandt.

Unter der Oberfläche gab es jedoch wesentliche Unterschiede. Joachim von Ribbentrops Ahnentafel im Almanach von Gotha war nicht annähernd so vornehm, wie von Ribbentrop es den Leuten gern weismachte. Und er war auch nicht annähernd ein so geschickter und erfahrener Diplomat, wie er dachte. Wie Müller war er über seine Fähigkeiten hinaus befördert worden, weil er nicht nur vertrauenswürdig, sondern auch ein alter und somit verdienter Parteigenosse war. Selbst Helmut von Hürten-Mitnitz' Bruder brachte von Ribbentrop ein gewisses Maß an Verachtung entgegen.

Seit seiner Rückkehr nach Berlin war Helmut von Hürten-Mitnitz von Ribbentrop aus dem Weg gegangen. Und von Ribbentrop hatte ihn ebenso gemieden, bis offenkundig wurde, daß man ihm keine Schuld an der amerikanischen Invasion Marokkos geben konnte.

Als von Hürten-Mitnitz zum Mittagessen mit von Ribbentrop eingeladen wurde, dachte er als erstes, daß es etwas mit dem Bericht über die Falschheit der Franzosen in Marokko zu tun hatte. Dieser Bericht war immer noch nicht fertig, weil von Hürten-Mitnitz überhaupt nicht daran gearbeitet hatte.

Aber die Frage nach dem Bericht hätte von Ribbentrop am Telefon stellen können.

Helmut von Hürten-Mitnitz hatte keine Ahnung, was auf ihn zukommen würde, als er sich um 13 Uhr 20 bei von Ribbentrops Empfangsdame meldete.

415

Die Empfangsdame informierte ihn, daß der Reichsminister beschäftigt war, und bot ihm einen Stuhl, Kaffee und eine Zeitschrift an.

Um 13 Uhr 25 wurde die Eingangstür aufgestoßen, und SS-Gruppenführer und General der Polizei Ernst Kaltenbrunner, Chef des Reichssicherheitshauptamtes (RSHA) der SS, marschierte gefolgt von einem Adjutanten in den Empfangsraum, nickte kurz von Ribbentrops Empfangsdame zu, schob die bis zur Decke reichende Schiebetür zu von Ribbentrops Büro auf und trat ein.

Kaltenbrunner war körperlich ein beeindruckender Mann. Er war ein Zweimetermann mit entsprechendem Gewicht und hatte eine auffallende Narbe von einem Säbelhieb an der Wange.

Sein Adjutant setzte sich neben von Hürten-Mitnitz, bedachte ihn mit einem neugierigen Blick und nahm sich dann eine der Zeitschriften.

Zwei Minuten später trat ein Offizier in SS-Uniform aus von Ribbentrops Büro.

»Der Herr Reichsminister wird Sie jetzt empfangen, Herr von Hürten-Mitnitz«, sagte er.

Weder von Ribbentrop noch Kaltenbrunner waren in von Ribbentrops Büro. Der SS-Führer brachte von Hürten-Mitnitz zu von Ribbentrops privatem Eßzimmer. Es war ein langer, schmaler Raum mit Blick auf den Innengarten. Der Ausblick war ähnlich dem aus von Hürten-Mitnitz' Büros, zwei Etagen höher und weiter südlich.

»Mein lieber Helmut«, sagte von Ribbentrop und wandte sich von Hürten-Mitnitz zu. »Es freut mich, daß Sie Zeit hatten.«

Er ging zu ihm und reichte ihm die Hand. Von Ribbentrop war von durchschnittlicher Größe und hatte braunes Haar. Sein Teint war blaß und wirkte ungesund. Sein Händedruck war fest, aber das war anscheinend nur Gehabe.

»Es war sehr nett von Ihnen, mich einzuladen«, sagte von Hürten-Mitnitz.

»Sie kennen natürlich den General.«

In Wirklichkeit war von Hürten-Mitnitz Kaltenbrunner niemals formell vorgestellt worden.

»Schön, Sie wiederzusehen, General«, sagte von Hürten-Mitnitz. Kaltenbrunner zerquetschte fast von Hürten-Mitnitz' Hand mit seiner großen, narbigen Hand.

»Ich komme stets, wenn ich eingeladen werde«, sagte Kaltenbrunner. »Ribbentrop hat den besten Küchenchef in Berlin.«

Der lange, polierte Mahagonitisch bot Platz für zwanzig Personen, aber nur drei Plätze waren gedeckt. Gestärkte weiße Platzdeckchen waren an einem Ende ausgelegt. Und dort standen langstielige Kristallgläser, ein beeindruckendes Sortiment von Tafelsilber mit erhaben gearbeitetem Hakenkreuz in den Griffen der Bestecke und kunstvoll gefaltete Servietten auf großen weißen Tellern mit Goldrand.

Fünfhundert Meter von hier und in ganz Deutschland hungern Menschen, dachte von Hürten-Mitnitz.

Ein großer, gutaussehender SS-Mann mit gestärkter weißer Jacke anstelle eines Uniformrocks näherte sich mit einem Tablett, auf dem drei kristallene Schnapsgläser standen.

»Ich nehme an, ein Aperitif ist immer angebracht«, sagte von Ribbentrop. »In diesem Fall habe ich um Pflaumenbranntwein aus Ungarn gebeten. Ich hielt ihn unter den gegebenen Umständen für passend.«

Nun, das erklärt es. Ich werde zur Botschaft in Budapest befohlen. Weil ich angedeutet habe, daß ich dorthin will? Oder weil mein Bruder es vorgeschlagen hat? Oder einfach weil ich ein Minister bin, der sein Portefeuille verloren hat und es einen entsprechenden freien Posten in Budapest gibt? Aber warum das private Mittagessen? Und was hat Kaltenbrunner damit zu tun?

Sie nahmen die Gläser.

»Auf den Führer!« sagte Kaltenbrunner feierlich, und von Hürten-Mitnitz und von Ribbentrop plapperten den Toast nach.

»Ich habe dem General von dem Bericht erzählt, den Sie für den Führer vorbereiten«, sagte von Ribbentrop. »Sie machen damit Fortschritte, nicht wahr?«

Ah, der Bericht. Ist das nur eine noch zu erledigende Kleinigkeit, bevor ich fortgehe? Oder ist das der Grund meiner Versetzung?

»Ich sehe seiner Vollendung entgegen«, sagte von Hürten-Mitnitz.

»Dann versetzen wir Sie ja zu einem günstigen Moment«, sagte von Ribbentrop.

»Dieser Bericht klingt nach einem von Goebbels' ›Wutauslösern‹«, sagte Kaltenbrunner.

»General?« Helmut von Hürten-Mitnitz blickte Kaltenbrunner verständnislos an.

Von Ribbentrop gab die Erklärung: »Der General nimmt an, und er hat mit dieser Theorie vermutlich recht, daß der Führer in bester Form ist, wenn er in Wut gerät. Folglich versucht der gute Doktor mindestens drei Ereignisse pro Woche zu planen, die unseren Führer bestimmt wütend machen.«

»Und dieser Bericht von Ihnen würde einer dieser Wutauslöser sein«, sagte Kaltenbrunner. »Ich hingegen stehe auf dem Standpunkt, je weniger dem Führer über Afrika oder die Franzosen gesagt wird, desto besser.«

Zwei gutaussehende, blonde, junge SS-Männer kamen in das Speisezimmer. Einer schob einen Servierwagen. Er stellte ihn neben Kaltenbrunner ab, so daß der zweite Mann aus einer silbernen Terrine Pilzsuppe schöpfen und Kaltenbrunners Teller füllen konnte. Dann wurde der Servierwagen zu von Hürten-Mitnitz gerollt, und er wurde bedient. Schließlich war von Ribbentrop an der Reihe. Danach schenkte einer der Kellner Wein ein, 37er Bernkasteler, wie von Hürten-Mitnitz erfuhr.

Von Ribbentrop schaute von Hürten-Mitnitz an. »Helmut, ich befürchte, Sie werden einige Probleme mit unseren ungarischen Freunden haben. Es wurde vorgeschlagen, Sie dort runter zu schicken, um zu sehen, was Sie dagegen tun können. Der General und ich würden gern hören, wie Sie darüber denken.«

»Das kommt ganz darauf an, Herr Reichsminister«, sagte von Hürten-Mitnitz.

»Wie soll ich das verstehen?« fragte Kaltenbrunner.

»Auf die Art des Problems und ob ich etwas Gutes bewirken kann oder nicht. Oder möchten Sie mich nur aus dem Weg haben, damit mein Bericht über die Franzosen nicht den Führer erreicht?«

Kaltenbrunner schnaubte. Joachim von Ribbentrop blickte zu ihm, um zu sehen, ob er belustigt oder ärgerlich war. Als er ihn lächeln sah, lachte von Ribbentrop.

»Die Art des Problems heißt Horthy«, sagte Kaltenbrunner und bezog sich damit auf den ungarischen Reichsverweser.

Helmut von Hürten-Mitnitz hob die Augenbrauen.

»Ich würde das Problem als Ungarn bezeichnen, anstatt den Admiral hervorzuheben«, sagte von Ribbentrop. »Die Ungarn haben Zweifel über ihre Allianz mit uns.«

»Wenn die Frage unangebracht ist, verzeihen Sie mir bitte«, sagte von Hürten-Mitnitz. »Aber gibt es da irgend etwas Konkretes?«

»Ja, das gibt es«, sagte Kaltenbrunner. Er schaute von Ribbentrop an. »Gibt es einen Grund, weshalb ich nicht über Voronez* sprechen sollte?

Joachim von Ribbentrop schüttelte den Kopf.

»Seit Hunderten von Jahren, von Hürten-Mitnitz, waren die Ungarn hervorragende Kämpfer. Natürlich unter der österreichisch-ungarischen Monarchie. Man könnte annehmen, daß sie, versehen mit der modernsten deutschen Ausrüstung, in der Lage sein würden, sich mindestens allein gegen die Russen zu behaupten.«

Dann gab er sachlich einen ziemlich detaillierten Bericht vom Widerstreben der Ungarn, die Russen bei Voronez anzugreifen, bis zu der Zahl von Panzern und Kanonen, die an den Feind verlorengingen.

»Und ich kann nicht glauben«, schloß Kaltenbrunner, »und Ribbentrop ist da meiner Meinung, daß ihre ranghohen Offiziere sich so verhalten hätten, wenn es Ihnen nicht von Horthy befohlen worden wäre. Oder von jemandem, der Horthy sehr nahesteht. Sozusagen mit seinem Segen.«

Helmut von Hürten-Mitnitz sagte, was von ihm erwartet wurde: »Dann sollten die Offiziere erschossen und die Männer zurück an die Front gezwungen werden.«

»Der Führer hält das für unklug«, sagte von Ribbentrop. »Er meint, wenn die Ungarn begreifen, daß die Alternative zu einer Allianz mit den Deutschen nicht Neutralität und Frieden ist, sondern Versklavung durch die Bolschewiken, werden sie kämpfen und sich ihrer Tradition würdig erweisen.«

---

* Im Januar 1943 wurde eine 200.000 Mann starke ungarische Streitmacht durch die Russen bei Voronez in Marsch gesetzt. Es gab relativ wenige Verluste, und ein Rückzug war erfolgreich, doch die Ungarn verloren praktisch alle Panzer, Artillerie und andere Waffen.

»Vielleicht hat er recht«, sagte von Hürten-Mitnitz.

»Und vielleicht auch nicht«, sagte Kaltenbrunner. Helmut von Hürten-Mitnitz war überrascht über Kaltenbrunners Offenheit. Nur wenige Personen würden es wagen, Adolf Hitler eines Irrtums zu bezichtigen. Und an diesem Punkt kommen Sie ins Spiel, von Hürten-Mitnitz.«

»Ich verstehe nicht ganz«, sagte von Hürten-Mitnitz.

»Reichsmarschall Göring, Dr. Goebbels und einige andere reisen nach Budapest, um Admiral Horthy gut zuzureden«, sagte von Ribbentrop. »Und sie werden zweifellos mit einer erneuerten festen Zusage für eine Allianz von Horthy zurückkehren. Ein neuer Botschafter wird ernannt werden. Weil Göring und Goebbels ihn ernennen werden – nicht die Berufsdiplomaten, Helmut, da wir kleinen Beamten offenbar bei unserer Arbeit versagt haben –, bezweifle ich, daß sie melden werden, daß die Ungarn in dem Moment, in dem sie ihnen den Rücken zugewandt haben, wieder versucht haben, ihre Haut zu retten.«

»Verzeihen Sie mir, wenn ich anscheinend vorgreife, aber wenn ich dort wäre, würde man mir ebenfalls nicht glauben.«

»Natürlich würden Ihnen Göring und Goebbels nicht glauben«, sagte von Ribbentrop. »Ebensowenig, wie man Ihnen nicht geglaubt hat, als Sie vor einer amerikanischen Invasion Nordafrikas gewarnt haben.«

»Aber der Führer würde Ihnen glauben«, sagte Kaltenbrunner. »Wenn wir ihn daran erinnert haben, daß Sie der Mann sind, auf den niemand in puncto Nordafrika gehört hat.«

»Ich verstehe«, sagte von Hürten-Mitnitz. Er verstand ihre Gedankengänge und begriff auch, daß er leicht erschossen werden konnte, wenn er tat, was sie von ihm verlangten.

»Ich werde Sie zum Ersten Sekretär der Botschaft ernennen, Helmut«, sagte von Ribbentrop. »Sie haben den Rang für den Posten und die Erfahrung. Es wird keinen Einwand von irgendeiner Stelle geben. Und dann tun Sie genau das, was Sie in Marokko getan haben. Abgesehen davon, daß Sie *mir* direkt Ihre Gedanken mitteilen. Diesmal werden Sie nicht ignoriert werden. Ich werde sie mit dem General teilen, und wenn die Zeit reif ist, werden wir sie dem Führer unterbreiten.«

»Es würde meine Position gegenüber dem Botschafter schwieriger machen«, wandte von Hürten-Mitnitz ein.

»Deutschlands Position, von Hürten-Mitnitz, ist schwierig«, sagte Kaltenbrunner.

»Ihr Mann in Marokko, General«, sagte von Hürten-Mitnitz, »Standartenführer Müller, war dort sehr wertvoll für mich. Es wäre hilfreich ...«

»Sie können über ihn verfügen«, sagte Kaltenbrunner.

»Dann kann ich nur sagen, daß ich mich geehrt fühle, weil Sie mir diese Verantwortung übertragen.«

»Von Leuten wie uns hat man seit Jahrhunderten verlangt, größere Verantwortung für Deutschland zu übernehmen«, sagte von Ribbentrop.

Und dann trat er von Hürten-Mitnitz auf den Fuß.

Von Hürten-Mitnitz erschrak und schaute ihn an.

»Verzeihen Sie, mein lieber Freund«, sagte von Ribbentrop. »Ich hatte vor, auf den verdammten Rufknopf zu treten, damit die Kellner servieren. Ich wollte sie nicht während dieses Teils der Unterhaltung hier haben.«

Und sofort tauchten die beiden gutaussehenden SS-Männer auf, diesmal mit Kalbsmedaillons in Zitronen-Buttersauce, Kartoffeln Anna und *haricots verts*.

Als von Hürten-Mitnitz in sein Büro zurückkehrte, erklärte er Fräulein Schermann, daß er nicht von jemand weniger wichtigem als dem Reichsminister persönlich gestört werden wollte. Er brauchte jetzt wirklich Zeit zum Nachdenken, um aus dem surrealen Traum herauszukommen.

Denn er glaubte immer noch zu träumen. Das lag nicht nur an seinem neuen Posten oder dem köstlichen Essen oder der Erkenntnis, daß ihm, einem amerikanischen Agenten, soeben der Reichsminister für auswärtige Angelegenheit und der Leiter des SS-Reichssicherheitsamtes ihr Vertrauen versichert hatten.

Er hatte gestern abend einen Empfang in der argentinischen Botschaft besucht. Als er seinen Hut und Mantel von der Garderobe geholt und die Hand in die Manteltasche gesteckt hatte, war eine Postkarte darin gewesen, die vor seinem Besuch der Botschaft nicht darin gewesen war.

Er hatte warten müssen, bis er zu Hause gewesen war und sich die Postkarte hatte ansehen können.

Es war eine Schwarzweißzeichnung einer Kirche in Budapest, genauer gesagt von der Sankt Anna Kirche auf der Ebene zwischen Fuß und Schloß in Buda.

Die Adresse war verschmiert und unleserlich, doch die Botschaft war klar, selbst unter dem purpurfarbenen Stempel der Zensur.

»Hoffe, dich und F. und G. zu sehen. Hier und sehr bald. Werde anrufen. Herzlichst, Eric.«

Er hatte einen Moment gebraucht, bis er sicher gewesen war, was das hieß. Aber es war wirklich ganz klar. Es wurde von ihm erwartet, daß er irgendwie Friedrich Dyer und dessen Tochter Gisela aus Marburg zur St. Anna Kirche in Budapest brachte. Jemand würde ihn anrufen und ihm sagen, wann.

Fulmar selbst? Oder diente ›Eric‹ nur zu Identifikation?

Und warum wollten die Amerikaner Dyer haben? Was wußte er, das all diese Mühe und das Risiko rechtfertigte? Und wo würde er – oder Müller – Reisedokumente für die Dyers auftreiben können?

Jetzt schien das fast Unmögliche unglaublich leicht zu sein. Er und Müller würden die Dyers einfach in Müllers Wagen einladen. Niemand würde einen Wagen stoppen, in dem ein SS-Standartenführer und der neu ernannte Erste Sekretär der deutschen Botschaft saßen.

Von Hürten-Mitnitz überlegte ernsthaft, ob er nicht tatsächlich träumte, und er biß sich in die Hand, um festzustellen, ob ihn das aufweckte.

Das Telefon der Leitung aus dem Vorzimmer summte.

»Verzeihen Sie, Herr Minister«, sagte Fräulein Schermann, »aber Standartenführer Müller ist hier und besteht darauf, Sie zu sprechen.«

»Bitten Sie den Standartenführer zu mir, Fräulein Schermann«, sagte von Hürten-Mitnitz.

Als Müller das Büro betrat, begannen die Luftschutzsirenen zu heulen.

4

**MATS Abflughalle für Passagiere
Croydon Field, London**

21. Januar 1943

Als Captain Herzogin von Stanfield versuchte, Captain James M.B. Whittaker an dem Angestellten vorbei zu folgen, der Marschbefehle und Reisegenehmigungen überprüfte, trat ihr ein Sergeant der Militärpolizei des Air Corps in den Weg.

»Verzeihung, Ma'am«, sagte er. »Nur Passagiere dürfen hier durch.«

Captain Herzogin von Stanfield blickte niedergeschlagen Captain Whittaker nach, der um eine Ecke bog und außer Sicht verschwand. Dann schaute sie über die Schulter zu Dick Canidy, der mit Ann Chambers und Agnes Draper vor der Abfertigungshalle stand. Sie hatten sich von Whittaker im Wagen verabschiedet, damit er und die Herzogin ein paar Minuten in dem Gebäude allein sein konnten.

Canidy ging schnell zu ihr. Als er sah, daß Whittaker verschwunden war, begannen seine Augen zu tränen, und er glaubte, einen Kloß in der Kehle zu haben.

»Was ist los, Sergeant?« fragte er mit belegter Stimme.

»Nur Passagiere dürfen in den Warteraum, Sir«, sagte der MP.

Canidy zog ein kleines Lederetui aus der Tasche seines Uniformrocks. Er zeigte es dem Sergeant.

»Es geht in Ordnung, daß der Captain in den Warteraum geht«, sagte er.

Dem Sergeant der Militärpolizei waren Muster von OSS-Ausweisen gezeigt worden, aber er hatte noch nie ein echtes Exemplar gesehen. Er war beeindruckt, aber das reichte ihm nicht.

»Bedaure, Major«, sagte er, »aber damit dürfen Sie oder der Captain nicht passieren.«

»Verdammt, dann ziehen Sie eben Ihre Pistole und schießen uns in den Rücken. Wir gehen dort rein.« Canidy ergriff die Herzogin am Arm und schob sie an dem Sergeant vorbei.

Der Sergeant wurde rot vor Wut. Er zog weder seine Pistole, noch versuchte er gewaltsam, den Major mit dem OSS-Ausweis oder den englischen weiblichen Captain zurückzuhalten. Statt dessen machte er sich auf den Weg zum Terminal-Offizier, um ihm den Vorfall zu melden.

Die beiden gingen dann schnell in den Raum, in dem die abreisenden Passagiere warteten, während die Passagierliste getippt wurde. Das war der letzte Schritt, bevor das Flugzeug beladen wurde, das letzte Aussortieren von Prioritäten, um festzulegen, wer mitfliegen würde und wer auf den nächsten Flug warten mußte.

Als der Terminal-Offizier den OSS-Major und den englischen weiblichen Captain fand, standen sie mit einem Captain des Air Corps und zwei RAF-Offizieren, einer davon ein Air Vice Marshal, der andere ein Air Group Commander, zusammen. Der Terminal-Offizier legte dem MP-Sergeant eine Hand auf die Schulter. Ein Air Vice Marshal war das britische Gegenstück zu einem amerikanischen Lieutenant General. Es war besser, keinen Wirbel zu machen, wenn drei Sterne im Spiel waren.

»Verzeihen Sie, Eure Hoheit«, sagte der Air Vice Marshal, »aber ich bilde mir ein, ein alter Freund des Duke zu sein. Haben Sie etwas von ihm gehört?«

»Nein«, sagte Captain Herzogin von Stanfield. »Nicht das geringste, muß ich leider sagen.«

»Er wird wieder auftauchen«, sagte der Air Vice Marshal. »Sie werden es erleben. Tapferer Mann, der Duke. Einfallsreich.«

»Ja«, sagte Captain Herzogin Stanfield und blickte zu Captain James M.B. Whittaker.

Das Thema, daß ihr Ehemann vermißt wurde, war ein wenig peinlich. Der Air Vice Marshal ging schnell zu etwas anderem über.

»Ich nehme an, Sie fliegen nicht mit uns, Major?« sagte er zu Canidy.

»Stimmt«, sagte Canidy kurz angebunden.

»Und wie weit fliegen Sie, Captain – Whittaker, nicht wahr?«

»Bis nach Brisbane«, sagte Whittaker.

»Nun, dann werden wir bis Neu-Delhi bei Ihnen sein«, sagte der Air Vice Marshal.

»Das wird nett sein«, sagte Whittaker und schaute der Herzogin in die Augen. »Vielleicht können wir Karten oder sonstwas spielen.«

»Darf ich um Ihre Aufmerksamkeit bitten«, ertönte eine Stimme aus dem Lautsprecher. »Das Flugzeug wird beladen. Die Passagierliste wird nach der Reisepriorität erstellt, nicht nach dem Rang, also achten Sie bitte darauf. Wenn ich Ihren Namen aufrufe, melden Sie sich, nehmen Ihr Handgepäck, gehen zur Tür und überprüfen in der Passagierliste, ob wir Ihren Namen, den Dienstgrad und die Nummer der Erkennungsmarke richtig geschrieben haben. Dann gehen Sie an Bord des Flugzeugs.«

»Sieht aus, als ginge es los«, sagte der Air Vice Marshal.

»Whittaker, James M.B., Captain, Army Air Corps«, dröhnte es aus dem Lautsprecher.

»Ja«, rief Whittaker. Er blickte Canidy an und sah dann Captain Herzogin von Stanfield an.

»Gott sei mit Ihnen, Captain Whittaker«, sagte Captain Herzogin von Stanfield und reichte ihm die Hand.

»Danke für die Verabschiedung«, sagte Captain Whittaker, als er ihr die Hand schüttelte.

»Nicht der Rede wert«, sagte die Herzogin von Stanfield. »Und lassen Sie von sich hören.«

»Selbstverständlich«, erwiderte Whittaker und ließ ihre Hand los. Captain Herzogin von Stanfield nahm fast Grundstellung ein, und ihre Miene war starr.

»Nun, Dick«, begann Whittaker. Seine Stimme klang gepreßt.

Canidy sagte: »Versuche nicht in eine mit Steinen gefüllte Wolke zu fliegen.« Und dann umarmte er Whittaker und flüsterte ihm ins Ohr: »Wenn jemand sie auch nur schief ansieht, werde ich ihm die Eier abschneiden.«

Whittaker löste sich aus der Umarmung.

»Tun Sie das, Major, Sir«, sagte er. Und dann nahm er sein Handgepäck und machte sich auf den Weg, um an Bord der Maschine zu gehen.

Canidy ergriff Captain Herzogin von Stanfield am Arm, und sie marschierten auf fast militärische Weise aus dem Passagier-Terminal.

Sergeant Agnes Draper, WRAC, sah sie kommen und öffnete die Tür des Packard.

»Ich werde fahren, Agnes«, sagte Canidy und forderte sie mit einer Geste auf, mit der Herzogin auf dem Rücksitz Platz zu nehmen. Er setzte sich hinters Steuer und ließ die Trennscheibe herunter. Ann Chambers schlüpfte auf den Beifahrersitz.

»War es hart?« fragte sie.

»Es war ein alter Kumpel von dem Duke dort«, sagte Canidy. »Sie konnten sich zum Abschied nur die Hand geben.«

»Mein Gott!« sagte Ann.

»Kopf hoch und all diesen Scheiß«, sagte Canidy.

»Warum bringen wir sie nicht irgendwohin? Würde das helfen?«

»Ich habe andere Pläne«, sagte Canidy.

»Tatsächlich?« fauchte Ann ihn an.

Canidy blickte zu ihr.

»Ich werde jetzt Fulmar suchen und ihm erzählen, welch interessante Dinge wir geplant haben, damit er sich nicht langweilt.«

»Zum Beispiel?« fragte Ann. Und dann verstand sie. Sie ergriff seine Hand. »Ich nehme an, ich bin ein egoistisches Weib. Ich dachte soeben, besser er als du.«

XIII

I

OSS-Station London
Berkeley Square

21. Januar 1943, 21 Uhr

David Bruce mußte zugeben, daß Dick Canidy so gut wie er selbst Probleme in den Griff bekam und sie phantasievoll zu lösen verstand. Aber es gab einen Unterschied: Canidy ließ Gefühle bei seinen Entscheidungen mitspielen, und er neigte dazu, sie aus eigenem Ermessen und fast impulsiv zu treffen.

Soeben hatte Canidy erzählt, daß er sich entschieden hatte, Fulmar *alle* Einzelheiten über die Operation Dyer mitzuteilen.

Fulmar hätte nicht mehr erfahren sollen, als er wissen mußte. Er brauchte nur Kenntnis davon zu haben, daß er nach Deutschland geschickt wurde. Was er dort tun sollte, hätte man ihm später erklären können.

Bruce konnte nur vermuten, was Canidy Fulmar tatsächlich gesagt hatte. Aber laut Canidys eigener Aussage hatte er Fulmar erzählt, daß es aus Gründen, die ihm selbst unbekannt waren, wichtig war, Professor Friedrich Dyer aus Deutschland via Ungarn und Jugoslawien herauszuholen; daß Helmut von Hürten-Mitnitz und Müller an der Aktion beteiligt sein würden; und daß er sie mit der B25 alle von der Insel Vis abholen würde.

Am schlimmsten fand Bruce, daß Canidy Fulmar

angekündigt hatte, er würde eine Q-Pille erhalten, die er im Notfall – wenn etwas schiefging – nehmen konnte. Die Q-Pille war eine winzige Kapsel mit Blausäure, die zum sofortigen Tod führte, wenn sie zerbissen wurde.

Die Q-Pille war für einen Agenten die absolut letzte Sache auf seiner Checkliste. Agenten fragten sich oft genug, ob sie geschnappt werden würden; sie brauchten nicht daran erinnert zu werden, daß das OSS für einen solchen Fall sie mit einer Q-Pille versorgte. Fulmar würde nun zehn volle Tage über das Thema grübeln können.

Und bis zum tatsächlichen Überschreiten der Grenze hatte Fulmar das Recht, sich anders zu besinnen und die Mission abzulehnen. Dann würde natürlich ein anderer Agent geschickt werden, aber es würde mindestens zwei Wochen dauern – höchstwahrscheinlich viel länger –, bis er rekrutiert und ausgebildet sein würde. Sicherlich würde er auch dann nicht so qualifiziert wie Fulmar sein. Und außerdem konnte der geplante Ablauf der Ereignisse in Deutschland, Ungarn und Jugoslawien nicht verschoben werden.

»Um Himmels willen, Dick, warum mußten Sie ihm das von der Q-Pille auf die Nase binden?« fragte Bruce und bemühte sich, seinen Zorn zu zügeln.

»Vielleicht habe ich gehofft, er würde uns sagen, wir können ihn am Arsch lecken«, erwiderte Canidy reuelos.

»Das sagt er vielleicht immer noch. Haben Sie das bedacht?«

»Er wird den Job durchziehen«, sagte Canidy. »Wild Bill ist sehr gut im Rekrutieren von Leuten, die für Gott, die Mama und ein Stück Apfelkuchen Kopf und Kragen riskieren.«

Bruce unterdrückte im letzten Moment eine Erwiderung. Candidy war einer derjenigen, der Kopf und Kragen riskiert hatte.

»Wo ist er jetzt?« fragte Bruce.

»Er besucht seine Mutter.«

»Waaas?« Bruce starrte Candidy entgeistert an.

»Er besucht seine Mutter«, wiederholte Candidy.

»Ich halte das für keine sehr gute Idee«, sagte Bruce, und es war ihm bewußt, daß dies ein Wunder von Untertreibung war.

»Ich auch nicht«, sagte Candidy. »Aber er wollte es, und ich habe mir gesagt, daß es mich – uns – nichts angeht.«

»Nach seinem Dossier zu urteilen, hätte ich gedacht, er will sie nie mehr wiedersehen. Gott, sie hat ihn seit seiner Geburt wie Dreck behandelt!«

»Man kann Hunden einen Tritt versetzen, David, und oftmals kommen sie zurück und hoffen, daß man ihnen diesmal die Ohren krault«, sagte Candidy.

»Wo findet diese rührende Wiedervereinigung statt?« fragte Bruce nach einer Weile.

»Ihre Tourneetruppe tritt in einer Show in Wincanton auf. Ich habe ihn – mit Fine – im Packard dort raufgeschickt. Fine kennt sie. Er wird mit allen Eventualitäten fertig werden.«

»Hoffen Sie«, sagte Bruce.

»Hoffnung sprießt ewig in der menschlichen Brust«, sagte Candidy. »Haben Sie diese chinesische Weisheit jemals gehört, David?«

»Das war alles, Dick«, sagte David Bruce. »Wenn sich etwas Ungewöhnliches ergibt, möchte ich sofort informiert werden.«

Wincanton Air Corps Base
Kent, England

21. Januar 1943, 23 Uhr 30

Captain Stanley S. Fine und Lieutenant Eric Fulmar verfuhren sich auf dem Weg nach Wincanton, obwohl der Offizier der Fahrbereitschaft des OSS Fine den Weg aufgezeichnet hatte.

So trafen sie erst spät, fast eine halbe Stunde vor Mitternacht, beim Offiziersklub des Luftstützpunkts Wincanton ein. Der Offiziersklub war ein altes Steingebäude voller betrunkener Flieger, die gekommen waren, um sich von den zwanzig jungen Frauen in Monica Carlisles Tourneetruppe unterhalten zu lassen.

Als sie sich einen Weg zu Monica bahnten, die mit einigen hohen Offizieren des Stützpunkts auf den Putz haute, erregte Eric Aufmerksamkeit. Mit seiner pinkfarbenen und grünen Uniform und mit dem Tuchabzeichen des Fallschirmjägers auf seiner Überseemütze hob er sich stark von den meisten der anwesenden Männer des Air Corps ab, die lederne Flugjacken trugen.

Und als Fine an ihrem Blick und Lächeln sah, daß sie mehr als ein bißchen beschwipst war, wußte er, daß es Probleme geben würde.

Stanley S. Fine hatte Monica Carlisle nie gemocht. Einiges der Antipathie war auf ihre Behandlung von Eric zurückzuführen. Sie hatte ihn versteckt wie ein Möbelstück, das nicht zur gegenwärtigen Ausstattung paßte, jedoch nicht mit dem Müll weggeworfen werden konnte, weil es ein Geschenk von jemand Wichtigem war.

Als Fine sie jetzt betrachtete und sie ihn allmählich

wiedererkannte, wurde ihm klar, daß seine Abneigung nicht nur auf Prinzipien beruhte: Er verachtete sie persönlich. Es hieß in der Filmbranche, daß sie ihre eigenen Presseverlautbarungen glaubte. Aber das war zu simpel betrachtet. Sie war gewiß nicht die einzige Schuldige daran. Monica Carlisle glaubte jedoch nicht nur daran, tatsächlich ›Amerikas Sweetheart‹ zu sein, sie war auch überzeugt, daß jeder, der es nicht glaubte, ihr Feind war.

Diese Überzeugung führte dazu, daß ›Amerikas Sweetheart‹ jeder Wunsch erfüllt werden mußte. Drehtermine verlangten von ihr niemals, vor halb neun zu erscheinen; vor dieser Zeit war sie unerträglich. Ihr Garderobenwagen war ein Tadsch Mahal auf Rädern. Und sie überprüfte andere Garderobenwagen, um sich zu vergewissern, daß kein geringerer Star einen besseren hatte als sie.

Max Liebermann hatte ihr kein offizielles Mitspracherecht bei der Rollenbesetzung gegeben, aber jeder wußte, daß mit einem Migräneanfall von Monica gerechnet werden mußte, wenn sie auf dem Set eine andere Schauspielerin sah, die nicht mindestens fünf Jahre älter aussah als sie.

Wenn weder Fans noch Filmkolumnisten in der Nähe waren, sprach ›Amerikas Sweetheart‹, als stamme sie aus der Gosse. Das war ebenfalls nicht ungewöhnlich. Max Liebermann nahm an, daß Schauspielerinnen die Gossensprache einsetzten wie Kinder das Plärren, wenn sie nicht ihren Willen bekamen. Aber Monicas unflätige Sprache war legendär.

»Sieh mal an, welchen verdammten Scheißer es in diesen Puff hier verschlagen hat!« rief Monica Carlisle, als sie erkannte, daß es tatsächlich Stanley S. Fine war, der sich einen Weg durch das Gewimmel bahnte und auf sie zukam.

Sie schüttelte einen Arm ab, den einer der Offiziere um ihre Schultern gelegt hatte, und trat zwei Schritte auf Fine zu.

»Sie sollten mich in London treffen, Sie Arschgeige!« sagte sie.

Ein Offizier, der auf das prall gefüllte Oberteil ihrer USO-Uniform gepeilt und sich den Inhalt vorgestellt hatte, wandte seine ein wenig trunkene Aufmerksamkeit jetzt Fine zu.

»Die Pflicht rief, Monica«, sagte Fine. »Ich bin sofort losgefahren, als ich abkömmlich war.«

»Das glaube ich dir sogar, mein geiler Scheißer«, sagte Monica. Dann schlang sie die Arme um seinen Nacken, zog sein Gesicht zu ihrem herunter, küßte ihn feucht und schmatzend und stieß die Zunge in seinen Mund.

Dann fiel ihr Blick auf Eric. Und in ihren Augen leuchtete es auf. Im ersten Moment hielt Fine das für Wiedererkennen. Doch dann erkannte er mit einem flauen Gefühl im Magen, daß ihre Augen nicht aus Mutterliebe strahlten.

»Und Sie hat Stanley mir mitgebracht?« fragte sie.

Eric nickte.

»Stanley, du Wichser«, sagte Monica Carlisle, »alles ist verziehen.« Sie schlang die Arme um Erics Nacken, zog sein Gesicht zu ihrem und küßte ihn mit geöffnetem Mund. Dann rieb sie ihren Körper lasziv an ihm. Es dauerte einen Moment, bis Eric sie von sich schieben konnte. Sein Gesicht spiegelte Schock und Abscheu wider.

Sie starrte ihn an und wandte sich dann an Fine.

»Stanley, wer ist diese schwule Sau?«

Fine sah Eric das Entsetzen an.

»Nun, Monica, das ist Lieutenant Eric Fulmar«, sagte er. »Erinnern Sie sich an ihn?«

Das löste bei Monica einen Schwall von Obszönitä-
ten und Flüchen aus. Wenn dies dein verdammter
beschissener Judenhumor sei, dann – und so weiter.
Schreie folgten: wenn sie Max erzähle, was er ihr angetan hatte, solle er verdammt beten, im Krieg zu krepie-
ren, denn in der Filmbranche sei er erledigt.

An diesem Punkt tauchte ein wichtigtuerischer Presseoffizier der Special Services auf und wollte ihre
Namen wissen und erfahren, was sie zu Miss Carlisle
gesagt hatten.

»Dieser Offizier, Major, ist Miss Carlisles Sohn«,
sagte Fine.

Der Presseoffizier starrte Fine entgeistert und angewidert an.

»Ich kann mir nicht vorstellen, warum Sie Miss Carlisle in eine so peinliche Lage bringen wollen, Captain«,
sagte er. »Aber das ist der übelste Scherz, den ich jemals
gehört habe.«

»Das Üble daran ist, daß es kein Scherz ist«, sagte
Fine.

»Sie beide werden sofort den Klub verlassen!«

Eric sprach zum ersten Mal bei dieser Begegnung.

»Verpiß dich«, sagte er verächtlich. Dann schaute er
seine Mutter an. »Hallo, Mami«, sagte er fröhlich.
»Lange nicht gesehen!«

»Du undankbares Stück Scheiße!« zischte sie.

»Mami!« sagte Eric wie ein zu Unrecht getadelter
kleiner Junge.

Monica preßte die Hände auf die Ohren und begann
zu schreien.

Der schrille Schrei gellte durch den Klub. Dann
wurde es totenstill.

Immer noch mit den Händen auf den Ohren, brüllte
Monica Carlisle: »Schaffen Sie ihn hier raus!«

Der Presseoffizier ließ sich in seiner Empörung hinreißen, die Hand auf Erics Arm zu legen und zu versuchen, ihn wegzuziehen. Fine rief eine Warnung. Er wußte, daß ein solcher Versuch bei Eric immer eine Dummheit, unter den gegebenen Umständen jedoch selbstmörderisch war. Eric Fulmars Kiefer mahlten, und in seinen Augen schimmerten Tränen.

Fast ansatzlos schlug Fulmar dem Presseoffizier mit dem Handrücken auf den Nasenrücken. Er hatte diesen Hieb von den Berbern in Marokko gelernt und ihn Jim Whittaker beigebracht, der nach seinen Erfahrungen auf den Philippinen beim OSS der anerkannte Meister im tödlichen Nahkampf war. Whittaker hatte die Schlagtechnik seinerseits den englischen Experten der Station X beigebracht. Seine Wirksamkeit hatte selbst die hocherfahrenen SOE-Nahkämpfer in ehrfürchtiges Staunen versetzt.

Blut schoß aus den Augen und Nasenlöchern des Presseoffiziers, und er brach schreiend zusammen.

Die anderen anwesenden Offiziere des Air Corps erkannten langsam, was vorging, und kamen dem Mann, der schreiend auf dem Boden lag, zu Hilfe.

Ein großer Captain mit Stiernacken und den breiten Schultern eines Footballspielers schob sich vorsichtig auf Fulmar zu. Und Eric überlegte anscheinend, wie er ihn am besten flachlegen sollte.

»Eric, um Himmels willen, nein!« rief Fine.

Einen Augenblick lang zeigte Fulmar keine Reaktion. Doch dann blickte er wie erwachend über die Schulter zu Fine, dann auf den Mann am Boden und wieder zu Fine zurück. Sein Blick war jetzt traurig.

»Scheiße«, sagte er.

»Mir ist es, ehrlich gesagt, gleichgültig, was da steht, Colonel«, sagte der Colonel des Air Corps und Kommandant des Stützpunkts Wincanton, als er Lieutenant Colonel Edmund T. Stevens den OSS-Ausweis zurückgab. »Mein Flugarzt sagt mir, daß der Offizier, der von Ihrem Mann niedergeschlagen wurde, möglicherweise ein Auge verliert, und ich werde diesen Vorfall nicht unter den Teppich kehren.«

»Colonel«, sagte Stevens, »wenn Sie meine Befugnis in Frage stellen, rufen Sie bitte General Smith beim SHAEF an.«

»Bedell Smith?« fragte der Colonel des Air Corps.

Stevens nickte.

»Ich werde niemand anrufen, Colonel. Ich bin der Stützpunktkommandant. Dies fällt unter meinen Verantwortungsbereich.«

»Dann rufe ich ihn an«, sagte Stevens.

Nahezu angewidert wies der Colonel des Air Corps zum Telefon.

»Danke«, sagte Stevens höflich. Er nahm den Telefonhörer ab. »Verbinden Sie mich bitte mit der militärischen Nummer London zwei, null, null, fünf«, sagte er und blickte während des Sprechens zu Stanley Fine, der bei der Wand saß und wie jemand wirkte, der sich am liebsten verkriecht.

Ein direkter Befehl von Eisenhowers Stellvertreter, dem zweitranghöchsten amerikanischen Offizier in England, reichte für den Colonel des Air Corps aus, um Lieutenant Fulmar in die Obhut von Colonel Stevens zu übergeben, aber er trug nicht dazu bei, seinen Zorn zu besänftigen.

»Nur für die Akten, Colonel«, sagte er zu Stevens,

»damit ist die Sache noch nicht erledigt. Ich werde Anklage wegen tätlichen Angriffs auf einen ranghöheren Berufsoffizier erheben, und wenn Ihr Lieutenant nicht verurteilt wird, werde ich nach dem Grund forschen.«

»Ich bedaure diesen Zwischenfall zutiefst, Colonel«, sagte Stevens.

»Das sollten Sie auch verdammt tun, Colonel«, sagte der Colonel des Air Corps.

Und dann ließ er sie allein, um Fulmars Freilassung aus dem Militärgefängnis des Stützpunkts zu befehlen.

»Ich bedaure diesen Zwischenfall zutiefst, Colonel«, wiederholte Fine Stevens' Worte, als sie allein waren. »Ich fühle mich dafür verantwortlich.«

Stevens blickte ihn an.

»Wissen Sie, was ich soeben gedacht habe, Stan?« fragte er und fuhr fort, ohne auf eine Antwort zu warten. »Wir bilden Leute aus, Hunderte Männer, die – ihre Hände einsetzen, wie Fulmar es getan hat. Was wird in fünf, zehn Jahren geschehen? Wenn der Krieg vorüber ist? In Bars, wenn diese Leute betrunken sind? In Schlafzimmern, wenn sie provoziert werden?«

»Ich sagte, ich fühle mich verantwortlich«, sagte Fine.

»Sie sind es nicht mehr, als ich es bin«, sagte Stevens. »Canidy hat mir erzählt, daß Sie ihn hierhin bringen. Ich habe es nicht verhindert. Und da ist noch etwas. Vielleicht bin ich bei alldem pervertiert. Ich würde gern meinen, es paßt so gar nicht zu mir, so zu denken, aber die unangenehme Wahrheit ist, daß ich nicht ärgerlich war, als ich Bedell Smith anrief. Nicht ärgerlich auf Fulmar, sondern auf den verdammten Idioten, der Hand an ihn legte und all diese Unannehmlichkeiten auslöste.«

»Was soll ich mit Fulmar machen, wenn wir ihn zurückgebracht haben?« fragte Fine.

Stevens hob die Augenbrauen und überlegte.

»Unter den gegebenen Umständen sollten Sie meiner Meinung nach so handeln, wie Dick die Sache handhaben würde. Er würde mit ihm ausgehen und sich mit ihm betrinken.«

Der Colonel des Air Corps brachte Fulmar ein paar Minuten später.

»Mir tut das leid, Colonel«, sagte Fulmar zu Stevens.

»Mir auch, Eric«, sagte Colonel Stevens.

»Wie geht es dem Typen, den ich geschlagen habe?« fragte Fulmar.

»Er wird möglicherweise ein Auge verlieren«, sagte der Colonel des Air Corps, »und ich, Lieutenant, werde dafür sorgen, daß Sie vor ein Kriegsgericht gestellt werden.«

»Es tut mir leid«, sagte Eric, »wirklich leid.«

»Das macht es nicht ungeschehen, Lieutenant«, sagte der Colonel. »Ich werde alles daransetzen, um Ihnen den Balken abnehmen und Sie ins Militärgefängnis stecken zu lassen.«

Colonel Stevens forderte Fine und Fulmar mit einer Geste auf, vor ihm den Raum zu verlassen.

Als Fine und Fulmar im Dorchester Hotel eintrafen, wo Canidy – auf Stevens' Befehl hin – auf sie wartete, war die Bar längst geschlossen.

Dennoch waren Stimmen und weibliches Gelächter hinter der Tür zu hören. Fine klopfte an, und ein Kellner ließ sie schnell ein.

Canidy war solo in der Bar. Fine fragte sich, wo Ann Chambers war.

Der Skorpion war wie immer von einer Schar junger Offiziere umgeben. In ihren Augen leuchtete es auf, als sie Fulmar sah.

»Was ist passiert?« fragte Canidy, als sie sich neben ihn setzten.

»Der Colonel mußte Bedell Smith anrufen, um Fulmars Freilassung zu erreichen«, sagte Fine.

Canidys Reaktion war ein Kopfschütteln.

»Man wird mich vors Kriegsgericht stellen«, sagte Fulmar. »Ich habe jemandem ein Auge ausgeschlagen.«

Man wird dich nicht vors Kriegsgericht stellen, dachte Canidy. *Du hättest Bedell Smith ein Auge ausschlagen können, und man würde dich nicht vors Kriegsgericht stellen. Nicht jetzt.*

»Dann verläßt du die Stadt gerade noch rechtzeitig, nicht wahr?« sagte Canidy.

Der Skorpion kam zu ihnen.

»Und wo waren Sie die ganze Nacht?« fragte sie und nahm auf einem Stuhl gegenüber von Eric Platz.

»Sie haben einen draufgemacht«, sagte Canidy. »Whisky, Weiber und Krawall. Solcherlei.«

»Das klingt herrlich unanständig«, sagte der Skorpion.

»Wenn ich Ihnen eine Frage stelle«, sagte Fulmar, »bekomme ich dann eine ehrliche Antwort?«

Sie neigte sich über den Tisch und streichelte mit den Fingernägeln über seinen Handrücken.

»Du kannst mich alles fragen, was du willst, Darling. Ob du eine Antwort bekommst …«

»Können wir irgendwo hingehen?« unterbrach Eric. »Oder möchtest du, daß wir hierbleiben und uns nur befummeln statt zu ficken?«

»Sei nicht eklig, Darling«, sagte sie und versteifte sich. »Ich habe dir nie etwas getan.«

»Dann lautet die Frage, wollen Sie gehen? Und wenn ja, wohin?« sagte Canidy.

Der Skorpion schaute Canidy ärgerlich an und blickte dann zu Fulmar.

Er stand auf und ging zur Tür. Dort drehte er sich noch einmal um und blickte zum Tisch zurück.

»Sie sollten die Gelegenheit beim Schopfe oder sonstwo packen«, sagte Canidy.

»Zum Teufel mit Ihnen, Canidy«, zischte der Skorpion. Canidy lachte, und sie starrte ihn finster an. Dann erhob sie sich und ging zu Fulmar.

Sie hakte sich bei ihm ein und wandte sich um.

»Gute Nacht allerseits!« rief sie.

Es erfreute sie, die Welt wissen zu lassen, daß sie ihren Stachel in das jüngste und hilfloseste Opfer von allen gebohrt hatte.

»Meinen Sie, es wird noch etwas von ihm übrigbleiben?« fragte Canidy. »Wenn sie ihn ausgesaugt hat, wird sie dann auch noch die leere Hülle auffressen?«

»Es war ziemlich schlimm mit seiner Mutter, Dick«, sagte Fine.

»Das habe ich befürchtet«, sagte Canidy. »Es war keine gute Idee, ihn zu ihr zu fahren.«

»Ich bin mir nicht sicher, ob es eine gute Idee ist, ihn mit dem Skorpion gehen zu lassen«, sagte Fine.

»Nun, Sie wissen, was Benjamin Franklin über ältere Frauen gesagt hat«, meinte Canidy. »Sie schreien nicht, sie werden nicht schwanger, und sie sind äußerst dankbar.«

Fine lachte. »Das stammt nicht von Franklin.«

»Ich wollte sie abwimmeln«, sagte Canidy. »Aber dann hatte ich eine Eingebung. Ich glaube, sie ist genau das, was er heute nacht braucht. Und was kann ich jetzt für Sie tun?«

»Wie meinen Sie das?«

»Ich hasse es, irgendwelche meiner Getreuen in den möglichen Tod zu schicken, ohne ihnen zum Abschied eine heiße Biene zu beschaffen, nach der Devise ›laß uns heute leben, denn morgen sterben wir‹. Wie finden Sie die Rothaarige dort drüben?«

Fine lachte. »Ich werde zur US-Botschaft in Bern gehen«, sagte er.

»Das kommt später. Die Rothaarige ist für *jetzt* gedacht«, sagte Canidy.

Fine lächelte.

»Danke nein, Sir, trotzdem vielen Dank, Sir. Ich bin einer der wenigen lebenden Exemplare der seltenen Gattung ›treuer Ehemann‹.«

Canidy lachte. »Ist das Liebe, Stanley, wenn man keine sonst ficken will?«

Fine spürte, daß die Frage ernst gemeint war.

»Man kann sich andere ansehen, sollte sie jedoch nicht anrühren. Das nennt man Treue.«

»Dann muß es mich erwischt haben«, sagte Canidy.

»Vielleicht bekommen Sie eine Erkältung«, bemerkte Fine.

»Ah, gehen Sie zum Teufel«, sagte Canidy liebevoll.

4

Fersfield Army Air Corps Station
Bedfordshire, England

29. Januar 1943

Lieutenant Commander Edwin C. Bitter wurde zwischen Ärger und Freude hin und her gerissen, als er sah, daß die Packard-Limousine querfeldein über den Flugplatz auf die B17 zu holperte, anstatt über die Zufahrtsstraße oder die Rollbahn zu fahren. Er konnte Sergeant Agnes Draper hinter dem Lenkrad sehen. Das war prima. Aber da saßen zwei andere Personen auf dem Rücksitz, zwei Offiziere mit dem goldenen US-

Adler auf den Mützen. Einer der beiden war fast mit Sicherheit Canidy, der andere höchstwahrscheinlich Stanley S. Fine.

Er hatte vermutet, daß Canidy auftauchen und vielleicht Fine mitbringen würde. Fine war schließlich ein ehemaliger B17-Staffelkommandant mit weitaus mehr Flugstunden in einer B17 als Joe Kennedy oder Dolan. Er war sogar Fluglehrer gewesen, wie sich Bitter erinnerte.

Als Agnes jedoch neben der Splitterschutzwand stoppte, hinter der die B17 stand, stieg Pete Douglass aus dem Packard aus, nicht Fine.

»Aussteigen, ihr alle!« rief Douglass. Dann tauchten Dolan und Joe Kennedy aus der B17 auf. »Und wer ist dieser alte Seebär mit der Säufernase, der sich fürs Fliegen verkleidet hat?« fragte Douglass.

Dolan lachte. »Ich dachte, der Major kennt Lieutenant Kennedy.« Und dann korrigierte er sich. »Der Colonel, meine ich. Wann wurden Sie befördert?«

»Gestern«, sagte Douglass. »Sie brauchen nicht vor mir zu knien. Es wird reichen, wenn Sie mir die Hand küssen.«

»Herzlichen Glückwunsch, Pete«, sagte Bitter. »Wohlverdient.«

»Nun geraten Sie mal nicht in Verzückung«, sagte Douglass mit plötzlicher Bitterkeit. »Bei der Eighth Air Force gibt es eine Vorschrift. Verlieren Sie Ihr halbes Personal bei einer blöden Mission, aber kommen Sie selbst zurück, dann werden Sie befördert.«

»Sie sind befördert worden, weil Sie es verdient haben«, sagte Bitter loyal.

»Guten Morgen«, grüßte Agnes Draper, als sie sich zu ihnen gesellte.

»Guten Morgen, Sergeant«, sagte Bitter.

»Oh, welch raffiniertes Gespinst wir weben, wenn

wir zu täuschen versuchen«, sagte Canidy, während er Dolan und Kennedy mit Handschlag begrüßte. »Hat mal ein schlauer Mann gesagt.«

Bitter blickte ihn finster an. Agnes Draper zeigte überhaupt keine Reaktion.

»Die Funker sind nicht hier?« fragte Canidy.

»Drinnen«, sagte Dolan und wies mit dem Daumen zur B17. »Wollen Sie sich umsehen?«

»Ja«, sagte Canidy. »Und das möchte auch der Colonel. Ich sagte mir, daß er vielleicht etwas sieht, was uns entgeht.«

»Mein Gott«, sagte Douglass, als er zur B17 aufblickte. »Wird diese Schrottkiste tatsächlich fliegen?«

Es war mehr die Feststellung einer Tatsache, weniger eine flapsige Bemerkung. Die B17 stammte vom Flugzeugfriedhof. Am Rumpf und den Tragflächen waren geflickte Stellen, wo die Maschine von Flugabwehrgeschossen und MG-Feuer getroffen worden war. Unterhalb des Fensters auf der Pilotenseite verdeckte ein glänzender neuer Duralumin-Flicken ungefähr zur Hälfte das Aufklebebild einer vollbusigen, spärlich bekleideten Frau. Die Ausbesserung verdeckte ihren Kopf, eine Brust und das meiste der Aufschrift – nur noch ›Miss Twen‹ war übriggeblieben – und die Hälfte einer Reihe von kleinen aufgemalten Bomben, die Missionen symbolisierten.

Andere grobe Ausbesserungen gab es an der Nase und den Geschützstellungen im Rumpf. Der Rumpf und die Tragflächen waren weiß angestrichen worden. Aber die Farbe hatte für einen ordentlichen Anstrich nicht ausgereicht. Sie war verdünnt worden und deckte nicht richtig.

»Dies ist eine unserer besseren Kisten, Colonel«, sagte Joe Kennedy zu Douglass.

»Dann wage ich kaum, mir eine der schlechteren anzusehen«, sagte Douglass.

Kennedy führte ihn hinaus auf die Rollbahn zu einer Stelle, von der aus er in die zwei benachbarten Splitterschutzwände sehen konnte. Zwischen den ersten Splitterschutzwänden stand eine noch abgenutztere und geflicktere B17, zwischen den zweiten Canidys B25, die praktisch dem OSS gehörte.

»Wir brauchen sie nur für sechs Stunden«, sagte Kennedy. »Dann können sie auseinanderfliegen.«

Douglass ging kopfschüttelnd zu der ersten B17 zurück. Von Canidy war nichts mehr zu sehen. Sergeant Draper wies zur B17 hinauf, und Douglass kletterte die Aluminiumleiter hinauf, die vom Rumpf unter der Nase herabhing.

Es war kaum Platz für ihn, als er in die Maschine stieg. Vier Personen drängten sich im Cockpitbereich. Und der Arbeitsbereich des Bordingenieurs war fast mit Matratzenbezügen vollgepackt, die mit Zahlen – offenbar Gewichtsangaben – bemalt waren. Douglass fragte sich, was benutzt wurde, um das Gewicht und das Ausmaß des Torpex-Sprengstoffs zu simulieren, der in die einsatzbereite Maschine verladen werden würde.

Er spähte durch den Rumpf. Die Öffnungen waren verkleidet, und es war dunkel bis auf die Stellen, an denen Sonnenstrahlen durch offene Nietenlöcher und ungeflickte Löcher von Kugeln und Splittern fielen. Der Rumpf war fast schulterhoch vollbepackt mit weiteren Matratzenbezügen, die ebenfalls mit der Masse vollgestopft waren, die Torpex symbolisieren sollte.

Ein kleiner Captain des Air Corps mit Hornbrille erklärte Canidy die Funktion des funkgesteuerten Servomechanismus. Dieser, so hoffte man, würde die B17 per Fernbedienung fliegen lassen.

»Sehen Sie sich das an, Doug«, sagte Canidy, und die beiden Sergeants beim Captain machten auf die einzig mögliche Weise für ihn Platz: Sie stiegen aus der B17 und kletterten die Leiter hinab.

Die Servomechanismen waren einfacher, als Douglass erwartet hatte. Es waren eigentlich nur Elektromotoren, deren Drehrichtung umgekehrt werden konnte.

»Und nun wollen wir mal sehen, wie Captain Allen und seine wackeren Jungs meine schöne B25 versaut haben«, sagte Canidy.

Der kleine Captain des Air Corps lächelte.

»Ich habe es Ihnen gesagt, Major, sie brauchten kaum etwas zu tun. Ich mußte nur eine lange Funkantenne an jede Seitenflosse anbringen. Wir haben dieselbe Halterung auf dem Rumpf benutzt. Wenn Sie nicht danach suchen, bemerken Sie gar nicht, daß sie dort ist.«

Die drei Männer betrachteten die B25 von außen.

»Okay«, sagte Canidy. »Ich werde Sie also nicht kastrieren.«

Der Captain strahlte bei Canidys Anerkennung seiner Arbeit. Er war im Zivilleben Amateurfunker gewesen, und das Air Corps hatte ihm die Leitung einer Abteilung übertragen, in der Funkgeräte und -anlagen überholt wurden. Seine jetzige Tätigkeit war ganz sein Fall und gab ihm das Gefühl, einen wichtigen Beitrag zu den Kriegsanstrengungen zu leisten.

»Dick«, sagte Bitter ein wenig verlegen. »Ich habe vor, mit Joe zu fliegen.«

»So, hast du das?« fragte Canidy trocken.

»Ich möchte Notizen machen«, sagte Bitter ein wenig lahm. »Joe wird mit dem Fliegen alle Hände voll zu tun haben.«

»Und wer sorgt für die Fernsteuerung?« fragte Canidy.

»Dolan«, sagte Bitter.

»Und wer wird meine B25 fliegen?«

»Dafür ist ein halbes Dutzend Leute zugelassen«, sagte Bitter.

»Und wenn etwas schiefgeht, wie willst du dann mit deinem steifen Knie aus der B17 aussteigen?« fragte Canidy.

»Ich schaffe das«, sagte Bitter.

»Wir werden den Colonel mitschicken, um Notizen zu machen«, sagte Canidy.

»Kommt nicht in Frage«, sagte Douglass. »Ich werde nicht mit diesem Schrotthaufen fliegen.«

»In diesem Fall, Eddie, okay«, sagte Canidy. »Wann kann es losgehen?«

»Jederzeit«, sagte Bitter.

»Captain Allen, möchten Sie in der B25 mitfliegen?« fragte Canidy.

»Das wäre vielleicht eine gute Idee«, sagte der kleine Captain, offensichtlich begeistert von der Vorstellung.

»Vielleicht sollten wir Sie auf Flugsold setzen«, sagte Canidy. »Sie sind hier anscheinend der einzige, der seine Arbeit hervorragend erledigt.«

Canidy ist gut in Menschenführung, dachte Douglass. *Dieser Winzling von Funkgenie fühlt sich bei dem Kompliment wie ein Riese.*

Douglass folgte Canidy und Dolan, die den Kontrollgang vor dem Flug der B25 erledigten. Dann forderte er Captain Allen mit einer Geste auf, vor ihm an Bord zu gehen. Er schnallte sich in einem der vier Passagiersitze ein, die von einer zivilen Fluggesellschaft stammten und von Canidy im hinteren Bereich der B25 installiert worden waren. Douglass sagte sich, daß er genau das auf diesem Flug war: ein Passagier. Aber dann gewann seine Neugier die Oberhand, und als die Motoren angelassen wurden, ging er nach vorne und betrat das Cockpit.

Dolan, auf dem Pilotensitz, hielt eine Aluminiumbox mit einem Bakelitüberzug auf dem Schoß. Die Box war durch ein dickes Kabel, das über den Boden verlief, mit dem Funk-Instrumentenbrett verbunden. Sie enthielt offenbar die Fernsteuerung. Aber sie hatte nur Kippschalter; Douglass hatte so etwas wie einen Lenkknüppel erwartet.

Es war anscheinend kaum zu glauben, daß ein so großes Flugzeug wie die B17 mit etwas so Simplem kontrolliert werden konnte.

Captain Allen überreichte Douglass Kopfhörer. Er setzte sie auf und hörte, wie Canidy den Tower rief und um Roll- und Startgenehmigung bat.

5

Deutsch-schweizerische Grenze

29. Januar 1943, 9 Uhr 05

Der Zug, der in Lörrach, gerade vor der schweizerischen Grenze, hielt, war der erste, den Unterinspektor Lorin Wahl von der Geheimen Staatspolizei (Gestapo) allein, ohne Aufsicht, überprüfen durfte.

Wahl war groß, schlank und blond. Er hatte Aknenarben im blassen Gesicht. Der Blick seiner graublauen Augen war stechend. Lorin Wahl war 1918 in München als Sohn einer Arbeiterfamilie geboren worden. Mit sechzehn war er zum Nationalsozialistischen Kraftfahrerkorps (NSKK) gegangen und hatte eine Laufbahn im Lastwagen- oder Zugtransport erwartet. Sein Vater, der sich früh der NSDAP angeschlossen hatte und dann in den Verwaltungsbüros des Gauleiters von Schwabing beschäftigt gewesen war, hatte später mit dem Gauleiter genügend Einfluß gehabt, um zu deichseln, daß sein Sohn von der Bayerischen Staatspolizei übernommen wurde.

Keiner von beiden hatte erwartet, daß er tatsächlich Polizist werden würde, aber Lorin Wahl machte seine Sache bei der Grundausbildung in der Polizeischule außergewöhnlich gut, und als im Verwaltungs-Mitteilungsblatt von Berlin die Rekrutierung von vielversprechenden jungen Polizeikadetten in die Gestapo verkündet wurde, dachte man sofort an ihn. Er war nicht nur unbestreitbar Arier, sondern seine Familie zählte zu der jetzt geschätzten Gruppe von Mitgliedern der Nationalsozialistischen Partei, die als die ›unter 5000‹ bekannt war. Sein Parteibuch hatte eine Nummer unter 5000.

Mit neunzehn war Lorin Kadett der Bahnpolizei geworden, und seine Personalakte hatte darauf hingewiesen, daß er ein Kandidat für die Gestapo war. Er nahm an einer Reihe von Kursen teil, die dazu dienten, ihn als Ermittler auszubilden und zu überzeugen, daß das gesamte Schicksal des Dritten Reiches von der Wachsamkeit der Gestapo abhing.

Mit zweiundzwanzig wurde er auf Probe dem Büro der Gestapo in Dresden zugeteilt, wo er ein Jahr lang unter der strengen Aufsicht von erfahrenen Inspektoren arbeitete. Sie waren mit seinen Leistungen zufrieden, und er machte eine Abschlußprüfung.

Eine Woche nach seinem Dreiundzwanzigsten Geburtstag wurde er zum Unterinspektor der Gestapo ernannt und erhielt eine Walther PPK und die Ausweise seines Berufs. Dies waren eine Ausweiskarte mit seinem Foto und der Unterschrift von Heinrich Himmler und die Ausweismarke der Gestapo, ein elliptisches

Stück Aluminium mit dem Staatssiegel und seiner Dienstnummer.

Die Marke zeigte an, daß ihr Träger die Befugnis hatte, jemanden ohne Angabe von Gründen festzunehmen, daß er Immunität hatte und nicht verhaftet werden konnte (mit Ausnahme durch andere Beamte der Gestapo) und daß er mehr Polizeigewalt hatte als alle anderen Gesetzesbehörden. Der illegale Besitz der Gestapo-Dienstmarke war ein Kapitalverbrechen, und wenn ein Mitglied der Gestapo seine Marke verlor, wurde es mit sofortiger Entlassung bestraft.

Bei seiner Ernennung wurde Lorin Wahl von Dresden zum Stuttgarter Regionalbüro in Baden-Württemberg versetzt, mit weiterer Verwendung in Freiburg, vierundzwanzig Kilometer von der französischen Grenze und dreimal so weit per Straße von Lörrach, der ersten Station in Deutschland für Züge, die von Basel kamen.

Er mietete ein kleines möbliertes Zimmer in einer Pension, die der Mutter eines der anderen Gestapo-Beamten gehörte. Zum ersten Mal in seinem Leben mußte er das Badezimmer nicht mit anderen teilen.

Die Filiale der Kreditanstalt in Freiburg gewährte ihm einen Kredit zum Kauf eines Auto-Union-Coupés. Der schöne Wagen hatte früher einem Juden gehört, der gestorben war, den Akten zufolge an Komplikationen nach einer Blinddarmoperation in einem Lager namens Dachau in Bayern. Man hatte Wahl erzählt, Dachau sei eine Art Aufnahmezentrum, in das die Juden zur Klassifizierung geschickt wurden, bevor sie in die Ostgebiete umgesiedelt wurden.

Lorin Wahl durfte dem Freiburger Büro der Gestapo die Ausgaben für die offizielle Nutzung seines Privatwagens in Rechnung stellen. Der Büroleiter hatte ihn informiert, da Gestapobeamte immer im Dienst seien, sei jede ihrer Fahrten mit dem Privatwagen offizieller Dienst. Die Zahlungen, die er für die Benutzung seines Wagens erhielt, waren mehr als ausreichend für die Bezahlung seiner Miete.

Zuerst überprüfte er unter Aufsicht Züge in Lörrach, die über die deutsch-schweizerische Grenze fuhren. Später würde er die Kontrollen allein durchführen. Man sagte ihm, die meisten der Reisenden hin und her würden zwar anständige Schweizer sein, die Geschäfte in Deutschland zu erledigen hatten, aber es werde auch Leute geben, die illegal Deutschland verlassen oder betreten wollten – ›und nicht alle sind Juden, Wahl, merken Sie sich das!‹ Unter den Reisenden, die nach Deutschland kamen, konnten sich Spione befinden, französische, englische und andere.

Er hatte die Anweisung, Ausweisdokumente und Visavermerke der Ein- und Ausreise mit besonderer Sorgfalt zu überprüfen und jedem die Weiterreise zu verweigern, dessen Dokumente oder Verhalten nicht absolut einwandfrei waren.

»Es ist besser, Wahl, irgendeinem anständigen Geschäftsmann vorübergehend Unannehmlichkeiten zu bereiten, als einen Illegalen, einen Staatsfeind, durch die Maschen schlüpfen zu lassen.«

Nach einem Monat Dienst unter Aufsicht hielt man ihn schließlich für fähig, ab dem 28. Januar allein zu arbeiten.

Am nächsten Tag verließ er sein möbliertes Zimmer eine Stunde früher als nötig, um ganz sicherzugehen, daß keine Reifenpanne oder ein anderes Mißgeschick verhinderte, daß er die Reisenden aus Basel kontrollierte.

Die Ausweiskontrolle war eine Verantwortung, die sich die Grenzpolizei und die Bahnpolizei teilten. Die Gestapo war anwesend, um zu überprüfen, ob die anderen ihre Arbeit richtig erledigt hatten, und den Zug und seine Passagiere persönlich in Augenschein zu nehmen.

Die Vorschriften verlangten, daß der Schaffner jedes Zuges eine Passagierliste vorbereitete und übergab. In dieser Liste mußte jeder Passagier namentlich aufgeführt und der Sitzplatz oder das Abteil angegeben werden. Wahls erste Amtshandlung bestand darin, die Liste entgegenzunehmen und mit einer Personenliste zu vergleichen, die via Stuttgart aus Berlin geliefert wurde. Auf dieser Liste standen die Namen von Leuten, die wahrscheinlich versuchten, illegal aus Deutschland ein- oder auszureisen, wie man im Hauptquartier annahm. Es wurde natürlich von Lorin Wahl erwartet, sicherzustellen, daß die Grenzpolizei die Passagierliste nach Namen von Personen überprüfte, die auf der Flucht vor dem deutschen Gesetz waren und deren Namen von Berlin auf einer gesonderten Liste auf dem normalen Dienstweg – im Gegensatz zu dem der Gestapo – mitgeteilt wurden.

Aber man hatte ihm erklärt, daß er in Wirklichkeit nach Leuten suchen mußte, deren Namen auf keiner Liste standen. Spione geben sich nicht zu erkennen.

Im ersten der drei Schlafwagen der Ersten Klasse erregte etwas Wahls Aufmerksamkeit.

Es war nichts, auf das er den Finger legen konnte. Es war einfach ein komisches Gefühl. Er hatte auf der Polizeischule gelernt, daß man komische Gefühle nicht als unprofessionell abtun sollte. Es gab sogar eine Bezeichnung dafür: Intuition. Man hatte ihm gesagt, daß er im Laufe der Zeit fähig sein würde, etwas Illegales ›intuitiv‹ zu erfassen.

Irgend etwas an dem jungen Schweizer, der allein im Abteil in der Ersten Klasse saß, kam ihm nicht geheuer vor.

Nach Wahls beruflicher Einschätzung war es unwahrscheinlich, daß der junge Schweizer ein Spion oder irgendein anderer Staatsfeind war. Dafür war er zu jung, er sah einfach nicht alt genug aus, um ein Spion zu sein. Wahl nahm an, daß er ein aus reichem Haus stammender junger Mann deutschen Geblüts war, der sich auf Grund der Ziehung einer Grenzlinie auf der Landkarte auf der sicheren Seite aufhalten konnte, während seine Brüder in Rußland fielen, um Europas Kultur zu schützen. Und Wahl hielt es für wahrscheinlich, daß sich im Gepäck dieses jungen Mannes ein Dutzend juwelenbesetzter Schweizer Uhren befand.

Wahl entschloß sich, das Gepäck des jungen Schweizers anzuschauen. Er würde es untersuchen – natürlich höflich, jedoch sorgfältiger, als die Grenzpolizei es untersucht hatte. Und vielleicht würde er ein paar höfliche Fragen stellen.

Es wäre schön, wenn er an seinem ersten Tag mit unbeaufsichtigtem Dienst jemanden verhaften könnte. Und besonders schön wäre es, wenn es dieser »neutrale« Deutsch-Schweizer wegen des Schmuggels von Konterbande wäre.

Wahl ging zum ersten Waggon der drei Schlafwagen der Ersten Klasse und schob die Abteiltür auf, ohne anzuklopfen.

Der junge Schweizer war gerade im Begriff, einen seiner Koffer ins Gepäcknetz zu heben. Oder herunterzunehmen. Er wirkte nur ein wenig nervös.

»Guten Tag, mein Herr«, sagte Wahl korrekt. »Den Paß bitte.«

»Der ist bereits von der Grenzpolizei kontrolliert worden«, sagte der junge Schweizer.

»Den Paß bitte«, wiederholte Wahl, jetzt ungeduldig. Der junge Schweizer zuckte mit den Schultern, nahm den Paß aus der Brusttasche seines Anzugjacketts und händigte ihn aus.

Wahl verglich sorgfältig das Paßfoto mit dem Gesicht des jungen Schweizers. Es war zweifellos identisch mit seinem Aussehen. Wahl stellte die rituellen Fragen, Geburtsdatum, Geburtsort, Wohnort, Beruf, und die Antworten des jungen Schweizers paßten zu den Informationen, die Wahl dem Paß und der Reisegenehmigung entnahm.

»Sie reisen nach Schweden?« fragte Wahl.

»Das ist richtig.«

»Welcher Art ist Ihr Besuch in Schweden?«

»Das geht Sie nun wirklich nichts an«, erwiderte der junge Mann.

»Gestapo, mein Herr«, sagte Wahl. »Ich entscheide, was mich etwas angeht.«

»Ich bin Elektroingenieur«, sagte der junge Schweizer, »Angestellter von Färber und Söhne. Ich reise zu unserem Stockholmer Büro.«

Wahl nickte knapp.

»Nehmen Sie bitte Ihre Koffer aus dem Gepäcknetz«, sagte er.

»Auch die sind überprüft worden«, sagte der junge Schweizer.

»Ich möchte sie noch einmal überprüfen«, sagte Wahl.

Der junge Schweizer zuckte mit den Schultern. Der Ärger war ihm anzusehen.

Es lagen drei Gepäckstücke im Gepäcknetz.

Der junge Schweizer hob eines nach dem anderen herunter und legte es auf den Sitz. Dann wies er darauf.

»Bedienen Sie sich«, sagte er.

Wahl öffnete den ersten Koffer und untersuchte sorgfältig den Inhalt. Der Koffer war dünnwandig, und es konnte keine Geheimfächer geben. Er fand nichts Verdächtiges in dem Koffer.

Im zweiten glaubte er, auf etwas gestoßen zu sein. Beim Betasten zusammengerollter Socken berührte er etwas Hartes, das darin versteckt war. Er rollte die Socken auf. Darin befand sich ein Fläschchen Aftershave.

»Das können Sie wieder einpacken«, sagte Wahl und öffnete den dritten Koffer.

Lorin Wahl blieben vielleicht zwei Sekunden, um zu sehen, daß der dritte Koffer die Uniform eines SS-Obersturmführers des SD enthielt.

Plötzlich spürte er eine Hand über seinen Augen, die seinen Kopf zurückriß, und nahm einen scharfen Schmerz am Genick wahr.

Und dann spürte er überhaupt nichts mehr.

Eric Fulmar und Stanley Fine, ausgestattet mit Diplomatenpässen und in Zivilkleidung, waren mit dem Flugzeug via Dublin und Lissabon in die Schweiz gereist. In Fines Gepäck, befreit von Untersuchung des Zolls, hatte sich der Gegenwert von zehntausend Dollar in Reichsmark befunden; ein Schweizer Paß, ausgestellt auf den Namen Martin Reber; der Ausweis und die Reisegenehmigung für SS-Obersturmführer Erich von Fulmar, vorübergehend dem Stab des Reichsführers SS in Berlin zugeteilt; und Ausweise und Genehmigungen für die Reise nach Budapest mit fiktiven Namen für Professor Dyer, Gisela und Fulmar.

Das Geld in Reichsmark und die amerikanischen Pässe waren echt. Der Schweizer Paß und der SD-Ausweis waren Fälschungen. Die gefälschten deutschen Ausweise und Reisedokumente sollten benutzt werden, wenn von Hürten-Mitnitz selbst keine ähnlichen Dokumente vorlegen konnte. Oder wenn er sich im letzten Moment anders besann und seine Hilfe verweigerte.

Laut Tarngeschichte waren Fine und Fulmar Angestellte des Außenministeriums, die zur Botschaft der Vereinigten Staaten nach Bern geschickt wurden, um dort als Konsularbeamte zu arbeiten. Es gab eine dreiwöchige Frist (fünfzehn Arbeitstage), bis sich neu eingetroffenes diplomatisches Personal beim Schweizer Außenministerium melden mußte.

Die Feinheiten des Völkerrechts und diplomatische Sitten waren im Spiel. Bis sie sich tatsächlich beim Schweizer Außenministerium meldeten und Ausweise erhielten, die an akkreditiertes diplomatisches Personal ausgegeben wurden, galten sie für die Schweizer – obwohl sie mit Diplomatenpässen reisten – als kein akkreditiertes diplomatisches Personal.

Nach dem Grundgesetz der Schweiz, die genau wußte, daß es so viele Spione und Agenten in ihrem Land gab wie in Lissabon oder Madrid, durfte die Schweiz nicht als Transitweg von alliierten Agenten mit Diplomatenpässen benutzt werden, um in Frankreich, Deutschland oder Italien einzureisen oder aus diesen Staaten auszureisen.

Wurden Amerikaner mit Diplomatenstatus bei so etwas erwischt, wies man sie aus der Schweiz aus. Der US-Botschafter oder Geschäftsträger wurde in einer Note informiert, und die Regierung der Schweiz drückte ihr Bedauern darüber aus, daß die Vereinigten Staaten ihr diplomatisches Personal um zwei Personen reduzieren mußten.

Bei einer Reduzierung beim genehmigten Stab einer westlichen Botschaft gab es einen gleich großen Zuwachs im Stab einer Botschaft der Achsenmächte. Oder umgekehrt.

Personen, die nicht offiziell als Diplomaten akkreditiert waren, konnten natürlich von Schweizer Behörden angeklagt werden, wenn sie gegen Schweizer Gesetze bezüglich Spionage oder Einwanderung verstießen; aber die verschiedenen Botschafter konnten natürlich nicht für die Aktionen ihrer Landsleute verantwortlich gemacht werden, die nicht offiziell an ihren Botschaften akkreditiert waren.

Nach ihrer Ankunft mit einer Maschine der Swiss Air in Bern fuhren Fine und Fulmar mit dem Zug nach Zürich. Fine verließ dort den Zug und nahm Fulmars Gepäck und US-Diplomatenpaß mit.

Fulmar reiste weiter nach Basel, nun mit einem gefälschten Schweizer Paß mit einem gefälschten deutschen Visum ›nur Durchreise‹. Es war angeblich Martin Reber erteilt worden, einem Elektroingenieur und Angestellten von Carl Färber & Söhne, Zürich, und es erklärte Rebers Absicht, Deutschland zu durchqueren – ohne Genehmigung, den Zug zu verlassen –, um nach Stockholm zu reisen, wo Carl Färber & Söhne, Fabrikanten von Elektroartikeln, ein Büro unterhielten.

Als der Zug in Lörrach für die deutsche Zollkontrolle hielt, fand Fulmar den Koffer, der in sein Abteil gelegt worden war. Der Koffer enthielt eine Eisenbahnfahrkarte Freiburg-Kassel und die Uniform eines SS-Obersturmführers.

Er würde die Uniform anziehen und dann die Zivilkleidung und Martin Rebers Koffer vernichten. Rebers Fahrkarte Basel-Stockholm würde verbrannt werden.

Fulmar brauchte dann nur noch den Zug in Marburg an der Lahn zu verlassen und Kontakt mit Gisela Dyer aufzunehmen. Dann würden Helmut von Hürten-Mitnitz und / oder Standartenführer Johann Müller übernehmen und den Transport für Fulmar und die Dyers nach Budapest arrangieren, wo sie von der geheimen Verbindung übernommen werden würden.

Die sorgfältig ausgearbeiteten Pläne des OSS gingen

schief, als sich Unterinspektor Lorin Wahl von der Gestapo vornahm, die gottverdammte Schweiz bei etwas – irgend etwas – Illegalem zu erwischen.

XIV

1

Little Ross Bay
County Kirkcudbright, Schottland

29. Januar 1943, 11 Uhr 05

Little Ross Bay befand sich nahe der Mündung des Solway Firth, nicht weit von der englisch-schottischen Grenze entfernt. Es gab nicht viel an der westlichen Küste der Bucht. Keine Städte, keine Dörfer, nur eine schmale Straße und die Klippen, und auch sie waren nichts Besonderes im Vergleich zu den weißen Klippen von Dover. Sie ragten gerade dreißig Meter an der felsigen Küste der Little Ross Bay mit der kabbeligen See auf.

Aber es waren genau die Umstände, die Richard Canidy wünschte – eine menschenleere Stelle mit Klippen, die hergerichtet werden konnte, damit sie aus der Luft wie die Öffnungen der U-Boot-Bunker von Saint-Nazaire aussah.

Die englische Regierung hatte ihren amerikanischen Verbündeten den Platz für sehr geringe Kosten zur Verfügung gestellt, und die Polizei der Kirkcudbright County hatte den Befehl erhalten, ein bestimmtes Gebiet für vierundzwanzig Stunden zu evakuieren, beginnend am 28. Januar 17 Uhr.

Am 25. Januar war ein Zug Pioniere der U.S. Army mit einem Konvoi aus acht Lastwagen und zwei Jeeps in der Little Ross Bay eingetroffen und hatte drei Tage lang in Regen und eisigem Wind etwas getan, in dem niemand einen Sinn erkennen konnte. Aber nach der ziemlich leidenschaftlichen Ansprache des Bataillons- kommandeurs persönlich war es wesentlich für die Kriegsanstrengungen und wurde folglich als Geheim- nis betrachtet, von dem der Feind auf keinen Fall etwas erfahren durfte.

Der zweite Zug der ›Baker‹-Kompanie des 4109. Pio- nierbataillons errichtete am Fuß der Klippe ein Gerüst, das ungefähr zwanzig Meter hoch und fünfzig Meter breit war. Dann nagelten sie rechteckige Sperrholzplat- ten daran, strichen sie mit diagonalen schwarzen und gelben Streifen an, damit sie gut sichtbar wurden, und legten schließlich Tarnnetze über alles, was auch immer sie unsichtbar machen wollten.

Danach ließ der Zug einen Offizier und acht Män- ner in einem Truck zurück, um sicherzustellen, daß sein Werk nicht vom Wind weggeblasen wurde, und kehrte zu seinem Stützpunkt in England zurück. Dort wurden die Männer abermals vergattert, mit niemen- dem über das zu sprechen, was sie in Schottland getan hatten.

Canidys Freude über die Little Ross Bay an der West- küste Schottlands hatte ebenfalls dazu geführt, daß der Kapitän des Hilfsschiffs *Atmore* der U.S. Navy am ver- gangenen Abend von Liverpool aus durch die kabbe- lige Irische See zur Little Ross Bay gefahren war und jetzt dort vor Anker lag. Jeder vom Skipper an abwärts war entweder seekrank oder sagte Unfreundliches über die Idiotie des Marinedienstes im allgemeinen und die des verdammten Blödmanns, der sich dies aus- gedacht hatte, im besonderen. Oder beides.

»Dies« waren ihre Befehle, für geheim erklärt. Zusätzlich zur Angabe des Zielorts Little Ross Bay und dem Befehl, wo genau er ankern sollte, war der Kapitän informiert worden, daß er sich darauf vorbereiten sollte ›gewisses US-Militärpersonal an Bord zu nehmen, das per Fallschirm in der Bucht oder an der westlichen Küste derselben abgesetzt‹ werden würde.

Weil die Pioniere mit der Tarnung gute Arbeit geleistet hatten und die Struktur, die sie errichtet hatten, für den Skipper oder den Ausguck der *Atmore* nicht zu sehen war, dachten er und seine Besatzung, einsam mitten in der See zu ankern.

Und dann tauchte plötzlich eine B17 auf.

»Gefechtsstationen, Gefechtsstationen«, dröhnte es aus den Lautsprechern. »Bootsbesatzungen, die Boote bemannen. Davit-Crews bereithalten, um Rettungsboote zu Wasser zu lassen.«

Die B17 flog über die *Atmore,* so tief, daß einige Männer der Besatzung fluchten, weil ihr Schiff keine MG-Gefechtstürme oder MG-Stellungen hatte.

Die B17 flog in die Klippen an der Westküste der Little Ross Bay und explodierte.

Als die Besatzungen der Rettungsboote schließlich bei der Absturzstelle eintrafen, stellten sie fest, daß ihnen ein Lieutenant der Pioniere der Army, acht Männer und ein First Lieutenant mit einem SHAEF-Tuchabzeichen zuvorgekommen waren.

Sowohl der Lieutenant Junior Grade, der die Besatzung des Rettungsboots befehligte, als auch der Lieutenant vom Pionierzug waren äußerst erleichtert, als der Offizier vom SHAEF, ein Lieutenant Jamison, ihnen erklärte, daß die Besatzung der B17 vor ungefähr einer Stunde per Fallschirm abgesprungen und in Sicherheit sei und es deshalb nicht notwendig wäre, die Absturzstelle nach Leichen abzusuchen.

Beide Lieutenants stellten sich Fragen.

Der Lieutenant der Pioniere dachte: *Wenn keine Besatzung in der Kiste war, wie kommt es dann, daß sie ausgerech-*

net genau das Ding getroffen hat, das wir errichtet haben, was auch immer es gewesen ist?

Der Lieutenant Junior Grade des Schiffes dachte: *Wenn das ein Unfall während eines routinemäßigen Ausbildungsflugs war, warum hat man uns dann ungefähr zwölf Stunden vor dem Abflug dieses Flugzeugs herbefohlen?*

Und beide wunderten sich über Lieutenant Jamisons Anwesenheit: *Wie kommt es, daß ein SHAEF-Offizier, nicht mal einer vom Army Air Corps, zufällig an der Westküste der Little Ross Bay ist, wenn die B17 abstürzt?*

Und woher weiß er, daß sich die Besatzung per Fallschirm in Sicherheit gebracht hat?

Aber Jamison wollte nicht mit ihnen reden, und sie wußten nicht, wer ihnen sonst die Fragen beantworten konnte. Außerdem waren die hohen Tiere hysterisch auf Geheimhaltung bedacht. So hielten die beiden Lieutenants den Mund.

2

Batthyany Palast
Dreifaltigkeitsplatz
Budapest

29. Januar 1943, 11 Uhr 15

Beatrice, Gräfin Batthyany und Baronin von Steighofen, trug einen Zobelmantel, der fast bis zu ihren Knöcheln reichte, als sie über den Parkettboden schritt, um den Anruf entgegenzunehmen.

Unter dem Mantel hatte sie einen Tweedrock und zwei Pullover an. Ihre Füße steckten in langschäftigen

Stiefeln, die mit Schaffell besetzt waren und einst ihrem verstorbenen Mann gehört hatten, und ihre Beine waren mit Wollstrümpfen verhüllt, die bis über die Knie reichten. Ihr rotes Haar war etwas nachlässig zu einem Knoten gebunden, in den sie soeben das Gestell einer ziemlich häßlichen Schildpattbrille geschoben hatte.

Die Gräfin hatte gelesen, als sie über den Anruf informiert worden war, und der Batthyany-Palast war kalt wie eine Hexentitte. Der Palast am Dreifaltigkeitsplatz gegenüber von St. Matthias war ungefähr zur gleichen Zeit (1775–77) wie das Königsschloß (1715–70) auf dem Schloßhügel erbaut worden, und es war stets schwierig gewesen, ihn zu beheizen. Bei dem jetzigen Mangel an Kohle war es nahezu unmöglich, ihn warm zu bekommen.

Die Ironie war, daß sie jede Menge Kohlen hatte. Sechs Bergwerke auf den Batthyany-Ländereien arbeiteten rund um die Uhr. Das Problem bestand darin, die Kohle von den Bergwerken zum Batthyany-Palast zu transportieren. Das erforderte Lastwagen. Man hatte ihr eine Lastwagenladung pro Monat zugeteilt, aber sie erhielt manchmal nicht einmal die. Und selbst, wenn die Lastwagenladung Kohle eintraf, reichte sie nicht annähernd aus, um den Palast genügend zu beheizen.

Sie versuchte gar nicht mehr, das Erdgeschoß und die beiden obersten Geschosse zu beheizen. Sie waren mit häßlichen und nicht gerade sehr isolierenden Brettern über den Treppenschächten abgedeckt worden. Nur der erste Stock war bewohnt.

Die Gräfin wohnte in einer Fünf-Zimmer-Wohnung mit Blick auf den Dreifaltigkeitsplatz, doch sie dachte oftmals, sie hätte ebensogut im Kellergeschoß wohnen können, weil sie so wenig vom Platz sah. Die meisten der vom Boden bis zur Decke reichenden Fenster

waren mit Brettern vernagelt, um die Wärme der großen, mit Porzellan verzierten Öfen in den Ecken der
Zimmer zu erhalten. Die beiden Fenster, die zu den Bal-
konen mit Blick auf den Platz und in den Park führten
und nicht mit Brettern vernagelt waren, wurden von
selten geöffneten Vorhängen verdeckt.

Das Telefon neben dem Bett der Gräfin funktionierte
seit zwei Monaten nicht mehr. Als sie beim Fernsprech-
amt angerufen und sich beschwert hatte – persönlich,
nachdem ihr Butler nichts hatte erreichen können –,
hatte man ihr grob erklärt, es sei Krieg und man könne
nicht sagen, wann jemand für eine Reparatur zur Verfügung sei.

»Ich bedaure, meine liebe Gräfin«, hatte der Mann
gesagt, »daß Sie gezwungen sein werden, eines der
anderen elf Telefone zu benutzen, die Sie im Palast zur
Verfügung haben, wie meine Unterlagen zeigen.«

Er war unbeeindruckt gewesen, als sie ihm gesagt
hatte, daß sich acht der zwölf Telefone im Palast in den
abgesperrten Bereichen befanden.

Das nächste funktionierende Telefon vom Schlafzimmer der Gräfin aus befand sich im Flur, der zu ihrem
Wohnzimmer im ersten Stock führte. Es war – wie die
mit Porzellan verzierten Öfen – ein amerikanisches
Fabrikat. Die Gräfin war überzeugt, daß eher eine
Panne der ungarischen Post zu dem Klingeln geführt
hatte als tatsächlich ein Anruf.

Sie nahm den Hörer ab und warf dabei einen Blick in
den Wandspiegel mit dem vergoldeten Rahmen. Sie
schüttelte den Kopf über ihr Aussehen.

Dann meldete sich von Hürten-Mitnitz.

»Mein lieber von Hürten-Mitnitz«, sagte die Gräfin.
»Wie schön, von Ihnen zu hören! Sind Sie in Budapest?«

»Ich bin zum Ersten Sekretär der Botschaft ernannt
worden«, sagte von Hürten-Mitnitz.

»Darf ich gratulieren?« sagte die Gräfin.

»Das ist sehr nett von Ihnen, Gräfin«, erwiderte von Hürten-Mitnitz.

»Wie lange sind Sie schon hier?« fragte sie.

»Ich bin gestern abend eingetroffen.«

»Abscheuliche Zugfahrt, nicht wahr«, sagte sie. »Sie müssen erschöpft sein.«

»Eigentlich bin ich mit dem Wagen gefahren«, sagte von Hürten-Mitnitz. »Standartenführer Müller ist ebenfalls nach hier versetzt worden, und ich habe den Wagen für ihn hierher gefahren.«

»Ist das Ihr Freund? Dieser plumpe, kleine Hesse, der aussieht wie ein Gurkenfaß?« fragte die Gräfin.

Helmut von Hürten-Mitnitz lachte.

»In der Tat«, sagte er.

»Die Lage – ich sage nicht ›Politik‹ – schafft seltsame Bettgenossen, nicht wahr?« sagte die Gräfin.

Das ist eine ziemlich snobistische Bemerkung, dachte von Hürten-Mitnitz. *Aber sie ist eine Adlige, und mein Bruder, der Graf, ist ebenfalls ein Snob.*

Und dann kam ihm ein anderer Gedanke, und er sprach ihn aus.

»Das ist eine amerikanische Redensart.«

»Tatsächlich?« sagte die Gräfin.

»Ich nehme an, es wäre aufdringlich von mir«, sagte von Hürten-Mitnitz, »und ich könnte gewiß verstehen, wenn Sie andere Pläne hätten …«

»Aber?« fiel sie ihm ins Wort.

»Ich habe gehofft, Sie zum Mittagessen einladen zu können. Es ist zwar sehr kurzfristig …«

»Abgemacht«, unterbrach ihn die Gräfin abermals.

»Und wären Sie dann so nett, mir anschließend als Fremdenführerin die Stadt zu zeigen? Man hat mir die Adressen einiger freier Wohnungen gegeben, und ich …«

»Aber selbstverständlich«, sagte Sie. »Bieten Sie mir ein gutes Essen, und ich stehe zu Ihrer Verfügung.«

Helmut lachte ein wenig verlegen.

»Ich bin im Imperial«, sagte er. »Nach dem gestrigen Abendessen zu schließen ...«

»Das Imperial ist nicht mehr das, was es mal war«, fiel sie ihm wieder ins Wort, »aber es ist passabel.«

»Genau«, sagte er. »Welche Zeit würde Ihnen passen?«

»Kommen Sie um zwölf Uhr fünfundvierzig vorbei«, sagte sie. »Sie wissen, wie Sie den Palast finden?«

»Am Dreifaltigkeitsplatz.«

»Um Viertel vor eins dann, mein lieber Helmut«, sagte die Gräfin.

Beatrice legte den Hörer auf und kehrte in ihre Wohnung zurück.

Sie öffnete einen der drei bis zur Decke reichenden Kleiderschränke und wählte ein Kleid aus, das zwei Kriterien erfüllen sollte: Wärme und Chic, in dieser Reihenfolge. Sie entschied sich für ein schwarzes Wollkleid und legte es auf ihr Bett. Dann ging sie zu einer Kommode und durchstöberte ihr alarmierend schrumpfendes Sortiment an Unterwäsche. Schließlich entschied sie sich, ganz in Schwarz zu gehen, obwohl sie versucht war, sich ganz rot zu kleiden; es gab noch ein ziemlich schönes rotes Unterhemd und Höschen in ihrem Bestand.

Sie dachte an ein Bad und entschied sich dagegen. Erstens blieb kaum Zeit. Es stand kein heißes Wasser zur Verfügung. Der Heißwasserofen wurde nur befeuert, wenn ein Bad geplant war. Und zweitens sagte sie sich, daß es Männer gab – und sie nahm an, Helmut von Hürten-Mitnitz zählte dazu –, die den Duft einer Frau dem Geruch von Seife vorzogen. Oder den Duft einer *parfümierten* Frau, korrigierte sie sich. Schließlich hatte sie noch einen ausreichenden Vorrat an Parfum. Als Manfred nach Paris gereist war, hatte er für sie alles an Parfum gekauft, was für ihn aufzutreiben gewesen war.

Sie legte ein Paar der ihr verbliebenen halben Dutzend Seidenstrümpfe neben das schwarze Kleid und die schwarze Unterwäsche. Dann holte sie tief Luft, als bereite sie sich auf ein Martyrium vor, und zog sehr schnell den Zobelmantel, die Pullover und den Rock aus. Nackt bis auf die Stiefel und die Strickstrümpfe lief sie dann zum Frisiertisch und betupfte sich großzügig mit Chanel 5. Sie hatte eine Gänsehaut, und ihre Brustwarzen wurden steif.

Sie lief zum Bett und zog schnell die Unterwäsche, das Kleid und den Zobelmantel an. Dann kehrte sie zum Frisiertisch zurück und machte sich die Haare und das Gesicht zurecht. Danach drehte sie sich auf dem Stuhl, zog die Stiefel und die Strümpfe aus und die Seidenstrümpfe an. Schließlich hob sie ihr Kleid an und befestigte die Strümpfe an ihrem Hüftgürtel, ging zu einem der Kleiderschränke, wählte ein Paar Pumps aus und schlüpfte hinein.

Dann läutete sie ihrem Hausmädchen.

»Ich gehe zum Mittagessen aus«, sagte sie. »Ich möchte, daß bei meiner Rückkehr die Räume warm sind. Höchstwahrscheinlich werde ich einen Gast mitbringen, also mach sauber und beziehe das Bett mit anständigen Laken.«

»Gräfin«, sagte das Hausmädchen, das kein Mädchen mehr, sondern eine grauhaarige Frau Mitte sechzig war, »wir haben nicht viel Kohlen und …«

»Ich habe so eine Ahnung, daß mein Gast das ändern wird«, sagte die Gräfin. »Tu einfach, was ich dir sage.«

Das alte Hausmädchen nickte.

»Und bring mir den Silberfuchsmantel, den knielangen«, sagte die Gräfin. »Und den dazu passenden Hut.

Mit dem Zobelmantel sehe ich aus wie Katharina die Große als Siebzigjährige.«

»Ja, Gräfin«, sagte das alte Hausmädchen.

Helmut von Hürten-Mitnitz traf fünf Minuten zu früh ein, doch er wurde von der Gräfin erwartet. Als der Opel Admiral am Bordstein hielt, eilte die Gräfin aus dem Palast und stieg ein, bevor von Hürten-Mitnitz aussteigen konnte.

»Ich nehme an, das macht mich schrecklich begierig«, sagte sie.

»Überhaupt nicht«, erwiderte von Hürten-Mitnitz.

»Aber ich habe nicht gefrühstückt und bin am Verhungern.«

Sie lächelte ihn an. Er war verlegen, aber nur ein wenig. Er war ein Mann von Welt, und Gott wußte, daß es davon nur noch verdammt wenige gab. Es freute sie, daß sie die schwarze Unterwäsche ausgewählt hatte; sie nahm an, das würde ihm gefallen.

Das Mittagessen im Speiseraum des Hotel Imperial war sehr gut. Die Gräfin aß vornehm, aber herzhaft, während von Hürten-Mitnitz über die letzten Gerüchte aus Berlin plauderte.

Ihre Neugier über Standartenführer Müller überraschte ihn anscheinend nicht. Er erzählte ihr, daß Müller soeben zur Wolfsschanze, Hitlers geheimem Befehlsstand in Rastenburg, befohlen worden war, weil General Kaltenbrunner es für eine gute Idee hielt, daß er den Führer persönlich traf, wenn es arrangiert werden konnte.

»Es gibt anscheinend einige Zweifel, Gräfin, ob Ungarn treu zur Allianz hält«, sagte er. »Ich nehme an, Müllers und mein Besuch hier dient dem Zweck, von Ribbentrop und anderen zu versichern, daß ihre Befürchtungen unbegründet sind.«

»Ich bin überzeugt, Helmut, Sie werden feststellen,

daß sich die Einstellung der Ungarn nicht geändert hat.«

Wenn er eine Zweideutigkeit in ihrer Antwort entdeckte, zeigte er es nicht.

Er sieht wirklich ziemlich gut aus, dachte die Gräfin. *Und obwohl er sein Bestes tut, um ein pommerscher Ehrenmann zu sein, peilt er dauernd nach meinem Busen.*

Als sie das Hotel verließen, bot die Gräfin an, zu fahren.

»Eine hervorragende Idee, wenn es Ihnen nichts ausmacht«, sagte von Hürten-Mitnitz. »Man sieht als Fahrer so wenig in einer fremden Stadt.«

»Wohin fahren wir?« fragte sie, als sie losfuhr.

»Könnten wir mit der Sankt Anna Kirche anfangen?« fragte von Hürten-Mitnitz. »Dann könnte ich sie als Ausgangspunkt nutzen, bis ich meine Orientierung gefunden habe.«

Bei der St. Anna Kirche fuhr die Gräfin um das Gotteshaus herum und hielt an.

Von Hürten-Mitnitz blickte sie neugierig an.

»Darf ich eine Zigarette haben?« fragte sie. Er zog sein Zigarettenetui hervor, nahm eine Zigarette heraus und gab ihr Feuer. Sie hielt dabei sein Handgelenk mit der behandschuhten Rechten fest.

»Ich kannte ihn nicht, wissen Sie«, sagte die Gräfin.

»Wie bitte?« fragte von Hürten-Mitnitz verwirrt.

»Ich weiß nicht einmal, wie er aussieht«, sagte die Gräfin. »Eric Fulmar ist Manfreds Cousin ersten oder zweiten Grades oder was auch immer. Aber als er in Marburg war, hielten wir uns nicht in Schloß Steighofen auf. Oder umgekehrt. Ich habe ihn nie gesehen, und man gab mir keine Beschreibung. Bis zu Ihrem Auftauchen nahm ich an, ich müßte einfach warten und nach einem jungen SS-Führer, der meinem verstorbenen Mann ähnlich sieht, und einem Mann in mittlerem Alter Ausschau halten, der gelehrtenhaft aussieht und ein wenig nervös ist.«

»Sie sind eine bemerkenswerte Frau!« sagte von Hürten-Mitnitz.

Die Gräfin Batthyany und Baronin Steighofen lächelte über Helmut von Hürten-Mitnitz' Verlegenheit.

»Sagen Sie mir, Helmut, meinen Sie, Sie erhalten eine Heizkohlenration oder können eine besorgen?« fragte sie.

Die Frage ergab keinen Sinn für ihn, aber er beantwortete sie.

»Man hat mir eine versprochen. Man sagte, es wäre anders als bei den Hauseigentümern.«

»Ja, das ist es«, sagte sie. »Es gibt zwei Wohnungen im ersten Stock meines Palastes. Sofern Sie eine Heizkohlenration erhalten, wäre ich bereit, Ihnen einen günstigen Preis zu machen.«

Er zögerte.

»Es würden natürlich Fragen gestellt werden«, sagte die Gräfin. »Aber Sie sind ein Bekannter von mir – Sie waren sogar bei Manfreds Beerdigung –, und man hat mich bedrängt, die andere Wohnung zu vermieten.«

»Sie sind eine bemerkenswerte Frau, Gräfin«, wiederholte von Hürten-Mitnitz.

Sie legte den ersten Gang ein und fuhr an.

»Wenn Ihnen die Frage nichts ausmacht, Helmut, wie kommt es, daß Sie nie geheiratet haben?«

Helmut von Hürten-Mitnitz war nun dran gewöhnt, daß sie schnell das Thema wechselte und merkwürdige, forschende Fragen stellte.

»Ich nehme an, dazu hatte ich nie Zeit«, sagte er.

»Aber Sie sind nicht schwul?«

»Nein«, sagte er. Dann, nach kurzem Schweigen: »Haben Sie das angenommen?«

»Ich dachte mir, ich sollte fragen«, erwiderte sie.

»Wenn Ihre Heizkohlenration nicht viel größer ist, als ich annehme, werden wir jetzt als Wohnungsnachbarn die Wahl haben, zwei Wohnungen gerade über dem Gefrierpunkt oder eine Wohnung so warm wie einen Toast zu halten. Oder schockiere ich Sie?«

»Ich wage nicht, mein unglaubliches Glück zu glauben, meine liebe Gräfin«, sagte von Hürten-Mitnitz. Er ergriff ihre behandschuhte Rechte und gab ihr einen Handkuß.

»Wie galant!« sagte sie erfreut. »Und da es nicht nötig sein wird, daß Sie den Nachmittag mit der Suche nach einer Wohnung verbringen, darf ich davon ausgehen, daß Sie frei sind?«

»Ja«, sagte er. »Ich bin frei. Was haben Sie vor?«

Die Gräfin Batthyany lachte tief und kehlig.

3

Basel-Frankfurt-Expreß

Eric Fulmar ließ den Gestapo-Mann auf den Boden gleiten. Er atmete schwer, und sein Puls raste.

Er blickte auf die Leiche, trat darüber hinweg und verriegelte die Abteiltür.

»Scheiße!« stieß er hervor.

Er stieg wieder über die Leiche hinweg, drehte sich um, neigte sich über sie, hielt den Hinterkopf fest und versuchte, das Messer aus dem Kopf zu ziehen. Die dünne Klinge ließ sich nicht herausziehen.

Einen Augenblick spielte er mit dem Gedanken, das verdammte Messer in der Leiche zu lassen.

Dies war nicht als ›mögliches Problem‹ eingeplant.

Ebensowenig war das Messer in die Planung eingeschlossen. Das Thema war nicht zur Sprache gekommen. Und weil er sich schon entschieden gehabt hatte, das Messer mitzunehmen, hatte er es ebenfalls nicht erwähnt, weil er befürchtet hatte, man würde es ihm abnehmen.

Er hatte das Messer von einem englischen Sergeant auf der SOE-Station X gekauft. Alle britischen Kommandoeinheiten hatten eines, hatte ihm der Sergeant erzählt. Die Klinge war ungefähr sechs Zoll lang, und der Griff war gerade dick genug, daß man ihn mit der Hand umschließen konnte. Das Messer, erfunden von einem Engländer namens Fairbairn, der zu diesem Zeitpunkt der Leiter der Schanghaier Polizei gewesen war, gab es in zwei Versionen. Die ›normale‹ war größer und für den Gebrauch im Nahkampf entwickelt. Die Messerscheide war entweder ans Hosenbein oder den Stiefel genäht.

Das Messer, das bis zum Heft hinter und unter dem Ohr des Gestapo-Agenten steckte, war ein ›Baby Fairbairn‹. Es war so klein, daß es mit dem Griff nach unten versteckt zwischen Handgelenk und Ellenbogen getragen werden konnte.

Es hatte die versprochene Leistung gebracht, und vermutlich würde er es nicht noch einmal brauchen.

Fulmar ächzte vor Anstrengung, als er die Leiche auf die Seite wälzte. Er packte den Messergriff, stellte den Fuß auf das Ohr des Gestapo-Agenten und zog mit aller Kraft. Nachdem er die Lage der Leiche verändert hatte, löste sich das, was auch immer die Klinge blockiert hatte, und sie ließ sich jetzt leicht herausziehen. So leicht, daß er zurücktaumelte und auf den Koffer prallte, der auf dem Sitz lag.

Es gab nicht viel Blut an der geschwärzten Klinge. Fulmar wischte sie ein paarmal am Hosenbein des

Gestapo-Agenten ab. Dann schob er sie in die Scheide an seinem linken Arm.

Er wurde sich bewußt, wie schwer er atmete und wie hoch sein Puls war. Er war aufgeregt. Aufgeregte Leute denken nicht klar.

Als erstes muß ich die Leiche beseitigen. Dann muß ich die Uniform anziehen und die Zivilklamotten und das Gepäck loswerden.

Aber dazu muß ich zweimal das Fenster öffnen.

Wird sich das verdammte Fenster öffnen lassen? Wenn nicht, was dann?

Und wenn jemand sieht, wie ich ihn aus dem Fenster werfe?

Wäre es besser, die Leiche und das Gepäck auf einmal hinauszuwerfen, oder sollte ich zwischen beidem etwas warten, damit die Leiche ein paar Kilometer vom Gepäck entfernt gefunden wird?

Das erste zuerst: feststellen, ob sich das verdammte Fenster öffnen läßt.

Beim ersten Versuch wirkte das Fenster wie festgefroren, doch dann sah er eine Schiene, durch die es sich hochschieben ließ. Er drückte mit aller Kraft, und das Fenster ließ sich öffnen.

Nach der ersten Aktion war alles folgende scheinbar einfach.

Als erstes muß ich die Leiche loswerden.

Er spähte aus dem Fenster und voraus auf den Schienenstrang. Er konnte nur den Bahnkörper sehen.

Er packte die Leiche unter den Achseln, stemmte sie hoch und schob den Kopf in das offene Fenster.

Der Bastard muß zweieinhalb Zentner wiegen!

Er schlang die Arme um die Hüften und stemmte und schob zugleich. Fulmars Gesicht war dicht neben der Eintrittswunde. Ein Blutstropfen sickerte daraus hervor. Als er losließ, hing die Leiche halb aus dem Fenster, am Bauch gekrümmt.

Fulmar schlang die Arme um die Knie und stemmte und schob von neuem. Einen Moment hatte es den Anschein, als habe sich die Leiche an etwas verfangen, doch plötzlich löste sie sich und verschwand.

Ohne zu denken, schloß er das Fenster und setzte sich auf die Sitzbank. Er war schweißgebadet und erschöpft. Nach einer Weile stand er auf und öffnete den Koffer. Er nahm eine Schirmmütze mit dem Nazi-Adler und dem SS-Totenkopf und den zwei gekreuzten Knochen und warf sie auf den Sitz gegenüber.

Sicher wird mir diese Mütze entweder über die Ohren rutschen oder so klein sein, daß sie wie ein Pickel auf meinem Kopf sitzen wird.

Der Koffer enthielt ein Hemd, eine Krawatte, einen Uniformrock mit den Abzeichen eines Obersturmführers auf den Kragen und Schulterstücken und dem SD-Dreieck auf dem linken Ärmel oberhalb der Manschette, einen schwarzen Ledergürtel für über den Uniformrock, eine Hose, ein Paar schwarze Lederstiefel und schließlich auf dem Boden einen feldgrauen Mantel.

Fulmar fragte sich, woher die Uniform stammte. Vermutlich war sie gestohlen, sagte er sich. Als nächstes stellte er fest, daß die SS-Uniform billig und unecht im Vergleich zu der aus Gabardine hergestellten pinkfarbenen und grünen Uniform der U.S. Army war, die in Whitbey House zurückgelassen hatte. Das überraschte ihn. Er hatte gehört, daß die SS über die besten Uniformen und Ausrüstungsstücke verfügte.

Er leerte den Inhalt des Koffers auf den Sitz und zog sich schnell bis auf die Unterwäsche aus. Dann legte er die abgelegte Zivilkleidung in einen von ›Rebers‹ Koffern. Zuerst warf er die Sachen einfach hinein, doch dann besann er sich anders. Falls der Koffer nicht aufsprang, wenn er auf den Bahnkörper fiel, war es besser, er wurde mit sorgfältig gefalteten Kleidungsstücken gefunden. Deshalb faltete er ›Rebers‹ Kleidung und legte sie ordentlich in den Koffer.

Dann zog er sich an. Es war als ›mögliches Problem‹ bei den Planungen ins Kalkül gezogen worden, daß ihm die Uniform nicht passen würde. Aber man hatte sich gesagt, daß sich daran nichts ändern ließ. Wie sich herausstellte, paßte das Hemd, aber die Hose war zu groß und der Uniformrock saß zu eng. Die Mütze paßte zu seiner Überraschung perfekt, aber die Stiefel waren so eng, daß er Schwierigkeiten hatte, überhaupt hineinzukommen.

Die Wahrscheinlichkeit, daß die Stiefel nicht passen würden, war bei den Planungen als ein anderes ›mögliches Problem‹ in Betracht gezogen worden, aber es hatte eine ›mögliche Lösung‹ gegeben: Tränken Sie die Stiefel in Wasser und behalten Sie sie an, bis sie getrocknet sind. Dadurch dehnen sie sich *vielleicht*.

Fulmar fand ein Streichholz, zündete es an und verbrannte den Paß und die Fahrkarten auf den Namen Reber. Er fing die Asche mit einem Blatt Zeitungspapier auf. Dann öffnete er das Fenster und verschloß es schnell wieder. Voraus beschrieben die Gleise eine Kurve und Gebäude kamen in Sicht, was darauf schließen ließ, daß sich der Zug einer Ortschaft näherte.

Ein, zwei Minuten später passierte der Zug die Stadt. Als keine Gebäude mehr zu sehen waren, öffnete Fulmar das Fenster erneut. Er warf die Asche hinaus und ließ sie vom Winde verwehen. Aber die Gleise verliefen hier kurvenreich, und er konnte sechs oder sieben Waggons und die Lok sehen. Folglich konnte jemand darin ebenfalls seinen Waggon sehen. Und ihn vielleicht beim Hinauswerfen der Koffer beobachten.

Nach einer scheinbaren Ewigkeit verliefen die Gleise wieder gerade.

Anscheinend dachte er jetzt klarer. Es gab überhaupt keinen Grund, die Koffer aus dem Fenster zu werfen.

Wenn jemand ins Abteil kam, konnte er behaupten, daß die Koffer bei seinem Eintreten bereits dort gewesen waren und er keine Ahnung hatte, wem sie gehörten. Es würde viel sicherer sein, bis zum nächsten Bahnhof zu warten und dort eine Möglichkeit zu nutzen, sie sicher loszuwerden.

Er legte ›Rebers‹ Koffer ins Gepäcknetz und vergewisserte sich sorgfältig, daß er nichts im Abteil vergessen hatte. Dann entriegelte er die Abteiltür, setzte sich auf seinen Platz und nahm die Zeitung.

Er war jetzt nicht mehr aufgeregt wie vor ein paar Minuten. Statt dessen fühlte er sich schrecklich deprimiert.

Er hatte das Gefühl, benutzt zu werden. Was hätte Dick Canidy getan, wenn er ihm gesagt hätte, daß er nicht bereit war, seinen Kopf unters Fallbeil zu legen, indem er nach Deutschland ging?

Verdammt! Die Q-Pille steckt in dem Innentäschchen von Rebers Jackett. Die habe ich vergessen! Fast hätte ich das Jackett aus dem Fenster geworfen!

Er nahm den Koffer aus dem Gepäcknetz, fand das Jackett und die Kapsel und schob sie mit perversem Vergnügen zwischen die Zähne. Dann schloß er den Koffer und legte ihn wieder ins Gepäcknetz.

Wenn ich die Kapsel zerbeiße, ist alles aus.

Canidy hatte ihm das gesagt, obwohl er natürlich nicht aus eigener Erfahrung hatte sprechen können. Er war aus zuverlässiger Quelle informiert worden, daß der Tod augenblicklich eintrat und man gar nicht mehr mitbekam, wie man starb. Dann hatte er gesagt, daß es eine andere Theorie gebe: Wenn man die Kapsel zerbiß, fielen einem zuerst die Eier ab, und erst *dann* fiel man tot um.

Fulmar nahm die Q-Pille aus dem Mund, legte sie auf seine Handfläche und schaute sie an. Sie war durchsichtig und zu etwa Dreiviertel mit milchiger Flüssigkeit gefüllt. Er fragte sich, wieviel davon wirklich nötig war, um tödlich zu sein.

Was ist, wenn ich darauf beiße und niesen muß und dreiviertel davon ausniese? Würde der Rest reichen, um zu wirken?

Dann suchte er im SS-Uniformrock vergeblich nach einem Gegenstück zu dem Innentäschchen für Wechselgeld oder Schlüssel in ›Rebers‹ Jackett. Schließlich nahm er die Schirmmütze und fand zwischen Band und der Versteifung des Schirms Platz für die tödliche Kapsel.

Seine Füße schmerzten, und er erinnerte sich daran, daß er die Stiefel naß machen mußte, damit sie sich dehnten.

Da gab es einen Wasserhahn und ein kleines Wasserglas. Er mußte den Knopf, der den Wasserhahn öffnete, so fest und so lange drücken, daß sein Finger schmerzte, bis das Glas mit Wasser gefüllt war. Und als er das Wasser auf einen der Stiefel schüttete, perlte es ab und verlief.

Er füllte das Glas von neuem, zog den linken Stiefel aus, schüttete Wasser hinein und schaffte es mit großer Mühe, den Stiefel wieder anzuziehen. Er stand auf und schaute auf den Stiefel. Ein wenig Wasser sickerte heraus. Wenn er fest auftrat, gab es ein schmatzendes Geräusch. Er fragte sich, ob es so laut war, wie es klang, oder ob er sich das nur einbildete.

Fulmar füllte das Wasserglas abermals und wiederholte die Prozedur bei dem anderen Stiefel.

Dann ging er zwischen der Abteiltür und dem Fenster hin und her, bis kein Wasser mehr aus dem Stiefelschaft quoll. Seine Socken und Füße waren immer noch naß, und jetzt waren seine Füße eiskalt.

Der Zug wurde langsamer. Der fahrplanmäßige Halt in Offenburg.

Er öffnete das Fenster. Leute strömten vom Zug in den Bahnhof.

Pinkelpause!

Er nahm ›Rebers‹ Koffer aus dem Gepäcknetz, rückte die Schirmmütze auf dem Kopf in einem Winkel zurecht, der angemessen für einen jungen SS-Leutnant war, nahm die Koffer und verließ den Zug.

Das Innere des Bahnhofs war eine Enttäuschung für ihn. Es standen lange Warteschlangen vor den Toiletten, und es gab anscheinend keinen anderen Platz, an dem er die Koffer ›vergessen‹ konnte. Er drehte eine Runde durch den überfüllten Wartesaal und machte sich auf den Rückweg zum Zug.

»Vorsicht, bitte, Herr Obersturmführer!« rief jemand. Fulmar blickte über die Schulter und sah zwei Arbeiter, die einen Karren mit Koffern und Paketen zogen. Fulmar trat aus dem Weg und nutzte dann die Chance, ›Rebers‹ Koffer zu der Ladung des Gepäckwagens hinzuzufügen.

Wohin auch immer die Männer das Gepäck brachten, es würde einige Stunden dauern, bis man feststellte, daß zwei Koffer mehr vorhanden waren, und ein paar weitere Stunden, bis etwas unternommen werden würde. Er folgte dem Gepäckkarren auf den Bahnsteig und beobachtete ihn eine Weile. Die Arbeiter zogen den Karren an seinem Zug entlang über den gesamten Bahnsteig und überquerten hinter der Lok die Gleise.

Sehr selbstzufrieden stieg Fulmar wieder in den Zug. Vom Mittelgang aus konnte er sehen, was mit dem Gepäckkarren geschah. Er stand unter einem Schild ›Tuttlingen/Mengen/Neu-Ulm‹. Es würde mindestens einen Tag dauern, bis jemand dort wegen der überzähligen Koffer Fragen stellen würde. Bis dahin würde die

Leiche des Gestapo-Agenten sicherlich ohnehin gefunden worden sein.

Als der Zug weiterfuhr, ging Fulmar ins Abteil. Zwei Personen waren zugestiegen, zwei Männer in mittlerem Alter, die wie Bürokraten wirkten.

»Heil Hitler!« sagten sie fast unisono.

Fulmar erwiderte den Nazigruß mit einem Heben des Arms, sagte jedoch nichts.

Er hatte jetzt die Wahl. Der verbliebene Koffer war leer und konnte nicht mit ihm in Verbindung gebracht werden. Er konnte ihn zurücklassen oder mitnehmen, oder zurücklassen und später abholen.

Es war Essenszeit. Er hatte bei seinem Ausweis Lebensmittelmarken, aber Baker hatte ihm eingeschärft, sie möglichst nicht zu benutzen, denn es war nicht garantiert, daß sie akzeptiert wurden.

Die ›vorgeschlagene Lösung‹ bestand darin, anstatt der Lebensmittelmarken Geld anzubieten.

Er würde etwas zu trinken bestellen. Wenn dafür Lebensmittelmarken nötig waren, war nichts Verdächtiges daran, wenn ein junger Offizier um etwas zu trinken bat, ohne Lebensmittelmarken dabeizuhaben. Man konnte nur nein sagen. Dann würde er die anderen Reisenden im Speisewagen beobachten und sehen, wie sie mit den Lebensmittelmarken fürs Essen umgingen. Er würde ein großzügiges Trinkgeld für das Getränk oder die Getränke geben und den Kellner sehen lassen, daß er viel Geld hatte.

Sowohl das Alkoholische als auch das Essen erwiesen sich als einfach. Es gab nur Wein, und er trank zwei Glas davon. Jedesmal gab er ein großzügiges Trinkgeld. Er sah, daß es Essen gab, daß man jedoch im voraus mit Lebensmittelmarken bezahlen mußte.

Als er das dritte Glas Wein bestellte, blickte er zum Kellner auf und lächelte.

»Was macht ein hungriger Mann?«

»Wenn er Lebensmittelmarken hat, ißt er«, sagte der Kellner.

»Wären diese Lebensmittelmarken in Ordnung?« fragte Fulmar und zeigte ein paar zusammengefaltete Geldscheine.

Der Kellner sah ihn an und nahm dann das Geld mit einer glatten Bewegung an.

»Ich glaube, wir können uns um den Herrn Obersturmführer kümmern«, sagte er.

Ein paar Minuten später erhielt Fulmar zwei Scheiben Schwarzbrot, belegt mit einer Scheibe Salami.

Vor sechs Tagen, rief sich Fulmar in Erinnerung, war er enttäuscht gewesen, weil in Whitbey House nur Sandwiches mit Schinken und Roastbeef erhältlich gewesen waren; irgendein Hundesohn hatte allen Truthahn gegessen.

4

Fulmar blieb eine Stunde lang im Speisewagen, bis der Zug in Straßburg gehalten hatte und weitergefahren war.

Der Kellner hatte niemanden sonst an seinem Tisch Platz nehmen lassen, und das schloß die Notwendigkeit (und das Risiko) aus, eine Unterhaltung führen zu müssen. Candity war in diesem Punkt unverblümt gewesen: »Werde nicht übermütig, weil du tadellos Deutsch sprichst. In dem Moment, in dem du den Mund aufmachst, riskierst du, etwas zu sagen, das du nicht sagen solltest, oder etwas gefragt zu werden, auf das du keine glaubwürdige Antwort geben kannst.«

Folglich mußte er eine Unterhaltung vermeiden, wann immer das möglich war. Es kam darauf an, unverdächtig zu bleiben. Und wenn er noch länger im Speisewagen blieb, machte er sich wahrscheinlich verdächtig.

Außerdem hatte der Wein ihn ›beruhigt‹. Was bedeutete, daß er seine Sinne betäubt hatte. Und das konnte er sich nicht erlauben.

Der Kellner nickte ihm zu, als er den Speisewagen verließ.

»Heil Hitler!« sagte Fulmar und hob den Arm in lässigem Gruß.

Der Speisewagen befand sich hinter den drei Schlafwagen der Ersten Klasse. Im ersten kontrollierte der Schaffner die Fahrkarten, und zwei Grenzpolizisten überprüften Ausweise und Reisegenehmigungen. Einer der Grenzpolizisten schaute ihn ohne Argwohn an und machte ihm Platz zum Passieren, indem er sich gegen das Fenster drückte.

Der Zug war fast voll. Bis jetzt war er zu zwei Dritteln leer gewesen.

Fulmar hatte fast den zweiten Waggon der Ersten Klasse durchquert, als eine Frauenstimme seinen Namen rief.

Er zögerte kurz und sagte sich einen Lidschlag lang, daß ein anderer Eric gemeint war.

»Eric von Fulmar!« rief die Frau wieder, diesmal lauter.

O Gott, was nun?

Er blieb stehen und schaute sich um.

Eine junge Frau, rundgesichtig, dunkeläugig, kam schnell über den Gang auf ihn zu. Er brauchte einen Moment, um sie wiederzuerkennen. Sie trug eine blaue Uniform, war ohne Make-up, und ihr dunkelbraunes Haar war zu einem Dutt aufgesteckt. Er identifizierte die Uniform an der Armbinde. Sie war in der Organisation Todt, die Hitler unter Dr. Fritz Todt, dem Erbauer der Autobahn, aufgestellt hatte, um jede deutsche Entwicklung und Industrie für die Kriegsanstrengungen zu kontrollieren.

Sie hieß Elisabeth von Handelmann-Bitburg, und Fulmar hatte sie zum letzten Mal in Paris gesehen. Er hatte mit ihr in Fouquets Restaurant in den Champs Elysées zu Abend gegessen, mit ihr und Sidi Hassan el Ferruch und irgendeinem anderen deutschen Mädchen, dessen Name ihm jetzt nicht einfiel.

Nach dem Abendessen, auf dem Rücksitz von el Ferruchs Delahaye, hatte sie ihm eine Ohrfeige gegeben, als er seine Zunge in ihren Mund und die Hand unter ihr Kleid geschoben hatte. Und dann hatte sie alles noch verschlimmert, indem sie losgeschluchzt hatte.

Ihr Vater war Generalmajor Kurt von Handelmann-Bitburg. Nein, korrigierte er sich, Generaloberst. Eldon Baker – *das war der erste Kontakt, den ich mit diesem Hurensohn hatte* - war an jenem Abend in dem Restaurant gewesen und hatte Fulmar überprüft, und Eldon Baker vergaß nie etwas.

In Deal, am Strand von Jersey, hat Baker mir erzählt, daß der Vater ›Ihrer Freundin‹ befördert worden ist.

Elisabeth war also die Tochter von Generaloberst von Handelmann-Bitburg.

»Ich dachte mir, daß du das bist!« sagte sie erfreut und reichte ihm die Hand.

»Du leistest deinen Beitrag für das Vaterland, wie ich sehe«, erwiderte Fulmar.

»Ist diese Uniform nicht schrecklich?« fragte sie.

»Ich habe dich zuerst nicht erkannt«, sagte Fulmar.

»Wann bist du zur SS gegangen?«

»Am zwölften März zweiundvierzig«, sagte er ohne Zögern. Dieses Datum war ihm eingedrillt worden wie die Besonderheiten seines Dienstes bei Einheiten der Waffen-SS, die zweckdienlich in Rußland ausgelöscht oder in Nordafrika gefangengenommen worden waren – bis zu seiner angeblichen Abkommandierung zum Stab des Reichsführers SS.

»Du siehst sehr schön in deiner Uniform aus«, sagte sie. »Und sag bitte nicht, ›du auch‹.«

»In Ordnung«, sagte er. »Ich werde es nicht sagen.«

»Ich habe mich immer gefragt, was aus dir geworden ist«, sagte Elisabeth. »Ich konnte dir nicht schreiben, weil ich keine Adresse von dir hatte.«

»Als ich dich zum letzten Mal sah, hast du mir ins Gesicht geschlagen«, sagte er und war ein bißchen stolz auf sich. Er wurde mit dieser Situation fertig, ohne sie mit dem Baby Fairbairn zu töten. Er meisterte die Lage, indem er Elisabeth einfach wütend machte und dadurch loswurde.

Sie wurde ein wenig rot, hielt seinem Blick jedoch stand.

»Es war falsch, Eric«, erwiderte sie, »und du hattest kein Recht, von mir zu erwarten, daß ich dich gewähren lasse.«

Als er nichts sagte, lächelte sie und neigte den Kopf zur Seite, was er sehr attraktiv fand.

»Ich arbeite für deinen Vater. Na, was sagst du dazu?«

»Du arbeitest für meinen Vater?«

»Im FEG-Büro in Hoechst«, sagte sie. »Ich bin Sekretärin.«

»Oh.«

»Wohin fährst du?« fragte sie.

»Berlin.«

»Oh, das ist gut«, sagte sie. »Es gibt zwei Stunden Aufenthalt, bis der Zug nach Berlin eintrifft. Wir können die Stadt besuchen.«

Er nickte.

Sie neigte den Kopf wieder zur Seite und schaute ihn forschend an. Und dann hakte sie sich bei ihm ein und führte ihn über den Gang und hinaus auf die Verbindungsplattform zwischen den Waggons.

»Was soll das?« fragte er.

»Ich weiß nicht, wie ich beginnen soll – es ist eine interessante Geschichte über dich im Umlauf, Eric«, sagte sie ruhig.

»So?«

»Mein Vater hat sie meiner Mutter erzählt. Ich habe sie aufgeschnappt. Aber ich konnte nicht alles hören. Als ich ihn fragte, wollte er mir nichts erzählen.«

»Was erzählen?«

»Nach dem, was ich mitbekommen habe, hat ihm ein Freund, ein Minister im Außenministerium, gesagt, er hätte dich in Casablanca gesehen.«

»Ich war natürlich in Marokko«, sagte er. »Erinnerst du dich an el Ferruch?«

»Du bist in der Uniform eines amerikanischen Offiziers gesehen worden«, sagte Elisabeth von Handelmann-Bitburg.

Sie sah ihm dabei in die Augen. Als er versuchte, eine Antwort zu formulieren, sagte sie: »O Gott, es stimmt!«

»Ich muß dich jetzt töten«, sagte Eric fast im Plauderton.

Sie wurde bleich und leckte sich nervös mit der Zungenspitze über die Lippen.

»Und ich werde schreien müssen«, sagte sie sehr leise. Dann schaute sie ihm wieder in die Augen. »Willst du mich immer noch töten?«

»Scheiße!« stöhnte Fulmar.

Die Tür des Waggons wurde geöffnet.

Fulmar nahm Elisabeth schnell in die Arme. Einen Moment leistete sie Widerstand, doch dann begriff sie sein Handeln. Wer auch immer von einem Waggon zum nächsten ging, würde sehen, wie ein junger Offizier eine junge Frau küßte.

Sie hob das Gesicht zu ihm.

Die beiden Grenzpolizisten und der Schaffner gingen vorbei. »Guten Tag, Obersturmführer!« sagte einer von ihnen. Einer der anderen lachte leise.

Sie umarmten und küßten sich weiterhin, bis die drei Männer den nächsten Waggon betreten hatten. Fulmar war sich zweier Gefühle bewußt: Er spürte den Griff des Baby Fairbairn in der Hand und den Druck von Elisabeth von Handelmann-Bitburgs Brüsten und Beinen an seinem Körper. Und dann ein drittes Gefühl: Ihre Zunge stieß zwischen seine Lippen, und sie küßte ihn tief und verlangend.

Nur sehr kurz. Dann schob sie ihn von sich.

»Jetzt bist du mit mir gesehen worden«, sagte sie. »Jetzt kannst du mich nicht töten.«

»Du hättest um Hilfe schreien sollen«, sagte er.

»Warum? Ich wußte, daß du mich nicht umbringen wirst.«

»Dessen bist du dir anscheinend verdammt sicher«, sagte er.

»Wenn du wirklich vorhattest, mich zu töten, dann hättest du vorher nicht darüber gesprochen«, sagte sie. »Und dann habe ich in deine Augen gesehen.«

»Allmächtiger!«

»War es nicht schöner, zu küssen, anstatt zu töten?«

»Du hast den Verstand verloren, weißt du das?«

»Mein Vater hat meiner Mutter gesagt, wenn die Russen kommen, wird das Leben nicht mehr lebenswert sein«, sagte sie. »Ich habe mich verändert, seit ich dich zum letzten Mal sah. Wenn man sterben wird, sollte man vorher soviel vom Leben genießen, wie man noch kann, meinte mein Vater.«

»Für solche Worte könnte er erschossen werden«, sagte Fulmar.

»Nein«, widersprach sie ruhig. »Das ist jetzt die offizielle Position des Propagandaministeriums. Sie zitierte: »›Das deutsche Volk muß begreifen, daß Deutschland von der Landkarte verschwinden wird, wenn der Krieg verloren wird.‹ Das stammt von Dr. Goebbels.«

»*Falls*, hat er gesagt«, hörte Fulmar sich antworten.

Sie zuckte mit den Schultern.

»Wohin fährst du wirklich?« fragte sie.

»Das kann ich dir nicht erzählen.«

»Ich werde dich nicht verraten, Eric«, sagte sie.

»Wenn sich diese Grenzpolizisten an den Obersturmführer erinnern, der das Mädchen geküßt hat, und wenn sie sich an dein Gesicht erinnern, wird die Gestapo zu dir kommen und dich verhören. Und wenn du mein Ziel wüßtest, würdest du es preisgeben.«

»Wirst du jetzt gesucht?« fragte sie.

»Ja, aber frag nicht, warum.«

»Vielleicht kann ich helfen«, meinte sie.

»Am besten gehst du in dein Abteil zurück und vergißt, daß du mich jemals gesehen hast«, sagte er.

»Das wäre schon an sich verdächtig«, entgegnete sie. »Und vielleicht kann ich dir wirklich helfen. Wenn sie meinen Ausweis verlangen und feststellen, daß mein Vater ein Generaloberst ist, stellen sie für gewöhnlich keine weiteren Fragen.«

Er blickte sie an.

»Und wenn wir in Frankfurt ins Bahnhofshotel gehen und uns ein Zimmer nehmen, während du auf den Zug nach Berlin wartest, ist die Möglichkeit, daß man dir Fragen stellt, geringer, als wenn du im Bahnhof herumstehst und wartest.«

»Ich fahre nicht nach Berlin«, platzte Fulmar heraus, »sondern nach Marburg.«

486

»Nein, nicht mit diesem Zug«, widersprach sie. »Der erste Halt nach Frankfurt ist Kassel.«

»Woher weißt du das?«

»Ich fahre ständig nach Marburg«, sagte sie. »Ich kenne den Fahrplan. Der erste Zug nach Marburg, den du erwischen kannst, wird um halb vier morgen früh dort eintreffen. Willst du so früh dort ankommen?«

»Und der nächste Zug?«

»Der trifft kurz nach neun in Marburg ein«, sagte sie.

»Vielleicht ist es keine schlechte Idee, ein Hotelzimmer zu nehmen«, dachte Fulmar laut. »Dann könntest du gehen.«

»Was ist los?« fragte sie. »Willst du es nicht mehr? Hast du das Interesse an mir verloren?«

Er schaute sie an.

Sie hob die Hand und legte sie auf seine Wange.

»Ich habe dir gesagt, daß ich mich verändert habe. Ich will jetzt haben, was ich bekommen kann, bevor es zu spät ist.«

Dann zog sie sein Gesicht zu ihrem herab. Und sie ließ zu, was sie ihm in Paris auf dem Rücksitz von el Ferruchs Delahaye nicht erlaubt hatte.

XV

I

Hauptbahnhof
Marburg an der Lahn

30. Januar 1943, 9 Uhr 20

Der Zug von Frankfurt am Main nach Kassel, mit Halt
in Bad Homburg, Bad Nauheim, Gießen und Marburg,
verkehrte nicht am Samstag. Deshalb mußte Fulmar
den Expreß nach Kassel nehmen und in Gießen umstei-
gen.

Er verbot Elisabeth kategorisch, mit ihm zum Frankfurter Hauptbahnhof zurückzukehren. Sie war gekränkt. Sie war verrückt, nichts anderes. Aus ihren
Worten schloß er natürlich, daß sie wahllos mit jeder-
mann schlief, weil sie überzeugt war, bald sterben zu
müssen.

Es hatte sich erwiesen, daß dies nicht stimmte. Im
Bahnhofshotel, nach dem ersten Sex – der schrecklich
enttäuschend für beide verlief –, hatte sie zugegeben,
daß sie ›es‹ dreimal zuvor versucht hatte, weil jeder
anscheinend soviel daraus machte, und jedesmal war
es eine Enttäuschung gewesen.

Aber etwas geschah, als sie es am Morgen wieder
versuchten. Er tat es da mehr oder weniger, weil er
annahm, daß sie es von ihm erwartete, und er rechnete
damit, daß es nicht besser sein würde als in der Nacht.
In Wirklichkeit war es jedoch nicht nur besser, sondern
anders. Er hatte keine Erklärung dafür. Es war einfach

geschehen. Zweimal. Und es wäre ein drittes Mal geschehen, wenn er nicht den gottverdammten Zug hätte erreichen müssen.

Und sie sagte noch etwas Verrücktes, bevor sie in den Bus nach Hoechst stieg.

»Paß auf dich auf, Eric.«

»Du auch«, erwiderte er.

»Ich liebe dich«, sagte sie.

»Du bist verrückt.«

»Und du auch«, sagte sie und hielt immer noch seine Hand.

Und dann warf sie ihm eine Kußhand zu und stieg in den Bus.

Fulmar stand dort auf dem Bürgersteig und suchte sie im Fenster. Als er sie entdeckte, kurz bevor der Bus abfuhr, warf sie ihm noch eine Kußhand zu.

Er dachte daran – und hatte es sogar erwähnt –, sie mitzunehmen und aus Deutschland hinauszubringen. Sie hatte ihn ausgelacht und das als dumme Idee bezeichnet. »Weißt du nicht, was den Familien von Leuten angetan wird, die einfach verschwinden?«

»Laß sie denken, du bist bei einem Bombenangriff ums Leben gekommen«, hatte er argumentiert. »Nicht mehr zu identifizieren.«

»Hast du einen Paß für mich?« hatte sie gefragt. »Eine Reisegenehmigung?« Und er hatte sich wie ein verdammter Blödmann gefühlt.

Dieses ›Ich liebe dich‹ hatte sie jedoch bis zur letzten Minute zurückgehalten.

Als Eric Fulmar in Gießen umstieg, hatte er inzwischen mehr über sie nachgedacht. Vielleicht war tatsächlich etwas Besonderes zwischen ihnen passiert. Er hatte gewiß seltener ein besseres Gefühl beim Sex gehabt als bei den letzten Malen. Es mußte eine Erklärung dafür geben. Er hatte im Laufe der Zeit viel heißen und befriedigenden Sex gehabt, aber so war es noch nie gewesen.

Ein paar wirklich wilde, kindische Gedanken schossen ihm durch den Kopf. Wenn dieser verdammte Krieg vorüber war, würde er sie besuchen. Vielleicht konnte er sie sogar vor dem Kriegsende aus Deutschland herausholen.

Der Anblick von Gießen brachte ihn zur Vernunft. Die Stadt lag in Trümmern. Als er die Zugtür öffnete, roch er verbranntes Holz und den durchdringenderen Gestank von verwesendem menschlichen Fleisch.

Gießen war bombardiert und schwer getroffen worden. Er fragte sich, warum. Soweit er sich erinnern konnte, gab es dort keine bedeutenden Fabriken, gewiß nichts, was die Mühe lohnte, die Stadt in Schutt und Asche zu legen. War es möglich, daß sie irrtümlich bombardiert worden war? Er hatte Canidy und Whittaker darüber scherzen hören, wie erstaunlich es war, daß B17-Piloten mit nur zweihundert Stunden Flugerfahrung Deutschland und auch noch eine besondere Stadt darin finden konnten.

Aber die Zerstörungen erinnerten ihn daran, daß ein Krieg stattfand und vermutlich weder er noch Elisabeth von Handelmann-Bitburg ihn überleben konnten. Er würde ihn bestimmt nicht überleben, wenn er sich weiterhin verhielt wie ein verliebter Schuljunge.

Der Zug von Gießen nach Marburg war alt und hielt an jeder Station. Er sah aus wie eine Spielzeugeisenbahn. Es gab nur eine Klasse, ungepolsterte Sitzbänke und unbeheizte Waggons, und Fulmar saß den größten Teil der Fahrt neben einer fetten Bäuerin mit einem Kartoffelsack voller Kohlköpfe. Sie erzählte ihm, daß ihr Sohn von den Amerikanern in Nordafrika gefangengenommen worden war, und fragte, ob er dort stationiert gewesen war. Er bejahte und erzählte, daß er selbst fast gefangengenommen worden wäre.

Vor seinem geistigen Auge sah er ihren Sohn in Fort Dix oder sonstwo in einem amerikanischen Arbeitsanzug mit dem großen P für Kriegsgefangene auf dem Rücken, wo er drei Mahlzeiten pro Tag erhielt und sich glücklich pries, am Leben und aus dem Krieg heraus zu sein.

Als sich der Zug dem Stadtrand von Marburg näherte, stand Fulmar auf, zwängte sich an den Leuten in seiner Sitzreihe vorbei, verließ den Waggon und stellte sich auf die Plattform. Er stellte den Kragen des Mantels hoch, um sich gegen den kalten Wind zu schützen.

Er wollte sehen, wieviel Schäden in Marburg entstanden waren. Abgesehen von Stellen neben dem Bahnkörper, die wie zugeschüttete Bombenkrater wirkten, sah er keine Anzeichen auf Bombardierungen. Beim Anblick des Bahnkörpers erinnerte er sich jedoch an den Gestapo-Agenten. Inzwischen mußte man die Leiche gefunden und mit den Ermittlungen begonnen haben.

In ein paar Stunden – wenn man es nicht längst herausgefunden hatte – würde man feststellen, daß Reber nicht mehr im Zug war. Und man würde nach ihm fahnden.

Er nahm sich vor, am Südbahnhof auszusteigen und mit der Straßenbahn in die Stadtmitte zu fahren.

Der Zug wurde langsamer, als er durch den Südbahnhof rollte, aber nicht langsam genug, um abzuspringen.

Fünf Minuten später hielt der Zug mit einem Ruck im Hauptbahnhof. Der Bahnhof war ebenfalls unbeschädigt, genauso wie er ihn in Erinnerung hatte. Der Frankfurter Bahnhof war beschädigt worden, und die meisten Scheiben in der Kuppel über den Bahnsteigen fehlten. Über den Gleisen in Marburg gab es kein Glasdach. Es gab nur Bahnsteige zu beiden Seiten der Schienen. Treppen führten davon fort zu einem Tunnel unter den Gleisen zum Bahnhofsgebäude.

Auf dem Bahnsteig hielt sich Bahnpolizei auf, doch die Bahnpolizisten hielten nur die Dinge im Auge und fragten nicht nach Ausweisen und Reisegenehmigungen. Aber es würde irgendwo einen Kontrollpunkt geben. Als er die Treppe zum Tunnel hinabging, entdeckte er ihn. Er war im Tunnel unter den Gleisen errichtet worden, fernab vom kalten Wind. Die Bahnpolizisten auf dem Bahnsteig stellten nur sicher, daß jeder Reisende durch den Tunnel ging und nicht über die Schienen abkürzte, um den Kontrollpunkt zu umgehen.

Die Schlange rückte schnell vor. Offenbar war es ein routinemäßiger Kontrollpunkt, keiner, der errichtet worden war, um jemanden Bestimmten zu erwischen. Zum Beispiel jemanden, der einen Gestapo-Agenten erstochen hatte.

Er hatte fast die Spitze der Warteschlange erreicht, als ein SS-Unterscharführer, der hinter dem Tisch stand, den die Bahnpolizei aufgestellt hatte, ihn entdeckte und sich einen Weg durch die Menge zu ihm bahnte.

»Heil Hitler!« bellte er und hob den Arm zum Nazigruß.

Fulmar erwiderte den Gruß lässig, lächelte und holte unaufgefordert seinen Ausweis hervor.

Das Dokument wurde sorgfältig betrachtet und mit einem weiteren Gruß zurückgegeben.

»Den Obersturmführer passieren lassen!« rief der SS-Unterscharführer laut.

»Danke schön«, sagte Fulmar.

Er war fast auf Höhe des Tisches, als der Unterscharführer ihm nachlief, ihn einholte und seinen Arm berührte.

Fulmar erschrak, zuckte zusammen und wandte sich

zu ihm. Dabei setzte er eine Miene auf, die der SS-Unteroffizier für höfliche Neugier halten sollte. Er war erleichtert, als der SS-Unterscharführer lächelte, aber sein Puls raste immer noch.

»Die Taxis haben wieder keinen Sprit, Obersturmführer«, sagte der Unteroffizier. »Darf ich dem Obersturmführer eine Mitfahrt anbieten?«

»Das ist sehr freundlich von Ihnen, Scharführer«, sagte Fulmar. Er entschloß sich sofort, sich zum Café Weitz fahren zu lassen und zu sagen, daß er dort Freunde treffen werde.

»Es wäre heute ein langer, kalter Fußmarsch zum Burgweg hinauf«, sagte der SS-Unterscharführer.

Woher weiß dieser Hurensohn, daß ich zum Burgweg will? dachte Fulmar alarmiert.

»Wie bitte?« fragte er kühl.

»Es sollte eine scherzhafte Bemerkung sein, Obersturmführer«, sagte der SS-Unteroffizier. »War nicht böse gemeint.«

»So habe ich es auch nicht aufgefaßt«, sagte Fulmar. »Ich weiß nicht, wovon Sie reden.«

»Ich bin einfach davon ausgegangen, weil der Herr Obersturmführer im Stab des Reichsführers SS ist, könnte er einen gewissen sehr ranghohen Offizier suchen, der ebenfalls in Berlin stationiert ist. Ich wiederhole, Obersturmführer, es war nicht anmaßend gemeint.«

»Ich habe es Ihnen auch nicht übelgenommen«, sagte Fulmar lächelnd, »aber ich kenne einen gewissen Standartenführer, der es übelnehmen könnte.«

»Wenn wir von demselben Standartenführer sprechen, Obersturmführer, wäre ich dankbar, wenn Sie nicht erwähnen, daß ich …«

»Selbstverständlich nicht«, sagte Fulmar. »Ist er bereits hier in Marburg?«

»O nein, Obersturmführer«, sagte der SS-Unterscharführer. »Da kam ein Fernschreiben, inoffiziell natürlich, daß unerwarteter Dienst seinen Besuch bei Hauptsturmführer Peis an diesem Wochenende verhindert.«

Fulmar nahm die Nachricht, daß Müller nicht auftauchen würde, mit einer Ruhe hin, die ihn überraschte. Diese ›Möglichkeit‹ war eingeplant. Blieb nur die Frage, warum Müller nicht kam. Hatte er wirklich Dienst, der verhinderte, daß er herkam? Oder hatte er im letzten Moment gekniffen? Oder war die gesamte Operation gefährdet?

»Ich nehme an, das hat sich ergeben, nachdem ich Berlin verlassen habe«, sagte Fulmar. »Davon habe ich nichts gehört. Man sagte mir nur ...« Er verstummte und lächelte. »Oh, ich verstehe! Sie dachten, ich übergebe ein kleines Geschenk, um die Enttäuschung der Dame zu mildern?«

Der SS-Unterscharführer zuckte mit den Schultern.

»Ich muß sagen, Sie sind sowohl aufgeweckt als auch scharfsichtig«, sagte Fulmar. »Aber darum geht es nicht.« Er legte eine Pause ein und dachte scheinbar nach. »Vielleicht wartet am Burgweg eine Botschaft auf mich. Ich nehme dankbar Ihr freundliches Angebot einer Mitfahrt an.«

»Es ist mir ein Vergnügen, Obersturmführer«, sagte der Unterscharführer.

Als sie beim Dyer-Haus eintrafen, bot der Unterscharführer an, zu warten, wenn es nicht zu lange dauern würde.

»Ich werde mindestens in Berlin anrufen müssen«, sagte Fulmar. »Und es würde mich nicht überraschen, wenn ich ein, zwei Botengänge erledigen müßte.«

Der Unterscharführer war anscheinend arglos. Er erklärte, daß er das ganze Wochenende über Dienst hatte und der Obersturmführer nur anzurufen brauchte, wenn er gefahren werden wollte.

Fulmar bedankte sich und ging zur Haustür.

Er kannte das Gebäude, war jedoch noch nie darin gewesen. Gisela hatte nie gewollt, daß er das Haus betrat.

Als er klingelte, kam eine dünne, gebeugte Frau in mittlerem Alter mit einer Decke um die Schultern zur Tür. Sie musterte ihn mißtrauisch.

»Ich möchte zu Fräulein Gisela Dyer«, sagte Fulmar.

»Die Treppe rauf und oben rechts«, sagte die Frau.

Oben öffnete Gisela die Tür. Sie erkannte ihn sofort, und ihre Augen spiegelten Furcht wider.

»Heil Hitler!« bellte Fulmar, damit die Frau es hörte, die sicherlich am Fuß der Treppe lauschte.

»Heil Hitler«, erwiderte Gisela. »Wie kann ich Ihnen helfen, Obersturmführer?«

»Ich habe eine Nachricht von einem gemeinsamen Freund«, sagte Fulmar.

»Kommen Sie bitte herein«, sagte sie.

Als er an ihr vorbeigegangen war, schloß sie die Tür und lehnte sich dagegen.

»Mein Gott, was machst du hier?« fragte Gisela. »Woher hast du diese Uniform? Bist du verrückt?«

»Wo, zum Teufel, ist Müller?« entgegnete Fulmar. »Er sollte hier sein. Oder eine Nachricht schicken, wann er hier sein wird.«

Anstatt eine Antwort zu geben, hielt sie den Zeigefinger auf die Lippen, zog Fulmar in die Küche und drehte die Wasserhähne auf.

»Wo ist Müller?« wiederholte Fulmar.

»Er hat durch Peis eine Botschaft geschickt, daß er es nicht schaffen kann«, sagte Gisela.

»Das war nicht meine Frage«, fuhr Fulmar sie an.

Sie zuckte hilflos mit den Schultern.

Fulmar sagte sich, daß sie es wirklich nicht wußte. Die Entscheidung mußte getroffen werden, und er traf sie.

»Wir werden ohne ihn fahren müssen«, sagte er.

»Das können wir nicht tun«, erwiderte sie. »Er wird nächstes Wochenende hier sein, wenn nicht schon eher.«

»In diesem Augenblick suchen viele Leute nach mir«, sagte Fulmar. »Wir hauen *jetzt* ab.«

»Was ist mit Papieren? Pässen? Reisegenehmigungen? Wie willst du uns über die holländische Grenze bekommen? Wir werden einen Wagen brauchen.«

»Wir brauchen keinen Wagen. Wir fahren mit dem Zug, und zwar nach Wien, nicht nach Holland. Ich habe Dokumente.«

»Wien?« fragte sie. »Weshalb nicht wie geplant nach Holland?«

»Die Pläne sind geändert worden«, sagte Fulmar. »Müller wußte das. Vielleicht ist er nicht hier, weil er uns in Wien treffen wird.«

Und vielleicht hat er sich anders besonnen. Und vielleicht ist er verhaftet worden.

»Er hat Nachricht gegeben, daß er Dokumente hat«, sagte Gisela. »Reisedokumente, meine ich. Johann sagte ›Theaterkarten‹, aber ich bin sicher, er meinte Dokumente. Aber er erwähnte nichts von Wien.«

»Johann?« Fulmar blickte sie anklagend an. »Nun, es wurde in Betracht gezogen, daß ›Johann‹ es vielleicht nicht schaffen kann. Und es wurde ein Alternativplan entworfen. Wie lange brauchst du, um reisefertig zu sein?«

»Ich bin mir nicht sicher, ob mein Vater mit dir reisen wird«, sagte Gisela. »Und ich bin mir nicht sicher, ob ich es will. Du bist kein kleiner Junge mehr, aber *Wien?*«

»Dein Vater hat keine Wahl«, sagte Fulmar. Er wartete, bis sie ihn ansah, bevor er weitersprach. »Ich bin von einem Unteroffizier des hiesigen SD-Büros hergefahren worden. Er weiß, daß ich hier bin, und ebenfalls weiß es eure Concierge. Man wird also wissen, daß ich hier gewesen bin.«

»Na und?« sagte sie. »Das laß mal meine Sorge sein. Ich werde mir etwas ausdenken, was ich erzähle, wenn ich gefragt werde.«

Eine weitere Entscheidung mußte getroffen werden, und Fulmar traf sie, ohne viel darüber nachzudenken.

»Gisela, meine Befehle lauten, daß weder du noch dein Vater einem Verhör ausgesetzt werden dürfen«, sagte er.

»Was heißt das?«

»Man wird mich suchen, weil es nötig war, einen Gestapo-Agenten auf der Zugfahrt nach hier zu eliminieren«, sagte Fulmar. »Wenn nötig, werde ich dich und deinen Vater eliminieren.«

»Meinst du das ernst?«

Er ignorierte die Frage. »Wo ist dein Vater?«

»Beim Arzt«, sagte sie und warf einen Blick auf ihre Armbanduhr. »Er sollte in einer halben Stunde hier sein.«

»Was hat er?« fragte Fulmar.

»Er hatte schlimmen Husten«, sagte sie.

»Nutz die halbe Stunde zum Packen«, sagte er. »Nichts von Wert. Nur Kleidung für ein paar Tage.«

»Ich glaube, mir wird schlecht«, sagte Gisela.

»Nun, dann geh kotzen«, sagte Fulmar. »Aber tu es, wo ich dich sehen kann.«

Sie blickte ihn mit Entsetzen und Abscheu an, aber sie übergab sich nicht.

Fünf Minuten später klopfte jemand an die Tür.

»Ist das dein Vater?« flüsterte Fulmar.

Sie schüttelte den Kopf.

»Er hat einen Schlüssel«, wisperte sie und hob dann die Stimme. »Wer ist da?«

»Hauptsturmführer Peis, Fräulein Dyer«, rief Peis.

Gisela blickte fragend zu Fulmar.

Fulmar schlich auf Zehenspitzen zur Tür und forderte Gisela mit einer Geste auf, sie zu öffnen.

Sie ging zur Tür und öffnete sie.

»Guten Tag«, sagte sie höflich.

»Ich hörte, wir haben einen Besucher aus Berlin«, sagte Peis. »Ich dachte mir, ich frage mal, ob ich irgendwie zu Diensten ...«

Fulmar tötete ihn, wie er den Gestapo-Agenten im Zug getötet hatte, schnell und lautlos mit dem Fairbairn-Messer. Peis zuckte wie Lorin Wahl einen Moment in seinen Armen, bevor die Nervenreflexe aufhörten. Dann ließ Fulmar Peis' Leiche zu Boden gleiten.

Er neigte sich über den Toten, stellte ihm den Stiefel aufs Gesicht und zog das Baby Fairbairn aus seinem Schädel. Er wischte die Klinge an Peis' Uniformrock ab und schob das Messer in die Scheide. Dann schaute er Gisela an. Sie hielt seinem Blick einen Moment stand und drehte dann den Kopf zur Seite.

Fulmar schleifte die Leiche ins Wohnzimmer und legte sie an eine Stelle, die man von der Tür aus nicht sehen konnte, aber er versuchte nicht, sie zu verstecken. Dann zog er den kleinen Teppich zurecht, den er verschoben hatte, als er die Leiche ins Wohnzimmer geschleift hatte.

»Mußtest du ihn töten?« fragte Gisela sehr leise.

»Es war nötig«, sagte er, und dann fand er, daß es ein wenig zu schroff klang. Sie sollte Angst vor ihm haben, nicht hysterisch werden.

»Ich kannte ihn, erinnerst du dich? Er hätte sich an mich erinnert. Ich habe mich nicht sehr verändert.«

Sie lachte höhnisch bei diesen Worten.

»Mein Gott«, sagte sie, »wenn man uns schnappt, wird man uns hinrichten.«

Fulmar erwiderte nichts darauf. Er ging zum Fenster und schaute auf den Burgweg hinab. Ein kleiner Mercedes mit Dieselmotor parkte beim Parkverbotsschild.

»Hat Peis einen Fahrer?« fragte er.

»Nein«, antwortete Gisela.

»Dann fahren wir sofort, wenn dein Vater eintrifft, mit Peis' Wagen nach Frankfurt und steigen in den Zug nach Wien.«

»Warum fahren wir nach Wien?«, fragte sie. »Das ist die entgegengesetzte Richtung zu Holland.«

»Weil es sicherer ist«, erwiderte er.

Sie würden nach Budapest fahren, doch wenn sie unterwegs geschnappt wurden, war es besser, wenn weder Gisela noch ihr Vater das Endziel kannten.

»Mein Vater wird einen Herzanfall kriegen, wenn er Peis sieht«, sagte Gisela. Das war kein Klischee, sie meinte es ernst.

Fulmar zuckte mit den Schultern.

»Als du – damals aus Marburg verschwunden bist«, sagte sie, »und Peis mich verhörte, verbrannte er meine Brüste mit glühenden Zigaretten. Der Schmerz – ich sollte etwas empfinden, nachdem du ihn jetzt getötet hast. Aber ich empfinde nichts. Ich kann einfach nicht glauben, daß dies geschehen ist.«

Auf der Treppe näherten sich Schritte, und einen Augenblick später wurde ein Schlüssel ins Schloß der Wohnungstür geschoben.

Professor Friedrich Dyer trat ein.

»Es war nicht abgeschlossen«, sagte er, und dann sah er Fulmar. »Du hast einen Gast, wie ich sehe.«

Fulmar forderte ihn mit einer Geste auf, die Tür zu schließen.

»Geh nicht ins Wohnzimmer, Papa«, sagte Gisela.

»Warum nicht?« fragte er und ging weiter zum Wohnzimmer.

»Haben Sie das getan?« fragte er dann Fulmar sachlich.

»Es mußte sein«, sagte Fulmar.

Professor Friedrich Dyer neigte sich über Peis' Leiche und spuckte darauf. Dann wandte er sich zu Fulmar um.

»Wer sind Sie?« fragte er.

»Eric von Fulmar.«

Dyer nickte, als wäre das keine Überraschung für ihn.

»Was haben Sie mit dem Kadaver dieses Schweins vor?« fragte Dyer.

»Sobald Sie einige Dinge in eine Reisetasche gepackt haben, nehmen wir Peis' Wagen und fahren nach Frankfurt«, sagte Fulmar. »Wir lassen die Leiche hier. Es sollte ein, zwei Tage dauern, bis sie gefunden wird.«

Dyer blickte zu seiner Tochter.

»Ist mit dir alles in Ordnung, Liebchen?«

Sie nickte.

Er wandte sich an Fulmar.

»Und was ist, wenn wir an einer Straßensperre gestoppt werden?«

»Ich habe Pässe und Reisegenehmigungen für Sie«, sagte Fulmar. »Und meinen SD-Ausweis.«

»Haben wir Zeit, um bei meinem Büro vorbeizufahren?« fragte Dyer.

»Nein«, sagte Fulmar.

»Antworten Sie nicht so schnell«, schnauzte ihn der alte Mann an. »Ich habe viel darüber nachgedacht, warum man sich all diese Mühe um mich macht, und ich bin zu dem Schluß gelangt, daß es um meine Arbeit geht, nicht um einen alten Mann.«

»Arbeit?« fragte Fulmar. »Welche Art Arbeit?«

»Sie würden nichts davon verstehen«, sagte Dyer ungeduldig. »Arbeit über die Molekularstruktur von Metallen.«

»Man hat mir nichts von irgendwelchen Unterlagen gesagt«, wandte Fulmar ein.

»Ich möchte sie entweder mitnehmen – einige der wichtigeren Papiere, nicht alles – oder vernichten.«

»Wir fahren nicht zur Universität«, sagte Fulmar. »Diskussion beendet. Packen Sie ein paar Hemden in eine Reisetasche, Herr Professor.«

2

Büro der Organisation Todt, Hoechstwerke, FEG Hoechst am Main

30 Januar 1943, 15 Uhr 40

»Guten Tag«, sagte der Anrufer. »Würden Sie mich bitte zu Fräulein von Handelmann-Bitburg durch-stellen?«

»Fräulein von Handelmann-Bitburg arbeitet nicht in diesem Büro, und sie kann nicht ans Telefon gerufen werden.«

»Ich rufe für Generaloberst von Handelmann-Bit-burg an«, sagte der Anrufer kühl. »Stellen Sie mich bitte zu seiner Tochter durch, oder lassen Sie mich mit Ihrem Vorgesetzten sprechen.«

»Einen Moment, bitte, mein Herr«, sagte die Frau.

Genau zwei Minuten und einundvierzig Sekunden später – der Anrufer blickte auf seine Uhr – war Fräu-lein von Handelmann-Bitburg in der Leitung.

»Hallo?«

»Ich liebe dich«, sagte der Anrufer.

»Wie geht es dir?« fragte Fräulein von Handelmann-Bitburg.

»Hast du gehört, was ich gesagt habe?«

»Ich glaube, das wußte ich bereits«, sagte Fräulein von Handelmann-Bitburg. »Aber danke dafür, daß du es gesagt hast.«

Der Anrufer hängte ein.

Dann rannte er durch den Frankfurter Bahnhof und stieg in den Donauexpreß nach Wien.

3

Leitha, Ostmark

31. Januar 1943

Es gab ein Zollamt gleich neben dem Bahnhof von Leitha. Es war ein stabiler Backsteinbau, und über dem Eingang war in Sandstein der Doppeladler der Österreichisch-Ungarischen Monarchie eingemeißelt. Ein schwarzweißes Schild mit der Aufschrift GRENZPOLIZEI war an dem Gebäude befestigt worden, aber es verdeckte nicht ganz die Bekrönung aus Sandstein. Die beiden Adlerköpfe waren sichtbar, als ob sie über das Schild hinwegblickten.

Die Grenze teilte, was einst die beiden Hauptteile der Österreichisch-Ungarischen Monarchie gewesen waren. Ungarn war jetzt ein unabhängiger Staat. Und Österreich war ebenfalls unabhängig gewesen, aber es war jetzt an Großdeutschland angeschlossen und nun offiziell die Ostmark, gleichgestellt mit Bayern oder Preußen oder Hessen.

Ungefähr dreißig Kilometer nördlich von Leitha befand sich die Grenze zwischen der Ostmark und dem Gebiet, das andere zwei Teile der Österreichisch-Ungarischen Monarchie gewesen war. Dies waren die ehemaligen Provinzen Böhmen und Mähren, die ein paar Jahre lang die Republik Tschechoslowakei gewesen waren.

Der Premierminister von Großbritannien, Neville Chamberlain, hatte im Austausch für ›Frieden in unserer Zeit‹ Hitler erlaubt, dieses Land zu übernehmen. Aber es war damit nicht so gutgegangen wie mit Ungarn und Österreich. Es war jetzt ein ›Protektorat‹, was bedeutete, daß die Böhmen und Mähren nicht als ganz so gut wie Deutsche betrachtet wurden und keine Abgeordneten zur Zentralregierung in Berlin entsenden durften.

Richard Canidy hatte über dieses Stück Geschichte viel nachgedacht, bevor er sich entschieden hatte, daß der sicherste Ort für eine Überquerung der Grenze zwischen Deutschland und Ungarn Leitha war. Ungarn und Deutsche waren Verbündete.

Bewohner der Protektorate Böhmen und Mähren verstanden anscheinend nicht das Privileg ihrer Assoziation mit Deutschland als fast gleichberechtigte Bürger. Sie hatten nicht nur Reinhard Heydrich, den Reichsverweser, ermordet, sondern sie versuchten auch anscheinend stets, aus Böhmen und Mähren heraus und entweder in Ungarn oder die Ostmark hineinzukommen.

Folglich wurden die Grenzen zwischen den Protektoraten und der Ostmark oder den Protektoraten und Ungarn schärfer bewacht als die Grenze zwischen der Ostmark und Ungarn.

In Leitha würden nur die Ausweise kontrolliert werden, und diese eine Kontrolle würde vermutlich mehr oder weniger flüchtig sein.

Aber eine Kontrolle wurde durchgeführt, und sie fand nicht nur pro forma statt. Die Hauptsorge der Behörden war die Ungleichheit zwischen der Lebensmittelversorgung in Deutschland und Ungarn. Ungarn, das der Brotkorb der Monarchie Österreich-Ungarn gewesen war, hatte immer noch einen Überschuß an Nahrungsmitteln, die von Bauern oder ihren Maklern bereitwillig an jeden verkauft wurden, der Geld hatte.

Auf dem Weg von Ungarn nach Deutschland wurde das Gepäck der Reisenden nach Schmuggelware wie Würstchen, Salami oder geräuchertem Schweinefleisch durchsucht. Das war beträchtlich leichter zu finden als Geld, das über die Ausfuhrgrenze hinaus mitgeführt und für gewöhnlich in die andere Richtung geschmuggelt wurde.

Die Ausweiskontrolle und die Durchsuchung des Gepäcks begannen fast sofort, als der Zug Wiens Hauptbahnhof verlassen hatte. Leitha war von Wien nur achtzig Kilometer entfernt, und der Zug legte diese Strecke in etwa fünfundvierzig Minuten zurück. Eine Dreiviertelstunde reichte für die Grenzpolizei nicht aus, um alles Gepäck zu durchsuchen und alle Ausweise zu kontrollieren.

Der Budapest-Expreß hielt in Leitha eine halbe Stunde lang, während die Kontrolle fortgesetzt wurde, als das Quartett der Kontrolleure – der Schaffner, zwei Grenzpolizisten und ein Gestapo-Agent – die Tür zu einem Abteil aufschoben, in dem sich ein Obersturmführer vom SD, eine attraktive junge Frau und ein großer Mann mit aufrechter Haltung aufhielten, dessen Ausweis und Reisedokumente ihn als Vater der jungen Frau und als Ingenieur auswiesen, der bei Siemens angestellt war.

Ihre Dokumente schienen in Ordnung zu sein. Der junge Obersturmführer bekannte sogar naiv, daß er weit mehr Reichsmark bei sich hatte als gesetzlich erlaubt. Mit anderen Worten, er hatte nicht versucht, sie zu verstecken, was verdächtig gewesen wäre. Aber wie jeder wußte, ein Mitglied des persönliches Stabs des Reichsführers SS, sogar ein kleiner Obersturmführer, neigte dazu, ein wenig lässig mit den Vorschriften umzugehen.

Unter normalen Umständen hätte der Gestapo-Agent wegen der zu vielen Reichsmark in Besitz des Obersturmführers ein Auge zugedrückt, nachdem er sich von der Echtheit des Ausweises überzeugt hatte. Aber an diesem Morgen war ein dringendes Fernschreiben aus Berlin eingetroffen. Am vergangenen Abend war nahe der schweizerischen Grenze die Leiche eines Gestapo-Agenten gefunden worden.

Er war brutal erstochen und aus dem Expreß Basel-Frankfurt geworfen worden. Der Mörder war vermutlich Schweizer Staatsangehöriger oder zumindest jemand mit einem Schweizer Paß, der auf den Namen Reber ausgestellt war. ›Reber‹ war aus dem Zug verschwunden, und es stand keine genaue Personenbeschreibung zur Verfügung, aber die wenigen Einzelheiten, die bekannt waren, paßten auf den Obersturmführer.

Es war eine heikle Situation für den Gestapo-Agenten. Wenn dieser junge Offizier zum persönlichen Stab vom Reichsführer SS zählte, hatte er zweifellos Freunde an hohen Stellen, Freunde, die einen Mordskrach schlagen würden, wenn er aus dem Zug geschleppt und beschuldigt werden würde, entweder ein Schweizer Schwarzmarkthändler oder ein feindlicher Agent zu sein. Aber Pflicht war Pflicht. Es war einfach ein wenig Taktgefühl erforderlich.

»Ich bin überzeugt, der Obersturmführer wird die Lage verstehen«, sagte der Gestapo-Agent.

»Welche Lage?«

»Es gibt eine gewisse Situation, über die ich nicht in der Öffentlichkeit sprechen möchte«, sagte der Gestapo-Agent.

»Sie möchten unter vier Augen mit mir reden«, sagte Fulmar und stand auf.

»Wenn Sie so freundlich wären«, sagte der Gestapo-Agent.

»Nun gut«, sagte Fulmar und ging aus dem Abteil.

Der Gestapo-Agent führte ihn zum Verbindungsgang am Ende des Waggons.

Fünf Kilometer vor der verdammten Grenze werde ich geschnappt!

»Wäre es furchtbar lästig für Sie, Obersturmführer, mir die Telefonnummer von jemandem zu geben, den wir anrufen können und der für Sie bürgen kann?«

»Was hat das alles zu bedeuten?« fragte Fulmar ungeduldig. »Was wollten Sie nicht mit mir vor den anderen besprechen?«

»Es gab einen Zwischenfall, Obersturmführer, bei dem ein Gestapo-Agent sein Leben verlor. Wir erhielten heute morgen ein Fernschreiben mit einer Beschreibung des Mannes, der als Hauptverdächtiger gilt.«

»Und Sie meinen, ich bin der Mann, den Sie suchen?« fragte Fulmar. »Unerhört!«

»Obersturmführer, Sie werden sicherlich verstehen, in welcher Lage ich mich befinde.«

»Nun, dann bringen wir es hinter uns«, sagte Fulmar. »Können wir von hier aus mit Berlin telefonieren? Standartenführer Müller wird für mich bürgen. Würde das ausreichen? Oder muß es der Reichsführer SS persönlich sein?«

»Herr Obersturmführer, der Kollege wurde brutal

ermordet«, sagte der Gestapo-Agent. »Er wurde erstochen. Man nimmt an, daß sein Mörder ein feindlicher Agent ist. Die Lage, und ich bin überzeugt, Sie verstehen das, erfordert außergewöhnliche Maßnahmen, selbst die Überprüfung von jemandem wie Sie, Obersturmführer.«

»Nun, Sie hätten mir die Lage gleich so schildern sollen. Sie brauchen sich nicht zu entschuldigen. Im Gegenteil, ich sollte mich für meinen Unmut entschuldigen und tue es hiermit. Sie sagten, es gibt hier ein Telefon?«

»Im Büro der Grenzpolizei, Obersturmführer.«

Müller hat es sich offenbar anders überlegt. Wenn er sich am Telefon meldet, wird er entweder behaupten, nie etwas von mir gehört zu haben, oder mich als Agent verhaften lassen. In jedem Fall muß ich bis zu dem Telefonat etwas unternehmen.

Ich habe nur eine Chance, wenn ich mit ihm allein bin, bevor es zu diesem Telefonat kommt, und ihn töten, die Leiche verstecken und wieder in den Zug steigen kann. Und dann kann ich nur hoffen, daß die Leiche nicht entdeckt sind, bis wir die Grenze überquert haben.

Ich bin aufgeflogen. Scheiße, und das so nahe am Ziel!

Wenn der Gestapomann nicht durchdreht, wenn er feststellt, daß sie mich haben, und die Dyers die Nerven behalten, wenn sie von meiner Festnahme erfahren, schaffen sie es vielleicht.

Die offenkundige Lösung dieses Problems für mich ist, mich jetzt von dieser Welt zu verabschieden. Wenn man mich verhört, wird Elisabeths Name herauskommen.

Fulmar wischte sich übers Gesicht, wie um ein Insekt zu verscheuchen. Dabei stieß er scheinbar unabsichtlich seine Mütze vom Kopf.

Der Gestapomann bückte sich schnell, hob sie auf und gab sie ihm.

»Danke schön«, sagte Fulmar und rieb vorne über

die Krone, wie um sie zu säubern. Er schaute darauf und bog sie gerade, und als er die Hand zurückzog, hielt er die Q-Pille darin. Er setzte die Mütze auf und hustete, wobei er die Hand vor den Mund hielt und die Kapsel zwischen seine Zähne schob.

Hier? überlegte er überraschend ruhig. *Oder sollte ich abwarten, was passiert?*

»Der Anruf geht von hier nach Wien, was manchmal schwierig ist«, sagte der Gestapo-Agent. »Aber von Wien aus haben wir eine direkte Leitung nach Berlin.«

»Prima«, sagte Fulmar, ohne die Kiefer zu bewegen. Er fuhr mit der Zunge über die Kapsel zwischen seinen Zähnen.

»Eric!« rief eine Männerstimme. »Eric von Fulmar!«

Fulmar und der Gestapo-Agent drehten sich, um zu sehen, wer gerufen hatte.

Ein großer, schlanker, aristokratisch wirkender Mann mit einem Homburg stand auf der Plattform von einem der Waggons.

»Heil Hitler!« sagte Eric. Die Q-Pille lag nun locker in seinem Mund. Er befürchtete, sie entweder zu verschlucken oder husten und sie dabei ausspucken zu müssen, was der Gestapomann gesehen hätte. Er hüstelte wieder – es war ihm bewußt, daß es gekünstelt klingen mußte –, und dann hielt er die Q-Pille wieder in der Hand.

»Wohin um alles in der Welt wollen Sie gehen?« fragte der Mann.

»Sagen Sie ihm, daß Sie in ein paar Minuten zurück sein werden«, verlangte der Gestapo-Agent.

Der Bastard ist mißtrauisch, dachte Fulmar.

»Ich bin gleich zurück«, rief Fulmar. »Wir müssen Berlin anrufen.«

Der Mann sprang vom Zug und schritt schnell zu ihnen.

Jetzt war der Gestapo-Agent ärgerlich.

Er griff in die Tasche seines knöchellangen Ledermantels, zog seine Ausweismarke aus Aluminium hervor und zeigte sie dem Mann.

»Gestapo«, sagte er.

»Das habe ich vermutet«, erwiderte der Mann. »Seien Sie so gut und erklären Sie mir dies.«

»Das geht Sie nichts an, mein Herr!«

»Oh, mein Lieber, aber das geht mich sehr wohl etwas an«, sagte der Mann eisig.

Er griff in die Brusttasche seines Anzugjacketts und nahm ein Schweinslederetui hervor. Er klappte es auf und hielt es dem Gestapomann vors Gesicht.

»Seien Sie so gut und schauen Sie sich das genau an«, sagte er sanft.

Der Gestapo-Agent betrachtete den Ausweis genau. Er hatte nie zuvor einen solchen Ausweis gesehen. Nur Muster in der Ausbildung.

Es war ein Ausweis, der von Heinrich Himmler persönlich unterzeichnet war. Im Namen des Führers befahl er allen Gesetzesbehörden, die Befehle des Trägers, SS-Brigadeführer vom SD Helmut von Hürten-Mitnitz, zu befolgen.

»Zu Befehl, Brigadeführer«, sagte der Gestapo-Agent.

»Dann werden Sie so nett sein, mir zu erklären, was hier vorgeht?«

»Wenn Sie erlauben, Brigadeführer«, sagte Fulmar, »dieser Mann erfüllte nur seine Pflicht.«

»Tatsächlich? Wie kommt das?« sagte von Hürten-Mitnitz.

»Es läuft eine Fahndung nach jemandem, dessen Beschreibung anscheinend auf mich paßt. Dieser Mann wollte sich vergewissern, daß ich derjenige bin, für den ich mich ausgebe.«

»Offensichtlich hat sich das erübrigt, Brigadeführer«, sagte der Gestapo-Agent.

Von Hürten-Mitnitz ignorierte ihn.

»Ihre Tante Beatrice sagte mir, Sie sind vermutlich in diesem Zug«, sagte er zu Fulmar. »Ich habe Sie in Wien gesucht und konnte Sie nicht finden.«

»Ich habe den Zug fast verpaßt«, sagte Eric.

»Mit Ihrer Erlaubnis, Brigadeführer, werde ich zu meinem Dienst zurückkehren«, sagte der Gestapo-Agent.

Von Hürten-Mitnitz entließ ihn mit einem lässigen Heben des Arms.

»Heil Hitler«, murmelte er.

Der Gestapo-Agent ging zum Zug zurück.

»Sie da!« rief von Hürten-Mitnitz ihm nach, und als sich der Gestapo-Agent umwandte, fügte er hinzu: »Ihr Eifer ist lobenswert.«

»Danke, Brigadeführer«, sagte der Gestapo-Agent erfreut und stieg in den Zug.

»Das war ziemlich eng, nicht wahr?« sagte von Hürten-Mitnitz zu Fulmar. »Wie wollte er Sie überprüfen?«

»Ich wollte Müller anrufen«, sagte Fulmar.

»Sie hätten ihn nicht erreicht«, sagte von Hürten-Mitnitz. »Sofort als ich hörte, was im Zug von der Schweiz geschah, versuchte ich, ihn anzurufen. Er ist noch mit Kaltenbrunner in Rastenburg.«

»Ich dachte, er hat sich anders besonnen oder ist verhaftet worden. Ich war nahe daran, diese verdammte Pille zu zerbeißen.«

Helmut von Hürten-Mitnitz sah ihn einen Moment forschend an, sagte jedoch nichts.

»Gibt es sonst noch etwas, das ich wissen sollte? Gab es Probleme in Marburg?«

»Ich mußte den örtlichen SD-Mann ausschalten«, sagte Fulmar.

»Ausschalten?«

»Ich habe ihn umgebracht«, sagte Fulmar. »Die Leiche liegt in Professor Dyers Wohnung. Wir sind mit dem Wagen des SD-Manns nach Frankfurt gefahren.«

Von Hürten-Mitnitz dachte einen Moment darüber nach.

»Nun, dann ist es gut, daß Müller in Rastenburg ist, nicht wahr? Sonst noch etwas?«

»Dyer wollte vor unserer Abfahrt einige Papiere mitnehmen oder vernichten. Ich sagte ihm, daß wir keine Zeit dazu haben. Wissen Sie etwas darüber?«

Von Hürten-Mitnitz überlegte einen Moment und schüttelte dann den Kopf.

»Keine Ahnung«, sagte er.

Er würde Müller anweisen, sich Professor Dyers Papiere anzueignen, wenn er das konnte, ohne Verdacht zu erregen. Wenn Dyer sie für wichtig hielt, erklärte das vielleicht, weshalb sich die Amerikaner all diese Mühe gemacht hatten, ihn aus Deutschland herauszuholen.

»Ich habe eine kleine Neuigkeit für Sie«, sagte von Hürten-Mitnitz. »Bei meiner Ankunft in Budapest erfuhr ich, daß Ihre Kontaktperson hier die Gräfin Batthyany ist, Ihre angeheiratete Kusine.«

Fulmars Augenbrauen ruckten hoch. »Ich hatte als Angaben nur die Kirche Sankt Anna, das Datum und die Uhrzeit.«

»Warum steigen wir nicht wieder in den Zug, mein lieber Eric?« sagte Helmut von Hürten-Mitnitz.

»Was geschieht als nächstes?« fragte Fulmar.

»Morgen oder übermorgen werden Sie nach Jugoslawien gebracht werden. Wenn Sie dort in Mihajlovics Händen sind, wird der riskante Teil der Reise vorüber sein, wie man mir versichert hat.«

Fulmar schnaubte. »›Versichert‹? Wer hat Ihnen das versichert?«

»Jemand, der sehr nahe an der Spitze des ungarischen Widerstands steht«, sagte von Hürten-Mitnitz. »Jemand, den ich für vertrauensvoll halte.«

»Aber Sie sagen mir nicht den Namen?«

»Ich habe ihn der Gräfin Batthyany genannt«, sagte von Hürten-Mitnitz.

Fulmar hob wieder die Augenbrauen.

»Ich glaube, Sie werden feststellen, daß sie eine ziemlich bemerkenswerte Frau ist«, sagte von Hürten-Mitnitz. »Ich halte sie jedenfalls dafür.«

Eine Viertelstunde später, als der Zug weitergefahren war, rief der Gestapo-Agent seinen Chef in Wien an und meldete die Anwesenheit eines SS-Brigadeführers aus Berlin im Zug.

»Ich hoffe, alles ist glatt verlaufen?«

»Ja, natürlich.«

»Sie tauchen manchmal auf, und man weiß nie wann und wo.«

»Jawohl.«

»Seien Sie nicht so ehrfürchtig, Franz. Sie pissen und scheißen wie wir alle.«

4

Ostbahnhof Budapest

31. Januar 1943, 11 Uhr 45

Als der Opel Admiral auf dem für offizielle Fahrzeuge reservierten Parkplatz des Ostbahnhofs gesehen wurde, weckte er natürlich eine gewisse Neugier bei den Gestapo-Agenten, die im Bahnhof Dienst hatten.

Zum einen gab es nur wenige Opel Admiral in Budapest, und der Besitz eines solchen Wagens war ein Symbol für Macht und Befugnis. Zum anderen hatte dieser Wagen Berliner Nummernschilder, ein CD-Schild (Corps Diplomatique) und einen Aufkleber auf dem Berliner Nummernschild, der verkündete, daß das Auto im Dienst des Deutschen Reiches und besonders des Sicherheitsdienstes fuhr.

Offenbar war derjenige, der den Wagen dort geparkt hatte, ein hohes Tier. Die Frage war nur, um wen es sich handelte.

Eines nach dem anderen. Josef Hamm, der hier leitende Gestapo-Agent, befahl, daß die ungarische Bahnpolizei ›gebeten‹ wurde, den Wagen von einem Bahnpolizisten beobachten zu lassen. Eines war sicher: Wer auch immer der hohe Offizielle war, er würde nicht erfreut sein, wenn er bei seiner Rückkehr feststellen würde, daß jemand mit einem Schlüssel oder einer Münze den Lack der Kotflügel oder Türen zerkratzt hatte.

Es hatte in letzter Zeit viele solcher Fälle gegeben. Eine Reihe von Ungarn nahm Anstoß an der ungarisch-deutschen Allianz im allgemeinen und an der zahlreichen – und zunehmenden – Anwesenheit deutscher Soldaten und SS-Männer in Budapest im besonderen, und diese Leute drückten ihr Mißfallen mit kleinen gemeinen Taten aus.

Dann rief Hamm den Sicherheitsoffizier in der deutschen Botschaft an und fragte, wem der Wagen gehörte.

»Er gehört vermutlich von Hürten-Mitnitz«, sagte der Sicherheitsoffizier. »Das würde den SD-Aufkleber erklären, und er ist der Typ, der einen Admiral hat.«

»Wer ist von Hürten-Mitnitz?«

»Helmut von Hürten-Mitnitz«, sagte der Sicherheitsoffizier. »Er ist der neue Erste Sekretär.«

»Wie kommt der an einen SD-Aufkleber?«

»Wenn es ihn langweilt, einen Nadelstreifenanzug zu tragen, kann er die Uniform eines SS-Brigadeführers vom SD anziehen«, sagte der Sicherheitsoffizier. »Von Hürten-Mitnitz ist ein sehr einflußreicher Mann. Sein Bruder ist ein großer Freund des Führers. Wenn Sie möchten, kann ich das Kennzeichen mit einem Fernschreiben nach Berlin überprüfen lassen.«

»Wie lange würde das dauern?«

»Dreißig, vierzig Minuten«, sagte der Sicherheitsoffizier.

»Ich rufe in einer Stunde zurück«, sagte Josef Hamm. »Vielen Dank, Karl.«

Als er zurückrief, erfuhr Hamm, daß von Hürten-Mitnitz nicht der Besitzer des Opel Admiral war. Der Wagen gehörte Standartenführer Johann Müller vom SD.

»Meinen Sie, er weiß, daß von Hürten-Mitnitz ihn fährt?«

»Wenn der Wagen gestohlen worden wäre, hätte man das vermutlich gesagt«, erwiderte der Sicherheitsoffizier sarkastisch. »Müller ist beim Führer in der Wolfsschanze. Niemand fährt mit einem Privatwagen dorthin. So hat er ihn vielleicht von Hürten-Mitnitz geliehen.«

»Haben Sie diesen von Hürten-Mitnitz gesehen? Wie sieht er aus?«

»Groß, schlank, scharfe Gesichtszüge. Klasse Kleidung. Wenn Sie daran denken, von Hürten-Mitnitz zu fragen, was er mit Müllers Wagen macht, rate ich davon ab.«

»Ich spiele mit dem Gedanken, dem neuen Ersten Sekretär bei seiner Rückkehr zu sagen, wenn er seinen Wagen beim Bahnhof parkt, soll er bitte so freundlich sein, uns zu informieren, damit wir unser Bestes tun können, um zu verhindern, daß irgendwelche Ungarn auf seinen Motor pinkeln oder mit einem Taschenmesser ein schmutziges Wort in die Haube ritzen.«

Der Sicherheitsoffizier lachte. »Sie lernen, Josef«, sagte er und legte auf.

Josef Hamm und zwei seiner Männer warteten am Ende des Bahnsteigs, als der Zug aus Wien einfuhr. Die beiden Männer gingen bei den jeweiligen Enden der drei Waggons der Ersten Klasse in Position, und als einer von ihnen einen ›großen, schlanken Mann mit scharfen Gesichtszügen und klasse Kleidung‹ entdeckte, gab er Josef Hamm ein Zeichen, indem er seinen Hut abnahm und über dem Kopf schwenkte, als winke er jemand, der gekommen war, um ihn am Zug abzuholen.

Hamm sah, daß von Hürten-Mitnitz tatsächlich ›klasse‹ gekleidet war. Er trug einen grauen Homburg und einen Mantel mit Pelzkragen. In seiner Begleitung waren drei Personen, ein SS-Obersturmführer und ein Mann und eine Frau, die wie Vater und Tochter aussahen.

Als sie fast den Kontrollpunkt der Polizei am Ende des Bahnsteigs erreicht hatten, ging Hamm zu von Hürten-Mitnitz.

»Heil Hitler!« sagte Hamm und hob schneidig den Arm. Von Hürten-Mitnitz erwiderte den Gruß mit einer lässigen Armbewegung.

»Brigadeführer von Hürten-Mitnitz?« fragte Hamm.

»Ja«, antwortete von Hürten-Mitnitz, lächelte jedoch nicht.

»Josef Hamm zu Ihren Diensten, Brigadeführer. Ich habe die Ehre, die Eisenbahnabteilung der Gestapo des Distrikts Budapest zu befehligen.«

»Was kann ich für Sie tun, Herr Hamm?« fragte von Hürten-Mitnitz, offensichtlich ärgerlich, weil er aufgehalten wurde.

»Darf ich Sie zuerst am Kontrollpunkt vorbeibringen?« sagte Hamm.

»Dieser Obersturmführer und diese Leute gehören zu mir«, sagte von Hürten-Mitnitz.

Der junge SS-Führer hob den Arm zu einem lässigen Gruß.

»Platz machen für den Brigadeführer und seine Begleitung!« rief Hamm, als er sie zum Kontrollpunkt und daran vorbei führte.

»Sehr freundlich von Ihnen«, murmelte von Hürten-Mitnitz. »Nun, was haben Sie auf dem Herzen?«

»Brigadeführer«, begann Hamm, »wenn Sie so freundlich wären, einen meiner Männer zu informieren, wenn Sie Ihren Wagen hier beim Bahnhof parken …«

»Warum sollte ich das tun?« unterbrach von Hürten-Mitnitz.

»… dann kann ich sicherstellen, daß niemand ihn während Ihrer Abwesenheit beschädigt.«

Helmut von Hürten-Mitnitz sah Hamm an und sagte nichts, seine gehobene Augenbraue fragte jedoch: *Wovon, zum Teufel, reden Sie?*

»Es gab unglückliche Zwischenfälle, Brigadeführer«, erklärte Hamm. »Autos wurden – *besudelt* – durch Gesindel unter der Budapester Bevölkerung, das den Lack zerkratzte und Schlimmeres tat.«

Von Hürten-Mitnitz dachte anscheinend darüber nach, und dann lächelte er.

»Ich glaube, ich beginne zu verstehen«, sagte er. »Sie sahen meinen parkenden Wagen, machten sich die Mühe, den Besitzer herauszufinden und mich dann zu treffen. Wie gefällig von Ihnen, Herr Hamm! Ich bin Ihnen äußerst dankbar.«

»Es war mir ein Vergnügen, Brigadeführer«, sagte Hamm.

»Sie können mir einen anderen Gefallen tun«, sagte von Hürten-Mitnitz. »Benutzen Sie bitte meinen SS-Rang nicht, wenn Sie mich ansprechen. Je weniger er in Budapest bekannt ist, desto besser, wenn Sie verstehen, was ich meine. Ich habe ebenfalls den Rang Minister.«

»Das war gedankenlos von mir, Herr Minister«, sagte Hamm. »Ich bitte Sie um Verzeihung.«

»Das ist nicht nötig, mein lieber Hamm«, sagte von Hürten-Mitnitz. »Wie hätten Sie das wissen können?«

»Kann ich Ihnen auf irgendeine andere Weise behilflich sein, Herr Minister?« fragte Hamm.

»Mir fällt nichts ein«, erwiderte von Hürten-Mitnitz nach kurzem Zögern. Er reichte ihm die Hand. »Ich bin gerührt von Ihrer Liebenswürdigkeit, Herr Hamm, und beeindruckt von Ihrer Gründlichkeit. Ich werde dem Botschafter erzählen, was Sie für mich getan haben.«

Inzwischen standen sie neben dem Opel Admiral. Hamm öffnete beide Türen und schloß sie, als Vater und Tochter hinten eingestiegen waren. Der junge Obersturmführer ging um das Heck des Wagens herum und setzte sich neben von Hürten-Mitnitz auf den Beifahrersitz. Hamm grüßte noch einmal schneidig, und von Hürten-Mitnitz erwiderte den Gruß lässig und mit einem Lächeln, und dann trat Hamm zurück, als von Hürten-Mitnitz den Wagen aus der Parklücke zurücksetzte.

Alles in allem habe ich das ziemlich gut hingekriegt, dachte Hamm.

Als der Wagen ein paar Meter vom Bahnhof entfernt war, sagte der große, grauhaarige Mann auf dem Rücksitz: »Mein Gott, als er Sie stoppte, dachte ich, ich werde ohnmächtig.«

»Man wird nicht ohnmächtig, wenn man Angst hat, Professor«, sagte Eric Fulmar. »Angst bewirkt einen Adrenalinstoß, und der steigert die Blutzufuhr zum Gehirn. Man wird ohnmächtig, wenn die Blutzufuhr verringert wird.«

»O Gott!« sagte die junge Frau auf dem Rücksitz voller Abscheu über Fulmars Worte.

Helmut von Hürten-Mitnitz lachte glucksend.

»Sehr amerikanisch«, sagte er.

»Wohin fahren wir?« fragte Professor Dr. Friedrich Dyer.

»Zum Batthyany-Palast«, sagte von Hürten-Mitnitz. »Am Dreifaltigkeitsplatz. Nicht weit von hier.«

»Und was geschieht dort?« fragte Professor Dyer.

»Ich weiß nicht, was alle sonst vorhaben«, sagte Fulmar, »aber ich werde an einer Flasche Brandy nuckeln.«

»Das meinte ich nicht«, schnauzte Professor Dyer ihn an.

»Sie werden zum gegebenen Zeitpunkt erfahren, was Sie wissen müssen, Professor«, sagte Fulmar. »Je weniger Sie wissen, desto besser. Ich dachte, ich hätte das klargemacht.«

Professor Dyer atmete tief durch und sank auf dem Sitz zurück. Seine Tochter blickte verächtlich auf Fulmars Hinterkopf und schüttelte resigniert den Kopf.

Von Hürten-Mitnitz bog vom Platz ab, stoppte den Admiral mit der Schnauze zum rechten Tor des Batthyany-Palastes und hupte. Sekunden später öffneten sich die Flügel des Tors. Er fuhr hindurch, und das Tor schloß sich hinter ihm.

Beatrice, Gräfin Batthyany und Baronin von Steighofen erwartete sie in einer Vorhalle. Sie trug einen Zobelmantel, der fast bis zu ihren Knöcheln reichte, und einen Zobelhut, unter dem viel dunkelrotes Haar hervorlugte. Von Hürten-Mitnitz fuhr an ihr vorbei in einen Hof, wendete und kehrte zur Vorhalle zurück, wo er anhielt.

Die Gräfin ging zur hinteren Wagentür und öffnete sie.

»Ich bin Gräfin Batthyany«, sagte sie. »Würden Sie bitte hereinkommen?«

Professor Dyer und Gisela stiegen aus und betraten das Gebäude, als die Gräfin ihnen den Weg wies. Dann wandte sich die Gräfin um und lächelte Fulmar an. »Und Sie müssen mein lieber Cousin Eric sein«, sagte sie trocken. »Wie schön, Sie endlich kennenzulernen.«

Fulmar lachte. »Hallo«, sagte er.

Sie wandte sich an von Hürten-Mitnitz, der ebenfalls ausgestiegen war.

»Ich sehe, daß alles gutgegangen ist«, sagte sie.

»Der Gestapomann im Bahnhof hat uns persönlich am Kontrollpunkt vorbeigeführt«, berichtete er.

»Oh. Ich nehme an, ihr könntet was zu trinken gebrauchen.«

»Ich brauche was«, sagte Fulmar.

Sie wandte sich ihm zu und sah ihn wieder an.

»Sie sehen wie Manfred aus«, sagte sie. »Sie sprechen sogar wie er diesen schrecklichen hessischen Dialekt.«

Er lachte.

»Hoffen wir, daß Sie mehr Glück haben als er«, sagte die Gräfin und betrat das Haus.

»Hoffen wir, daß einiges von seiner Kleidung da ist und mir paßt«, sagte Fulmar. »Besonders Schuhe.«

Die Gräfin blickte ihn wieder an, diesmal abschätzend.

»Sie sind ein bißchen größer, als Manfred es war«, sagte sie, »aber da sollte etwas sein, das Ihnen paßt. Ich nehme an, Sie wollen aus dieser Uniform herauskommen?«

»Man sucht nach einem Obersturmführer, der aussieht wie ich«, sagte Fulmar. »Da war ein Gestapo-Agent an der Grenze, der glaubte, ihn gefunden zu haben.«

»War es so eng?« fragte sie.

»Ich nehme an, es ist ausgebügelt worden«, sagte von Hürten-Mitnitz. »Ja, es war eng. Aber ich glaube, es ist noch mal gutgegangen.«

Die Gräfin dachte über seine Worte nach und nickte dann.

Die Dyers, die nicht wußten, wohin sie gehen sollten, fühlten sich sichtlich unbehaglich. Sie warteten am Fuß der Treppe zum ersten Stock, die einmal die Dienstbotentreppe gewesen war. Die Gräfin ging ihnen voraus. Sie gelangten in das große, elegant möblierte Wohnzimmer mit Blick auf den Platz.

Fulmar setzte sich sofort auf ein zerbrechlich wirkendes, vergoldetes Louis-quatorze-Sofa und zog seine schwarzen Stiefel aus.

Die Gräfin blickte ihn schief an, aber von Hürten-Mitnitz spürte, daß etwas nicht in Ordnung war.

»Ist etwas mit Ihren Füßen?« fragte er.

»Diese gottverdammten Stiefel sind vier Nummern zu klein«, sagte Fulmar. »Ich habe sie mit Wasser getränkt, aber das hat nicht geholfen.«

Als er die Stiefel ausgezogen hatte, streifte er eine

Socke ab, legte den Fuß auf seinen Schoß und untersuchte ihn sorgfältig.

»Verdammt, sehen Sie sich das an!« stieß er hervor. Die Haut war wundgescheuert und blutete an mehreren Stellen.

Die Gräfin ging zum Sofa, kniete sich hin und nahm den Fuß in die Hand.

»Wie haben Sie es geschafft, damit zu gehen?« fragte sie.

»Nun, Kusine, ich habe einfach an die Alternative gedacht«, sagte Fulmar.

»Sie werden die Füße in Lake baden müssen«, sagte sie. »Das wird helfen.«

»Mit Lake meinen Sie Wasser mit Salz?« fragte er, und sie nickte.

»Bevor ich das tue, möchte ich einen sehr großen Cognac«, sagte Fulmar und zog die andere Socke aus. Der andere Fuß sah noch schlimmer aus. Es war mehr Blut aus den wunden Stellen gesickert, und als es getrocknet war, hatte es die Socke mit den Wunden verklebt. Er fluchte.

Die Gräfin ging zu einem Schrank und kehrte mit einem gefüllten kristallenen Cognacschwenker zurück.

»Ich werde etwas Wasser erhitzen und Salz hineingeben«, sagte sie.

»Und meine Füße pökeln«, sagte Fulmar trocken. »Danke, Kusine, vielen Dank.«

»Warum nennen Sie sie ›Kusine‹?« fragte Professor Dyer.

»Ich bin seine Kusine«, sagte die Gräfin. »Angeheiratet. Mein verstorbener Mann und Eric sind – waren – Cousins.«

»Ihr verstorbener Mann?« fragte der Professor.

»Der Professor neigt dazu, viele Fragen zu stellen«, sagte Fulmar spöttisch.

»Mein verstorbener Mann, Oberstleutnant Baron Manfred von Steighofen, fiel für sein Vaterland an der Ostfront«, sagte die Gräfin trocken.

»Und Sie tun so etwas?« fragte der Professor.

»Es ist einer der Gründe, weshalb ich ›so etwas‹ tue, mein lieber Herr Professor«, erwiderte die Gräfin.

»Und der andere?« wollte Fulmar wissen.

»Ist das wichtig?«

»Ich bin neugierig«, sagte Fulmar. »An Ihrer Stelle würde ich Stimmung für die Deutschen machen.«

»Wenn ich der Meinung wäre, sie hätten eine Chance zu siegen, würde ich das vielleicht tun«, sagte sie nüchtern. »Aber sie werden nicht siegen. Was heißt, daß die Kommunisten nach Budapest kommen werden. Und wenn sie mich nicht erschießen, dann werde ich draußen über den Platz spazieren und Fremde fragen müssen, ob sie sich mit mir amüsieren wollen.«

»Beatrice!« stieß von Hürten-Mitnitz hervor.

»Man muß den Tatsachen ins Auge sehen, mein lieber Helmut«, sagte die Gräfin.

»Der Fehler in Ihrer Logik besteht darin, daß Sie den Russen helfen, herzukommen«, sagte Fulmar.

»In diesem Fall kann ich nur hoffen, daß Sie und Helmut noch am Leben und in einer Position sein werden, um dem Kommissar zu sagen, welch furchtlose Anti-Faschistin ich gewesen bin«, sagte sie. »Es besteht die geringe Chance, daß mich die Kommunisten dann nicht auf der Stelle erschießen.« Es folgte ein Moment Schweigen, und dann sprach sie weiter. »Ich hoffe wirklich, daß es durch Leute wie Helmut einen Staatsstreich gegen Hitler geben wird und derjenige, der die Macht übernimmt, einen Waffenstillstand schließt. Bei einem Waffenstillstand werde ich vielleicht nicht alles verlieren.«

»Hm.« Fulmar sah nachdenklich vor sich hin.

»Und was hat dich zu deinem Handeln motiviert, mein lieber Eric?« fragte die Gräfin.

Es dauerte eine Weile, bis er antwortete. »Manchmal frage ich mich das auch«, sagte er schließlich.

Die Gräfin nickte und wandte sich an Gisela Dyer.

»Würden Sie mir bitte helfen? Ich habe Gulasch gekocht, und wenn Sie mir beim Servieren helfen, werde ich etwas Wasser erhitzen, um Erics Füße zu ›pökeln‹.«

Das Brennen des warmen Salzwassers an seinen Füßen war nicht so schmerzvoll, wie Eric Fulmar erwartet hatte, und er fragte sich, ob das teilweise an der Betäubung durch den Cognac der Gräfin lag oder ob seine Füße über die Schmerzgrenze hinaus waren.

Das Gulasch war köstlich, und Fulmar sagte sich, daß es wegen der Zubereitung so gut schmeckte, nicht wegen der Betäubung durch den Cognac oder weil sie wenig außer Schweineschmalz und Schwarzbrot gegessen hatten, seit sie Marburg an der Lahn verlassen hatten.

Von Hürten-Mitnitz wartete, bis sie gegessen und Fulmar mit einem kleinen Cognac seinen starken schwarzen Kaffee verbessert hatte. Dann sagte er: »Ich glaube, es wäre das beste, ich wüßte genau, was seit Ihrer Ankunft in Deutschland passiert ist, Eric.«

»Eine Zusammenfassung wäre, daß alles schiefgegangen ist, was nur schiefgehen konnte«, sagte Fulmar.

»Was war mit dem Gestapomann? Mußten Sie ihn unbedingt töten?«

»Ich habe ihn eliminiert, als er das Gepäck öffnete, das im Zug für mich hinterlegt worden war, und die Uniform eines Obersturmführers fand«, sagte Fulmar sachlich. »Und dann die Stiefel, die nicht paßten.«

Von Hürten-Mitnitz nickte. »Und in Marburg? War nötig, was dort geschah?«

»Ja, natürlich war es nötig«, sagte Fulmar ungehalten. »Es macht mir nicht gerade Spaß, Leuten das Gehirn zu verrühren.«

»Sie könnten etwas Feingefühl lernen«, sagte die Gräfin.

»Wir sind in keinem feinfühligen Geschäft, Kusine«, entgegnete Fulmar.

»Aber das war alles? Nichts sonst, das ich noch nicht weiß?« fragte von Hürten-Mitnitz.

Fulmars Zögern war offensichtlich.

»Was sonst?« forschte von Hürten-Mitnitz hartnäckig.

»Ich bin im Zug erkannt worden«, sagte Fulmar. »Vor Frankfurt. Auf dem Weg nach Marburg.«

»Von wem?«

Wieder ein merkliches Zögern.

»Verdammt, ich erzähle es Ihnen wirklich ungern«, sagte Fulmar schließlich. »Ich will nicht, daß Sie Ihre Spielchen mit ihr treiben.«

»Ich glaube, ich muß es erfahren«, sagte von Hürten-Mitnitz.

»Lecken Sie mich am Arsch!« sagte Fulmar. »Sie müssen nur erfahren, was ich Ihnen auf die Nase binde.«

Von Hürten-Mitnitz versteifte sich. Er war es nicht gewohnt, daß man so mit ihm sprach. Aber er beherrschte sich.

»Jemand erkannte Sie auf dem Weg nach Marburg?« fragte er ruhig. Und als Fulmar schwieg, fügte er hinzu: »Es soll nicht melodramatisch klingen, aber ich werde hier sein, wenn Sie sicher in England sind.«

»Erzählen Sie es ihm, Eric«, sagte die Gräfin. »Wie Sie gesagt haben, sind wir nicht feinfühlig in unserem Geschäft.«

»Ich will nicht, daß Sie versuchen, sie zu benutzen, verstanden? Weder sie noch ihren Vater.«

»Wer hat Sie erkannt?« fragte von Hürten-Mitnitz beharrlich und freundlich.

»Elisabeth von Handelmann-Bitburg«, sagte Fulmar.

Von Hürten-Mitnitz' Augenbrauen ruckten hoch. Die Gräfin sah ihn fragend an.

»Die Tochter von Generaloberst von Handelmann-Bitburg?« fragte von Hürten-Mitnitz.

Fulmar nickte.

»Vielleicht ist es bedeutungslos«, sagte von Hürten-Mitnitz. »Sie hat einen jungen Obersturmführer getroffen, den sie von früher gekannt hat. Gab es einen Grund zu der Annahme, daß sie mißtrauisch war?«

»Ihr Vater hat ihr erzählt, daß ich in Marokko mit einer amerikanischen Uniform gesehen worden bin«, sagte Fulmar. »Sie wußte Bescheid.«

»Und was wird sie Ihrer Meinung nach ihrem Vater erzählen?« fragte von Hürten-Mitnitz.

»Nichts«, sagte Fulmar. »Sie wird ihm gar nichts erzählen.«

»Ich wünschte, ich könnte Ihre Zuversicht teilen«, sagte von Hürten-Mitnitz.

»Ich erzähle Ihnen folgendes nur, weil ich nicht will, daß Sie Ihren Arsch schützen, indem Sie sie aus Deutschland herausholen«, sagte Fulmar.

»Was erzählen Sie mir?«

»Wir haben die Nacht zusammen verbracht«, sagte Fulmar. »Okay? Kapiert?«

»Ja, ich glaube, ich habe verstanden«, sagte von Hürten-Mitnitz.

»Wenn ihr etwas zustößt, werde ich …«

»Seien Sie nicht kindisch«, fiel ihm von Hürten-Mitnitz ins Wort.

»Ich wollte etwas Kindisches sagen«, sagte Fulmar.

»Zum Beispiel, daß ich hierhin zurückkommen und Sie töten würde. Aber das wird gar nicht nötig sein. Ich werde nur dafür sorgen müssen, daß der Sicherheitsdienst über Sie informiert wird.«

»Mein Gott!« sagte von Hürten-Mitnitz.

»Es war ein Fehler, Ihnen das zu erzählen«, sagte Fulmar.

»Nein, es war kein Fehler, Eric«, sagte die Gräfin. Sie ging zu von Hürten-Mitnitz und hakte sich bei ihm ein. Dann stellte sie sich auf die Schuhspitzen und küßte ihn auf die Wange. »Helmut versteht, daß sich Leute selbst inmitten dieses Wahnsinns verlieben.«

Fulmar sah sie an und lachte.

»Das ist ein Hammer«, sagte er. »Die Lustige Witwe persönlich!«

ENDE

Juni 1941. In Europa tobt der Krieg. Auch wenn die Vereinigten Staaten noch ihre Neutralität wahren, so bereiten sie sich doch auf den Fall eines Kriegseintritts vor. Präsident Franklin Roosevelt und ›Wild Bill‹ Donovan gehen gemeinsam daran, die schlagkräftigste Spionage-Organisation ins Leben zu rufen, die es je gegeben hat: das OSS (Office of Stratetic Services).

Junge wagemutige und handverlesene Spezialisten wurden unter der Tarnung des Diplomatischen Corps über die ganze Welt verteilt, um Operationen zu leiten, die vielleicht Einfluß auf den Aus-gang des Krieges haben können.

Von allen Aufträgen ist der des Piloten-Asses Richard Canidy und seines deutschstämmigen Freundes Eric Fulmar der heikelste: sie sollen ein äußerst seltenes Metall beschaffen, das für eine neue, unvorstellbare Geheimwaffe benötigt wird – die Atombombe.

W.E.B. Griffin beweist auch mit diesem Roman, daß er in der Reihe großer Erzähler ganz oben steht.

ISBN 13-404-13397-2

**Ausgezeichnet als bester Roman des Jahres 1998
(Gewinner des renommierten Kurd-Laßwitz-Preises)**

Stephen Foxx, Mitglied der New Yorker Explorer's Society,
findet bei archäologischen Ausgrabungen in Israel in einem
2000 Jahre alten Grab die Bedienungsanleitung einer Vi-
deokamera, einer Kamera, die erst in einigen Jahren auf den
Markt kommen soll. Es gibt nur eine Erklärung: Jemand
muß versucht haben, Videoaufnahmen von Jesus Christus
zu machen! Der Tote im Grab wäre demnach ein Mann aus
der Zukunft, der in die Vergangenheit reiste – und irgendwo
in Israel wartet seine Kamera samt Aufnahmen in einem
sicheren Versteck darauf, gefunden zu werden. Oder ist
alles nur ein großangelegter Schwindel? Eine turbulente
Jagd zwischen Archäologen, Vatikan, den Medien und
Geheimdiensten beginnt.

ISBN 3-404-14294-2